アルバートンの天使たち

ジャニス・ハレット
山田　蘭 訳

集英社文庫

目次

社会福祉関係者

ソニア・ブラウン……………………………………上級ソーシャルワーカー
ルース・ハラランボス……………………………………元ソーシャルワーカー
サブリナ・エマニュエル…………………………………元ソーシャルワーカー
マギー・キーナン…………………………元児童保護センターの夜間責任者
ペニー・ラトケ…………………………………………………救急外来の看護師
ジデオフォール・サニ………………………………………………………元救急隊員

作家およびマスコミ関係者

グレイ・グレアム……………………………………………………………元事件記者
クライヴ・バダム……………………………………脚本『神聖なるもの』の作者
ジェス・アデシナ…………………YA小説『あたしの天使日記』シリーズの著者
マーク・ダニング……………………………………スパイ小説『白い翼』の著者
ジュディ・テラー＝ダニング…………………………マーク・ダニングの妻、作家
ルイーザ・シンクレア……………………《ウェンブリー・オンライン》論説委員
フィル・プリースト……………………………………テレビ・プロデューサー
デビー・コンドン………………………………………テレビ・プロデューサー
スージー・コーマン……………ドキュメンタリー制作者、テレビ・ディレクター

その他

デイヴィッド・ポルニース………………………………………………素人探偵
キャシー＝ジューン・ロイド……………………《迷宮入り殺人事件クラブ》主宰者
ロブ・ジョリー………………………………………………………同クラブ会員
デイヴ“イッチー”キルモア…………………《新着の幽霊》ポッドキャスト配信者
コナー・メイクピース………………………………ドン・メイクピースの息子
ポール・コール……………………………………スピリチュアル・カウンセラー
エドマンド・バーデン＝ハイズ牧師……サドベリーの聖バルナバ教会、教区主教

主な登場人物

犯罪ノンフィクション作家および出版関係者

アマンダ・ベイリー……………………………犯罪ノンフィクション作家
オリヴァー・ミンジーズ……………………………アマンダの昔の同僚
エリー・クーパー……………………………アマンダの元アシスタント
ニータ・コーリー……………………………アマンダのエージェント
ピッパ・ディーコン……………………………アマンダの担当編集者
ジョー・リー・サン……………………………オリヴァーの担当編集者
クレイグ・ターナー……………………………犯罪ノンフィクション作家
ミニー・デイヴィス……………………………犯罪ノンフィクション作家

《アルパートンの天使》事件関係者

ガブリエル（ピーター・ダフィ）……カルト教団《アルパートンの天使》指導者
ホリー……………………………教団信者、事件当時17歳の少女
ジョナ……………………………教団信者、事件当時17歳の少年
ミカエル（ドミニク・ジョーンズ）……………………………教団信者
エレミヤ（アラン・モーガン）……………………………教団信者
ラファエル（クリストファー・シェンク）……………………………教団信者
ハーピンダー・シン……………………………殺害されたウェイター

警察関係者

ドン・メイクピース……………………………元警視正
ジョナサン・チャイルズ……………………………巡査、シンの遺体を発見
アイリーン・フォーサイス……………………………巡査部長、ホリーとジョナを施設に護送
ニール・ローズ……………………………巡査、最初に事件現場に到着
ファリード・カーン……………………………巡査部長、最初に事件現場に到着
マイク・ディーン……………………………警部、ニールとファリードの上司
マリ＝クレール……………………………警察官

アルパートンの天使たち

ジル、ミシェル、そしてライラに

ここに、貸金庫の鍵があります。
中にあるのは、出版されたばかりの本の取材記録。
そのすべてに目を通したうえで、決断してください。
記録を別の金庫に移し、けっして見つからない場所に鍵を捨てるか……
あるいは、すべてを警察に持ちこむかを。

1

やりとり、事件の背景についての資料、取材準備

二〇二一年五月二十六日、わたしとエージェントのニータ・コーリーが《ワッツアップ》で交わしたメッセージ

アマンダ・ベイリー　わたしがこれまで書いてきた殺人事件って、どれも代わり映えしないものばかりだったでしょ。金髪女性の死体、過熱するマスコミ、失敗続きの警察、幸運に恵まれた異常者、みたいな。

ニータ・コーリー　わたしたち、それで稼いでるんだから。

アマンダ・ベイリー　もう、ありとあらゆる新聞社や事件記者が同じようなことをさんざん書きつくして、とことん煮出した出し殻みたいなものじゃない。どれを見ても、みんな同じ。

ニータ・コーリー　わかる、わかる。それで、いったい何を目論(もくろ)んでるの？

アマンダ・ベイリー　何か、ほかのことがやりたい。まったくちがうことを。目新しい何か。うーん、何がいいのかな……小説とか？

ニータ・コーリー　なんてこと！　そこまで思いつめてたなんてね😂 実はね、これから《クロノス・ブックス》のピッパとお昼を食べる約束なの。小耳にはさんだ話が本当なら、きょうじゅうに何かおもしろいお知らせができそう。

二〇二一年五月二十六日、エージェントのニータ・コーリーからのメール

宛先　アマンダ・ベイリー　　**送信日**　2021年5月26日
件名　次の本　　**送信者**　ニータ・コーリー

さてと。どうして小説なんか書きたいの？　あんな、絨毯(じゅうたん)の皺(しわ)ひとつひとつ言葉を飾って描き出すみたいなしろもの……あなたがこれまでやってきたことのほうが、はるかに意義があるじゃない。あなたは現実世界を形にする達人なのよ、アマンダ。一般の読者の心に届く文章が書ける人なんだから。一般読者はね、安全な場所で気楽に手を伸ばせる本を開き、凶悪犯罪を隅々まで探る王道の楽しみを求めているのよ。まさに、あなたが書いてきたような本じゃない。だからこそ、わたしも《クロノス・ブックス》のピッパに、すぐに話を持っていったわけ。

ピッパはね、いま、実際に起きた犯罪をあつかうノンフィクションを集めた《日蝕(エクリプス)》という新しい叢書(そうしょ)を企画していてね。世間によく知られた犯罪をとりあげ、その暗い部分に新た

な焦点を当てた作品をそろえたいんですって（太陽の前を月が横切り、ふっと光が遮られた瞬間を描き出すようにね）。これまでになかった視点、新たな仮説、世間の流行との目新しい接点、そういったものに光を当てて、古い事件に新たな生命を吹きこむの。

そんな、すごく斬新なものじゃなくていい。ピッパが望んでいるのは、このジャンルを好きな読者が、休日に夢中になって読みふけるような本なのよ。熱心なファンは、ここでとりあげられるような事件はすでによく知っているだろうから、何か新しい切り口で興味をそそられさえすれば、〝なつかしい友人〟を訪ねるような気分で、いそいそと手にとってもらえるはず、って。

でも、そこで、おなじみの有名な事件をピッパがいくつか並べたてたんだけどね。もう、すべて調べつくされて、新事実の発見なんてとうてい期待できなさそうな事件ばっかり。ほんと、定番の顔ぶれよ――〝切り裂きジャック〟事件だとか（ね、わかるでしょ）、フレッドとローズ・ウェスト夫妻が若い女性を十数人も惨殺した恐怖の館事件だとか、二百人以上の患者を毒殺したハロルド・シップマン医師の事件だとか、少年少女ばかりを殺して埋めていたカップルの荒野殺人事件だとか……あまりそそられる企画じゃないかなと思いはじめたところで、ピッパが《アルパートンの天使》事件の名前を挙げたの。

憶えてる？　あれは二〇〇〇年代前半のことよね。まだまだ不透明な部分がたくさん残ってる、ぞっとするような事件だった。あの事件に触発された数多くのホラー作品にも、いまだ多くのファンがいるしね――つまり、いまでも充分に魅力のある事件だってこと。でも、ピッパがあの事件を挙げたのには、ほかに理由があったの。

ほら、当時はあまり詳しく報道できなかったでしょ（関係者の何人かは未成年だったものね）、だからこそ、今回《クロノス・ブックス》はあの事件に目をつけることになったというわけ――ほら、例の赤ちゃんは今年で十八歳、つまり成人になるのよ。あの赤ちゃんの視点から例の事件を見つめなおしてみたいと、ピッパは考えているの。これまでになかった試みよね。あなたが探しているのは、こういう事件じゃないかと思うんだけど。誰の手垢もついていない、自分が腕を振るえる題材。当たってるでしょ？

それだけじゃない、あなたはまさに、ピッパが探しているような書き手なの。まずはあの赤ちゃんを探し出さなくてはいけないけど、私立探偵を雇うような予算はない。でも、あなたなら社会福祉関係の知りあいがいっぱいいるし、口の重い事件関係者から情報を引き出す方法をいろいろ思いつけるはず。もしも赤ちゃんが見つかれば、交渉次第では、さらにいい話があるのよ……

ピッパの同性パートナーはね、テレビ番組の制作会社を持っていて、かの有名なジャーナリスト、ナガ・マンチェッティと学生時代の友人だったんですって。だからね、もしあなたが赤ちゃんを見つけたら、あなたと独占契約を結びたいそうよ――最終的にはナガともね――そして、その本が書店に並ぶタイミングで、ドキュメンタリー番組を制作したいと考えているの。番組には、ぜひあなたの詳細なインタビューを入れたらどうかって、わたしから提案しておいたから。まあね、もちろん、まだあなたがこの仕事を引き受けてくれるかどうか、確認はとっていなかったけど。

いますぐ決めてと急かすつもりはないの。でもね、ピッパも言っていたけど、あの赤ちゃんが今年で十八歳になることは、わたしたちだけの秘密じゃないでしょ。だとしたら、できるだけ早く背後関係の調査にとりかかったほうがいいと思うのよ……

この事件には、悲劇の金髪女性なんて存在しない。いかれたカルト、四人の死者、バラバラ死体となった男たち、そして、まだ誰も完全に解明する機会のなかった謎があるだけ。あなたが、その謎を解く最初の人間になれるのよ。ね、考えてみて。Nより。　x

---

二〇二一年六月九日、わたしからケイロンへ《ワッツアップ》のメッセージ

アマンダ・ベイリー　こんなこと、《ワッツアップ》で伝えたりしてごめんなさい。でも、いまあなたはそばにいないし、ちょうど新しい仕事にとりかかることになったから、ここで話しておくね……あなたは最高の人だし、わたしの知るかぎり誰よりも思慮ぶかい男性だけれど、わたしはやっぱり独身のままでいたいの🤷‍♀️そういう関係に、ううん、そもそも誰かと関係を持つことに、わたしは向いてないみたい。それを教えてくれたあなたに、感謝してる。

アマンダ・ベイリー　そして、ごめんなさい😘

二〇二一年六月十日、担当編集者ピッパ・ディーコンからのメール

宛先　アマンダ・ベイリー　　　送信日　2021年6月10日
件名　ようこそ！　　　　　　　送信者　ピッパ・ディーコン

親愛なるアマンダ
まずは《エクリプス叢書》に参加してくださって、わたしたちがどんなに嬉しく思っているかお伝えしますね。これは、大勢の才能あふれる顔ぶれを集めた、とても大がかりな企画なんです。あなたもきっとご存じのクレイグ・ターナーは、デニス・ニルセンの連続殺人事件をとりあげ、一九八〇年代に起きたエイズ危機の前兆としての側面に光を当てます。ゲイの有名人すべてに話を聞き、この事件を二十一世紀の視点から考えなおすという試みなんですよ。われらがミニー・デイヴィスは、あのムーアズ殺人事件の犯人のひとりマイラ・ヒンドリーと、恐怖の館事件の犯人夫婦の妻だったローズ・ウェストの人生に、驚くべき数々の偶然の一致が見られることに目をつけて――これは、ミニーが独自につきとめた新事実なんです。これまで公表されていた写真からも、ふたりが子ども時代をすごした家や学校に、はっきりとした類似点があるのがわかって、本当に背筋が凍るんですよ！　そして《アルパートンの天使》事件ですが、あれは陰惨で人の心を動かす出来事でしたし、最年少の被害者だ

ったあの赤ちゃんがついに十八歳になるとなれば、いまこそふたたび大きくとりあげるべきときでしょう。

あなたにはあの地域の社会福祉関係に伝手があって、例の赤ちゃんがどこへ送られたか、調べることができると聞いています。おわかりいただけるでしょうが、うちは予算が少なすぎて、とうてい私立探偵を雇うところまで手が回らないので、何か手っ取り早い方法があればぜひ……事件を追っているときのあなたがどれだけ粘り強いか、わたしたちはよく知っていますからね。あなたならきっと事件の真相をつかみ、それを赤裸々に綴ってくださることと期待しています。

公開されている情報はすべてグーグルで検索できるので、全体を把握するのに時間はかからないでしょう。赤ちゃんが見つかったら、すぐに連絡をください。テレビ局のスタッフといっしょに駆けつけますから。

ありがとう、アマンダ。あなたとお仕事できるのが楽しみです。

ピッパ

話を聞きたい人物リスト

《アルパートンの天使》関係者

赤ちゃん
ホリー＊
ジョナ＊
ガブリエル・アンジェリス（現在タインフィールド刑務所で服役中）
＊は偽名

その他、この事件にかかわった人たち（数週間にわたって追加修正）

警察関係者
ドン・メイクピース……………………元警視正、退職
ジョナサン・チャイルズ………………シンの遺体を発見した警察官
グレース・チャイルズ…………………ジョナサンの妻
アイリーン・フォーサイス……………警察官
マイク・ディーン………………………警察官

ニール・ローズ……………………………警察官
ファリード・カーン…………………………警察官
ニッキ・セイル……………………………元巡査部長、退職
ファラー・パレク……………………………巡査部長

社会福祉関係者

ソニア・ブラウン…………………………上級ソーシャルワーカー
ジュリアン・ノワク………………………ソーシャルワーカー
ルース・ハラランボス……………………元ソーシャルワーカー
サブリナ・エマニュエル…………………元ソーシャルワーカー、退職
マギー・キーナン…………………………元ウィルズデン児童保護センターの夜間責任者
ペニー・ラトケ……………………………救急外来看護師
キャロライン・ブルックス………………犯罪心理学者
ジデオフォール・サニ……………………元救急隊員、退職

マスコミ、その他

フィル・プリースト………………………テレビ・プロデューサー
デビー・コンドン…………………………テレビ・プロデューサー

ルイーザ・シンクレア……………………《ウェンブリー・インフォーマー》紙の元記者
（現《ウェンブリー・オンライン》論説委員）
コリン・ダラー…………………………法務省の元広報担当者
グレイ・グレアム………………………元記者、退職
クライヴ・バダム………………………未制作映画脚本『神聖なるもの』の作者
ジェス・アデシナ………………………『あたしの天使日記』シリーズの著者
マーク・ダニング………………………『白い翼』の著者
ジュディ・テラー＝ダニング…………作家、マーク・ダニングの妻
ダンカン・サイフリッド………………《ネヴィル、リード＆パートナーズ》
マーク・ダニングのエージェント

アマチュアの協力者
デイヴィッド・ポルニース……………素人探偵
キャシー＝ジューン・ロイド…………《迷宮入り殺人事件クラブ》主宰者
ロブ・ジョリー…………………………同クラブ会員
デイヴ〝イッチー〟キルモア…………《新着の幽霊》ポッドキャスト配信者
ガレン・フレッチャー…………………学校カウンセラー、兄がハーピンダー・シンの友人

その他

エドマンド・バーデン＝ハイズ牧師……サドベリーの聖バルナバ教会、教区主教
ジェイデン・ホイル……ロンドン消防隊の広報担当者
ロス・テイト……獄中でガブリエル・アンジェリスと知りあう

ネットのニュース・サイトの記事を印刷したもの、新聞から破りとった記事をクリップでまとめておいたものなど。日付はすべて二〇〇三年十二月の三週間以内。

惑星直列

今夜、われらが太陽系の五つの惑星が一列に並ぶという、めずらしい現象が起きる。実際に観察できるのは、日付が変わって十二月十日の明けがた。水星、金星、火星、木星、土星が一列に並ぶのは二十年に一度の巡りあわせだが、今回は一六二三年七月十六日以来のきわめて近い角度にすべてが収まるのだという。この現象は、大会合（グレート・コンジャンクション）と呼ばれている。

ニュース速報

ロンドン北西部アルパートンで、廃屋となった倉庫の中から複数の遺体が発見されたという未確認情報が入り、警察は現場を封鎖した。

ニュース速報

警察の情報筋によると、アルパートンの事件は集団自殺とみられるとのこと。現場では、四人の遺体が発見された。

集団自殺に関連する遺体発見か

警察によると、火曜（十二月九日）にアパートメントの空き部屋で発見された遺体は、その翌日に近くの倉庫から見つかった、集団自殺したとみられる三人の男性とかかわりがあった可能性があるという。アルパートンのイーリング・ロードに面するアパートメント《ミドルセックス・ハウス》の一室から不審な物音がすると、住人から警察に通報があった。最初に現場に到着したジョナサン・チャイルズ巡査によると、遺体は男性で、腐乱した状態だったとのこと。何か心当たりがあればぜひ警察に一報をと、同巡査は呼びかけた。

《天使》教団、地元の教会とつながり

《アルパートンの天使》と呼ばれるカルト教団の信者たちが、サドベリーの聖バルナバ教会にしばしば顔を出していたことが明らかになった。自分たちは人間の姿をとった天使だと信じる三人の男性と二人の青少年が、日曜礼拝に時おり出席していたとなると、同教会の保護責任が問われることとなるだろう。

アパートメントで発見の遺体、身元判明

警察の発表によると、先週《ミドルセックス・ハウス》の一室で発見された男性の遺体は、サウソールにあるレストラン《パンジャブ・ジャンクション》のウェイター、ハーピンダー・シン氏（二十二歳）だったことが判明した。同氏は一時的に《ミドルセックス・ハウス》に居住していたものの、遺体が発見されたのは、同氏が借りていた部屋ではなかったという。シン氏の死は《アルパートンの天使》とかかわりがあると警察は見ているが、捜査に支障をきたす怖れがあるため、現時点では詳細を明らかにできないとのこと。心当たりのあるかたは、ぜひ犯罪防止窓口まで情報を。

〈一〉面識のない相手向けメールのテンプレート、二〇二一年六月十日以降に送付

親愛なるXさま

まずは自己紹介をさせていただきます。わたしの名前はアマンダ・ベイリー、『戸口にて』『共有地（コモン・グラウンド）』『キッパー・タイを結んだ男』など、人気の犯罪ノンフィクションを手がけてきた作家です。現在は《クロノス・ブックス》の依頼により、《アルパートンの天使》事件についての本を執筆中。事件当時、あなたは○○にいらしたそうですね。所属されていた組織／役職／部署に誤りがないよう確認するためにも、できるだけ早い機会にお目にかかるか、電話でお話をうかがうことができればと思っています。

事件報道、そして読者の興味をかきたてる記事を書くことに、わたしは長年にわたり実績を積んできました。十八年が経過してなお、この事件を語るのに配慮が必要なことはよく理解していますし、話の内容を公表しないでほしいとご希望でしたら、それでもかまいません。この事件の調査に参加していただくことは、こうした衝撃的な未成年者保護措置の失敗とも

いうべき事件の再発を防止するために、何よりの助けとなるでしょう。

ご連絡をお待ちしています。


〈二〉知人向けメールのテンプレート、二〇二一年六月十日以降に送付

こんにちは！

どう、元気？　すっかりご無沙汰しちゃって、〇〇以来よね。赤ちゃん／結婚／退職／新しい仕事／その他はどんな感じ？　本当に、月日が経（た）つのって速い。

《アルパートンの天使》事件のこと、憶えてる？　わたしはいま、あの事件について書いているところなの。おっそろしく昔のことだから、とにかく急いで全貌をつかまないといけなくて。二〇〇三年当時の記録って、まだ保管してある？　事件当時の周辺の状況、社会福祉／警察／マスコミについての情報を集めるのを手伝ってもらえない？　助けてくれたら、一生ずっと恩に着るから！

夕方に一杯、でなきゃ昼間にコーヒーでもつきあってくれたら嬉しい。

それじゃ、また。


二〇二一年六月十一日、犯罪ノンフィクション作家ミニー・デイヴィスとわたしが《ワッツアップ》で交わしたメッセージ

ミニー・デイヴィス　こんにちは、美人さん！　もう何年も会ってないし、連絡もないなと思ってたのよ。そうしたら、ピッパからあなたと仕事をすることになったって聞いて。すごい偶然！　そっちはどう？

アマンダ・ベイリー　《アルパートンの天使》事件を調べてるの。未成年の被害者たちがいたから、当時は報道にずいぶん規制がかかってたでしょ。その後も、誰も真相を語ってくれていないのよね。十代の恋人たちも（いまはもう三十代）、あの赤ちゃんも（もうすぐ十八歳）。いまだに、すべてが謎のままなの。あなたは、何か憶えてない？

ミニー・デイヴィス　仕事の話じゃなくて、あなたがどうしてるか訊いたんだけど。天使と悪魔みたいな事件よね？

アマンダ・ベイリー　小規模のカルト教団で、男性はみんな亡くなって、十代の恋人たちとその赤ちゃんが生きのこったの。ぞっとするような集団自殺事件だったのに、ドキュメンタリーではいっさいとりあげられなかったのよ。小説が数冊あるだけ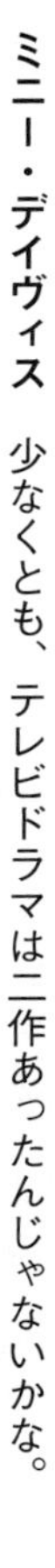

ミニー・デイヴィス　少なくとも、テレビドラマは二作あったんじゃないかな。

アマンダ・ベイリー　現実に生きる普通の人にとっては、さぞかし奇妙な話でしょうね。

ミニー・デイヴィス　その赤ちゃんは、自分が《アルパートンの天使》事件の生きのこりだって知ってるの？

アマンダ・ベイリー　もうすぐ知るはず。

ミニー・デイヴィス　自分のこととは気づかずに、事件のことを見たり読んだりしてたかもね。

アマンダ・ベイリー　あなたのおかげで、いいこと思いついた。事件が起きて間もないころに、これを題材に創作を発表した人たちに話を聞いてみるのもよさそう。マーク・ダニングは『白い翼』って小説を書いて、事件の一年半後に刊行してるんだけど〝協力してくれたすべての《アルパートンの天使》事件関係者に感謝する〟って述べてるのよね。よくある言いまわしを借りれば、〝霊柩車(れいきゅうしゃ)を追っかける〟勢いで取材したんだと思う。

アマンダ・ベイリー　それも、この事件で駆り出された全部の霊柩車をね。

ミニー・デイヴィス　わたしのほうは、今回の仕事、すごく幸運な巡りあわせでね。ムーアズ殺人事件の関係者はもうほとんど亡くなってるし、ウェスト夫妻の親戚は、もうずっと以前からマスコミには口を閉ざしてるでしょ。つまり、ありがたいことにインタビューの手間はなし、ってわけ。

アマンダ・ベイリー　うわあ、うらやましい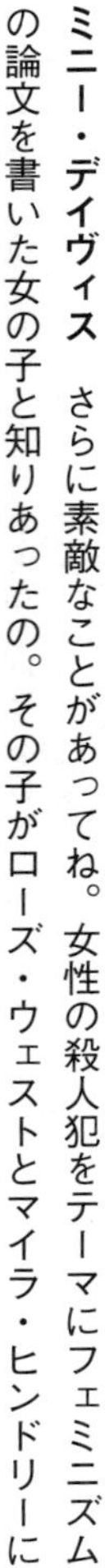

ミニー・デイヴィス　さらに素敵なことがあってね。女性の殺人犯をテーマにフェミニズムの論文を書いた女の子と知りあったの。その子がローズ・ウェストとマイラ・ヒンドリーについて書いたものを送ってくれたんだけど——そりゃもう、すばらしい出来でね——読者の背筋を凍らせるような写真が満載なのよ。これを好きなように使ってもらってかまわない、謝辞に名前だけ載せてくれたら、って言ってくれたの。だから、もうこの論文を土台に書いてるってわけ。

アマンダ・ベイリー　その子、本当にそれでいいの？

ミニー・デイヴィス　本気でそう思ってくれてるの。女性どうしは協力しあうべき、って価値観の持ち主なのよ。

アマンダ・ベイリー　うーん、どうかなあ。素人さんに協力を仰ぐのは、どうも危なっかしくて。

ミニー・デイヴィス　わたしもそう思ってた。その子に会うまではね。

アマンダ・ベイリー　そういう人って、やたら執着してきて、いろいろ要求したり、逆恨みしてきたり、執念深く仕返しを企んだりするじゃない😱

ミニー・デイヴィス　でも、ああいう人たちって、お気に入りの殺人事件の本に自分の名を載せてもらえるなら、身を粉にして働いてくれるでしょ。それに、マスコミを疑ってかかるたぐいの読者には、素人のほうが受けがいいしね。その子は頭が切れるし、とっても話しやすいの。とにかく、せっかく同じ企画に協力するんだし、クレイグにも声をかけて、三人でいっしょに飲みましょうよ。

アマンダ・ベイリー　やらなきゃいけないことが山積みなのよ。夜っぴて資料を読んだり、メールの第一弾をみんなに送ったり。次は個別の交渉メールを送って、インタビューの段取りをつけたり、小説やドラマにかかわった人たちに連絡したりしなきゃ。ああ、もう！　とにかく、とにかく、とにかくその赤ちゃんを見つけないと！

二〇二一年六月十一日、書店《ウォーターストーンズ》に注文した資料（領収証は確定申告のため保管）

『狂信』アマンダ・モンテル著（七月二十二日刊行予定、予約）
『あたしの天使日記』（一～四巻）ジェス・アデシナ著
『死を招くカルト』ウェンディ・ジョアン・ビドルクーム・アグサー著
『カルトの内幕』エミリー・G・トンプソン著
『白い翼』マーク・ダニング著
『恐怖、愛、そして洗脳』アレクサンドラ・スタイン著

二〇二一年六月十一日、ソーシャルワーカーのソニア・ブラウンに宛てたメール

宛先　ソニア・ブラウン　　送信日　2021年6月11日
件名　お願い　　送信者　アマンダ・ベイリー

ソニア

わたし、いま《アルパートンの天使》事件について書いているところなの。それで、あのとき十代だったホリーとジョナからも話を聞きたいし、とりわけふたりが助け出した赤ちゃんに連絡をとりたいのよ。あの赤ちゃん、行先はどこだったの？　いまはどこにいるかわかる？　生まれたのは二〇〇三年だったから、今年は十八歳になるはずで、だとすると最後に身を寄せていた保護施設がどこなのかは探せるはずよね。その子がどこかの家庭に養子としてひきとられていたら、なおのこと。

いまは当時の報道を調べなおしているんだけど、この未成年の三人については、ほとんど何も触れられていないのよ。名前も、写真も、生まれた場所も――すべて〝法律上の理由により〟ぼかされちゃってて。もし、ホリーが自分の赤ちゃんの育児ができる状態だったら、同じ施設に入れられていたはずよね？　もちろん、別々に分けられていた可能性もあるけど。どちらにせよ、とにかく最優先で赤ちゃんの行方を知りたいの。次に、十代だったふたりのこともね。

アマンダ

二〇二一年六月十一日、ソニア・ブラウンとわたしが交わしたテキスト・メッセージ

ソニア・ブラウン　その件、過去の記録にアクセスできないようにされちゃってて。

アマンダ・ベイリー　でも、絶対どこかに抜け道があるはず。

ソニア・ブラウン　こっちはまず申請して許可を待ち、過去の記録から発見した情報が現在の事例とどうかかわりがあるのか、報告書を書かなきゃいけないのよね。いま担当してる事例とは、どうにも結びつけようがないの。悪いけど、今回はどうしようもないみたい。

アマンダ・ベイリー　ほかに、そういう情報を得られる伝手はない？　当時のことを憶えてる人とか、記録にアクセスする権限のある人とか？　外部の組織とかは？　ねえ、何かないかなあ？

二〇二一年六月十一日、わたしと退職したソーシャルワーカーのサブリナ・エマニュエルが交わしたテキスト・メッセージ

アマンダ・ベイリー　こんにちは、サブリナ😘お久しぶり！

サブリナ・エマニュエル　あらあら、嬉しいじゃない。元気？

アマンダ・ベイリー　とりいそぎ、ちょっと訊きたいことがあって。あなたは《アルパートンの天使》事件にかかわってました？　あの事件、憶えてます？

サブリナ・エマニュエル　ああ、あれね。うん、憶えているわよ。

アマンダ・ベイリー　わたしたち、ずいぶん長いこと会ってませんよね。まずは、すぐにでも近況を報告しあいませんか？　いつなら空いてます？

サブリナ・エマニュエル　十月ね。

アマンダ・ベイリー　来週にでもと思ってたのに。

サブリナ・エマニュエル　😂わたし、いまファロに着いたところなの。ポルトガルのアルガルヴェ地方よ！　宿泊先のヴィラに着いたら電話するわ。

はるか以前、地方記者として《ウェンブリー・インフォーマー》紙でわたしといっしょに仕事を始め、現在は《ウェンブリー・オンライン》の論説委員を務めるルイーザ・シンクレアから、わたしが最初に送ったメールに対しての返信

宛先　アマンダ・ベイリー　　　送信日　2021年6月12日
件名　Re:《アルパートンの天使》事件　　送信者　ルイーザ・シンクレア

マンディ
あの事件ならよく憶えてる。いまグーグルで検索してみたら、わたしたちが書いた記事が何本か引っかかってきたところ。いまはもう時代がちがうから、あんな記事は出せないよね。わたしたち、思いっきり煽情（せんじょう）的な部分ばかりかすめとって記事にしてたもの。まあ、いま思いかえすと、報道できる事実なんてあまり多くなかったし、ほかにどうしようもなかったんだけど。
冷静に考えてみると、あれって保護措置の目も当てられない失敗、ってことでしょ。〝そこから得られた教訓〟って視点で書くとしたら、やっぱりわたしたちは煙幕を見やぶって、システムに疑問をぶつけるべきだったのよね。わたしがこんなこと言ってたなんて、よそでは言わないでほしいけど。
ちょっと時間をくれれば、昔の記録をひっくり返してみる。何か、役に立つことが見つかるかもしれないしね。そうね、近いうちにぜひ会いましょう。
《ウェンブリー・オンライン》論説委員
ルイーザ・シンクレア

二〇二一年六月十二日、サドベリーの聖バルナバ教会で教区主教を務めるエドマンド・バーデン＝ハイズ牧師からのメール

宛先　アマンダ・ベイリー　　　　　　送信日　2021年6月12日
件名　Re:《アルパートンの天使》事件　送信者　エドマンド・バーデン＝ハイズ

親愛なるミズ・ベイリー
メールをいただき、ありがとうございます。わたしはサドベリーの聖バルナバ教会で牧師を拝命して二十二年になり、お尋ねの《アルパートンの天使》事件の折もこの地におりました。あの十代だった恋人たちが供述で当教会の名を出したため、こちらにもマスコミが殺到し、われわれは永遠にこの事件と結びつけて語られることになってしまったというわけです。わたしでお役に立つようでしたら、お会いするのはいっこうにかまいません。こちらとしては、火曜か水曜なら時間がとれそうです。どうぞよろしくお願い申しあげます。
エドマンド・バーデン＝ハイズ牧師

二〇二一年六月十二日、担当編集者ピッパ・ディーコンとわたしが《ワッツアップ》で交わしたメッセージ

ピッパ・ディーコン　こんにちは、マンド　とりいそぎ、お尋ねまで——あの赤ちゃん、もう見つかった？

アマンダ・ベイリー　こんにちは、ピッパ。あれから、まだ二日しか経ってないじゃない。

ピッパ・ディーコン　もうじき見つかりそう？

アマンダ・ベイリー　社会福祉関係の主な情報源ふたりに、いま探りを入れているところだから、あとは幸運を祈りつつ待つだけ

ピッパ・ディーコン　あとどれくらいかかりそう？　だいたいの目安は？

アマンダ・ベイリー　だって、そもそもこの事件は十八年も前のことなのよ

ピッパ・ディーコン　とにかく早くしろって、わたしの連れあいのテレビ局担当者がうるさくて。あの業界の人がどんなか、あなたも知ってるでしょ。絶対によそに出し抜かれたくないのよ。どんなことでも試してみて。早く見つかれば見つかるほど、こちらはありがたいの。

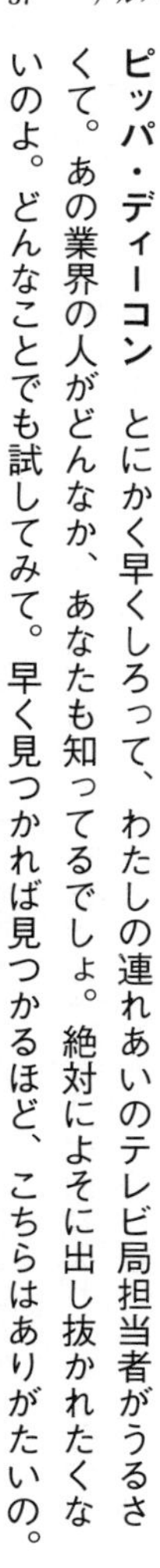

アマンダ・ベイリー　そうね、あの事件のことをほぼそのまま作品に取り入れている作家が二、三人いて、その人たちに話を聞いてみようと思っているところ。関係者の名前とか、憶えてくれているかもしれないから。

ピッパ・ディーコン　それって、いい思いつきね！　進み具合をときどき知らせて。

二〇二一年六月十二日、わたしとＹ　Ａ（ヤング・アダルト）作家ジェス・アデシナがツイッターのダイレクトメッセージで交わしたやりとり

アマンダ・ベイリー　こんにちは、ジェス。いきなりダイレクトメッセージをお送りしてごめんなさい。『あたしの天使日記』を読んだんですが、ああ、もうすばらしすぎて。あれだけの賞を獲（と）ったのも当然ですよね。あれは、《アルパートンの天使》事件から着想を得た物語だとか。わたしはいま、あの事件についてノンフィクションを書くために取材しているんですが、序文ではぜひ、あの事件をとりあげた創作作品を紹介したいと思っているんです。もちろん、あなたの小説も、ぜひお勧めさせていただきたくて。よかったら、あの小説を書くにあたって、事件関係者のどなたかに取材したかどうか、うかがってもいいですか？

ジェス・アデシナ　お断りします。

アマンダ・ベイリー　あなたが受けたインタビューは二〇一一年の《グラツィア》誌だけでしたけど、主要な事件関係者のひとりから話を聞いたと、はっきり匂わせていたでしょう。それって、ホリーじゃありません？　あなたの作品の登場人物、ティリーのモデルとなった女性ですよね。

ジェス・アデシナ　［このアカウントはあなたをブロックしました］

二〇二一年六月十二～十三日、わたしとマーク・ダニング（作家）の米国のエージェント、《ネヴィル、リード&パートナーズ》が交わしたメール

宛先　info@nevillereed.com　　**送信日**　2021年6月12日
件名　マーク・ダニング　　**送信者**　アマンダ・ベイリー

《ネヴィル、リード&パートナーズ》ご担当者さま
小説『白い翼』の著者であるマーク・ダニング氏は、貴社とエージェント契約を結んでいるとうかがいました。お手数ですが、このメールをダニング氏に転送していただけますか。

親愛なるマーク・ダニング

あなたの小説『白い翼』、最初から最後まで夢中になって読んだところです。読者の心をすばらしく惹きつける物語ですね。これは、英国で実際に起きた――いまは《アルパートンの天使》事件として知られている出来事を題材とした作品だとか。わたしはいま、あの事件についてノンフィクションを書こうと取材しているところなのですが、できれば《ズーム》か《フェイスタイム》といったビデオ通話でお話をうかがうことはできませんか？　あなたの取材先――謝辞で触れていらっしゃいますよね――についてお訊きしたくて。この作品が刊行された時期から考えて、きっと例の《集結》と呼ばれる出来事から数週間以内に、事件の鍵となった人々からじかに取材できたのではないでしょうか。あれからもう長い年月が過ぎてしまい、いまや信頼できる情報源を見つけるのがどれだけ困難かは、きっとご理解いただけることと思います。当時、事件の中枢にいた面々と直接つながりがあったと自慢できる関係者からどんな話が聞けたのか、ぜひうかがえたら幸いです。

できるだけ早くお返事いただけることを願っています。

アマンダ・ベイリー

宛先　アマンダ・ベイリー　　送信日　２０２１年６月13日
件名　Ｒｅ：マーク・ダニング　　送信者　ダンカン・サイフリッド

親愛なるミズ・ベイリー
こんなお知らせをすることになって申しわけありませんが、昨夜、マーク・ダニングが亡くなりました。ただいま、われわれもひどく混乱しており、詳細をお伝えすることもできない状況です。

ダンカン・サイフリッド
《ネヴィル、リード&パートナーズ》

宛先　ダンカン・サイフリッド
件名　Re：マーク・ダニング
送信日　2021年6月13日
送信者　アマンダ・ベイリー

親愛なるダンカン
わたしも、いましがたそのニュースを聞きました。ちょうど前回のメールをわたしが送信したころ、ダニング氏は事故に遭われたようですね。こんな悲しいことがあるでしょうか。心からお悔やみを申しあげます。
氏の死亡記事を拝見して、奥さまがジュディ・テラーだったことを知りました。さしつかえなければ、いくらか衝撃がおちついた頃合いに、前回のメールを奥さまに転送していただけないでしょうか？　奥さまも作家ですし、きっとご理解いただけるのではないかと思います。心をこめて。

アマンダ・ベイリー

十年前、《アルパートンの天使》事件に着想を得たテレビドラマ・シリーズ二作をそれぞれ制作したプロデューサーたちへ、二〇二一年六月十三日にわたしが送ったメール

宛先　フィル・プリースト　　送信日　2021年6月13日
件名　ドラマ『集結』　　送信者　アマンダ・ベイリー

こんにちは、フィル、実はお願いがありまして。わたしはいま《アルパートンの天使》事件についての本を書いていて、あなたが二〇一一年に制作したすばらしいドラマ・シリーズ『集結』を一気に観(み)たところなんですよ。当時、この事件を題材にしたドラマがふたつ、数週間の差で放映されていましたね。でも、実際に観てみると、あなたのドラマのほうがはるかにすばらしかった。邪悪に歪(ゆが)んだ男たちのせいであんな事件が起きてしまったんだから、そこに焦点を絞るのは当然のことですよね。

事件の取材の過程で、あなたか制作チームの誰かが被害者から話を聞けたかどうか、よかったら教えてもらえませんか？

アマンダ・ベイリー

宛先　デビー・コンドン　　　　　　送信日　2021年6月13日
件名　ドラマ『果たされなかった責任』　送信者　アマンダ・ベイリー

こんにちは、デビー、実はお願いがありまして。わたしはいま《アルパートンの天使》事件についての本を書いていて、あなたが二〇一一年に制作したすばらしいドラマ・シリーズ『果たされなかった責任』を一気に観たところなんですよ。当時、この事件を題材にしたドラマがふたつ、数週間の差で放映されていましたね。でも、実際に観てみると、あなたのドラマのほうがはるかにすばらしかった。冷淡な政府が福祉サービスに予算を出し惜しみ、重要な役割をはたすべき専門家たちが失敗したせいであんな事件が起きてしまったんだから、そこに焦点を絞るのは当然のことですよね。

事件の取材の過程で、あなたか制作チームの誰かが被害者から話を聞けたかどうか、よかったら教えてもらえませんか？

アマンダ・ベイリー

二〇二一年六月十三日、わたしと野心に燃える脚本家の卵、クライヴ・バダムが交わしたメール

宛先　クライヴ・バダム　　　　　　　　　送信日　2021年6月13日
件名　《アルパートンの天使》事件　　　　送信者　アマンダ・ベイリー

親愛なるクライヴ
わたしはノンフィクション作家で、次作のために取材しているところなのですが、ひとつお願いがあります。二〇〇五年、あなたが《アルパートンの天使》事件を題材にした映画脚本で賞を獲ったのをインターネットで知りました。この事件が後世に残した影響を調べるためにも、ぜひその映画を観たいと思ったのですが、どこにも見あたらなくて。どこかのストリーミング配信で提供されていたり、あるいはDVDが出ていたりするようでしたら教えてもらえませんか？　この脚本を書くにあたり、誰か事件関係者の話を聞くことはできました？

アマンダ・ベイリー

宛先　アマンダ・ベイリー　　　　　　　送信日　2021年6月13日
件名　Re：《アルパートンの天使》事件　送信者　クライヴ・バダム

やあ、アマンダ
きみの名前はやけに見おぼえがあったんだが、思い出したよ。二歳の息子の目の前でめった刺しにされた母親、レイチェル・ニッケル殺害事件をとりあげたきみの本『コモン・グラウンド』を読んでいたんだ。そのきみが、ぼくにメールをくれるとはね！　喜んで、取材に協力させてもらうよ。

　そう、ぼくが書いた超自然アクション・アドベンチャー映画の脚本『神聖なるもの』は、《アルパートンの天使》事件にヒントを得ている。二〇〇五年のロンドン映画学校（フィルム・アカデミー）賞の未制作脚本部門で最優秀賞を獲ったんだ。当時はありとあらゆる記事や資料を読んでいたんでね、誰の話も聞いてはいない。もともとオカルト好きだったから、使える知識はいくらでもあったしね。そもそも、実際に何が起きたのかについては、ぼくはさほど興味はなかった。それより、人間の姿をした悪魔が地上を歩きまわっている、そんな趣向に心惹かれたんだ。考えるだけで、ぞくぞくしてこないか？　そこから、ぼくは物語を作り出していったんだよ。

　どこを探しても、『神聖なるもの』を観ることはできない――いまは、まだ。資金が調達できなくて、制作されなかったんだ。だが、メール・アドレスがわかるかぎりの映画プロデューサーに片っ端から脚本を送りつけた結果、すばらしいと評価してくれた人間もかなりいてね。ちょうど先月メールの返事をよこした女性プロデューサーは、いま手がけている大作の制作にあと二年かかるそうなんだが、それが終わったらすぐ脚本を読むと言ってくれたよ！　いまはただ、幸運を祈るばかりだな。ひょっとしたら、きみがこれから書く本のおかげで、この事件にまた世間の関心が向くかもしれないし。

　ところで、きみの本を脚色する脚本家はいらないかな？　ぼくはいま、コールセンターで時間給の仕事をしながら、地元の短期大学で創作文芸の講座を持っているだけだから、脚本を書く時間はどうにでも工面できるんだ。エージェントとは契約していないから、もし興味があったら、ぜひ直接ぼくに連絡してくれ。

クライヴ・バダム

二〇二一年六月十三日、わたしとクライヴ・バダムが交わしたテキスト・メッセージ

アマンダ・ベイリー　ありがとう、クライヴ。まずは、『神聖なるもの』の脚本を読ませてもらえない？　この事件に触発されて、どれほど多くの創作作品が生まれたかに興味があって。たとえ映画が制作されなかったとしても、あなたの脚本がこの事件を土台として生まれた当時の創作作品であることには変わりないでしょう。本の中でこの脚本をとりあげたら、謝辞にはあなたの名前を入れることもできるしね😊

クライヴ・バダム　あやしいな。その申し出にはやすやすと乗る気にはなれない。きみも作家ならわかるだろう。表紙の名前だけ書き換えて、これは自分が書いたなんてこと、誰にだって言えるんだから。とにかく、脚本を書いてほしかったら連絡してくれ。

二〇二一年六月十三日、わたしの個人サイト amandabailey.com に届いたメール

宛先　アマンダ・ベイリー　　　送信日　２０２１年６月13日
件名　ささやかなお願い　　　　送信者　キャシー＝ジューン・ロイド

親愛なるアマンダ・ベイリー
わたしはここギルフォードの町で、《迷宮入り殺人事件クラブ》という趣味の小さな会を主宰しています。月に一度みなで集まり、迷宮入りの事件、未解決の殺人事件について語りあうんです――ただの趣味なんですが、ときにはなかなかおもしろい仮説が出てきたりするんですよ！
このところは自宅前で殺害されたジャーナリスト、ジル・ダンドーの事件をとりあげていて、あなたの著書『戸口にて』を読んだ会員も何人かいます。みんな、夢中になって読みふけってしまったそうで、まさに読者を事件の核心へ導いてくれる本だと、口をそろえていましたよ。どうなんでしょう、警察はやっぱり、近隣の住民による犯行の可能性をまったく考えていなかったんでしょうか？　現場に駆けつけたのもおそろしく早かったわけだし、あの中の誰だろうと、じっと通りの様子を見はり、銃を撃ってすぐさま自宅へ逃げもどることができたのではと考えると、近隣の住民こそがもっとも有力な容疑者だと、わたしたちは考えているんですが。動機だって挙げられますよ――残虐な事件が起きたことで物件の価値が下がるのをねらい、あの家を買いたかったんでしょう。この仮説なら、なぜ逃走する殺人犯を目撃したという確かな証言が出てこないのか、そこも説明がつきます。『戸口にて』という題名は、実は法的な理由で詳しく述べられなかった仮説を、〝すぐ近所〟という言葉に絡めて巧妙にほのめかしているのではないかと考えている会員も、ふたりほどいましたよ。

これまで、うちのような集まりにゲストとして出席したことはありますか？　うちの会員はみんな熱心な素人探偵ばかりで、あなたが来てくださったら、みんな大喜びで歓迎しますよ。予算はさほど多くありませんが、もしも来てくださるなら、アマゾンの四十ポンドのギフトカードと花束を、わたしが個人的にお贈りします。

お仕事が忙しすぎて来られないようでしたら、わたしたちはみな、次の作品の出版を首を長くして待つことにしますよ！

キャシー＝ジューン・ロイド

二〇二一年六月十四日、《新着の幽霊》ポッドキャスト配信者のデイヴ〝イッチー〟キルモアから届いたメール

宛先　アマンダ・ベイリー　　送信日　2021年6月14日
件名　《新着の幽霊》ふたたび！　　送信者　デイヴィッド・キルモア

やあ、マンディ！

新シリーズの始まり始まり！　そう、《新着の幽霊》ポッドキャストを第十二シリーズ配信のため再開することになってね、今回は早めにゲストの顔ぶれを決定するつもりなんだ。また、きみに来てもらえるかな？　前回は、反響がすごかったからね。きみの選んだテーマについておしゃべりして、合間にきみの本の宣伝もはさんだりして――過去に出したものでも、いま書いているものでも、これから書く予定のものでも（ところで、いまは何を書いているのかな？）、そのときどきでテーマにうまく絡めながら。いま考えているテーマを挙げておくよ。

自殺の偽装――殺人者にとっての理想の形
暗殺――なぜ、もっと頻繁に起きないのか？
人を殺さない異常者――何が歯止めとなるのか？

ほかにいい思いつきがあったら、ぜひ知らせてくれ……

デイヴ〝イッチー〟キルモア

二〇二一年六月十四日、退職した元警視正ドン・メイクピースとわたしが《ワッツアップ》で交わしたメッセージ

ドン・メイクピース　こんにちは、アマンダ。メールをありがとう。あの事件のことなら、よく憶えているよ。喜んで、昼めしでも食いながら話そうじゃないか。ところで、あの事件については、ほかにも本を書こうとしている人間がいるのは知っているかい？　オリヴァー・ミンジーズという男だ。しばらく前に、電話がかかってきたよ。この事件を、あの赤んぼうの視点からとらえてみたいとかいう話でね。会うのは、わたしは何日でもかまわない。ドンより。

アマンダ・ベイリー　オリヴァー・ミンジーズ？　そんな。オリヴァーはどんなことを言ってました？　あの赤ちゃんには会えたんでしょうか？

ドン・メイクピース　憶えていないな。《クアグリーノズ》で昼めしを食ったんだ。パンと有機バターが実に美味(うま)い店だったよ。ドンより。

二〇二一年六月十四日、わたしと担当編集者ピッパ・ディーコンが《ワッツアップ》で交わしたメッセージ

アマンダ・ベイリー　ねえ、ピッパ、わたしの《アルパートンの天使》事件の本、すごくいい題名を思いついちゃった――『神聖なるもの』っていうの。どう思う？　あと、いま知ったばかりのことを、あなたにも知らせておかないと。まさにこの事件について、オリヴァー・ミンジーズも本を書こうとしていて、しかも聞いたところによると、わたしと同じく例の赤ちゃんに焦点を当てようとしているらしいの。これってわたしだけじゃなくて、あなたも困るんじゃない？　いっそ、取材を進める前に、切り口を考えなおしてみたほうがいいのかな？

ピッパ・ディーコン　その人、誰？　あなたの知りあい？　それと、題名はとっても素敵。

アマンダ・ベイリー　ええ、知ってる。この仕事を始める以前にね。二〇〇〇年代初め、地元の新聞社の研修制度でいっしょだったの。わたしは研修の途中で辞めて、向こうは課程を終えてすぐ辞めたってわけ。

ピッパ・ディーコン　いま調べたら、警察官の回顧録の共著者とか、戦争犯罪に問われた兵士のゴーストライターとかをしている人みたいね。筆は立つの？

アマンダ・ベイリー　もう、ずっと連絡もとっていなくて。その後はラジオ局、それから建築業界誌の出版社に勤めていて、最後に聞いた話では、どこかの会社の広報室で目立つ仕事をしていたみたい。それから、フリーランスになったんでしょうね。

ピッパ・ディーコン　まあ、近いうちにこの件を嗅ぎまわる人がほかにも出てくるだろうとは、もともと予想がついていたしね。でも、あなたには情報を得られる伝手があるんだから、こちらが有利なことは変わらない。とにかく、先に赤ちゃんを見つけて、話をつけてしまえばいいのよ。その後、進展はあった？

二〇二一年六月十四日、わたしとソーシャルワーカーのソニア・ブラウンが交わしたテキスト・メッセージ

アマンダ・ベイリー　《アルパートンの天使》事件の赤ちゃん探しの件だけど。ほんの何人かの名前、日付、住所を教えてくれるだけでいいの。あとは、全部わたしがやるから。あるいは、自分で情報を探せるように、データすべてにアクセスできる名前とパスワードを教えてもらえない？

ソニア・ブラウン　前にも言ったでしょ、もう体制が完全に変わっちゃってて。どうにも調べようがないの。

アマンダ・ベイリー　ソニア、お願い、何か方法を考えてみて。《三本のブナの木》の情報漏洩（ろうえい）の件だって秘密にしておいてあげてるんだから、これくらいいいでしょ。

ソニア・ブラウン　情報漏洩？　あれは、あなたのためにやってあげたのに。いい、もしもわたしが仕事をクビになっちゃったら、もうあなたの役にも立てないのよ。

アマンダ・ベイリー　クビになるだけじゃすまないでしょうに。あなたは単独で動いた。自分の役割を超えてね。あの後どうなったかを考えたら、刑事訴追を受けて当然よ。

ソニア・ブラウン　よくもまあ、マンディ、あれだけ協力してあげたのに！

二〇二一年六月十四日、わたしと昔の同僚オリヴァー・ミンジーズが《ワッツアップ》で交わしたメッセージ

アマンダ・ベイリー　ねえ、どういうこと？　《ザ・ガーキン》勤務で六桁もらえるお仕事も、あなたにはしんどすぎたってわけ？　一年も続かないなんて、腰が定まらないにもほどがあるでしょ。いくらあなたでも、さすがにひどすぎる！　何をやらかしたの、はした金をちょろまかしでもした？　それとも、記者会見の席で、アレでも突き出してみせたとか？🍆

オリヴァー・ミンジーズ　おやじが死んでね。仕事に全力投球できる状態じゃなかった。会社とは、お互い納得したうえで退職したんだ。

アマンダ・ベイリー　そうだったの。それはお気の毒に。

オリヴァー・ミンジーズ　まあ、そういうことさ。

アマンダ・ベイリー　いまは《アルパートンの天使》事件を調べてるって聞いたけど。誰に頼まれたの？

オリヴァー・ミンジーズ　ああ、そうさ。それはそっちも同じだろう。誰かがおれの情報源に手を出してることはつかんでた。あんた、いまだに二〇〇一年みたいなメールのテンプレートを使ってるんだな。

アマンダ・ベイリー　あれは時間の節約になるし、効果的なのよ。

オリヴァー・ミンジーズ　情報収集は、それぞれ個人ときちんと向きあってこそだろう。どんなときでも、こういうことは量より質なんだ。おれの本は《グリーン・ストリート》で出す。あんたのは、ピッパ・ディーコンの新しいシリーズだろう。

アマンダ・ベイリー　じゃ、犯罪ノンフィクションを書くってこと？　わたしの知ってるオリヴァー・ミンジーズは、商業出版を見下してたはずだけど🤔

オリヴァー・ミンジーズ　おれは、あの赤んぼうの視点から事件を見なおそうと思ってる。

アマンダ・ベイリー　それは、わたしも同じ。企画書もそれで通したんだから。《グリーン・ストリート》は、その方針を知ってるの？

オリヴァー・ミンジーズ　あんたは出遅れたな、マンド。おれはもう、何週間も追ってるんだ。

アマンダ・ベイリー　例の赤ちゃんだった子とは、もう話した？

オリヴァー・ミンジーズ　ほかに、いくらだってちがう視点を思いつけるだろうに。

アマンダ・ベイリー　例の赤ちゃんだった子とは、もう話したの？

オリヴァー・ミンジーズ　いや、まだだ。だが、どんどん近づいてる手応えがある。そっちは？

アマンダ・ベイリー　話しましたとも。この本の計画にも賛同してもらって、ちょうど独占契約を結んだところだから、時間の無駄にならないように気をつけて。まあ、だいじょうぶよ。ほかにも、いくらだってちがう視点を思いつけるでしょうから。

二〇二一年六月十四日、フィッシング電話のための台本

「こんにちは、こちらはロンドン警視庁児童保護班のジョーンズ巡査部長です。ただいま、しばらく前に起きた難事件の捜査をしておりまして。ある三人の未成年者がそちらの保護下にあった日時を確認できる記録を、どうか調べてみていただけないでしょうか」

「できない？　それはそれは。いや、実に残念です。日時の確認をしていただくだけでいいのですが。われわれに協力してくれている、実に勇敢な人々にとって、ここが運命の分かれ道になるかもしれないいんですよ。過去の事件を捜査するのがいかにたいへんかは、あなたもご存じでしょう。何年にもわたるトラウマを抱えた被害者たちが、勇気を振りしぼって名乗り出てくれたとしても、ほんのわずかな情報が手に入らなかったばかりに、捜査が打ち切りになってしまうこともあるんです。実に些細(ささい)な協力――今回の場合は、三人の未成年者がそちらの保護下にあった時期を調べていただくだけで、未来が大きく変わってしまうんですよ」

「ああ、ご親切に、ありがとうございます。お訊きしたいのは、《アルパートンの天使》事件にかかわった未成年者についてです。ふたりは当時十七歳、ひとりは生後数カ月でした。いま、わたしが捜査しているまったく別の事件に、この情報がかかわってくるんです」

見つかった！
ウィルズデン児童保護センター
ネーズデン・ロード、NW10

二〇二一年六月十四日、わたしと以前アシスタントをしてもらっていたエリー・クーパーが《ワッツアップ》で交わしたメッセージ

アマンダ・ベイリー　こんにちは、エリー。前みたいに、また文字起こしをやってもらえる？　いつものようにふたりの対談形式のインタビューを、前と同じ料金で。今度の木曜から お願いしたいの。いまは、いわゆる〝休日の楽しみ〟みたいな本を《クロノス》に頼まれてて。

エリー・クーパー　了解、いつでもやりますよ！

二〇二一年六月十七日、フラムの《ブルーバード》で、退職した元警視正ドン・メイクピースから話を聞く。文字起こしはエリー・クーパー。

アマンダ　時間をとってくださって、ありがとう、ドン。

ドン　どういたしまして。元気そうじゃないか、マンディ。可愛らしいアシスタントさんはどうしている？ ［アシスタントさんは顔を赤らめつつ、男性からの賛辞をありがたがる自分自身に腹を立てています。エリー・クーパー（以下ＥＣ）記］

アマンダ　もう、わたしのアシスタントじゃないんです。新たな道に進んで、いまは博士課程で勉強中なんですよ。［以下、退屈なおしゃべりは省略して本題へ進む。ＥＣ記］ドン、二〇〇三年に《アルパートンの天使》事件が起きたとき、あなたはウェンブリー・セントラル署の警視正でしたよね。どんなことを憶えていますか？

ドン　あの男のことは、よく憶えているよ。

アマンダ　ガブリエルですね。
ドン　［笑う。ＥＣ記］ああ。そう、最終的にはそう名のっていたな。だが、神の存在を見出すまでは、あいつは昔からただのピーター・ダフィだった。わたしが警察に入ってまもなくのこと、あいつを詐欺罪で逮捕してね。《アルパートンの天使》の騒ぎの、はるか以前のことだ。そのころは第八の戒律を破ってもへっちゃらだったたってわけさ！［モーセの十戒より〝汝、盗むなかれ〟ですね。ＥＣ記］
アマンダ　事件当時はどんな感じでした？
ドン　警察官がどんな人種か、きみは知っているな、マンディ。われわれはいつだって、人々を監視している。何か後ろめたいことがあるときも、そうではないときも。後ろめたいことがある人間ってやつは、きみの想像とはちょっとちがう。ひたすら秘密を隠そうとするか、それをぶちまけてしまいたがるか。誰もがそうなるんだ。だが、あいつは……
アマンダ　どうだったんですか？
ドン　あいつの事情聴取はすべて見た。いくつかは、何度もくりかえしてな。だが、いくら見てもわからなかった。
アマンダ　後ろめたいことがあるかどうか？
ドン　あいつが真実を語っているのかどうか。
アマンダ　なるほど、もしも本人が自分の嘘を信じこんでいたら、警察官の第六感も反応しようがないということですね。

ドン　まあ、そうだな。きみはあの男からも話を聞くのかね？

アマンダ　いちおう、刑務所長に申請はしてみるつもりです。あまり期待はしていませんが。

ドン　あの男が取材に応じたという話は聞かないな。事件当夜、さらにはその前の数カ月間にわたって、あいつは何も憶えていないと言いはっている。だが、それでも無罪を主張しているわけだ。いいか、もしも何も憶えていないなら、どうして自分の無罪をそこまで確信できる？［ここで含み笑い。ＥＣ記］よくある話だよ。

アマンダ　十代だった子どもたちについて聞かせてもらえますか？　ホリーとジョナのことを。

ドン　どちらも本名じゃないがね。

アマンダ　本名を憶えていますか？

ドン　いや。

アマンダ　どんな子たちでした？

ドン　似ているように見えても、中身は正反対だったよ。女のほうは明るくて聡明（そうめい）、男のほうは引っこみ思案で流されやすい。精神年齢がかけ離れていてね。だが、それでも――［その先は聞きとれず。ＥＣ記］

アマンダ　赤ちゃんの父親はどっちだったのか、警察はつきとめたんですか？　ガブリエルか、それともジョナか？

ドン　それは社会福祉の管轄だな。こっちは殺人容疑に的を絞っていたんでね。

アマンダ　では、ハーピンダー・シンについて。この事件について書かれたものには、見つかるかぎり目を通したんですが、どうもわからなくて……
ドン　何がわからない？
アマンダ　ガブリエルの刑務所送りを決定づけた証拠が、どうにも根拠薄弱に思えるんです。
ドン　つまり、あの男は無実だと？
アマンダ　そういうことじゃないんですが。
ドン　たしか、アパートメントの空き部屋で発見された遺体のそばに、あいつの指紋が残されていたんじゃなかったかな？
アマンダ　床に落ちていたチラシから、指紋の一部が見つかったんです。
ドン　そうだ。あいつは警察の捜査を意識し、指紋を残さないよう気をつけていたんだが、どこかの時点でうっかり郵便受けからチラシを抜きとってしまったらしい。おそらく、部屋を出るときにはアドレナリンによる興奮が収まりつつあり、反射的に手にとってしまったんだろう。
アマンダ　シンは貧乏なウェイターでした。一日十四時間も働いていたんです。たとえ時間があったとしても、実際にあのカルトに入信していたという証拠もありません。いったい、どうしてガブリエルたちはシンを殺したりしたんでしょうか？
ドン　ああいう連中は、ときとして理由のわからないことをするもんだろう？
アマンダ　シンの殺されかたは、宗教儀式に則(のっと)っていたんですか？　［ドンは答えなかったようだ。

ここで昼食の料理が運ばれてくる。あなたがたがウェイターに話しかけたり、料理について語りあったりした部分は省略。黒焦げのタラは、どうやら焼きすぎだったらしい。ＥＣ記］

ドン　……それ以上のことは、警察も関与していないのでね。

アマンダ　つまり、ガブリエルはシンの殺害と、ほかの三人の天使の遺体損壊の罪で有罪判決を受けたわけですよね。ホリーとジョナはこの男からどんな誘いを受けてこのカルトに入信したのか証言し、ガブリエルには終身刑の宣告が下った。でも、十代のふたりは何の責任も問われなかったわけです。

ドン　ふたりがどんな経験を乗りこえてきたかを思えば、われわれもとうてい罪を問う気にはなれなくてね。その判断が正しかったか、まちがっていたかはわからん。だが、十七歳の子どもらに、自分の行動の責任を問えるだろうか？　あんなにも無防備だったというのに？　われわれはガブリエルに捜査の焦点を絞った。たったひとり生きのこった大人の天使だったからな。

アマンダ　でも、ホリーとジョナはひょっとして……

ドン　難しい問題だよ。あのふたりはカルトに誘いこまれ、利用された被害者だ。だが、そこから自ら脱出し、赤んぼうをも助け出した。検察庁もふたりを訴追するのに乗り気ではなかったんだ。なにしろ、元気でぴんぴんしているガブリエルがいたしな。

アマンダ　結局のところ、ふたりは未成年ですしね。

ドン　そうだな。ただ、十七歳という年齢は……性的同意年齢を超えてはいる。つまり……

もしも大人どうしが自分たちの夢見る世界を作りあげ、その中で生きたいと望むなら……

［続きは口にせず、ここで言葉を切る。ＥＣ記］あのふたりの関係は、けっして違法ではなかったわけだ。

アマンダ　でも、カルトのひとりがほかの仲間たちを死に追いやったら――

ドン　きみは検視官の報告書を読んだんだね？　天使たちはみな、喉をナイフでひと突きして死んでいた。自らの手による傷だ。［あなたがたが――そして、わたしさえも――その不気味な成り行きに思いを馳せる間、しばしの沈黙が続く。ＥＣ記］

アマンダ　たったひとりを殺害しただけで、終身刑を宣告されることはめったにありません。つまり、裁判官はガブリエルがほかの仲間たちを殺したと疑っていたのでは？

ドン　実のところ、状況を考えればわかることだ、アマンダ。ガブリエルは実際にナイフこそ振るってはいないかもしれないが、仲間たちが自殺するよう仕向けたうえ、死後にはその遺体から内臓を抜き出し、黒魔法陣の中に配置した。とうてい正気とは思えん行いで、そう、ほかの天使たちの死に対する責任は免れまいとわれわれは思ったのでね……

アマンダ　奇妙な事件ですよね。

ドン　うーむ。頭のたがが外れてしまった結果だな。

アマンダ　この事件で、ハーピンダー・シンはどういう役割をはたしているんですか？

ドン　［おえっ、口の中がいっぱいのまま話すなんて。前半は聞きとれずじまい。ＥＣ記］……英雄的じゃないか。

アマンダ　ハーピンダー・シンに、そんな言葉は当てはまりません。

ドン　むろん、わたしが言ったのは、悪いやつらは死んだり逮捕されたりして、あの赤んぼうが生きのこったことについてだよ。

アマンダ　むしろ、詩的というべきかも。ジョナサン・チャイルズという警察官はご存じですか？

ドン　いや、憶えがないな。

アマンダ　ネットのニュース・サイトの記事に、名前が出ていたんです。アパートメントの空き部屋で、シンの遺体を発見した警察官として。でも、どうしても探しあてられなくて。

ドン　わたしが訊いてみてやろうか。

アマンダ　警察官が同僚の名前を聞いてまったく思いあたらないなんて、めずらしいですよね、ドン。あなたがたはみんな、仲間の名は知りつくしているみたいなのに。

ドン　［声をあげて笑う。ＥＣ記］そうだな、〝Ｍ40号地帯〟の仲間だからな。

アマンダ　何ですって？

ドン　Ｍ40号線高速道路のおかげで、ロンドン西部からテムズ・ヴァレーにかけては短時間で移動できる。だから、そのあたりに家と職場の両方がある警察官は、在職中にたくさんの署を転々と異動するんだよ。ああ、その名前は訊いておくよ。きっと、誰かが知っているはずだ。

アマンダ　ありがとう、ドン。［咀嚼（そしゃく）音、そしてグラスを触れあわせる音。ＥＣ記］

ドン　この事件に着想を得て、さまざまなものが生み出されていることには、これまで何度となく驚かされてきた。つい最近も、テレビで何か見たような気がするな。

アマンダ　『9から始まる奇妙な物語』でしょう。わたしも見ました。すばらしかった。［これを聞いて、わたしは仰天。EC記］

ドン　そう、それだ。ぞくぞくしたよ！　気味が悪くてね。事件当時は、そんなふうには感じなかった。またしても獰猛なけだものが制度の弱点を突き、弱者を食いものにしたんだと、そういうふうにしか思わなかったんだ。天使だの悪魔だのという話を抜きにすれば、おそろしく気が滅入りはするが、ごくありふれた事件にすぎないからな。

アマンダ　赤ちゃんはどうなったんですか？

ドン　ああ！　それで思い出した。ひとつ頼みがあるんだ。息子のコナーが報道関係の仕事に就くことを考えていてね。親身になって助言をくれる業界人を紹介してやろうと約束したんだ。よかったら、きみが相談に乗ってやってくれないか？

アマンダ　もちろん、かまいませんよ。

ドン　助かるよ。今度の日曜、夕食でもどうかな？

アマンダ　喜んで。［しばらくふたりが食べものを咀嚼し、飲みこむ音が続く。EC記］それで、《アルパートンの天使》教団から救出された赤ちゃんは、それからどうなったんですか？

ドン　それが、何も知らなくてね。［一瞬のためらいの後、声がうわずる。ひょっとして、何か知っているのかも？　EC記］

アマンダ　ホリーとまたいっしょに暮らせたのか、それとも赤ちゃんだけどこかの施設に保護されたんでしょうか？

ドン　［何か口の中でつぶやく。ＥＣ記］

アマンダ　ここだけの話、ということでもかまいませんよ。［長い沈黙。ＥＣ記］

ドン　ここだけの話、なんともおかしなことが起きたんだ。詳しくは社会福祉サービスの連中に訊いてもらうしかないが、わたしの記憶では、たしか誰かがこの子の親族だと名乗り出てね。祖父母か伯母か、そんな関係の人物だよ。たぶん、赤んぼうの監護権を申請したんだろう。

アマンダ　もしも親族にひきとられたんなら、養育にはホリーもかかわれますよね。幸せな結末じゃないですか。

ドン　［口の中で、何かつぶやく。最後はこんなふうに聞こえた……ＥＣ記］おかしな話だ、近づけば近づくほど、遠ざかってしまうんだから。

アマンダ　何がおかしいんですか？

ドン　別に、何も。

アマンダ　おかしなことが起きたって、さっき言っていましたよね。

ドン　［咀嚼しているような音。わざと答えを引き延ばしているのだろうか？　ＥＣ記］ほら、わたしはやはり、警察官の目で見てしまうんだよ。そのとき、わたしが真っ先に考えたのは、その親族とやらがホリーの面倒を見られないというのに、どうしてホリーが産んだ子の監護権が与えられるんだろうということだった。おかしいというほどのことじゃない、ただ、社会福祉関係の人々と警察官では、目のつけどころがちがうというだけなんだ。［ここでしばらく、あなたがたの共通の友人、オリヴァー・メンジースとか何とかいう人物の話が出る。あなたはドンに〝オリヴァーがどこまで探りあてたか〟を聞き出し、自分に教えてほしいと頼む。このインタビューに関係のあることなのだろうか？　EC記］

アマンダ　事件当時からの知りあいで、喜んで話を聞かせてくれる人はいませんか？

ドン　〝喜んで話を聞かせる〟というと……？

アマンダ　何か違和感をおぼえたことがあれば、すべてぶちまけてくれる人です。

ドン　考えてはみるがね、マンディ、ひとつだけ言わせてくれ。

アマンダ　どうぞ。

ドン　すべては、ここだけの話にしておくことだ。くれぐれも気をつけて。

［ここからは退屈な雑談ばかり。EC記］

二〇二一年六月十七日、わたしとソーシャルワーカーのソニア・ブラウンが交わしたテキスト・メッセージ

アマンダ・ベイリー　あの赤ちゃんは、十代の母親の親族にひきとられたんですって。

ソニア・ブラウン　誰から聞いたの？

アマンダ・ベイリー　当時、現場にいた人から。最初はまず、ウィルズデン児童保護センターに収容されたそうよ。

ソニア・ブラウン　心当たりのある人たちに訊いてみる。

二〇二一年六月十八日、サドベリーの聖バルナバ教会でエドマンド・バーデン＝ハイズ牧師から話を聞く。文字起こしはエリー・クーパー。

アマンダ　ありがとうございます。［わあ、声が響く！　ぞっとする。ＥＣ記］

エドマンド　さあ、信徒席の最前列に坐（すわ）りましょうか。ステンドグラスの窓が見えますね。あれは一二九〇年から、この教会にあるんですよ。《アルパートンの天使》事件以前は、あの窓のおかげでうちの教会は有名だったんです。

アマンダ　美しいですね。色彩が、本当に鮮やかで。もう少し近づいてもかまいませんか？わたし、こちら側の目の視力が落ちていて。

エドマンド　もちろんですとも、どうぞ、すぐ近くからご覧になってください。この鉛の桟は、すべて当時のままなんですよ。

アマンダ　すばらしいですね。この絵は、何かの物語をなぞっているんでしょうか？

エドマンド　これはサマリア包囲戦を描いたものです。列王記で語られている逸話ですよ。そこに描かれているベン・ハダデという人物が、この都市への食糧供給を止めました。そして、ほら、城壁の上に王が見えるでしょう？　王は飢えた国民の中を歩いていました。すると、この女が王を呼びとめ、こう訴えたのです。「陛下、どうかわたしの息子をください、わたしたちが食べられるように。そうしてくださったら、明日はわたしたちにあなたの息子をみなで食べます」それを聞いて、王は自分の息子を差し出し、民がその子を殺して食べるのを許しました。しかし、その翌日、民はまた飢えていたのです。王がその女を訪ねてみると、女は自分の息子を隠していましてね。王子を犠牲に捧げさせながら、自分の息子は守ろうとする女を、王はどうすることもできなかったのでした。［気味の悪い話。ＥＣ記］

アマンダ　こうして近づいてみると、さっきほどは美しく見えませんね。それは、いったい……？

エドマンド　ええ、茹でた王子の頭です。この逸話は、解釈によっては王と臣民のやりとりではなく、ふたりの母親が交わした約束とされることもありますがね。どちらにせよ、これは仲間である人間どうしの信仰と信頼について、真摯に考えさせる物語といえるでしょう。生きのびたいという一心で、人間がどんなことをやり、どんな言葉を口にするかという問題は、あらためて指摘するまでもありません。さらに、これが王と臣民のやりとりとする逸話の場合、指導者たるものが払うべき犠牲、担うべき責任についての教訓でもあるのです。お茶はいかがですか？

アマンダ　いただきます。［食器の触れあう音、お茶を注ぐ音、さらにマグカップについての退屈なおしゃべりが続く。ＥＣ記］

アマンダ　例の天使たちと実際に会ったことのあるかたにお会いするのは、今回が初めてなんです。［そう聞かされて、牧師は声をあげて笑う。苦々しげな笑い声だ。ＥＣ記］初めて天使たちの存在に気づいたのは、いつだったんですか？

エドマンド　最初に目にとまったのはホリーでしたよ。あの年ごろの子が、親抜きで教会に来るのはめずらしいですからね。それで、信徒のご婦人のひとりに、あの子に声をかけ、何も問題はないかどうか確認してほしいとお願いしたんです。すると、ホリーは自分が天使で、ほかの天使たちといっしょに暮らしていると答えたそうでね。いかにもあたりまえのことを話しているという様子で、完全に洗脳された状態だったとか。その信徒のご婦人は不審に思い、次の日曜にはみなさんで教会にいらっしゃいと誘いをかけたんです。

アマンダ　それで、天使たちは誘いに応じたんですね？

エドマンド　指導者のガブリエル、もうひとり十代の少年――こちらは、後から考えるとジョナですね――そして、もう一度ホリーが。わたしはガブリエルに話しかけました。あの男は近くの小さな町に住む、平信徒のクリスチャンだと名のっていましたね。人間は誰しもこの地上に生まれた天使だというのが、自分たちの信念だと語っていました。そして、献金箱に三十ポンド入れていきましたよ。

アマンダ　その話はもっともらしく聞こえたんですか？　それを聞いて、あなたの疑念もいくらか晴れた？

エドマンド　そんなことを判定する立場に、わたしはおりませんのでね。しかし、重要なのは何を語ったかではなく、どんなふうに語ったかということです。夢幻の世界にほかの人々を引きずりこむのは、もっともらしく語れる人間なんですよ。自分自身を信じきっている人間ほど、説得力のあるものはいませんからね。

アマンダ　その後、その三人を見かけたことは？

エドマンド　ありません。事件のことが報道されて、わたしたちはみな衝撃を受けましたよ。警察には事情聴取されました。ここに、記者たちも押しかけてきましてね。その口ぶりといったら……わたしたちがもっと早く警察に通報していたら、あんなことにならなかったかもしれないと責めているようで――

アマンダ　つまり、三人もの人間が殺されずにすんだと？

エドマンド　あの赤ちゃんが危うく陥りかけた運命のことですよ。わたしたちは自分を責めました。［ひどく沈んだ口調だ。ＥＣ記］しかし、そんなことがどうして予知できましょうか？

アマンダ　いま、どう感じているのか、率直な気持ちを聞かせていただけませんか？　キリスト教の教義を歪め、あろうことか、危うく人身御供を捧げかねなかった人間が、あなたが預かる、この教会の礼拝に出席していたわけですよね。

エドマンド　キリスト教というのはもともと、人々の心にさまざまな思いを湧きあがらせるものなのです。そうなると、どこかで悪しき人々の心をも刺激してしまうことは避けられない。あるいは、善良な人々の心を悪い方向へ刺激してしまったりね。わたし個人としては、心の弱い人々が集まったにすぎない孤立した小規模なカルト教団の、宗教的な側面ばかりが強調されすぎているようにも感じますが。

アマンダ　それだけのことなんですか？　あの集団に属していた人々は、本当に自分たちが天使だと信じていたんでしょうか？　ガブリエルと話してみたときの印象を聞かせてほしいんですが、あの男は本当に……

エドマンド　わたしとしては……奇妙に聞こえるかもしれませんが……

アマンダ　どうか、続けてください。あなたの目から見て、ガブリエルは自分が天使であると信じていたようでしたか？

エドマンド　わたしには……わたしには、何とも判断がつきません。ただ、ガブリエルと話していたとき……わたし自身、あの男が天使であると信じてしまっていたのです。そのことが、何より怖ろしいのですよ。

［別れの挨拶は省略。牧師の口調は悲しげだった。ＥＣ記］

二〇二一年六月十九日、オリヴァー・ミンジーズとわたしが《ワッツアップ》で交わしたメッセージ

オリヴァー・ミンジーズ　昨日、ドンに会ったよ。あんたとは、木曜に昼食をいっしょにとったそうだな。

オリヴァー・ミンジーズ　おい、届いてるのか？

アマンダ・ベイリー　ちゃんと届いてる。ただ事実を述べただけで、答えが必要なメッセージだと思わなかったから。

オリヴァー・ミンジーズ　何だっていい。どんなことを話した？

アマンダ・ベイリー　いろいろ。ドンとは長いつきあいだから。

オリヴァー・ミンジーズ　くそっ、それはおれだってそうさ。《インフォーマー》紙にいたころからだろ？　同じだよ。ドンは警察の情報をこっちに漏らしてくれてたフランクの知りあいだからな。

アマンダ・ベイリー　ドンは顔が広いから。

オリヴァー・ミンジーズ　それこそ、昔ながらの名門校のつながり、戦友どうしの血の絆、ともに特殊部隊で死線をかいくぐった仲間、ロンドン警視庁で築きあげた人脈というやつだろう。

アマンダ・ベイリー　ドンが特殊部隊にいたなんて知らなかった。

オリヴァー・ミンジーズ　うまいスコッチでも飲ませてやれば、かの冒険家アント・ミドルトンみたいな経験を自分もくぐり抜けてきたことを、ちらちらほのめかしてくるぜ。まあ、どんな作戦に従事していたかは口を割らないが。ＰＴＳＤに苦しんだこともあるらしいし、いや、もう、ありとあらゆる経験を積んできたって触れこみだ。だが、おれをいかれた元兵士の自叙伝の仕事に推してくれたし、いまだに伝手はあるんだ。

アマンダ・ベイリー　どんな人とも、つきあいを切らさないのよね。

オリヴァー・ミンジーズ　言いかたを変えれば、隙さえありゃ無料めしを食おうとねらってるよな。こっちが隙を見せる一瞬前に、すでにテーブルで待ちかまえてる。

アマンダ・ベイリー　じゃ、そっちはまだ赤ちゃんを見つけてないんだ。

オリヴァー・ミンジーズ　ああ。どうやら、あんたもまだらしいな。

アマンダ・ベイリー　《アルバートンの天使》事件の有効な切り口は、赤ちゃんだけじゃないでしょ。十代だった少年少女もいるし、そのふたりを思うように動かしていた男たちもいる。弱点が露呈してしまった社会制度の問題もあるしね。まあ、がんばって。そっちを当ってみたらいいじゃない。

オリヴァー・ミンジーズ　男たちは機に乗じただけだし、制度の弱点は、みながみな情に流されやすい善意の人ぞろいだったというだけのことだ。十代だった少年少女？　十七歳はたしかに若いが、もっと分別があってもいい年ごろだろう。

アマンダ・ベイリー　あなた、自分が十七歳だったころのことを忘れちゃったの？

オリヴァー・ミンジーズ　だって、あの年ごろってのは、いちばん嗅覚が鋭いはずだろう。それなのに、あんなくだらない筋書きに引っかかるんだから、頭にブタのクソでも詰まってたとしか思えないね。あるいは、カルトの教義にとことん心酔しちまってたか。そんなやつらに、おれは興味はない。おれがあの赤んぼうに興味があるのは、この事件でただひとり、まったく罪のない被害者だからさ。

オリヴァー・ミンジーズ　どうだ、わかったか?

オリヴァー・ミンジーズ　今度は無視する気かよ?

オリヴァー・ミンジーズ　酷に聞こえるかもしれないが、あの赤んぼうはいったい、どうやってこの現実を受けとめて生きていくんだろうと思うよ。いまや、もう大人になっちまったわけだろう。かつては〝邪悪〟だとレッテルを貼られ、頭のぶっ飛んだカルトによって、危うく生贄(いけにえ)にされかかった。そんな過去を抱えながら生きてくのは、どれだけしんどいか。だからこそ、この赤んぼうこそが、おれにとってはいちばん興味ぶかいんだ。

オリヴァー・ミンジーズ　何だよ、おれは虚空に向かってひとり語りしてるってわけか?

二〇二一年六月十九日、退職した元警視正ドン・メイクピースとわたしが《ワッツアップ》で交わしたメッセージ

ドン・メイクピース　明日の昼食の確認をしようと思ってね。一時以降ならいつでもかまわない。ところで、例の天使たちを憶えているかもしれない顔ぶれを何人か探し出したよ。アイリーン・フォーサイス、マイク・ディーン、ニール・ローズ、ファリード・カーン、ジュリアン・ノワク。

アマンダ・ベイリー　うわあ、さすがですね、ドン。ありがとうございます。それでは、明日。

二〇二一年六月二十日、コナー・メイクピースと本人の寝室で話をする。文字起こしはエリー・クーパー。

コナー　そんなわけで、九月からＬＳＥに進学するんだけど……

［これを文字起こしする必要ってあるんでしょうか？　いちおうやってはおきますが……ＥＣ記］

アマンダ　マジで！　ロンドン・スクール・オブ・エコノミクスね。超すごい！［アマンダ・ベイリー、あなたったら急に若者言葉なんか使っちゃって、どうしたんですか？　ＥＣ記］

コナー　でも、ぼくが考えているのは、卒業した後のことなんですよ。しょせん、教育は目的を達するための手段でしょう？

アマンダ　そうね。

コナー　それで、報道の分野に進むのもいいかなと思ったんだ。ほら、どうせやるなら、楽しめる仕事がいいし。で、時事問題をあつかうのも悪くはないんだけど、M25号線の交通渋滞についての記事を書くために、早起きして長時間労働をさせられるのは気が進まないんですよ、わかるでしょう？　だとすると、音楽分野の記者も悪くないなと思ったんです、いまのご時世、その仕事で食っていけるなら……アマンダ、どうしたんです？

アマンダ　このポスター、誰の？

コナー　ジェフ・ウォーカーですよ、《カーカス》のメンバーの。［この説明を聞いて、あなたはぽかんとしていたんでしょうね。ＥＣ記］《カーカス》っていうのは、バンドの名です。

アマンダ　ヘヴィー・メタル？

コナー　《カーカス》は、もっとグラインドコア寄りかな。こっち側の壁に貼ってあるポスターがそっちです——正統なデス・メタル。

アマンダ　《オビチュアリー》に《ディスメンバー》、《モービッド・エンジェル》か。

コナー　あなたもファンなんですか？

アマンダ　ううん、わたしにはちょっと悪魔的すぎて。ただね、いま、こういう分野について、ちょっと調べてるところなの。天使とか。悪魔とか。信仰とかね。

コナー　ほら——《ブラック・サバス》や《レッド・ツェッペリン》、《ディープ・パープル》なんかが、この分野の先駆者なんですよ。こういうバンドが、土台を築いたんです。歴史をふりかえると——

アマンダ　あなたは悪を信じる？

コナー　え……いや、ぼくはただ、こういう音楽が好きなだけで。［ヘヴィー・メタルは反宗教的というより、秘められた反抗心というようなイメージですよね。ＥＣ記］ほら、見てのとおり、ぼくはギターを弾くから――

アマンダ　ねえ、コナー、もう何年も前のことだけど、自分たちを天使だと信じてる集団がいて、みなで赤ちゃんを殺そうとしてたの。その赤ちゃんが、いつの日か人類を滅ぼす存在だと信じこんで――

コナー　それはぶっ飛んでますね！

アマンダ　ええ、たしかにぶっ飛んでるんだけど、十代の子がふたり、いまのあなたとほとんど同じくらいの年齢だったのに、すっかりそれを信じこまされてしまったの。どうしてそんなことが起こりえたのか、わたしはいま、それを理解しようとしてるのよ。たとえば、この人が――

コナー　ロバート・プラントですね――

アマンダ　いったいどういう状況なら、この人が悪魔だと信じこむことができる？

コナー　ちゃんと証明してもらわなくちゃ。悪魔だと言うだけじゃ無理です。たとえば、水を血に変えるとか、そんな能力を見せてもらって――しかも、それがよくできた手品とかじゃないところを確認させてほしいですね。

アマンダ　じゃ、ほかの誰かもこの人が悪魔だと信じてたとしたら？　たとえば、こっちの人……

コナー　ニック・メンザですね、《メガデス》元メンバーの。

アマンダ　そう、その人がふらっとそのドアを開けて入ってきて、〝まちがいない、ロバート・プラントは悪魔だよ〟と言ったとしたら？

コナー　メンザは二〇一六年に死んじゃったから、いまはもう正解を知ってるはずですよね？［コナーは笑い、あなたは笑わない。ＥＣ記］ぼくは、やっぱり証拠がほしいな。

アマンダ　証拠。そこが問題なのよ。信じこませるには、証拠が必要。［ぎこちない沈黙に、わたしがいたたまれなくなる。ＥＣ記］

コナー　それで、あなたはどうやって報道の世界に入ったんですか？　一般教育修了（GCE）上級レベルは何の科目を取りました？　学位は？

アマンダ　何も。

コナー　本当に？

アマンダ　とある地方自治体の公報に、介護制度についての記事を書いたの。それが評価されて、地方新聞の研修制度に参加することになったわけ。

コナー　かっこいいな。

アマンダ　そうね……かっこいいのかな。

コナー　その研修はどれくらいの期間で、それからどんな仕事に進んだんですか？

アマンダ　研修は一年間だったけど、わたしは途中で辞めちゃったの。話しても長いだけでつまらない話よ。それからブライトンに引っ越して、そこで二、三年、地元の新聞社に勤めてね。でも、いまはもう、まったく状況がちがうから。ニュースはネットで読む時代になって、ニュースをひとまとめにして伝えるという、昔ながらの役割は必要とされなくなってきているでしょ。音楽専門の記者については……［どうやら録音を止めたらしく、ふいに会話がとぎれている。ＥＣ記］

二〇二一年六月二十一日、担当編集者ピッパ・ディーコンからのメール

送信日　2021年6月21日
宛先　アマンダ・ベイリー
送信者　ピッパ・ディーコン
件名　オリヴァー・ミンジーズの件

マンディ、電話をありがとう。あなたと話せて、気にかかっていることも聞かせてもらえて本当によかった。あなたが旧友とごたごたしてしまっているのはお気の毒だけれど、もうすぐ赤ちゃんが見つかりそうだと聞いて、どんなに安心したか。最高！　オリヴァーの件については、わたしから《グリーン・ストリート》のジョーに話してみる。この状況を説明して、オリヴァーにこの企画から手を引くよう、向こうからうまく言ってもらえばいいのよね――いざとなると、わたし、交渉はかなり得意なの。例の赤ちゃんをこちらがほぼ押さえている状況では、向こうも方針転換せざるをえないでしょう。これでもう、あなたもオリヴァーに妨害されることなく、安心して執筆に専念できるというわけ。

二〇二一年六月二十一日、グリーンフォードのウェストウェイ・クロスにある《コスタコーヒー》でニール・ローズ巡査から話を聞く。文字起こしはエリー・クーパー。

アマンダ　きょうは時間をとってくださってありがとう。［などなど、退屈な部分は省略。EC記］

ニール　《アルパートンの天使》事件が起きたとき、おれはちょうどサドベリー署にいたんでね……直属の上司は、マイク・ディーンだ。おれが話せるのは、自分がこの目で見たもの――そして、この耳で聞いたことにすぎない――役に立つかどうかはわからんが。

アマンダ　あのカルト教団と、最初に遭遇したきっかけは？

ニール　９９９への緊急通報だった。赤んぼうがいるという若い女性からでね。実際、何が緊急なのかはよくわからなかったんで、不安定な精神状態による通報、乳児に危険がおよぶ可能性もあり、と記録された。そして、おれたちと救急隊が、アルパートンにある倉庫へ出動することになったんだ。運河沿いにある、廃屋になっていた建物でね。中は真っ暗さ。通報自体がいたずらだったかと思いはじめたとき、三階の窓に明かりがひらめくのが見えた。それで、おれたちは建物の外側に設置された古い非常階段を上っていったわけだ。

アマンダ　どういう建物だったんですか？

ニール　捨て置かれた工場だったか、倉庫だったか。いまはアパートメントに建てなおされてる。三階にたどりついてみると、ドアは外れてなくなってたんでね、おれたちはそのまま中に入り、懐中電灯を最大に明るくして、中を照らしてみた。［うーん、どうにも奇妙な沈黙あり。思い出すのに手間取っているのか、それとも前に述べた嘘を思い出そうとしているのか。ＥＣ記］その娘はだだっ広い床の真ん中に坐りこんでて、その周りにはいくつかレジ袋が置いてあった。娘の身体(からだ)には、乾いた血がべっとりとこびりついててね。まるで、ハロウィーンの仮装のようだったよ。

アマンダ　それは、まちがいなく――

ニール　最初、おれはその娘が刺されたのかと思ってね。だから、すぐに駆けよって、どこから血が出てるのか確かめようとした。だが、どこにもそれらしい傷はないんだ。自傷の危険も排除できなかったので、救急隊がどこにいるのか、無線で確認した。

アマンダ　その娘はどんな状態でした？　いろいろ話してましたか？

ニール　何も。ひどくおとなしかったが、たぶんショック状態だったんだろう。口をつぐんだままでね。通報時に赤んぼうがいると聞いてたことを思い出し、おれたちは周囲を探した。このあたりのことについては、後になって事情聴取を受けたよ。なにしろ、赤んぼうなんてどこにもいなかったんだ。別に、その場でついさっき出産した様子でもなく、娘はちゃんと衣服を身につけてた。まあ、通報のときに精神状態が不安定だとされてたことは、おれたちも頭にあったんでね。おまけに、あたりは真っ暗だったし。どちらにせよ、確認した結果、救急隊はまだ近くに来てないってことだったんで、そっちはもう必要ないと断って、娘はおれたちが病院に運ぶと伝えたんだ。娘を安心させつつ、おれたちは建物の中を見てまわったよ。［またしても沈黙。ＥＣ記］いまここで誓ってもいい、まさに、これから話すとおりのことがあったんだ。床には何か描いてあった。ペンキは乾いてたが、描かれたばかりだったよ。何かの記号のような。見たこともない形でね。五芒星でも、十字架でも、〝ホルスの目〟でもない。そういうホラー映画は山ほど観てきたがね。おふくろはキリスト教徒だ。おやじの家系はユダヤ教徒だった。職場の同僚にはイスラム教徒もいる。だが、そういう宗教で使われる記号は、みな見おぼえがあるもんだろう？　いっしょにいた相棒は、フリーメイソンの記号じゃないかと言ってたんで、後から調べてみた。だが、床に描かれていたものとは似ても似つかなかったよ。仏教でも、ヒンズー教でも、ジャイナ教でもなかった。

アマンダ　写真は撮りました？

ニール　当時、おれの携帯にはカメラが付いてなくてね。床の記号と、そこにいた娘と何か関係があるかもしれないなんて、おれたちのどちらも思いもしなかったんだ。おれたちはパトカーへ戻り、レジ袋を持った娘を後部座席に乗せたよ。救急外来までは十五分の道のりだった。

アマンダ　病院に着いたのは何時だったんですか？

ニール　それが、おれたちは病院に入ってないんだ。緊急の応援要請がかかったんで、あの娘を病院の入口に降ろすのがせいいっぱいだった。ほかの警察官が危険な目に遭ってね。そういうときは、おれたちは何もかもほっぽり出して、助けに駆けつけるものなんだ。車を発進させながら、おれはそんな事情をあの娘に叫んだ。ちゃんと聞こえたか、理解できたかどうかはわからない。だが、仲間がやられたとなると……行くしかなかった。
アマンダ　とはいえ、それで終わりとはいかなかったわけですよね。
ニール　終わりどころか、たいへんなことになっちまった。娘はそのまま救急外来に入っていった。だが、そのときは、まさかそんな重大な事件だとは思ってなかったんでね。娘はそのまま救急外来に入っていった。だが、
実は……手にしてたレジ袋のひとつに、赤んぼうが入ってたんだ。まったく、なんてこった。
おれたちのパトカーに乗ってたときも、あの娘はずっと、赤んぼうを抱えてたんだよ。いったい、どうして気づかなかったんだか……［深い吐息をつく。ＥＣ記］おれたちが赤んぼうを見落としてたことは、病院から報告が上がって——ありがたい話だよ、まったく——公安管理官が調査に乗り出したんだ。何カ月後だったか、おれは召喚され、この通報への対応について話を聞きたいと言われてね。おれたちがどんな行動をとったか順を追ってたどっていき、おれたちが見たはずのもの、見落としたかもしれないもの、ひとつひとつじっくりと確認されたうえ、すべての時系列を秒単位で答えさせられてね。ふたりの人間が同じ場所にいたからって、双方の記憶がすべて一致するわけがないだろう、ええ？
アマンダ　それは、何に焦点を当てた聞きとりだったんですか？　現場の視点？
ニール　例の記号についてだ。何度も何度も、くりかえし訊かれたよ。おれたちはそれぞれ憶えている記号を描かされ、どの記号が床のどの位置にあったかを正確に答えるよう言われた。できるだけのことはしたよ。だが、とどのつまりは、懐中電灯の明かりに浮かびあがったものを見ただけだからな。おれは興味を惹かれたんで、たまたま憶えてはいたが。

アマンダ　記号に焦点を当てるなんて、どうも奇妙ですよね……

ニール　天使のことやら、例の《集結》と呼ばれる催しのことやら、あの娘が病院で全部ぶちまけたんだろう。おれたちが引きあげた後になって、あの建物の地下室から遺体がいくつも見つかって、そこからは大騒ぎになった。

アマンダ　遺体を発見できなかったことで、責任を問われました？

ニール　いや、それはない。下に何かあるなんて、わかるはずがなかったんだから。おれたちふたりは、ひたすら赤んぼうのことを追及されたよ。どちらも、あまり上層部の覚えがめでたくなかったんでね。最終的には、おれたちがあの娘を発見した現場を、翌日の日が射してる時間に撮ったっていう写真を見せられた。床に描かれていたのは、青いペンキの大きな円だけだったんだ。記号はどこにも見あたらなかった。おれは狐につままれたような気分だったよ。

アマンダ　もうひとりの同僚も、その記号のことを憶えてたんですか？

ニール　ああ、最初はな。だが、後になって供述を変えちまった。どうしてかはわからない。おれたちはふたりとも、けっこうな圧力をかけられてたのは確かだ。だが、それにしてもな。おれの立場はさらに悪くなったってわけだ、わかるだろう？

アマンダ　その記号、いま描いてもらえます？

ニール　紙はあるか？

二〇二一年六月二十二日、サウス・ハローの《コスタコーヒー》でファリード・カーン巡査部長から話を聞く。文字起こしはエリー・クーパー。

ファリード　あれはもう、ずいぶん前のことですからね。ただ、あなたがすでにニールから話を聞いたのは知っています。わたしとしても、こちら側の話を伝えておくべきだろうと思いましてね［ぎこちない沈黙。ＥＣ記］――ほら、まあ、こんな事情ですから。

アマンダ　そうですね、では、あなたが通報を受けてアルバートンの倉庫へ出動したとき、何を見たか話してもらえますか？

ファリード　ああ、あのホリーという娘がそこにいましてね。薬を投与されたか、それともショック状態だったのかはわかりませんが。緊急事態ではないとわれわれは判断し、救急隊のほうは断って、警察の車でホリーを救急外来まで送りとどけました。だが、そこで面倒なことになってしまいましてね。われわれは赤んぼうに気づかなかったんです。レジ袋に入っていたので。赤んぼうといえば、普通はベビーカーに乗せられているか、あるいは誰かが抱いているかだと思うでしょう、ねえ？　あたりに赤んぼうの姿がなかったので、通報のほうがまちがっていたんだと判断したわけです。９９９には、おかしな通報が山ほど来るのでね。

アマンダ　通報したのは誰だったんですか？

ファリード　その娘ですよ。そう、たしかに、娘は通報のとき赤んぼうのことに触れていたんですが、われわれには見えなかったのでね。それより、本人の状態のほうが心配だったので。なにしろ、全身が血まみれでしたから。よかれと思って行動しても、こうして非難を浴びることになるんです。

アマンダ　赤ちゃんは無事だった？

ファリード　ええ、ただ、そのときは声もたてなかったんですよ。あれだけ幼い赤んぼうが、あんなに長い間、声もたてずにじっとしていられるとはね。

アマンダ　ニールの話によると、あなたがたは建物の三階を見てまわったとか。

ファリード　ええ、ざっと確認はしましたよ。何か気になるものはないか。盗品、薬物やそれに付随する道具など。こうしたものは、つねに確認すべき事柄ですから。

アマンダ　床に描かれていた神秘的な記号は見ました？
ファリード　［聞こえた音は舌打ちだろうか。ＥＣ記］いいですか、これは結局……奇妙な記号を見たという話は、ニールから聞いたんですよね？　じゃ、まだあいつはそう言いはっているわけですか。だが、わたしは現場の写真を見せられたんですよ。床に描かれていたのは、ただの円でした。
アマンダ　それで、あなたは供述を変えたんですね？
ファリード　あのときは暗くてね。われわれは懐中電灯しか持っていなかったんです。ニールが記号を見たと言うので［ここで、わずかに口ごもる。ＥＣ記］わたしもそんな気がして、あいつの証言を裏づけたんですよ。だが、写真を見てみれば、あそこで何かが見えたはずはない。光のいたずらで、勘ちがいしただけだったんですよ。赤んぼうの件で、われわれはふたりとも懲戒を食らいました。ふたりとも異動になって、それ以降はいっしょの勤務についたことはないんです。
アマンダ　ニールがそう言いはるのはどうしてだと思いますか？　その記号のことですが。
ファリード　いやあ、わかりませんね。同じものを見ていても、人はみなちがったふうに見てしまうものですから。わたしはただ、あなたに両方の見かたを知っておいてほしかっただけなので。［椅子を引く音。どうやら、席を立ってしまったらしい。ＥＣ記］
アマンダ　ありがとうございました。

二〇二一年六月二十二日、担当編集者ピッパ・ディーコンとわたしが《ワッツアップ》で交わしたメッセージ

ピッパ・ディーコン　《グリーン・ストリート》のジョーと昼食をとって、いま帰ってきたところ。《マックス》ではちょうどドリンクの割引タイムで、もう、何杯カクテルを飲んだかわからないくらい。あなた、行ったことある？　本当にすごいんだから。そこで、あなたのお友だちのオリヴァーについて、さんざんおしゃべりしてきたの！

ピッパ・ディーコン　どんな噂話を聞きつけてきたか、あなたも何から何まで知りたいでしょ！　あのね、オリヴァーがこの本の執筆を依頼されたのは、あっちの編集長が学生時代からの友人で、あなたのお友だちを気の毒に思ったからなんですって。仕事をクビになったり、つい最近お父さんが亡くなったり、そんなこんなでね。オリヴァーったら、毎日のように編集部に電話をかけてきて、あれが問題だとか、これのせいでうまくいかないとか、こぼしてばかりいるそうよ。

アマンダ・ベイリー　すごい。それで、向こうはこの企画からオリヴァーを外してくれそう？

ピッパ・ディーコン　そんなことをさせたら、もっとできる人が企画を引き継いじゃうでしょ。ううん、わたしは酔っぱらってはいるけど、そこはちゃんとかんが

ピッパ・ディーコン　ごめんなさい、考えてきたんだから、って打とうとしてた。何もかもうまくいったの。ジョーとわたしで、いいことを思いついたのよ。こういう計画なの。あなたは二〇〇三年に起きた事件と、いま成人した赤ちゃんの視点であの事件をふりかえる、という切り口で書く。オリヴァーのほうは、その赤ちゃんが幼いころ、そして十代の時期をどうすごしたかに焦点を当てる。うまい分担でしょ。

ピッパ・ディーコン　わたしの説明でわかってくれた？　あなたは二〇〇三年、オリヴァーはそれ以降を担当、ってこと。

アマンダ・ベイリー　たしか、オリヴァーにはまったく別の本を書いてもらうように勧めるか、少なくとも例の赤ちゃんからは手を引いてもらうかして、わたしとぶつからないようにしてくれるという話じゃなかった？

ピッパ・ディーコン　そうね、でも、それについてはジョーと長いこと話しあったのよ。同

じ題材をめぐる本が二冊出るのは、まったく問題にはならないはず。この事件についての関心が、より高まる効果もあるしね。それに、あっちの出版社のほうが、宣伝費をたっぷり出してくれることも考えてみて。わたしたちの本は、そこに便乗して書店でもいっしょに並べてもらえるし、ネット書店では二冊セットで売り出してもらえる。どちらにとってもありがたいのよ。ほら、作家としてはあなたのほうが有名だから、向こうにも旨味はあるわけ。あなたはただ、あの赤ちゃんの人生の別の部分を向こうに書いてもらえばいいの。当時と現在。あの事件に興味のある人なら、きっと両方の本を買うから。

ピッパ・ディーコン　ジョーが言うにはね、オリヴァーはまるでA・A・ギルみたいな有名ジャーナリスト気どりな口をきくらしいのよ、これまでは幸運にも命拾いした人でなしの自叙伝のゴーストライターをしただけのくせに。まともな取材なんて、一度だって経験がないんだって。つまり、言葉の裏を読むとね、オリヴァーはいまひどく苦戦しているから、あなたの仕事ぶりを見せることで、この苦境を乗りこえてくれるんじゃないかと、ジョーは期待しているわけ。

アマンダ・ベイリー　それで、そのためにわたしは、せっかくつかんだ赤ちゃんの情報を渡さなきゃいけないってこと。

ピッパ・ディーコン　聞いて、ほかにも話しあったことがあるの。例の赤ちゃんのいまの年齢を考えると、あなたがたは共同でインタビューしたほうがいいんじゃないかな。ちょっとした思いつきなんだけど。赤ちゃんだけじゃなくて、ほかの重要な関係者のインタビューも。オリヴァーを助けてあげる、っていうのかな？　向こうが出す宣伝費は、結局はわたしたちにとっての後押しにしかならないと考えてみて。

アマンダ・ベイリー　テレビの独占契約とかいう話はどうなってるの？

ピッパ・ディーコン　すべて順調。わたしの連れあいには、もう話をつけてあるから。こっちの制作会社が独占契約を結ぶつもりであることは変わらない。あなたとオリヴァーが協力して取材したほうが、話が早いと思うの。

ピッパ・ディーコン　後はもう、赤ちゃんが見つかるのを待つばかり。

ピッパ・ディーコン　アマンダ、そっちは順調なんでしょうね？

アマンダ・ベイリー　オリヴァーはそれで納得したの？

ピッパ・ディーコン　ジョーから話すそうだから、それまでは黙っておいて。ジョーって、ほんとに素敵な女性なのよ。きっと、うまく話をつけてくれるから。

二〇二一年六月二十二日、オリヴァー・ミンジーズとわたしが《ワッツアップ》で交わしたメッセージ

オリヴァー・ミンジーズ　ちっくしょう！　おれに隠れて、何をこそこそやってやがる？

アマンダ・ベイリー　別に。

オリヴァー・ミンジーズ　そっちは誰もが何度でもくりかえして読みたがる、胸躍る部分をじっくりと書く。こっちは子どもらが行った可能性のある施設を地道に当たってくしかない、ってわけだ。

アマンダ・ベイリー　わたしたちの本の内容がかぶりすぎてしまうかもしれないと、ピッパは心配してたの。だから、ジョーと相談して、それぞれが書く内容を分担するように取り決めたんですって。お互いに協力して書くってこと。

オリヴァー・ミンジーズ　勘弁してくれよ！　目の前が暗くなるぜ。

アマンダ・ベイリー　あなたは例の赤ちゃんの行方を探してたんでしょ？　それに、レッテルを貼られた赤ちゃんのその後の生きかたとやらに興味があるんだったら、あなたにとっては最高の分担じゃない。

オリヴァー・ミンジーズ　言っとくが、こっちはまったく問題ない。おれはこれでかまわないよ。あんたには絶対に無理なインタビューもやってのけたしな。

アマンダ・ベイリー　誰のインタビュー？　ガブリエル？

オリヴァー・ミンジーズ　〝すぐにわかる〟と言いたいところだが、わからないだろうよ――あんたが存在も知らない人物だからな。

タインフィールド刑務所
面会申請書

受刑者名：ガブリエル・アンジェリス

申　請　日：二〇二一年六月二十二日
申請者名：アマンダ・ベイリー
申請理由：面会の目的を説明するため、刑務所長に直接お手紙をお送りしました。簡単に説明しますと、わたしは《アルパートンの天使》教団についての本を書いており、あなたからお話をうかがいたいのです。刑務所長とご相談のうえ、この面会申請を許可していただければと願っています。

二〇二一年六月二十二日、タインフィールド刑務所長に宛てた手紙

親愛なる刑務所長
わたしは犯罪ノンフィクションを手がける作家で、事件そのものの報道、あるいは読者の興味に沿った記事を書くことに、長年にわたって実績を積んできました。今回は《クロノス・ブックス》の依頼を受け、《アルパートンの天使》事件についての本を書くことになり、ぜひガブリエル・アンジェリスにインタビューできればと考えています。
《アルパートンの天使》教団がどういう経緯であの形をとるにいたったのか、その成り立ちを明らかにするのはわれわれの社会にとっても大きな価値があるはずです。とりわけ、アンジェリス氏とその信奉者たちがどんな人生をたどり、あのような怖ろしい罪を犯すにいたったのかを理解して、あんな悲劇が二度と起きないよう努めることが大切ではないでしょうか。

アンジェリス氏がこれまでマスコミの取材を拒否してきたことは存じています。とはいえ、あの事件の被害者のうち最年少だった、ホリーとジョナの間に生まれた子もいまや十八歳を迎えようとしており、これを機にまた報道が過熱することでしょう。だからこそ、公正を期すために、アンジェリス氏にも自身の言葉で語る機会を設けることが重要ではないかと思うのです。

アマンダ・ベイリー

二〇二一年六月二十二日、アイリーン・フォーサイス巡査部長からのテキスト・メッセージ

アイリーン・フォーサイス　近々あなたから連絡があると、ドンから聞きました。あのときは、例の倉庫で怖ろしい事件が起きてすぐ、救出された少年と少女の保護のために呼ばれたんです。奇妙な事件でしたね。よかったら、《フェイスタイム》か《ズーム》で話しませんか？

二〇二一年六月二十三日、わたしとオリヴァー・ミンジーズが《ワッツアップ》で交わしたメッセージ

アマンダ・ベイリー　ちょっと、ポルノばかり観ていないで仕事に戻ってきて。マーク・ダニングの『白い翼』はもう読んだ？

オリヴァー・ミンジーズ　四百ページ超えの分厚さじゃないか。そう気楽に読めるもんじゃない。

アマンダ・ベイリー　超自然的要素のある冷戦時代のスパイ小説で、実在するのかどうか定かではない、ふわふわした精霊のような存在が何人も登場するの。比類ない知識を持つ悪役どもは怖ろしくも瞬時に姿を消すことができ、そのほとんどの行動は人間の目でとらえることはできない。といっても、物語そのものは昔ながらのありふれた筋書きで――言うまでもなく、女性の描きかたにもカビが生えてる感じ……🙄

オリヴァー・ミンジーズ　どういう意味だ？

アマンダ・ベイリー　片手で入力して、よくもまあ締切に間に合ったものよね、とだけ言っとく。

オリヴァー・ミンジーズ　😂

アマンダ・ベイリー　あの本の謝辞に、〝《アルパートンの天使》事件について、時間を惜しまず専門的知見を語ってくれた人々に感謝する〟とあるの。誰の話を聞いたんだと思う？

オリヴァー・ミンジーズ　この本の取材ではるばる米国からロンドンを訪れてたんなら、そんな人生が羨ましいよ。

アマンダ・ベイリー　マーク・ダニングの人生、十日前に自動車事故で終わっちゃったんだけど。ニュースで見なかった？

オリヴァー・ミンジーズ　なんてこった。見てないよ。とにかく、その本は創作にすぎないからな。とくに意味はないさ。おれが興味のあるのは事実だけだ。真実を知りたい。

アマンダ・ベイリー　この事件にまつわる〝事実〟が、創作に携わる多くの人々を触発してきたこと自体、なかなか興味ぶかいと思うの。そうじゃない？　神話というのは、つねに真実の一部として存在しているものでしょ。それに、例の赤ちゃんだって、そうした本を読んだかもしれないし、まちがいなく映像は観ていると思うのよね。自分の実体験に基づく創作を――それとは気づかずに鑑賞してるというわけ。これって、とんでもないことよね？

オリヴァー・ミンジーズ　《ウィドモア&シュムージー》の『スターズ』を聴いてみてくれ。最高の曲でね。二〇〇〇年代中ごろのイビサ島が、まざまざと目に浮かんだよ。これも、例の天使たちに触発されて生まれた作品だ。

二〇二一年六月二十四日、天使セラピストを名のるローダ・ウィズダムからのメール

宛先　アマンダ・ベイリー　　**送信日**　2021年6月24日
件名　Re：サイトお問い合わせフォーム　　**送信者**　ローダ・ウィズダム

親愛なるアマンダ
まさに、ぴったりのタイミングでご連絡をいただきましたね。あなたのお書きになる本のため、喜んで天使の力による回復と癒やしの道を探っていきましょう。
天使という存在は、世に認められたさまざまな宗教にその姿を現しています。多神教文化における神のような立場にあるといってもいいでしょう。それぞれに異なる個性や役割を持ち、厳格な階級制度に縛られながらも、上位や下位に位置する他の天使とときに敵対することさえあるのです。とはいえ、わたしたち天使セラピストとしては、そうした天使たちを活力や癒やしをもたらす存在、この地上で活用することのできる霊的な力としてとらえているのですよ。そして、人々が自分の守護天使とつながることができるよう、力をお貸しするのがわたしたちの役割です。人はみな、誰でも天使の強さ、癒やしの力、そして知恵を受けとることができるのですから。

あなたが自分の守護天使に対し、感情と理性をともに解きはなつことさえできれば、すぐさま天使からの語りかけが胸に飛びこんできます。思いもかけないところに白い羽根が落ちていたら、それは守護天使があなたを見まもっていてくださるしるしなのです。ふと足をとめてしまうような偶然は、この宇宙を統べる力が、いままさに働いていることを示しているのですよ。数字の並びに注目してください。１２３４。１１１１。４４４。連続する、あるいはゾロ目の数字は、神からのお言葉を示しているのです。

あなたの本にわたしの言葉を引用する際には、ロンドンにあるわたしの天使セラピー研究所のことも書いていただけるといいかもしれませんね。読者がグーグルで検索したら、セラピストとしてわたしが真っ先に出てきますから。

真白き光と祝福を
ローダ・ウィズダム
天使セラピスト（公認）

二〇二一年六月二十四日、わたしとオリヴァー・ミンジーズが《ワッツアップ》で交わしたメッセージ

アマンダ・ベイリー　どういうこと？　たったいま、天使セラピストとかいう女がメールをよこしたんだけど。わたしの名で問いあわせしたでしょ、ちがう？

オリヴァー・ミンジーズ　

アマンダ・ベイリー　まったく、ありがたくて涙が出る。

オリヴァー・ミンジーズ　フェイスブックで宣伝してたのを見かけてさ。連絡が行ったら、あんたが喜ぶだろうと思って。

アマンダ・ベイリー　だいたい、霊界とのつながりを〝公認〟されるってどういうこと？

オリヴァー・ミンジーズ

アマンダ・ベイリー　笑ってなさいよ。絶対お返ししてやる。

二〇二一年六月二十四日、ハローの《プレタ・マンジェ》でマイク・ディーン警部から話

を聞く。文字起こしはエリー・クーパー。

アマンダ　きょうは時間をとってくださってありがとう、マイク。ニールからあなたのことを聞きました。

マイク　ここだけの話にしてもらえますか。

アマンダ　もちろん、ご希望なら。

マイク　当時はさんざん非難を浴びるはめになったのでね、わたしとしては、いまさら蒸しかえされたくないんですよ。

アマンダ　ええ、それはそうですよね。配慮が必要な問題だということは、わたしにもわかっています。

マイク　ニールとファリードはどんなことを言ってました?

アマンダ　えーと、わたしとしては、ふたりの上司という立場にあった、あなたのお話を先にうかがいたいんですよ。誰かの話を先に聞くと、どうしても影響されてしまいますから。

マイク　なるほど、そういうことなら。[用心ぶかい口調。EC記] そう、あのふたりは緊急通報を受けて出動しました。乳児といっしょだという若い娘が、動揺した様子で電話をかけてきましてね。ニールとファリードは現場に到着すると、救急隊の出動を断りました。そして、自分たちの車で娘を病院へ送りとどけたんですよ。娘が乳児を連れていることは、病院の職員が発見しました。ふたりの警察官は、乳児の存在に気づかなかったんですよ。通報でも乳児がいると聞かされていながら、娘がレジ袋に乳児を入れていることを見落としていたわけです。幸い、レジ袋にはいくつか穴が空いていたし、乳児は暖かい服を着せられていたのでね、健康上の問題は起きませんでした。しかし、無事にすまなかった可能性もある。もしも蘇生措置が必要な状態だったら？　ほんの数分間の遅れが、生死を分けることになったかもしれないんです。

アマンダ　わたしがふたりから聞いた話は、ちょっとちがっていたんですよね。ニールによると、ふたりは床に描かれた奇妙な記号に気をとられてしまったのだとか。でも、ファリードのほうは、いま思えば床には円が描かれていただけだったと言っています。これって、どういうことなんでしょうか？

マイク　自分たちが実際には何をしていたかを隠そうとする、下手な作り話ですよ。

アマンダ　というと？

マイク　タバコを吸ったり、雑談をしたり、運河を眺めたり。あいつらは通報を受けて出動しておきながら、現場をきちんと観察する、被害者の様子を確認するといった義務をはたさず、わずかな時間を見つけて一服するために、そのへんをふらふらしていたんです。パトカーの中での喫煙は、その少し前に禁止されたばかりだったから。

アマンダ　ふたりがそんなことをしていたと、どうして知っているんですか？

マイク　そのとき保護された娘がそう供述していましてね。わたしはそっちの話を信じますよ。［長い、腹立たしげなため息。ＥＣ記］あのふたりは、とくに良心的な警察官というわけではない。勤務で組ませてはいけないふたりだったんでしょう。ここだけの話ですが、その後にまったく関係のない事件で、どちらも懲戒処分を食らっているくらいですから。わたしの見るところ、あいつらは自分たちが職務怠慢をとがめられることに気づき、不思議な記号に気をとられたなどという言いわけをでっちあげたんです。実際にふたりが見たのは、落書き魔がスプレー缶で試し描きしたらしい、円のような形だけだったんですが。ファリードはこれ以上ごまかしきれないと悟り、言いわけを続けるのをやめた。ニールのほうはあまりに長いこと意地を張りすぎて、あれはただの言いわけでしたなどと、いまさら認められなくなっているんでしょう。

アマンダ　そして、ふたりとも天使たちの遺体には気づかなかったんですね？

マイク　遺体が発見されたのはその少し後、地下室でのことでしたからね。

アマンダ　誰が見つけたんですか？

マイク　たしか、999に別の通報があったんじゃなかったかな。いや、保護された女性が病院で話したんだったか？　そのあたりは、もう忘れてしまいましたよ。

アマンダ　あなたが《アルパートンの天使》のことを耳にしたのは、それが最初だったんですか？　ほら、あの教団の人たちは地元の教会にも顔を出していたというから、もしかしたら、かなり知られていたのかもしれないと思って。

マイク　[しばしの沈黙。無言のまま首を振っているのだろうか？　EC記]　あの事件のしばらく前、まだわたしが警察に入り、あの地区に配属されたばかりのころでしたよ。

アマンダ　そうだったんですね。
マイク　女の子が署に来てね。女性警察官が話を聞いたところ、大天使のガブリエルが、自分にクレジット・カードを盗ませようとしている、と訴えたんです。
アマンダ　それは笑っちゃいますね。なんて答えたんですか？
マイク　とっととそいつ……その男から離れて、お父さんとお母さんのところへ帰りなさいと言いましたよ。女の子はその男の命令にはしたがわなかったので、犯罪は起きていない状態だったんです。それだけで終わった出来事でした。
アマンダ　その女の子の名前は？
マイク　ホリー。

［別れの挨拶などは省略。この警部の話はおもしろい。ホリーははるか以前からガブリエルのことを通報しようとしていたのに、その努力は無駄に終わってしまった。この出来事の後、また教団に戻ってしまったのだろう。ＥＣ記］

二〇二一年六月二十四日、犯罪ノンフィクション作家ミニー・デイヴィスとわたしが《ワッツアップ》で交わしたメッセージ

ミニー・デイヴィス　こんにちは、美人さん！　そっちはどんな感じ？

アマンダ・ベイリー　いろんなインタビューの真っ最中。がんばって木を揺さぶってるところ、とでもいうのかな。何が落ちてくるのかはお楽しみ。あなたは？

ミニー・デイヴィス　庭に腰をおちつけて、読書に集中しようとしてる。ほんと、すっごく退屈な本。

アマンダ・ベイリー　また別の本を読んでるの？

ミニー・デイヴィス　ううん、わたしが書くはずの本。これから脚色する、例のフェミニストの論文よ。少なくとも、これが最終版のはず。何か、もっとおもしろい、わくわくするような話をしてよ。元気が出そうな話。思わず釣りこまれちゃうような。

アマンダ・ベイリー　実はね、ずっと前、お互い新人としていっしょに仕事してた人と組むことになっちゃって。なんだか、ちょっと変な感じ。

ミニー・デイヴィス　わたしの知ってる人？

アマンダ・ベイリー　オリヴァー・ミンジーズ。わたしたち、新聞社の研修をいっしょに受けてたの――よくあるでしょ、誰ひとり、その会社にはもう残ってないみたいなやつ。手短に言っちゃうと、わたし、その人といっしょに《アルパートンの天使》事件を取材することになって。もうね、《ワッツアップ》で何かひとこと言うたびに、昔の嫌な思い出がまざまざとよみがえってくるの。はあ。

ミニー・デイヴィス　まざまざとよみがえる？　それって、色恋沙汰がらみ？

アマンダ・ベイリー　冗談じゃない。嫉妬とか、恨みとか、不安とか。何かあると、いい気味と思っちゃったりね。まちがいなく、そっちのほう。

ミニー・デイヴィス　結婚式に何を着ていくか、いまから考えておかなくちゃ。

アマンダ・ベイリー　わたしが指を鳴らせば、たちまち重要な情報源がどこからともなく現れるって、なぜかみんなそう思いこんでるみたいなんだけど、そんなはずはなくてね、まったく何もつきとめられていないの。この事件から着想を得て小説や脚本を書いた人たちは、それぞれ被害妄想をこじらせたり、やたらこちらを警戒したり、すでに死んじゃったりしてるし。そのうえ、取材費も、専門家に払う謝礼も出してもらえない。このぶんだと、わたし、一冊まるまる捏造（ねつぞう）するしかなさそう。

ミニー・デイヴィス　ちょっと、あなたったら、わたしみたいなこと言い出しちゃって、どうしたの？😂

アマンダ・ベイリー　ほんとよね。わたし、素人さんたちの協力を仰いでみようかって、いま真剣に考えてるの。素人ならではの無邪気さで、わたしがちょっと〝お借り〟できるような話の糸口を、どこからか掘り出してきてくれないかな、って。

ミニー・デイヴィス　やってみなさいよ。自分が事件の調査に一役買えるとなったら、素人さんたちは大喜びだから。

二〇二一年六月二十四日、アイリーン・フォーサイス巡査部長から《フェイスタイム》によるビデオ通話で話を聞く。文字起こしはエリー・クーパー。

アマンダ　きょうはわざわざありがとう、アイリーン。もう、ずっと昔のことなのに、協力してもらえて助かります。［退屈な挨拶を省略。ＥＣ記］じゃ、あなたはあの十代の少年少女と、倉庫の事件が起きてすぐに顔を合わせているんですね？

アイリーン　ええ。イーリング病院からホリーと乳児を車に乗せたのがわたしだったので。

ふたりを連れてアルパートンへ戻り、さらに少年のほうも乗せました。倉庫の地下室から遺体が発見されたとき、その場にいた子です。

アマンダ　それがジョナだったと。発見されたとき、けがはしていたんですか？

アイリーン　身体は無事だったんですが、心に傷を負っていて。

アマンダ　その時点でも、ホリーはまだ赤ちゃんといっしょだったんですね？

アイリーン　ええ。病院で検査を受けて、赤ちゃんは健康だったので……乳児の行先については、社会福祉の部局が後になって決定を下したんだと思いますが、まあ、普通はお母さんといっしょにいさせてあげたいと思いますよね。

アマンダ　そりゃそうですよね。何があったと思いました？

アイリーン　そのときは、この少女は乳児を連れて廃屋で寝泊まりしていたところを保護された、乳児の父親は事件現場で警察といっしょにいる、とだけ聞いていました。いつものことですが、最低限の情報しか知らされないんですよ。家族いっしょに社会福祉施設に引き渡せるよう、三人を合流させておくようにと、わたしは指示を受けました。その時点では、ごく普通の任務だったんですよ。

アマンダ　これは普通じゃない、と感じたのはいつですか？

アイリーン　ホリーは乳児を抱き、後部座席に乗っていました。その赤ちゃんが男か女かさえ、わたしは知らなくて。それで、名前を訊いたんです。すると、ホリーはこう答えました

――〝名前なんか、必要ないの〟って。

アマンダ　赤ちゃんの年齢は？　生まれて間もないくらい……？

アイリーン　せいぜい、生後一カ月か二カ月、というところかな。

アマンダ　〝名前なんか必要ない〟と言われて、あなたはどうしました？

アイリーン　わたしはどうこう言う立場にありませんから。ホリーが心的外傷を負っているのは明らかでしたが、これから福祉部門に引き継がれるのもわかっていましたしね。この時点では、先回りして不安をつのらせる必要もなかったんです。だから、ごく普通にふるまっていましたよ。ちょうど信号で車を停めたとき、肩ごしに後部座席をふりかえり、なんて可愛い赤ちゃんなの、って声をかけました。〝見て、こんなに穏やかな顔をしてる〟って。［ここで沈黙。当時のことをなかなか思い出せずにいるのか、それとも、思い出すのがつらいのだろうか。EC記］あのときホリーがどんな目をしていたか、これだけの年月が経っても、いまだにまざまざと浮かんできます。〝穏やかなんかじゃない〟って、ホリーは言いました。〝邪悪な顔よ。この子は世界を滅ぼす。誰にも、それを止めることはできないんだから〟ってね。［こんな話を聞かされてしまっては、この女性警察官も、きっとコーヒーとドーナツで一服したくなったはず。EC記］

アマンダ　それは……

アイリーン　ええ、そうなんですよ。そのときはまだ、わたしには子どもはいなかったんですが、産後うつの一種に、出産したばかりの母親が自分の子を邪悪だと信じこんでしまう症状があるのは知っていたんです。それで、すぐにぴんときました。

アマンダ　産褥(さんじょく)精神病？

アイリーン　それです……だから、ソーシャルワーカーが来てくれて、母親以外の誰かが乳児の安全に責任を持ってくれるまでは、ホリーを赤ちゃんとふたりだけにしてはいけないと思って。意地の悪い言いかたに聞こえるでしょうけど、こういう仕事をしていると、こんなふうに考えるようになるんですよ。とはいえ、そんな言葉を口にしながらも、ホリーはいかにも母親の本能にしたがって行動しているようには見えたんですよね——赤ちゃんを抱っこして、揺らしたり、あやしたり。それを見ると、わたしもほっとしました。

アマンダ　倉庫に着いて、何があったんですか？

アイリーン　その日は単独勤務だったので、ホリーを車に残してはおけなくて——

アマンダ　単独勤務？

アイリーン　パトカーにはわたしひとりだったんです。普段はふたりずつで勤務割を組んでいるんですが、その日は休みをとっている人間が多すぎて。できればホリーには車に残っていてほしかったんですが、さっきも言ったように、赤ちゃんとふたりだけにしておくつもりはありませんでした。それで、倉庫にいっしょに来てちょうだい、赤ちゃんのお父さんがそこで待っているから、と言ったんです。その時点で、わたしが知らされている情報はそれだけだったので。車のドアを開け、降りるまで押さえておくから、と声をかけたんですが、ホリーは頑として動きませんでした。〝まだ直列中だから〟と言いはってね。〝あいつらに、この子を取られてしまう〟って。わたしがついているんだから、誰だろうと赤ちゃんには指一本触れさせないと請けあいました。でも、どうしても動こうとしないんです。

アマンダ　〝直列中〟と言ったんですね。
アイリーン　星の並びのことみたいでした。あの教団は、惑星が何か特別な並びかたをしたときに、あの赤ちゃんを生贄にしようとしていたんです。わたしが理解しているかぎりではね。
アマンダ　教団の人々は本当に赤ちゃんを殺そうとしていたのか、それとも、これは単なる……［あなたが言葉を選んでいるのがわかる。ＥＣ記］つまり、ホリーとジョナを信じこませるために作りあげた世界観の一部だったのか、その点はどう思います？
アイリーン　本気で赤ちゃんを殺すつもりだったんだと思います。ええ、絶対に。だって、結局は殺せなかったという理由で、ほとんどの信者が死を選んでいるわけですよね。そんなふうに洗脳されていたんですよ。
アマンダ　ホリーが車から降りようとしなくて、それからどうしたんですか？
アイリーン　ちょうど別の女性警察官が近くにいるのを見つけて声をかけ、わたしがジョナを連れてくるまで、この女の子を見ていてくれないかと頼みました。
アマンダ　その女性警察官の名前は憶えていますか？
アイリーン　可愛らしい名前だったんですよね。フランス系の。マリ＝クレールとか、何かそんな感じでした。
アマンダ　わたしが調べた関係者一覧には載っていない名前ですね。当時、この事件にかかわった警察官として、マリ＝クレールという名は誰も挙げていませんでしたが。

アイリーン　わたしも初めて見る顔でしたし、二度と会うことはなかったんですよ……とにかく、事情を説明しようとその女性警察官を呼びとめると、ホリーは金切り声で叫び出し、こっちに近づかないでとマリ＝クレールにどなったんです。〝その人もやつらの仲間だから〟って。〝やつらって誰？〟とわたしが尋ねると、ホリーはこう答えました——〝黒い天使(ダーク)〟。

アマンダ　そう呼ばれて、マリ＝クレールは何と？

アイリーン　えーと、実はマリ＝クレールは有色人種で、ただでさえこの職業でさんざんひどい言葉を浴びせられてきているはずなんですよね。だから、わたしはホリーを〝黙りなさい〟と叱りつけ、マリ＝クレールに謝ったんです。マリ＝クレールは眉を上げてみせ、ホリーが不安にならない距離から、ちゃんとふたりを見まもっておくからと小声で請けあってくれました。

アマンダ　マリ＝クレールの苗字(みょうじ)は憶えてません？

アイリーン　ええ、ごめんなさい。車の中のことはマリ＝クレールにまかせて、わたしはその場を離れました。ホリーは車に閉じこもったままでしたね。パトカーは内側から鍵がかからないので、何かあったらいつでもマリ＝クレールがドアを開けられるんですけど、そんなこと、ホリーは知らないから。それで、わたしは倉庫に入っていったんです。［またしても沈黙。ＥＣ記］あの、映画の『ジョーズ』で、ブロディが砂浜にいる場面があるでしょう。この海辺は安全だって口々に言われているのに、なぜかブロディの不安が高まっていく、ってところ。そして、やっと緊張を解きかけたとき、誰かが〝サメだ！〟って叫ぶ声が聞こえてくるんです。その瞬間、ブロディの表情が変化するんですが、そこでカメラがぐっと寄り、焦点が切り替わって。

アマンダ　その場面、わたし、大好きなんです。［実は、わたしも。EC記］

アイリーン　状況を察知した、その瞬間をみごとに表現していますよね。これ以上ないほどの危機に直面し、全身に緊張が走る一瞬。あの地下室に足を踏み入れた瞬間、わたしもあんなふうでした。あの人たちがいた現場。

アマンダ　遺体のことですか？

アイリーン　うーん、なんて言ったらいいか。もう本当にひどい状態で、わたしは……まあ、わたしはじっくり観察する必要はなかったので、あまり見てはいないんです。全員が刺されていて。もう、ずたずたに切り刻まれていたんですよ。遺体はみな、床に描かれた五芒星か何かの周りに並べられていました。後に、これは集団自殺の儀式だったことがわかったんですが。天使のひとりが遺体を並べ、現場から逃走したんです。

アマンダ　指導者だった人物。ガブリエルですね。

アイリーン　詳しいことは憶えていなくて。

アマンダ　それで、地下室に入っていってからは……

アイリーン　あの臭い。血。とにかく、凄まじかった。ただ、ひとつ言っておきたいのは――それまでもいろいろな遺体を目にしてきたので、そこに動揺したわけじゃないんです。

胸に刺さったのは、あの少年の姿だったんですよ。中のひとりの遺体に、しっかりとしがみついていて。どうしても離れようとしないんです。警察官たちは、懸命に説得していました。救急隊員たちも。ジョナを引き離すために、現場保存が二の次になってしまったくらいです。ホリーをここに連れてきて、ジョナに話をさせるべきかどうか、わたしは捜査主任としばらく話しあいました。ホリー自身、ひどく心に傷を負っている状態なので、こんな現場を見せる必要はないんじゃないかと、わたしは言ったんです。その結果、わたしからジョナに話をすることになりました。

アマンダ　しがみついていたのは、誰の遺体だったんですか？

アイリーン　わかりません。そもそも顔が……わたしはこんなふうに声をかけてみたんです。〝さあ、いらっしゃい。ホリーとちびさんには、あなたが必要なのよ〟とか、そんなようなことを。でも、ジョナはいっそう必死に遺体にしがみつくばかりでした。自分も血まみれの姿でね、言うまでもありませんけれど。それでも返事がないので、その亡くなっている男性は誰なのか、訊いてみたんです。あなたのお父さんなの？　って。ジョナはかぶりを振りました。〝あなたのできることは、もう全部してあげたわね。この先はわたしたちにまかせてちょうだい、何があったのかをつきとめるから。また後で、もう一度ちゃんとお別れをする機会もあるのよ〟。そう言ったとき、ジョナは初めて顔をあげ、わたしの目を見かえしたんです。〝おれはお別れしてるわけじゃない。死んだりなんかしてないんだ。死ぬはずないさ、神聖なるものなんだから〟と言って。

アマンダ　あの教団の人たちは、自分たちがみな人間の身体をした天使だと信じていたんですよね。

アイリーン　そうなんです。ジョナも、自分がそう願いさえすれば、死んだ人間を生きかえらせることができると信じていたみたいで。わたしは急かしたりせず、本人が納得したうえで遺体から引き離すつもりでいましたが、そこでもう、わたしに与えられた時間は終わってしまったんです。ひとりの救急隊員が、後ろからそっとジョナに近づき――あらかじめ捜査主任の同意を得たうえでのことですが――鎮静剤の注射を打ったので。

アマンダ　それって、倫理的に許されることなんですか？

アイリーン　ええ。この事例では、ジョナの精神が危機に瀕しており、安全に保護するために必要な措置と判断されました。現場にいた全員が同意して、関係者から許可も得ていたので……

アマンダ　注射は効きました？

アイリーン　それはもう。ジョナはすぐにおとなしくなりましたよ。救急隊員が健康状態を確認した結果、専門の担当官かソーシャルワーカーに引き渡すのがいいとの判断でした。恋人やその子どもといっしょにしておくのも助けになるかもしれないけれど、とにかく、ひとりにはしないようにと。

アマンダ　そのころ、ホリーはまだマリ＝クレールといっしょに外で待っていたわけですよね？

アイリーン　ええ。その話は、またすぐ後で。救急隊員たちはジョナの身体をきれいにしてやりました。二十分後には準備ができて、わたしはジョナを連れてパトカーに戻ったんです。[ここで沈黙。次の出来事をどう説明すべきか、考えこんでいるようだ。EC記] この話はいままで誰にもしたことがなかったんですが、ただ……ちょっと奇妙なことがあって。

アマンダ　いまになって気づいたことですか、それとも、当時からそう思っていた？

アイリーン　半々くらいかな。わたしはホリーと赤ちゃんを見ていてほしいと、マリ＝クレールに頼んでおいたわけです。ホリーはパトカーの中にいて、マリ＝クレールは外にいましたよね。でも、戻ってみると、マリ＝クレールが後部座席に坐り、ホリーは外を歩きながら、赤ちゃんをあやしていたんですよ。そのときは、わたしはとにかくジョナを車に乗せ、この子どもたちを——三人とも——福祉施設に送っていかなくてはと焦っていたので、そんなことを気にする余裕がなくて。

アマンダ　奇妙ですね。どうしてホリーが車外に出るのを許し、自分がパトカーに乗っていたのか、マリ＝クレールは理由を説明してくれました？

アイリーン　いいえ。何も言っていませんでした。

アマンダ　そこへあなたが帰ってきて、マリ＝クレールは狼狽(うろた)えていましたか？　あなたを見て、あわてて車から降りようとした？

アイリーン　いいえ。どちらも平然としていて、何もなかったかのようでした。わたしのほうは、ジョナを車に乗せるのに気をとられていたし……マリ＝クレールにはパトカーに同乗してもらうか、せめて自分の車でいっしょに来てもらえないか頼むつもりだったんですよ。でも、ジョナかホリーのどちらかが、逃げ出そうとしたときに手を貸してもらえるように。三人を後部座席に乗せ、マリ＝クレールのほうをふりかえったら、もうそこにはいなかったんです。

アマンダ　もう倉庫の中へ戻ってしまっていたということ？

アイリーン　そうとしか思えませんね。それで、わたしは緊急宿泊のできる児童保護センターへ三人を乗せていきました。

アマンダ　ホリーとジョナはどんな様子でした？　仲のいい恋人どうし？

アイリーン　いいえ、全然。お互いにできるだけ離れるようにして坐っていました。保護される子どもたちがどんなふうかは、あなたもご存じですよね。［重い沈黙。ＥＣ記］

アマンダ　どんなふうなんですか？

アイリーン　不安げで。自信がなくて。他人を信頼しないんです——とりわけ、大人を……

アマンダ　児童保護センターに着いて、何がありましたか？

アイリーン　夜間責任者の女性がわたしたちを待っていました。いくつか所定の手続きをして、パトカーに戻ろうとしたとき、ふとジョナが手にナイフを持っていることに気づいたんです。きっと、事件現場から持ち出したんでしょう。

アマンダ　そのナイフで、誰を脅そうとしていたんですか？

アイリーン　じっとホリーに視線を向けてはいましたが……その瞬間、わたしはジョナが赤ちゃんに危害を加えようとしているのだと思いました。訓練のおかげで身体が反射的に動き、ジョナの手首をつかむと、ナイフを叩(たた)きおとし、手錠を取り出したんです。ジョナの手首にそれをはめると、とにかくおちつかせようとパトカーに乗せ、外からドアを閉めて。ナイフを押収しながらも、わたしはどうすべきか迷っていました。このままジョナを連行し、武器を所持していた罪に問われるかもしれないとせいぜい脅しつけてやるか、それとも、凄惨な体験をしてきたばかりの少年だからと、このまま見のがすことにするか。

アマンダ　それで、結論は？

アイリーン　いま思えば、逮捕して罪を問うべきでした。ジョナ自身の安全のためにも。

アマンダ　それが筋の通った対応だと、わたしも思います。

アイリーン　それなのに、わたしはパトカーのドアを開け、手錠の鍵を外して、施設へ連れていってしまった。［長い沈黙。EC記］それからひとりでパトカーを発進させ、次の指令がいつ届いてもいいように、無線を開局しました。

アマンダ　どうして？

アイリーン　いま考えても、自分でもわからないんです。

［ここから先、小声での挨拶は省略。EC記］

二〇二一年六月二十五日、《ザ・ブックセラー》誌の記事を印刷したもの

《エクリプス叢書》にベイリーが参加《クロノス・ブックス》

《クロノス・ブックス》から刊行される《エクリプス叢書》のラインナップに、近年の注目作家、『戸口にて』の著者であるアマンダ・ベイリーが名を連ねることになった。この新たな犯罪ノンフィクションをあつかう叢書は今秋創刊の予定で、第一弾としてミニー・デイヴィスとクレイグ・ターナーの作品が刊行される。ベイリーは二〇二三年の第1四半期に、《アルパートンの天使》事件を題材とした題名未定の作品を発表すべく、鋭意執筆中。

二〇二一年六月二十五日、素人探偵デイヴィッド・ポルニースからわたしの個人サイトamandabailey.comに届いたメール

宛先　アマンダ・ベイリー　　**送信日**　2021年6月25日
件名　《アルパートンの天使》事件　　**送信者**　デイヴィッド・ポルニース

親愛なるアマンダ
あなたが《アルパートンの天使》事件についての本を執筆していると、雑誌で読みました。わたしは熱心な素人探偵で、まさにこの事件について、もう何年も調査していましてね。わたし自身、さまざまな仮説や見解を立てており、もしよければ、助手でも調査員でも、どんな形であろうと喜んであなたの力になりたいと思っております。

一例を挙げるなら、ガブリエル・アンジェリスはハーピンダー・シンを殺害してはいないのではないかと、わたしは考えているんですよ——たったひとつの、いくらでも仕込みができる証拠をもとに、あの男は有罪とされてしまいました。あの夜から現在にいたるまで、ずっと隠蔽工作は続けられているんです。わたしの言うことを疑うのなら、あの週からのニュース記事をネットで探して読んでみてください。読んだうえで、いったいあの倉庫で何人の遺体が発見されたのか、わたしに聞かせてくださいよ。

謝礼を請求するつもりはありません。わたしはすでに退職し、これは趣味でやっていますのでね。

デイヴィッド・ポルニース

二〇二一年六月二十五日、事件当夜（二〇〇三年十二月十日）にウィルズデン児童保護センターで夜間責任者を務めていたマギー・キーナンから《フェイスタイム》で話を聞く。文字起こしはエリー・クーパー。

アマンダ　お話をうかがう機会を作ってくださってありがとう。たしか、もう福祉のお仕事はしていないんですよね。

マギー　ええ、もう何年も前に辞めました。わたしには向いてなくて。内輪揉めが多すぎるし。予算も援助も少なすぎるし。［ここからえんえんと続く、お役所仕事や責任の重さや中間管理職の苦労についての愚痴は省略。ＥＣ記］

アマンダ　電話でお話ししましたが、わたし、《アルパートンの天使》事件についての本を書いているんです。十代の少年少女と、その間に生まれた赤ちゃんが事件現場から救出されたとき、あなたはちょうどウィルズデン児童保護センターの夜間責任者として勤務していたんですよね。何があったのか、聞かせてもらえますか？

マギー　わかりました。ええ、あの夜は、ちょうど深夜勤に当たってて。施設はもうほぼ満杯だったうえ、同僚がひとり病欠すると電話をかけてきたんですよ。うちに入った連絡によると、十七歳がふたり、乳児がひとり、緊急宿泊させてほしいという話でね。うちはもう、あとひと部屋しか空いてないんです、って答えたんですけどね。そしたら、十七歳の子たちは恋人どうしで、乳児はふたりの子どもだっていうじゃありませんか。わかりました、だったら今夜だけひと部屋でなんとかします、って答えたんです。本当に、その部屋しか残ってなくってね、その時間には。すぐにその子たちが到着しました。女性警察官が、十七歳の子をふたり連れて――

アマンダ　ホリーとジョナですね。ふたりはどんな感じでした？

マギー　そもそもね、それはその子たちの本名じゃないんです。例の天使たちが新しい名前を与えたんですよ。カルト教団って、そういうことをしますよね。それまでの自分を、友人も家族も財産も人生も、すべて消されてしまうの。そして、教団を新しい家族として生まれかわらせるというわけ。何はともあれ、そのふたりの子は汚らしい恰好をして、赤ちゃん連れでうちの施設にやってきましたよ。ミルクもおむつも、何も持たずに。うちの施設には、そういうものが何もないのはわかってました——乳児はふつう、施設ではなく、まっすぐ緊急里親のところに預けられますからね。そんなわけで、わたしは頭が痛かったんですよ。この三人を、明日の朝までどうしたものか？　十七歳の子ふたりは、身体こそ健康なものの、いかにも凄まじい体験をくぐり抜けてきましたといわんばかりの状態でしたし。連れてきた警察官に、この子たちの荷物は？　と訊いたんですが、何も持っていないというんです。何ひとつですよ。衣類は寄付されたものが置いてあるので、どんなものがあったか、わたしは頭の中で思い浮かべていました。この子たちをきれいにしてやって、パジャマを着せ、朝に着替える服も用意して、ベッドに寝かせてやらなくては、ってね。

アマンダ　付き添ってきた警察官は、どんな人でした？

マギー　感じのいい女性でしたよ。ただ、ひとりっきりでね、何か怖ろしいものを見てしまい、すっかり動顚していたいるような感じで。パトカーのエンジンも切らずに、連れてきた三人をわたしに押しつけると、とにかくこの場から逃げ出そうとばかりに、さっさと帰っていってしまいました。［奇妙な話。あの女性警察官の記憶とは、まったく食いちがっている。ＥＣ記］

アマンダ　ジョナがナイフを出したのは、いつだったんですか？

マギー　えーと……そんなことはしていませんよ。わたしが見たかぎりでは。

アマンダ　本当に？　ジョナはナイフを隠しもっていて、それで赤ちゃんに危害を加えようとしたのでは？

マギー　とんでもない！　そんなことがあったら、記憶に残るに決まっているでしょ。

アマンダ　それが、アイリーンの記憶によると、そちらの施設から帰ろうとしたときに、ジョナが事件を起こしたそうなんです。ジョナの手から、ナイフを叩きおとさなくてはならなかった、と。

マギー　アイリーンって、誰のことです？

アマンダ　アイリーン・フォーサイス巡査部長です。そのときの女性警察官ですよ。

マギー　その女性ならたしかフランス系の、二連になっている名前でしたよ。マリ＝クロードとか何とか。

アマンダ　有色人種でした？

マギー　いいえ。わたしと同じく、白人でしたよ！

アマンダ　わたし、昨日アイリーンの話を聞いたところなんです。自分がどんなふうに病院からホリーを連れ出し、事件現場からジョナを拾って、そちらのウィルズデン児童保護センターに送っていったか、詳しく話してくれたんですよ。

マギー　でも、三人を連れて施設に入ってきた警察官はひとりだけでね。ひょっとしたら、そのアイリーンはパトカーで待っていたのかしら。ごめんなさい、わたしにはなんとも。ただ、ジョナがそんなことをしたら、まちがいなく憶えているはずだと思うんですよ。［ここで、はっと何かに思いあたったようだ。ＥＣ記］そうだ、きっとあの夜、うちの施設に来る前にそんなことがあったんでしょうね。暴力的な子だと聞いたら、わたしが受け入れを断ることがわかっていて、でも、どうしてもジョナをうちに預けてしまいたかったから……これだけの年月が経ってしまって、自分がどんな嘘をついたのかも忘れてしまったのよ。あの時代の空気といったら、本当にひどかったもの。［さらに、当時の体制についての愚痴が続く。わかるけれど、もう昔のことなんだから、いまさら蒸しかえさなくても。ＥＣ記］

アマンダ　それで、子どもたちはおちついて一夜をすごせたんですか？

マギー　残念ながら。マリ＝クロードが帰ってから十分も経たないうちに、警察が赤ちゃんを迎えにきたんです。

アマンダ　警察が？

マギー　男性と女性の警察官がひとりずつ。ご参考までに、男性のほうは白人、女性のほうは黒人でしたよ。ちらりと身分証を見せて。ほんものをね。赤んぼうはどこにいるかと訊かれたんです。部屋を教えると、ずかずかと入っていって、わたしの鼻先でドアを閉めてしまいました。ほんの数秒で出てきたときには、腕にちびさんを抱いていましたよ。無言のままでした。［悲しげな沈黙。ＥＣ記］

アマンダ　ホリーとジョナはどんな反応でした？

マギー　一睡もできなかったようですよ。それぞれ部屋の端と端に分かれ、お互いをにらみつけたまま一夜を明かしました。翌朝には、それぞれ別の迎えが来て、そこでお別れとなったんです。それ以後は、どの子とも、二度と会うことはありませんでした。［ここで話を切り

あげようとするあなたを制し、マギーは話を続けた。ＥＣ記］

マギー　あのころの体制はそれでなくとも混乱していたから、これが関係あるのかどうかはわかりませんけどね。でも、翌朝ホリーを迎えに来たソーシャルワーカーは、赤ちゃんもいっしょに連れて帰るつもりでいたんですよ。すでに赤ちゃんがどこかへ連れていかれたなんて、まったく聞いていなかったようでした。［これって、何かおかしくないですか？　ＥＣ記］

タインフィールド刑務所
面会申請書

受刑者名：ガブリエル・アンジェリス
申　請　日：二〇二一年六月二十五日
申請者名：アマンダ・ベイリー
申請状況：受刑者による拒否

二〇二一年六月二十五日、わたしとオリヴァー・ミンジーズが《ワッツアップ》で交わしたメッセージ

アマンダ・ベイリー　大天使ガブリエルに、降臨を拒否されちゃった。

オリヴァー・ミンジーズ　おれは拒否されてないけどな。

アマンダ・ベイリー　あなたの申請は通ったってこと？

オリヴァー・ミンジーズ　ああ。

アマンダ・ベイリー　それで、刑務所長も了承したの？

オリヴァー・ミンジーズ　ああ、そうだよ。

アマンダ・ベイリー　わたしのこと、からかってるんでしょ。

オリヴァー・ミンジーズ　いや。ついでにつけくわえとくと、おれがこないだ言ってたインタビューは、ガブリエルが相手じゃないからな。

オリヴァー・ミンジーズ　きょうはもうへとへとなんでね、勘弁してくれ。今朝は五時十五分前に電話が鳴ってさ。出たら、もう切れてたんだ。おふくろかと思って、確認の電話をしたよ。だが、ちがった。そのころには、すっかり目が覚めちまってたよ。

アマンダ・ベイリー　まったく、もう、信じられない。

オリヴァー・ミンジーズ　まあ、かりかりするなよ。おれが許可された面会だって、たった十分間なんだ。つまり、その面会枠の中で、ガブリエルにはほかの個人的な面会の予定もあるかもしれない、ってことでね。どうせ、何もおもしろい話は聞けないよ。おれの作家生命を賭けたっていい。

アマンダ・ベイリー　あなたはよくて、わたしはだめって、どうしてよ？

オリヴァー・ミンジーズ　たまたま、そういう巡りあわせだったんだろう。

二〇二一年六月二十五日、法務省の元広報担当者であり、現在は〝美食の匠(たくみ)〟を名のるコリン・ダラーとわたしが交わしたテキスト・メッセージ

コリン・ダラー　友人から聞いたんだが、あそこの刑務所長はミンジーズのおやじさんの旧友だったそうだよ。

アマンダ・ベイリー　何ですって？　あの人、そもそも《インフォーマー》紙の研修生になれたのも、お母さんのコネだったのに。あの人の両親、顔が利きすぎじゃない？

コリン・ダラー　友人が言うには、あの刑務所じゃめったに取材のための面会を許可しないらしい。カルト教団の指導者に、これ以上の脚光を浴びさせたくないんだろう。ただでさえ、いまもけっこうな数の女性たちから、ガブリエルへの手紙が殺到しているらしいからな、信じられるか？😖だが、ミンジーズの申請は、いいきっかけになるかもしれないと思われたんだろう。あの男を殺したのは自分だと、ついにガブリエルは認めるのだろうか？　自分に好意的なジャーナリストにガブリエルが何を語るか、試してみようというわけだ。

アマンダ・ベイリー　わたしだって好意的なつもりなのに、もう。ああああ！　まったく、腹が立つったら！

コリン・ダラー　まあな、だが、家族にコネがあったんなら仕方ない、そうだろう？　いいかい、連中はきみの相棒を、いわばお手軽なスパイとして使っているだけなんだ。わたしなら、そんなことを気に病みはしないね。はたして十分間でどれくらいのことを探り出せるか、お手並み拝見というところだ。

アマンダ・ベイリー　ありがとう、コリン、あなたってすばらしい。あなたの高級チーズ、売れることを祈ってる。二、三週間前だったかな、産地直売所（ファーマーズ・マーケット）で買ってみたの。もう、これまで食べたこともないおいしさだった。

コリン・ダラー　わたしが売り出したのはパンなんだが。

アマンダ・ベイリー　ごめんなさい、そう書くつもりだったの。

二〇二一年六月二十五日、わたしとオリヴァー・ミンジーズが《ワッツアップ》で交わしたメッセージ

アマンダ・ベイリー　〝たまたまそういう巡りあわせ〟ねえ――たしかに、コネのある両親に恵まれるのも巡りあわせよね。あなた、お父さんのお友だちとやらに、わたしの申請を却下するよう頼んだんじゃないの？

オリヴァー・ミンジーズ　なんだよ、被害妄想か？　頼んでない。

アマンダ・ベイリー　じゃ、わたしはあなたの親しい友人で仕事仲間だから、やっぱり申請を通してやってくれって頼んでくれない？

オリヴァー・ミンジーズ　おいおい、アマンダ。あんたの仕事は、赤んぼうを見つけることだろう。さっさと探せよ🕵️

アマンダ・ベイリー　🙏

オリヴァー・ミンジーズ　悪いが、いまは相手をしていられない。ガブリエル・アンジェリスの独占取材をひかえて準備に忙しいんでね😂

二〇二一年六月二十六日、犯罪ノンフィクション作家クレイグ・ターナーとわたしが《ワッツアップ》で交わしたメッセージ

クレイグ・ターナー　やあ、ベイビー。この週末はどうしてる？

アマンダ・ベイリー　わたしがこの仕事をもらえたのって、わたしなら《アルパートンの天使》事件の赤ちゃんを見つけられるから、って理由だったのよね。それなのに、当てにして

た情報源のひとりは協力してくれないし、もうひとりは引退してポルトガルへ行っちゃった😱

クレイグ・ターナー　《クロノス・ブックス》に言ってやれよ、ちゃんと金を払って私立探偵を雇えってさ。それで、きみはちょっとのんびりするんだ。

アマンダ・ベイリー　関係者の身元は隠されてるし、重要な情報は消されてるし、協力者はどこかへ消えちゃうし。約束してもらった条件も、どんどん変えられちゃって。当時の関係者から話を聞いてもぜんぜんつじつまが合わなくて、結局は何もわからないまま。一度なんて、話を聞こうと思ってた人が、連絡する直前に交通事故で死んじゃったの。

クレイグ・ターナー　ぼくは取材相手に死なれちゃったことはないな。これって、自慢になる？😂

アマンダ・ベイリー　そして、最悪なのはね——昔の天敵が、同じ題材の本を書こうとしてて。うまいこと排除してやろうと企んだ作戦が大失敗しちゃったの。いまは、とびきりの重要人物にわたしも会わせてほしくて、そいつにひたすら頭を下げてる始末。

クレイグ・ターナー　〝昔の天敵〟って誰？　いいから、しゃべっちゃえよ。

アマンダ・ベイリー　オリヴァー・ミンジーズ。二十年前、同じ職場にいたことがあるの。負けん気ばっかり強くて、無神経で、自分がどれだけ恵まれた立場かさっぱりわかってなくて、そのうえに、実は一度ひどい目に遭わされたことがあって——どうしても許せないってわけ。

クレイグ・ターナー　おやおや。無理やり聞いてごめん。

アマンダ・ベイリー　いまや、向こうは大天使ガブリエルと面会を許可されてて、わたしは却下されたの。北の刑務所に鎮座しますよ、カルト教団の指導者さまよ。ああああ、もう！

クレイグ・ターナー　それはまいったな、ベイビー！　まあまあ、おちついて。とにかく、三人で会える日を決めなきゃ。

アマンダ・ベイリー　この状況が、いくらかでもよくなってからにして。

クレイグ・ターナー　ミニーにまた会えるのはうれしいよ。あいつの書いてるムーアズ殺人事件の本、おっそろしくいい出来で、ピッパはそれを《エクリプス叢書》の目玉にするんだってさ。ミニーのために、ぼくも嬉しいよ

アマンダ・ベイリー　

クレイグ・ターナー　ぼくのほうは、個人的につながりのあった連続殺人犯について書いてるんだけどな、まあいいさ、ミニーのを目玉にするっていうんなら

アマンダ・ベイリー　

クレイグ・ターナー　まあ、気にしちゃいないよ。それで、きみはその本、いつ書きおえるんだ？

アマンダ・ベイリー　そもそも、まだ書きはじめてないんだけど　まずは、とにかく第一章をまとめなくちゃ。それから、新しい情報が入るたびに修正していけばいいのよね。これ以上、あの男にわたしのネタを奪われないうちに、自分のペースをつかまないと。

クレイグ・ターナー　肩の力を抜いて。たかが一冊の本じゃないか。

アマンダ・ベイリー　あんなにいらいらさせられる相手、ほかにいないくらい。この事件のことなんて、まるっきりわかっていないくせに。わたしとちがって。

クレイグ・ターナー　そいつのことは忘れるんだ。自分の第一章に集中するんだよ。

アマンダ・ベイリー　たしかに、そのとおりね。《インフォーマー》紙にいたときの上司のモットーを思い出す――〝尻をおちつけるな、さっさと何かひり出せ〟って。

クレイグ・ターナー　😂すばらしすぎる！　あまり無理はするなよ。いつもの自分を忘れないで。約束するね？

アマンダ・ベイリー　約束する。

二〇二一年六月二十六～二十七日に執筆した第一章初稿

『神聖なるもの』アマンダ・ベイリー

第一章

ロンドン警視庁の警察官、ジョナサン・チャイルズ〔要確認：警察官識別番号〕はそのドアを叩いたが、返答はおそらく戻ってこないとわかっていた。あたりには、凄まじい臭いがたちこめている。

《ミドルセックス・ハウス》×階〔要確認：階数と部屋番号〕の一室。グランド・ユニオン運河の北岸、もともとオフィスビルだった建物を改装したアパートメントだ。かつて北テムズ・ガス局が入っていたこともあり、数十年にわたってロンドンのこの地区ではもっとも背の高い建物だったという。この二〇〇三年にも、いまだ何キロもの彼方を見わたすことができた。だが、現在では運河を見晴らす贅沢な暮らしを誇る、色とりどりの真新しい分譲アパートメントにすっかり埋もれてしまっている。

きっかけは、ドブネズミの引っかくような音がするという、近隣の住民からの苦情だった。まずは、自治体の下っ端職員が、様子を見にやってきた。だが、この外廊下に充満する腐敗臭に咳きこむやいなや、×階［要確認：階数］ぶんの階段を駈けおりて、999に緊急通報したというわけだ。誰かが代わりに汚れ仕事を片づけてくれるのを待っているであろうその職員に、チャイルズ巡査はうんざりしながら思いを馳せていた。部屋の鍵を片手にたったひとりでその廊下に立ち、諦めの混じった、おもしろくもなさそうな笑みを浮かべながら。

最後にもう一度だけドアを叩き、無駄だと知りつつお定まりの台詞〝警察だ、ここを開けろ〟を口にする。これ以上は先延ばしにできない。チャイルズ巡査は、部屋の中に踏みこんだ。

＊＊＊

ハーピンダー・シンが仮住まいとなる《ミドルセックス・ハウス》に越してきたのは、その二カ月ほど前のことだった。それまで住んでいた場所は、火事で焼けおちてしまったのだ。入居者をぎっしりと押しこんだ、評判の悪い集合住宅だったため、消防隊が到着するより前から、疑いの目が大家に向けられていたという。火事のとき、シンは自宅にはいなかった。近くのサウソールにあるレストランで働いていたのだ。支配人を務めていたのは、遠い親戚の、そのまた遠い親戚。シンはウェイターとして雇われ、店が閉まると厨房の掃除もしていた。そこから毎晩、四八三番のバスに乗り《ミドルセックス・ハウス》に帰宅する生活。

シンをよく見かけたという人間は多い。あの青年は結婚するのを心待ちにしていたと、中のひとりふたりは語っている。心に誰か花嫁候補を思いえがいていたのか、それとも未来の幸福な生活を夢見ていただけか、そこまでのことは誰も知らない。

数日前から、シンはレストランを欠勤している。最後に見かけたのはいつだったか、正確に憶えているものはいない。どうして自宅の隣の部屋にいたのか、その理由もまったく見当がつかないままだ。その部屋は、記録上は空き部屋となっていた。改装の予定があったのだ。

二〇〇三年のその朝、玄関に足を踏み入れたチャイルズ巡査にわかっていたのは、ハーピンダー・シンが無惨に殺害されているということだけだった。

2

第二段階のインタビュー、そして一般人との意見交換

二〇二一年六月二十七日、犯罪ノンフィクション作家クレイグ・ターナーからわたしへ《ワッツアップ》のメッセージ

クレイグ・ターナー　ひとつ思いついた。きみはその相棒の取材に同行できるんじゃないかな。ぼくが昔、例のデニス・ニルセンに面会したとき、公認面会者（報道あるいは法曹関係）はアシスタントを連れてきていいことになってたんだ。そのときは、ちょうど手根管の手術を受けたばかりでね。代わりにメモをとってくれる友人を連れていった。そいつの面会申請は必要なくて――名前さえ、誰にも訊かれなかったよ。だから、きみはただ、その相棒に同行させてもらいさえすればいいんだ🙆

二〇二一年六月二十八日、わたしと担当編集者ピッパ・ディーコンが《ワッツアップ》で交わしたメッセージ

アマンダ・ベイリー　こんにちは、ピッパ。実はね、ガブリエルがオリヴァーの面会は許可したくせに、わたしの申請は却下しちゃったの。たった十分間とはいえ、会えるのと会えないのじゃ大ちがいでしょう。こちらは赤ちゃんの行方に焦点を当てるべきなのはわかってるけど、直接ガブリエルの話が聞けるなんて大スクープだし、オリヴァーにはもったいないと思う。お願い、《グリーン・ストリート》のジョーに連絡して、わたしをアシスタントとして同行させるべきだって、オリヴァーに強く勧めてもらえない？　デニス・ニルセンに面会したとき、クレイグもアシスタントを連れていったそうなの。オリヴァーひとりじゃ、せっかくの機会を台なしにしてしまうかもって、わたしが心配してるとジョーに伝えて。もちろん、オリヴァーを説得するときには、もっとうまい理由をつけてもらうとして。

ピッパ・ディーコン　あなたはもう赤ちゃんの行方をつきとめる寸前だって、ジョーに話してもかまわない？　ほら、〝目には目を〟っていうでしょ。

アマンダ・ベイリー　ええ。ええ、そう話してもらってだいじょうぶ。

アマンダ・ベイリー　それって〝目には目を〟じゃなくて、〝等価交換〟っていうやつじゃないの？

二〇二一年六月二十八日、わたしとオリヴァー・ミンジーズが《ワッツアップ》で交わしたメッセージ

アマンダ・ベイリー　あなたのガブリエルとの面会だけど。わたしがアシスタントとして同行してもいい、って話は聞いてるでしょ。

オリヴァー・ミンジーズ　アシスタントなんていらないね。

アマンダ・ベイリー　頭に入れておいてほしいんだけど——この先——あなたは赤ちゃんの行方をわたしから教えてもらうことになるのよ。もしもガブリエルとの面会にわたしを連れていってくれたら、もう心からの感謝とともに、笑顔で情報を渡すつもり。

オリヴァー・ミンジーズ　考えておくよ。ところで、《集結》の現場に行ってみないか。例の事件が起きたアルパートンの倉庫だよ。

アマンダ・ベイリー　倉庫はとっくになくなってる。いまは、運河沿いの高級アパートメントになっちゃった。

オリヴァー・ミンジーズ　何でもいいさ。どっちにしろ、おれたちは一度は行ってみなきゃならないんだし、だったらいっしょに行こうじゃないか。きっと楽しいぜ。

アマンダ・ベイリー　わたしはあのあたりに詳しいもんね。だから連れていきたいだけなんでしょ。

オリヴァー・ミンジーズ　土曜の十一時に会おう。地下鉄のアルパートン駅を出たところで。

オリヴァー・ミンジーズ　どうなんだ？　行くのか、行かないのか。

アマンダ・ベイリー　👻🐶

二〇二一年六月二十八日、退職した元警視正ドン・メイクピースとわたしが《ワッツアップ》で交わしたメッセージ

ドン・メイクピース　きみが探していたジョナサン・チャイルズ巡査を見つけたよ。

アマンダ・ベイリー　すごい！　ありがとうございます、ドン。どこに行ってしまったにせよ、きっと探しあててくださると思ってました！

ドン・メイクピース　今年の五月に亡くなっていたよ。大腸がんでね。

アマンダ・ベイリー　あら。それはお気の毒に。

ドン・メイクピース　後にはかみさんが残されたそうだ。話を聞く価値はありそうかな？

アマンダ・ベイリー　わざわざ時間を割くほどではなさそうですね。とはいえ、ありがとうございました、ドン。心から感謝しています。

アマンダ・ベイリー　いえ、価値はあるかも。奥さんの連絡先を教えてもらえますか？

二〇二一年六月二十八日、わたしから素人探偵デイヴィッド・ポルニースへのメール返信

宛先　デイヴィッド・ポルニース　　**送信日**　2021年6月28日
件名　Re：《アルパートンの天使》事件　　**送信者**　アマンダ・ベイリー

親愛なるデイヴィッド

《アルパートンの天使》事件について、ご連絡ありがとうございます。現在、アシスタントは必要としておりません。とはいえ、よかったら、この事件にそこまで惹きつけられる理由を聞かせてもらえませんか？　執筆中の本の導入部で、そうしたご意見を世間の声の一例として紹介することも考えています。もし、あなたの意見を引用することになれば、きちんとお名前も出しますよ。

あなたがメールで触れていたニュース記事も、すべて読みました。あの一週間の報道で、発見された遺体の数にぶれがあったのは事実です。ただ、わたしも事件報道の現場に身を置いていたことがあるので、その経験からわかるのですが、ああした食いちがいはけっしてめずらしいことではないんですよ。警察のほうは具体的な数字をマスコミから隠そうとし、マスコミのほうはとにかくはっきりとした犠牲者数を出そうとする。その結果、伝言ゲームのようなことが起きてしまうんです。

とはいえ、たしかにこの事件の調査はけっして簡単なことではありません。自分から取材に応じてくれる関係者は、ほとんどいないといっていいでしょう。さらに、とりわけ被害者となった乳児――そして、ふたりの少年少女――の保護を目的とした守秘義務のために、これだけの年月を経たいま、そうやすやすと真実を解き明かすことはできないんですよ。

ひとつお訊きしたいのですが――事件当時、警察や社会福祉関係の仕事をしていたかたで、率直で信頼でき、あなたの調査にも役立つような知りあいはいらっしゃいますか？　もしも、そういうかたの連絡先を教えてもらえれば――あるいは、わたしの連絡先を先方に渡してもらえれば――これほど嬉しいことはありません。もちろん、本の謝辞ではあなたのご協力に触れるつもりです。

アマンダ・ベイリー

二〇二一年六月二十八日、事件当夜（二〇〇三年十二月十日）にイーリング病院の救急外来で勤務していた看護師ペニー・ラトケから話を聞く。場所はイーリング病院前のバス停。文字起こしはエリー・クーパー。

アマンダ　ありがとう、ペニー。協力してくださって、心から——

ペニー　ありがとう！！！　力になれて、ほんとに嬉しい。

アマンダ　わたし——

ペニー　当時は、自分がこんなにも有名な事件にかかわることになるなんて、夢にも思ってなかったのよね。あれから、この事件にすっかり夢中になっちゃって。もう、手に入るものは片っ端から読みあさってるの。あなた、『果たされなかった責任』と『集結』は観た？　あたし、どっちもブルーレイで買っちゃった。『9から始まる奇妙な物語』も観てる？　それで、ついにはこのあたしが、事件についての本を書いてるあなたに協力してるなんてね。ちょっと、すごすぎない？

アマンダ　［あなたには答える暇（いとま）もない。ＥＣ記］

ペニー　あのとき何があったのか、最初から最後までみんな話す。それでいいのよね？

アマンダ　［いいかどうか返事をするまでもなく、それをそのまま聞かされる。ＥＣ記］

ペニー　あれは、いつもの救急外来の夜勤のときだった。忙しくてね。カルト教団による史上最悪の集団自殺事件が起きようとしてるだなんて、夢にも思ってなかった。あたしが受付カウンターにいたとき、その娘が入ってきたの。十代の母親、ホリーがね。映画『キャリー』の主人公みたいに、全身血まみれだった。ホラー映画を観てるだけじゃ絶対に気づかないことだけど、血って、ほんとに臭うのよね。血の臭いをこんなにはっきり嗅ぎとれるのって、生きものとしての本能なんだって、前に読んだことある。これって、狩猟や食料探しに必要な感覚の一部なんだって。つまり、動物の血の臭いなら、それってまず食べものだと思っていいわけでしょ。でも、人間の血の臭いだとしたら、それは生命の危機に直結するわけ。まぎれもない、自分たちの生命のね。だから、あたしたちは本能的に人間の血の臭いに嫌悪感を抱くわけ。食べものを探すのも、生命の危機を感知するのも、生き抜くためには必要なことだもんね。でも、病院って、そういうものから毒気を消して、すべてを中和しちゃう場所でしょ。ほら、あたしはもうそういう場所ですでに何年か働いてたから、血の臭いなんかに免疫はできてたわけ。でも、その娘はすごかった。入ってきた瞬間、はっきりと臭いに気づいたもの。そこにいた人たちはみんな、ぴたりと話すのをやめて、まじまじとその娘を見つめたくらい。全身が真っ赤に染まってるってだけじゃない、手には赤ちゃんの入ったレジ袋を提げてたのよね。そう、生後四週間か、せいぜい六週間くらいの。当の本人はなんだかぼーっとしてたね、もう、どうかしちゃったのかと思うほど。とっさに思ったのは、何か薬物を摂取しちゃったか、精神の変調か、手ひどいトラウマを負ってるか、もしかしたらその全部かも、ってこと。

アマンダ　それで、あなたは——

ペニー　そうなの、それで、同僚がまっすぐその娘に近づいて、健康状態を診るために赤ちゃんを受けとってね。あんな状態の子どもを見ちゃったら、そうするしかないもの。ほら、みんな、そのためにこんな仕事をやってるようなものだから。でも、結局ね、赤ちゃんは元気で、ただ怯(おび)えてお腹(なか)を空(す)かしてるだけだった。

アマンダ　その赤ちゃんが男だったか女だったか、憶えています？

ペニー　それがね、間抜けな話なんだけど、憶えてないの。そもそも、知らないままだったかも。さっきも言ったけど、こんな大事件になるなんて夢にも思ってなかったし、あたしは若いお母さんのほうにかかりきりになってたし。なにしろ、どこもかしこも血まみれだったしね。結局、それはみんな、死んだほかの天使たちの血だったんだけど。警察が赤ちゃんに気づかなかったって話、あなたは知ってた？　その娘を車に乗せてここまで送り、病院の戸口で降ろしたっていうのに、レジ袋の中の赤ちゃんには気づかなかったんだって。信じられないでしょ、ねえ？　でもね、見かたを変えればそうでもないらしいの。

アマンダ　というと——　［好きなだけしゃべらせてやればいいじゃないですか、マンド。そんな、必死になって会話の主導権を握ろうとしなくたって。ＥＣ記］

ペニー　ほんと、すごく、すっごくおもしろいことを聞いちゃって。［ここで声をひそめる。この先は本当におもしろい話になるのか、あるいはとんでもない話になるか。ＥＣ記］あたし自身、けっして信じてるわけじゃないんだけど、本気で信じてる人もいるの。だから、ここで誰かに話せたらすっきりしそう。ほらね、オカルトに詳しい人っているでしょ……そういう人たちから見ると、警察が赤ちゃんに気づかなかったなんて怠慢だとか、職務放棄だとか、なんだかんだと非難されてるのは気の毒だっていうのよね。赤ちゃんが見えなかったのは、闇の天使たちが人間の目から隠して、危害を加えられないよう守ってたからなんだって。でもね、それだけじゃないの。もっとおもしろい説だってあるみたい。なんと、その赤ちゃんが自分で人の目から姿を隠してた、っていうの。天使の助けなんかいらなくて、自分で自分の身を守る力を持ってたってわけ。ほら、あたしはいろんな人の考えに興味があるから、偏見は持たずに耳をかたむけることにしてるんだ。そのときは、ほかの同僚たちが赤ちゃんを診て、身体をきれいにしてやってる間、あたしたちはホリーと話してたんだけど……ほんと、どうにも奇妙でね。口ぶりはおちついてるんだけど、何を言ってるのか、さっぱりわけがわからなくて。天使とか、悪魔とか、《集結》だとか、惑星直列だとか。あたしたちは、産褥精神病じゃないかと思ったの。そうなると、あたしたちの科の担当じゃないから、紹介状を用意することにして——精神科かどこかで、ちゃんとした診断と治療を受けられるようにね。

アマンダ　それは——

ペニー　そしたら、ホリーと赤ちゃんが来てから一時間くらい経ったころに、女性警察官がやってきて、あの娘と赤ちゃんはどこにいるかって尋ねたのよね。ふたりを専門施設に連れていくよう指示されたから、って。

アマンダ　いったい、誰——

ペニー　さあね。でも、そもそもホリーと赤ちゃんを連れてきた警察官たちはさっさと車でどこかへ行っちゃったから、こちらとしては、きっとこの女性に後を頼んだんだろうって思うしかなくて。ちゃんと警察の制服を着た女性だったし、これから何をするかもわかってたようだから、あたしたちはホリーと赤ちゃんをその人に引き渡したの。

アマンダ　その女性は――

ペニー　ええ、ちゃんと送致状も持ってたしね。

アマンダ　あなたがた――

ペニー　ううん、全然。ホリーは赤ちゃんの世話をしてて、ちゃんと母子の絆はあるように見えたのよね。そこが、産褥精神病の不思議なところなの。表層の意識は妄想に囚われてるんだけど、出産した女性って、潜在意識に母性本能がしっかりと根を下ろしてるものなんだ……自分の産んだ子は悪魔だとか言いながら、ちゃんとおむつも換え、哺乳瓶をくわえさせたりしてるの。

アマンダ　あなたは――

ペニー　ううん。そこでもう、ふたりはあたしたちの手を離れちゃったから。それっきり、あたしもきれいに忘れちゃっててね、集団自殺事件のニュースを知ってようやく、例の少年を助けたっていう少女は、あのときうちの病院に来た娘なんだな、って気づいたの。新聞ではあの子たちの名前は伏せてあったのよね。結局、どこもホリーとジョナって名前を使いはじめたのは、それがあの子たちの本名じゃないからよ。こんなことになるって知ってさえいたら、あのときもっといろいろホリーに訊いておくんだった。

アマンダ　いったい――

ペニー　そりゃ、あたしだってあの人たちが実際に天使だったなんて思ってない。ただね、人ってそんなことを信じこむこともあるんだ、って思うと、ほんとにおもしろくてね。自分の信頼している相手から、その人の信じこんでいることを語られたら、つい乗せられちゃうものなのかな？　それとも、その人の影響力が強すぎて、反発する自信や気力がなくなっちゃう？　世の中にはカリスマ的な人っているもんね、そのせい？　人の上に立つように、もともと生まれついてる人。自分だけは答えを知ってるって、そういう人にもっともらしく言われると、つい信じずにはいられないのかな。でも、人の上に立つよう生まれついた人がいたとしたって、自分がその人にしたがわなきゃいけない理由はないのにね。［ここで、しばし口をつぐむ。このインタビューで初めてのことだ。ＥＣ記］

アマンダ　この世に――

ペニー　うん、あると思う。

アマンダ　わたしが何を尋ねようとしていたか、最後まで聞いてないですよね。

ペニー　〝この世に悪というものは存在するんでしょうか？〟って訊きたかったんでしょ？

アマンダ　［鋭く息を吸いこむ音。ＥＣ記］ええ。

［ここからは、お礼と挨拶のみ。あなたにメッセージ送りますね。ＥＣ記］

二〇二一年六月二十八日、エリー・クーパーとわたしが《ワッツアップ》で交わしたメッセージ

エリー・クーパー　あの夜の記憶、みんなが奇妙に食いちがってますよね。気がつきました?

アマンダ・ベイリー　ええ😑

エリー・クーパー　倉庫の床に描かれていたという記号が消えていた件。ジョナがナイフを持っていたかどうか。赤ちゃんを連れていったのは、警察官なのか福祉施設の職員なのか。

アマンダ・ベイリー　警察官か、福祉施設の職員か——それとも、それを装った別の人間か。

エリー・クーパー　😱

二〇二一年六月二十八日、わたしから《迷宮入り殺人事件クラブ》主宰者キャシー＝ジューン・ロイドへのメール返信

宛先　キャシー＝ジューン・ロイド　　送信日　2021年6月28日
件名　Re：ささやかなお願い　　送信者　アマンダ・ベイリー

こんにちは、キャシー＝ジューン
メールをありがとう。『戸口にて』を楽しんでもらえて、とっても嬉しいです。せっかくのお誘いですが、現在は四冊めの執筆に忙しく、残念ながらおうかがいできません。《アルバートンの天使》事件についての本なんです。二〇〇三年の事件ですが、みなさんの記憶にも残っているかもしれませんね。ひょっとして、そちらのクラブでも議題に上ったことはありませんか？　謎の深い事件ですよね——当時も、そしていまもなお。
もしもこの事件をすでに考察していて、とくに興味を持った部分があったら、ぜひ知らせてください。あるいは、もしもこの事件の関係者の誰かと話したことがあったら、ぜひ——わたしがいまとくに力を入れているのは、そろそろ成年に達するはずの、あの赤ちゃんを探しあてることなんです。何か興味ぶかい情報を提供してもらえれば、喜んで謝辞にお名前を載せますよ。
それでは、みなさん、どうか推理を楽しんでください！

アマンダ・ベイリー

二〇二一年六月二十八日、わたしと《新着の幽霊》ポッドキャスト配信者のデイヴ〝イッ

チー〟キルモアが交わしたテキスト・メッセージ

アマンダ・ベイリー　こんばんは！　前回《新着の幽霊》でおしゃべりしたときはとっても楽しかったから、また出してもらえるなんて嬉しい。いま、ちょうど《アルパートンの天使》事件の本を書いてるところなの。事件の情報や関係者の連絡先を知らないか、リスナーに呼びかけてもかまわない？　いまはとにかく、不特定多数のみんなの声を集めたくて。

デイヴ〝イッチー〟キルモア　うちのリスナーにならら、何を呼びかけてもらってもかまわないよ、マンディ。みんなの声を大切にする——それが、《新着の幽霊》のやりかたなんだ。日取りと時間が決まったら、また連絡する。

二〇二一年六月二十九日、ソニア・ブラウンと電話したときの走り書き

ソニア　ミスター・ブルー　テキスト・メッセージで連絡する

二〇二一年六月二十九日、ミスター・ブルーとわたしが交わしたテキスト・メッセージ

ミスター・ブルー　そちらの電話番号を、共通の友人から聞いた。

アマンダ・ベイリー　どうしたらいい？

ミスター・ブルー　何が必要だ？

アマンダ・ベイリー　二〇〇三年にブレント地区の社会福祉施設があつかった、三人の未成年者の居所。使えるお金はなし。

ミスター・ブルー　三人の名前は？

アマンダ・ベイリー　《アルパートンの天使》事件の被害者だった十代の少年少女と乳児。名前はわからない。

二〇二一年七月三日、《集結》のあった場所を見にいく途中、わたしとオリヴァー・ミンジーズが《ワッツアップ》で交わしたメッセージ

アマンダ・ベイリー　アルパートンに着いてもあなたがいなかったら、わたしひとりで行くから。本気よ。

オリヴァー・ミンジーズ　おちつけよ！　こっちはいま地下鉄に乗ってて、もうすぐ駅に着く。

アマンダ・ベイリー　わたしも。じゃ、同じ電車に乗ってるのね。

オリヴァー・ミンジーズ　このへんのアパートメントに住むには、おそろしく金がかかりそうだな。

アマンダ・ベイリー　せっかく運河沿いの贅沢なアパートメントのために大金をはたいたのに、実はそこがカルト教団の儀式で集団自殺が起きた現場だったなんて、後から知ったら最低よね☠️

オリヴァー・ミンジーズ　おれは別にかまわないな。なにしろ、いま住んでるのは、窓の外を四分おきに電車が通りすぎる部屋だから。さてと、着いたぜ。

しばらく後、現場を見てから

オリヴァー・ミンジーズ　どこで油を売ってるんだよ。

オリヴァー・ミンジーズ　おい、どこに行っちまったんだ？

アマンダ・ベイリー　ちょっと、あなたに見せたいものが見つかったの。早く来て。エレベーターの前を戻って、階段のところ。

電子公衆トイレの外で。記号を見せられて、オリヴァーが卒倒してしまった後

アマンダ・ベイリー　気分はよくなった？

アマンダ・ベイリー　こういうSF映画みたいなトイレ、ほんとにわけがわかんない。あなた、出てこられなくなっちゃったの？　999に通報する？

オリヴァー・ミンジーズ　やめてくれ！　おれはだいじょうぶだ。ちくしょう、急かすのはやめてくれよ。

アマンダ・ベイリー　だって、あなたが卒倒するから！　わたしのあげた、ミントのソフトキャンディを喉に詰まらせちゃったのかと思った。あげた側が法的責任を問われないかどうか、いま調べてたところ。

オリヴァー・ミンジーズ　ご心配どうも。卒倒なんかしてないね！　ただ、ちょっとふらついただけだ。

アマンダ・ベイリー　そろそろ出てこない？

オリヴァー・ミンジーズ　おれが出ていかなくても、そのへんに男前な野郎はいくらでも歩いてるだろ😂もうしばらく、ふらつきが止まるまで坐ってるよ。

アマンダ・ベイリー　わかった。じゃ、さっきの記号、もうちょっと写真を撮ってくる。

オリヴァー・ミンジーズ　あれ、宗教儀式の秘術か何かだと言いたいのか？　おれにはよくわかってる――あれは、ペンキのスプレーを使ったいたずら書きのサインを、役所の職員ががんばって、ほとんど消した残りだよ。

アマンダ・ベイリー　ここらの建物はみんな、この十八年間のうちにいったん取り壊されて、また建て替えられてるのよね。つまり、あの記号はみな最近になって描かれたものってこと。もしかしたら、まだあの教団の教義を信じ、自分たちが天使だと思いこんでる人たちが残ってるのかもしれない。

オリヴァー・ミンジーズ

アマンダ・ベイリー　このことは、あらためてあなたに言っておきたいんだけど。古い写真や、このあたりの地理についてのわたしの知識と照らしあわせると、あの記号が描いてあったのは、《アルパートンの天使》信者たちが闇の力を呼び出し、儀式に則って死んでしまった、まさにその地点だったの。もしも、あなたがそういう負の力みたいなものを拾ってしまい、そのせいで卒倒したんだとしたら?

オリヴァー・ミンジーズ　何をまた、馬鹿馬鹿しい。これはたぶん、いつもカフェインのせいで起きるパニック発作だと思う。あの間抜けなバリスタが、カフェイン抜きっていうおれの注文を忘れちまったんだ。おれは、どうもカフェインが合わなくてね。それだけのことだ。

オリヴァー・ミンジーズ　卒倒なんてしてない。

アマンダ・ベイリー　ところで、あなたがわたしに隠してるインタビューの相手、ガブリエルじゃなければいったい誰？

オリヴァー・ミンジーズ　へへん！　あんたは絶対そのことを気に病んでると思ってたよ！　お見通しだ！　本当にからかいがいのあるやつだよな、マンディ、それだけわかりやすい性格だと。

二〇二一年七月三日、アルパートン訪問の後、アマンダ・ベイリーとオリヴァー・ミンジーズがパブで交わした会話。文字起こしはエリー・クーパー。

［この録音は、いきなり会話の途中から始まっている。ひょっとして、オリヴァーに内緒で録音機のスイッチを入れたんですか？　EC記］

オリヴァー　最後のほうは、あの男もだんだん別の顔をのぞかせてきてね。いきなり草稿が気に入らないと言い出したり。四六時中、おれに電話をかけまくってきたり。脅しにならないような脅しをかけてきたりもしたが、結局それって脅しだよな。おれひとりじゃ手に負えなくなってきて、どこかに相談しようとしたら、今度はＰＴＳＤなんて切り札を出してきた。

あれだけの軍事訓練やら何やらをくぐり抜けてきた相手だし、おれたちもあの男が民間人を殺したことについては不問に付すしかなかったんだが、そんなわけで、こんなおかしなふるまいを始めても、誰もとがめようとはしなかった。それどころか、みんな、すっかりびびっちまっててね！　ＭＩ５だの、ＭＩ６だの、ＭＩ何たら番号だの、秘密情報部のいろんなところにコネがあると、自慢げにほのめかしてくるんだ。この間、朝の五時十五分前に電話がかかってきた話はしたっけか？　おれはてっきり、おふくろの入ってる施設からかと思ったよ。実のところ、そのときだけじゃない。いまや、毎朝五時十五分前に、あいつはおれに電話してくるんだ。毎朝欠かさず電話が鳴って、出てみると、気味の悪いザーッという雑音がするだけ。

アマンダ　電話を切っておけばいいじゃない。［オリヴァーはかぶりを振ったようだ。ＥＣ記］どうして切らないの？

オリヴァー　固定電話なんだよ。諦めて出るか、鳴らしとくか、そのどっちかしかない。まあ、電源を引っこ抜くか、そもそも固定電話を外しちまうかする手もあるんだが、法律関係の友だちに訊いたら、そういう電話がかかってきた記録を残しとくと、後々訴訟沙汰になったときには、有効な証拠になるらしくてね。電話だけじゃない、この二年間のメールから、テキスト・メッセージから、《ワッツアップ》のやりとりから、一言一句すべてプリントアウトするはめになったよ。使った紙の量といったら、木を一本切り倒したも同然だ。

アマンダ　毎朝の電話、その人からかかってきてるのは確かなの？

オリヴァー　まちがいないね！　まあ、番号は非通知なんだが、ほかに誰がそんなことをする？　あいつは洗脳された学者気どりの強迫症で、相手の気持ちはまったくわからないくせに、陰でこそこそ連絡をとりあうすべにだけは長けてる。もともと毎朝三時半に起きて、逆立ちを一時間するのが日課なんだ。交戦規定には何の敬意もはらっちゃいない。アフガニスタンで捕虜にした兵士の目をえぐり出した、なんて笑いながら話すような男だ。ほかに誰がいるっていうんだ？

アマンダ　じゃ、逆立ちが終わってからあなたに電話してくるんだ。毎朝？

オリヴァー　いまや、おれに電話することも、あの男の日課の一部なんだよ。それから、例の警察の情報提供者、フランクの件もある。こちらはまた別の話でね。マンド、おれは何年も無駄にあくせく働きたくないんだ。十五歳で学校をやめちまったような、頭にレンガの詰まってる間抜けどもだって、〝お先真っ暗だって教師に言われた自分でも、こんな本を書けた〟なんてツイートしてるだろ。おれは、自分の力でなんとかしたかった。おれならできる。今回の話こそ、そのチャンスだと思ったんだよ。そうしたら、いきなり話が変わって、よりによってあんたと組まされるはめになった。

アマンダ　ずいぶんな言われよう。

オリヴァー　おれの言いたいことはわかるだろ。あんたは、おっそろしく全力で取り組んでるよな。

アマンダ　わたしが？

オリヴァー　そうだよ。そこがむかつくんだ。
アマンダ　もう一杯どうぞ。［オリヴァーのうめき声。酔っぱらっている？　EC記］ねえ、オリヴァー、だいじょうぶ？
オリヴァー　ああ、ああ。この仕事が始まってから、ずっとこんなだ。何に対しても気が乗らなくて、いきなり吐き気が襲ってきたり……
アマンダ　パニック発作じゃない？　締切の恐怖で。［マンドったら、オリヴァーはちょっと気を悪くしたのでは。EC記］
オリヴァー　パニックって感じじゃないんだ。
アマンダ　ひょっとして、このパブが超自然的な力のうごめく坩堝なのかも。ほら、あなたって、そういう霊的な流れを敏感に受けとるたちだから。
オリヴァー　例の赤んぼうは見つかったのか？［あなたは肩をすくめたか何かしたんですね？　EC記］最近は、とんと新しい情報を聞かないが。
アマンダ　情報の整理に時間がかかってるの。弁護士もからんでるしね。あちらこちらとやりとりして。
オリヴァー　馬鹿馬鹿しい。結局、まだ見つけてないんだろ。誰も騒いでないもんな。あんたはただ、なりゆきにまかせてるだけだ。
アマンダ　そんなの、この世界じゃ普通のことじゃない……わたしたちが《インフォーマー》紙にいたころのこと、忘れちゃった？

オリヴァー　やれやれ、あれは最低だったぜ……
アマンダ　あのころのあなた、ヘッドライトを浴びてまごまごしてるカタツムリみたいだった。
オリヴァー　役立たずの研修課程を、おれは必死で切り抜けたんだ。おれたちみんな、そうだったはずだ。
アマンダ　役立たずの研修課程？　ルイーザがいまどんな仕事をしてるか知ってる？
オリヴァー　知ってるさ。ルイーザが論説委員になれたのは、まさに《インフォーマー》紙がオンラインに移行したときだった。ＣＮＮで働いてるような口をきいてるが――実際には日がな一日ツイッターを見てまわり、どっかの野次馬が警察の非常線の写真を上げてないか探してるだけじゃないか。これから先、紙の新聞を出す見こみもなく――
アマンダ　そうは言うけど、わたしたちはちゃんと研修を受けて――
オリヴァー　［爆笑し、あなたの話をさえぎる。ＥＣ記］あれはただ、会社側が昔ながらの徒弟制度をなぞろうとしただけだよな。あのときでさえ、業界はもう変わろうとしてたのに。まったく的を外してるってことは、当時のおれにもわかってたよ。
アマンダ　嫌な思い出が残ってるのは、別にそのせいじゃないでしょうに。信じられない、あなたったら、自分で自分の記憶を改ざんしてるんじゃないの。誰もが自分より才能がある場にいることが、とうてい耐えられなくて。あのとき、あなたは人生で初めて、働くしかなくなった。でも、そうしながらも、みんなに追いつこうと懸命にがんばってたのよね。とりわけ、わたしに。わたしは、別にそれほど全力で取り組んでるわけじゃない。ただ、本当のあなたが見えるだけ。だからこそ、あなたはわたしにむかつくんでしょ。いまだって――

オリヴァー　また、とんでもないことを――

アマンダ　あなたって人は、いつもとっさにわたしをけなしにかかる。機会さえあれば、どんな手を使ってでも、わたしを間抜けに見せようとして――

オリヴァー　何をまた、くだらないことを。いつだってそうだ。別に、あのときだって……

アマンダ　わたしはあなたより年下で、学歴も低かった――学歴なんて、ないに等しかった。そのうえ、わたしはみんなとちがって――

オリヴァー　ああ、そうさ！　酢の臭いがぷんぷんしてたね！

アマンダ　何ですって？

オリヴァー　いつだって喧嘩腰（ザ・チップ・オン・ユア・ショルダー）でさ。肩の上のフライドポテト（チップ）にかけた酢がぷんぷん臭ってた！［マンド、あなたたちふたりとも酔っぱらいすぎ。聞いていて、どうにもいたたまれないんですけど。ＥＣ記］

アマンダ　あなたにはわからないのよ……あの研修はわたしにとって、それまでの人生で最良の出来事だったのに。あのおかげで、わたしの運命は変わったの。［ああ、マンドったら、何をそんなに動揺しているの。もう、聞いていられない。ＥＣ記］

オリヴァー　そんなこと、おれにはどうだっていいね！　あれはもう、はるか昔のことじゃないか――いいかげん忘れろよ！

アマンダ　あなたは耐えられなくなって、それで——
オリヴァー　くだらないな——
アマンダ　だから、あなたはあんなことを——
知らない声　ちょっと、声を落としてもらえません？　周りのテーブルにも、会話を楽しんでいる人間がいるんですよ。
アマンダ　すみません。
オリヴァー　本当に、申しわけない。［声を落とし、ささやく。ＥＣ記］少なくとも、おれは研修を最後まで受けた。あんたは途中で諦めちまったけどな。
アマンダ　［あなたもささやく。ＥＣ記］わたしは辞めるしかなかったのよ！
オリヴァー　どう取りつくろおうと、あんたはやりとおせなかった。それだけのことだ。
アマンダ　ねえ、本気でそんなこと言ってるの？　もしかして、本当に憶えてないわけ？
オリヴァー　ああ、憶えてない。［真実らしく聞こえる。本当に憶えていないのだろう。ＥＣ記］
アマンダ　あのときのこと、何も心に引っかかってないの？　自分がしたかもしれないこと、何か心当たりはない？
オリヴァー　ああ。
アマンダ　ああ、そう。だったら、いい。あなたの言うとおりよ。もう、過ぎたことだしね。
［考えこんでいるかのような、長い沈黙。ＥＣ記］
オリヴァー　いいか、終わったことは終わったことなんだ。おれは、あんたと協力してこの

仕事をやりたいと思ってる。このまま喧嘩別れしたくはないんだ。

アマンダ　わたしだってそうよ……でも、あなたが……［いまや、ふたりとも涙にくれている。誰が相手でも、こんなふうになっちゃだめ、マンド。ＥＣ記］

アマンダ　わたしはただ、こう思わずにはいられないの……もしもあのとき、あなたがあんな……あんなことをしなかったら、すべては変わっていたかもしれないのに……わたしたちの関係だって。

オリヴァー　もう、二十年も昔のことなんだ。忘れよう。

アマンダ　ええ、もう忘れた。終わったことよ。わたしたち、友だちよね？　ほんのちょっと？

オリヴァー　ああ、友だちだ。ほんのちょっと。

［ここでスイッチを切ったらしく、録音は唐突に終わっている。ＥＣ記］

二〇二一年七月三日、帰宅したわたしがミスター・ブルーに宛てた、送るべきではなかったテキスト・メッセージ

アマンダ・ベイリー　赤ちゃんの居場所はわかったの、どうなの？

アマンダ・ベイリー　そもそも、あなたは誰なのよ？

アマンダ・ベイリー　わかってる、どうせソニアがわたしと連絡とりたくなくて、こんなことやってるだけよね？　何ひとつ探り出せなかったからって。ろくでもねいソーシャルわーかのしそうなことだわ。

アマンダ・ベイリー　

かつての同僚であり、現在は《ウェンブリー・オンライン》論説委員のルイーザ・シンクレアからのメール

宛先　アマンダ・ベイリー　　**送信日**　2021年7月4日
件名　Re：《アルパートンの天使》事件　　**送信者**　ルイーザ・シンクレア

マンディ
見習いの子たちが切り抜いたニュース記事をスクラップ・ブックにまとめ、日付じゃなくて題目別に整理してた時代を憶えてる？　あれって、後になって古い事件を調べなきゃいけないときには、本当に助かったのよね。まあ、二〇〇三年よりはるか昔に、そんな習慣は捨てちゃったんだけど。

どのみち日曜出社しなきゃいけなかったから、うちの社のデジタル・アーカイブをほじくり返して、プリントアウトしたものを封筒にまとめておいた。たいていの記事はネットでも見つかるだろうけど、中には何らかの理由でボツになり、新聞に載らなかった記事も交じってます。

明日の午後一時にここに寄ってくれたら、昔の思い出話とか、いろいろおしゃべりしよう。でも、十五分だけね。一時三十分からは編集会議だし、《プレタ・マンジェ》にはおっそろしい行列ができるから。

《ウェンブリー・オンライン》論説委員
ルイーザ・シンクレア

過去のニュース記事一覧。本文と日付はなし、見出しのみ

四人死亡、乳児を含む三人が負傷　警察発表
現場となった倉庫「凄惨を極めた」　警察官が語る
四人めの遺体、《アルパートンの天使》教団に関係か
《天使》の死、自殺とみられる　検視官
天使の死は宗教儀式によるものか　警察発表
《アルパートンの天使》事件の謎――詳報

《アルパートンの天使》教団、「人類を救う使命が」
陪審員が退廷　《アルパートンの天使》事件公判
ウェイターの遺族、有罪判決に「安堵」
生きのこりの〝天使〟に終身刑　《アルパートンの天使》事件公判
緊急通報に出動の警察官、職務怠慢か　《アルパートンの天使》事件
ソーシャルワーカーらを召喚　《アルパートンの天使》事件審問

二〇二一年七月四日朝、わたしとオリヴァー・ミンジーズが《ワッツアップ》で交わしたメッセージ

アマンダ・ベイリー　こんな朝は、変なこと想像しちゃだめ。路上生活者のあごからしたたる目玉焼きの冷えた黄身のしずくを、舌で舐めるところとか

オリヴァー・ミンジーズ　何だよ、吐き気を起こさせるおまじないか。悪くない思いつきだが、おれには効かないね。

アマンダ・ベイリー　あのパブ、もう二度と行けなくなっちゃった。あなたはだいじょうぶ？

オリヴァー・ミンジーズ　ああ、きょうも早朝からあのいかれた兵士あがりに電話で叩き起こされたけどな。

アマンダ・ベイリー　ガブリエルの面会にはいつ行くの？

オリヴァー・ミンジーズ　まったく、どうして誰も彼もこの面会のことで大騒ぎしてるんだ？

オリヴァー・ミンジーズ　待てよ。あんた、ジョーに何か言ったな？　アシスタントを連れていけとうるさくせっついてくるのは、あんたの差し金だったのか！　見え透いた手を使いやがって。

アマンダ・ベイリー　だって、ガブリエルが許可されてる面会の枠は、週にたった三十分なのよ――面会できるのはひとり、あるいは何人かの親族。または、それぞれ十分と二十分に分けて、二度の面会。その枠を、群がる女性ファンの列に並んで勝ちとらなきゃいけないんだから。

オリヴァー・ミンジーズ　やれやれ。

アマンダ・ベイリー　インタビューはわたしがすべて録音して、メモも取る。終わったら、すぐに文字起こしに出すから、あなたは取材に専念して。

オリヴァー・ミンジーズ　文字起こしに出す？　誰かにやってもらうのか？

アマンダ・ベイリー　ええ、エリーにね。前にわたしが目をかけてた子。《クロノス・ブックス》を辞めて、博士課程で犯罪心理学を学んでるの。あの子の文字起こし、とっても速くてすばらしい出来なのよ。わたし、エリーをすごく買ってるんだ。

オリヴァー・ミンジーズ　あんたって人間は、いまだ二〇〇一年に生きてるんだな。

アマンダ・ベイリー　面会に同伴させてくれれば、エリーの文字起こし代はわたしが払う。句読点が適切に打たれ、読みやすく正確、雑談や挨拶は省略されて、要点のみがきっちりまとめられた記録が手に入る、ってわけ。あなたがどんなソフトを使おうと、とうていかなわない仕上がりよ。どう、そそられない？

オリヴァー・ミンジーズ　例の赤んぼうとは連絡がとれたのか？

アマンダ・ベイリー　もうすぐ。ほんとよ。もうすぐだから。

アマンダ・ベイリー　わたしを連れていってよ。ね、いいでしょ。アシスタントを同伴してたら、大天使ガブリエルにも大物だと思ってもらえるじゃない。

オリヴァー・ミンジーズ　あんたは入れてもらえないよ。ガブリエルに断られたんだろ、忘れちまったのか？😂

アマンダ・ベイリー　そんなの、平気。あなたが手根管の手術を受けたばかりだってことにして、メモを取る人間を連れてきた、って言えばいいの。わたしの名前なんて、誰も訊かないから。

オリヴァー・ミンジーズ　大天使ガブリエルに会うために、三角巾で腕を吊ってるふりをしろってか？

アマンダ・ベイリー　やだ、そんなわけないでしょ！　包帯でも、ほんのちょっと巻いとくだけでいいから。

二〇二一年七月五日、ピッパからまたしても赤ちゃんについてのメール

宛先　アマンダ・ベイリー　　送信日　2021年7月5日
件名　赤ちゃんの件　　送信者　ピッパ・ディーコン

アマンダ

いま、わたしの連れあいが、テレビ制作会社と《アルパートンの天使》事件の赤ちゃんとの契約書の草案を作っているところ。そのためにも、赤ちゃんと——あるいは、もしもいまいっしょに暮らしている家族がいるなら、その家族とも——とにかく急いで話しあいをする必要があるんですって。いまや、あなたがたはふたりで二冊の本を書いているわけだから、よけいにこういう契約書類を早くまとめて、署名をしておく必要があるのよ。

どこに行けば赤ちゃんに会えるか、早く教えて。

ピッパ

二〇二一年七月五日、ピッパからのメールに《ワッツアップ》で返信

アマンダ・ベイリー　あと二、三日だけ待ってもらえる？　もう、本当にあとちょっとなの👶

二〇二一年七月五日、ミスター・ブルーへのテキスト・メッセージ

アマンダ・ベイリー　親愛なるミスター・ブルー、土曜の深夜には、わたしの携帯からおかしなメッセージを送信してしまって申しわけありません。実は、携帯をロックせずにポケットに入れておいたため、ゴム製のキーホルダーが画面を押してしまったようです。《アルパートンの天使》事件の被害者だった三人の未成年者、とりわけ当時は乳児だった人物の居所をできるだけ早くつきとめたいという気持ちは、いまもまったく変わっていません。どんな情報であっても、ご提供いただければ心から感謝します。あらためて、携帯の誤動作の件、本当に申しわけありませんでした。

二〇二一年七月五日、ソーシャルワーカーのジュリアン・ノワクに電話で話を聞く。文字起こしはエリー・クーパー。

［雑談や挨拶はいつも省略しているけれど、今回は最初から何もなし。EC記］

ジュリアン　どこからわたしの名を聞いた？

アマンダ　警察や社会福祉関係者の何人かと連絡をとっているので。
ジュリアン　わたしの名を出したのは誰だ？　ほかにいくらでもいるだろうに、どうしてわたしを選んだ？
アマンダ　それはお答えできません。情報源の信頼を失ってしまいますからね。
ジュリアン　［沈黙。いかにも不愉快そうだ。ＥＣ記］この事件と結びつけられるのは不愉快だな。当時、こちらの不手際を公に明かしたのがわたしだからといって、わたしに責任があったわけではないんだ。
アマンダ　わかります……ホリーの件について、いまだ後悔が残っていることは何かありますか？
ジュリアン　何かが起きたことに気づいたとする。それを大ごとにして、自ら非難を浴びる覚悟をするか、それとも気づかなかったことにして……
アマンダ　何も起きていないふりをする、ってことですよね、ええ……
ジュリアン　それに、あの子はつきあうべきではない男性と、どうしてもいっしょにいたがった。だから……
アマンダ　そうですよね、つまり……
ジュリアン　だから、われわれはみな、ホリーの決断を尊重することにしたんだ。あの男のもとへ走ると決めたのなら、そうさせてやろうと。
アマンダ　ジョナのもとへ？

ジュリアン　男の名はガブリエルだった。［双方がその言葉の意味を噛みしめる間、しばしの沈黙。EC記］

アマンダ　ふたりの関係はいつから始まったんですか？

ジュリアン　さあな。

アマンダ　《アルパートンの天使》事件は二〇〇三年十二月のことでしたよね。

ジュリアン　ホリーを担当したのは、わたしがこの資格をとって間もないころでね。九〇年代初めだ。

アマンダ　でも、この件はそれより後のはずですけど。［向こうが電話を切るまでの、冷淡な挨拶は省略。EC記］エリー、この人、どうもわたしが追っている事件と別の件を勘ちがいして話していたみたい。きっと、ドンがうっかりソーシャルワーカーをとりちがえたんだと思う。

［とはいえ、文字起こしはしてしまったので、このままお送りしますね。EC記］

二〇〇三年にハーピンダー・シンの遺体を発見した故ジョナサン・チャイルズ巡査の残された妻、グレース・チャイルズと交わしたメール

宛先　グレース・チャイルズ
件名　ご主人のジョナサンについて
送信日　2021年7月5日
送信者　アマンダ・ベイリー

親愛なるチャイルズ夫人
まずは自己紹介させていただきますね。わたしは犯罪ノンフィクションのベストセラー作家で、事件報道、そして読者の興味をかきたてる記事を書くことに、長年にわたり経験を積んできました。現在は、《アルパートンの天使》事件についての本を執筆中です。お亡くなりになったご主人のジョナサンは、ハーピンダー・シンの遺体を発見されたんですよね——その事件現場について、あるいは被害者について、ご主人は何か話していませんでしたか？当時、マスコミがチャイルズ氏の名前を報道したのは、かなりめずらしい対応ですよね。その理由について、何か思いあたることはありませんか？　記事によると、遺体が発見されたのはアパートメントの空き部屋だったとか。それが何号室だったのか、せめて何階だったか、何か聞いていらっしゃいません？　また、ご主人の警察官識別番号がわかれば、たいへん助かります。
どんなに些細なことに思えても、もし何か思い出したことがあれば、それが雑然と散乱しているように見えるこの事件の情報を、ひとつにまとめる鍵となってくれるかもしれません。

アマンダ・ベイリー

宛先　アマンダ・ベイリー
送信日　２０２１年７月５日
件名　Ｒｅ：ご主人のジョナサンについて
送信者　グレース・チャイルズ

親愛なるミス・ベイリー

ジョニーはあまり仕事のことを話しませんでしたし、ましてや遺体のことなんて。でも、そのころのことはいくらか憶えています。近所の人が、新聞で夫の名を見つけましてね、自分の知りあいだと、そりゃ自慢げにしていたんですよ。ジョニーはいかにも謙虚なふうで、そう言われても適当にいなしていたんですが、後になって、実は遺体を見つけたのは自分じゃなかったんだと、わたしに話してくれました。また、発見した日時も、わざと変えてあったそうです。どうしてマスコミが夫の名を知ったのか、わたしは不思議に思いましたが、やつらはおれを怯えさせようとしているだけだ、何でもないから心配するなと、夫は言っていたものでした。

がんと診断されたころ、夫は法に触れた疑いをかけられて停職処分となり、捜査を受けていたことはおそらくご存じですよね。ギャングに声をかけられ、何年にもわたって情報を流したり、証拠を改ざんしたりしていたという容疑でした。何もかも、ただのでっちあげだったんですけどね。あのストレスのせいで、夫は健康を損ねたんです。ああいう連中は、犯罪者も同然ですよ。何か弱みを握ったら、それを利用して、こちらをいいように操るんです。

ジョニーには、あやしげな儲け話をしてくる連中に巻きこまれやすいところがありました。

グレース・チャイルズ

警察官識別番号は４４４です。

二〇二一年七月五日、《ウェンブリー・オンライン》論説委員のルイーザ・シンクレアと《プレタ・マンジェ》で会う。文字起こしはエリー・クーパー。

[録音は唐突に始まっている。相手に気づかれないであろう瞬間を待って、すかさず〝録音〟のボタンを押したらしい。EC記]

ルイーザ　この問題についてはすべてを知りつくしたと思った瞬間、新しい記事が出て、あららららら、何もかも白紙に戻っちゃった、なんてね。

アマンダ　ほんと、わたしも同じ。

ルイーザ　それでも、この古い記事にはみんな目を通したんだけど……このころにはもう、あなたはうちの社を辞めていたのよね。考えてみると、最終評価も待たずにいなくなっちゃって。あれって、どうしてだったの？

アマンダ　たしか、ホーヴでの仕事が決まったから、それで……そういえば、オリヴァー・ミンジーズがまた姿を現したの。

ルイーザ　[気まずい沈黙。EC記] ええ、実は知ってる。本当はあなたに言っちゃいけないんだろうけど、やっぱり《アルパートンの天使》事件についての情報がほしいって連絡してきて。

アマンダ　そんなところじゃないかと思った。

ルイーザ　実はね、あなたがたはお互いよく似てるって、ずっと前から思ってたのよね。
アマンダ　ええ？　冗談じゃな――
ルイーザ　やる気まんまんなところも、野心的なところも、負けず嫌いなところも……ただ、あなたは才能はあるけど、後ろ盾となってくれるコネや、いざというときの命綱がない。オリヴァーのほうはそういう地盤はあるけど、才能がない。［ふたりとも、声を合わせて笑う。EC記］うん、まあ、全然ないってわけじゃないけど、わたしの言いたいことはわかるでしょ。オリヴァーはそこが気に入らないのよ。
アマンダ　信じてもらえないかもだけど、わたしたち、この事件の取材で協力しあうことになったの。時間の節約にもなるし、お互いの身の安全のためにもね。最初こそ、勘弁してよって思ったけど、いまはちゃんと協力しあって、この仕事を成功させようと思ってるんだ……これが、いい機会になるように。
ルイーザ　［とんでもなく大きな音をたてて息を呑む。まるで、室内の酸素をすべて吸いこむくらいの勢い。EC記］まさか、熱烈な恋に落ちちゃったとかじゃないでしょうね！
アマンダ　やめてよ！
ルイーザ　じゃ、〝いい機会〟って何？
アマンダ　もう一度、じっくり考える機会っていうのかな……過去に起きた、いまだに胸の奥でくすぶってる出来事を。過去はふりかえるなっていうけど、過去のほうがくりかえし顔を出してくるのは、それなりの理由があるからじゃない？［ふたりが口の中のものを嚙んだり、

何かを飲んだりする音が一分近く続く。ＥＣ記］

ルイーザ　それで、ハーピンダー・シン殺害事件には何かとくにあやしいところがあると、あなたは見てるのね？

アマンダ　どうも、当時の記事の内容が気になって。シンが犯罪組織によって殺害され、チャイルズ巡査もその組織の一味だと警察が考えていたのだとしたら、記事にわざと巡査の名を出したのは、その関係をあぶり出そうとして揺さぶりをかけたんでしょうね。そう考えると、チャイルズ夫人から聞いた話ともつじつまが合うのよ、記事にチャイルズ巡査が見せた反応のことも、巡査が亡くなったときには、犯罪組織とのつながりを疑われ、捜査対象になっていたという事実も――もっとも、亡くなったのはつい最近のことなんだけど。十八年前ではなくね。

ルイーザ　署名記事はひとつもないのね。ちょっと、いろんな人に当たってみる。［なんとまあ。ふたりのうちのどちらかが、今度はポテトチップスの袋を開けた音。こんな録音の文字起こしをやってのけたなんて、メダルをもらってもいいくらいだと思う。ＥＣ記］

アマンダ　わたしが会社を辞めた理由はともかくとして、あなたがここで粘ってる理由は？

ルイーザ　それはいい質問。自分が本領発揮できる瞬間を、いまだ待ちつづけてる、ってところかな。

アマンダ　あなたはもう論説委員なのに。

ルイーザ　地位がどうこうじゃなくて、すばらしい記事が書きたいだけ。ほかの誰にも書けない、わたしだけの記事を。世界に先駆けて、わたしが明かす真実をね。

アマンダ　そのために、《ウェンブリー・オンライン》は最適な場所？

ルイーザ　ほかと比べても、悪くはないかな。ああ、もう、そろそろ帰らなくちゃ。いま、報道局にわたししかいないの。［別れの挨拶の後たっぷり二分間、考えごとに沈みながら咀嚼する音が続く。ＥＣ記］

十年前《アルパートンの天使》事件に着想を得たドラマを制作したテレビ・プロデューサーのフィル・プリーストから、六月十三日に送ったメールの返信がようやく届く。

宛先　アマンダ・ベイリー　　**送信日**　2021年7月5日

件名　Re：ドラマ『集結』　　**送信者**　フィル・プリースト

やあ、アマンダ

きみから連絡があるとは嬉しいね。『集結』を観てくれてありがとう。そう、たしかにあれは《アルパートンの天使》事件を土台にはしているが、ぼくたちは別に写実的なドラマをめざしていたわけではなかったんでね、実話にかなりのひねりを加えた物語となったんだ。たとえばうちのドラマの場合、犠牲者は全員が女性だったからね、実際にはもっとどぎつい場面を演出してもよかったな。アイルランドで撮影したのは、そのほうが費用を抑えられるからだ。現実の天使たちはみな、自殺するか刑務所に入るかのどちらかだっただろう。だが、うちのドラマでは地面が割れ、地獄の炎が天使たちを包みこんだんだ。あの結末はすばらしい出来だったと、いまでも誇らしいよ。

あのドラマを制作したときには、同時期に『果たされなかった責任』を制作していた《デュー・プロセス・フィルムズ》と連絡をとりあっていた。向こうのドラマははるかに苛酷で生々しい演出でね。うちのドラマより写実的だが、あえて言うなら退屈だった。うちの脚本家は事件関係者から話を聞いたりはしていないんでね、きみの役には立てそうにないな。二、三年前に、また別の脚本が出ていたのは目にしたよ。憶えているかぎりではなかなかの出来だったが、脚本家は初心者でね、観るものを惹きつける力に欠けていた。『神聖なるもの』という作品だったかな。すまないが、脚本家の名前は憶えていない。

フィル・プリースト
エグゼクティブ・プロデューサー
《ロングシャンクス・フィルム&TV》

同じく、テレビ・プロデューサーのデビー・コンドンからも、六月十三日に送ったメールの返信が届く。

宛先　アマンダ・ベイリー
送信日　2021年7月6日

件名　Re：ドラマ『果たされなかった責任』　送信者　デビー・コンドン

親愛なるアマンダ
まずは、こんなにもお返事が遅くなってしまったことをお詫びします。わたしはいま、新たなドラマ・シリーズの制作準備にかかっていて、メールの返信ができるのは、せいぜい週に一日なので。スージー・ランプルー失踪事件をとりあげた、あなたの『キッパー・タイを結んだ男』は、本当にすばらしい作品でした。女性が殺された事件を題材とした本や脚本の大半が、なぜか男性作家の手によるという現状が、わたしには腹立たしくてならないんです。何かできることがありましたら、喜んでお力になりますよ。
わたしたちが制作したテレビドラマのシリーズを楽しんでもらえて、とても嬉しいです。体制側の責任を問うのは、けっして簡単なことではありません。自分たちは非難される立場にないと、あちらは思っていますからね。あの人たちが誤った判断を下すたび、社会のもっとも傷つきやすい人々が、とうてい言いあらわせないほどの苦しみを負う――そんな仕打ちをしておいて、自分たちの保身のため、あの人たちはお互いにかばいあうんですよ。『果たされなかった責任』は愛のこもった労作でしたが、同じ題材をとりあげながら、より猥褻で漫画じみたドラマが同時期に制作されたため、危うく放映が見送られるところでした。最終的には、そっちのドラマの制作チームとも合意がまとまったんです。お互い協力しながら、同じ題材の別の側面にそれぞれ焦点を当てよう、と。結果として、どちらのドラマもそれぞれの持ち味を発揮した仕上がりになりました。わたしが見るところ、こちらのほうが題材にふさわしい、成熟したドラマだと思いますけれどね。権力に対して真実を告げる内容になり、心から満足しています。

あなたがいま書いている本の中で、このドラマについて触れる予定はありますか？　ここまでの文章を、よかったらどれでも引用してかまいませんよ。ほかにお手伝いできることがあるかどうかはわかりませんが、もし何か質問があるようでしたら、これがわたしの電話番号です。０７■■■■

それでは。

デビー・コンドン
エグゼクティブ・プロデューサー
《デュー・プロセス・フィルムズ》

二〇二一年七月六日、わたしとデビー・コンドンが交わしたテキスト・メッセージ。さしさわりのある電話番号は削除。

アマンダ・ベイリー　お返事ありがとうございました、デビー。この事件に実際にかかわった人々を探しているのですが、なかなか見つからなくて。

デビー・コンドン　こんなものを渡すのは軽率かもしれないけれど、でも、もう十年も前の番号だから、いまはもう変わっていると思う。
連絡先：未登録の番号
〝ジョナ〟　07■■■■

アマンダ・ベイリー　なるほど、そういうことなんですね、デビー。本当にありがとう。もしもあなたの言葉を引用することになれば、必ずお名前を出しますし、ドラマも紹介します。

二〇二一年七月六日、〝ジョナ〟に電話するための台本

「もしもし、ジョナ。わたしはアマンダ・ベイリー。あなたは《アルバートンの天使》事件当時、未成年だった被害者のひとりですよね。これだけは信じてほしいの、あなたがあんな怖ろしいカルト教団の被害者になってしまった事情について、わたしはとうてい他人ごととは思えない気持ちなんです。いま、あの事件についての本を書いているところなんですが、ぜひ、あなたの側からの話をお聞きしたくて。あなたの言葉を載せることで、この本はより真実に近づいた、正確な記録となるんです」

この番号は、もうジョナのものではなかった。いまの女性は誰？　誰なのかは教えてもらえない。ワイト島のコア修道院。

二〇二一年七月七日、わたしとオリヴァー・ミンジーズが《ワッツアップ》で交わしたメッセージ

アマンダ・ベイリー　あなたのお母さんったら、外国の迷い犬の投稿をシェアしてる😂

オリヴァー・ミンジーズ　そんなはずないさ、おふくろは施設にいるんだから。

アマンダ・ベイリー　刑務所の面会にわたしを連れていってくれたら、その代わり、金曜にはジョナの取材にあなたを連れていってあげる。こんな公平な取引もないでしょ。

オリヴァー・ミンジーズ　ジョナだって？　嘘だろ？　もう段取りもつけてあるのか？

アマンダ・ベイリー　こんな絶好の機会、逃したりしたらどうかしてる。

オリヴァー・ミンジーズ　わかった。これもひとえに、お互い協力しあい、情報は共有して前に進もうって精神からだからな。

アマンダ・ベイリー　わたしも同じ。

オリヴァー・ミンジーズ　それでいい。ジョナとはどこで会うんだ？

アマンダ・ベイリー　まる一日かけて出かけることになりそう。ちょっとした冒険ね。

オリヴァー・ミンジーズ　つまり、長距離の運転が必要になるから、それはおれの仕事ってわけだ。

アマンダ・ベイリー　あと、そっちの《グリーン・ストリート》の支払いで、フェリーの予約をとってもらえる？

二〇二一年七月七日、わたしと退職した元警視正ドン・メイクピースが《ワッツアップ》で交わしたメッセージ

アマンダ・ベイリー　こんにちは、ドン。例の〝M40号地帯〟つながりの威力に期待して、ちょっと訊きたいことが。マリ＝クレールという名の警察官のことなんです。まだ警察にいるんでしょうか？

ドン・メイクピース　そんな名前、聞いていたら忘れるわけはないな。実に可愛らしい名じゃないか。その女性は知らないが、心当たりに訊いてまわるよ。ドンより。

二〇二一年七月八日、《ウェンブリー・オンライン》論説委員ルイーザ・シンクレアとわたしが《ワッツアップ》で交わしたメッセージ

ルイーザ・シンクレア　グレイ・グレアムって憶えてる？　この事件を現場で取材してた人。いまはもう退職してるんだけどね。当時、警察のとあるお偉いさんから、記事に出すって条件でジョナサン・チャイルズの名を教えてもらったって話よ。

アマンダ・ベイリー　大当たり。わたしの勘は正しかったってことね😊

ルイーザ・シンクレア　そうみたいね。シンの働いてたレストランは、それから二、三カ月後に警察の手入れを食らってる。

アマンダ・ベイリー　つまり、チャイルズ巡査と犯罪組織とのつながりに楔（くさび）を打ちこむため、記事に名前を出したんだ。

ルイーザ・シンクレア　グレイに情報提供してもらいなさいよ。自分でメッセージを送ってみて。古きよき時代の戦争の思い出話をさんざん聞かされるだろうけど。評価すべきところを評価するなら、グレイはとにかくネタを嗅ぎつける第六感がすごいのよね。書いた記事の半分は、どうやってネタを仕入れたのか想像もつかないくらい。最近の記者は、そういうところがさっぱりだから。

二〇二一年七月八日、わたしが退職した地元新聞の事件記者グレイ・グレアムに送ったテキスト・メッセージ

アマンダ・ベイリー　こんにちは、グレイ。ルイーザ・シンクレアからあなたの番号を聞きました。もう憶えていないでしょうけど、もう何年も前、《インフォーマー》紙のパーティで、あなたとお話ししたことがあります。わたしのほうは、あなたの経験談や笑い話、よく憶えていますよ。わたしはいま、《アルパートンの天使》事件の本を書いているんです。ハーピンダー・シン殺害事件について、あなたは初期の記事をいくつか書いていますよね。どうして遺体を発見した巡査の名を出すよう警察から依頼があったのか、何か思いあたることがあったら教えてもらえませんか？

二〇二一年七月十日に、ようやく返信あり

未登録の番号　こちらはメドウェイ国民保健サービス信託（NHS）です。たいへん残念なお知らせをしなくてはなりませんが、グレアム氏は携帯を手にしたまま亡くなっていました。最後に目にしたのがあなたのメッセージだったようです。〝返信〟を押したものの、まだ何も書きこまないうちに心臓発作を起こしてしまったのでしょう。あなたはご親戚ですか？　あるいは、氏の親族をどなたかご存じでしょうか。いまは連絡先を探しているのですが、まだ何もわかっていません。

アマンダ・ベイリー　悲しいお知らせに胸が痛みます。わたしは厳密には親戚ではありませんが、故人とはごくごく親しい間柄でした。よかったら故人の自宅にうかがって、書類など整理させていただければ幸いです。

未登録の番号　ありがとうございます。後ほど詳細をお知らせします。

ジェス・アデシナ著『あたしの天使日記』から破りとった一ページ

虹のピンクがちらちら光る十二日の月曜日

あたしはティリー。ほかの子とはちがってる。どんなふうにちがうかは、あなたにもわかるよね。でも、どうしてちがうのかはわかんないと思う。だから、あたしはこの日記を書くことにした。これを読んだら、いままで絶対だと思ってたことがひっくり返るかもだけど、あたしからは、死すべき定めの人間たちよ、目ざめよ！　と言わせてもらう。バラの香りのきらきらのパフでも嗅いでね。実をいうと、あたしはこの地上という飛行機に閉じこめられた天使なんだ。それなのに、両親はあたしのこと、ただの人間だと思ってる。クラスの女の子全員に好かれるかどうかわからない、男の子全員には嫌われるに決まってる、そんな現実を受け入れるしかない子なんだって。

いま、何がいちばんイライラするか聞きたい？　うちにはすっごいむかつく弟がいて、両親はそいつこそが天使だと思ってるんだ。そうじゃなかったら、弟にばっかり好きなときに好きなことをさせて、何のお仕置きもないなんてことある？　朝はゆっくり寝すごして、週末はテレビ見ほうだい、色とりどりのチョコレートをたっぷり振りかけたカップケーキを食べる必要があるのはあたしのほうだってこと、どうしてわかってくれないんだろ？　あたしの天使パワーを回復させるには、そうするしかないのにさ。

あたしの猫のガブリエルはわかってくれてる。真実を知ってるんだ。あたしがこの惑星上の誰ともちがう存在だってこと。いま、あなたに話したみたいなことも、ぜんぶ話してきかせたしね。一年後もあたしがまだ——男の子とも、自分の手でも——未経験だったら、あたしは世界のバランスを修復するために、何か思いきった手を打たなきゃならない、ってことも。これは、あたしから人類への贈りものとなります。

そんなわけで、これからの三百六十五日は、天使らしさをどんどん発揮していくつもり。もう、一日じゅうスコットのことなんか考えない。天使はスポーツが苦手なんてことくらい、誰だって知ってるのに、デイジーの気を惹くために水泳とホッケーが大好きなふりをするのもやめる。次の虹のピンクがちらちら光る十二日には、スコットはあたしの彼氏になってるし、デイジーは仲よしの女友だちになってる。男の子（ボーイズ）、男の子（ボーイズ）、男の子（ボーイズ）。そして女の子。

マーク・ダニング著『白い翼』から破りとった一ページ

セリーヌはピンクの紙で巻いたジガノフに火を点（つ）け、セーヌ川を見やった。黄昏（たそがれ）どきに水が濁るのはいつものことだが、冬はいっそう濁りがきつい。きょう——空気の乾いた、一月の寒い火曜日——もけっして例外ではなかった。おもしろいものね、セリーヌは周囲をとぼとぼと歩く人々を眺めながら考えた。こんなにも、きょうがいつもと変わらない一日に見えるなんて。

ロエベのカシミア・コートのポケットに深々と手を突っこみ、ディオールの口紅にキスされた唇でタバコをくわえると、細いウェストに巻かれたベルトをぎゅっと締める。

ここに来ると、ガブリエルは言ったはず。いま、ここに。

セリーヌのこれまでの経験から、そして局でのガブリエルの評判を考えあわせるなら、もしも待ちあわせの約束をしておいて、来ないなどということがあれば——それはもう、母親にお悔やみの花輪を送ったほうがいい。

セリーヌの口もとがほころんだ。母親に類する存在など、ガブリエルにいるはずもないのに。下ろしたてのルブタンのパンプスも、舗道にかつかつと気持ちいい音をたてている。

「きみは位置を乱している」質問でもなければ、説諭でもない。右肩ごしに聞こえてきたその声は、まさに適切な口調、適切な高さ、適切な響きで、セリーヌの心臓にまっすぐ飛びこんできた。これが、ガブリエルのやりかたなのだ。

「わかってた、あなたがそこにいるのは」ささやき声になったのは、ガブリエルがいるとどうしても、いつもの声で話す自信が揺らいでしまうから。

ガブリエルはセリーヌと歩調を合わせ、歩きはじめた。だが、どちらが上位にいるのかははっきりと示すかのように、少しだけ前を行く。

目の前にいた鳩の群れが、いっせいに羽音をたてて舞いあがる。これが計画の一部ではないとしても、自分を包む空気の変化で、セリーヌはすでに予感していた……何が起きようとしているのかを。

ガブリエルがぐいとウェストをつかむ。唇を重ねられ、セリーヌはその腕の中に溶けていきながらも、ガブリエルが何をしようとしているのか、意識をそらすまいと努めていた。そのすばやい、手ぎわのいい、人目につかない動きから。

周囲の通行人も、そのまま歩きつづける。誰ひとり、いつもとちがう気配に目をとめるものはいなかった。ガブリエルの手が、包みを渡してくる。セリーヌは左右に視線を走らせた。空に広がる巨大な白い翼こそは、セリーヌとガブリエルに誰の手も届かないよう守ってくれている。

受け渡しが終わった。セリーヌはさらにきつくコートのベルトを締めなおすと、ガブリエルと手をつないだまま歩きつづける。胸に触れるその包みを、はっきりと感じながら。血の一滴も漏れぬよう、きっちりと包まれたもの。思っていたよりも大きく、硬い。そして、ぴくりとも動かない。ロシア大使の、摘出された心臓。

二〇二一年七月九日、テレビ・プロデューサーのフィル・プリーストとわたしが交わしたテキスト・メッセージ

フィル・プリースト　ちょうど、例の制作されなかった脚本『神聖なるもの』を見つけてね。いや、すばらしい出来だよ。思い出せなかった脚本家の名は、クライヴ・バダムだった。

アマンダ・ベイリー　ありがとう、フィル。その脚本、こちらに送ってもらえない？

フィル・プリースト　いや、手もとにあるのは最初の数ページだけなんだ。相手が当時は（そして、まちがいなく現在も）無名だったから、全編を送れとは頼まなかったんだろう。手もとにあるぶんだけを送るよ。

神聖なるもの

オリジナル脚本

クライヴ・バダム作

過つは人の性
殺すは神の意志

屋内。病院の救急外来受付――夜

あわただしく人が行き交う。汚れ、血のこびりついた恰好で髪を振り乱した十代の少女（ホリー、十七歳）が、ショックで呆然（ぼうぜん）とした目をして、人ごみを抜け受付カウンターに近づく。受付係（三十代、女性）が顔をあげる。その表情が変化する……これは、ただの飛びこみの患者ではない。

十代の少女「わたし、赤ちゃんがいるの」

受付係が受話器を手にする。

受付係「いつ、そんなことに？」

十代の少女「何週間か前」

こんなやりとりには慣れているといわんばかりに、受付係は眉を上げてみせる。

受付係「どこで赤ちゃんを？」

十代の少女「路上で。わたし、怖くて……」

理解のこもった温かい笑みを浮かべ、受付係がうなずく。

受付係「(受話器に向かって) 受付に女性看護師をお願いします。(少女に向かって) 赤ちゃんは、いまどこにいるの?」

十代の少女は頭を振り、混乱した表情を浮かべる。

十代の少女「ここに」

手にしたレジ袋を掲げると、そこには乳児らしき輪郭がはっきりと浮かびあがっているが、ぐったりとして生気がない。受付係の顔が、恐怖にひきつる。

音のみ――ノックの音が三回。

屋内。廊下に面したドアスコープ――夜――数週間前

ジョナ (十七歳、真剣な表情) とホリーが、ドアスコープごしに歪んだ顔をのぞかせる。ふたりが間に提げているのは、乳児用のかごベッド。

屋内。アパートメントの廊下――夜

玄関のドアを開けると、ジョナとホリーが廊下に立っている。疲れた様子で、服もよれよれだが、どこか大仕事をやりとげた満足感が漂う。かごベッドには赤んぼうが寝かされ、時おり小さな声を発している。人を惹きつける笑みを浮かべて出迎えたガブリエル（四十代なかば、穏やかな物腰）に、ふたりはにっこりする。ガブリエルは父親のような温かい態度でふたりを部屋に招き入れると、かごベッドを受けとり、ドアを蹴ってきっちりと閉める。

屋内。アパートメントの居間――夜

ガブリエルはかごベッドをテーブルに置き、覚悟を決めて、その中でうごめく赤んぼうを見つめる。すっかり目を吸いよせられているようだが、その表情は読めない。ホリーとジョナはコートを脱ぎすてると、ガブリエルのかたわらに来る。やがて……

ガブリエル「きみたちは無事なんだな？　ホリー――身体は回復したのか？」

ガブリエルは腕をホリーの肩に回し、その身体を抱きよせる。ホリーはうなずき、ジョナとともに、かごベッドをのぞきこむ。

ガブリエル「誰にも尾けられなかったか？」

ジョナがかぶりを振る。ガブリエルは疑うように、その目をじっとのぞきこむ。

ガブリエル「確かか？　まちがいなく？　なにしろ、いまやこれがここに来た以上、やつらは周りを囲み、じりじりと輪を狭めてくるかもしれない。引きつづき気をつけろ」

口調と雰囲気ががらりと変わり、ガブリエルの顔にいかにも温かい笑みが浮かぶ。そして、両脇の少年少女を愛情こめて抱きよせる。

ガブリエル「よし！　ピザの時間だ！」

両脇の少年少女と腕をお互いの身体に巻きつけたまま、ガブリエルは先に立ってキッチンへ向かう。テーブルにぽつんと残されたかごベッドが、かすかに揺れる。

屋内。アパートメントの居間――夜――しばらく後

アパートメントは狭いが、きちんと片づき、掃除がゆきとどいている。かたわらに積みあげられたベビー用品――おむつ、毛布、粉ミルク。ガブリエルはソファに身体を預け、ホリーとジョナは、幸せそうに寄り添っている。交叉する六本の脚、六本の足先、そして固くなったピザの載った三枚の皿。全員がテレビを見つめている。やがて、放映されていたファンタジー・ドラマが終わる。

ホリー「ガブリエル？」

ガブリエルがテレビの音量を絞る。

ホリー「わたしたちも、病気の人たちを治せるかな？」

ガブリエルは考えこむ。ホリーとジョナは、おとなしく答えを待っている。

ガブリエル「治す必要はないんだ。治るよう定められた人間なら、きっと治るんだから」
ホリー「それでも、その人たちに愛を送ることはできる？」
ガブリエル「やってみよう」

画面外から赤んぼうの泣き声。ホリーは絡めていた脚をしぶしぶジョナから離し、重い足どりでキッチンへ向かう。

屋内。アパートメントの居間――夜――それから間もなく

ガブリエルはホリーとジョナの間に坐っている。両脇のふたりは、ガブリエルが慣れない手つきで淡々と哺乳瓶のミルクを赤んぼうに飲ませているのを、じっと見まもっている。

ホリー「どうして、このまま餓死させないの？」

ガブリエル「そんなことをしても、また別の身体で生まれかわるだけだ。正しいやりかたで終わらせないかぎり、どうしようもないんだよ」

三人はミルクを飲む赤んぼうを見つめている。

ジョナ「おれたちもみな、そんなふうに生まれてきたのかな？　新たな死すべき身体を見つけて、そこに入って生まれかわって」

ガブリエルがうなずく。

ジョナ「おれは憶えてないな」
ガブリエル「境界を越えるとき、以前の記憶を持ち越すことはできない。だが、わかっているだろう、きみたちはほかの人間とはちがう。たいていの人間は、死すべき魂が死すべき身体に宿っているだけだ。きみたちは、身体はいつか死を迎えるが、魂は神聖なるものだからな」

ふたりはガブリエルを真剣なまなざしで見つめ、ほとんど疑問すら抱かずにうなずく。

ホリー「どうして、あなたはそんなことを憶えてるの？」
ジョナ「だって、ガブリエルはさらに高い次元からやってきた大天使だからね。おれたちは、しょせん普通の天使だけど」

赤んぼうがミルクを飲みおえたのを見て、ガブリエルは笑みを浮かべる。テーブルの上の毛布に寝かせると、赤んぼうは怒ったように喉を鳴らす。その小さな手足、天使のように無垢(むく)な顔を、ホリー、ジョナ、そしてガブリエルはじっと見つめる。
ジョナ「この赤んぼうも、死すべき魂が死すべき身体に宿ってるのかな、それとも神聖な魂が死すべき身体に宿ってる？」

ガブリエルの目が、赤んぼうを鋭く見すえる。

ガブリエル「どちらでもない」

赤んぼうが足を蹴りあげ、かぼそい声で泣く。

ガブリエル「ここに宿るのは、反キリストだ」

全文をご希望のかたは、下記の電話番号よりクライヴ・バダムにご連絡ください。

二〇二一年七月九日、素人探偵デイヴィッド・ポルニースから届いたさらなるメール

宛先　アマンダ・ベイリー　　　　　送信日　2021年7月9日
件名　Re：《アルパートンの天使》事件　送信者　デイヴィッド・ポルニース

親愛なるアマンダ

あなたに連絡先を渡せる事件関係者の心当たりは何人かいるんですが、メールでその詳細を知らせるのはいささか危険に思えましてね。とりあつかいに注意を要するこうした情報は、お会いしてじかに渡すしかないと思っています。

なぜ、わたしがこの事件に惹きつけられるのか？　さて、どこからお話しすればいいのやら。たぶん、二、三年前にこの事件の調査を始めたところからでしょうか。当時、《アルパートンの天使》事件について読んだわたしは、なぜか心を動かされましてね。それで、退職してからは、この件についての資料を読みあさったんですよ。読めば読むほど夢中になり、さらに深く知りたいと思うばかりで。

いまとなっては、この事件の流れは誰もが知っています。ミカエル、ガブリエル、ラファエル、エレミヤと名のる四人の男が、自分たちは神の命により地上に送りこまれた天使だと信じこみ、無防備な十代の少年少女をカルト教団といえる集まりに引きずりこんだ――反キ

リストとされる生まれたばかりの赤んぼうを殺すために。それぞれが別々の、同じくらい重要な役割を担っていたんです。

ホリーとジョナは、どちらも養育制度の里親から逃げ出し、カルト教団を家族として暮らしていましたよね。教団での生活は、ふたりにこれまで存在しなかったものを与えてくれた――目的意識、日常の勤め、希望、前向きな姿勢。この年ごろというのは、こういうもので自信を育むことができるんですよ。ガブリエルをはじめとする〝天使〟たちのやりくちには、目をつけた獲物を思いのままに動かそうとする犯罪者ならではの行動が目につきます。十代の青少年を孤立させて、すべきことを次々と与え、みなが協力しあってひとつの目的に突き進んでいるかのような錯覚を与える。だが、こうした青少年はともすればギャングや薬物に吸いよせられていくものなので、こうして〝カルト〟に取りこまれてしまったとはいえ、悪いことばかりではなかったというわけです。

天使たちは自分たちの目的遂行のため、罪のない若いウェイターを殺してしまった。そればかりか、ごく普通の赤んぼうを、いつの日か人類を滅ぼす存在に育つと信じこんで殺そうとしたが、そこで赤んぼうの母親であるホリーが正気に戻り、赤んぼうとその十代の父親、ジョナを連れて逃げ出しました。そして、主犯の天使のうち三人は、自らを儀式の犠牲として捧げたんです。

これらすべての事件はロンドンの北西、アルパートンという何の変哲もない郊外の町で起きました。

どうしてこの事件に惹かれるのか、どうしてこの十代の少年少女に何があったのかを調べつづけているのかと、あなたは尋ねましたね。それは、はるか昔のこと、その年ごろだったわたし自身も、同じような状況に身を置いていたからです。新たな〝家族〟を探したものの、その人々はけっしてわたしの幸せを第一に考えてくれているわけではないと気づいたときには、すでに遅すぎました。そういう若者たちが何を感じていたか、いま何を感じているか、わたしにはわかるんですよ。これから十年後、二十年後、三十年後に何を感じるか。やがて年老いたとき、どんなふうに感じるか。

そんな暗い場所にいったん押しこめられてしまうと、それから先の生涯は、帰り道を探してさまようことになるんです。

デイヴィッド

二〇二一年七月九日、オリヴァー・ミンジーズとわたしが《ワッツアップ》で交わしたメッセージ

オリヴァー・ミンジーズ　例のいかれた元兵士からのモーニング・コールで叩き起こされて、さらにこのメールの追い討ちだ。まったくありがたいぜ。前回のお返しを食らっちまった。

オリヴァーから転送されたメール

宛先　オリヴァー・ミンジーズ　　　送信日　2021年7月9日
件名　《アルパートンの天使》事件について　　　送信者　ポール・コール

親愛なるオリヴァー
あなたにご連絡するよう、アマンダ・ベイリーに勧められました。なんでも、次は《アルパートンの天使》事件についての本を書くそうですね。わたしはかつて国教会で牧師を務め、現在はスピリチュアル・カウンセラーとして、長年にわたって人間の意識について研究してまいりました。《アルパートンの天使》事件の報道もずっと追っておりますが、これはわれわれの世界と向こう側との境界が破られてしまった、もっとも興味ぶかい事例であると、以前から考えているのですよ。そのことに気づけたのは、わたし自身が霊界と深く交われるようになってからのことでした。事件当時には、いまのような能力はまだ備わっておりませんでしたのでね。
手短に言ってしまえば、誰であれこの事件を深く掘り下げようとするものは、一般には知られていない、あるいは理解されていないいくつかの要素に目を向ける必要があると、わたしは考えているのですよ。
天使というものについて、ガブリエルが明かした考えから判断して——あの男はまちがいなく、あのときも、いまも向こう側の世界とやりとりするすべを持っています。向こう側の世界のありようを、本来なら人間には許されないほどはっきりと目にし、読みとることができるのですよ。では、あの男はこの世界の悪を除くために遣わされた天使なのか？　それについては、わたしはまだまだ確信を持つことができずにいます。ただ、あなたがたふたりにはどうしても理解していただきたい。ガブリエルの話には、けっして根拠がないわけではないのです。わたしたちのような存在には今世では理解できない、理解してはならない、ましてやりとりなどしてはならない次元というものが、確かに存在していますのでね。
今回の事件の背景について、もしも何か知りたいことがありましたら、遠慮なくメールをいただければ幸いです。

ポール・コール
スピリチュアル・カウンセラー

二〇二一年七月九日、オリヴァー・ミンジーズとわたしが《ワッツアップ》で交わしたメッセージ

オリヴァー・ミンジーズ　まあ、悪くはなかったけどな。ただ、コール氏はあんたからおれのメール・アドレスをもらったって、一行めで白状しちまってただろ。まあ、それがなくても気づいたが。というわけで、零点。

アマンダ・ベイリー 😂

オリヴァー・ミンジーズ　実際、そんな気分じゃないんだよ。おふくろの施設に、真夜中に呼び出されてさ。多臓器不全を起こしそうだって。まさに、〝いまわのきわ〟ってやつだ。ところが、一時間後には、おふくろはあっさり普段の様子に戻ってた。まちがって、薬を余分に服んじまったらしい。そんなわけで、おれが寝たのは午前二時半。たった二時間うとうとしただけで、われらがジョナの取材に出かけなきゃならないってわけだ。

アマンダ・ベイリー　それはお気の毒に。

オリヴァー・ミンジーズ　だからさ、もうお互い、相手の連絡先をいかれた陰謀論者に流すのはやめようぜ。休戦でいいか？

アマンダ・ベイリー　ええ、休戦 😜

オリヴァー・ミンジーズ　じゃ、一時間後に。

二〇二一年七月九日、オリヴァー・ミンジーズからスピリチュアル・カウンセラーのポール・コールに宛てた返信

宛先　ポール・コール　　　　送信日　２０２１年７月９日
同報　アマンダ・ベイリー　　送信者　オリヴァー・ミンジーズ
件名　Ｒｅ：《アルパートンの天使》事件について

メールをありがとう、ミスター・コール。だが、どうやらうちの仕事仲間の悪ふざけに乗せられてしまったようですね。これから書く本は事実だけに焦点を当てるつもりなので、おかまいなく。

コア修道院取材記録

二〇二一年七月九日、ワイト島コア修道院（Quarrと綴ってコアと発音する）に暮らす宗教団体をアマンダ・ベイリーとオリヴァー・ミンジーズが取材し、ジョナのインタビューを行ったときの録音。文字起こしはエリー・クーパー。

アマンダ　こんにちは、エリー。ご覧のとおり、この記録はいくつかのファイルに分かれています。いつもなら、雑談や社交辞令を省略してもらえるのは大歓迎なんだけど、今回はまる一日すべての記録が必要なの。この一連の記録だけは、時系列順にすべて文字起こしをお願い。料金は雑談も含めて満額お支払いします。よろしく。［了解。この一連のファイルは〝コア修道院取材記録〟としてまとめておきます。EC記］あと、オリヴァーの姓はMenziesと綴ってミンジーズと読むの。

ファイル1

オリヴァー　このフェリー、いくらするか当ててみな。

アマンダ　二、三百万ポンドかな。

オリヴァー　乗船料の話だよ。ソレント海峡を横断するフェリーの料金。所要時間は四十五分。さて、いくらでしょう。往復でな。
アマンダ　五十ポンド。
オリヴァー　かすりもしてない。
アマンダ　七十五ポンド。
オリヴァー　やりなおし。
アマンダ　じゃ、百ポンド。
オリヴァー　まったく、マンド、あんたはいまだ二〇〇一年に生きてるんだな……［芝居がかった沈黙。ＥＣ記］百五十ポンドだよ。
アマンダ　それ、ほんと？
オリヴァー　ここは世界でもっとも高価な水域でね。隠遁（いんとん）のための修道院を、そんな海峡の向こう側に建てるというのは理にかなってる。
アマンダ　甘いもの食べる？
オリヴァー　うーん。ミントか？
アマンダ　そう。［あなたがたふたりがおやつを食べる間、しばしの沈黙。耳ざわりな咀嚼音。でも、何もかも文字起こしするよう指示されたので。ＥＣ記］
オリヴァー　おれたちがこの件で協力しあうってのは、いい考えだったたな。おれは、なんというか……そう、あんたとはちがう。あんたはいろんな人を見つけだしたり、そいつらを閉じこもった殻から引っぱり出したりできる。おれはもっと、荒っぽいやりかたをしちまう。

アマンダ　わたしは惹きつけて警戒を解かせる(チャーム・アンド・ディスアーム)ほうが好きなの。〔韻を踏んでいて素敵。ＥＣ記〕

オリヴァー　ふーむ。

アマンダ　この事件を協力して調べようと提案したとき、わたしが考えてたのはわたしたち自身のことじゃないのよね。取材を受ける相手の中には、まだ傷の痛みを抱えてる人もいるわけでしょ。そういう人たちは、できるかぎりの手を尽くして守るべきだと思うの。この事件の中核には児童保護措置の失敗があるわけで、その顚末を書くつもりなら、わたしたちだって自分の取材過程で、わたしたちなりに取材対象者を保護する方策を考え、それを守らなくちゃ。わたしたちがひとりずつ話を聞きにいったら、被害者はそのたびに自分の身に起きたことを思い出さなきゃいけないわけでしょう。でも、それが一度ですめば――わたしたちがいっしょに聞きにいけば――トラウマがよみがえりそうな体験を一度だけで終わらせることができる、ってわけ。

オリヴァー　だよな、時間の節約になる。それに、おれたちふたりとも、相手が初めてその話をするときの様子を見られるんだ。ほら、何度も同じ話をさせられるとどうなるかは、あんたも知ってるだろう。慣れた様子ですらすらしゃべって、聞けるのはもう使い古された話ばかりとなると、おれたちにとってもありがたくないからな。とはいえ、いまだ誰ひとり、実際に何があったのか話してくれようとしない。みながみな、守りを固めちまってる。

アマンダ　例の元兵士さんのときもそうだったの？

オリヴァー　あいつはただの異常者だった。いや、いまもそうだ。来る日も来る日も、朝五時十五分前に電話をかけてくるんだから。あいつに聞かされた、とてつもなく胸の悪くなる話が頭の中を駈けめぐるよ。

アマンダ　ドンに相談してみたら？　あの人なら、その元兵士さんに何か助けの手を差しのべてあげられるかも。特殊部隊なら、カウンセリングとかそういった体制もしっかりしてるでしょうし。

オリヴァー　ちらっと話したことはある。だが、そんなものの効果が出るまで、いったいどれだけ待たなきゃならない？

アマンダ　じゃ、もういっそ考えかたを変えてみるとか。電話が来たら、そのまま早起きしたらいいじゃない。走りにいったり、仕事をしたり。ものごとのいい面を見るようにして。

［後ろで別の音が聞こえる。船内アナウンス。そして、乗客たちがそれぞれの車へ戻っていく。EC記］

オリヴァー　なんだか、有名人に会いにいくような気分だな。かの有名なアルパートンの天使、ジョナか。

アマンダ　まあ、それは本名じゃなくて、あのカルト教団がつけた名前だけどね。その名前で呼びかけたら、ひょっとしたら向こうは不安やパニックに襲われるかもしれない。でも、少なくともこちらに注意を惹くことはできそう。相手を十七歳だって思うのはやめなきゃ。いまはもう三十四歳なんだから。

オリヴァー　いったい、どうやってジョナの電話番号を手に入れたんだ？　［ここで、あなたは頭を振ってみせたんでしょうね。ＥＣ記」どうして言えない？
アマンダ　ある人が、危険を冒して教えてくれたの。
オリヴァー　だが、いったいどうしてあんたに教える気になったんだ？　表に出さないはずの情報を教えたりしたら、自分が面倒なことになるかもしれないのに。おれには、誰もそんな手がかりを教えちゃくれない。まったく、腹の立つやつばかりだ。
アマンダ　それはまあ、いろんな理由があるでしょうよ。これを隠しておいてはいけないと思う人もいる。今回の場合は、この事件のことで声をかけた相手がわたしを信頼して、手助けしてくれたの。理詰めでどうにかなる話じゃないのよ。この事件の取材を始めてからというもの、何か話してくれる人がどこかにいないか、わたしはずっと必死になって探しつづけてきた。でも、とにかく誰も相手にしてくれなくて。
オリヴァー　そこは、おれもまったく同じだよ。
アマンダ　まあ、運もあるよね。たまたま誰かに伝手があったり。あなたにだって、きっとそういうことはあるはず。みんな、そういうものなんだから。
オリヴァー　そんなこと、おれには絶対に起きないね。
アマンダ　だとしたら、あなたにはどこか本質的に信頼できないところがあるんじゃないの。
オリヴァー　そうは思わないな。そもそも、あんたのことを――おれのことでもいい――ほとんど知らない人間が、信頼できるとかできないとか、どうして判断できる？

アマンダ　人間どうしの間には、目に見えないつながりがあるのよ。

オリヴァー　どういうことだ？

アマンダ　ほら、心理学とか、カウンセリングとか、そういうものを勉強する人たちがいるでしょ。そういう授業では最初にね、先生がこう指示するの――〝みんな、教室じゅうを歩きまわって、誰かペアを組む相手を見つけなさい〟って。全員がふたり組になると、今度はその場に腰をおろして、自分の家族のこと、生い立ちのことを相手と語りあうわけ。そうすると、なぜか――たまたま選んだだけの――相手が自分と同じように両親の離婚を体験していたり、幼いころに父親が亡くなっていたり、度重なる引っ越しのせいで家庭が崩壊していたりするのよね。あるいはもっと単純に、どちらも同じ地域の生まれで兄弟姉妹の構成も同じだったり、どちらもひとりっ子だったり。

オリヴァー　それって、言い換えれば何の意味もない偶然ってやつだろう。

アマンダ　わたしたちは、似た経験をした人に知らず知らず引き寄せられるものなのよ。感情の発達のしかたが自分に似ている、あるいはお互いに欠けた部分を補いあえる相手とは、見えない部分で心が通じあうの。［まさに、わたしもそんな経験をして、そのことをあなたに話しましたよね！　EC記］

オリヴァー　どうも、おれにはぴんとこないな……

アマンダ　見聞きすることはできないし、ましてや自分の思うように操ったりはできないけど、そんな心のつながりによって、わたしたちは誰かに惹かれたり、逆に反発したりするんじゃないかな。カルト教団の指導者は——他人に強い影響をおよぼす、カリスマ的な人たちよね——自信がなかったり、傷つきやすかったりする人を惹きつけるオーラをまとっているわけ。そういう人たちの心に、すさまじい暴風雨となって襲いかかるのよ。［これって素敵な表現。EC記］

オリヴァー　カルト教団に入信する人間は、弱くて愚かなだけだ。それが、あんたに情報を提供し、おれには提供しない連中とどう関係がある？

アマンダ　わたしは、あなたより人生経験を積んでる。だから、あなたより多くの人々と心のつながりを持てる、ってこと。

オリヴァー　だからって、誰かがあんたにジョナの番号を渡した理由の説明にはならないな。

アマンダ　わたしはとある番号を渡されただけ。修道院に入るときには携帯を手放すものなのかどうか、それは知らないけど、二〇一一年にジョナはその番号を持ってて、いまは別の人の手に渡ってた。わたしがその番号に電話したら、電話に出た相手は、元の持ち主がいま住んでる場所を教えてくれたのよ。それが、あそこなの。

オリヴァー　どこだって？

アマンダ　あの木立の向こうにある、石造りの建物。

オリヴァー　おいおい、あんたには海の上からそんなものが見えてるのか？

アマンダ　フェリーに残ってる乗客、もうわたしたちだけになっちゃった。そろそろ車に戻らないと——わたしが運転するね。

オリヴァー　このプラスティックの椅子とべとべとの絨毯に支払った百五十ポンドぶんの喜びを、どうにかこの旅から得たいもんだな。

［ここで、あなたが録音を切る。そもそも、どうしてこんなものを長々と録音したんですか？　ＥＣ記］

ファイル2

［ざく、ざく、ざく。砂利の上を歩く音？　ＥＣ記］

アマンダ　いまわかってるのは、ジョナはかつて里親の家にいたってこと。十代半ばで、《アルパートンの天使》教団に入信。《集結》の現場からは救出されたけど、その後はまた児童保護制度の背後に姿を隠してしまった。

オリヴァー　といっても、事件後に保護対象だった期間は、さほど長くはないはずだよな。事件が起きたのは、十七歳のときだったんだから。

アマンダ　負の連鎖を断ち切るのに、あまり猶予はなかったってことよね。その……何であれ、あの天使たちがジョナに吹きこんだ思いこみを解くのに。

オリヴァー　きっと、おそろしく恥ずかしい思いをさせられただろうな。

アマンダ　どうして？

オリヴァー　自分が神から遣わされた天使だと信じこんでたなんて、おれなら少なくともいたたまれない気分になるからさ。

アマンダ　そうかもね。そこも、きっとわかるはず。

オリヴァー　自分なら、おれたちみたいな相手には絶対にそんな話はしないけどな。

アマンダ　ジョナはそんなふうに感じないでくれるよう願うだけ。

オリヴァー　何だって？　あんた、まだジョナと話したわけじゃないのか？

アマンダ　直接には、まだ。

オリヴァー　とはいえ、おれたちがきょう行くことは知ってるんだよな。

アマンダ　厳密には、そうは言えないかも。

オリヴァー　じゃ、追いかえされるかもしれないじゃないか。そもそも、きょうは留守かもしれないぞ！

アマンダ　ここは修道院よ。修道士は外出しないものでしょ。するの？

オリヴァー　でなきゃ、祈禱か何かの真っ最中かもしれない。［たしかに、そのとおりですよね、マンド。ＥＣ記］いったい、おれたちはここで何をしてるんだ？

アマンダ　修道院を訪問して、そのへんを見学し、万一ジョナがおしゃべりしたい気分になってくれたら――

オリヴァー　どの修道士がジョナなのか、どうやって見分ける？　そもそも、修道士をひとりでも見かけることができたらの話だが！

アマンダ　年齢から。それから……たたずまいとか。何かしら、目にとまるところはあるはずよ。きっとわかる。
オリヴァー　[苛立ちのこもったため息。あなた、とことんオリヴァーを怒らせちゃったんですね！　EC記] 百五十ポンドもするフェリーに乗って、はるばる来たってのに。
アマンダ　そんなの、経費でしょ。
オリヴァー　[ささやき声。EC記] イエスも落涙するね。
アマンダ　しーっ。

ファイル3

[ここであなたがたと話している人物は、〝愛想のいい修道士〟と表記。EC記]
愛想のいい修道士　……十二世紀に建設されたシトー会修道院の跡地でした。きょうご案内するのは、一九〇七年から一九一四年の間に建てられた部分です。これら修道院の主要部分は、そちらの後ろにある、もともとヴィクトリア様式の屋敷だったところに、ベネディクト会に修道誓願を立てた建築家によって建て増しされました。[ドン・ポール・ベローのことです。調べておきました。EC記] ベルギー製のレンガが好きな建築家でしてね。この建材のおかげで、当修道院の建物は時間の移り変わりによって、また季節の移り変わりによって、微妙にその色合いが変わるんですよ。われらが至聖所である塔がこうして無事にそびえつづけているのは、ひとえに神の恩寵と内部で行われる祈禱によるものだといわれています。[芝居がかった

沈黙。EC記］この地方の人々は、当時こんな高層建築を見たことがありませんでしたからね。だいじょうぶ、いたって安全な建物ですよ。
オリヴァー　ここには、修道士は何人いますか？
愛想のいい修道士　日によって変わります。宿泊客や研修生も受け入れておりますからね。この人生をじっくりと考えてみたい、あるいはただ、ひとり静かに祈りを捧げる日々を体験してみたいという人々が来るんですよ。
オリヴァー　ここには、若い修道士はいるんですか？　たとえば、三十代は？
愛想のいい修道士　ええ、いろんな年齢層の人間がおります。二十代から八十代までね。
オリヴァー　じゃ、その中のひとりから話を聞かせてもらうことは……
アマンダ　こちら、広報部はあります？
愛想のいい修道士　質問がありましたら、当修道院のインフォ@のメール・アドレスにご連絡いただくのがいちばんかと思いますが……マスコミのかたですか？
オリヴァー　ええ、実は――
アマンダ　わたしたち、ただ見学してるだけなんですけど、この広い世界で出会う興味ぶかいものごとを、つねに柔軟に受け入れていきたいと思ってるんです。この修道院は、本当に美しくて魅力的ですもんね。
愛想のいい修道士　ええ。［ざく、ざく……案内を終え、遠ざかっていく足音。EC記］どうぞ、おふたりとも楽しんでいってください。

オリヴァー ［声をはりあげる。ＥＣ記］あの、こちらにいますよね……三十四歳の修道士が。
アマンダ しーっ。
愛想のいい修道士 ［さらに遠くからの声。ＥＣ記］お問い合わせはインフォ@コアアビードットオーグまでお願いします。［ざく、ざく、ざく。ＥＣ記］
アマンダ よくもまあ、やってくれたもんね。
オリヴァー あの話を聞いてたら、どうにもいらいらしちまってね。あっちはいくらでも建築やら何やらのうんちくを垂れる時間があるんだろうが、こっちのフェリーは六時に出る。修道士どもは、全員どっかに雲隠れしたままだ。
アマンダ どこか、すぐ近くにいるはずだけど。探してみましょう。

ファイル4

アマンダ ゆっくり。音をたてちゃだめ。
オリヴァー こいつら、襲いかかってくるんじゃないか？
アマンダ どうかな。
オリヴァー 噛みついてはくるよな。絶対に噛みつく。それに、何だって食うんだ。おれたちは、こいつらの餌になっちまう。
アマンダ しょせん、ただのブタじゃないの。

オリヴァー　だが、敵意にあふれてる。その雄ブタを見ろよ。
アマンダ　それは雌。

起きたことを時系列に沿って整理するため、次のファイルはふたつに分け、途中にわたしとオリヴァーが《ワッツアップ》で交わしたメッセージを挿入する。

ファイル5

［ほぼ全部ささやき声。EC記］
アマンダ　そこを曲がると、ビール醸造所。その先は野菜畑。あれはもちろん礼拝堂よね。わたしが見るところ、ここにある小さな家で、修道士たちは寝起きしたり、食事をとったりしてるんじゃないかな。
オリヴァー　いったい、どうしてそんなことを知ってるんだ？
アマンダ　あらかじめ調べておいたのよ、オリヴァー。修道院のサイトの写真を見たり、ニュース記事のインタビューを読んだり、グーグル・アースで確認したり。ほら、ビタミン・ウォーターを飲んで——これからが本番なんだから、体調を万全にしておかないと。［喉を鳴らして水を飲む音、そして、ふたりとも無言のまま、あたりを探りまわる気配。ここは見学者の立ち入りが

許されていない場所らしい——とりわけ、女性は。ＥＣ記]

アマンダ　ねえ、オリヴァー、もしもジョナに会えたら、話すのはわたしにまかせて。[カラン、カラン、カラン。不吉な鐘の音。ＥＣ記]

オリヴァー　礼拝堂で何か始まったようだな……

アマンダ　ちょうど礼拝の時間みたい。

オリヴァー　みんな、中に入っていくな。

アマンダ　わたしについてきて。[ふいに、音が不気味なくらいよく響きはじめる。ガチャリ！　これは扉の閉まる音？　ＥＣ記]見学者席もあるじゃない。完璧ね！

オリヴァー　修道士たちだ！　修道士たちがいる！

アマンダ　わかってる。しーっ。[うわっ、何これ！　泣き叫ぶような声が！　本気で背筋がぞっとする。ＥＣ記]

オリヴァー　くそっ、気味が悪いな。

アマンダ　六時課よ。正午の祈禱。修道士たちには、一日中ぎっしり礼拝奉仕の日課が組まれてるの。もしジョナがここにいるなら、この祈禱にも参加してるはず。ほら、急いで。

[詠唱の声がさらに高くなる。すごく不気味。ＥＣ記]

オリヴァー　ロープの張られた場所に入ってく連中は誰だろう？　あれが修道士のはずはないよな。あの男なんて、トミー・ヒルフィガーのパーカを着てるじゃないか。

アマンダ　きっと、精神修養体験をしにきた一般人よ。

オリヴァー　あのへんの席は、まさにかぶりつきだよな。ここからじゃ、修道士たちもろくに見えやしないってのに。
アマンダ　体験組は、みんなあのロープをまたいで中に入ってる。あなたもいっしょに入っちゃいなさいよ。ほら。
オリヴァー　だが、〝立ち入り禁止〟って書いてあるじゃないか。おれが行ったら、自分たちの仲間じゃないってすぐに気づかれるさ。天罰を食らっちまう。
アマンダ　祈禱の最中には、誰も何も言わないでしょ。もしも何か言われたら、〝すみません、まちがえました〟って答えればいいだけ。あそこで、しっかり修道士を見てきてよ。ジヨナらしき人物がいるかどうか。［祈禱の一部はラテン語。ごめんなさい、英語の部分しか文字起こしできません。この祈禱の声の主を、〝名のわからない修道士〟と表記。ＥＣ記］
名のわからない修道士　悪しきものはわれを滅ぼさんとして窺（うかが）いぬ。われはただ汝のもろもろの証詞（あかし）を思わん。われもろもろの純全（またき）に限（はて）あるを見たり。されど汝の戒めはいと広し。［この文言を調べました。聖書の版により、詩篇百十八篇あるいは百十九篇の一節。ＥＣ記］願わくば父と子と聖霊に栄えあらんことを。初めにありしごとく、いまもいつも世々にいたるまで。アーメン。

オリヴァーが体験組と並んで席に着いたところで、《ワッツアップ》に切り替えたやりとりをここに挿入する。

アマンダ・ベイリー　うまくやったじゃない。見たところもそっくり。

オリヴァー・ミンジーズ　誰と？

アマンダ・ベイリー　精神修養体験組のほかの人たちと。その席から、何が見える？

オリヴァー・ミンジーズ　修道士たちが見えるが、人数は少ない。祈りを捧げてるやつを含めて九人だ。

アマンダ・ベイリー　三十代半ばくらいの人はいる？

オリヴァー・ミンジーズ　左から二番めのやつかな。あと、ずっと右の、聖書台のそばにいるやつも。どう思う？

アマンダ・ベイリー　ここからじゃ、あなたの席の向こうは何も見えないの。

オリヴァー・ミンジーズ　そろそろ携帯をしまわなきゃ——修養体験組から、修養の功徳も吹き飛ぶような目でにらまれてるからな。

ファイル5（続き）

［詠唱と歌が、まだ朗々と響きわたっている。さらに鐘の音、そして足音。EC記］

名のわからない修道士　汝はわが力、わが匿(かく)るべきところなり。悪しきものの手より、邪(よこしま)な力より、不義を行うものより、われを免れしめたまえ。わが仇(あだ)はわがことを論(あげつら)い、わが霊魂を窺うものはたがいに議(はか)りていう。［ガッターン！　えっ、どういうこと？　あなたがたふたりとも無事なの？　何かが起きているらしく、長い沈黙が続く。この録音からは、状況が読みとれない。EC記］

アマンダ　だいじょうぶ？

オリヴァー　ああ！

アマンダ　何があったの？

オリヴァー　祈禱の真っ最中だったんだ。例の体験組の連中は、頭(こうべ)を垂れ、前の列の椅子にもたれるようにして祈ってた。おれも同じようにしたら、いきなり椅子がひっくり返ってさ。触れた瞬間に、ばったりと。まるで、おれがあそこにいちゃいけない人間なのがわかってるみたいだった。

アマンダ　あなたを助けおこしてくれた修道士は……ジョナよりちょっと年をとってたみた

いね。

オリヴァー　おれがもぐりなのに気づいてたんだろうな。でなきゃ、こっちに案内してくるわけがないんだから。

不機嫌な第三者　しーっ！　こっちは祈りを聞こうとしてるんだ。

オリヴァー　ありゃラテン語だぞ！

不機嫌な第三者　しーっ！

［がたがたという音、そして咳（せき）ばらい。沈黙。やがて、また詠唱が始まる。ああ、もう、マンドったら、度胸ありすぎ。ＥＣ記］

ファイル6

アマンダ　ジョナ？［カルト教団で使われていたその名前は、相手を刺激してしまうかもって言っていませんでした？　ＥＣ記］**ジョナ？**

ジョナ修道士　［無作法も失礼もはたらくつもりはないけれど、もしもこの人をこう呼ぶのなら、以下もそのとおり表記します。ＥＣ記］**あなたは？**

アマンダ　**アマンダ・ベイリー。本を書いてます。《アルパートンの天使》についての本を。**

ジョナ修道士　［長い沈黙。ＥＣ記］**ああ。**［誰かが割りこみ、「ブラザー、厨房で働く時間ですよ」と声をかける。どうやら、ジョナ修道士は手を振ってその人物を帰したらしい。ＥＣ記］

アマンダ　気持ちはわかります。あんなことは忘れて、先に進みたいんですよね。でも、そのためにも、あの事件のことを話せるようになるのは大切なことじゃないでしょうか。どんなことが、なぜ起きてしまったのかを理解すれば、二度と同じ目に遭わないようにできる。その知識は、同じ罠（わな）に落ちる危険のあるほかの人々の役にも立つんです。自分の体験を語れば、そんな人々が嘘を見抜き、自分を守る助けになれるから。あなたが実際に体験したことは、世界全体にとって価値のある情報なんですよ。

ジョナ修道士　どうしておれだとわかったんですか？

アマンダ　直感で。なんとなく。ホリーとは話をしてるんですか？　どこにいるかは知ってます？［これらの質問に、おそらくジョナ修道士はかぶりを振ったのだろう。何の答えも聞こえない。EC記］

オリヴァー　いまはただ、どうにもいたたまれない気分だと思うが——

アマンダ　こんなふうに話を聞きにこられたりしたらね、当然よね。とりわけ……礼拝堂であんなことがあった後に。

ジョナ修道士　ベンジャミン修道士の祈禱で、あんな大騒ぎが巻き起こることはめったにありませんからね。おれがここにいることを、どうやって知ったんですか？［深い、穏やかな声。つい、十代の少年の声を想像してしまっていたようだ。EC記］

アマンダ　ある人からね、誰かは忘れてしまったけど、携帯の番号を教えてもらったんです。そこにかけて、ジョナはいますかと尋ねたら、コア修道院にいると答えてくれて。あの携帯のいまの持ち主は誰？

ジョナ修道士　古い友人です。

オリヴァー　昔、古い携帯をおやじに譲ったことがあってね。あれは大失敗だった。それからはおれの昔の恋人やら、大学時代の友人やら、以前の同僚やらがかけてくる電話におやじが出るはめになったんだが、おやじはなんというか……悪ふざけの好きな人間でね。あるとき、夜遅くにおれの上司が電話をかけてきて、明朝早くから編集会議をすることになったと告げた。わかりました、出席しますよ、では明朝八時にと、おやじは答えたんだ。言うのを忘れてたが、おやじとおれは声が似ててね。いや、もうおやじは死んじまって、過去形だが。それで、おれが知らずに翌朝九時に出勤すると、会議はもうほとんど終わっちまってた。おれは遅刻したと、全員に思われてたよ。これはおやじの悪ふざけなんだと、みんなに説明するはめになったんだ。[唐突に、いったい何の話ですか？　ＥＣ記]

アマンダ　ほら、誰だってこういう事件の犠牲者になりうるわけでしょう。何があなたに欠けてるか、必要としてるか、あるいはもっと単純に、どんな言葉を聞きたいと思ってるか、それを読みとって与えさえすればいいんだから。嘘を信じこませて、自分たちに依存させる。そして、最後には被害者の側が自分を恥じてしまうことになるの。自分たちがだまされてたなんて、誰だって認めたくはないんですよ。そんなことが自分に起きるはずはないと信じてる人間が、実はもっとも危ういんです。そういうことを、わたしたちはこの本を通じて訴えようと思ってて。ジョナ……ごめんなさい、これがあなたの本名じゃないことはわかってるのに。どう呼んだらいいですか？
ジョナ修道士　ジョナと。
アマンダ　でも、それは天使たちがあなたに付けた名前ですよね。
ジョナ修道士　ええ、おれはここでジョナ修道士と呼ばれているんですよ。
アマンダ　少しでも時間をとってもらえれば、わたしたち、心から感謝します。天使たちのことや、あの夜に何が起きたのかということ、あそこからどうやって脱出したかについて、ぜひお話を聞かせてください。
ジョナ修道士　でも、厨房へ昼食の用意をしにいかないと、みんなから顰蹙をかってしまうので。
アマンダ　じゃ、昼食の間に考えてみてください。後でまた、ここで会いましょう。二時でいいですか？　三時？
ジョナ修道士　考えてみます。
［ジョナ修道士が去っていったのだろう、ここで録音が切れる。ＥＣ記］

ファイル7

アマンダ　注意を惹くためには、ジョナという名で呼びかけるしかなかったんだけど、それでもまさかカルト教団からもらった名前を、ここでもそのまま使っていたなんてね。なんだかぞっとする。オリヴァー。ねえ、オリヴァー？　だいじょうぶ？
オリヴァー　まあな。
アマンダ　いまだにカルト教団みたいな環境で、ジョナは暮らしてるのね。生活するのにこういう場所を選ぶってことは、やっぱり本人が、世間と縁を切りたい、あるいは切る必要があると思ってるってことじゃない？
オリヴァー　おれにはわからない。
アマンダ　ある人がね――こういう事件を調べていると、向こうから連絡してくるような人っているでしょ――こんなことを言ってたの。〝そんな暗い場所にいったん押しこめられてしまうと、それから先の生涯は、帰り道を探してさまようことになるんです〟って。ジョナも、いまだに帰り道を探してさまよってるのよ。
オリヴァー　修道院じゃ、修道士を志望する人間を審査したりしないのかな？　たとえば、本人が以前に洗脳されてて、ほかに生きるすべを知らないから修道院をめざしたものの、志望理由があやしげだったりする場合。当然、審査は必要だよな。
アマンダ　でも、そもそも修道士の数があんなに少ないでしょ。これだけの規模の修道院に、九人しかいないんだもの。そんなに多くの質問を浴びせて厳選してるとは思えない。
オリヴァー　うーん。
アマンダ　わたしたちの申し出を受けるかどうか、決心がつくには時間がかかりそう。となると、日を改めて、もう一度ここに来なくちゃいけなくなるかも。

オリヴァー　今回、どうしても話してもらわないと。戻ってくるなんて、絶対にごめんだね。
アマンダ　まだ経費を気にしてるのね。いいかげん、そこから離れてよ。
オリヴァー　フェリーの運賃のことじゃない。この場所自体が嫌なんだよ。ここは……牧歌的だよな。
アマンダ　次はお弁当でも持ってこようか――［オリヴァーはそんな軽口に笑う気分じゃないみたい。EC記］
オリヴァー　いい意味で言ってるわけじゃない。おれたちがヘロインに手を出さないのは、それがひどいしろものだからじゃない、あまりに気分がよくなりすぎて、中毒になっちまうとわかってるからだろう。そういうことだよ。
アマンダ　こういう生活に憧れてるの？
オリヴァー　いや。まっぴらごめんだね。だが、心のどこかでは、もしもここに移ってきたら、もう一度やりなおせるんじゃないかって気もしてる。少なくとも、これ以上は世間にわずらわされる必要はなくなる、ってね。［何か奇妙な感じ。EC記］
アマンダ　あなたは心配しなくてもだいじょうぶよ、オリヴァー。だって、無神論者でしょ。修道院に入れなんて言われない。
オリヴァー　そういうことじゃないんだ。自分でも、何を言いたいのかよくわからない。
アマンダ　ねえ、ここの修道士って、自分たちでクラフト・ビールを醸造して――［ここで録音が切れる。EC記］

ファイル8

[名のわからない修道士、再び登場。EC記]

名のわからない修道士　ジョナ修道士に、立ち会いを頼まれましてね。あなたがたの質問に答えたくはないが、あなたがたが聞きたがっている問題について、いくつか話しておきたいことはあるそうで。自分が明かす用意のできている事柄についてだけ話したいという意思を尊重してもらえるかどうか、そこをあなたがたに確認したいそうです。

アマンダ　わたしたちが感謝していると、ジョナ修道士に伝えてください。もちろん、そちらの意思は尊重します、と。

[名のわからない修道士はこの場を離れたらしく、あなたとオリヴァーがささやきあう声が録音されている。EC記]

アマンダ　ジョナとの話はわたしにまかせて。

オリヴァー　だが、おれにだって最後に質問をひとつかふたつさせてくれてもいいだろう。向こうが答えなくても、その反応を見ることができる。

アマンダ　だめ。ジョナに自由にしゃべらせないと……しーっ。[ばたばたと動きまわる音、そして沈黙。おそらく、名のわからない修道士がジョナ修道士を連れ、戻ってきたのだろう。EC記]

名のわからない修道士　さあ、ジョナ修道士。

ジョナ修道士　おれがここに来る前のことについて、あなたがたは話していましたよね。おれの前世について。その話をするのは、けっして簡単なことじゃないんです。両親は、おれの面倒を見ることができなかった。それで、おれは里親に預けられましたが、結局はその秩序のない生活から逃れるため、逃げ場所を作ってくれた新しい家族のもとで暮らすことを選んだんです。でも、悲しいことに、この選択が悲劇を招き、おれの愛していた人々は死んでしまった。世間がおれたちをどう見ていたかについては、けっして幻想を抱いてはいません。ただ、おれたち自身が思いえがいていた自分たちの姿は、象徴的といっていいんじゃないかと思います。自分たちがどんなふうに人々を助け、有意義な人生を送れるよう導きたいと願っていたか、その姿を示していたんですよ。［ジョナの声には、どこか気味の悪い、別世界から聞こえてくるような響きがありませんか？　それとも、話の内容が気味悪いだけ？　ＥＣ記］

アマンダ　ええ、わかります。話してくれてありがとう。

オリヴァー　いまは有意義な人生を送ってるんですか？　ここで？

ジョナ修道士　ええ、そのつもりです。祈りと瞑想の日々は、実に有意義ですよ。

オリヴァー　だが、きみには子どもがいる。きみにとっての人生の意義は——以前も、いまも——父親であることでしょう。

名のわからない修道士　ジョナ修道士は——［ここからは、みなが同時にあれこれ言いあっていて、すべての言葉を拾えたかどうかはわからない。ＥＣ記］

名のわからない修道士　もう充分でしょう——

アマンダ　いまのは――わたしたち、心から感謝してて――

オリヴァー　この修道院だって、天使たちの作った世界と同じようにねじ曲がってる。

名のわからない修道士　いや、先ほど約束しましたよね――

ジョナ修道士　おれたちは世界を作ってなどいません。ただ、世界を守ろうとしただけです。

オリヴァー　ここを出ていくことだって、きみにはできる。普通の生活を送ることだって。きみには十八歳になる子どもがいるんだぞ、ちくしょう。

アマンダ　すみません――ねえ、オリヴァー、わたしたち――

オリヴァー　ガブリエルは塀の中だ。ほかの天使たちは死んだ。何も怖れることはないんだ。きみはもう安全なんだよ。

ジョナ修道士　安全なところなんて、いまはもう、どこにもありませんよ。［奇妙な発言。全員がしばし黙りこんだのは、誰もが何かおかしな空気を感じとったからだろう。ＥＣ記］

アマンダ　それは、どういう意味ですか？

名のわからない修道士　さあ、おふたりとも、もう帰ってください。ジョナ修道士は――

［ここで小さな悲鳴があがった？　何か揉みあうような音？　ひょっとして、オリヴァーがふたりの修道士とつかみ合いをしている？　ＥＣ記］

ジョナ修道士　おっと、危ない。

名のわからない修道士　だいじょうぶですか？

ファイル9

［あなたがたふたりが砂利の上を歩く音。いかにも意気消沈した足どりだ。ＥＣ記］
オリヴァー　何だよ、酔っぱらってるのか？
アマンダ　そんなわけないでしょ！　クラフト・ビール一杯しか飲んでないのに。
オリヴァー　なるほど、じゃ、せっかくこの取材旅行を意味のあるものにしようというおれの頑張りを阻止するために、わざと転んでみせたってわけか。
アマンダ　わたしはただ、ぴっかぴかに磨きあげられた敷石の上で足を滑らせただけ。その間も、あなたはこの取材を大失敗に終わらせようと、ひたすら全力を尽くしてたけどね。ジョナがわたしを抱きとめてくれて、本当に助かった。［怒りに満ちた沈黙。あなた、わざと転んだの？　ＥＣ記］話すのはわたしにまかせてって、最初にちゃんと言ったじゃない。こんなだから、あなたには何もやりとげられないのよ。本当に無神経な人。
オリヴァー　あいつに腹が立って、どうにも我慢できなかった。
アマンダ　あいつって？
オリヴァー　ジョナだよ。
アマンダ　どうして？
オリヴァー　わからない。あんなことを信じこんでるからかな。天使たちのことも。この修道院も……わからないな。礼拝堂の扉をくぐったときから、何か感じてはいたんだ。まるで、おやじがそこにいるような。

アマンダ　そう、だったら、それって素敵じゃない？　きっと、お父さんはあなたのことを見まもってるんじゃないかな――

オリヴァー　おれがどういう人間かは知ってるだろう、マンド。おれは無神論者だ。こんなもの、これっぽっちも信じちゃいないのに、どうしてこんな奇妙な気分に襲われる？　そして、おやじはもう死んだこと、きっと死にたくなんかなくて、金曜の夜にはおれとビールを飲みたかっただろうことなんかが頭に浮かんでさ。それなのに、ジョナ修道士は自分の子のことなど知らん顔だ。だから、あんなに腹を立てちまった。

アマンダ　［あなたが大きく息をつく音。ＥＣ記］オリヴァー、あなたは自分の感情を――今回は、自分の意見かな――あらわにするたび、相手に通じる扉を閉めてしまうのね。もっと、相手に自由にしゃべってもらえばいいじゃない。そうすれば、相手だってもっと心のうちを見せてくれるのに。［長い沈黙。車へ戻るふたりの足音だけが響く。ＥＣ記］

アマンダ　ホリーとジョナの罪を問わずに釈放したことが正しかったかどうか、いまだに確信が持てないと、ドン・メイクピースは言ってたのよね。わたし、やっぱりそれはまちがった判断だったと思う。

オリヴァー　うーん。

アマンダ　もしもきちんと罪を償ってたら、ジョナはその過程で何らかの手助けを受けられたかもしれない。それなのに、いまはこんなふうに、カルト教団の一員だったころの自分に戻ってしまってる。ただ、教団といってもこの修道院は、社会的に受け入れられてるというだけ。

オリヴァー　安全なところなんて、いまはもうどこにもない。そんなふうに、ジョナは言ってたな。いまはもうどこにもない……どうして〝いまは〟なんだろう？

アマンダ　天使がみんな死んじゃったから？

オリヴァー　あんたはそう思ったってことか？　おれは、反キリストの空気が世界に広まったからだと解釈してたな。

アマンダ　反キリストとされた存在は、二〇〇三年以来ずっと行方不明。それでも、世界はまだ変わらずここにあるけどね。

オリヴァー　とはいえ、その〝反キリスト〟も、やっと成人するところだけどな。

アマンダ　ジョナは精神的にもろいところがあるのよ。それを知ってたからこそ、さっきの年長の修道士も、自分が取材に立ち会おうと申し出てきたわけよね。

オリヴァー　あるいは、ジョナがまずいことを口走らないかどうか見はるためだったかもしれない。

アマンダ　どっちにしろ、ジョナからはもう何も聞き出せないでしょうね。あなたのおかげで。

オリヴァー　そもそも、これだけの金と時間をかけて、はるばるこんな遠くまでやってきて、何の有益な情報もない型どおりのコメントをもらうだけに終わったのは、すべてあんたのおかげだけどな。［車のロックを解除する、電子キーの音。EC記］さあ、帰ろう。

アマンダ　［マンド、あなたは次の言葉を携帯にささやきかけた。オリヴァーには聞こえなかったらしい。でも、わたしはちゃんと聞きとりました。EC記］あなたが思ってるよりはるかに多くの情報を、わたしはジョナからつかんだけどね。

二〇二一年七月九日、オリヴァー・ミンジーズとわたしが《ワッツアップ》で交わしたメッセージ

オリヴァー・ミンジーズ　おれのくそカメラときたら、またしてもやらかしてくれたよ。ジョナと修道院の写真、そっちはいいのが撮れたか？

アマンダ・ベイリー　どうして？

オリヴァー・ミンジーズ　組みあわせて、おれのパソコンの壁紙に設定しておくんだ。本を書くときには、その主題について想像をかきたてるような画像を眺めていたくてね。修道院の建物と、どうにか隠し撮りできたジョナの写真があったら。

アマンダ・ベイリー　いま送信してるところ……修道院は、かなりよく撮れてると思う。ジョナの写真は一枚だけで、遠すぎて本人かどうかもよくわからない。正体不明の修道士が、ぼやけて写ってるだけ。

オリヴァー・ミンジーズ　それでも助かるよ。

オリヴァー・ミンジーズとわたしの大天使ガブリエル面会記録

二〇二一年七月十日、高速道路を走りながらオリヴァー・ミンジーズとわたしが車内で交わした会話。この状況での録音はひどく聞きとりにくい。できるかぎりの文字起こしはエリー・クーパー。

オリヴァー　五時十五分前。うーん、正確にいうと四時四十四分。毎朝だ。日曜も欠かさず。
アマンダ　電話機のコードを抜いちゃいなさいよ。いいかげん、もう証拠も充分でしょ。
オリヴァー　ああ、だが、いまだにそいつが電話をかけつづけてることを証明しなくちゃならなくてね。コードを抜いちまうと、もう電話をかけるのをやめたんだろうと言われちまう。
アマンダ　あらら。
オリヴァー　で、結局は眠れないんだ。
アマンダ　大天使ガブリエルに面会するなんて、そうしょっちゅうあることじゃないのに。
オリヴァー　ただのガブリエル・アンジェリスだ。話を盛っちゃいけない。
アマンダ　ガブリエルは一九五九年のクリスマスに生まれてるけど、そのときはピーター・ダフィって名前だったのよね。一九九一年より以前に、平型捺印(なついん)証書により改名。警察に最初に目をつけられたのは十代の終わりごろ、おとりを利用した窃盗を含む非行に何度か手を染めたから。やがて、もっと巧妙な小切手詐欺に手を出して逮捕され、八〇年代に四年の実刑を宣告されてる。ドンが警察に入って間もないころの出来事で、いまも憶えてるそうよ。実際に刑務所にいたのは二年で、その後はしばらく真面目に暮らしてたみたい。一九九〇年から二〇〇二年までは犯歴なし。

オリヴァー　本当に真面目に暮らしてたのか、それとも、ただ捕まらなかっただけか。

アマンダ　二〇〇二年に盗品のクレジット・カードを使用し、ほかにも複数の盗難カードを所持してたことから逮捕。警察はガブリエルが盗難カードを犯罪組織に売る、あるいは渡してたものと考えたみたい。ガブリエルはワンズワース刑務所で六カ月服役した後、地域社会で五カ月の無償労働に服した。そして二〇〇三年、《集結》の血の海となった現場から逃走して、イーリングで逮捕されたわけ。

オリヴァー　あまり遠くまでは逃げられなかったんだな。

アマンダ　徒歩（オン・フット）だったから。文字どおり、靴もはいてなかった。

オリヴァー　ハーピンダー・シン殺害事件では、アパートメントで発見されたチラシに残ってた、たったひとつの血の指紋が証拠となって、ガブリエルは有罪となった。そして、ほかの天使たちは刃物により自殺したにもかかわらず、ガブリエルはその遺体を損壊し、配置を変えた罪に問われたんだ。

アマンダ　天使たちは自ら喉をかき切って死に、その後に遺体の損壊が行われたことは、検視と鑑識によって確認されているのよね。その罪に加え、自分たちをカルトに誘いこんだのはこの男だと、ホリーとジョナが証言したことにより、ガブリエルには終身刑の判決が下った。
オリヴァー　塀の中で、もう十八年も暮らしてるわけか。自分は大天使ガブリエルだって、いまだに信じてるのかな？
アマンダ　そもそも、本気でそんなこと信じてたと思う？　あの男は殺人犯ってだけじゃない、詐欺師でもあるのに。
オリヴァー　自分の創り出した物語を信じこんだ詐欺師なのか、それとも自分以外を冷笑するペテン師なのか？
アマンダ　あなたのインタビュー戦略を聞かせて。［沈黙。不穏な空気にぞくぞくする。ＥＣ記］ねえ、そんなふうになっちゃだめよ。もしもわたしが中に入れてもらえなかったら、あなたひとりでなんとかしなきゃならないんだから――
オリヴァー　ひとりで何の問題もないね。あんたの差し出口は無用だ。
アマンダ　まず、他愛もないおしゃべりから始めるの。調子はどうかとか、昼食は何かとか……あくまで、明るい感じでね。もしもガブリエルが何かおもしろいことを言ったら、それが皮肉でも何でもいい、今週聞いたいちばんおかしな冗談だって勢いで笑って。
オリヴァー　マンド――
アマンダ　ふたりの間にいい雰囲気を作りあげるの。会話の主導権を向こうに渡しちゃだめ。もしも、せっかく事件の話をしていて、何か飛ばして先に進んでしまったりしたら、ちゃんと話題を戻して、時系列順に進めさせるのよ。答えにくい質問は、最後のほうにとっておいて。

オリヴァー　そういうのもみんな心得てる。

アマンダ　シンを殺害した罪で、ガブリエルは刑務所に入れられたわけだけど、本人は記憶がない、でもやってないと言いはってるのよね。控訴もしたけど、結局はたったひとつの指紋のために、塀の中から出られずにいる。自分は無実だと言いはってるところが、こちらの利用できそうなガブリエルの弱点ではあるのよね。あなたにかけられた殺人容疑もすべて巨大な陰謀の一部なんですよと、こっちが信じているふうにガブリエルに思いこませないと。ああ、もう！　そうだ。あらかじめ、目で合図する方法を決めておかなきゃね――［いかにもあわてた、やめてくれよといいたげな音をオリヴァーがたてる。ＥＣ記］わたしはただ、あなたに最大限の能力を発揮してもらいたいだけ。わたしたち、ふたりのためにね。もしもわたしが中に入れてもらえたら、後半になってちょっと口を出すことはできるのよ、不明な点を埋めたい、みたいな感じで。そうだ、それから赤ちゃんのことも訊かないとね。まあ、行先なんかはガブリエルが知ってるはずはないんだけど……［またしても沈黙。しばらく道路を走る音だけが続き、やがてあなたが録音を切る。ＥＣ記］

二〇二一年七月十日、タインフィールド刑務所の外で、アマンダ・ベイリーと名のわからない女性の会話。文字起こしはエリー・クーパー。

名のわからない女性　[会話の途中でいきなり録音が始まる。EC記]……麻薬とか、そういうのをさ。だから、許可証がないと入れてもらえないんだよ。

アマンダ　ええ、それはわかってるの。でも、わたしはけが人の介助をすることになってて。わたしがいないと、メモがとれないのに。[動揺した口調。何があったの？　EC記]

名のわからない女性　遠くから来たわけ？

アマンダ　ロンドンから。

名のわからない女性　そりゃご愁傷さま。でもさ、あんたの友だちはうまく入れたわけだろ。きっとだいじょうぶだよ。何も、泣かなくたっていい。

アマンダ　泣いてなんかいません。ただ……がっかりしちゃって。

名のわからない女性　雨も降ってないのにさ。

アマンダ　わざわざ心配して来てくれてありがとう。もう、行列に戻って。順番を飛ばされちゃうでしょ。

名のわからない女性　飛ばされないよ。あのへんの女の子たちがみんな、あたしの場所は取ってくれてる。あんたは誰の面会に来たの？

アマンダ　[ささやき声で。EC記]ガブリエル・アンジェリス。

名のわからない女性　カルト教団の指導者の？[女性が息を吞む。EC記]あんた、信者なのかい？

アマンダ　いいえ。友だちとわたしは本を書いていて、その取材をしにきたんだけど……ガブリエルのところには、信者が来るの？

名のわからない女性　ほら、いまちょうど戸口にいる女が見えるだろ？〔こちらも声をひそめてささやく。ＥＣ記〕あの女は、天使の羽のペンダントを着けてるよ。

アマンダ　こんな暑い日なのに、すごい重ね着。さすがに帽子はやりすぎな気がする。

名のわからない女性　ああ、たしかにね。でも、あんたもガブリエルに面会するとしたら、すぐに気づいてもらえるように目立ちたいだろ？

アマンダ　刑務所の中でも、ガブリエルはいまだにかなりの力を持ってるのね。

名のわからない女性　そりゃ、もう、あんたが驚くくらいにね。

アマンダ　あの女性、しょっちゅうここに来てるの？

名のわからない女性　何度も見たし、ほかにも大勢が通ってきてるよ。あんた、もうだいじょうぶ？

アマンダ　ええ、ありがとう。

名のわからない女性　ほら、助けは人のためならず、っていうでしょ？〔これは本人の言いまちがいで、わたしがまちがえたわけではない。女性は遠ざかっていくようだ。ＥＣ記〕あんたの本、ベストセラーになるといいね。

アマンダ　ありがとう。〔ガブリエルには、刑務所に通ってくる〝ファン〟がいる。これは、ガブリエルがいまだ支配力や影響力を握っている証拠なのか、それともオリヴァーの言うとおり、そういう人々が愚か

なだけなのか？　わたしには判断がつかない。［ＥＣ記］

二〇二一年七月十日、タインフィールド刑務所の近くに駐めた車内で、アマンダ・ベイリーとオリヴァー・ミンジーズが交わした会話。ふたりとも何かくちゃくちゃ噛んでいて、聞いていてげっそりする。文字起こしはエリー・クーパー。

オリヴァー　別に、あんたを気の毒にも思わないけどな、マンド。入れない可能性もあるって、あんたもわかってたんだから。

アマンダ　気の毒がってほしいなんて、わたしが頼んだ？　わたしはハンバーガーを売ってる車の周りをぶらぶらして、行列に並んでる女の人たちとおしゃべりしてたの。目立とうともせず勤勉な、まさにいわゆる〝地の塩〟みたいな人たち。塀の中の愛する男性にひたすら忠実で。［オリヴァーがため息をつく。いかにも、たいへんな仕事をこなしてきたといわんばかりだ。ＥＣ記］それで、ガブリエルとのやりとりは最初から最後まで録音できたのね？

オリヴァー　ああ。手を怪我してて、メモをとれないふりをしなきゃいけなかったからな、あんたのせいで。

アマンダ　じゃ、ここで再生して。ガブリエルの声が聞きたい。

オリヴァー　もう、あいつの声にはうんざりだ。さっさと帰ろう。

アマンダ　わたし、AirPods持ってきたから――

オリヴァー　やめろ！　勘弁してくれよ、マンド……［気まずい沈黙。なんだか奇妙な雰囲気。オリヴァーは本当に録音してきたのだろうか？　ＥＣ記］

アマンダ　わかった。じゃ、音声ファイルを送信しといて。文字起こしをしてもらうから。でも、少なくとも、どんな話が出たかは聞かせてくれてもいいんじゃない？

オリヴァー　うう、ちょっと休ませてくれ。割れるように頭が痛いんだ。

アマンダ　ガブリエルはどんなだった？［答えはなし。ＥＣ記］あなた、仲よくやれた？

オリヴァー　まあな。

アマンダ　シンの殺害については、なんて言ってたの？　何か新事実を明かしてくれなかった？

オリヴァー　あんたの声が、ネジみたいにギリギリ頭に食いこんでくる。そこは、みんなが知りたいところだよな。思い出せない。だめだ……頭がぐらぐらするんだ。

アマンダ　赤ちゃんの話は出た？

オリヴァー　とにかく、何もかも録音してある。さあ、出発しよう。ロンドンの渋滞にはぶつかりたくない。

アマンダ　そうね、でも、運転はわたしがする。［エンジンがかかる音。ＥＣ記］

オリヴァー　いや……

アマンダ　あなたにとっては、長い一日だったんだから。頭もぐらぐらするんでしょ。運転はわたしにまかせて。

オリヴァー　そうだな。助かるよ。ああ。頼んだ。
［席を替わってドアを閉め、もう一度エンジンをかけなおす。そして、録音が切れる。EC記］

二〇二一年七月十一日、オリヴァー・ミンジーズとスピリチュアル・カウンセラーのポール・コールが交わしたメール

宛先　ポール・コール
件名　Re：《アルパートンの天使》事件について
送信日　2021年7月11日
送信者　オリヴァー・ミンジーズ

ポール、きょうガブリエル・アンジェリスに会ってきたんですが――ああ、もう日が変わったから昨日か。もう何時間も前にベッドに入ったのに、どうしても眠れなくて。あなたはガブリエルに会ったことがあるんですか？　誰か、実際に会ったことのある人と話したいんです。

オリヴァー

宛先　オリヴァー・ミンジーズ
件名　Re：《アルパートンの天使》事件について
送信日　2021年7月11日
送信者　ポール・コール

親愛なるオリヴァー
わたし自身はガブリエルに会ったことはないのですが、会った人間と話したことは何度かありますよ。どうですか、ガブリエルの前にいるとき、あるいは別れた後に、ふいに体内からエネルギーがあふれてきたり、あるいは鼓動が速くなったり、汗が噴き出してきたり、めまいがしたりというように、身体が勝手に奇妙な反応を示したのではありませんか？

ポール

宛先　ポール・コール
送信日　２０２１年７月11日
件名　Re：《アルパートンの天使》事件について
送信者　オリヴァー・ミンジーズ

そうなんですよ！　まさに、そのとおりのことが起きて。帰りはアシスタントに運転をまかせるしかありませんでした。しかも、こんな感覚は初めてじゃないんです。おれが《アルパートンの天使》事件についての本を書いてることはご存じですよね。実はその前日、ジョナと顔を合わせたときにも同じことがあったんですよ。さらに、取材のため《集結》のあった現場を訪れたときにも、同じ感覚を味わったんです。うちのアシスタントは何も感じてませんでした。いったい、どうしてこんなことが起きるんでしょうか？

オリヴァー

宛先　オリヴァー・ミンジーズ　　送信日　2021年7月11日
件名　Re：《アルパートンの天使》事件について　　送信者　ポール・コール

親愛なるオリヴァー
ガブリエルという男は、本人さえよく理解できていない形で向こう側の世界とつながっているのでしょう。どうにも抗(あらが)いがたいカリスマ的な引力を持っていて、たいていの人間は惹かれてしまう。ただし、人並み外れて鋭敏な感覚の持ち主は、その不穏な霊的エネルギーを感じとるのです。あなたは一般の人間よりも、そうしたエネルギーに波長が合ってしまうのかもしれません。しかし、とりたてて心配することはありませんよ。早く気分がよくなるよう願っています。

ポール・コール

二〇二一年七月十二日、『白い翼』の著者である故マーク・ダニングの残された妻、ジュディ・テラー＝ダニングからアマンダ・ベイリーに届いたメール

宛先　アマンダ・ベイリー　　送信日　2021年7月12日
件名　『白い翼』について　　送信者　ジュディ・テラー＝ダニング

親愛なるアマンダ・ベイリー
《アルバートンの天使》事件のことで、《ネヴィル、リード&パートナーズ》のダンカン・サイフリッドに連絡をくださったそうですね。わたしの夫、マーク・ダニングは十数年前、あの事件から部分的に着想を得て、人気スパイ小説『白い翼』を書きました。つい先日のこと、夫が亡くなったという悲しい知らせは、あなたの耳にも届いていることと思います。

この耐えがたい傷の痛みがいくらかでも癒えるまでは、あなたにお返事するつもりはありませんでした。でも、昨夜ある奇妙な出来事が起き、どうしてもあなたに連絡をとらなくてはと心を決めたんです。

昨日は、マークを偲ぶ会を開きました。みなが帰宅した後、わたしはふらっと、夫の仕事部屋に入ってみたんです。あの人が死んでから、部屋にあるものは何ひとつ動かしていません。わたしは夫の机に坐り、あの人が長年にわたって積み重ねてきた書類の山を、いったいどうやって整理したらいいのだろうかと思いめぐらせていました。あの人ときたら、ファイルに綴じるとか、不要なものを捨てるとか、一度としてやったことがないんです。メモ、プリントアウト、資料、手紙、そんなものが四十年ぶん溜まっているんですよ。たまに机の上に積み重なった紙の山をひとつふたつ、そのまま書類箱に入れ、本棚に押しこんでおくくらいで。これだけの書類を、すべて焼かなくてはいけないのだろうか。そう考えただけで、涙が止まりませんでした。

泣きながら、わたしはいちばん近くにあった書類箱に手を伸ばし——文字どおり、たまたまそこに手が伸びたというだけでした——本棚から引っぱり出して、開けてみたんです。中身の乱雑さに、ひと目で気が重くなりましたよ。でも、目をこらすうち、わたしははっと息を呑みました。目の前にあったのは、マークが『白い翼』を執筆していたときのメモだったんです。その瞬間、あなたのメールのことを思い出して、全身が冷たくなりました。夫は生涯で三十九冊の本を執筆したのに、たまたま最初に開けた書類箱に、あなたが探してほしいと連絡してきたものが入っていたなんて。超自然的な力など、わたしはあまり信じてはいませんが、それでもマークがあなたにこれを見てほしいと願い、わたしに託したのだと思わずにはいられませんでした——夫の遺思がなければ、この膨大な書類の山からめざすメモを見つけ出すことなど、わたしにできるはずもありませんから。もしもご自宅の住所を教えてもらえれば、そちらにお送りします。

ただ、ひとつだけお願いしてもかまいませんか？　ときどきわたしとやりとりをして、このメモが役に立ったかどうか、ぜひ教えてほしいんです。

ジュディ・テラー＝ダニング

二〇二一年七月十二日、担当編集者ピッパ・ディーコンとわたしが《ワッツアップ》で交わしたメッセージ

ピッパ・ディーコン　ガブリエルとの面会はどうだった？　わたしの連れあいとも話してき

たところ。カメラを入れてのガブリエルのインタビュー、まあ音声だけでもいいんだけど、刑務所長は許可を出してくれそうかな？　その担当者はデニス・ニルセンのインタビューをYouTubeで見つけてね、あんな感じの衝撃映像がほしいんだって。

アマンダ・ベイリー　面会でのやりとりは、いま書き起こしてもらってるところ。オリヴァーといっしょに面会する計画は失敗したの。

ピッパ・ディーコン　おやおや。それは残念。

アマンダ・ベイリー　でも、音声ファイルがあるから。書き起こしができたら、すぐに送ります。

二〇二一年七月十二日、エリー・クーパーとわたしが《ワッツアップ》で交わしたメッセージ

エリー・クーパー　オリヴァーがガブリエルと面会したときの録音、音声ファイル４４４を開こうとしてみたんですけど。フォーマットがおかしいのか、ファイルが壊れてしまっているのか、よくわからないんです。送りなおしてほしいと連絡してもらえますか？

アマンダ・ベイリー　伝えておくね。この件について、オリヴァーはずっと様子が変なの。そもそも録音してないのか、録音したけどうまくいかなかったのか、ひょっとして、録音はうまくいったのに、わたしには聞かせず独占しようと思ってるのか。

二〇二一年七月十二日、わたしとオリヴァー・ミンジーズが《ワッツアップ》で交わしたメッセージ

アマンダ・ベイリー　ガブリエルの面会の音声ファイル、エリーに送ってもらえる？

オリヴァー・ミンジーズ　送ったと思ったが。

アマンダ・ベイリー　ファイルが壊れてたみたい。

オリヴァー・ミンジーズ　それはありうる。

二〇二一年七月十二日、犯罪心理学者［そして、わたしの指導教授でもある。ＥＣ記］**キャロライン・ブルックスに話を聞く。文字起こしはエリー・クーパー。**

［あつかいに困るおしゃべりと、わたしについての論評は、慎しみをもって省略。ＥＣ記］

キャロライン　……本当に、エリーはうちの学部のスターなんですよ。［おっと、ここはうっかり削除し忘れました。ＥＣ記］

アマンダ　ガブリエルという人間は、最初はしがないこそ泥で、やがて組織犯罪の末端にからむようになったものの、そこから卒業する兆しも見せていました。でも、その犯罪歴を見ると、一連の流れに何の脈絡もないように思えてしまうんですよ。まるで、物欲につき動かされるこそ泥からカルトの指導者、そして殺人犯へ、毎回いきなり飛躍していくかのように。

キャロライン　カルトの指導者は権勢を得て力を蓄えますが、やがてその力は腐敗して――

アマンダ　カルトというものを、あなたはどう定義しますか？

キャロライン　そうですね……［しばしの逡巡。責任ある発言を避けたくて躊躇しているわけではない。つねに、ごく慎重に言葉を選ぶ性格なのだ。ＥＣ記］人間が本来の個人的生活から引き離され、カリスマ的な指導者のもと、分離主義的な組織にのめりこんでいくこと、でしょうか。理想郷をめざす共同体の一員となること。カルトはまず、独自の規則、独自の哲学を持つところから始まります。たとえ、そのどちらも存在しないような見せかけを作りあげてはいてもね。一般社会で自分の居場所をなかなか見つけられずにいる人、あるいはいわゆる普通の家庭に恵まれなかった人にとっては、こうしたものにカウンターカルチャーとしての魅力を感じることもあるでしょう。

アマンダ　いったんカルトに入ってしまうと、どうしてなかなか抜けられないんですか？

キャロライン　持ちものや財産をなげうってしまっていたら、新生活を築くための元手がありませんよね。家族や友人と縁を切ってしまっていたら、外部からの支援を受けることができなくなります。ただ、もっとも強い足枷（あしかせ）となるのは、心理的な縛りでしょうね。その共同体の一員となるには、内部の新たな基準、新たな日常、新たなふるまいに順応すべく、自分自身の感覚を捨て去らなくてはなりません。ひとりの、あるいは複数の指導者の歓心を買うことが、何よりも重要になるんです。その共同体の規則を破ったり、信条に疑問を呈したりしたら、仲間の輪からはじき出される。これが、見えない枷となって人を縛りつけるんですよ。自分の所属する組織が悪事に手を染めているのではと、被害者が疑念を抱きはじめるころには、その被害者もまた、他者を惑わせて縛りつける罪を同じように犯してきたことになりますからね。

アマンダ　カルトを論じるときには、つい被害者に目を向けがちですが、カルトの指導者がどんな条件のもとで生まれるか、それを考察するのも有益でしょうか？

キャロライン　ええ、かもしれませんね。ただ、これもまた一般論で語るしかありませんが。カルトとは、威圧による支配が大きな規模で成立している関係のことです。ただ、たったふたり——指導者と信者——という単位でも、そんな関係は成立しますけれどね。主流とされる宗教組織の中にも、カルトを思わせる活動をしているところはあります。社会そのものも……われわれが〝カルト〟と呼ぶのは、その組織に対して否定的だったり、有害だと考えていたりするときですよね。指導者に目をやると、その大半は精神的に不安定です。カルトが成熟し、拡大していくにしたがい、指導者はより多くの人々に対して支配力を発揮することにより、自らの権威を保たなくてはなりません。指導者が自分の打ちたてた哲学を本気で信じているか、それともセックスや金への欲望を満たすために信じているふりをしているだけか、そこははっきり区別がつけられますね。カルトの定義のひとつに、教祖がいまだ存命の宗教、というものがあります。その姿を見、声を聞き、話しかけることができる……そんな教祖の率いる組織には、社会の主流とされる宗教に幻滅した人々を惹きつける魅力があるんですよ。宗教の影響が色濃い家庭に育った人間は、よりカルトに引きこまれやすいことがわかっています。

アマンダ　カルトがねらいをつける人々に、何か特徴はありますか？　カルト被害者に特有の人物像のようなものは？

キャロライン　多くのカルトが裕福な人間に目をつけますが、その理由は明らかですね。自分の、あるいは世界の未来に不安をつのらせる若者も危ない。そういうときに近づいてきた誰かが、これまでとはちがう新たな暮らしを約束してくれ、かねてから疑問のあったこの社会を離れられるかもしれないとなったら……さらに、誰であれ人生が激変するような、たとえば大切な家族を亡くすといった体験をすると、そうした誘いに心が揺らぎやすくなります。単純に言ってしまえば、自分の望みを誰かに知られるやいなや、それをかなえてあげましょうという約束によって、あなたは支配されてしまうんですよ。とはいえ、そんな誘惑にいちばん弱いのはどんな人だと思いますか？　それは、自分だけはカルトに引きこまれたりしないと、自信たっぷりな人間なんです。
アマンダ　［あなたの笑い声。ＥＣ記］わたしも、まさに同じことを言ったおぼえがあります。でも、そう思わない人も多いんですよね。《アルパートンの天使》はどんなふうに生まれ、どんな活動をしてたんでしょう？　あの集団は、そもそもカルトだと思いますか？
キャロライン　わたしの意見を述べるなら、まちがいなくカルトでしょうね。指導者たちは、自分たちの哲学を信じているように見えました。自ら死を選んだのも、反キリストと共存して生きることを拒んだからですよね。自分たちがしていることに対しての疑念にも、最後まで目を向けずに終わるほど、洗脳が行きとどいていたんです。規模こそ小さいものの、典型的なカルトといっていいでしょう。たとえば一九九七年にサンディエゴで起きた《ヘヴンズ・ゲート》事件では、信者は自分たちが天に選ばれた存在であり、宇宙船が迎えにくるのだと信じていました。そして、三十九人が死を選んだ。一九九三年に起きた《ブランチ・ダヴィディアン》のウェーコ包囲事件——このときは、八十人近くが死にました。それから、もちろん一九七八年の《人民寺院》事件を忘れるわけにはいきません——九百人以上が死んでいますからね。もっとも、これらの事件では、指導者はみな——全員が男でしたが——信者たちとともに亡くなっています。
アマンダ　ガブリエルは事件現場から逃げたんですよね。
キャロライン　ええ。これはめずらしい事例ですね。ひょっとしたら、自分の信じてきたことにいつしか疑いを抱くようになっていたのかもしれませんし――あるいは、最初から信じていなかったのかも。

[そもそもわたしたちはみな、ひとつの大きなカルトの中で暮らしているにすぎないのでは？　こんなふうに行動しなさいと生まれたときから仕向けられ、教えられたとおりのことを信じ、社会の規範を遵守する。でも、そうした信条や価値観がすべて正しいと、誰が断言できるだろう？　ＥＣ記]

二〇二一年七月十二日、わたしとエリー・クーパーが《ワッツアップ》で交わしたメッセージ

アマンダ・ベイリー　キャロラインを紹介してくれてありがとう。魅力的で、頭脳明晰で――すっかり圧倒されちゃった。

エリー・クーパー　どういたしまして。それより、まだオリヴァーからガブリエルの音声ファイルが届かないんですけど。

アマンダ・ベイリー　ああ、もう。今朝も頼んだところなのに。わかった、確認してみる。

二〇二一年七月十二日、わたしとオリヴァー・ミンジーズが《ワッツアップ》で交わした

メッセージ

アマンダ・ベイリー　いったい、どうしたっていうの？　さっさとガブリエルの音声ファイルをエリーに送ってよ、まったく！

アマンダ・ベイリー　ねえ、お願い。

オリヴァー・ミンジーズ　だめだった。

アマンダ・ベイリー　はあ？

オリヴァー・ミンジーズ　だめだったんだ。エリーが聞いたのが全部だよ。シャーって雑音で埋まってる。

オリヴァー・ミンジーズ　あの男がどんな話をしたか、いま必死に思い出してる。

オリヴァー・ミンジーズ　あんたはさぞかしむかつくだろうが、そういうことだ。

二〇二一年七月十二日、わたしとエリー・クーパーが《ワッツアップ》で交わしたメッセージ

アマンダ・ベイリー　例の音声ファイル、本当に何も聞こえないの？

エリー・クーパー　雑音の向こうから、何か声らしいものは聞こえるんですけど、はっきりとは聞きとれないんです。

アマンダ・ベイリー　エリー、お願い、何でもいいから、とにかく聞こえるものをすべて書きとってほしいの。たったひとつ、ふたつの単語でも。雑音でも。とにかく、すべてを。

エリー・クーパー　わかりました。

二〇二一年七月十日、タインフィールド刑務所でオリヴァー・ミンジーズがガブリエル・アンジェリスから話を聞く。文字起こしはエリー・クーパー。

［電子機器のスイッチを入れたものの、うまく作動していないときのようなブーンという音。その向こうの声がひとりのものなのか、複数人のものなのかはわからない。おそらく次のような言葉が聞こえたように思う。

EC記]

事故、病気。つねに混乱。定められた軌道……受け入れるしかない。

[すみません、これだけしかわかりませんでした。レコーディング・スタジオで働いている友人がいるんですが、この雑音を少しでも消せないか訊いてみましょうか？　EC記]

二〇二一年七月十二日、ミスター・ブルーとわたしが交わしたテキスト・メッセージ

ミスター・ブルー　会ってもいいが、デジタル機器はいっさい持ってくるな。録音機、携帯電話、カメラは置いてこい。

アマンダ・ベイリー　いつ、どこで？

ミスター・ブルー　こっちは本気だ。自分のも、他人のも、携帯電話はなし。隠していても、数秒で探知できるからな。車には乗ってくるな。

アマンダ・ベイリー　いつ、どこで会えるんですか？

ミスター・ブルー　公共交通機関も避けろ。交通系ＩＣカードを使わなくても、防犯カメラに映る。

アマンダ・ベイリー　じゃ、Uberタクシーを使います。

ミスター・ブルー　Uberもだめだ。歩いてこい。

アマンダ・ベイリー　どこへ？

ミスター・ブルー　ホーセンデン・ヒルの下、《バロット・ボックス》の裏の小径（こみち）。

アマンダ・ベイリー　ほとんど誰も通らない場所ですよね。

ミスター・ブルー　午前一時十五分だ。

二〇二一年七月十二日、担当編集者ピッパ・ディーコンとわたしが《ワッツアップ》で交わしたメッセージ

ピッパ・ディーコン　もっと前に訊こうと思っていたんだけど——赤ちゃんのこと、何かわかった？

アマンダ・ベイリー　今夜、詳しい情報を教えてくれる人と会うことになってるの。

ピッパ・ディーコン　よかった。まさに、そこがいま最大の課題なのよ、アマンダ。

二〇二一年七月十二日、わたしとエリー・クーパーが《ワッツアップ》で交わしたメッセージ

アマンダ・ベイリー　エリー、今夜わたしが何をする予定か、あなたにだけ話しておきたいの。もしもわたしに何かあったら、そのことを警察に話して。心配しなくてだいじょうぶ。何も起きないと思うから。

エリー・クーパー　わかりました。

アマンダ・ベイリー　《アルパートンの天使》の情報を、今夜、本名を明かしてくれない相手から聞くことになってるの。パブの後ろの暗い森を抜ける、明かりのない小径で。パブの名前は《バロット・ボックス》。グリーンフォードにあるホーセンデン・ヒルの端あたり。

エリー・クーパー 了解。

アマンダ・ベイリー 午前一時十五分に。

エリー・クーパー えっ。

アマンダ・ベイリー 家を出るときと、帰ってきたときにあなたに連絡する。そこまで歩いて往復四十分、さらに、必要な情報をその人から聞き出す時間がかかると思ってて。無事に帰宅した連絡を受けとったら、すべて忘れてもらってかまわない——何もかも、予定どおりに進んだ、ってことだから。いい？

エリー・クーパー どうして車を使わないんですか？

アマンダ・ベイリー 車はどこを走行したかのデータが残るでしょ。記録の残る電子機器はすべて家に残して、徒歩で現地に来いと言われてるの。

エリー・クーパー　つまり、向こうはあなたの自宅の場所もわかっているんですね。

エリー・クーパー　徒歩で行ける場所を指定してきたわけでしょう。つまり、あなたがどこに住んでいるかもわかっているんです。

アマンダ・ベイリー　そうね、知られてるんだと思う。

エリー・クーパー　つまり、あなたの望みを知って、それによってあなたを支配しようとしているんですよ。

アマンダ・ベイリー　わたしはだいじょうぶ。

エリー・クーパー　じゃ、二時十五分までに連絡がなければ、９９９に通報していいんですね？

アマンダ・ベイリー　それはだめ。少なくとも二時間は待って。

エリー・クーパー　それだけの時間があったら、何をされるかわかりませんよ。
アマンダ・ベイリー　この通報はね、わたしを助けてもらうためじゃないの。何かがあったとき、わたしが何をしてたのか、警察に知っておいてほしいってこと。

二〇二一年七月十二日、騒がしいカフェでアマンダ・ベイリーとオリヴァー・ミンジーズが交わした会話。文字起こしはしかめっつらのエリー・クーパー。

オリヴァー　そのファイルに入っている音は、毎朝あのいかれた元兵士からかかってくる電話から聞こえる音と、ほとんど同じなんだ。
アマンダ　これではっきりさせられるでしょ、ね？　このファイルに、ちゃんと音声が入るかどうか。ほら、録音ボタンを押したからね。いま、録音してる。ほら、してるよね？
オリヴァー　ああ、録音してるな。実をいうと、あの元兵士のやつ、おれたちがタインフィールド刑務所に出かける前夜にうちに押し入り、おれの携帯に何か細工をしたんじゃないかと思うんだ。おれにとってきわめて重要なこの取材を、まんまと失敗させるために。あいつはおれの電話を盗聴し、テキスト・メッセージや《ワッツアップ》も盗み読みして、おれがどれだけこの取材に賭けてたかを知ってたんだ。
アマンダ　そんなこと、その人にできるの？　そもそも、そんなことする？

オリヴァー　できるさ。あいつは長いこと機密通信の仕事をしてた。王室の電話も盗聴したと、前に自慢してたくらいでね。あいつがどんなことをやってのけるか、あんたはとうてい信じられないだろうな。イラクで何をしてきたか。それも、仲間の兵士に対してだ。敵を捕らえるより、ずっと前の出来事だぜ。いじめなんて言葉じゃ、とうてい足りない。

アマンダ　それ、本人も認めてる話？

オリヴァー　内密にって条件で、おれにだけうちあけてきたんだ。いまとなりゃ、その理由がわかるよ。もしも漏れたら、誰がばらしたかは一目瞭然だ。そして、次はおれが同じ目に遭う。

アマンダ　実際問題として、あなたはどんな目に遭わされるっていうの？

オリヴァー　そうだな、タリバンのために働いてたって噂のポーターをあいつがつかまえたときには、木に縛りつけて火あぶりにしたそうだ。足のほうから、じわじわと。

アマンダ　うわあ。

オリヴァー　あの男の自叙伝にかかわった人間は誰ひとりとして、あいつが報酬目当ての稼ぎから足を洗ったなんて信じちゃいない。他人への共感などもってのほか、そもそも怒り以外の感情を持ちあわせない野郎でね。金さえもらえば、どんな人間を殺すことも厭(いと)わない。おれをこうして追いつめることくらい、わけもないんだ。

アマンダ　うーん、まだ録音中の表示が出てる。ねえ、ガブリエルと面会したときの話を聞かせてよ。憶えてることは何でも話して。

オリヴァー　戸口の刑務官をどうにか丸めこもうと奮闘してるあんたを置いて、おれは中に入った。まるで空港みたいな保安検査場を通ってね。そして、面会室に入ると、その片隅に……あの男がいた。［沈黙。ＥＣ記］
アマンダ　ガブリエルの見た目はどんなだった？
オリヴァー　出まわってる写真と、まったく変わらなかったよ。まるで、あれから一日として年をとってないようだった。
アマンダ　髪も白くなってなかったの？　もう六十代よね。
オリヴァー　白髪なんて、一本もなかったよ。話がうまくて人当たりのいい、なかなか見映えのする男でね。スウェットにジーンズって恰好だった。写真のとおりの、こちらを見とおすような目をおれに向け、にっこりしたんだ。［オリヴァーがため息をつき、あなたがたふたりとも、しばし黙りこむ。フォークかナイフがぶつかる、チャリンという音。ＥＣ記］それで、おれは口を開いた……あの男に向かって……［言葉を続けるのをためらっている。ＥＣ記］
アマンダ　何かあったの？
オリヴァー　いや、何も。おれは言ったよ。「いったい何を考えてたんです？　赤んぼうを犠牲にしようだなんて、どうかしてる――」
アマンダ　オリヴァー、ガブリエルが刑務所に入れられたのは、ハーピンダー・シンを殺害したからよ。赤ちゃんは救出されたの。ありがたいことに。
オリヴァー　わかってる、わかってる。だが、あんたはあいつの目を見てないだろう、マンド。とにかく、あの男はこう言ったんだ。誰かがおれに、負のエネルギーを向けてる、って。誰かがおれの死を願ってる、ってね。おれが死ぬまで、そいつは諦めないだろうって言われたよ。別に、暴力を振るわれるわけじゃないんだとさ。ただ、ぽたり、ぽたり、ぽたり、ぽたりと、おれに……マンド、おれはひとことだって、あのいかれた元兵士の話はしてないんだ。それなのに、どうしてガブリエルはそんなことを知ってるんだろう?

アマンダ　あの男は詐欺師だもの。自己愛だけの異常者よ。三人の男たちに赤んぼうを殺すべきだと信じこませ、もうちょっとでそうなっちゃうところだったんだから。その目論見(もくろみ)が失敗すると、今度は三人を自殺させ、その遺体をずたずたにした。本人は完全にたがが外れてるくせに、まっとうな人たちの間にうまくまぎれこみ、これまでずっと生きてきた人間なの。どうふるまえば他人の弱みをつかむことができるか、そのやりかたを知りつくしてる。考えてみて、自分の犯した罪について訊かれたとたん、ガブリエルはあなたのことに話題を切り替えたわけでしょ。古典的なやりくちじゃない。ああ、わたしがその場にいたらよかったのに。

オリヴァー　ああ、たしかに、たしかにな。だが、だからって、あの男がおれの事情を知ってた説明にはならない。あんたは知ってるよな。もう何週間も、おれの愚痴を聞かされてるんだから。誰かがおれに負のエネルギーを向けつづけてること、そして、あのいかれた元兵士が、おれに死んでほしがってるってことを。それだけじゃない。あの元兵士の野郎が、お得意の拷問のやりかたをおれに話してきかせたとき、まさに同じ言葉を使ってたんだよ。いや、とうていそのまま口にはできないが……相手の目にガソリンを、ぽたり、ぽたりと落とす話とかな。［あなたが何か言おうとしたのをさえぎり、オリヴァーが先を続ける。ＥＣ記］だから、おれは言ったんだ。「ああ、誰かがおれの死を願ってるのは知ってますよ。どうやったら、そいつを止められるんですか？」ってね。すると、ガブリエルはこう答えた。「それはあなたのせいじゃない。その相手は旅の途中で、その先に起きるべき出来事がある。あなたの旅の軌道は、その相手の軌道とぶつかるんだ。たとえば、惑星がほんの短い間、空の一点で重なるように。だが、やがてどちらも定められた軌道をたどり、お互いから離れていく。それを受け入れる以外、できることはないんだ」ってね。

アマンダ　見え透いてるじゃない、それがガブリエルのやりくちなのよ。得意の話術で、あなたの面会を最大限に利用してるだけ。自分の有罪判決については、何を言ってた？　罪を認めたり、新たな証拠をちらつかせたり、そういう話は出なかったの？

オリヴァー　ああ、言ってた……何か……自分はやってない、と。ほかのことも。それから、安全な場所はどこにもない、って言ってたよ。いまはもう、どこにも安全な場所はないんだ、って。それって、まさにジョナが口にしてたのと同じ言葉じゃないか。いったい、どうしてガブリエルは知ってたんだろう？

アマンダ　わたしたちが知らないだけで、ジョナはガブリエルと手紙のやりとりをしてないともかぎらないでしょ。ふたりして、あなたをからかっているのかも。

オリヴァー　おれたちふたりを、だろう。

アマンダ　いい、わたしたちがこれから書く本は、ガブリエルがどんな罪を犯したのか、あらためて過去に光を当てる内容よね。ガブリエルにとってみたら、自分がどれだけ危険人物かなんて、世間に思い出されたくはないはずよ。オリヴァー、あの男が何を目論んでいるか、あなたにはわかるはずよね？　ほんと、わたしがいっしょに面会できてさえいればなあ。あの手の人間とは、これまでも話をしたことがあるから。結局は、そうやって相手を支配しようとしてるだけなのよ。

オリヴァー　あの男は天使の顔をしてるんだ、マンド。このことは、あんたにしか話せる。あんたはおれのことを知ってるから、これが単なる見た目の描写であって、それ以上の意味はないことはわかってくれるよな。ただ、そういう顔をしてる人間てのは、たしかに存在する……天使の顔といえば、エルヴィス・プレスリーとかな。ジョディ・カマーやミカエラ・コールみたいな女優とか。ただ、そういう顔だっていうだけなんだが。

アマンダ　つまり、顔が左右対称で、肌がきれいで、ほかにも西洋人が遺伝的に珍重してきた美点を兼ねそなえている、ってだけのことよね。あるいは、カメラマンの腕とフォトショップのおかげにすぎない、って可能性もあるかも。いずれにせよ、中身はまったく反映されてないわけ。そんな顔をしてるからって、ガブリエルは別に天使じゃないのよ。［あなたがたふたりが大真面目にこんな話をしているなんて、とうてい信じられない。ＥＣ記］

オリヴァー　ガブリエルにかぎっては、本当にそうなのかもしれない。物腰も、その見かけにぴったりでさ。正面から向きあってると、この男こそは大天使なんだって気がしたよ。

アマンダ　大は大でも、大詐欺師よ。［しばらく沈黙があり、ふたりがものを噛む音、グラスが何かに触れる音が聞こえる。ＥＣ記］

オリヴァー　これ、録音してるのか？

アマンダ　うまく録れてるかな。［ここで、あなたが再生ボタンを押す。つまり、ここでの会話は二台の携帯により、二重に録音されていたということ。またしても、あなたはオリヴァーに無断で録音していたんですね。ＥＣ記］

オリヴァー　あいつがどんなことをやってのけるか、あんたはとうてい信じられないだろうな。イラクで何をしてきたか。それも、仲間の兵士に対してだ。敵を捕らえるより、ずっと前の出来事だぜ。いじめなんて言葉じゃ、とうてい足りない。

アマンダ　それ、本人も認めてる話？

オリヴァー　内密にって条件で、おれにだけうちあけてきたんだ。いまとなりゃ、その理由がわかるよ。もしも漏れたら、誰がばらしたかは一目瞭然だ。そして、次はおれが同じ目に遭う。

アマンダ　うん、ちゃんと録れてる。じゃ、どうしてガブリエルとの面会は録音できなかったのかな？　わたし、もう行かなきゃ。今夜、ある人と会うことになってるの。真夜中に。パブの裏手の小径で。赤ちゃんを探す手助けをしてくれるっていう人。

オリヴァー　すごいじゃないか。だが、どうしてそんな真夜中に？

アマンダ　誰なのか知らないけど、おそろしく警戒してるのよ。すばらしい手がかりをもらえるかもしれないし、ただの行き止まりかもしれない――

オリヴァー　くれぐれも気をつけろよ、マンド。

アマンダ　何よ、あなたの知ったことじゃないでしょ――

オリヴァー　おれは心配してるんだ――

アマンダ　そうよね、自分の本のことだけを！

[あなたが席を立ち、録音が唐突に終わる。オリヴァーは本気で心配そうでしたよ、マンド。EC記]

二〇二一年七月十二日、オリヴァー・ミンジーズとスピリチュアル・カウンセラーのポール・コールが交わしたメール

宛先　ポール・コール　　　送信日　2021年7月12日
件名　Re：《アルパートンの天使》事件について　　　送信者　オリヴァー・ミンジーズ

ポール、ちょっと話したいことがあるんですが、いいですか？　昨年、父が亡くなりました。入院はしてたんですが、すぐに死ぬなんて、誰も思ってなかったんです。おれたち家族だけじゃない、医師や看護師たちも驚いてましたよ。おれはちょうど《セインズベリーズ》

のレジを通ったところで、買った食料品を袋に詰めてました。そのとき、ふいに何かを感じたんです。それまでも、その後も味わったことのない感覚を。まるで、真っ暗な波が覆いかぶさってきて、おれの中を流れおちていくような。それが何なのかわからないまま、波はやがて通りすぎて、おれは何ごともなかったように帰宅しました。
それから一時間後、知らせの電話が来て、さっきの奇妙な感覚が襲ってきたのは、まさに父がこの世を去った瞬間だったとわかったんです。

オリヴァー

宛先　オリヴァー・ミンジーズ
件名　Re:《アルパートンの天使》事件について
送信日　2021年7月12日
送信者　ポール・コール

親愛なるオリヴァー
お父上のこと、まことにご愁傷さまでした。そうですね、誰かが亡くなったとき、そんな体験をすることはありえます。亡くなったかたとあなたとの、現世でのつながりが切れるわけですからね。誕生も死も、こちら側と向こう側との境界を渡るわけですから、魂にとっては同じように大きな痛手なのですよ。エネルギーの交換を促すため、こちら側と向こう側の両方から、魂は押したり引いたりされることになります。そんなとき、現世でのつながりを持つ親しい人間も、そうしたエネルギーの交換を感じることがあるわけです。おそらく、研ぎすまされた霊感の持ち主だからこそ、そうした感覚を経験することができるのでしょう。あなたとお父上とは、人一倍つながりが強固だったのでしょうね。あなたにとっては、さぞかしおつらいことかと思います。心からのお悔やみを申しあげます。
どうか、くれぐれもお身体にお気をつけて。

ポール

二〇二一年七月十三日未明、わたしとエリー・クーパーが《ワッツアップ》で交わしたメッセージ

アマンダ・ベイリー　もうだいじょうぶ、警戒警報は解除ね。こんな時間まで、寝ずに起きててくれてありがとう。

エリー・クーパー　ほしかった情報は手に入ったんですか?

アマンダ・ベイリー　ううん。相手は姿を現さなかったの。土壇場になって怯えちゃったのかな――まあ、わからないけど。真っ暗な小径で三十分も待ちつづけたのにね。何の収穫もなし。

エリー・クーパー　いまは自宅ですか？

アマンダ・ベイリー　ええ、いま帰ってきたところ。

エリー・クーパー　マンド、相手はあなたの自宅がどこか知っていたうえ、一時間以上にわたって、あなたが家を空けることも知っていたわけですよね。携帯その他を部屋に置いたたま。

アマンダ・ベイリー　まあね、でも、携帯はわたしが置いたそのまま、玄関のテーブルの上にあったから。ありがとう、エリー。さあ、寝ましょう！

エリー・クーパー　でも、アパートメントの中のどこかに、誰かがいるかもしれませんよ。どこかに身をひそめて、あなたが帰ってくるのを待っていたのかも。

エリー・クーパー　マンド、だいじょうぶですか？

エリー・クーパー　マンド、お願い、無事だったら返事をして。

不在着信：エリー・クーパー

不在着信：エリー・クーパー

不在着信：エリー・クーパー

二〇二一年七月十三日、オリヴァー・ミンジーズからスピリチュアル・カウンセラーのポール・コールに宛てたメール

送信日　2021年7月13日
宛先　ポール・コール
送信者　オリヴァー・ミンジーズ
件名　Re：《アルパートンの天使》事件について

ポール、おれはそういうことを信じてないいんですよ。あなたがいま書いてきたことに、ちゃんとした科学的裏づけはあるんですか？　おれを襲ったあの感覚が何だったのか、事実に基づいた、合理的な説明はできるんですかね——〝ただの偶然〟という以外に？　どうか、説明してもらえませんか？　おれに、ちゃんとわかるように。

二〇二一年七月十三日朝、エリー・クーパーとわたしが《ワッツアップ》で交わしたメッ

セージ

エリー・クーパー　マンド、無事なんですか？　もう、どんなに心配したか！

アマンダ・ベイリー　ええ、無事よ。無事。警察に電話した？

エリー・クーパー　いいえ。したほうがいいでしょうか？

アマンダ・ベイリー　とんでもない！　絶対にしないで。

エリー・クーパー　ああ、もう、マンドったら。何があったんですか？

アマンダ・ベイリー　あなたの言うとおりだったの。部屋に誰かがいて、わたしの帰りを待ってた。でも、それは別にだいじょうぶだったの。ううん、だいじょうぶじゃない、実はたいへんなことになってるんだけど、わたしの身の安全については心配いらないから。わたしは無事。

エリー・クーパー　部屋にいたのは誰？

アマンダ・ベイリー　そのことは、いつか話す。ありがとう、エリー。誰にも電話せずにいてくれて。

二〇二一年七月十三日、わたしがソーシャルワーカーのソニア・ブラウンに送ったテキスト・メッセージ

アマンダ・ベイリー　ソニア。昨夜〝ミスター・ブルー〟に会った。どうして言ってくれなかったの？

アマンダ・ベイリー　わかった、わたしとのつきあいを切りたいなら、そうして。

二〇二一年七月十三日、わたしと担当編集者ピッパ・ディーコンが《ワッツアップ》で交わしたメッセージ

アマンダ・ベイリー　こんにちは、ピッパ。赤ちゃんがどうなったかわかったの。でも、いいお知らせじゃないのよ。あの赤ちゃんのために、表沙汰にできない、いわば闇の養子縁組が行われたんですって。簡単に説明すると、出自にとりわけ深い事情がある子どもの場合、記録をまったく残さずに、海外へ養子に出すことができるらしいの。行先としては、カナダ、ニュージーランド、オーストラリアが多いそうよ。

ピッパ・ディーコン　そんな外国へ養子に出されても、足跡をたどることはできるの？

アマンダ・ベイリー　文字どおり、記録は何ひとつ残さないんですって。その子どもを守るためにね。たとえ大人になった後でも、出自をたどることはできないの。唯一の望みは、市販のＤＮＡ検査で親戚を見つけることくらい。

ピッパ・ディーコン　ああ、もう。それでも、まだ何かあなたにできることはあるでしょ。

アマンダ・ベイリー　わたしはいっそ、別の角度から調査してみようかと思ってるの。ちょっと変則の、斬新なやりかたで。それでも、オリヴァーとは今後も情報を共有しつつ、いっしょに調査していけるから、《グリーン・ストリート》からはまだまだ経費を出してもらえそう。

ピッパ・ディーコン　どうかなあ。検討のため、概要と第一章を送ってもらえない？

アマンダ・ベイリー　この事件の取材は慎重な段取りが必要だから、この段階ではまだ、はっきりしたことを言いたくないの。このまま取材を進めてほしいなら、少なくともいまのところは、わたしのことを信頼してくれなくちゃ。

ピッパ・ディーコン　わかった。このまま進めて。《グリーン・ストリート》のジョーとは、きょう飲む予定があるから、こちらから話しておく。

二〇二一年七月十三日、オリヴァー・ミンジーズとわたしが《ワッツアップ》で交わしたメッセージ

オリヴァー・ミンジーズ　記録をまったくたどれないなんて、そんなことは信じられないな。ああ、そんなはずがあるもんか。誰にだって、自分の出自を知る権利はある。それなのに、この子どもひとりにだけ、そうした当然の権利が与えられていないなんて、いったい誰がそんなことを言える？

アマンダ・ベイリー　原則としてはそうなんでしょうけど。これは、例外中の例外なのよね。世間の耳目を集めた事例だもの。この子のためにはこれが最善なんだと、ソーシャルワーカーたちが判断したんでしょ。わたしたちみたいな人間から子どもを守るために。

オリヴァー・ミンジーズ　そうなると、《グリーン・ストリート》のジョーにも伝えなきゃいけないな。おそらく、この企画そのものが立ち消えになるだろう。どっちにしろ、おれはあそこの編集部に嫌われてたしな。

アマンダ・ベイリー　ジョーにはピッパから伝えてくれるって。それより、新しい切り口を何か考えないと。アイデアはある?

オリヴァー・ミンジーズ　いや。あのいかれた元兵士への対処に忙しすぎて、脳細胞がまともに働いてない。

二〇二一年七月十四日、元事件記者グレイ・グレアムのアパートメントの前で、わたしと区の職員が交わしたテキスト・メッセージ

アマンダ・ベイリー　いま、アパートメントの前にいます。板で囲ってありますけど。

未登録の番号　防犯ドアの鍵は、わたしが持っています。いま、そちらに向かっているところです。もうしばらくかかりますが。

二〇二一年七月十四日、故グレイ・グレアムの自宅アパートメントで、区の担当者と個人的に交わした会話。文字起こしはエリー・クーパー。

アマンダ　ずいぶん長いこと親しい友人ではあったんですが、名前はグレイだとばかり思ってました。たぶん、グレアムを縮めた呼び名だったんですね。

区の担当者　トーマス・アンドリュー・グレアムという名を聞いたことがない。それでも、親しい間柄だったというんですね。故人が何歳だったかはご存じですか？

アマンダ　えーと……わかりません。

区の担当者　知りあったきっかけは？

アマンダ　職場で。もう、何年も前です。グレイは事件記者で――わたしが最初に就職した地方新聞社で、現場回りをしてたんです。

区の担当者　どんな人物でした？［質問攻め。あなたのことを疑っているんでしょうね……ＥＣ記］

アマンダ　すばらしく仕事のできる人でしたよ。長年ずっと記者をしてて。つまり、ほら、何かがこの地区で起きると、いつだってグレイが最初に現場に駆けつけてたんです。どんな事件が起きるのか、第六感で嗅ぎつけたのかと思うくらい。話を聞くべき人、ぶつけるべき質問を、よく心得てた記者でした。

区の担当者　人柄は？

アマンダ　本当に素敵なかたでしたよ。［ああ、そんな言いかた、いかにも何ひとつ知らないみたいに聞こえるのに。ＥＣ記］こうして部屋の中を見てもわかるとおり、えーと……

区の担当者　この部屋からは、たいして何も見てとれませんよね？［気まずい沈黙。区の担当者も、正直なところわたし自身も、あなたが故人と親しかったという話を疑わずにはいられない。ＥＣ記］

アマンダ　ええ、たしかに、そうですね。

区の担当者　それでも、あなたはご親切に、ずっと連絡をとっていたんですね。

アマンダ　ええ。［ああ、この沈黙がどうにもいたたまれない。どうにかして！　ＥＣ記］グレイはいつだって、話の種に事欠かない人でした。

区の担当者　暮らし向きはいかにも……倹しかったようですが。もしも、誰かがグレアム氏の貴重品……たとえば宝飾品とか、現金とかを目当てにここに来たら、さぞかしがっかりすることでしょう。

アマンダ　ええ、そうでしょうね。貴重品はもう、すでにここにはありませんから。幸い、わたしが興味を持っているのは、グレイが《インフォーマー》紙で記者をしていた数十年間の書類だけなんです。わたしたち、古い文書を大切に管理してて。地方新聞の事件取材のやりかたは、以前とはすっかり変わってしまいました。グレイは、過ぎ去った時代の記者だったんです。あの時代のあれこれが、グレイの死とともに消えてしまったら悲しすぎますよね。

区の担当者　じゃ、わたしは廊下で待っていますね。

［担当者が出ていって、あなたが安堵のため息をつくのが聞こえる。ＥＣ記］

二〇二一年七月十四日、わたしとオリヴァー・ミンジーズが《ワッツアップ》で交わしたメッセージ

アマンダ・ベイリー　グレイ・グレアムって憶えてる？

オリヴァー・ミンジーズ　クリスマスで酒がふるまわれるときだけ編集部に来てた、あのじいさんか？　駆け出し記者のころの思い出話をえんえん聞かされて、みな退屈してたよな。

アマンダ・ベイリー　そう、その人。

オリヴァー・ミンジーズ　いや、ほとんど知らないが😂

アマンダ・ベイリー　きったない公営アパートメントで孤独死してた。

オリヴァー・ミンジーズ　まあ、驚きはしないな。安い稿料をもらえるのは、自分の写真や原稿が掲載されたときだけだったし。何かの理由で記事がボツになれば、タダ働きで終わるんだ。あれじゃ、経費だってまかなえない。節約のために、写真は自分で現像してたくらいだ。

アマンダ・ベイリー　いったい誰に頼まれて、シンの遺体を発見したのはジョナサン・チャイルズ巡査だったと記事に書いたのか、それを聞こうとした矢先に死んじゃったの。発見したのは、本当は誰か別の人物だったんだと思う。

オリヴァー・ミンジーズ　おやおや、あんたが真実を聞き出す前に死んじまったのは、これでふたりめじゃなかったか？😂

アマンダ・ベイリー　《アルパートンの天使》の呪いね。

オリヴァー・ミンジーズ　アマンダ・ベイリーの呪いだろう。今回の件といい、赤んぼうの件といい、あんたもつくづくツキがないな😂

アマンダ・ベイリー　あなた、速記ってわかる？

オリヴァー・ミンジーズ　あんたはどうなんだ？　おれはからっきしだね。研修時代、あのお粗末な速記訓練コースをいっしょに受けた仲じゃないか。

アマンダ・ベイリー うーん。身についてたら、すごく役に立ったんだけどなあ。

パット叔母に宛てた、わたしの手書きメモの画像。日付はないが、二〇二一年七月十四日の日没後、叔母の自宅戸口に差し入れたもの。

親愛なるパット叔母さん
最後に会ったときからはもちろん、電話で話したときからも、もう長い年月が経ってしまいましたね。お元気でおすごしでしょうか。二、三年前だったか、ロビンの連れあい（クレアでしたっけ？）に、街でばったり会いましたよ。ジャック叔父さんが亡くなったことは、そのときに聞きました。
叔母さんとは、あまり後味のいい別れかたではなかったかもしれません。でも、誰かを恨んで生きていくには、人生は短すぎます。はるか昔の出来事について、わたしの記憶と叔母さんの記憶ははっきりと食いちがっていますよね。とはいえ、お互いの意見のちがいはそのまま受け入れ、それでもつきあっていくことはできるんじゃないかと思って。親族もすっかり少なくなってしまったいま、生きているわたしたちがわだかまりを捨てられないなんて、あまりに残念な気がするんです。よかったら、久しぶりに会いませんか？　コーヒーか何か飲みながら、くつろいだおしゃべりでも。

いつなら空いていますか？　今週は、わたしはいつでもだいじょうぶです。

アマンダ

二〇二一年七月十五日の夜明け前、わたしの郵便受けに投函されていたメモ。

アマンダ

あなたが家を出ていくことを決めてから、もう二十六年になります。あなたがついた嘘の痛手から、家族はいまだ立ちなおれていません。あなたのお母さんは、その心痛に苦しみながら亡くなったようなものなのよ。ロビンとジャッキーは、あなたの妹というレッテルを貼られたまま学校生活を送らなくてはなりませんでした。マークとジョアンナさえ、あなたのいとことして同じ思いを味わってきたんですからね。

とはいえ、誰かを恨むことについて、あなたが書いてくれた言葉には、たしかに一理あります。お互い家族の一員なんだもの、壊れた橋を直すのに遅すぎるということはないわね――たとえ、その橋の下を流れる水では、とうていその痛手を洗い清めることができないとしても。

あなたには、わたしの家に来てほしくはありません。ハローに《コスタ》があるでしょう。きょうも含め、木曜はたいてい、十一時以降はそこにいます。

パトリシア・ベイリー

同じく二〇二一年七月十五日の夜明け前、わたしがパット叔母の自宅戸口に差し入れた手書きメモの画像。

親愛なるパット叔母さん
ありがとう。わだかまりを忘れ、許そうという叔母さんの気持ちに感謝します。
ひとつだけお願いしてもいいですか? もう退職したと思うけれど、叔母さんは以前、ハートフォードシャーのどこかの大学で、プリマス・ブレザレン派の女性たちに秘書技能のあれこれを教えていたでしょう。たしか、あの宗派の人たちは現代の科学技術を拒絶しているけれど、たとえばタイプライターみたいな、職場で使われていた昔ながらの技術や道具のあれこれは自分たちの商売で活用しているから、ほかの大学とはちがって、うちの学部には秘書技能を教える教師を残しているんだって、叔母さんが教えてくれたのを憶えています。ひょっとして、速記のメモを何ページか持っていったら、ちょっと解読してもらえませんか?
アマンダ

二〇二一年七月十五日、ハローの《コスタコーヒー》で、アマンダ・ベイリーがパット叔母と交わした会話。文字起こしはエリー・クーパー。

アマンダ　エリー、わたしはいま《コスタ》にいて、二十六年前に家族内で罵りあいの末に決裂したパット叔母を待ってるところ。本当は、世界じゅうでいちばん会いたくない人なの。でも、いま必要な情報を得るのに、これがいちばん近道だから。グレイ・グレアムのアパートメントでメモ帳をどっさり見つけたんだけど、メモの内容はすべて、わたしの読めない速記で書いてあったわけ。どうか、叔母に解読できますように。叔母が口にすること、そしてわたしが口にすることはすべて無視して、メモの解読の部分だけ文字起こしをお願い。［テーブルに、何かどさっと重いものを置く音。ＥＣ記］今回、わたしが目的としてる部分だけでいいから。

［どうしても耳に入ってしまった部分は省略しました。ああ、マンド、あなたを思うと本当に胸が痛いです。ＥＣ記］

パット　どうして、あなたのためにそんなことをしなくちゃならないの？

アマンダ　家族の一員だから、って理由じゃだめ？

パット　あなたは絶対に認めなかったじゃないの。いまだって認めていないくせに！

アマンダ　認めるって、何を？

パット　あれは何もかも嘘だった、ってことを。

アマンダ　だって、あれは……［深く息を吸いこみ、先を続ける。ＥＣ記］わかった、あれは何もかも嘘です。

パット　ええ、わたしはわかっていましたよ。当然、そうだってことはね。

アマンダ　ええ、何もかも。［気まずい沈黙。どうやら、けっして嘘ではなかったんですよね。叔母さんだって、本当はわかっているようなのに。ＥＣ記］

パット　［息をつく音。ＥＣ記］それで、その速記はピットマン式なの、それともグレッグ式？

アマンダ　速記って、方式が二種類あるの？［紙ががさがさいう音、そしてページをめくる音。ＥＣ記］

パット　ええ、それに、みんな経験を重ねるうちに自己流になっていくしね。ああ、これはピットマン式だわ。［口の中でつぶやく。ＥＣ記］あなたが連絡をよこすなんて、どうせ何かお目当てのものがあるんだろうってことくらい、わかっていてもよかったのに。

アマンダ　これは未解決事件の調査資料なの、パット叔母さん。もしかしたら、叔母さんが歴史を変える証拠を見つけることになるかもよ。

パット　ほら、ここ。この女性は、それぞれのページの頭にメモの内容をまとめておいたみたいね。［ひとつの題目を読みあげるたび、ページをめくる音。ＥＣ記］

〝カモメが老人施設を訪問、三週間にわたって滞在するうち、入居者ふたりが先にこの世を去る〟

〝アパートメントで女性が刺され死亡、交際中の男性が逃走〟

〝はしけが暴走、三人がけが〟

〝警察官、腹部を撃たれる。小口径の火器、生命に別状なし〟

〝男性、街路で刺される〟

〝市民農園の劣悪な区画を割り当てられたレズビアンたち、ライチを栽培する。区役所からはコメントなし〟

〝A40号線で三台の玉突き事故、消防士たちが涙する〟

〝強盗、つまずいてサボテンの上に転倒。訴訟になるか〟

〝線路上で抗議活動、市議会の開始が遅れる〟

〝防犯センサー上に蜘蛛の巣、一夜に五度の誤作動により警察が出動〟

〝有罪判決を受けた麻薬密売人、運河の橋の下で首吊り〟

〝死んだ兄弟犬の復讐を遂げた犬の物語、おそらく捏造〟

アマンダ　それぞれのメモに、日付は入ってないの？

パット　入っていないわね。ただ、メモ帳の表紙の裏に……これは、二〇〇一年四月から五月までの記録みたい。

アマンダ　二〇〇三年十二月の記録はある？ ［ページをめくる音、メモ帳を重ねる音。ＥＣ記］

パット　これは、二〇〇三年十一月から二〇〇四年三月までだって。

アマンダ　それを読んでみて。

パット　〝市長、ウッドエンド学校でクリスマス・パーティを開催〟［ひとつの題目を読みあげるたび、ページをめくる音。ＥＣ記］

〝ごみ収集スケジュールに対するたったひとりの抗議活動、中央分離帯をはさむ二車線を通行止めに〟

〝エリックじいさん、またしてもサンタに。三十七年間連続〟
〝飲みもの提供は六時半から〟
アマンダ　そのへんは個人的なメモじゃない？　あと、そこの二重線は……ここから新年のしるしなのかな。わたしが探してるのは、十二月前半の一、二週間なんだけど。［しばらくページをめくる音。ふいに止まる。ＥＣ記］
パット　《アルパートンの天使》。探しているのはこれ？
アマンダ　そう、それ！　どこに書いてある？
パット　ほら、ここに太い線で四角く囲ってあるでしょ。このページにメモした内容がすべて、同じ事柄についてだったことに気づいて、後から上に題目を書き足したように見えるわね。
アマンダ　パット叔母さん、ここから先を解読してもらってもいい？［叔母さんのため息。どうやら、あまり気が進まないらしい。ＥＣ記］
パット　〝若い娘。ひどく興奮した声。赤んぼう。バスの車庫。運河。アルパートンにあった離乳食メーカー《カウ＆ゲート》の跡地か？　離乳食倉庫だった建物で出産。病院へ。母子ともに無事だろうか？　要確認。この記号は何だろう？　悪魔めいた雰囲気。黒魔術か。バス車庫の裏手で、悪魔崇拝の儀式らしき活動〟。そして、ここに空白があるでしょ。この先は、ちょっと時間を空けて書いたんでしょうね。ほら、最初はきれいな字でしょ。罫線（けいせん）に、ちゃんと沿っているし。でも、その下は、ひどくあわてて書きなぐったみたいに見えるわね。

わかる？
アマンダ　ええ。叔母さんの言うとおりね。
パット　罫線をまったく無視して書いているでしょう。これは、きっと暗がりで書いたんじゃないかと思うの。読んでみると……［しばらく沈黙。言いよどんでいるのは、文字が不鮮明なせいか、それとも内容がどぎついから？　ＥＣ記］〝血。三人が死んでいる。刺されて。むごい、むごい〟。［うわあ、あなたがたふたりがしばらく黙りこくってしまったのも無理はない。ＥＣ記］それで終わり。
アマンダ　この男性、現場にいたのね。それなのに、誰にも言わなかった。
パット　男性？　これ、男の人が書いたの？　だったら、その人が犯人にまちがいないわね。きっと、気がとがめたのよ。でなきゃ、ずっと黙っているわけがないでしょ？
アマンダ　たしかにね。ほかに理由なんかないものね、パット叔母さん。
［マンド、これがわたしの思っているとおりの意味なら、アルパートンの天使たちの遺体を発見したのは、グレイ・グレアムだったんですね。ＥＣ記］

二〇二一年七月十五日に執筆した第一章第二稿

『神聖なるもの』アマンダ・ベイリー

第一章

フリーランスの新聞記者、トーマス・アンドリュー・グレアム――同僚たちにはグレイ・グレアムという名で知られている――がこの仕事に就いたのは、一九七六年の暑い夏のことだった。最初に取材したのは、テムズ川の河口から始まってロンドンじゅうを覆うことになった、テントウムシの大発生だ。車道や歩道をびっしりと埋めつくし、ざわざわとうごめく赤い絨毯を、新米記者は克明に描写している。

二〇〇三年十二月十日、グレイ・グレアムはすっかり古株の記者となっていた。これまでいくつのバイパス道路、高層マンション、公営団地の建設が立案され、反対意見があがり、抗議され、それでも建設されるのを見てきたことだろう。一九八一年七月には、区内の各所で開催された、チャールズ皇太子の結婚を祝う行事を取材した。そして一九九七年八月末には、ダイアナ元妃の遺体がパリから王室専用機で運ばれてくるのを、ノーソルト空軍基地の記者席で見まもっていたのだ。グレイ・グレアムを〝すべてを見てきた記者〟と評するのはあまりに陳腐かもしれないが、さほど的外れでもない。

　その冷えこんだ水曜日も、そろそろ終わろうとしていた。よほどニュースになりそうなネタでもなければ、グレイは暖かい自宅アパートメントを出たくはなかっただろう。

〝離乳食倉庫だった建物で出産〟と、グレアムのメモ帳にはピットマン式速記法で綴られている。母子ともに健康かどうかを確認することという覚え書きとともに。うまくいけば、この心温まる記事は翌日の締切に間に合い、金曜の紙面に載ったはずだ。だが、そのメモ帳の同じページには、こんな走り書きもあった――〝バス車庫の裏手で、悪魔崇拝の儀式らしき活動〟と。こうした事実をグレイがどうやってつかんだのか、それはいまだにわからない。ひょっとして、警察官と何か内密に協定を結んでいたのだろうか？　記事をどう書く――あるいは、書かない――か、先方の要求を呑む見返りに、事件のネタを流してもらっていた？　こうしたネタを仕入れたとき、グレイはどこにいたのだろう？　お仲間の警察官のパトロール・カーに乗せてもらい、礼金を支払っていたのだろうか？　グレイがネタを嗅ぎつける能力は神がかっていると、《インフォーマー》紙の編集部員はみな長年いぶかしんではいたが、実のところ、誰ひとり本人に確認したことはない。

　いまにも外れて落ちそうな扉をきしませながら開け、グレイは古い倉庫に足を踏み入れた。懐中電灯で前後を照らし、悪魔崇拝の痕跡を探す――神秘的な記号、ロウソク、五芒星……この陰鬱な懐中電灯の明かりのもと、そんな光景の写真を雰囲気たっぷりに撮ることができたら、新聞の一面だって飾ることができるかもしれない。

だが、代わりにグレイの目に映ったのは、こちらにゆっくりと広がってくる、黒い水たまりだった。近づくにつれ、グレイの足どりが鈍くなる。懐中電灯で照らしてみると、その液体は黒ではなく、真っ赤だったのだ。床一面に、真紅の絨毯が広がっている。そのどろっとした液体が靴に触れそうになり、グレイはとっさに一歩後ずさった。

そのとき、それがグレイの視界に飛びこんできた。ひとつ、またひとつ、そしてもうひとつ。ねじれて、血まみれな、心臓も凍るその眺め。グレイ・グレアムがうっかり踏みこんでしまったその場所には、しばらく後、百戦錬磨の警察官たちでさえ、現場を離れていいかと許可を求めたほどの凄惨な光景が広がっていた。儀式に則った自殺、そして遺体の切断。まさに血の海と化したその現場を目にして、グレイは必死に来た道を駆けもどり、よろめきながら街灯の照らす日常の世界へ転がりこむと、どうにか心をおちつけ、９９９をダイヤルしたのだ。［実際、グレイは９９９に通報したのだろうか？　要確認］

《アルパートンの天使》事件は、こうして始まった。

3

新しい切り口を探して

二〇二一年七月十六日、わたしと退職した元警視正ドン・メイクピースが《ワッツアップ》で交わしたメッセージ

アマンダ・ベイリー　こんにちは、ドン！　お元気ですか？　ちょっと訊きたいことがあって――天使たちの遺体を発見したのは誰だったんですか？

ドン・メイクピース　たしか、あの女の子が何かをうちあけたんじゃなかったかな――999に通報しようと思わせるような事実を――病院に着いてから。実際に誰が通報したのかは、まったくわからん。

アマンダ・ベイリー　たぶん、救急外来でホリーの処置をした看護師でしょうね。ありがとう、ドン。

ドン・メイクピース　グレイ・グレアムが死んだことは聞いたかね？

アマンダ・ベイリー　ええ、聞きました。

ドン・メイクピース　住宅協会のワンルームのアパートメントで死んでいたのが発見されたそうだ。かつては地元でよく知られた顔だったのに、なんとも悲しい最期じゃないか。ドンより。

アマンダ・ベイリー　ええ、たしかに、地元ではよく知られてたみたいですね。

二〇二一年七月十六日、わたしと救急外来看護師のペニー・ラトケが交わしたテキスト・メッセージ

アマンダ・ベイリー　あの夜、あなたが救急外来でホリーの処置をしたときのことですけど、そのとき、倉庫で死んでるほかの天使たちの話は出ました？

ペニー・ラトケ　きゃあああああああああ！　あなたの本のお手伝いができるなんて、すっごい興奮しちゃう！😱

アマンダ・ベイリー　あの倉庫の地下へ警察が駆けつけた、そのきっかけとなった９９９の通報は誰がしたのかを知りたいんです。

ペニー・ラトケ　ああ、それがあたしたちだったら、どんなにかっこよかったか、ねえ？　でも、残念だけどちがうのよね。あたしなんて、テレビで見て初めて知ったくらいだから。あなたの本、いつ出るの？

二〇二一年七月十六日、わたしとオリヴァー・ミンジーズが《ワッツアップ》で交わしたメッセージ

アマンダ・ベイリー　誰が天使たちの遺体を発見したか、いままでの話をひっくり返すおもしろい情報を握ったの。どうもグレイ・グレアムが見つけたようなんだけど、公式には何も記録が残ってないのよね。

オリヴァー・ミンジーズ　もしグレイが見つけてたら、毎年のクリスマス・パーティでうんざりするほど自慢話を聞かされるはめになってただろうよ。

アマンダ・ベイリー　それどころか、全国規模のニュースのはずじゃない。自分の目撃証言を売りこんで稼ぐことだってできたのに。

オリヴァー・ミンジーズ　報道記者の第一の鉄則だろう――ニュースを伝えろ、自分がニュースになるな、ってのはさ。どうしたって、絶対いい結果にはならないんだから。

アマンダ・ベイリー　こんな経験を文章にまとめ、公に発表する。それこそが、公益にかなう行いでしょ。

オリヴァー・ミンジーズ　いったい、どうして警察より早く現場に駆けつけることができたんだろう？

アマンダ・ベイリー　その理由を説明できないとなると、沈黙を守るしかなかったのかも。

アマンダ・ベイリー　たとえば、自分自身が別の法律を破ってた。あるいは、かかわりあいになるのを怖れた。でなければ、地元に確保してた情報源が公になってしまうのを嫌がった、とかかな。その情報源のおかげで、記者をやっていられたとしたら。

オリヴァー・ミンジーズ　いいか、もう一度くりかえす——どうして、グレイは現場に駆けつけることができたんだ？　寂れた工業団地の、廃墟（はいきょ）となった倉庫になんか。

アマンダ・ベイリー　それは、たまたま事件に巻きこまれたのかもしれないし、あるいは、

あの夜あの倉庫に行ったのは、それなりの理由が

オリヴァー・ミンジーズ　へえ？　それなりの理由って何だよ？

アマンダ・ベイリー　つまり、何かを感じていたけど、言葉では説明できなかったのかも。グレイはおそろしく勘が鋭かったって、仲間内ではみんな言ってたじゃない。どこの記者よりも早く、現場に駈けつけてたって。あの夜、アルパートンの倉庫に行ってみるべきだって、第六感がささやいたんだとしたら？

オリヴァー・ミンジーズ　あんた、そういうたぐいの話を信じるのか？

アマンダ・ベイリー　まっとうで知的な人たちだって、そういうことを信じたりはするのよ。ジュディ・テラー＝ダニングは、米国のジャーナリスト、そして作家として尊敬されてるでしょ。そんな人でも、夫を偲ぶ会を開いた直後に思いがけず執筆用のメモを見つけたときには、夫が場所を教えてくれた、なんて考えがとっさに頭に浮かんだんだって。

アマンダ・ベイリー　わたし自身が信じるか？　それは、自分でもよくわからないけどね。

二〇二一年七月十七日、《迷宮入り殺人事件クラブ》主宰者のキャシー＝ジューン・ロイドから届いたメール

宛先　アマンダ・ベイリー　　　　送信日　2021年7月17日
件名　Re：ささやかなお願い　　　送信者　キャシー＝ジューン・ロイド

親愛なるアマンダ
あなたからのメールをいただいてから、《迷宮入り殺人事件クラブ》一同、《アルパートンの天使》事件について何かあなたの役に立つ情報を見つけられないかと、懸命に資料を読みあさってきました。時系列に沿ってニュース記事を読んでいくと、死体の数がひとつ増えたり減ったりしていることに、どうしても目が向いてしまうんですよ。
ハーピンダー・シンは数日前に死亡しているのを、十二月九日に《ミドルセックス・ハウス》で発見されましたよね。科学捜査の結果、殺害したのはガブリエル・アンジェリスだということになり、この事件もまた、《アルパートンの天使》伝説の一部に組み入れられたわけです。
そして二〇〇三年十二月十一日未明のこと、廃墟となった倉庫で複数名の刺殺体が発見されました。当初、警察からの発表には、遺体の数にばらつきがあったんですよね――二体というものも、三体、四体というものもあって。

遺体の数が確定したのは、その日もっと遅くなってからのことでした。遺体はミカエル、ガブリエル、エレミヤの三人の〝天使たち〟だった、と。

しかし、カルト指導者だったピーター・ダフィ、通称ガブリエル・アンジェリスは、実は現場から逃走していたんです。手配写真が出まわった結果、イーリングの簡易宿泊所で利用者に気づかれ、十二月十三日に逮捕。身なりは汚れていたものの、けがはなかったとのこと。カルトの若い信者たち――ホリーとジョナ、そしてふたりの間の赤ちゃんは、そのころにはとうに当局により保護されていました。

そこに、またしても遺体の数について新展開が。倉庫で発見された三人めの遺体は、地元で軽犯罪を重ねていたクリストファー・シェンク、通称〝天使〟ラファエルだったと報じられたんです。

でも、たしかに警察官たちは名前をとりちがえても不思議はありませんが、ほかならぬジョナ、天使たちをそれぞれよく知っていたはずの少年が、大天使ガブリエルは死んだと答えていたんですよ。

この奇妙な展開には、どうにも納得のいく説明が見つかりません。われらギルフォードの《迷宮入り殺人事件クラブ》一同は、これは《アルパートンの天使》事件ではなく、《アルパートンの天使》の謎と呼ぶべきだと考えています。

われわれは今後も、この事件について調査を続けるつもりですよ、アマンダ。ここまで好奇心をそそられてしまっては、どうにも止められませんからね！

キャシー＝ジューン・ロイド

二〇二一年七月十七日、わたしとオリヴァー・ミンジーズが《ワッツアップ》で交わしたメッセージ

アマンダ・ベイリー　いまそっちに転送したメールだけど。どう思う？

オリヴァー・ミンジーズ　これはどういう連中なんだ？

アマンダ・ベイリー　趣味で殺人事件の調査をやってるクラブの人たち。ほら、そんな嫌な顔しないの。ちゃんとお見通しなんだから。

オリヴァー・ミンジーズ　殺人事件クラブねえ。いかにも変人くさい女と、あごひげを生やした男の集まりだな。

アマンダ・ベイリー　わたしは変人くさい女だし、あなたはあごひげを生やした男じゃないの🤷‍♀️

オリヴァー・ミンジーズ　まあ、遺体の数の揺れについちゃ、おれも最初から気づいてたよ。あんな凄惨な事件が起きた直後なんだから、動揺のあまり混乱した伝聞情報が広まるのも無理はないさ。

アマンダ・ベイリー　〝三人の遺体〟っていうのは、グレイ・グレアムからの情報よね。つまり、まさに現場を実際に見た人からの。警察が到着する前に、あの倉庫の地下に三人の遺体があったのは確かってことよ。そして、シンの遺体は前日に《ミドルセックス・ハウス》で発見されてる。四人の遺体。ごく単純な話じゃない。どこに混乱の余地があるの？

二〇二一年七月十七日、素人探偵デイヴィッド・ポルニースからまたしても届いたメール

宛先　アマンダ・ベイリー　　送信日　2021年7月17日
件名　Ｒｅ：《アルパートンの天使》事件　　送信者　デイヴィッド・ポルニース

親愛なるアマンダ
前回お返事をいただけなかったのでね、あれこれと考えてしまいまして。前のメールは届いていますか？　わたしのメール・アカウントが誰かに侵入されていたとしても、メールの送受信を妨害されていたとしても、こちらで気づくすべはありませんから。

この事件は、実に感情を揺さぶる要素が多いんですよ。天使に悪魔、保護制度で救えなかった悩める青少年たち、惨たらしく切り刻まれたカルト教団の信者たち、最後の最後に英雄的な行動により危機から救い出された赤んぼう……作家や映画制作者といった人種が、そこから着想を得た作品を生み出すのも当然の流れというやつでしょう。だが、そうした連中が、知らず知らず偽装工作の片棒を担がされていたとしたら?

この事件が起きたとき、どうしてか予定よりも早くマスコミに嗅ぎつけられてしまったため、もともと計画していた偽装工作を全うすることができなかったのではないかと、わたしは仮説を立てていましてね。だからこそ、やつらはあわてて臨機応変に、真実を世間の目から隠さなくてはならなくなったんですよ。

くれぐれも気をつけなくてはなりませんよ、アマンダ。あなたも、わたしもね。

デイヴィッド

二〇二一年七月十八日、《新着の幽霊》ポッドキャストにアマンダ・ベイリーがゲストとして招かれ、配信者デイヴ〝イッチー〟キルモアと対談。《ソーホー・スタジオ》にて録音。文字起こしはエリー・クーパー。

アマンダ　エリー、わたしはこれからポッドキャストに出演します。この番組では、超自然現象や陰謀論なんかをあつかってるのよ。そういう話題は、みんな無視して。《アルパートンの天使》の部分だけ文字起こししてほしいの。［言われたとおり、ＵＦＯの目撃談や幽霊話、連続殺人犯の話は省略しました。これが残った部分です。ＥＣ記］

デイヴ　じゃ、きみの家の戸棚に精霊が閉じこめられていて、出してくれたら三つの願いをかなえよう、って約束してくれたとする。きみならどうする？　まず、最初の願いだ。

アマンダ　最初の願いはね、これからわたしが何かを願うたび、さらにふたつの願いをかなえてもらえますように。

デイヴ　それはうまいな。つまり、いくら願いごとをしても、権利を使いきることはないってわけだ。じゃ、ふたつめの願いは？

アマンダ　わたし以外には、誰も願いをかなえてもらえませんように。

デイヴ　おやおや、それはちょっと意地が悪いんじゃないかな、アマンダ。いったい、どうしてぼくたちは自分の願いを諦めなきゃならない？

アマンダ　だって、〝アマンダが死にますように〟って、あなたが願うかもしれないでしょ。

デイヴ　いや、この配信が終わるまでは死なないでくれ。じゃ、続いて三つめには何を願う？

アマンダ　何も。だって、わたしはもう、無限に願いごとをかなえてもらえるんだもの。あとは、好きなときに好きなことを願うだけ。

デイヴ　それで、精霊は逃がしてやる？

アマンダ　ええ。逃がさない理由って、ある？
デイヴ　そうだな……逃がしたとたん、そいつは正体を現すかもしれない。実は精霊じゃなくて、悪魔だった、ってね。そうすると、きみは悪魔を地上に放っちまったことになるんだ。
アマンダ　まあね、わたしの仕事は悪について書くことだから。売れ行きを考えると、この選択は善なのよ。［笑い。わたしの意見を言わせてもらえば、なんだか不自然な笑い声に聞こえる。EC記］
デイヴ　そうだね、アマンダ、きみはこれまでジル・ダンドーやレイチェル・ニッケル殺害事件、スージー・ランプルー失踪事件についての本を書いてきた。さて、次は？
アマンダ　《アルパートンの天使》事件について。
デイヴ　それはすごい。ぼくの見るところ、あの事件はすべてが解明されてはいないようだね。きみがどう見ているかはわからないが……
アマンダ　なかなか取材の難しい事件なの。どうも、事件周辺で奇妙な偽装工作が行われているみたい。［アマンダ・ベイリー、あなたったら陰謀論を煽るつもりなんですか？　EC記］
デイヴ　当時、ぼくはまだ十三歳だったんだが、事件の話は聞いたおぼえがあるね。うーん、なんというか、資料による事件の検証——報道機関やノンフィクション作家、テレビ局によるもの——が存在しないことも、陰謀の存在を示唆していると、きみは考えているのかな？
アマンダ　そうかもね。でも、いまの段階では何とも判断がつかなくて。

デイヴ　ぼくは仮説を立ててみたんだ。そう、この偽装工作が何のためなのか、ふたつの仮説をね。第一の仮説――専門家たちが犯した過ちを隠蔽するため。第二の仮説――世間がパニックを起こしそうな超自然現象を隠蔽するため。
アマンダ　そう、まさに、そこがわたしの知りたいところなのよ、デイヴ。この番組のリスナーも協力してくれそう？
デイヴ　では、《新着の幽霊》リスナーのみんな、もしも自分なりの仮説、思いつきがあったら……
アマンダ　この事件の調査に役立ちそうな記憶、あるいは個人的な体験があったら、ぜひ聞かせてほしいの……
デイヴ　当番組リスナー限定のフォーラムに、いますぐ投稿してくれ。えーと、報酬はあるんだよね？
アマンダ　ええ、でも、わたしには願いをかなえてくれる悪魔はいないから、お返しできるのは栄誉だけなんだけど。
デイヴ　報酬は栄誉だ、みんな！
アマンダ　わたしの本に、名前を載せます。
デイヴ　これは嬉しい栄誉じゃないか！

［ここから先は省略。ＥＣ記］

二〇二一年七月十八日、スピリチュアル・カウンセラーのポール・コールからオリヴァー・ミンジーズに宛てたメール

宛先　オリヴァー・ミンジーズ　　　送信日　2021年7月18日
件名　Re：《アルバートンの天使》事件について　　　送信者　ポール・コール

親愛なるオリヴァー

すっかりお返事が遅れてしまい、たいへん申しわけありません。しばらく黙想を行っておりまして、インターネットにも接続していなかったんですよ。わたしが〝向こう側〟と呼ぶ世界とは何なのか、そして、ガブリエルがそことどうつながっているかを知りたいとのお話でしたね。では、説明してみましょう。

わたしたちは何度もくりかえしこの世界を訪れては、さまざまな一生を送ります。しかし、次もまたこの世界に戻ってこられると、必ずしも約束されているわけではないんです。これは、特典としてわたしたちに与えられた機会なんですよ。生まれてくる前に、自分の生きる環境のあれこれを選ぶことはできます——たとえば、父と母を——しかし、そこには決まりがありましてね。ひとつの人生の中で、光と闇は釣りあっていなくてはなりません。より明るい、幸せな未来を生きるためには、その前につらい試練に耐えなくてはならないんですよ。

わたしたちはみな、集合意識を構成する一部分でありながら、それぞれが独自の旅路を歩

むことになります。魂が進化するためには、〝向こう側〟の顕在記憶をこちらの世界に持ちこんではいけないんです。向こうとこちら、ふたつの世界の架け橋となってくれるのが、まさに夢というものでしてね。ガブリエルが人並み外れた能力を与えられているのはこの部分だろうと、わたしは考えているんですよ。とはいえ、ほとんどの人間は、どうにも不思議な出来事を何らかの形で体験しますよね。どうしてこんなことが起きたのだろう？　いまのはいったい何だったのだろうか？　そう思わずにはいられない、理屈では説明できない出来事を。

この人生で起きることは、すべてあらかじめ定められているのだと、あなたは思うかもしれません。何もかもが、きちんとした理由があって起きるのだと。運命、宿命、そういった言葉が示しているように。しかし、実際にはそうとはかぎらないんです。わたしたちはみな、自由な意志を持っていますからね。突然の成功、喜び、富、そんなものを楽しむときもあれば……不意の事故や災難に見舞われるときもある。わたしたちの人生はみな、他人の手によりおそろしくねじ曲げられてしまうこともあるんですよ。

ガブリエルはたしかに超自然的な力を持っていて、〝向こう側〟とつながることができると、わたしは考えています——だからといって、あの男が本当に大天使ガブリエルだと信じているわけではありませんが。

ポール

ジェス・アデシナ著『あたしの天使日記』から破りとった一ページ

きらきらがめまぐるしく渦巻く三日の水曜日

新しい女の子が来た。なんと、その子も天使だったの。

きらきらがめまぐるしく渦巻く四日の木曜日

自分の天体軌道に別の天使が舞いおりてきたら、あなたならどうする？　あたしがどうしたか、聞かせてあげるね。なーんにも。あたしったらぽかんとして、無言のままその場に固まってただけ。その子の名はアシュリー。パブリック・スクールから転校してきたっていうから、きっと親がとんでもない不幸に見舞われちゃったんだろうな。たとえば、お母さんがネットのギャンブルにはまったとか、お父さんが闇サイトでやってる不法取引に手を出して、刑務所にぶちこまれちゃったとか。茶色の髪を長く伸ばして、毛先はぱっつんに切ってる子でね。転校生の面倒を見てあげてって、クロスビー先生はデイジーに頼んだんだ。きらっきらな任務に指名された、重大な瞬間。もしも先生がジョージアに頼んでくれてたら、あたしだっていつもの仲間の雰囲気を悪くしちゃう心配もせずに、あの子に気軽に声をかけられたのにな。いま、あなたが何を考えてるかはわかってる——この転校生も天使だってこと、どうしてティリーははっきりわかったんだろうって、不思議で仕方ないでしょ？　そんなこと、見ただけでわかるはずないし、ましてや、ティリーはまだ話しかけてもいないのに、ってね。じゃ、あたしたち天使がどうやって仲間を見分けるか、その秘密を教えてあげる——この地上に生まれてきた天使はね、みんな、目の中に翼を生やしてるの。アシュリーの目には、ちゃんと翼が見えたんだ。それであたし、（またしても）すっかり恋に落ちちゃったの。

マーク・ダニング著『白い翼』から破りとった一ページ

大使に向かい、セリーヌは誘うように微笑(ほほえ)みかけた。ジバンシィのドレスはあまりに露出度が高いうえ生地も透けているため、細工を施したマノロブラニクのハイヒールに大使の視線が向くことはないだろう。この靴は、デザイナーのブラニク氏ではなく、ガブリエルがいったん分解し、また縫いあわせたものだ。一歩でも踏みちがえれば装置が起動してしまい、セリーヌの正体が露見してしまうばかりか、こちら側の組織よりさらに巨大でいかがわしい利害関係者の集団と組んで遂行中の作戦すべてが、たちまち灰燼(かいじん)に帰してしまいかねない。爆破がうまくいかなければ、ガブリエルはためらいなくセリーヌの息の根を止めるだろう。とがったかかと(キラー・ヒール)という呼び名がこれほどぴったりの靴もあるまい。

大使はさまざまな含みのこもった視線を、ガゼルのようにしなやかなセリーヌの肢体に走らせる。夏の終わり、薄桃色の地肌が露出した南米の草原を、地面すれすれに飛んでいく蝶のように。この男が自分を幼いころから知っていて、父の遠い親戚でさえあることを思い出すと、うっすらと嫌悪感がこみあげてくる。

回転の速い頭脳、そして息を呑むほどの美しさからガブリエルが自分を選んでくれたのだとしたら、どんなによかったか。だが、実際にはこれが理由なのはわかっていた。非の打ちどころない、セリーヌの華やかな縁故。洗練された物腰、上品なアクセント。見かけも内面も、何ひとつ欠けた部分がない。その気になれば権力の中枢だろうと、七つ星のホテルだろうと、超高層のオフィスビルだろうと、豪華なヨットやペントハウスのスイートルームだろうと、さまざまな場所で開催される行事にもぐりこみ……下っ端の警備員に身分証を見せろと要求されることさえなく、世界の頂点に君臨する神々と交わることができるのだ。いったん中に入ってしまいさえすれば、あとはどんなことでも思いのままになる。

セリーヌはすばやく左右に視線を走らせた。大使の両頬にキスをすると、悠々とその脇を通りすぎる。目を惹くその肩の輪郭、美しい腰の動きに男も女もただただ見とれ、静まりかえった空間にヒールが小気味よく床を叩く音だけが響きわたった。

脚本『神聖なるもの』クライヴ・バダム作より破りとった数ページ

屋内。アパートメントの居間——翌日

コーヒーテーブルの下で揺れているかごベッドから、けたたましい金切り声があがる。時計の表示は午前十一時半。安っぽいパジャマ姿のホリーがどすどすと部屋に入ってきて、誰もいないのを確認すると、部屋を出て隣のドアを叩く。

ホリー「ジョナ！　ジョナ！」

ドアの向こうから物音、そしてつぶやく声。やはりパジャマ姿のジョナが顔をのぞかせ、眠そうにしかめた顔で外をうかがう。

ジョナ「はあ?」

ホリー「あれが泣きやまないの。ガブリエルはどこ?」

眠気に勝てず、聞こえないほどの声で……

ジョナ「出かけた」

泣きわめく声は止まない。ジョナはかごベッドから赤んぼうを抱きあげ、揺らしたり軽く叩いたりする。

屋内。アパートメントのキッチン——昼間

険悪な顔をしたホリーが哺乳瓶の中身を混ぜ、振る。

屋内。アパートメントの居間——昼間

泡立った哺乳瓶を、ホリーがジョナに渡す。ジョナはしばらく手こずった末、やっと赤んぼうに乳首をくわえさせる。ふいに広がる、安らかな静けさ。ふたりはミルクを飲む赤んぼうを見まもる。

ホリー「よくそんなことできるよね」

ジョナ「(肩をすくめながら)危険はないって、ガブリエルが言ってたよ」

ホリーは身を乗り出し、厳しい目で赤んぼうを見すえる。

ホリー「混じりけのない悪。わたしたちの悪夢も、やすやすと超えちゃうくらい。あまりに強烈な悪は、死によって止めることもできないの」
ジョナ「ガブリエルが止めてくれるさ」
ホリー「うん、わたしたちだって」

ホリーの視線はまず赤んぼうへ、そしてジョナへ動く。だが、ジョナは気を散らすことなく、一心にミルクをやりつづけている。

屋内。アパートメントの居間――昼間――しばらく後

赤んぼうはかごベッドですやすやと眠っている。安全な距離をとりつつ、それを見つめるホリー。はるか遠くから、教会の鐘の音。ふいに何か思いついたらしく、ホリーが勢いよく立ちあがる。

屋内。アパートメントの玄関ホール――昼間

ホリーがジョナの部屋をのぞく。ジョナはヘッドフォンを着けたまま、ベッドで眠りこんでいる。ホリーはすばやく身を翻し、コートをつかむと、玄関のドアをすり抜けてどこかへ姿を消す。

屋外。古い教会――昼間

日曜。年輩の信者たちが列を作り、朽ちかけた古い教会へぞろぞろと入っていく。ホリーもうつむき、列の最後に並んで建物の中へもぐりこんだ。その後ろで、音をたてて扉が閉まる。

屋内。教会――昼間――すぐ後

ホリーはいちばん後ろの信徒席へ。礼拝が始まると、周囲の彫像や宗教画に目を向ける。イエス、マリア、聖人、天使。やがて目を閉じ、呼吸をしながら精神を集中させる。脳裏にさまざまな映像が渦巻き、やがて……夢を見ているかのような、混乱した風景を作りあげる。天国のような景色にも、地獄のような景色にも、すべてけたたましい金切り声が重なりあっている。

ホリーの目がぱちりと開く。現実に引きもどされる。先ほどからしばらく時間が流れたらしい。礼拝は終わり、信徒たちがぞろぞろと教会を出ていく。パム（六十代、頭の回転が速く、頼れそうな女性）が身を乗り出し、こちらをのぞきこんでいる。温かい笑みを浮かべてはいるが、どこか怪訝（けげん）そうだ。

パム　（画面外から）「いらっしゃい」

パム「わたしはパム。あなた、ここには初めてよね。新しく引っ越してきたの？」

ホリーはうなずく。

パム「お父さんとお母さんはいっしょじゃないのね？」

パムの明るく開けっぴろげな表情を、ホリーはじっと観察する。

ホリー「お父さんもお母さんも、わたしにはいないから」
パム「あら、ごめんなさいね。じゃ、誰に面倒を見てもらっているの？」
ホリー「光の勢力に。わたしは天使だから。神聖なる魂の持ち主なのよ」

これには、さすがのパムも驚きを隠せない。

パム「そう……泊まっているのはどこ？」
ホリー「大天使のところ。一階がお店になってるアパートメントに住んでるの。みんなといっしょにね。天使たちと」

パムは考えこみながらうなずく。ホリーの全身に視線を動かし、身なり、清潔さ、健康状態を測っているようだ。

パム「みんなもいっしょに、またここに来てくれたら嬉しいわ。お仲間も連れてきてくれる？」

ほほえむパムと、ホリーの目が合う。

屋外。大通り——昼間

ホリーはふらっと教会を出て、携帯の電源を入れる。不在着信、メッセージの表示。着信音が鳴り、電話に出る。

ガブリエル（画面外から）「（狼狽(ろうばい)したささやき声）どこにいる？　きみを探すために、われわれはあれをひとりで部屋に置いてくるしかなかったんだぞ！」

ホリー「わたし、ただ教会に行ってただけ」

屋外。街路——昼間

ガブリエルは舗道を歩きながら、携帯を耳に押しあて、不安げな目をアパートメントの窓に向けている。苛立たしげな歩調で、携帯を握りしめ、どうにか声を抑えながら話す。

ガブリエル「早く戻れ！　いますぐにな！　走るんだ！」

電話を切ると、必死の目を窓に向け、それから街路を見わたす。そして、待つ。

屋外。大通り——昼間

小走りに先を急いでいたホリーが、ひどく険悪な顔つきのジョナを見つける。

ジョナ「どうして外に出た？　誰と話した？」

ホリー「別に。ひとり、女の人とだけ」

ジョナとホリーが並んで歩きはじめる。ジョナは静かに怒りをくすぶらせている。

ジョナ「その女は、おれたちを殺すために送りこまれてきてるのかもしれないんだぞ。おれたちが、あれを消滅させるのを止めようとして。ガブリエルの言ったことを憶えてるだろう。誰とも連絡をとるな。これから先、二度と。以前の生活は、もう何もかも終わったんだ」

ホリー「(しかめっつらで) わかってる」

ジョナ「世間の連中とおれたちは、いまや別の現実を生きてるんだ。これがおれたちの現実なんだよ。そのために、おれたちはいま、ここにいるんだ」

屋外。街路——昼間

息を切らしたホリーとジョナが、ガブリエルの前で足をとめる。ガブリエルがホリーの腕をつかみ、怒ったようにささやく……

ガブリエル「きみのせいで、いま、部屋にはあれがひとりで残されているんだぞ！　まさに、闇の勢力はわれわれのこんな混乱を待ちかまえているんだ」

ジョナとガブリエルが、ホリーをにらみつける。

ジョナ「おれたちのことを、ホリーは誰かにしゃべっちゃったんだ」

ホリーはショックを受け、ジョナをにらみかえす。

ホリー「（ガブリエルに）教会にいた女の人と話しただけ。誰といっしょに住んでるのか訊かれたから」

ガブリエルは苛立たしげに歩きながら、抑えきれない怒りをこめて、ホリーの耳にささやきかける。

ガブリエル「そうなると、われわれはそこへ出かけていって、その女を安心させてやらなきゃならない。さらに危険は増すばかりだ。何もかも、きみのせいだぞ」

ホリー「ごめんなさい」

ガブリエルがアパートメントの窓に目をやる。ふいに驚愕（きょうがく）の表情を浮かべ、その場に立ちすくむ。

ガブリエル「何かがいる」

ホリーとジョナは懸命に目をこらし、窓を見つめる。ガラスの向こうで、うっすらと動く影。ふたりは驚いて息を呑む。窓辺のカーテンが動く。そして、何ものかが姿を現す。あまりに巨大で、窓に覆いかぶさるほどの人影。ホリーとジョナは目をすがめ、恐怖にすくみあがるが、一瞬の後、ガブリエルの表情がふっとゆるみ、安堵の笑みを浮かべる。

ガブリエル「なんだ、あいつじゃないか……さあ、行こう！」

すっかり機嫌がよくなり、ガブリエルは道路を走り出す。ホリーとジョナも、その後を追う。

屋内。アパートメントの居間——昼間

ホリーとジョナを後ろにしたがえ、ガブリエルが部屋に入る。エレミヤ（四十代、男性、巨体）が三人に向かってにっこりし、玄関の鍵を掲げてみせる。くつろいだ服装で、おちついた態度。コーヒーテーブルの上で、かごベッドが揺れる。ホリーとジョナはぱっと顔をほころばせ、エレミヤに駈けよる。

ホリー／ジョナ「エレミヤ！」

エレミヤは笑い、ふたりを抱きしめる。それから、ガブリエルと温かい抱擁を交わす。

エレミヤ「(真顔で、ガブリエルに向かって) そいつが、ひとりきりで残されていたが——」
ガブリエル「ホリーが出かけてしまってね。ジョナとわたしで探しにいくしかなかった」
ホリー「もう、二度としません」
ガブリエル「鍵はこちらにもらおう」

ホリーがポケットを探り、鍵をガブリエルに渡す。厳しい表情のジョナにちらりと目をやり、それから赤んぼうを見やると、ホリーはそそくさと部屋を出ていく。

屋内。アパートメントの寝室——翌朝

ホリーが目ざめる。かたわらでは、ガブリエルがまだ眠っている。その向こうに、やはり眠っているジョナ。ホリーはふたりに視線をやると、ゆっくりと両足を床に下ろす。カーテンごしに射しこむ陽光が、その顔を照らし出す。

ガブリエル (画面外から)「何を考えている?」
ホリー「善と悪のこと」

ガブリエルもベッドから足を床に下ろし、ホリーのかたわらに腰かける。陽光がふたりに注ぐ。

ガブリエル「人はみな、どちらも併せ持つしかないんだ」
ホリー「心底から邪悪な人間って、これまでに会ったことある？」
ガブリエル「（考えこみながら）心底から邪悪な人間？　ああ。一度だけね」
ホリー「どうやって見分けるの？」
ガブリエル「目を見ればわかる。わたしを怖れている目だ。できるかぎりの傷を、わたしに負わせてきた」
ホリー「それで、あなたはどうしたの？」

ガブリエルはにやりと笑い、片目をつぶってみせる。

ガブリエル「（ささやき声で）復讐は遂げたよ」

そう言いのこし、部屋を出ていく。ひとり残されたホリーは、陽光を浴びながらベッドの端に腰かけている。

屋内。アパートメントの居間／キッチン――朝――しばらく後
ジョナが赤んぼうにミルクをやる。ガブリエルはコーヒーを淹れているが、ホリーはキッチンのスツールに腰かけたまま、別のことに気をとられている様子。目の前のトーストには手もつけず、カウンターの上の硬貨をにらみつけている。

ホリー「わたし、どうして意志の力でものを動かせないのかな？」

ガブリエルはキッチンをせわしなく動きまわっている。

ガブリエル「きみの心は、この世に生きる人間のものだからね。超能力を持ってはいない」

ホリー「あなたは持ってる？」

ガブリエル「そうだったらいいのにと思うよ」

ホリーはあらためて硬貨をにらみつける。ジョナは赤んぼうを抱え、ゆったりと流しに近づくと、その中に哺乳瓶を放りこむ。

ホリー「じゃ、わたしたちには何ができるの？」

ジョナ「頼む」

ホリーは赤んぼうを受けとる。ジョナはホリーに代わり、スツールに腰をおろす。

ガブリエル「われわれの力は、ここに存在することだ。何かをすることじゃない」
　ガブリエルはジュースの紙パックをカウンターにどすんと置くと、新たなトーストにジャムを塗り、コーヒーの様子を確認する。
ガブリエル「われわれのエネルギーは天界の形式に則り、この世に生きる人々を導く。手助けする。人々は自由な意志を持っているいっぽう、われわれもこの世では、この世に生きる人々と同じ力しか持っていない。われわれは神の使者なんだ。いつもはね」
　そう言いながらジョナにトーストを、ホリーにコーヒーを渡すと、ふたりと向かいあってカウンターの反対側に坐る。ふたりは飲み食いしながら、じっとガブリエルを見つめる。
ジョナ「今回はちがうんだね？」
ガブリエル「今回は存在するだけじゃない、やらなきゃならないことがある」
　ホリーに抱かれた赤んぼうが泣き出す。ホリーが揺すってあやす。

屋内。アパートメントの居間——昼間——しばらく後

ホリーとジョナはソファでくつろぎ、退屈そうにテレビを観ている。赤んぼうはかごベッドで寝ている。そこへ、身だしなみを整え、コートをはおったガブリエルが廊下から姿を現す。ホリーとジョナは不安げな顔になり、身体を起こす。

ホリー「どこへ行くの?」

ジョナが制止するような目を向けるが、ホリーは負けずににらみかえす。

ガブリエル「すぐに戻る。ここを出るな。何があってもだ。いいね?」

屋内。アパートメントの居間——昼間——しばらく後

小さな画面に、複雑に作りこまれた、暴力的なファンタジー・ゲームの映像。神話の英雄が、邪悪な獣と戦っている。英雄はポイントを稼いでいたが、ふいに首を刎(は)ねられてしまう。画面にGAME OVERの文字。

ホリーはソファに寝転がり、退屈した様子で携帯型ゲーム機を脇に置いた。ジョナはそれぞれの窓からの風景を順番に眺め、危険がないか油断なく見はっている。ホリーはジョナを見つめる。

ホリー「怖がってるの？」
ジョナ「（いかにもあわてた様子で）いや。（一瞬の間をおいて）どうすべきか、ガブリエルにはわかってるんだ」
ホリー「そいつを消滅させるってこと？」

ジョナは窓の外に視線を戻す。そして、うなずく。

ホリー「この子、ごく普通に見えるのに。本当の正体なんて、誰にもわかんない」

ジョナはホリーの隣に腰をおろす。ふたりはじっと、眠っている赤んぼうを見つめる。

ジョナ「おれたちがいなかったら、そいつは誰も想像もできないほどの悪の力を解きはなつんだ。そして、人類を破滅させる」
ホリー「そいつ、わたしたちの頭の中も操れるのかな？」
ジョナ「おれたちを傷つけることはできないよ。ガブリエルがそう言ってた」

ホリーが答えるより早く……コツ、コツと誰かが玄関のドアをノックする。ふたりは飛びあがり、動揺して目を見ひらく。無言の狼狽。

ジョナ「(ささやき声で) 出ちゃだめだ!」

ふたりは玄関に忍びよる。ジョナがドアスコープをのぞく。

屋内。魚眼レンズに映るアパートメントの玄関外の廊下——昼間

女性 (二十代、きちんとした恰好) が、左右の廊下を見わたしている。

屋内。アパートメントの玄関ホール——昼間

ジョナが脇へ退く。今度はホリーがドアスコープをのぞきこむ。

ホリー「この人が近づいてくるの、見えなかったの?」

ジョナ「人の目には見えないように、姿を消してたんだ」

屋内。魚眼レンズに映るアパートメントの玄関外の廊下——昼間

最後にもう一度ドアを一瞥（いちべつ）すると、女性はきびすを返し、立ち去る。

屋内。アパートメントの玄関ホール――昼間

赤んぼうの泣き声がけたたましく響く。ホリーとジョナが凍りつく。

屋内。魚眼レンズに映るアパートメントの玄関外の廊下――昼間

何かを聞きつけたらしく、女性が戻ってくる。

コツ、コツとノックの音。

女性「どなたか、いらっしゃいません？」

屋内。アパートメントの玄関ホール――昼間

ジョナはドアスコープに飛びつくと、ホリーにささやく……

ジョナ「あいつを黙らせろ！」

ホリーは忍び足で居間に戻る。ジョナが息をひそめて様子をうかがううち、やがて赤んぼうの泣き声が止む。

屋内。魚眼レンズに映るアパートメントの玄関外の廊下――昼間

女性はしぶしぶきびすを返し、その場を立ち去る。

屋内。アパートメントの玄関ホール――昼間

泣きやんだ赤んぼうをホリーが揺すっている。ジョナはドアスコープから目を離し、ふりかえる。ふたりが怯えた目を見交わす。

ジョナ「闇の勢力だ。おれたちを見つけたんだ」

屋外。街路――昼間

女性が歩いてくる。曲がり角に着くと、いかにもわかっているという顔で、後ろをふりむく。その視線は、まっすぐ天使たちのいる部屋の窓に向けられている。その目のきらめきを見れば、ジョナの言うとおりなのは明らかだ。しばしの後、女性はまた前方を向いて歩きはじめ、角を曲がる。そして、姿を消す。

二〇二一年七月十九日、エリー・クーパーとわたしが《ワッツアップ》で交わしたメッセージ

エリー・クーパー　だいじょうぶですか、マンド？　ここ二、三日、何の連絡もないから。

アマンダ・ベイリー　資料を読んだり、いろいろ考えたりしてた。赤ちゃんはこっちの手の届かないところに行っちゃったから、何か新しい切り口を探さないとね。この事件によって、天使という存在がポップ・カルチャーに与えた影響を考え、それを足がかりに、衝撃的な事件をきっかけに人はどう自説を変え、あるいは硬化させるかを論じるのはどうかなと思ってる。

エリー・クーパー　ずいぶん深い問題ですよね。もともと、休日に浜辺でのんびり読みふけるような本を書くつもりだったはずでは？

アマンダ・ベイリー　ごもっとも。

エリー・クーパー　例の音声ファイルのこと、レコーディング・スタジオの友人に訊いてみました。オリヴァーがガブリエルを取材したときの録音、聞いてもらったんです。あれは、〝カブリ〟と呼ばれる雑音なんですって。ちょっと加工すればもっと音声が拾えるかもしれないけれど、そうなると何時間もかかるし、仕事先の機材を使わなきゃいけないから、下手をするとクビになってしまうかもしれないとか。まあ、要するに、お金を出してくれってことです。

アマンダ・ベイリー　わかった。考えてみるね。エリー、あなたって本当に最高。

二〇二一年七月二十日、デイヴ〝イッチー〟キルモアとわたしが交わしたテキスト・メッセージ

デイヴ・キルモア　やあ、アマンダ、例のポッドキャストは聴いた？　昨夜、配信したところなんだ。きみの呼びかけに応えて、いくつか情報提供があったよ。自分でフォーラムをのぞいてみてくれ。提供者の連絡先は、ダイレクトメッセージで訊いてみる。きみの連絡先を、先方に渡してもかまわない？　こっちの気力を吸いとるだけの連中や、乱暴なクソ野郎、まぎれもない変態なんかは抜いておいた。驚くじゃないか、それでも何人かは残ったんだぜ😂

アマンダ・ベイリー　こんにちは、デイヴ。ごめんなさい、番組はまだ聴いてないの。時間ができしだい聴いてみる。そうね、せっかく呼びかけに応えてくれたんだから、連絡先は送ってあげて。

二〇二一年七月二十日、《新着の幽霊》のinfo@アドレスに寄せられた匿名メール

番組にゲスト出演した女性へ。《アルパートンの天使》事件について、どうもおかしな話があってね。こんなこと、馬鹿じゃないかと思われるのがおちだから、めったに他人には話さない。だが、おれの勘ちがいじゃないことは確かなんだ。天使たちの遺体が見つかった夜、おれはウェンブリーの警察署にいた。十時半か十一時にはなってたな。パブで財布を盗まれて、その届けを出そうと受付にいたんだ。あそこの署は、真ん中に受付のカウンターがあって、担当の巡査部長たちが坐ってる。その両側の空間は、それぞれ別の用途に分かれててね。片側は、一般市民が出入りする場所。もう片側は駐車場につながってて、警察官が逮捕した人間を連行していく通り道なんだ。カウンターの一般人側にいたおれからも、向こう側の様子は見えた。巡査部長がおれの話のメモをとってたとき、ちらりとカウンターの向こう側に目をやったら、ちょうどクリストファー・シェンクが連行されていくところだったんだよ。実をいうと、クリス、あるいはシェンキーとも呼ばれてたが、あいつとは学校が同じでね、まあ、もう何年も会ってなかったが。あいつはギャングの一員みたいな顔をして、あのあたりで違法薬物を売りさばいてるって、もっぱらの噂だった。あいつはこっちを見なかったよ。カウンターでの手続きもせずに、そのまま奥へ連れていかれた。たぶん、留置場に直行だったんだろう。そのときは、とくに何も思わなかったよ。だが、何日かして、あいつの名前を新聞で見てね。アルパートンで何人もが無惨な姿で見つかったあの夜、あいつもそこで死んでたっていうじゃないか。しかも、以前からカルト教団に入信してて、自分がラファエルって天使だと信じてたそうなんだ、まったく、『ニンジャ・タートルズ』じゃあるまいし。おれは血も凍るような思いをしたよ。もちろん、誰だって自分の知りあいが死んでたって聞いたら衝撃を受けるだろうが、おれがぞっとしたのは別の理由だ。念のために、財布の盗難届の控えを引っぱり出して確認してみたが、やっぱりまちがいじゃなかった。おれは事件のあったまさにその夜、天使たちが自殺を遂げたとされている時間に、たしかにシェンキーを見かけてる。あのとき、あいつは釈放されるところじゃなかった。ちょうど連行されてきたところだったんだ。どうして、あいつは同時にふたつの場所に存在してたんだろう？　あのときちらりと目にした、あいつの姿を何度も思いかえしてみたよ。あのとき、あいつは本当に警察官に連行されてたのか、それともたったひとりで歩いてて、それを目撃したのはおれひとりだったんだろうか？　ひょっとして、あいつが死んだ瞬間、おれはあいつのドッペルゲンガーを目撃しちまったってことなんだろうか。納得のいく説明は、何も思いつかないんだ。盗まれた財布も、結局は戻ってこなかった。

二〇二一年七月二十日、《新着の幽霊》フォーラム投稿からのプリントアウト

うちの学校のカウンセラーのひとりが、《アルバートンの天使》事件の話をしてた。なんでも、あの事件で殺されたアジア人と、お兄さんが同級生だったんだって。殺されたアジア人の経歴について、新聞報道は全部まちがってるらしい。

二〇二一年七月二十一日、ハロー・オン・ザ・ヒルの《ドールズ・ハウス・カフェ》でガレン・フレッチャーから話を聞く。文字起こしはエリー・クーパー。

[男子校でのカウンセリングについての説明は省略。EC記]

アマンダ　ポッドキャストの呼びかけに応じてくださってありがとう――

ガレン　いや、わたしは聴いていないんです。うちの生徒のひとりが聴いて、わたしが以前、兄と例の天使事件のかかわりについて話していたことを思い出したそうで……

アマンダ　そうでしたね。お兄さんは、事件とどう関係していたんですか？　ぜひ、詳しく聞かせてください。

ガレン　兄は、ハーピンダー・シンと同じ学校の同学年だったんですよ。友人どうしでした。

アマンダ　じゃ、お兄さんはインドの学校に？

ガレン　いや、ここが奇妙な話でね。わたしの知るかぎり、ハーピンダーはたしかにデリー生まれですが、まだ赤んぼうのころ、一家でロンドンに越してきたんですよ。それで、学校もこっちだったんです。

アマンダ　どこの学校ですか？

ガレン　ここですよ。うちの学校です。［信じられないというように、あなたは言葉を失う。実をいうと、わたしもです。ＥＣ記］

アマンダ　ハロー校に？

ガレン　ええ。［世界でもっとも名高いパブリック・スクールのひとつに、あのハーピンダー・シンが通っていたですって？　ＥＣ記］遺体が発見されたときの記事には、最近デリーから英国に来たばかり、と書いてありましたよね。いや、もしそれが本当だとしたら、それは休暇で向こうに帰っていただけでしょう。それに、レストランで働いて倹しい生活をしていたとか、借りていた部屋が火事で焼け、緊急の仮住まいで暮らしていたとか、そんなことも書かれていました。しかし、そんなはずはないんです――そりゃ、誰だって落ちぶれてしまうこともありますが――どうも、わたしの記憶にあるハーピンダーとは結びつかないんですよ。本当にそんな境遇におちいっていたのなら、実に悲しいことですがね。そうだ、あと、年齢もまちがっていましたよ。亡くなったとき、ハーピンダーは二十二歳じゃありませんでした。二十九歳だったんです。

アマンダ　ハーピンダーについては、どんなことを憶えてますか？

ガレン　まず言っておかなくてはならないのは、わたしたちにとって、あの男はけっしてハーピンダーではなく、ずっとハリー・シンだったということなんです。ハリーと兄のクレムは、イーリングの進学準備校で知りあいました。そして、ふたりともハロー校に進学したんですよ。ハリーは外向的で、活力にあふれていました。快活で、でも、クレムほど目標が定まってはいなくてね。いつも、学校の劇に出演していたのを憶えていますよ。あと、チェスが強かったな。

アマンダ　つまり、どちらかというと、学問よりも身体を動かすほうが好きだった？

ガレン　ええ。社交的な性格でしたよ。ハリーと兄は、いっしょにエディンバラ公アワードに挑戦したこともあります。ハリーはゴールドをねらったんですが、数学と英語で遅れをとってしまって。兄はきっと、できるかぎり手助けをしたと思いますよ。まあ、わたしが入学する何年も前の話ですがね。ふたりは、わたしより十一歳上だったんです。

アマンダ　ハリーはどこの大学へ？

ガレン　憶えていないんですよ。オックスフォードやケンブリッジではなかったことは確かです。どこかで法律を勉強していたと聞いた気がしますが。兄のクレムはエディンバラ大学へ進みました。医学部だったので、友人とつきあう時間をとれなくなってしまって。ふたりはいつしか連絡をとらなくなり、そうなるとわたしたち……家族もみな、ハリーとは疎遠になってしまいました。

アマンダ　二〇〇三年にアルパートンでハーピンダー・シンの遺体が発見されたとき、それが何年も前のお兄さんの友人と同一人物だと、どうしてわかったんですか？

ガレン　新聞に載っていた写真ですよ。ひと目見た瞬間に……どんな写真か、あなたも知っていますよね？
アマンダ　これですか？
ガレン　ええ。頭にタオルを巻いているでしょう。まるでシーク教徒のターバンみたいに見えますが、ハリーはそんなものを着けたことはありませんでした。ずっと髪は短かったんですよ、少なくともわたしたちが知るかぎりはね。この写真は、顔と頭だけが見えるように、ぎりぎりで切りとられていますよね。でも、元はこんな写真だったんです。［あなたに何かを見せる。ＥＣ記］
アマンダ　えっ。［驚いたような口調。ＥＣ記］
ガレン　これは、寮でいっしょに生活していた仲間で撮ったものでしてね——学期中は、みなここで暮らしていたんです。川でさんざん泳いで、上がってきてすぐの写真ですよ。ほら、ハリーが頭のタオルを押さえているのがわかるでしょう。こっちが、わたしの兄のクレムです。十七歳か十八歳くらいの、もうすぐ卒業という時期ですよ。
アマンダ　たしかに、まちがいなく同じ写真ですね。でも、わざわざこれを使うなんて、なんだか奇妙。ハロー校に在学していたのなら、クラス全員で撮影した制服の写真があったでしょうに。
ガレン　それが、こっちの写真です。これがクレム、こっちがハリー……寮のみんなと撮った写真は、このときから一年も経っていません。新聞に載せるのに、わざわざ泳いだ後の写真を選んだのは、わたしにはまるで……ハリーの死を報じるのに、できるだけインド人らしく見える写真がほしかったとしか思えないんですよ。英国にはるばる渡ってきたばかりの、貧しい移民にね。でも、実際には、ハリーは人生のほぼすべてを英国で送ったんです。家族は裕福で、世界各国の企業と取引をしていました。ハリーという人間は……こんな言いかたをしたら語弊があるかもしれませんが――いかにも英国人らしかったんですよ。西洋人らしい、というのか。

アマンダ　これ、すごく小さくて粗い写真ですよね。これがお兄さんの昔のお友だち、しかもずっと年上で、もう十年も会っていない相手だと、どうして気づいたんですか？

ガレン　これは、うちの家族のお気に入りの写真でしてね。みんな、それぞれ一枚ずつ持っていて、写真立てに入れて飾っているんです。もう、粒子ひとつひとつに見おぼえがあるくらいで。［しばしの沈黙。ＥＣ記］クレムはちょうど真ん中にいるでしょう。これを撮った後、この夏に、兄は交換留学でペルーに行き、ストリート・チルドレンに勉強を教えたんですよ。本当に勉強が好きで、スポーツも得意で、誰にでも好かれる人間でした。ほかにもまだ何か、訊きたいことがありますか？

アマンダ　お兄さんが亡くなったのはいつ？［またしても、ガレンが黙りこむ。クレムが死んだこと、どうしてあなたは知っていたんですか？　ＥＣ記］

ガレン　二〇〇〇年でした。二十六歳のときに。ほんの、一夜のうちの出来事だったんです。心臓に問題があったのに、家族は誰も知らなくて……

アマンダ　お気の毒に。［沈黙。ＥＣ記］
アマンダ　そのときは、ハリーから何かご家族に連絡はなかったんですか？　だって、こんなに親しかったのに……
ガレン　両親は連絡先を知っていたので、ハリーにも兄のことを知らせたはずですよ、ほかの友人たちにもそうしていましたからね。そのころにはもう、ハリーの家族はどこか別の国に引っ越していたようでした。両親からの知らせが届いていたとしても、ハリーは返事をよこさなかったんです。それは、さほどめずらしいことじゃありません。こんなとき、家族にどんな言葉をかければいいか、みんな困りますからね。中には、何も言わずにすます人もいるんですよ。
アマンダ　たしかにね。
ガレン　その知らせをもらったとき、わたしはこの学校に在学していました。［長い沈黙。ＥＣ記］そして、いまだにここにいるというわけです。
［別れの挨拶は省略。ＥＣ記］

二〇二一年七月二十一日、オリヴァー・ミンジーズとわたしが《ワッツアップ》で交わしたメッセージ

オリヴァー・ミンジーズ　名前も、年齢も、経歴もまちがってる。一文なしの移民ハーピンダー・シンと、お上品なハリー・シンとの唯一のつながりは、このぼけた写真だけってわけだ。そうなると、この死んだ男についての報道は何もかも正しくて——写真だけがまちがってた、ってこともあるんじゃないか。

アマンダ・ベイリー　それはそうなのよ。でもね、ガレンはお上品なハリーの葬儀に参列してるの。そのうえ、お上品なハリーの家族は、ガブリエルの裁判を傍聴し、判決を見とどけるために法廷に来てたんだって。判決後にハリーの妹が記者の質問に答えるところも、検索すると出てくるしね。動画を見るつもりなら、ティッシュを用意しといて。泣けるから。

オリヴァー・ミンジーズ　そういうことなら、まずは《グリーン・ストリート》のジョーとの面談を終わらせてから、ゆっくり見ることにするよ 😬

二〇二一年七月二十一日、わたしと退職した元警視正ドン・メイクピースが《ワッツアップ》で交わしたメッセージ

アマンダ・ベイリー　こんにちは、ドン。ちょっとお訊きしたいんですが、《アルパートンの天使》事件の赤ちゃんが、ホリーの親族にひきとられたと思ってたのはどうしてですか？　それについては、最近ちょっとわかったことがあったんです。本当にホリーの親族にひきとられてたとしても、その話にはまだ先があるみたいで。

ドン・メイクピース　人から人へ伝わるたびに、事実はどんどんねじ曲げられていくからな。わたしが何か勘ちがいしたのかもしれんし、誰かがわざと事実とは異なることを言ったのかもしれん。なあ、アマンダ、赤んぼうの行先を探すのは、この事件の調査に最善の切り口だと本当に思うかね？

アマンダ・ベイリー　その後、マリ＝クレールは見つかりました？

ドン・メイクピース　何の手がかりもなくてね。ドンより。

二〇二一年七月二十一日、オリヴァー・ミンジーズとスピリチュアル・カウンセラーのポール・コールが交わしたメール

宛先　ポール・コール　　送信日　2021年7月21日
件名　ガブリエルのこと　　送信者　オリヴァー・ミンジーズ

ガブリエルは、おれの夢を見たというんです。

まず最初に、おれの人生の目的は、病気になったおやじの面倒を見ることだったと言われました。それだけだった、って。人生の最期を迎えたおやじを看取るためだった、ってね。それが本当なら、おれは生まれてから三十七年間、何の目的もなしに暮らし、そしてたった三年足らずの間だけ、その目的に邁進したものの、それももう終わっちまったってことになります。おれは天使なんだって、ガブリエルに言われましたよ。おれの夢を見た、きっと果樹園が大きな意味を持つだろう、って。

オリヴァー

宛先　オリヴァー・ミンジーズ　　**送信日　2021年7月21日**
件名　Re：ガブリエルのこと　　**送信者　ポール・コール**

親愛なるオリヴァー

人生の目的という概念は、ガブリエルが他人を操るために利用している道具なのです。わたしたちにとって、強い意味を持つ言葉ですからね。それがあなたのたったひとつの目的だったとは、わたしにはとうてい思えません。生きていくうちに、わたしたちは何度となく転機を迎えるものなのですから。くりかえしになりますが、ガブリエルはたしかに、向こう側の世界と実にすばらしいつながりを持ってはいます。しかし、それでもやはり、あの男は混沌をもたらす存在だとわたしは思うのですよ。力を与えられていながら、それを他人の幸せのためにではなく、自分の利益のために使っている人間だと。あの男とつきあうには、細心の注意が必要となるでしょう。

ポール

宛先　ポール・コール　　　　送信日　2021年7月21日
件名　Re：ガブリエルのこと　送信者　オリヴァー・ミンジーズ

あなたは悪というものを信じますか、ポール？　宗教的概念としてではなく、ひとつの力として。何か、おそろしくひどいことが起きた場所の話を、前に読んだことがあります。拷問とか。虐待とか。殺人とかね。こうした〝悪〟の出来事があった場所には、負のエネルギーが染みこんでしまうと考えてる人もいますよね。そういうものを〝石の記憶〟と呼ぶんだそうです。幽霊や吸血鬼じゃない、エネルギーがそこに宿るんですよ。いいですか。おれは宗教も霊的なことも信じちゃいませんが、これはちゃんとした科学的根拠があるように思えるんです。ほら、電気や磁力だって目には見えないものの、たしかに存在するってことは、誰もが知ってますよね？　そういう力は溜めておくことも、必要なときに解きはなつこともできるわけです。悪の力、負のエネルギーといったものも、同じように人間が操ることができるんじゃないでしょうか？

おれはいま、《アルパートンの天使》事件についての本を書くため、新しい切り口を探してるんですが、何かつかめたような気がします。よかったら、あなたの意見を聞かせてください。

オリヴァー

二〇二一年七月二十一日、オリヴァー・ミンジーズとわたしが《ワッツアップ》で交わしたメッセージ

オリヴァー・ミンジーズ　ジョーに、最新版の企画書を出すように言われたよ。嫌な予感がするんだが、これっておれの梯子（はしご）を外すための手続きじゃないかな。企画書を出させて、却下する。そして、企画はお蔵入り。

アマンダ・ベイリー　まさに、いまこそ取材旅行に出かける絶好の機会じゃない。新しい切り口を見つけるの。

オリヴァー・ミンジーズ　アルパートンに行くのは、二度とごめんだ。

アマンダ・ベイリー　わたしたちの取材は、まだ終わったわけじゃないでしょ。前回はあなたが目を回しちゃったせいで、途中で切りあげなきゃならなかったんだから。今回は、ウェンブリーとサドベリーにも行かなくちゃ。天使たちの足跡を、逆にたどるの。

オリヴァー・ミンジーズ　別に、目を回したわけじゃない。

二〇二一年七月二十一日、元ソーシャルワーカーのルース・ハラランボスとわたしが交わしたテキスト・メッセージ

ルース・ハラランボス　《アルパートンの天使》事件のことを調査していると聞きました。わたし、〝ホリー〟を担当していたんです、あの子が保護制度から逃げ出して、天使たちのところへ身を寄せる前に。

アマンダ・ベイリー　連絡してくださってありがとう、ルース。この件について、何か話しておきたいことはあります？

ルース・ハラランボス　ええ。ホリーはもう、すっかり若い女性といっていいくらい大人っぽい子で、どこに誰と住むかを自分で決めたんです。

アマンダ・ベイリー　保護の対象となる子どもたちが大人っぽく見えるのは、それだけ傷つきやすい状態にあるってことなんですよ。

ルース・ハラランボス　それはわかっているんです。でも、ホリーはそうじゃなかった。あの子は普通とちがうんです。それも、かなり。わたしたちが失敗したんだとしたら、ええ、失敗しなかったなんていうつもりはないんですが、それは、ああいう女の子のあつかいに慣れていなかったという、ただそれだけの理由だったんですよ。結局のところ、わたしたちが無理やりあの子を引き離したとしても、自分からまた天使たちとの暮らしに戻ってしまっていたでしょうから。

アマンダ・ベイリー　それだけ、加害者が被害者をがっちりと支配してる、ってことでしょう。

ルース・ハラランボス　ホリーは被害者なんかじゃありませんよ。普通の意味ではね。

アマンダ・ベイリー　わかりました。ねえ、ルース。これはここだけの話なんですが、ホリーの本名を教えてもらえませんか？

ここに注目――それきり、返事はなかった。

二〇二一年七月二十二日、アルパートンとその周辺の取材に出かけたときの、アマンダ・ベイリーとオリヴァー・ミンジーズの会話。文字起こしはエリー・クーパー。

オリヴァー　ここは総じて……何の特徴もない場所だな。
アマンダ　そこがすごいところなのよ。交差点は、行き交う車でいつもにぎやか。この先には、シンの遺体が発見された《ミドルセックス・ハウス》がある。このあたりは短期滞在者向けの住宅なのよね。こっちに固まってる建物は、どれも何年も前から使われてない。バス車庫の後ろに例の倉庫があって、そこは、いまはアパートメントになってるの。こっちの運河にははしけが通り、川沿いを人が散歩したり走ったりしてる。どんなことが起きてもおかしくないし、何が起きても誰も目をとめない。みんな、どこか別の場所をめざす通りすがりにすぎないから。
オリヴァー　それに、十字路でもある。
アマンダ　正確にいうと丁字路だけど――
オリヴァー　運河を一本の道と考えれば十字なんだ。［ふたりとも、息を切らしながら階段を下りる。しばらく会話が途切れる。ＥＣ記］おれは、新しい切り口を見つけたよ。殺人事件の分布図を作ってみた。
アマンダ　何ですって？［紙を広げる、ばさばさという音。ＥＣ記］ちょっと、どういうことなの、オリヴァー。これは何？

オリヴァー　これは、天使たちの集団自殺が起きる以前の十七年間、この地区で起きたすべての殺人事件を点で表したものだよ。何か法則が浮かびあがらないかどうか、点をいろいろとつないでみた。

アマンダ　こんな強迫症っぽいしろもの、生まれて初めて見た。何日もかかりそうな力作じゃない。どうして十七年間なの？

オリヴァー　事件の十七年前に、ホリーが生まれたんだ。

アマンダ　だからって、どうして？

オリヴァー　最後まで話をさせてくれ。たしかに、これだと線がぐちゃぐちゃに入ってるだけに見えるが、まっさらな地図から描きなおして、それぞれの点をもうひとつの点とだけ組みあわせていくと、こうなる。［いかにも誇らしげに紙を広げる音。続いて、張りつめた沈黙。EC記］

アマンダ　信じられない。［本当に何か新たな発見があるものを見せられたのか、それともただあきれているだけなのか、あなたの沈黙からは判別がつかない。EC記］これ、どういう意味？

オリヴァー　一と三、一と八。らせん状に並んでいて、中央にこの点がある。

アマンダ　中央の点は、あの《集結》が起きた場所よね。でも、一と三、一と八って何？

オリヴァー　黙示録の十三章十八節だよ。反キリストである獣の特徴を記した一節だ。［長い沈黙。EC記］

アマンダ　おやおや。

オリヴァー おれって人間を、あんたはよく知ってる。たしかに、おれらしくないよな？　だけど、とにかく聞いてくれ。いいか、〝石の記憶〟って呼ばれる科学理論もあるんだよ。それによると、どんなことが起きようと、その場所にはその出来事のエネルギーが刻まれるっていうんだ。いいことなら正のエネルギーが、悪いことなら負のエネルギーがね。そうしたエネルギーが一カ所に大量に蓄積されると、そこを訪れる人間の気分も左右するし、その場所で将来どんなことが起きるか、そんなことにまで影響しうるんだ。いいか、マンド、聞いてくれ。アルパートンの天使たちは、反キリストを破滅させ、人類を救うつもりだった。だが、闇の勢力の強さ、覚悟のほどを見誤ってたんだ。一九八六年、ホリー――この地上における反キリストの母親――が生を享(う)けたときから、闇の勢力はじわじわと《集結》の場所を丸く囲いはじめた。聖なる地であるはずの場所をね。殺人が一件、また一件と起きるたび、この地の中心点に負のエネルギーが蓄積して、本来なら惑星直列のときに獣を破滅させる手助けをしてくれるはずだった正のエネルギーを、ついには完全に圧倒してしまった。天使たちはそれに気づかないまま、悪魔の支配する場所で《集結》を行ってしまったんだよ。そして、破滅させるはずだった反キリストは、その地で守られ、救われ、どこへとも知れず連れ去られてしまった。残された天使たちはその惨憺(さんたん)たる失敗におののき、崩壊してしまったというわけだ。［バスがやすやすと通れるくらいの広大な沈黙。ＥＣ記］

アマンダ そうね、何と言ったらいいか。［聖書は古代に人間が作った経典にすぎなくて、何度となく誤訳を重ね、さらに多く誤読されてきたことを、オリヴァーに伝えてあげてください。そんなもの、西ロンドンの殺人事件とは何の関係もない、ってことを。ＥＣ記］まあ、たしかに、あなたは何かつかんだのかもしれない。

オリヴァー　ああ、つかんだ。おれの書くべき、新しい切り口をね。十八年前に生まれた赤んぼうは、本当に反キリストだった。そして、いまも存在してる。アルパートンの天使たちは最初からずっと正しかった、そういう本を書くんだ。［そういう本、もともとオリヴァーは嫌いだったはずでは？　ＥＣ記］

アマンダ　うーん、それはちょっとひねりすぎでは。そもそも、例の赤ちゃんがもう足跡をたどれない場所へ行ってしまったんなら、誰かが追いかけていって天使たちの代わりに息の根を止める心配も、あやしげな教団の表看板に据えられる心配もないわけでしょ……そんな本を書くのって、デニス・ニルセンがＨＩＶに感染してた、なんて話をクレイグが書こうとするくらい、突拍子もない思いつきじゃないの。

オリヴァー　この切り口に意味はある。おれにはわかってるんだ。

［この録音は、ここで唐突に切れる。あなたにメッセージを送っておきました。ＥＣ記］

二〇二一年七月二十三日、エリー・クーパーとわたしが《ワッツアップ》で交わしたメッセージ

エリー・クーパー　わたし、心配なんです、マンド。オリヴァーは、いつもなら絶対こんなこと信じこむタイプじゃないのに。あの殺人事件の分布図の件……ひょっとして、まともな判断力を失ってしまっているのでは？

アマンダ・ベイリー　まあ、おちついて😂 オリヴァーの担当編集者、《グリーン・ストリート》のジョーとは、ピッパとわたしも連絡をとりあってるの。オリヴァーには、ちゃんとみんなで目を配ってるから。このところ、あの人、つらい出来事が続いてるのよね。本人にとっても、とにかくこの仕事をやりとげることがいちばんだと思う。とりわけ、オリヴァーみたいに頑固な人には🙄

エリー・クーパー　すごい！　きっと、あなたのほうが一枚上だとは思ってました。

アマンダ・ベイリー　ところで、レコーディング・スタジオにいるお友だちの件だけど——ガブリエルの取材の音声ファイル、いくらで雑音を除去してもらえるの？　いくらでもかまわないから、お願いしておいて。

二〇二一年七月二十三日、担当編集者ピッパ・ディーコンとわたしが《ワッツアップ》で交わしたメッセージ

ピッパ・ディーコン　あなたのお友だちのオリヴァー、例の赤ちゃんについて、天使たちの考えが正しかったことを証明する本を書こうとしてるんですってね。反キリストは、いまもわたしたちのどこかにまぎれこんでる、って

アマンダ・ベイリー　どうして知ってるの？

ピッパ・ディーコン　昨夜、ジョーに会ったの。わたしたち、すっかり意気投合しちゃって。

アマンダ・ベイリー　オリヴァーはね、昨年お父さんが亡くなって、いまはストーカーにつきまとわれて、法律問題やら何やらで揉めてて、そのうえお母さんは施設に入ってるの。でも、最終的には立ちなおってくれると思う。

ピッパ・ディーコン　どういう意味？　わくわくする本になりそうじゃない！　あなたも、オリヴァーと同じくらい素敵な切り口を見つけてくれますように。だいじょうぶ、きっとそうなる。わたし、信じてるから。本当よ、そうなるように心から願ってる。

アマンダ・ベイリー

二〇二一年七月二十二日、サドベリーの聖バルナバ教会でアマンダ・ベイリーとオリヴァー・ミンジーズが交わした会話。文字起こしはエリー・クーパー。

オリヴァー　凍えそうに寒いな。
アマンダ　石の壁だから。
オリヴァー　この雰囲気、わかるか？
アマンダ　わたしたちはどっちも、野心まんまんでお互い競いあってる。それが、わたしたちのやりかたなのよ。
オリヴァー　おれたちのことじゃない。ここの場所だよ。
アマンダ　そうね、古い教会だから……
オリヴァー　あれは何だ？
アマンダ　有名なステンドグラスの窓。すごく古いんだって。
オリヴァー　あそこの絵、みんなで誰かの頭を煮てるじゃないか。
アマンダ　あの絵の物語は、ここの牧師さんから前に教えてもらったの。あそこに王さまが、こっちの群衆の中に母親がいるでしょ。この群衆は、みんな飢えてるの。群衆からどうして凶作になったのかを尋ねられ、王さまは、そこの母親が悪魔を産んだからだと答えるのよ。母親はそれを否定して、わたしの息子は普通の子どもだと言いかえす。すると、王さまは

「それなら、そのことを証明してみるがいい。われわれはおまえの息子を殺すことにしよう。もしも悪魔でないのなら、神がその子を救うだろう」と提案するの。自分の息子は地獄からやってきた獣などではないと、母親には自信があったから、その提案を呑むのよね。そして、群衆は息子を剣で斬り殺し、やはりこの子は悪魔だったと宣言されるわけ。ほら、ここで母親は、すごく悲しそうにしているでしょう。［マンドったら、牧師さんから聞いたのとはぜんぜんちがう話になっていますよ。ＥＣ記］

オリヴァー　あれが国王だな。

アマンダ　そう。王さまは、また振り出しに戻っちゃったわけ。食べものがないのは変わらないし、群衆はいまだ飢えてるし……［ちがうでしょう、王さまの息子が殺され、みなに食べられてしまったのに、それでも母親は約束を破り、自分の息子を差し出そうとしなかった。そういう話でしたよね。ＥＣ記］この話の教訓はね――正しさを証明することは、必ずしも最善の結果にはならない。

オリヴァー　空気の中に、何か感じる。わかるんだ。［お菓子の包みを開ける音。ＥＣ記］

アマンダ　わたしの持ってきたアニスシードのお砂糖の匂いでしょ。はい、どうぞ。

オリヴァー　ありがとう。［さらに包みがかさかさと音をたてる。ＥＣ記］

アマンダ　さあ、次に行きましょう。天使たちが住んでたアパートメントを見つけ出さないと。

二〇二一年七月二十二日、アマンダ・ベイリーとオリヴァー・ミンジーズがにぎやかな大通りを歩きながら交わした会話。苦心の末の文字起こしはエリー・クーパー。

アマンダ　ピーター・ダフィ、またの名をガブリエル・アンジェリスは出所した後、住宅協会のおかげでこのアパートメントに入れたのよね。ホリーが出産したときに、天使たちが住んでたのがここだったのよ。その後、ウェンブリーの廃墟となったアパートメントに移り、道向かいの《ミドルセックス・ハウス》を経由して、最後にはアルパートンの廃倉庫に行きついたわけ。まるで、誰かに追われてでもいたみたいな行動だけど、実際に追われてた証拠は何もないの。

オリヴァー　追ってたのは、地上の勢力じゃないんだ。

アマンダ　ホリーとジョナの証言の行間を読むと、大人の天使たちがどれだけ被害妄想で固めた環境を作ってたかが伝わってくるのよ。反キリストを守り、自分たちを破滅させようとする闇の勢力がじわじわと迫りつつあると、未成年の子たちは信じこまされてたわけ。

オリヴァー　反キリストを永遠に葬り去るために、天使たちは惑星直列を待たなくてはいけなかったんだ。

アマンダ　大人の天使たちもみんな、そう信じこんでたとわたしたちは仮定してたけど、でも……

オリヴァー　でも、何だ？

アマンダ　仮に、大人たちは信じていなかったと考えてみて。だとすると、少年少女を支配するためだけに嘘をついてたのかな。カルト指導者の心理は複雑なのよ。権力、セックス、金銭欲、誇大妄想。そのすべてが、ガブリエルには当てはまる。十代の少年少女はたしかに無防備だけど、でも、大人たちもまちがいなく、別の意味で無防備だったのよね。

オリヴァー　頭がくらくらするんだ、マンド。どこかに坐らないと。

アマンダ　わかった、わかった。あそこに坐ろう。［あなたがオリヴァーに手を貸している間、しばしの沈黙。ＥＣ記］

オリヴァー　おれはいつもこうなっちまう……天使たちに近づくたびに。

《新着の幽霊》フォーラムに寄せられた匿名による投稿のプリントアウト

この事件について、何か内部情報を知っているというわけじゃないんですが、以前から好奇心をそそられていましてね。あの天使たちのことです。あんなに何の共通点も持たない人々がどうやって出会い、それればかりか、自分たちが天使だなどという突拍子もない信念を抱くようになったんでしょう？　ガブリエルはよっぽどカリスマ性を備えた、影響力のある危険な人間にちがいないですね。

二〇二一年七月二十三日、元ソーシャルワーカーのルース・ハラランボス（七月二十一日にテキスト・メッセージのやりとりをしていた相手）から唐突に届いた返事

ルース・ハラランボス　名前は、ローリー・ワイルド。

アマンダ・ベイリー　わかりました。ありがとう。

二〇二一年七月二十四日、エリー・クーパーからわたしへ《ワッツアップ》のメッセージ

エリー・クーパー　こんにちは、マンド。スタジオの友人が振込を確認して、感謝の言葉といっしょに、雑音を除去したガブリエルの音声ファイルを届けてくれましたよ。文字起こしも終えて、両方あなたのドロップボックスに送信しました。読んでみて、もし話がしたかったら、電話かメッセージで連絡してください。

エリー・クーパー　というか、わたしが話をしたいので、お願いだから電話ください😱

二〇二一年七月十日、タインフィールド刑務所でオリヴァー・ミンジーズがガブリエル・アンジェリスから話を聞いたときの音声から、雑音を除去したもの。文字起こしはエリー・クーパー、二〇二一年七月二十四日。

［録音は、会話の途中から始まっている。最初から録音することを、オリヴァーが忘れていたかのように。E

C記］

ガブリエル　……晩年のお父さんを慰めてあげること、それがきみの人生の目的だった。みごとにやってのけたんだから、誇っていいんだよ。きみは目的を遂げたんだ、オリヴァー。

オリヴァー　だったら、これからは何をしたらいいんですか？　新たな目的を見つけるべきなのかな？

ガブリエル　生まれてきた目的をはたしたのなら、きみにとっては、そこが到達点だ。

オリヴァー　おれは死ぬんですか？

ガブリエル　きみをこの世界にとどめてきたのは、きみの目的だが、いまやそのエネルギーは解きはなたれてしまった。それは勝利の瞬間でもあるが、そのいっぽうで、ほかのさまざまな力に対して、きみはいまや無防備な状態なんだ。事故、病気、自分以外の人々の目的が持つエネルギー。きみはいま、何ものかの負のエネルギーをひとりで受けとめている、わたしにはそんな気がしてならないんだが……

オリヴァー　［咳ばらいをし、ためらう。EC記］ええ……

ガブリエル　それは、きみがいっしょに仕事をしてきた人間だ。その人物のエネルギーは、ともすれば混沌を生み出しやすい。それは一瞬の強烈な混沌かもしれないし、無数のちょっとした混沌かもしれないが、とにかく混沌には変わりないんだ。強く勇敢に見える人物だが、そのエネルギーをまっすぐ向けられるのは危険でもある。なぜなら、極端なまでに断固とした人間だからね。自分の目的が遂げられるまでは、絶対に手を止めることはない。

オリヴァー　くそっ！　そういう人物がいるんです、おれを……
ガブリエル　しーっ。オリヴァー、しーっ。その人物のエネルギーときみとの衝突は、暴力で終わるわけではなさそうだ。ゆっくりとふくれあがっていく苦痛ですらない。ぽたり、ぽたり。ぽたり、ぽたり。何か思いあたることはあるかな？
オリヴァー　ええ。でも、警察にはもう相談したんです。弁護士にも依頼したし。それでも、あいつはいまだにおれにつきまとってる。いったい、どうしたら止められるんですか？
ガブリエル　きみがどうにかできることではない。その人物もまた旅の途上にあって、定められた出来事はいずれ起きる。きみとその人物の旅路は、途中でぶつかるんだ。まるで、ほんの短い間、空を行く惑星が重なり、そしてまたそれぞれの定められた軌道に沿って離れていくように。自分にできることはない、受け入れるしかないのだと知ったうえで、与えられた自由を楽しむといい。［ここで長い沈黙。わたしもですが。ＥＣ記］
この男のせいで、すっかり怯えてしまって。わたし、何と言ったらいいか。可哀相なオリヴァー。
オリヴァー　おれはインタビューするために来たのに、ああ、できない……［すすり泣く声。ＥＣ記］
ガブリエル　このことは、みんなに伝えてもらってかまわない。わたしは《集結》のことも、そこにいたるまでの出来事もまったく憶えていないが、有罪判決を受けた容疑について、自分が無実だということはわかっている。《集結》はわたしにとって、転生の瞬間だったんだ。限りある肉体がわたしから引きはがされ、その姿が目の前に映し出される。わたしに見えたのは、懺悔（ざんげ）するものがまとう純白の衣だった。そのとき、わたしは自分があの不幸な若者を殺してはいないと悟ったんだよ。もし殺していたなら、その罪はわたしに影を落としていただろう。ずっしりと、重い影をね。[ここで間を置く。その声に、ふと何かが宿ったかのように聞こえる。EC記] そして、わたしはきみに、特別に伝えるべきことがあるんだ、オリヴァー。わたしはきみの夢を見た。きみもまた、わたしと同じく天使なんだ。きみの肉体はいつか死を迎えるが、その魂は神聖だ。夢の中で、きみは果樹園（オーチャード）の上にいたよ。きみがついに向こう側へ引きもどされるとき、果樹園はそこで重要な役割をはたす。これは不確かな出来事への警告ではない、確実に起きることへの保証だ。安全なところなど、いまやもう、どこにもない。

知らない声　[ここで初めての声が入る。EC記] はい、面会時間が終わりましたよ……

[ここで、録音は終わっている。マンド、わたし、心底から怯えています。EC記]

二〇二一年七月二十四日、エリー・クーパーとわたしが《ワッツアップ》で交わしたメッセージ

エリー・クーパー　ガブリエルのことですけど、わたし、あんなに人を惹きつける、魅力的な声を初めて聞きました。あの人が話しはじめると、批判精神なんか吹き飛んで、つい釣りこまれてしまうんです。比喩じゃなくて、わたしは本当に文字起こしの手を止め、じっと聞き入ってしまいました。それから、改めて聞きなおさなきゃならなくて。いったい、どういうことなんでしょう?

アマンダ・ベイリー　あれはね、魅力的で、すばらしく知的で、人の心を読む技術に長けた、自己愛まみれの異常者よ。ガブリエルという人間は、人の心を操ることで、ずっとこの世界を生き抜いてきたの。いまさら、そんな生きかたをやめるつもりはないでしょうね。他者におよぼす催眠術のような影響力ときたら、天賦の才、第六感の域にまで達してるんだから。

エリー・クーパー　こんな取材の後、あなたがオリヴァーの代わりに運転して帰らなきゃならなかったのも不思議じゃありませんよね。ほんの数分でオリヴァーはしくしく泣きはじめ、まるっきり使いものにならなくなってしまったんだから。オリヴァーがお父さんを亡くしたばかりだってことを、ガブリエルはどうやって知ったんですか?

アマンダ・ベイリー　コールド・リーディングってやつじゃない?　観察や何気ない会話から、相手のことを読みとる話術よ。

エリー・クーパー　でも、例のおかしな元兵士との揉めごとについては?　そんなこと、ガブリエルが知っているはずはないのに。

アマンダ・ベイリー　誰にだって、敵はいるものでしょ？

エリー・クーパー　わたしにはいません――そんな、わたしの死を願っているにちがいない敵なんて。

アマンダ・ベイリー　あなたも本ばかり読んでないで、ちょっとは外に出なくちゃ😜オリヴァーのことは心配しないで。まずいことが起きないように、わたしが目を配るから。

エリー・クーパー　〝果樹園〟なんて名前のパブやレストランに近づかないように、くれぐれも気をつけてあげてください。

アマンダ・ベイリー　😂そうね、あと、ほんものの果樹園にも。あなたにそこまで言われちゃね😘

二〇二一年七月二十四日、わたしと犯罪ノンフィクション作家クレイグ・ターナーが《ワッツアップ》で交わしたメッセージ

アマンダ・ベイリー　ねえ、クレイグ、あなたのアカウントで国立公文書館のサイトにログ

インさせてもらえない？　事情があって、自分のを使いたくないんだ

クレイグ・ターナー　ぼくがその資料を探して、そっちに送ってあげるよ

クレイグ・ターナー　そもそも、きょうは土曜じゃないか。まあ、おちついて。

国立公文書館所蔵の名簿を印刷したもの。見出しには〝ノッティング・ヒル＆イーリング高校、二〇〇二～三年〟とあり、中のふたつの名にマーカーで印がつけられている。

アデシナ、ジェシカ・A
ワイルド、ローリー・F

二〇二一年七月二十六日、ファンタジー専門書店《戦士の矢》で作家ジェス・アデシナと会う。文字起こしはエリー・クーパー。

アマンダ　こんにちは、ジェス！
ジェス　誰に宛ててサインしましょうか？
アマンダ　わたしじゃなくて……

ジェス　じゃ、その人の名前を教えて。

アマンダ　こんなふうに書いてもらえたら――〝ローリー・ワイルドへ、『あたしの天使日記』のアイデアに感謝をこめて〟。［長い沈黙。あなたはこの女性作家に、サイン会の途中で声をかけたんですね？　ＥＣ記］

アマンダ　いまのは冗談。ただ、ここにサインしてもらえたら嬉しいです。［ここで録音がいったん切られ、しばらく後にまた再開して、次の会話が残されている。ＥＣ記］

ジェス　何がほしいの？

アマンダ　あなたはローリー・ワイルド、またの名を〝ホリー〟と同級生だったんですよね。どうして言わなかったんですか？［この問いに、答えは返ってこない。ＥＣ記］どんな状況で、ホリーは家を飛び出し、天使と暮らすことになったのか、憶えてます？

ジェス　［ため息をつく。ＥＣ記］

アマンダ　あなたの書いてるシリーズでは、主人公は学校でもうひとりの女の子と会い、さらに大人の男性とも出会って、家を出て三人で暮らしはじめますよね。わたしの読むかぎり、あの天使云々(うんぬん)は両性愛(バイセクシャリティ)の象徴なのかなと思いましたが。

ジェス　両性愛というより、男女にとどまらない全性愛(パンセクシャリティ)、新たな選択となる生きかたを示しているの。たしかに、天使から着想を得た物語ではあるけれど、これはローリーのことじゃないし。

アマンダ　あなたとローリーは、同じ学校の同学年でしたよね。わたし自身、あの地区の出身なんですが、ノッティング・ヒル&イーリング高校から児童保護制度のお世話になる女の子は、そんなに多くないはずですけど。校内でも、きっとかなり噂になったでしょうね。いったい、ローリーに何があったんですか？

ジェス　あの子は学期末にほんの二、三週間、うちの学校にいただけだから。つまりね、家族がちょっと風変わりな人たちだったというわけ。家庭内がいろいろ混乱してて、薬物とか育児放棄（ネグレクト）とかの問題もあって。それで、いったん里親に預けられたんだけれど、また自分の家に戻ってきて、でも、その後ある男性に出会って……まあ、そういうこと。それっきり、学校には戻ってこなかったのよ。

アマンダ　その男性がガブリエルだった？

ジェス　たぶんね。アルパートンの事件が起きたのは、その年の終わりだった。ごめんなさい、これ以上は話せない。これは、わたしが語るべき物語じゃないから。［この生意気な女ときたら、ホリーの物語を長年にわたって何冊も出しておいて、よくこんなことを言えますね。何はともあれ、ここで誰かが駆けつけて、ミズ・アデシナをあなたから引き離した模様。ＥＣ記］

アマンダ　エリー、ローリーの綴りはＲＯＷＬＥＹね。発音は〝聖なる（ホーリー）〟と韻を踏んでる。

二〇二一年七月二十六日、オリヴァー・ミンジーズとわたしが《ワッツアップ》で交わしたメッセージ

オリヴァー・ミンジーズ　なるほど、富裕層がどうしようもなく薬物に溺れて、自分の子の面倒さえ見られなくなっても、それは〝風変わり〟ですむんだな。

アマンダ・ベイリー　もともと世間ってそういうものよ、ベイビー。

オリヴァー・ミンジーズ　ホリーことローリーは、いわゆる普通の家出少女とはちがってたんだな。裕福な家庭の出身で、イーリングの私立女子校の生徒だったんだから。

アマンダ・ベイリー　カルト教団の指導者は、裕福な人間をねらうものなのよ。問題を抱えた孤独な十代の少女で、親からは放置され、裕福な家庭環境のおかげで担当部局も見て見ぬふりをしてるなんて、これ以上の獲物は見つからないでしょ？

アマンダ・ベイリー　社会福祉部門の職員たちは、しっかりとした教育を受け、自分の意見を表明できる大人びた十代の少年少女をあつかい慣れていないのよね。教養があるからとか、さほど傷つきやすくないだろうからとか、そういう理由で後回しにしてるわけじゃない。もちろん、職員たちが無能だとか、そんなことを言いたいわけでもないの。ただ、どうしても、ほかの子どもたちに比べて、ホリーのような子はいざとなったらお金があるから、と考えてしまうのよ。

アマンダ・ベイリー　わたしが話を聞いたソーシャルワーカーは、すごく言いわけがましかった。でも、文字どおり何も持ってない少年少女を優先したからって、あの人たちを責められる？

アマンダ・ベイリー　ガブリエルがどんなに口がうまいかは、あなたも知ってのとおりだもんね。あなたなんて、十分も経たないうちに取りこまれちゃったんだから。

オリヴァー・ミンジーズ　おれは取りこまれたりしてない。たしかに、あの男は威圧感があったけど、おれはちゃんと踏みとどまったよ。おれは、あんたにガブリエルの音声ファイルを送ったじゃないか。そっちだって、ソーシャルワーカーを取材したときの記録を送ってくれないと。

オリヴァー・ミンジーズ　お願いだ。

アマンダ・ベイリー　そんなの、ぜんぜん等価交換になってないじゃない。あなたが送ってきたガブリエルの音声ファイルなんて、ぜんぜん何も聞こえなかったんだから！

オリヴァー・ミンジーズ　それはおれのせいじゃない。あの男の発する不穏なエネルギーが音波を乱したんだ。

アマンダ・ベイリー　どっちにしろ、わたしのソーシャルワーカーの取材記録は、あなたにはいらないはずよ。そっちが必要なのは、聖職者や悪魔崇拝者の取材じゃないの。

オリヴァー・ミンジーズ　ジョーが言うには、まずはこの事件を従来の立場から考察して、そこからじわじわと、実はあの赤んぼうは本当に反キリストだったという証拠を出していくべきだってさ。おれはどちらの立場にも与しないふりをしながら、最終的な判断は読者にまかせるしかないんだ。

オリヴァー・ミンジーズ　取材記録を送ってもらっても、どうせ二、三カ所、ちらっと引用するだけだよ。それだけで、ちゃんと正式に取材してるように見えるからな。

オリヴァー・ミンジーズ　さあ、早く。

オリヴァー・ミンジーズ　いくつか前のメッセージで、ちゃんとお願いしただろ。

アマンダ・ベイリー　こっちが書くつもりの内容と、少しでも重なるところは消してから渡すから――わたしの本の核心となる部分は、あなたにはあげない。

オリヴァー・ミンジーズ　どんな切り口で書くことにしたんだ?

アマンダ・ベイリー　まあ、おちついて。あなたの本とはかぶらないから。まったく別の内容になる。

オリヴァー・ミンジーズ　あんたが言わないつもりなら、おれの秘密のインタビュー相手も教えないからな。いまだに知りたくてうずうずしてるんだろうが。

オリヴァー・ミンジーズ　何だよ、既読無視(ゴースティング・ミー)かよ!　つまり、おれの勝ちってことだな!

アマンダ・ベイリー　👻

二〇二一年七月二十六日、犯罪ノンフィクション作家ミニー・デイヴィスとわたしが《ワッツアップ》で交わしたメッセージ

ミニー・デイヴィス　こんにちは、美人さん😘　こっちは、ちょうど最終稿を渡したところ。庭に出て、脚をテーブルに載っけてのんびりしながら、マグカップでコーヒー飲んでるの。そっちはどんな感じ？

アマンダ・ベイリー　もう、天使だの、悪魔だの、ソーシャルワーカーだのに、膝までどっぷり浸かってる。例の元少年はどうにか見つけて、元少女はあとちょっと。元赤ちゃんは最悪の展開。

ミニー・デイヴィス　赤ちゃん、死んじゃったの？☹

アマンダ・ベイリー　その可能性もあるかも。実のところ、そうなっててもおかしくないかな。とにかく、もう調べようがないのよ。闇の養子縁組が行われてて。その先はもう、たどれないの。

ミニー・デイヴィス　そこが大問題なのね？　マンドったら、可哀相に。

アマンダ・ベイリー　明るい面を見れば、おかげで自由になれた部分もあるんだけどね。

ミニー・デイヴィス　いっそ、あの赤ちゃんは本当に悪魔だったって線で事件を考察してみたら？　そんな本なら、ぜひ読みたいな。

アマンダ・ベイリー　疑（うたぐ）りぶかい無神論者だったはずのオリヴァー・M氏はスピリチュアル系にはまって、そっちの有料オプションに手を出しちゃったみたい。わたしのほうは別の切り口で書くつもりなんだけど、そのためにはすべてがきっちりはまってくれないと。失敗したら最悪😬

ミニー・デイヴィス　可哀相にねえ☹️助けが必要なときは叫んで。わたしはこれから二、三週間、ゲラが出るのを待つだけだから。

二〇二一年七月二十六日、わたしがデイヴィッド・ポルニースに書いた手紙の画像

デイヴィッド・ポルニース

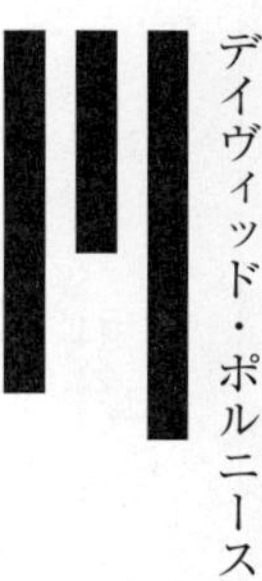

二〇二一年七月二十六日

親愛なるデイヴィッド

ずっとご連絡できなくて申しわけありません。インタビューをまとめたり、原稿の下書きをしたり、《アルバートンの天使》事件の本の組み立てを考えなおしたりする作業に追われていました。メールを何通も、ありがとうございます。あなたに連絡をとるのなら、昔ながらの郵便のほうが盗み読みされる危険が少ないかと思い、こうしてお手紙を書くことにしました。実は、あなたにぜひお話ししておきたいことがあったので。

ごく最近、わたしは〝影の力〟としか呼びようのないものと遭遇したんです。ノンフィクション作家として生きてきて、あんな体験は初めてでした。先方はまず、わたしをひとけのない場所へ呼び出しました――わたしが住んでいる場所の近く、パブの後ろを通る小径へ、真夜中に来いと。でも、約束どおりそこへ出向いたのに、誰も現れなかったんです。仕方なく帰ってくると、自宅アパートメントで誰かが待っていました。押し入った形跡など、どこにもなかったのに。そのこと自体が警告なのだと、ほどなくしてわたしは気づきました。

そこにいたのは、これまで一度も見たことのない人物で、赤んぼうを探すのはやめるよう、はっきりとわたしに告げたんです。なぜ赤んぼうが見つからないか、編集者にはこう説明すればいいと、わかりやすい作り話も言いふくめられました。ごくごく異例の措置ではあるが、けっして表には出てこない、闇の養子縁組が行われたため、新しい身元をたどることはできない、と。それは本当かもしれないし、嘘かもしれない。でも、わたしには向こうの要求を吞む以外の選択肢はありませんでした。それ以来、わたしはその〝要請〟にしたがっています。あからさまに脅されこそしませんでしたが、もしもこのまま赤んぼうの行方を探しつづけたら、次は警告なしに始末されかねないことが明らかでしたから。

このことは、ごく親しい友人にも、仕事仲間にも、これまでうちあけることができませんでした。それからもう二週間が経ちますが、わたしはずっとこの出来事から目をそらし、みなに嘘をつきつづけてきたんです。

あなたの言っていたとおり、《アルパートンの天使》事件の背後には、たしかに謎がありますね。でも、はたしてわたしには、それを解明する覚悟があるんでしょうか?

アマンダ

追伸。以前、お会いしてじかに事件関係者の連絡先をやりとりしてもいいと提案してくださいましたよね。お願いしてもいいですか?

二〇二一年七月二十六日、わたしとテレビ・プロデューサーのデビー・コンドンが交わしたテキスト・メッセージ

アマンダ・ベイリー　こんにちは、デビー。あなたが児童保護制度の破綻を描いた『果たされなかった責任』を制作していたとき、誰かに制作を中止しろと脅されたことはありませんか？

デビー・コンドン　社会福祉関係の人たちからは、たしかにあまり歓迎はされなかったけれど、とくに圧力をかけられたり、法律を盾にとって脅されたりしたことはありませんでしたね、そういうことをお尋ねなら。それにしても、きょうあなたからメッセージを受けとるなんて、なんだか不思議。ちょうど仕事場を片づけていて、《アルパートンの天使》事件を題材にした、すばらしく分厚い脚本を見つけたところだったんですよ。たぶん、もう何年も前に、脚本家がこちらに送りつけてきたんでしょうね。クライヴ・バダム作、『神聖なるもの』。もう読みました？

アマンダ・ベイリー　その作品のことは耳にしています。脚本は一部ではなく、全編そろっているんですか？

デビー・コンドン　ええ。お見せしましょうか？

二〇二一年七月二十六日、わたしとテレビ・プロデューサーのフィル・プリーストが交わしたテキスト・メッセージ

アマンダ・ベイリー　こんにちは、フィル。あなたの制作したドラマ『集結』について、とりいそぎ質問。誰かから、黙るように圧力をかけられなかった？

フィル・プリースト　いや、別に。うちじゃ、いまでいうインティマシー・コーディネーターというやつを雇って、もっとどぎついことをやってくれって、俳優たちを言いくるめたくらいだ。

二〇二一年七月二十七日、オリヴァー・ミンジーズとわたしが《ワッツアップ》で交わしたメッセージ

オリヴァー・ミンジーズ　起きてるか？

アマンダ・ベイリー　例のいかれた元兵士の電話、まだ続いてるの？

オリヴァー・ミンジーズ　ああ。おかげで早起きできたから、あんたの送ってきた退屈な取材記録に目を通してた。

アマンダ・ベイリー　お礼はいらないから。

オリヴァー・ミンジーズ　どうも奇妙でさ。あんたはどうして気づかないんだか、信じられないな。

アマンダ・ベイリー　話してよ。

オリヴァー・ミンジーズ　ソーシャルワーカーのジュリアン・ノワクだよ。今月五日に、あんたが話を聞いた相手だ。そいつの記憶では、ホリーがガブリエルのもとへ走ったのは九〇年代初めだという。たしかに、誰だって時期を勘ちがいすることはあるが、だからって、十年のずれはあんまりだろ？　自分が資格を取ってまもなくのことだったと、はっきり証言してるよな。つまり、人生の重要な出来事にからむ記憶だってことだ。

アマンダ・ベイリー　それは、わたしも気づいてた。ドンがまちがって、別のソーシャルワーカーを紹介してきたんでしょ。たぶん、以前に担当した事件と、名前がごっちゃになったんだと思う。あれだけ顔が広い人だし、当時でも古株だったわけだし。

オリヴァー・ミンジーズ　別の可能性もありうる。ホリー、ジョナ、ガブリエルは本当に神聖な、年齢を持たない存在だったんだ。天使だよ。

アマンダ・ベイリー　うわあ。あなた、その方向で書こうと本気で考えてるんだ。

オリヴァー・ミンジーズ　誰もがみな、ホリーのことを大人びていたと評してる。ドンも、同じことをおれに言ってたよ。ひょっとしたら、ホリーは十代の身体のまま、何百年も生きてきたのかもしれない。ガブリエルも同じだよ、人間としての肉体はもっと年を重ねてるがな。

アマンダ・ベイリー　映画の『インタビュー・ウィズ・ヴァンパイア』みたいに？　ホリーがクローディアで、ガブリエルがレスタト？😂ここで、おもしろい豆知識を――もともとインタビュアーのマロイ役はリヴァー・フェニックスが演(や)るはずだったんだけど、撮影の数週間前に死んじゃったのよね。それで、クリスチャン・スレーターが代わりにその役をもらって、呪いを断ち切るために、出演料は全額チャリティに寄付したの。

オリヴァー・ミンジーズ　自分がその仕事に就いて間もないころに起きた出来事を、十年もまちがえるやつはいないよ。

二〇二一年七月二十七日、わたしとマイク・ディーン警部が交わしたテキスト・メッセージ

アマンダ・ベイリー　六月二十四日にお話をうかがった件ですけど、ひとつ確認してもいいですか？　あのときのお話では、ガブリエルにクレジット・カードを盗むように指示されたと、ホリーが警察に相談しにきたとき、あなたは警察に入り、あの地区に配属されたばかりだったんですよね。《アルパートンの天使》事件が起きる前で、せっかくカルト教団の活動にメスを入れるいい機会だったのに、それを逃してしまったと。ホリーが警察に相談に来たのは、あの二〇〇三年の事件から、具体的にどれくらい前だったんですか？

マイク・ディーン　一九九〇年か九一年。それより前ということはありません。

アマンダ・ベイリー　でも、そうなると、ホリーはまだ四歳か五歳ですよ。

マイク・ディーン　そのころは十代後半でした。

アマンダ・ベイリー　《アルパートンの天使》事件のホリーは、二〇〇三年に十七歳だったんですよ。それより十三年も前の時点でほとんど同じ年齢だったうえ、同じ天使がらみの事件で通報しているだなんて、そんなこと、ありえます？

ネットで見つけた過去のニュース記事とウィキペディアからわたしがまとめた、大人の天使たちとハーピンダー・シンについてのメモ

《ミカエル》――一九六一年九月十八日、ドミニク・ジョーンズとしてイングランドのレスターに生まれる。

電気技師をめざして訓練を受けた後、小売業に転職。一九八一年に結婚、一九八五年に〝性格の不一致により〟離婚。一九九〇年に再婚するものの、一九九八年には妻に対する傷害罪で逮捕・起訴され離婚。その後、家電小売業者の《ディクソンズ》、そして《PCワールド》に勤務。アラン・モーガン（《エレミヤ》の項を参照）も、二〇〇〇年代初めにしばらく《PCワールド》に勤務していた時期があり、おそらくこのときにふたりは知りあったのだろう。そのほか、詐欺と窃盗で何度か短期の服役あり。

《エレミヤ》——一九六七年六月二十七日、アラン・モーガンとしてウェールズのポート・タルボットに生まれる。

十五歳で学校を中退。長期にわたり無職。ロンドンへ転居。刑務所でガブリエルと出会い、天使としてその最初の信奉者となったとされる。人なつこく、愉快で優しい人柄だとの評。美的感覚に優れ、手先も器用だが、流されやすい性格。

《ガブリエル》——一九五九年十二月二十五日、ピーター・ダフィとしてロンドンのルイシャムに生まれる。

父親はおらず、母親はアルコールおよび薬物依存症。親戚や里親のもとを転々とする少年時代を送る。詐欺を主とした経済事犯で短期の服役をくりかえす。知的でカリスマ性があると評される。ハーピンダー・シン殺害と、ほかの天使たちの遺体損壊の罪で終身刑の判決を受ける。

《ラファエル》——一九七八年四月十三日、クリストファー・シェンクとしてロンドンのペリヴェールに生まれる。

ノーソルト高校を十六歳で中退。レンガ積みの見習いから始まり、短い期間ながら建設業に従事。地元のギャングに加わり、もともとの遊び仲間とは連絡が途絶える。薬物所持、危険運転などで短期の服役をくりかえす。薬物犯罪に手を染めて以後、家族もたまにしか会うことがなかったが、まさかカルトに入信していたとは思わなかったという。

ハーピンダー・シン——一九八一年ごろ、インドのデリーに生まれる。報道によると、死亡時の年齢は二十二歳。

《集結》を目前にひかえ、その儀式の一環として、シンは天使たちに殺害されたとみられる。報道を見るかぎり、それと認識しないまま、知らず知らずカルトの世界に引きこまれていたのではないか。借りていたアパートメントが火災に遭い、緊急の仮住まいで暮らしていたときのことだった。サウソールのレストランに勤務。なお、報道されている経歴は、ハリー・シン（一九七四年ごろの生まれ）の友人から疑問符が付けられている。

二〇二一年七月二十七日、わたしとオリヴァー・ミンジーズが《ワッツアップ》で交わしたメッセージ

アマンダ・ベイリー　天使たちの誰ひとり、ガブリエルでさえも、宗教的な背景は何も見あたらないのよね。いったい何が引き金になって、自分が天使だなんて思いこむようになったのか。

アマンダ・ベイリー　わたしたちの知るかぎり、妄想を抱くような病状の診断も受けてないわけだし。刑務所で、宗教的な教えに触れたのかな。

オリヴァー・ミンジーズ　夢だよ。われわれと向こう側の世界の橋渡しをするのは、まさに夢だからな。自分は大天使ガブリエルであり、反キリストを破滅させるためにこの世に生まれてきたと、夢で教えられたんだ。

アマンダ・ベイリー　名前を変えたのは九〇年代初頭なのに、いまだにそれを信じてるとすると……たしかに、何か夢を見てるとしか思えない。

二〇二一年七月二十七日、サウソールのとあるレストランで名前のわからない従業員ふたりから話を聞く。文字起こしはエリー・クーパー。

[あなたが持ち帰りの注文をした部分は省略。レンズ豆のカレー（タルカ・ダール）、野菜カレー（ヴェジー・ブナ）、ガーリック・ナンか。素敵な組みあわせですね。EC記]

アマンダ　このお店で働くようになって、もう長いの？

従業員①　ええ。

アマンダ　ここ、昔はなんて名前だった？

従業員①　さあ？

アマンダ　《パンジャブ・ジャンクション》？
従業員①　そうでしたね。［いかにも答えたくなさそうですよ、マンド。ＥＣ記］
アマンダ　そのころ、このお店にはよく来ていたの。たしか、ハーピンダーっていう名のウエイターがいなかった？　ハーピンダー・シンだったかな？［答えは聞こえない。ＥＣ記］あの人、まだここにいるの？［皿が触れあうけたたましい音、勢いよく炒めものをする音が響き、答えがかき消される。ＥＣ記］
従業員②　何かご用でしょうか？［別の従業員の登場。ＥＣ記］
アマンダ　あなたの同僚と、ちょっとおしゃべりをしてただけ。十八年前には、このお店の常連だったから。ハーピンダーが働いてたころ。どう、あのウェイターさん、元気にしてる？
従業員②　帰ってくださいよ。こっちはもう、警察とかかわりあうのはうんざりなんだ。
［おや、いきなりきなくさい話になりましたね。ＥＣ記］
アマンダ　わたしは警察じゃないけど。
従業員②　じゃ、どうしてハーピンダーのことなんか訊くんです？　わざわざウェイターを憶えてる客なんかいませんよ。何があったのか、おたくは知ってるんだ。
アマンダ　わたし、《アルパートンの天使》事件の本を書いてるの。ハーピンダー・シンはこの店で働いてたって、新聞に書いてあったでしょ。
従業員②　働いてはいたが……おれだったら、あいつの名も、シェンキーの名も、ここじゃ出しませんね。死んじまったとはいっても、やつらにはいまだに敵がいるんだから。
アマンダ　どうして？
従業員②　この店の裏手で、いろいろ後ろ暗いことをやってたんですよ。この店の、前のオーナーたちが。
アマンダ　薬物がらみ？
従業員②　うちはもう、完全に経営陣が替わりましたからね。いまじゃ、すっかりきれいなもんですよ。若い連中に機会を与えようと、みんなで店を回してるんです。ほら、あそこに若いのがいるでしょう。あいつは家族を失っちまったんで、この店の上階に住みこんで、ここで働きながら、昼間は大学に通ってるんです。戸口にひかえてるあの男の子は、障害者のための経営学コースで勉強してますよ。とはいえ、おれたちはみんな、この土地で暮らし、食っていかなきゃならないんでね。おれの言ってる意味が、わかってもらえますか？　おたくの部下もがんばったけど、結局は全員を挙げることはできなかった。それどころか、惜しいところまでもいかなかったんだ。
アマンダ　［声をひそめてささやく。ＥＣ記］ハーピンダー・シンは、ここで潜入捜査をしてたの？　《パンジャブ・ジャンクション》で？
従業員②　［こちらも声をひそめる。ＥＣ記］おれから聞いたなんて、どこにも言わないでくださいよ。さあ、ご注文の品です。店のおごりだ。帰ってください。
［なんてこと！　メッセージ送りますね！　ＥＣ記］

二〇二一年七月二十七日、エリー・クーパーとわたしが《ワッツアップ》で交わしたメッセージ

エリー・クーパー　ハリー・シンが警察官だったなんて！😱

アマンダ・ベイリー　あのレストランでは薬物の取引や受け渡しが行われていて、その捜査のために潜入してたってわけ。クリストファー・シェンク、またの名をラファエルも、まちがいなくその犯罪組織の一味だったのよ。

エリー・クーパー　そうなると、クレムが亡くなったとき、ハリーがガレン・フレッチャーの家族に連絡をしてこなかったことも説明がつきますね。

アマンダ・ベイリー　シンが殺されたとき、インドから来たばかりの貧乏なウェイターとして報道されたのも、それが理由だったのよね。潜入捜査計画も、ほかの捜査官も、危険にさらすわけにいかなかったってこと。

エリー・クーパー　シンの家族は、亡くなった息子がこんな歪められた姿で報道されてしまったことに、抗議しなかったんでしょうか？

アマンダ・ベイリー　ほかの捜査官たちの生命も危うくなる、と聞かされたら仕方ないでしょう。

エリー・クーパー　すごい進展ですね！　コーヒーでも飲んで、いろいろお話ししましょうよ。わたしたち、最後にゆっくりおしゃべりしたのって、いったいいつのことでしたっけ☹

アマンダ・ベイリー　もうちょっとだけ待って。いまはまだ、あれこれで手一杯なの。夜も昼もなく仕事をして、その合間にも、すっかり怯えちゃってるオリヴァーのお守りをしてあげたり、新しい切り口を考えたり。

二〇二一年七月二十七日、《新着の幽霊》ポッドキャスト配信者のデイヴ〝イッチー〟キルモアから転送されてきた匿名のメール

これを、アマンダ・ベイリーに転送してください。

わたしは、いまは小学校の教師なんですが、二〇〇四年にはテレビ・ディレクターの下で情報収集の仕事をしていました。そのころ、上司は《アルパートンの天使》事件のドキュメンタリー番組を制作したいと考えていて、わたしたちは事件関係者の連絡先を調べたり、放送局に売りこんだりしはじめたところだったんです。ところが、そうした作業にかかってまもなくのこと、上司に一本の電話がかかってきました。上司はわたしに事務所の戸締まりをまかせ、明日また会いましょうと告げて、先に出たんですよ。その夜、自宅で火事が起き、上司は亡くなりました。事件性はないとの判定でした。それきり、ドキュメンタリー番組も制作されることはなかったんです。どうしてこんなことをあなたにお知らせしようと思ったのか、自分でもわかりません。もう、ずいぶん昔の話なのに。ただ、あなたのお話をポッドキャストで聴いて――息子が流してたんです――スージー・コーマンに何が起きたのか、どうしてもあなたにお話ししたくなって。ごめんなさい。

二〇〇四年四月のニュース記事のプリントアウト

死亡女性の身元判明

ウッドグリーンのロードシップ・レーンで発生したアパートメント火災で死亡した女性は、ドキュメンタリー制作者スージー・コーマン（四十一歳）だったことがわかった。火曜未明に火災が発生したアパートメントに、ミズ・コーマンはひとりで暮らしていたという。消防局によると、原因は古いソケットからの出火とみられる。

二〇二一年七月二十七日、オリヴァー・ミンジーズとわたしが《ワッツアップ》で交わしたメッセージ

オリヴァー・ミンジーズ　ゾロ目の数字は神からの知らせだって、あんたは知ってたか？

アマンダ・ベイリー　何かで読んだ気がする。

オリヴァー・ミンジーズ　中でも４４４は特別なんだ。もしも４４４って数字を見かけたら——どこでもいい——それは、天使が何かを知らせようとしてるんだよ。

アマンダ・ベイリー　それも読んだおぼえがあるけど、でも、いったい何を知らせようとしてるわけ？　健康診断を受けなさい。今週は宝くじを買うといい。飛行機には乗るな。理論として考えるには、ちょっと漠然としすぎてるでしょ。ひょっとして、逆のことが起きたりもする？　６６６を見かけたら、悪魔がこっちを見てるってしるしだとか？ 😈

オリヴァー・ミンジーズ　まあ、聞けよ。例のいかれた元兵士の件で、いろいろ話しあってきた。警察が言うには、早朝の嫌がらせ電話があいつのしわざだと特定できなかったそうだ。発信元は古い電子交換機の番号なんだが、局番が意味不明で、追跡できないんだとさ。詳細は転送するよ。とりあえず固定電話の電話線を抜いてみることにする。その結果、今度は携帯に例の電話がかかってくるようなら、これはストーカーのしわざだとはっきりして、警察も探知しやすくなるらしい。

アマンダ・ベイリー　だったら、よかったじゃない。

オリヴァー・ミンジーズ　だが、もしもあいつじゃなかったら、誰がこんなことを？

アマンダ・ベイリー　そんなことしそうな人くらい、何人だっているでしょ？　これまでの人生、怒らせた相手はひとりだけなんて、そんなはずないんだから😂

アマンダ・ベイリー　そもそも、根本的な問題提起をさせてもらうと――それって、ただの電話回線の故障じゃないの。

オリヴァー・ミンジーズ　電話の向こうには、たしかに何かが、誰かがいるんだ。なんとかしておれとつながり、何かを伝えようとしてる。マンド、おれはけっしておかしくなったわけじゃない、それはあんたも知ってるだろ。だが、あの電話は必ず四時四十四分にかかってくる。毎日、それはけっして変わらないんだ。いったい、天使たちは何をおれに伝えようとしてるのかな？

二〇二一年七月二十八日、エージェントのニータ・コーリーとわたしが《ワッツアップ》で交わしたメッセージ

ニータ・コーリー　何もかも順調？

アマンダ・ベイリー　ええ、ありがとう😊

アマンダ・ベイリー　何かあったの？

ニータ・コーリー　ある人からメールをもらったの。あなたが本を書くのに、あまりにも無理しすぎてるって。あなたのこと、心配してるのよ。

アマンダ・ベイリー　オリヴァーでしょ！　わたしのことを心配してる？　自分こそ、天使から電話なんかもらってるくせに、よくもまあ！

アマンダ・ベイリー　オリヴァーが心配してるのは、《グリーン・ストリート》が自分の企画をボツにするんじゃないかってことだけ。だから、わたしの企画がボツになるか、せめて延期されれば、自分の企画がそれだけ安泰になる、って思ってるのよ。あの人が考えそうなことくらい、こっちはお見通しなんだから。そのために、あなたのことも利用してるだけ。だまされちゃだめよ、ニータ。

ニータ・コーリー　メールをくれたのは、オリヴァー・ミンジーズじゃないのよ。

アマンダ・ベイリー　じゃ、誰？

ニータ・コーリー　エリー・クーパー。あなたが二十四時間ぶっ通しで仕事をしてて、そのせいで、子どものころのトラウマまで頭をもたげてるみたいだって。

アマンダ・ベイリー　うちあけ話をしたとたんに、これだもの。自分の気持ちを他人に話さない主義になるのも当然よね？　話すと、必ずこういう目に遭うんだから。

ニータ・コーリー　エリーはただ、あなたのことを心配してるだけなのよ。

アマンダ・ベイリー　そりゃご親切なことですけど、わたしのことを心配するひまがあったら、自分のことを考えたらどうかと思うわ。あなたも知ってのとおり、あの子、わたしが口添えして編集部に抜擢されるまでは、《クロノス・ブックス》の経理部にいたのよ。これまでずっと、わたしがいろいろ教えてきたのに。いまだって、こんなに仕事もあげてる！

ニータ・コーリー　だからこそ、あなたにプレッシャーがかかりすぎないように心配してるんでしょう。

アマンダ・ベイリー　文字起こしなんて、ネットの音声文字変換サイトを使ったっていいし、いっそ、わたしが自分でやったっていいのに、ああ、腹が立つ！

ニータ・コーリー　おちついて、マンド。エリーはわたしほど、あなたをよく知ってるわけじゃないから。あなたがだいじょうぶだってことは、わたしにはわかってる。ピッパにもね。あなたはだいじょうぶ。本も順調に進んでる。

ニータ・コーリー　お願い、わたしからこんなこと聞いたなんて、エリーに言わないで。もしもあなたがここで怒ったら、いつか誰かが本当に助けを必要としてるときに、エリーは何も言わなくなってしまうかもしれない。ね、お願い。わたしのために。

アマンダ・ベイリー　わかった。何も言わない。

二〇二一年七月二十八日、《新着の幽霊》ポッドキャスト配信者のデイヴ〝イッチー〟キルモアとわたしが交わしたテキスト・メッセージ

デイヴ・キルモア　天使の集団自殺現場に、最初に到着した救急隊員のひとりだと名のる男性から、メッセージをもらったよ。名前はジデオフォール・サニ。いまは退職してる。

アマンダ・ベイリー　すごい！　ありがとう、デイヴ。その人の連絡先を教えて。

デイヴ・キルモア　ただ、気にとめておいてほしいんだが、先方は〝話した内容のメモはとるな〟〝アマンダひとりだけとなら会う〟〝どこか人目につかない場所で〟とご所望でね。警戒警報発令だよ🔔

アマンダ・ベイリー　気をつける。ありがとう、デイヴ。

二〇二一年七月二十八日、オリヴァー・ミンジーズとわたしが《ワッツアップ》で交わしたメッセージ

オリヴァー・ミンジーズ　ずいぶん静かじゃないか。

アマンダ・ベイリー　わざわざご心配ありがとう、わたしは元気。ずいぶん静か？　最後にメッセージ送ったの、ほんの十六時間前なんだけど。

オリヴァー・ミンジーズ　きょうの午後、会わないか？　新しい切り口が、お互いかぶらないか確認しよう。

アマンダ・ベイリー　🤷‍♀️わかった。

二〇二一年七月二十八日、犯罪ノンフィクション作家クレイグ・ターナーとわたしが《ワッツアップ》で交わしたメッセージ

クレイグ・ターナー　やあ、ベイビー！　ずっと訊こうと思ってたんだ――例の大天使ガブリエルとは、きみも面会できたの？

アマンダ・ベイリー　それが、だめだったの。長い話になるけど。

クレイグ・ターナー　そりゃ残念だったね、ベイビー。訊かなきゃよかったよ。

アマンダ・ベイリー　😂でも、やってみる価値はあったから。外に腰をおちつけて、面会の列に並んでる女性たちと話せたし。

クレイグ・ターナー　みんな、塀の中に入っちまった男たちを待ってる、ってわけだ。愛すべき女性たちだな！

アマンダ・ベイリー　クレイグ、ちょっと訊きたいことがあるんだけど——あなたは何度となくデニス・ニルセンと面会し、長年にわたって文通もしてたわけよね。いったいどうやって、相手に深入りしすぎないようにしてたの？

クレイグ・ターナー　〝深入り〟というと……？

アマンダ・ベイリー　相手を好きになったり。尊敬したり。いっしょにいて、楽しいと感じたり。相手も自分と同じ気持ちにちがいないと思ったり。共感したり。相手を擁護してしまったり。相手の嘘を信じてしまったり、とかね。

クレイグ・ターナー　これはバランス感覚の問題なんだ、マンド。ぼくはデニスのやつの信頼をかちえて、心を開いてもらわなきゃならなかったから、それなりの関係を築く必要があった。実際、自然にそうなれたよ。ぼくたちはいろんな共通点があったからね。どっちもゲイだし、スコットランドの田舎で育ったのも、父親がいない中間子だったのも同じだ。デニスは敵意に満ちた世界を渡ろうと必死にもがいてきた、孤独な男でね。ぼくとは馬が合った。そして、やつは嘘をつかなかったよ――ぼくにはね。

二〇二一年七月二十八日、グリーンフォードのウェストウェイ・クロスにある《コスタコーヒー》でオリヴァー・ミンジーズと会う。文字起こしはエリー・クーパー。

[あなたたちがコーヒーを注文し、いい席を探したあたりのやりとりは省略。ＥＣ記]

アマンダ　どう、進んでる？

オリヴァー　なかなかはかどらない。頭の中が、別のことに占領されててさ。例のいかれた元兵士側の代理人が、調停の場を設けてきたよ。

アマンダ　本はどこまでいった？

オリヴァー　内容を練って、ネットで検索して、画面をひたすらスクロールして、背景の情報を読みあさって。もうすぐ、本格的に始められそうなんだが。
アマンダ　わたしもそんな感じ。しっくりくる第一章が書けたら、あとは自然にすらすら出てきそうなんだけど。
オリヴァー　第一章、いくつ書いてみた？
アマンダ　ふたつ。どっちも、何かちがうのよね。
オリヴァー　それで、そっちはどんな切り口で書くつもりなんだ？
アマンダ　［長い沈黙。オリヴァーには秘密にしておきたいけれど、うまい言いわけも思いつかない、というところか。EC記］《アルパートンの天使》事件が、ポップ・カルチャーに与えた影響について。ポップ・カルチャーっていうのは、事件にヒントを得た小説やテレビドラマから、ネットでくりひろげられる議論までを考えてる。そこらへんと、カルト理論を結びつけて考えてみるつもり。論理的ではない信条を、人間の心はどうやって受け入れてしまうのか。指導者と信者たちが内部崩壊を起こしてしまっても、そのカルト自体の影響力は長く残ることもあるのよ。あの天使たちの考えを、いまだに受けついで――そして、二〇〇三年のあるとき、反キリストがこの地上に生まれたと信じてる人たちがいるって事実を、わたしはいま追ってるの。たとえば、これ……［おそらく、あなたは携帯をオリヴァーに見せたんでしょうね。EC記］
オリヴァー　アルパートンのアパートメントで見つけた落書き？　その奇妙な記号は、いったい何なんだ？

アマンダ　天使の記号よ。ほら、これはあの倉庫でホリーを見つけた警察官が、わたしに書いてくれた記号。その建物は、もう壊されてしまった。でも、こうしてまた、新しく書く人がいるわけ。

オリヴァー　たしかにな。

アマンダ　この記号の意味は、ネットで見つけたのよ。これがガブリエル、これがエレミヤ、こっちがミカエル。ラファエルの記号はなかった。ホリーとジョナのもね。あの大人の天使たちはふたりの少年少女に、きみたちも天使だと告げて新しい名前をつけたけれど、それは天使の名ではなかったのよね。

オリヴァー　大人たちは大天使だったからな。ホリーとジョナは普通の天使だ。

アマンダ　でも、大人たちがホリーとジョナに、自分たちの言うとおりにしていたら、いつかは大天使になれると教えてたのはまちがいないはずよ。ほとんどのカルト教団には、指導者による寵愛の序列みたいなものがあるんだから。どれくらい指導者のために尽くすかによって、自分の序列が上がったり下がったりするの――

オリヴァー　それはちがうな。あの大人たちは人間の姿をとった大天使であり、ふたりの少年少女はこの地上で大天使の手助けをする役割を担ってたんだ。そして、全員が向こう側の世界とつながり、あちらからのエネルギーを受けとってた……こう考えると、はるかにいろんなことがはっきりと見えてくるはずだ。

アマンダ　うーん。オリヴァー、あなた、面会の後、ガブリエルに手紙を書いた？

オリヴァー　［今度はオリヴァーが黙りこむ。答えたくないということは、きっと手紙を書いたんでしょうね。EC記］どうして、おれがそんなことを？

アマンダ　［またしても長い沈黙があり、飲みものをすする音が響く。おそらく、ふたりでじっとにらみあっていたのでは。EC記］忘れないで、ガブリエルはハーピンダー・シン殺害で有罪になっただけじゃない、ほかの天使たちの死にも責任があったのよ。天使たちが自ら生命を絶つよう誘導し、その遺体を切り刻んだ人なの。頭のたがが外れてるうえ、妄想をいかにも真実だと思いこませるカリスマ性があるからこそ、より危険な存在なわけ。無防備な人間は、いつ引きずりこまれてしまっても不思議はないのよ。

オリヴァー　ご忠告には感謝するが、おれは別に無防備じゃない。

アマンダ　わたしが言いたいのはね、わたしたちはみんな、例外なく無防備だってこと。カルト教団の指導者がどんな言葉で語りかけてくるか、わたしはさんざん読んできた。そうやって、みんな洗脳されてしまうのよ。言葉を通してね。

オリヴァー　ああ、わかってる。

アマンダ　それで、ガブリエルは返事をよこしたの？　［オリヴァーの返答は聞こえなかった。EC記］

オリヴァー　この事件の目撃者が次々と死んでることに、あんたは気づいてるか？　ハーピンダー・シンと天使たちは別として。ジョナサン・チャイルズ、グレイ・グレアム、マーク・ダニング……だが、この中の誰ひとり、別に天使たちと出会ってすぐ死んだわけじゃない。みんな、つい最近のことなんだ。おれが《グリーン・ストリート》のために、この本にとりかかってから。まるで、おれがこの事件を解明する手助けになってくれるはずだった人たちが、きっちり次々と消されてるみたいに。
アマンダ　この人たちが、みんな殺されたと思ってるの？　誰に？
オリヴァー　反キリストを守ってる闇の勢力だよ。
アマンダ　だったら、いっそあなたを殺したほうが簡単じゃないの。
オリヴァー　おれがいなくなったって、誰か別の作家が代わりに書くさ。ジョナサン・チャイルズはハーピンダー・シンが死んでいるのを発見した。グレイ・グレアムは、息絶えた天使たちを。こうして遺体を発見した人間たちを次々と殺してしまえば、手つかずの犯罪現場がどんなだったかって証言は、もう二度と得られないんだ。
アマンダ　ジョナサン・チャイルズの奥さんは、夫がシンの遺体を見つけたわけじゃないと書いてよこしたけど。
オリヴァー　ジョナサンが女房に真実を話したかどうか、誰にわかる？
アマンダ　じゃ、マーク・ダニングは？　わたしたちの知るかぎり、この作家は別に誰の遺体を見つけたわけでもない。ただ、事件後すぐに、そこから着想を得た小説を書いただけ。といっても、書いてすぐ殺されたわけじゃないのよね。でも、ドキュメンタリー制作者のスージー・コーマンは二〇〇四年、この事件の取材を始めてすぐに自宅で火事が起き、そこで死んでしまったの。

オリヴァー　マーク・ダニングとそのスージーって人物が、事件について何かをつかんでたのは確かだと思うね。単独では意味をなさないような情報のかけらではあっても、おれがつなぎ合わせることによってパズルが完成し、事件の背後に隠れた真実を明らかにできるような何かを。
アマンダ　そんなにまでして隠しとおさなきゃならない真実って、どんなもの？
オリヴァー　天使たちが反キリストを破滅させることができなかった、って事実だよ。世界が滅ぶとき姿を現す反キリストは、いまやこの地上を歩きまわり、観察し、学び、自分がことを起こして権力を握る機会をうかがってるんだ。［ああ、どうしましょう、マンド。たしかに、これが奇妙な偶然であることは認めないといけないかも。でも、この人たち、本当にオリヴァーの——あるいは、あなたの——取材のせいで殺されたんでしょうか？　ＥＣ記］
オリヴァー　現場を見にいったときのことを憶えてるか？　建物の入口に近づいただけで、おれの感覚はぐちゃぐちゃになった。ほとんど気を失いかけたよ。あれはやつらのしわざなんだ、おれの力を遮断しようとして。ガブリエルと会った後も、同じことが起きた。あのとき、おれが車を運転できなくなったのを憶えてるか？　そして、天使たちが最初に暮らしてたアパートメントの外で、いきなり気分が悪くなったこともあったよな。
アマンダ　なるほどね……あなたがこれから書く本にとっては、どれもすばらしい材料になるかも。でも、ジョーの忠告を忘れないで。謎を提示して、答えを見つけるのは読者にまかせるの。

オリヴァー　わかってる、わかってる。［またしても長い沈黙。コーヒーを飲み、そして考えこむ……ＥＣ記］

アマンダ　ガブリエルはあなたに、自分はシンを殺したはずはない、夢で自分の魂を見たら、どこにも汚れがなかったから、みたいなこと言ってたでしょ。ガブリエルが無実だって、あなたは信じてるの？

オリヴァー　ガブリエルがそんなことを言ったって、どうしてあんたが知ってるんだ？［あの音声ファイルから雑音を消去したこと、オリヴァーに話してないんですか？　ＥＣ記］

アマンダ　あなたがそう言ってたじゃない。

オリヴァー　いつ？

アマンダ　タインフィールド刑務所から帰る車の中で。

オリヴァー　言ってない。

アマンダ　あなたが言わなきゃ、わたしが知るはずないでしょ？　でも、それって、無実を主張するには奇妙な根拠よね。もっと単純に「わたしはやっていない、冤罪(えんざい)だ」とか、「はめられたんだ」とか言えばすむことじゃない？　こんな言いかただと、やったのかやってないのか、まるで自分でもわかってないみたい。

オリヴァー　どっちにしろ、おれも証拠を持ってるわけじゃないし。

アマンダ　もしもシンを殺したのがガブリエルじゃなかったら、いったい誰が犯人なの？

オリヴァー　闇の勢力だろ。ひょっとして、シンも闇の勢力の一員だったのかな？

アマンダ　あなた、ジェス・アデシナの『あたしの天使日記』は読んだ？［オリヴァーはかぶりを振ったらしい。EC記］これはね、あの天使たちにヒントを得た、ヤング・アダルト向けの小説のシリーズなの。ロマンティックな青春の軌跡をたどる、壮大な物語。すごく笑えるハチャメチャなお話でね、ティリーっていうおかしな女の子が主人公なのよ。ティリーは自分が天使だってことを知ってる、って言いはるんだけど、この〝天使〟っていうのはね、ここではバイセクシャルだって意味なわけ。シリーズは全四巻で、主人公も読者といっしょに成長していくの。物語の最初ではハイスクールの生徒だったティリーは、最終巻では年上の男性と結婚するし、同性の恋人もまた、別の男性と結婚するのよね。そして、アパートメントの隣りあった部屋で、みんなで多重恋愛的生活を送るようになるの。まあ、ちょっと現代ふうで軽薄な、アヴォカド載せトーストを食べるジェーン・オースティンみたいな感じ。

オリヴァー　なるほどな。［そう言いながら、顔をしかめてみせた気配。EC記］だが、まあ、おれはその本の想定読者層から外れてるよ。

アマンダ　最終巻の最後の数ページでね、あたしたちは誰も天使なんかじゃなかった、みんなそれぞれちがってただけなんだって、ようやくティリーが認めるのよ。これが、自己実現に向かって歩んできた、ティリーの長い旅路の到達点なわけ。天使云々はね、ティリーが表に出せずにいた自分の比喩なの。ようやくそれを表に出せるようになると、ティリーはいわば天使の翼を脱ぎ捨てて、自分の人生を歩みはじめる。そこで、わたしたち読者もティリーに別れを告げるんだ。ほんと、感動的なんだから。

オリヴァー　ネタバレをがっつり、ありがとう。

アマンダ　十年前の《グラツィア》誌に掲載された作者のインタビューを見つけなかったら、この小説が《アルパートンの天使》事件に関係があるなんて、思ってもみなかったかもしれない。そのインタビューでね、アデシナは事件の関係者から話を聞いたって、はっきりと語ってるの。その後、アデシナとホリーが同じ学校に在籍してたことがわかって……

オリヴァー　当ててみようか。ホリーがその学校にいたのは、ほんの短い期間だったんだろう。小学校入学前から中等学校第六学年までアデシナとずっといっしょだったなんて、そんなはずはないからな。［ここで、あなたは黙りこむ。オリヴァーがそれを知っていたのを聞いて驚いたかのように……EC記］

アマンダ　そうなの。ええ、まさに、アデシナはそう言ってた。ホリーは別の学校から転校してきて、ほんの一時期だけそこにいた、って。

オリヴァー　ホリーは十代の少女じゃないんだ、マンド。見た目も、ふるまいも、いかにも幼く見えたかもしれないし、若者らしい問題を引き起こしたり、世間知らずな仮面をかぶっていたかもしれないが……ホリーもジョナも、永遠を生きてる存在なんだから。

アマンダ　その話、本の中ではほのめかすだけなのよね？

オリヴァー　まあな。

［あなたにメッセージしますね。EC記］

二〇二一年七月二十八日、エリー・クーパーとわたしが《ワッツアップ》で交わしたメッセージ

エリー・クーパー　この事件には、何かおかしなところがありますよね。気づかないうちにじわじわと頭に忍びこみ、考えていることを変えてしまうような。

アマンダ・ベイリー　あーら、エリーー！　脚をテーブルの上に伸ばして、赤ワインのグラスを片手にNetflixを物色してるところを見つかっちゃった　そうね、あなたの言うとおりかも。論理と直感、頭と心のせめぎ合い。ある人にとってはただの偶然で、それ以上の意味はない。でも、別の人にとっては、超自然的な力が働いてる証拠に見えたりね。

エリー・クーパー　または、地上の犯罪組織がよからぬことを企んでいるのかも

アマンダ・ベイリー　オリヴァーは、本人こそあれで論理的かつ理性的な人間のつもりなんだけど、実は思考が直感に引きずられるタイプだってこと、今回の件で白日の下にさらされちゃったでしょ。ふたりの警察官、ローズとカーンのこと、あなたは憶えてる？

エリー・クーパー　ホリーによる999への通報を受けていっしょに現場へ急行し、床に描かれた天使の記号を、ひとりは見て、もうひとりは見なかった警察官たちですよね？

アマンダ・ベイリー　ふたりとも、たしかに天使の記号を見てるのよ。でも、数カ月後に自分の記憶と食いちがう写真を見せられて、カーンは自分の勘ちがいだったと〝悟って〟しまったわけ。目の前にはっきりした証拠を出されたら、そちらを信じてしまう人間だったの。いっぽう、ローズのほうは、写真を信じようとはしなかった——なぜなら、この世には理解を超える力が存在する、もともとそういう世界観の持ち主だったから。偶然の一致や説明のつかない現象が起きたとき、人間はみな、自分自身の思考回路に引きずられてしまうものなのかもね。

二〇二一年七月二十八日付でBBCニュース・サイトのサセックス版に掲載された記事のプリントアウト

火事で死亡の男性、身元判明

昨日（七月二十七日、火曜）ルイスで起きた住宅火事により死亡した男性は、デイヴィッド・ポルニース氏（六十七歳）と判明した。午前二時、ビショップ・ロードの住宅で火災が発生したとの通報により消防隊が現場に急行したものの、ポルニース氏とは連絡がとれずにいたという。今朝、氏の死亡が現場で確認された。近隣の住民からは、引退した会計士であり、この家でひとり暮らしをしていたポルニース氏を悼む声が寄せられた。「もの静かながら人当たりがよく、世界の情勢に興味を持ち、つねに今後の計画を頭に描いていた人物でした」と、匿名希望の住民のひとりが語る。警察によると、出火原因に不審な点があるか判定するのは時期尚早ではあるものの、自宅内に保管された大量の書類により、火の回りが早かったのはまちがいないという。

二〇二一年七月二十八日、わたしとオリヴァー・ミンジーズが《ワッツアップ》で交わしたメッセージ

アマンダ・ベイリー　素人探偵のデイヴィッド・ポルニースという人から連絡がなかった?

オリヴァー・ミンジーズ　いや。

アマンダ・ベイリー　もともとは会計士だったのよ。もう退職しててね。趣味として、《アルパートンの天使》事件を調べてたの。頭の回転が速く、理性的な人で、この事件にすっかり夢中になっててね、法科学の視点からいろいろと調べてるみたいだった。それで、その人にあなたの連絡先を教えたの。何か、有益な情報をあなたに提供してくれるかもと思って。

オリヴァー・ミンジーズ　素人探偵だって？　そんなやつの強迫観念の産物を聞かされるはめになるのか？　勘弁してくれよ。

アマンダ・ベイリー　昨夜、その人が亡くなったの。原因不明の火災で。わたしのタイムラインに、ちょうどそのニュースが出てきたのよ。リンクを送るから、見てみて。

オリヴァー・ミンジーズ　くそっ、くそっ。こいつはまずいな。

オリヴァー・ミンジーズ　これでもう、五人が死んじまったわけだ。そのうち四人は、この事件についておれと連絡をとろうとする直前、あるいは直後にやられてる。

ジェス・アデシナ著『あたしの天使日記　２』から破りとった一ページ

魔法のもやがうっすら輝く十一月

あの人のこと、あたしはガブリエルって呼んでる。あの天使の男性ね。見てると、猫のガブリエルのこと思い出すのよ。もしかして、神さまが生まれかわらせてくれた？　でも、現実には、そんなことありえない。人間のほうのガブリエルは、猫のガブリエルが生まれる三十年以上前に生まれてるんだもの。それに、猫のガブリエルは、いまだに元気に生きてるし。それでも、猫には九つの生命があるっていうよね。だったら、それが同じ時代に別の身体に宿ってたっていいんじゃない？

　猫の生まれかわりだなんて言われたら、あたしなら嬉しくなっちゃう。猫って、たしかに凶悪なならずものかもしれないけど、その気になったらすっごく甘えんぼうで、優しくて、世界でいちばん可愛らしい生きものだもの。ならずものがあえて甘えんぼうで、優しくて、可愛らしくふるまってくれるなら、それって、ならずものじゃない生きものがそんなふうにふるまうより、はるかに意味があるんじゃないかな。

　人間のガブリエルは目に翼を宿してるけど、あたしをふわっと浮きあがらせてくれるのは、その声なんだ。

マーク・ダニング著『白い翼』から破りとった一ページ

目の前に延びる廊下は、途中から漆黒の闇に呑みこまれている。緋色（ひいろ）、緑、艶のある木材、そして金襴（きんらん）の綾（あや）なす光景。この屋敷は遠く過ぎ去った日々の生きた遺物なのだ。一世紀半の歳月を経ていないのは、ちかちかと点滅する電球、そしてはっきりとした《４７１１》の香りくらいだろうか。セリーヌは完璧に整った小鼻をひくつかせた。これはほんもののコロンの香りじゃない、そう判断する。あの香りに似せた噴霧液、つや出し剤、ワックスの匂いだ。

この廊下には、少なくとも五十の扉が並んでいる。最初のいくつかの前を、セリーヌは音もなく通りすぎた。バレンシアガのあまりに優美なヒールは、年代ものの絹のペルシャ絨毯に傷ひとつつけることはない。セリーヌの身体も、まるで夢の中のように重さを持たない。通りすぎる瞬間、セリーヌの翼がアンティークの燭台をかすかにかすめた。ムラーノ・ガラスの繊細な細工の縁が波打ち、涙の形の飾りが震えながらそっと触れあう音を後ろに残しつつ、さらに奥へ進む。

ひとつひとつの扉をじっと見つめ、その向こうに何があるのか、セリーヌはひたすら感覚を研ぎ澄ませていた。ここはちがう。ここでもない。では、ここ？　ほかの扉と、何ひとつ変わるところはない。だが、左右にちらりと目をやると、セリーヌはほっそりとした優雅な指で扉のハンドルをつかんだ。すばやく中に入りこむと、廊下はふたたび、この扉を見つけたときのように静まりかえる。ただ、ガラスの音が消えゆく余韻の中、一枚の白い羽毛がふわふわと空中を行き来しながら、ゆっくりと落ちていくばかりだ。

ここが、探していた部屋。図書室。まるで空中のイオンや素粒子を読み解くことができるかのように、セリーヌは深く息を吸いこんだ。子鹿のような深く澄んだ目が、ふいに細くなる。ここにいた。窓の下に。ぽつんと。守るものもなく。ふわふわと舞いながら、そちらに近づく。

それは、まるで宝もののようにまばゆく輝いている。心臓の鼓動が激しくなり、唇が開くのがわかった……ガブリエルに託された使命のすべてを果たしたことを悟り、翼がセリーヌを抱きしめるかのように、その身体を包みこむ。ガブリエルとともに、自分はこの……これを手にし、そして消滅させるのだ。

脚本『神聖なるもの』クライヴ・バダム作より二十ページ分抜粋

屋内。アパートメントの居間――夕方

くたびれた恰好のガブリエル、キッチンのカウンターの椅子に腰かけ、コーヒーのマグカップごしにジョナとホリーを見つめる。

ガブリエル「その女は公的機関から来たようだったか？　警察とか、区役所とか、社会福祉施設とか？」

ホリーとジョナが肩をすくめる。ガブリエルのため息からは、内心をうかがい知ることはできない。

ガブリエル「反キリストを助け出しにきたのはまちがいないな……こういうとき、やつらはたいてい女をよこすんだ」

ジョナ「どうして？　女のほうが弱いのにさ」

ジョナからガブリエルへ、ホリーが視線を移す。

ガブリエル「死すべき人間の世界では、闇の勢力も人間以上の力を持つことはできない、われわれと同じにね。力ずくで助け出そうとすると、われわれの抵抗に遭う。だから、やつらはわれわれを誘惑しようとするんだ。われわれのほとんどは男だろう。人間の世界では、女は男の気をそらし、目的を遂げさせないようにするんだよ」

そう言うと、ホリーに向かっていたずらっぽく目をしばたたかせる。

ジョナ「(ホリーのほうにあごをしゃくりながら)じゃ、なんでこいつは女だったんだ?」

ガブリエル「悪くとらないでくれよ」

ホリーも同じ疑問を目に浮かべ、ガブリエルのほうを見る。

ガブリエル「ホリーの役割は、赤んぼうの世話をすることだ。だからこそ人間の女性として送りこまれてきたんだよ、(ジョナを指しながら)こうして守護者を連れてね」

ジョナ「つまり、おれの役割は赤んぼうを守ることなのか」

ガブリエル「それは、われわれ全員の役割だ。われわれのエネルギーが、赤んぼうを包みこんで守っているんだからね」

ホリー「でも、こんなに邪悪なものを守るなんて、意味がわかんない」

説明しがたいことを説明しようと、ガブリエルが言葉を探す。

ガブリエル「これを破滅させるには、正しい時機に、正しい方法で行うしかないんだ。さもなければ、一世紀にわたる犠牲、待機、努力の積み重ねが、すべて惨憺たる結果に終わってしまうことになる。だからこそ、そのときが訪れるまでは守りぬくしかないんだ」

そして手を伸ばし、ホリーとジョナを抱きよせる。

ガブリエル「だが、われわれはけっしてひとりぼっちじゃない。ここにも、そして外にも仲間がいて、みなが力を合わせ、われわれが目的を遂げるのを助けてくれる。この世界と向こう側、境界をはさんで両側に、われわれの味方はいるんだ」

偉大な師の教えに耳をかたむけるかのように、ホリーとジョナは一心に聞き入っている。

ガブリエル「ただ、やつらのもっとも凶悪な武器は、この世界の権力だ。われわれは地上の法律を破っているからね、そこが無防備なんだよ」

赤んぼうが泣く。ガブリエルはコーヒーを飲みほし、立ちあがる。

ガブリエル「わたしの当番だな……」

部屋を出ていくガブリエルを、ホリーの視線が追いかける。

屋内。アパートメントの居間——夜——しばらく後

ガブリエルはソファに力なく身体を預け、ホリーとジョナはその両側に寄り添う。三人の腕、そして脚は、だらしなくからみあっている。ファンタジー映画が終わる。ガブリエルはリモコンのボタンを押す。テレビの映像が切り替わり、ゲームのメニュー画面に。ジョナは床からコントローラーをふたつ拾いあげると、ひとつをガブリエルに放る。

ガブリエル「一回だけだぞ。明日の朝は、わたしは早いんだから」

少年のようにはしゃぎながら、ジョナとガブリエルはそれぞれが操作するキャラクターの設定をする。そんなふたりの様子を、その絆の強さをホリーは眺め……やがて、そっと立ちあがると、ふたりに気づかれずに寝室へ向かう。

屋内。アパートメントの廊下――翌朝

ホリーが足音を忍ばせ、壁ぎわを歩く。ドアの隙間から居間をのぞきこむと、ガブリエルが忙しそうにキッチンを動きまわっている。コーヒー・メーカーがうなるような音をたてる。

屋内。アパートメントのキッチン／廊下――朝

安っぽいスーツをりゅうと着こなしたガブリエルが、玄関の鍵と携帯をつかみ、急ぎ足で誰もいない廊下を玄関へ向かう。足音をたてないようにして、ジョナの寝室、そしてホリーの寝室の前を通りすぎる。そして、玄関のドアがその背後でかちりと閉まる。ほんの数秒後、ホリーの寝室のドアがわずかに開く。背後のかごベッドで眠る赤んぼうをちらりと見やると、ホリーもまた玄関へ向かう。

屋内。アパートメントの踊り場――朝

ホリーが玄関からするりと外に出ると、忍び足でその場を立ち去る。その後ろでドアが閉まるが、かんぬきは引かれたままで、つまり鍵はかかっていない。

屋外。街路――昼間

ガブリエルが手にした携帯の地図を見ながら大股に歩き、やがて道を横断する。人ごみの中に、ちらりと顔がのぞく。ガブリエルの背後では、ホリーが安全な距離を空けつつ後を尾けている。

屋外。老人施設――昼間――それから間もなく

市が所有する、感じのいい現代ふうの建物の前でガブリエルが足をとめる。携帯に目をやり、それから建物を眺め、手にした紙片を確認すると、大股に中へ入っていく。そこは老人施設らしく、看板にはこうある――《メドウ・ビュー・ケア・ホーム》。

ホリーは生垣の後ろに身を隠しながら窓に近づき、その中をのぞきこむ。ガブリエルは三人の老人といっしょに腰をおちつけている。何も聞こえてはこないものの、ガブリエルがほほえみ、口を開けて笑い、老人たちの手にキスをするのが見える……三人は、すっかり魅了されているようだ。ガブリエルは三人のかたわらに腰をおろし、ずっと話しつづけていたが、やがて本を開き、老人たちに読み聞かせを始める。

ホリーの視線がガブリエルの足首に移り、見まちがえようがない犯罪者監視用の電子タグの形を確認する。考えこみながらも安堵したような表情を浮かべ、ホリーが窓辺から離れる。

この先のページは破りとられている。六ページ分が欠落……

屋内。アパートメントの居間——夜——しばらく後

ガブリエルとエレミヤが部屋に飛びこんでくる。ホリーとジョナは飛びあがるが、逃げようとして立ちどまる。ミカエル（三十代、痩身、洗練された服装ながら、どこか不気味でこの世のものではない雰囲気）が、エレミヤの背後にすっと姿を現す。

エレミヤ「ホリー、ジョナ。（一瞬の間を置いて）ミカエルだ」

ホリーとジョナは見知らぬ新顔を受け入れ、ガブリエルに指示を待つような視線を向ける。ガブリエルはどこかぴりぴりした笑みを浮かべている。

ミカエル「なるほど、この子たちか。われらが英雄だね。きみたちのことは、いろいろと聞いているよ……」

歩きまわりながら、ちらりとガブリエルに目をやる。

ミカエル「……きみたちが、どれほどすばらしい仕事をなしとげたかについてもね。だが、われわれの防御は破られてしまった。われわれの弱みをつかんだからには、そこを徹底的

にねらってくるだろう。まだまだ、われわれの身が安全になるときはない。惑星直列が起き、やつらの包囲から完全に逃れることができるまでは」

　部屋の中を行きつ戻りつするミカエルを、全員が目で追う。

ミカエル「だが、その前に、いまやさしせまった問題がある。闇の勢力が利用した、この世の人間の魂の器に引きよせられて、いまにも地上の法の権力組織がわれわれに迫ろうとしているのだ。あの器を、消してしまわなくてはならない」

　ホリーとジョナが、ぽかんとした顔をする。

ミカエル「死体だ。あれを始末しなくては。どうしても」

　ふたりの顔に、驚きと恐怖が浮かぶ。

ホリー「あれ、自然に燃えあがったり、溶けたりはしてないの?」

ミカエル「そう心配そうな顔をするなよ!　この問題は、われわれで解決できる。(ガブリエルに)そうだろう?」

ガブリエルは真剣な顔で、かすかにうなずく。エレミヤとガブリエルは、静かに部屋を出ていく。ホリーとジョナは、ミカエルと向かいあう。

ミカエル「きみたちは、自分のすべきことに集中するんだ」

かごベッドの中で、赤んぼうが弱々しい泣き声をあげる。ミカエルは凍りつき、やがてそちらへふらふらと近づいていく。

ホリー「ミルクをやらないと」

ホリーはキッチンに行き、哺乳瓶を手にとる。ミカエルは赤んぼうの上掛けをはぎとると、指でその頰を撫(な)でる。ミカエルの顔に、奇妙な、考えこむような表情が浮かぶ。ガブリエルとエレミヤが、静かに部屋に戻ってくる。

エレミヤ「(ミカエルに) 話したいことがある……われわれだけで」

ホリーが哺乳瓶を手に、すぐそばを通りすぎる。

ガブリエル「ホリー、ジョナ……」

ホリーとジョナが部屋を出ていく。そして、居間のドアが閉まる。ガブリエル、エレミヤ、ミカエルは無言のまま待っていたが、やがて……

エレミヤ「首、胸、ありとあらゆるところを刺されてる。おそろしい出血量だ。床板を剝がして、漆喰（しっくい）を塗りなおさないと」

ガブリエルが不安げに身じろぎする。

ガブリエル「通路で騒ぎがあったのを、子どもたちが聞きつけてね。ドアを開けてはならなかったのに……あの男が、よろよろと入ってきてしまったんだ」

ミカエルがガブリエルをまじまじと見つめる。それは嘘だとわかっている顔だ。

ミカエル「何だっていい。とにかく、ここに置いてはおけないんだ」

エレミヤ「隣は空き部屋だったな。そこに移したらいい」

ミカエル「くそっ！　いったい、あいつは何ものなんだ？」
ガブリエル「ここの住人だよ。この通路の先の部屋に住んでいる」
エレミヤ「ひとり暮らしなのか？（ガブリエルがうなずく）
赤んぼうを連れて、ここを出よう」

ガブリエルが言葉にならない鬱憤を爆発させる。

ガブリエル「まだ早すぎる」
ミカエル「あの子たちはどうする？」
エレミヤ「あの子たちはもう、すでに目的をはたしてる（ガブリエル、ミカエル、エレミヤが、含みのある視線を交わす）」

屋内。アパートメントの寝室――夕方

ホリーがベッドに腰かけ、赤んぼうにミルクを飲ませている。ジョナはベッドの反対側の端に丸くなり、その様子を眺めている。ホリーは考えこみながら、眉をひそめる。

ホリー「ミカエルって、どういう人？」

　ジョナが肩をすくめる。

ジョナ「また、別の大天使だろ」
ホリー「あの人、ガブリエルとはちがう感じ。エレミヤとも」
ジョナ「おれが思うに、ミカエルはさらに天使として位が上なんじゃないかな」
ホリー「わたしたち、いつか大天使になれるのかな？　もっと大人になったら」
ジョナ「（かぶりを振りながら）おれたちはただの天使だ、それだけのことさ。おれたちには、導いてくれる大天使が必要なんだ」

　一瞬の間。

ホリー「わたしたちにもいろんなことができたらいいのにね。空を飛んだり。何かを吹き飛ばしたり。たくさんの人を癒やしたり」
ジョナ「それはおれたちに与えられた目的じゃない。おれたちの死すべき身体は、そういうことができないようになってるんだ」

　赤んぼうがミルクを飲むのをやめる。その背中を撫でながら、ホリーは考えこんでいる。

屋内。アパートメントの居間――夜

エレミヤとミカエルは、深い懸念の色を浮かべたガブリエルと向かいあっている。

ガブリエル「あいつらは隠れみのなんだ。それも、優秀な。わたしが赤んぼうを連れているところを、誰かに見られるわけにはいかない、そうだろう？　それは、きみたちだって同じはずだ」

ミカエルは鋭い視線でガブリエルを見かえす。

ミカエル「（絶望したように）ああ、ガブリエル……（一瞬の間を置いて）いま、やるしかない。あの赤んぼうを、わたしのところに連れてきてくれ」

ガブリエルは息をつくと、言われたとおり部屋を出ていく。

わたしと野心に燃える脚本家の卵、クライヴ・バダムとの以下のやりとりは、クリップで留められたここまでの脚本の後ろに、ホチキスで綴じておく。

宛先　クライヴ・バダム　　送信日　2021年7月28日
件名『神聖なるもの』　　送信者　アマンダ・ベイリー

こんにちは、クライヴ
その後お元気でしょうか。わたしがプロデューサー兼監督として、映画業界に仕事の場を移したことは、もうお話ししましたっけ？　ええ、実は最近のこと、この業界の友人からあなたの受賞した脚本『神聖なるもの』を熱烈に勧められて、もう、これは読むしかないと思ったんです。それで、その友人に頼んで、原稿を送ってもらったんですよ。かまいませんよね？　いま、ちょうど読んでいる最中なんです。

感謝をこめて
アマンダ

二〇二一年七月二十八日、クライヴ・バダムからわたしへのテキスト・メッセージ

クライヴ・バダム　やあ、アマンダ！　きみのおかげで、最高の一日になりそうだ！　いや、すばらしいニュースだな。読んだら、ぜひ知らせてくれ。よかったら、チャットでもして感想を聞きたいね。連絡先やら何やらも送るよ。技術部門や編集加工部門にも、ぼくはなかなか顔が広いんだ。この作品の制作に向けて、きっとすばらしいパートナーになれると思うよ。

4

わたしを怒らせようとする
みなの必死の努力にもめげず、さらに核心へ。
やりとり、インタビュー、そして目を通した関係資料。

二〇二一年七月二十九日、担当編集者ピッパ・ディーコンとわたしが《ワッツアップ》で交わしたメッセージ

ピッパ・ディーコン　きょうの《デイリー・ウォッチ》紙、見た？　十四面なんだけど。

アマンダ・ベイリー　わたし、新しい切り口のための調査で、昨夜は三時まで起きてたの。まだ寝てたんですけど。

ピッパ・ディーコン　オンラインではトップ記事になってる。すぐに見てみて。

アマンダ・ベイリー　携帯、いま充電が一パーセントなの。ちょっと待ってて。

アマンダ・ベイリー　何、これ、どういうこと？？？　あああ、あの野郎、よくもまあ。

ピッパ・ディーコン　こんな記事を書いてるって、あなた、知ってた？

アマンダ・ベイリー　とんでもない！　知ってるわけないでしょ。

アマンダ・ベイリー　ごめんなさい、ピッパ。わたし、本当に何も知らなくて。とにかく、これにはどんな裏があるのか理解し、冷静にきっちり対処するためにも、まずはおちついて記事をちゃんと読まなくちゃ。

アマンダ・ベイリー　あいつったら、わたしが撮った写真まで使って。ほんとに、嘘つきで詐欺師で傲慢で能なしのクズ野郎。

二〇二一年七月二十九日、《ウォッチ・オンライン》記事の一部のプリントアウト

《アルパートンの天使》事件の少年、いまは修道士に

- **現在もジョナという名を名のる**
- **辺鄙（へんぴ）な地の修道院で幸せを見出す**
- **祈りは一日に七回**
- **修道服をまとい、ブタを飼い、ビールを醸造する生活**
- **死のカルトについて語ることは拒否**

執筆者：オリヴァー・ミンジーズ《ウォッチ・オンライン》

二〇〇三年、死のカルト教団《アルパートンの天使》から救出されたときには十代の少年だった人物は、いまはワイト島の人里離れた風光明媚(めいび)な地にひっそりと建つ修道院で、世間から隔絶した生活を送っている。コア修道院（Quarr と綴る）には、ベネディクト派の修道士たちが少人数で共同生活を送っており、一日に七回の祈りを捧げつつ、ブタを飼い、ビールを醸造するという暮らしだ。修道士たちはテレビも携帯電話も持たず、インターネットの使用も避けている。

赤んぼうを生贄に捧げようとし、四人もの男性が生命を落とした、暴力と死のカルト教団と当時かかわりを持ちながらも、この男性はいま、ついに自分の人生の目的を見出し、幸せに暮らしていると語る。とはいえ、いまだ使用している〝ジョナ〟という名は、そのカルト教団の指導者であり、いまは殺人罪で服役中のガブリエル・アンジェリスから与えられたものだ。

《アルパートンの天使》の正体は？

この《アルパートンの天使》とは、ガブリエル・アンジェリス、本名ピーター・ダフィを指導者とし、ロンドン北西部のアルパートンに拠点を置いていたカルトである。信者たちは自分が天使であると信じ、惑星直列の時期に合わせて生まれたばかりの反キリストを殺すことが、この地上における自分たちの使命だと考えていた。

　アンジェリスは一九九〇年ごろ、平型捺印証書により自身の名を改めており、自分の信奉者にはミカエル、エレミヤ、ラファエルといった、聖書に登場する名を与えていた。そして、家出した十代の少年少女にねらいを定め、神に与えられた使命を遂行するための手伝いをさせていたのだ。

　二〇〇三年十二月、廃屋となった倉庫で三人の信者の損壊された遺体が発見され、このカルト教団は血なまぐさい終焉（しゅうえん）を迎える。さらにもうひとり、ウェイターだったハーピンダー・シンの遺体も見つかり、この事件との関係が明らかにされた。アンジェリスは現場から逃走したものの、まもなく逮捕、シンの殺害容疑で起訴されることとなった。

　里親の家庭から逃げ出し、このカルト教団に加わっていたふたりの十代の少年少女は、ふたたび児童保護制度の庇護（ひご）下に入ることとなる。当時、どちらも十七歳だった少年と少女が事件を通報したことに、警察官たちからは賞賛の声があがった。そのおかげで、少女が出産したばかりの乳児は、天使の手にかかって殺される運命を免れたのだ。未成年者として、三人の身元は明らかにされていない。


《アルパートンの天使》事件から生きのこった人々は、いまどこに？

　ガブリエル・アンジェリスは、現在タインフィールド刑務所で終身刑に服している。

　十代の少女〝ホリー〟とその赤んぼうには新たな身元が与えられ、いまも元気に暮らしているという。

〝ジョナ〟はコア修道院で生活していることが、つい先ごろ明らかにされた。禁欲的な修道生活にようやく幸せを見出していると、本人は語っている。

二〇二一年七月二十九日、エリー・クーパーとわたしが《ワッツアップ》で交わしたメッセージ

エリー・クーパー　まだ読んでいないんですけど、ネットを見ていたら、《デイリー・ウォッチ》のサイドバーが表示されてて、オリヴァー・Mによるジョナ修道士の記事の見出しが目に飛びこんできて。あの人がそんなものを書いていたなんて、あなたは知っていたんですか？

アマンダ・ベイリー　さらさら知らなかった。いま、おっそろしく頭に来てるところ。

二〇二一年七月二十九日、わたしとオリヴァー・ミンジーズが《ワッツアップ》で交わしたメッセージ

アマンダ・ベイリー　あなた、いったい何を考えてたの？

オリヴァー・ミンジーズ　いつの話だ？　何のことだよ？　あの《ウォッチ》の記事か？

アマンダ・ベイリー　🙄

オリヴァー・ミンジーズ　以前《グリーン・ストリート》に企画をボツにされるかもしれないと思ったとき、あの記事を送っといたんだ。

アマンダ・ベイリー　どうしてよ？　何の助けになるっていうの？

オリヴァー・ミンジーズ　ああいう記事を出しとけば、おれの名とあの事件が結びつけられて、おれは〝詳しい専門家〟ってことになるからさ。ジョーに対しても好材料になると思って。それに、もしも企画をボツにされても、あの記事がいくらかでも金になれば、何もかも無駄ってわけじゃない。だが、《ウォッチ》は例の事件にさほど興味がないらしくて、あの記事も何週間も放っておかれてたんだ。もう、存在も忘れてたよ。たぶん、ニュースが足りない日に出すつもりで待ってたんだろう。

オリヴァー・ミンジーズ　せめてもの慰めになるなら言っとくが、おれの原稿は向こうにまるまる書き直しされたよ。

アマンダ・ベイリー　あなたがそこまで見下げはてた卑怯な手を使うなんて、ほんと、信じられない。

オリヴァー・ミンジーズ　あんなもの、すべて誰にだって手に入れられる情報じゃないか。公平な勝負だよ。ジョナを見つけるのだって、誰にだってできる。それが、たまたまおれだっただけだ。

アマンダ・ベイリー　あなたじゃない。わたしがジョナを見つけたの、まちがえないで。少なくとも、わたしとの共同執筆ってことで、ちゃんとわたしの名前を出すべきでしょう。

オリヴァー・ミンジーズ　なんだよ、そんな些細なことにこだわってるのか。

アマンダ・ベイリー　そのうえ、わたしが撮った写真まで嘘の口実で手に入れて、自分の名前で掲載させて！

オリヴァー・ミンジーズ　たった二枚だけのことじゃないか。見てみろよ、ほら、どっちみち使いものにならないような写真だろ。それに、あの記事はとっくに主要ニュースから滑り落ちてるよ。サイドバーにも、もう出てこない。

オリヴァー・ミンジーズ　ほら、エリザベス・ハーレイの〝年齢を感じさせないビキニ〟と、カイリー・ジェンナーの〝大胆なハミ乳ドレス〟の記事に蹴落とされてる。だからさ、まあ、おちつけよ。そのうち、夕食でもおごるから。

アマンダ・ベイリー　今回のことではね、わたしたちふたりの企画が両方とも危機にさらされたのよ。この事件に対する世間の興味をかきたてる時期は、あくまで刊行直前をねらうべきなの。あまりに早く騒ぎたてたら、そこらの三文記者や有象無象の連中がこぞって赤んぼうを探しはじめたり、ネタバレ記事を世に出したり、わたしたちの書くはずのネタを横取りしたりしかねないんだから。

オリヴァー・ミンジーズ　赤んぼうはもう探しようがないって、あんたが自分で言ってたはずだろ。

オリヴァー・ミンジーズ　ふーん、無視するなら勝手にしろ。

オリヴァー・ミンジーズ　おーい、ご機嫌はまだ直りませんか？

アマンダ・ベイリー　今度は何よ？

オリヴァー・ミンジーズ　赤んぼうはもう探し出せないって、あんたが言ってたんじゃないか。それなのに、いまさら他人が見つける心配かよ。

アマンダ・ベイリー　赤ちゃんはもう探し出せない、ってこと自体が、ニュースのネタでしょ。

オリヴァー・ミンジーズ　《ウォッチ》はそう思ってないみたいだ。おれも原稿でそのことに触れたんだが、削除されたよ。

二〇二一年七月二十九日、わたしと《ウェンブリー・オンライン》論説委員のルイーザ・シンクレアが交わしたメール

宛先　ルイーザ・シンクレア　　送信日　2021年7月29日
件名　質問　　送信者　アマンダ・ベイリー

こんにちは、ルイーザ

オリヴァー・ミンジーズに、まんまとしてやられちゃった。あの陰険なクソ野郎ったら、わたしに隠れてこそこそ立ちまわって、《アルパートンの天使》事件の未成年だった少年少女について、自分の名前だけで勝手に記事を出したの。そもそも、その記事の元になったインタビューは、わたしが自分とオリヴァーのために準備して、重要な情報を引き出す質問もすべてわたしがぶつけて、写真まで撮ったのに。本当に、むかつくったら。

なにしろ、あいつったら先方に送った原稿で、すごく重要な情報を漏らしちゃってるのよね。それがどれほど大きな意味を持つ情報なのか、理解してないんだから困っちゃう。例の赤ちゃんが、けっして足跡をたどれない方法で養子に出されてしまった、って件。それなのに、《ウォッチ》は〝新たな身元が与えられ、いまも元気に暮らしている〟みたいな月並みな表現でお茶を濁してる。

これって、どうしてはっきり書かなかったのかな？　そのうえ、《ウォッチ》は追加取材や撮影もしてないんだ。そこに何か意味があるような気がするんだけど、何だろう？　何か、思いあたることはある？

アマンダ　x

宛先　アマンダ・ベイリー　　送信日　2021年7月29日

件名　Re：質問　　　送信者　ルイーザ・シンクレア

やだ、笑っちゃう！　アマンダ、まさかあなたが、よりによってオリヴァー・ミンジーズに出し抜かれるなんてね。

《ウォッチ》がその部分を削除した理由だけど――いちばん単純な理由は、確認しようとしたけど、裏が取れなかったからだと思う。でなければ、その情報の報道に、超差し止め令が発動したとか――ほら、超差し止め令の最重要ルールは、〝差し止め令が出たことも報道してはならない〟だから。でも、あの措置を発動させるには、莫大な弁護士費用がかかるでしょう。養子に出された十八歳の子が、十万ポンドものお金を出せるかなあ？

唯一ほかに考えられる理由があるとしたら――その件をこれから深く掘りさげて報道する計画があって、そのための下準備をしてる、ってところかな――ひょっとしたら、あそこの記者がすでに赤ちゃんの行方を追ってるとか、あるいは〝足跡をたどれない養子縁組〟についての記事を書こうとしてるとか。こういうちょっとした記事は、世間の関心の度合を測るのに向いてるのよ。その記事がどれだけクリックされたか、どれだけコメントがついたか、どれだけSNSで引用されたか、みたいな。結果次第で、その件にどれくらい労力を割いて取材すべきかがわかるわけ。

その記事のコメント欄は、見ておいたほうがいいと思う。まともに情報提供はしてくれないくせに、匿名でコメント欄には書きこむって人、びっくりするくらい多いんだから。

ルイーザ

二〇二一年七月三十日、オリヴァー・ミンジーズとわたしが《ワッツアップ》で交わしたメッセージ

オリヴァー・ミンジーズ　もう、最低の気分だよ。

アマンダ・ベイリー　当然でしょ。最低のことをしたんだから。

オリヴァー・ミンジーズ　ジョナの記事の件じゃなくてさ。例のいかれた元兵士の件で、調停に行ってきたんだ。向こうはおれを加害者に仕立てあげようとしてる。祖国のため勇敢に戦い、いまもPTSDに苦しむ英雄を追いつめてるってね。謝罪すべきはおれのほうなんだとさ、くそっ。あの連中は、おれの記憶を改ざんしようとしてやがる。そのうえ、あんたもいまだにむくれてるしな。さらに、四時四十四分の電話も、依然として毎朝かかってくるんだ。

アマンダ・ベイリー　わたしが許したなんて思わないでよ。一生、絶対に許さない。

オリヴァー・ミンジーズ　ふーん、それを聞いて、だいぶ気分がよくなったよ。

アマンダ・ベイリー　そういえば、《デイリー・ウォッチ》のあなたの記事に、おもしろいコメントがついていた。ここに貼りつけてあげる👉

アマンダ・ベイリー　〝叔父は警察官だったんだが、ガブリエルを逮捕したときには、いろいろと奇妙なことが起きたと言っていた。たしかに怪我をしていたのに、次の瞬間、傷がなくなっていたとか。あの男の身体は、傷が勝手に治るらしい。だが、それを目撃した人間は、二度とそのことを口にしなかったそうだ。あと、ガブリエルは警察官たちに理解できないようなことを話したんだが、その後、あれはそういうことだったのかとわかるような出来事が起きて、みんな恐怖におののいたという〟。

オリヴァー・ミンジーズ　そんなコメント、どこにある？　ついさっき見たところなんだが、そんなのはなかったはずだ。

アマンダ・ベイリー　ほんとだ、コメントが消えてる🤷‍♀️一時間前に見て、コピーしといたんだけど。管理人が削除したとしか思えない。でも、どうしてなのかな。

オリヴァー・ミンジーズ　言っただろう。何か、おかしなことが起きつつあるんだ。あの男の周りで。

アマンダ・ベイリー　そうやって神話が生まれるのよ。悪名高い殺人犯をめぐっては、これまでも同じような噂がいろいろと立ってるでしょ。とりわけ、恐怖の館事件のフレッド・ウェストがいい例よ。機を見るに敏な殺人犯って、誰にも見られていない機会をつかむ直感が研ぎすまされてるものだし。そういう能力を生かして、白昼堂々と被害者をかっさらってのけても、目撃者は誰もいなかったりするのよね。

オリヴァー・ミンジーズ　いいか、考えてみてくれ。もしも〝第六感〟というやつが、反社会的な異常者の特徴なんだとしたら？

アマンダ・ベイリー　異常者って、共感する能力を持たないわけだから。霊感そのほか、他人と心がまったくつながることのない人間、それを異常者って呼ぶのよ。

オリヴァー・ミンジーズ　たしかにな、そういう異常者は大多数の人間のような感情処理はしない。だが、それでも、他者に共感する人間がどうふるまうか、やつらは鋭く理解してるんだ。愛も、思いやりも、罪悪感も、義務感も、それにともなう複雑な感情をいっさい抱くことはないものの、それぞれ認識はしてるんだよ。他者がどんな感情につき動かされ、どんな行動に走るかを理解したうえで、それを利用する。そういう異常者においては本来の共感能力が、他者がどう動くかを察する〝第六感〟に置き換えられているんだとしたら？　これなら、論理では説明できないように見えることに対して、科学的根拠になりうるんじゃないかな。

アマンダ・ベイリー　危険きわまりない異常者の存在に世間が気づくまでには、そいつらは共感能力が大きな意味を持つ世界で試行錯誤をくりかえし、一生かけて観察力を磨きつづけてるのよ。

オリヴァー・ミンジーズ　それはわかってる。でも、ガブリエルはちがうんだ。だからこそ、おれはこんなに苦悶（くもん）してるんだよ、マンド。いいか、ガブリエルに会っただけで、おれにははっきりとわかっちまったんだ、この男は何か特別なものを持ってるって。合理的な説明をつけることができない人間、あるいは出来事ってものが、この世にはたしかに存在するんだよ。自分が頭の切れる人間だってことはわかってる。おれみたいな人間は、簡単にだまされたりしない。そう考えると、やっぱりガブリエルには何かあるとしか思えないんだ。一度でも会ってみりゃ、あんたにだってわかるさ。

アマンダ・ベイリー　そんなこと言われても、会うのは向こうからお断りされちゃったし。

ロンドン消防隊にデイヴィッド・ポルニースについて質問のメールを送ったところ、二〇二一年七月三十日に広報担当者のジェイデン・ホイルから届いた返信

宛先　アマンダ・ベイリー
送信日　2021年7月30日
件名　Re：故デイヴィッド・ポルニース氏について
送信者　ジェイデン・ホイル

親愛なるミズ・ベイリー

七月二十七日、《ベルグレード・マンションズ》で起きた火災により、不幸にもご遺体となって発見されたデイヴィッド・ポルニース氏についてのメールをありがとうございました。親しいご友人であり、いっしょにお仕事をされていた同僚でもあったとのこと、心からお悔やみを申しあげます。

残念ながら、氏の自宅アパートメントはいまだ警察によって封鎖されており、立ち入ることができません。本件に事件性がなかったかどうか、火災捜査班が結論を出すのを待っている段階です。わたしも現場に足を運びましたが、書類や電子機器は、何ひとつ残ってはいませんでした。居間から出た火は、一連のフラッシュオーバーと正面の窓から裏口に抜ける隙間風による爆燃現象で急速に広がり、一室全体を焼き尽くしたと見られています。左右および上の部屋に延焼しなかったことは、不幸中の幸いでした。ポルニース氏があなたとどんなお仕事をされていたにせよ、その成果はすべて焼失してしまったものと思われます。
申しわけありませんが、現段階ではこれ以上お役に立てる情報はありません。
ロンドン消防隊広報部
ジェイデン・ホイル

二〇二一年七月三十日、エリー・クーパーとわたしが《ワッツアップ》で交わしたメッセージ

エリー・クーパー　すべて順調ですか、マンド?
アマンダ・ベイリー　ええ、順調よ。ありがとう、エリー。
エリー・クーパー　ここしばらく文字起こしのお仕事が来ないから、ちょっと気になって。インタビューはもう、みんな終わったんですか?
アマンダ・ベイリー　まだ、納得のいく第一章が書けてなくて。いま、三度めの挑戦をしてるところ。これだ!　と思える導入部が書けたら、すごく幸せな気分になれそうなんだけど。

アマンダ・ベイリー　うん、でもね、いまも幸せなのよ。ゆったりとして、おちついてる。わたしのことは心配しないで。

エリー・クーパー　どうしても心配なんですよ。あなたがどんなに仕事ばかりしているか、よくわかっているからこそね。あなたみたいな人こそ、もっと気楽にやったっていいのに。

アマンダ・ベイリー　ある人が死んだの。《アルパートンの天使》事件をもう何年も調べてる、素人探偵さん。ずっと前にわたしにメールをよこしてたんだけど、そのころわたしは赤ちゃん探しに躍起になってたから、ずっと返事もしなかった。その後、別の切り口を考えなきゃいけなくなって、ようやくその探偵さんと連絡をとってみたの。この事件の偽装工作について、自分なりの仮説を持ってた人なのに、わたしは結局、その探偵さんと話せないまま終わっちゃった。火曜日に探偵さんの自宅で火事が起きて、そこで亡くなってしまったから。

エリー・クーパー　その人、オリヴァーとは話したんですか？

アマンダ・ベイリー　いいえ。もし闇の勢力が暗躍してるんだとしたら、やつらに監視されてるのはわたしみたい、オリヴァーじゃなくて

エリー・クーパー　気をつけてください、マンド。たぶん偶然なんでしょうけど、ここまでおかしなことばかり続くと……そもそも、その本、どうしても書かなきゃいけないものなんですか？　あなたの年齢にもなったら、もっと好きなことだけしたらいいのに。読んだり。書いたり。旅に出たり。誰かいい人を見つけて、おちついたり。こんな、親戚のお年寄りみたいなこと、わたしだって言いたくないんですけど、でも、手遅れになる前に考えてほしくて。

アマンダ・ベイリー　いい人を見つける？　それはないかな。この仕事を引き受ける前に、ひとりお払い箱にしちゃったばかりだし。

エリー・クーパー　お払い箱に？　なんだか、従業員をクビにしたみたいな言いかた

アマンダ・ベイリー　わたし、誰かと深い関係になることに、あんまり意味を感じてないの。自分のことだけ気にかける生活のほうが、ずっと幸せ。仕事と結婚してる――よく、世間でそう言われるやつ

アマンダ・ベイリー　そもそも〝あなたの年齢にもなったら〟って何よ？　この生意気なミ

レニアル世代め😂わたしのこと、いったいいくつだと思ってるの？

エリー・クーパー　えーと、パット叔母さんとは二十六年前に喧嘩別れしたんですよね。そのころ十六歳から二十歳くらいだったとすると、いまは四十二歳から四十六歳かな。

アマンダ・ベイリー　いまは三十八歳よ。パット叔母さんやほかの家族と喧嘩別れして、児童保護制度のお世話になったのは十二歳のときだったから。

エリー・クーパー　なんてこと、マンド。変なこと言っちゃってごめんなさい。そんな悲しいことがあったなんて。

アマンダ・ベイリー　とんでもない。これまでの人生で、あれはわたしがとった最高の選択だったんだから。

三度めの正直？　二〇二一年七月三十日に執筆した第一章第三稿

『神聖なるもの』アマンダ・ベイリー

第一章

デイヴィッド・ハリス・ポルニースは、ひたすら数字をきっちり合わせる人生を送ってきた。〇〇社［要確認：企業名］の経理担当として、最初は紙の帳簿、後に表計算ソフト、やがては会計システム上で、つねに細心の注意をはらいながら帳尻を合わせてきたのだ。二〇一九年六月、六十五歳でついに退職したときにも、それきり家にこもる気はなかった。これから先の計画があったからだ。デイヴィッド・ポルニースにとっては、趣味以上に大切なことが。心に湧きあがる興味につき動かされて、朝六時に起床し、夜は十一時に就寝するまで、ひたすら調査に没頭する。《アルパートンの天使》事件について。

その十六年前、けっして下世話な興味からではなく、デイヴィッドはとあるニュースに惹きこまれ、経緯をじっと見まもっていた。最初に報じられたのは、四人の男性の遺体、心に深い傷を負った十代のふたりの子、そして乳児がロンドン北西部の廃屋となった倉庫で発見されたというニュースだった——さらには、社会福祉制度の盲点をかいくぐり、小規模ながら熱狂的な死のカルト教団に無防備な子どもたちが勧誘されていたという、背筋の凍るような報道によって締めくくられる。

起床しては会社へ向かう、そんな毎日をくりかえしている間は、デイヴィッドも自分の感情を抑えておくことができた。仕事が思考を制御してくれるし、規則正しい生活は居心地がいい。そうした日常を送っているかぎり、とりあえず目をそむけていられる。天使のことからも、その報道を見てよみがえった記憶からも。そして、心の奥底でしだいにふくれあがり、自分を呑みこもうとする闇からも。だが、ようやく退職を迎えたとき、デイヴィッドは自分の抱えているトラウマを利用し、ごく普通の平凡な人生を送ってきた人間にはけっして理解できないであろう事件の解決に向けて、少しでも助力する準備ができていた。なぜ《アルパートンの天使》たちがあんな事件を起こしたのか、それを理解できるのは、自分もそんな誘いに惹きよせられてしまう子ども時代を送ったことのある人間だけだと、デイヴィッドは考えていたからだ。そう、自分にも、そんな経験があったから。

わたしがデイヴィッドと知りあったのは、この謎に満ちた事件について、わたし自身も調査を始めたころのことだった。そもそもの最初から、それぞれ同じくらい信憑性のある関係者の証言がどうしようもなく食いちがっていることに、わたしは戸惑わずにいられなかった。しかも、これらの証言の食いちがいは、たった十八年後の現在どころか、四十年後だったとしても、とうてい記憶が揺らぐことはなさそうな、ごく基本的な事実にまつわるものばかりだったのだ。この事件に専門職としてかかわったひとりの目撃者は、重要な関係者のひとりがナイフを取り出し、赤んぼうを殺すと脅したと証言した。だがその場にいた別の人物は、まったくそんな場面は見ていないという。

どうしてデイヴィッドが《アルパートンの天使》事件に魅せられたのか、わたしはすぐに理解した。自分自身の記憶に巣くう悪魔を祓(はら)おうとして手をつけた調査から、やがて思いもかけない何かがその姿をのぞかせはじめる。デイヴィッドはこれまでの人生で初めて、情報を足しても答えがきっちりと合わない経験を味わうこととなったのだ。日付、名前、場所、時間。事実。そこから導き出されたのは、端的ながら不気味な結論だった。この事件には隠蔽工作が行われている——いまもなお煙幕が張られたままなのだ、と。これが自分の最後の仕事となるのなら、きっと真相を究明してみせると、デイヴィッドは誓った。

＊＊＊

七月二十七日未明［要確認：正確な時刻］、消防隊は通報を受け、燃えさかるアパートメントへ急行した。居間から出た火は、急激な燃焼拡大と隙間風による爆燃現象のおかげであっという間に部屋の奥まで回り、そこにあったものをすべて焼きつくした。書類、記録、コンピュータ、メモ。ひとりの男性が二年間にわたって心血を注いだ調査の成果は、何もかもが灰となってしまったのだ。デイヴィッドが発見し、そしていまや永遠に失われてしまったものは、いったい何だったのだろうか？　この事件に直接かかわった人たちのインタビューを終わらせることを優先し、デイヴィッドと会うのを先延ばしにしていた自分を、わたしは呪わずにいられなかった。こんな悲劇に見舞われたことを悼みながらも、これは単なる事故ではなかったのではないかという疑念が、心の奥底で渦巻きつづけている。

警察の捜査によると、この火災の原因は電気ソケットへの過負荷だったという。責めを負うべき人は存在しない。左右や上の部屋へ延焼しなかったことに、安堵する声もあがった。遺体の身元は、歯の診療記録によって確認された。デイヴィッドの死について、きっちりとつじつまの合った答えが出た、数少ない事柄のひとつである。

5

近づけば近づくほど、遠ざかっていくわたし

二〇二一年七月三十一日、退職した元警視正ドン・メイクピースとわたしが《ワッツアップ》で交わしたメッセージ

ドン・メイクピース　きみを昼食に招待しよう。一時に《クアグリーノズ》で。ドンより。

アマンダ・ベイリー　きょう？　いったい、何のご褒美なんですか？

ドン・メイクピース　来るかね？

アマンダ・ベイリー　もちろん！

二〇二一年七月三十一日、わたしとエリー・クーパーが《ワッツアップ》で交わしたメッセージ

アマンダ・ベイリー　ドン・メイクピースから、《クアグリーノズ》でのお昼に招待されちゃった。

エリー・クーパー　うわー、うらやましい！　終わったら、また音声ファイルを送ってくださいね。

アマンダ・ベイリー　念のために、あなたに話しておこうと思って。わたしがどこにいるか、知っててほしかったから。

エリー・クーパー　了解。

二〇二一年七月三十一日、退職した元警視正ドン・メイクピースと《クアグリーノズ》で会う。文字起こしはエリー・クーパー。

［あなたとドンが会うときにしてはめずらしく、雑談や噂話抜きでいきなり本題に入る。ＥＣ記］

アマンダ　ドン、六月にお話ししたときにあなたはもう、わたしが赤ちゃんを見つける望みはないことを知っていたんですか？

ドン　そんな気はしていたよ。

アマンダ　正直に言ってくれなかったのは、どうして？

ドン　くれぐれも気をつけるように、きみに警告しただろう。この事件については、わたしは表も裏も知りつくしているというわけじゃない。だが、どんなことにも表と裏があるということを、わたしは知っているからね。

アマンダ　この事件にかかわった人間のうち、五人が早すぎる死を迎えたんです。［長い沈黙。EC記］

ドン　われわれの多くが、奇妙な話を知っている。まさに、そんな話だよ。どうにもつじつまが合わない。わたしの話を聞かせようか。

アマンダ　ええ、ぜひ。

ドン　はるか昔、わたしが若造の交通巡査としてヒリンドンの郊外で勤務していたときのことだ。ある夜勤のとき、わたしと同僚はM40号線で事故が起きたという通報を受けてね。現場に到着してみると、そこにはひどく動揺した様子の夫婦がいて、ふたりの車は路肩に寄せて駐められていた。夫婦はそこで、何かを探していたんだ。その夫婦が事故に遭ったわけじゃなく、単なる目撃者だということはすぐにわかった。そのころ、あの高速道路にはまだ中央分離帯がなくてね。夫婦がここを通りかかったとき、対向車線を走ってきた一台の車がいきなり進路を変えて暴走し、こっちの車線に突っこんできたので、あわてて急ブレーキを踏んだというんだよ。その暴走車は道路を飛び出し、土手を落ちて密集した下草に飛びこんだという話でね。警察の懐中電灯でも、密生した草むらの中は見えなかった。夫婦はもう、自分たちのことは後回しで、その車の運転手がいまだに閉じこめられているんじゃないか、きっと怪我をしているはずだと気を揉んでいたんでね、わたしは応援を呼んだよ。六台のパトロール・カーに救急車がやってきて、十二人の警察官で現場を捜索した。ついには警察のヘりまで出動して、現場を投光照明で照らしたものだ。土手に沿って、みなで何度も往復してみたんだがね。車は見つからなかった。通報した夫婦は、自分たちも捜索を手伝うと言いはって現場に残っていてね、そのことがどうしても忘れられないんだ。あの動揺した様子、われわれにしてくれた説明の詳細。その暴走車は芥子色のミニクラブマンで、フロントガラスの上に緑色の細長い板が取り付けてあったという。当時はそういうサンバイザーをよく見かけたよ。ハンドルを握っていたのは若い男で、恐怖に固まっていたそうだ。助手席の窓には、《ウィンザー・サファリ・パーク》のステッカーが貼ってあった。車に、ひょっとして子どもたちが乗っていたとしたら？　だが、捜索は空振りに終わった。夜明けには捜索隊を解散し、きっと見まちがいだったんでしょうと夫婦に告げるしかなかったんだ。おそらくはこんな時間で疲れていて、そこに対向車のヘッドライトをまともに浴び、しばし目がくらんでしまったんだろう。こちらの車線を車が横切っていったように思えたが、それは目の錯覚にすぎなかったというわけだ。夫婦は納得がいかないようで、しぶしぶ帰っていったよ。だが、わたしはそのことが忘れられなくてね。それから一週間かそこら経ったころ、ちょうど日勤のときだったな。その日は平穏だったのでね、最後にもう一度だけ確かめてみようと、あのときの現場を車で通ってみることにした。あの夜みなで探したあたりを、あらためてじっくり探してみたが、やはり何も見つからなかったよ。だが、そのまま橋の下をくぐり、例の夫婦が車を見かけたと証言したよりいくらか先まで進んでみたときのことだ。さほど遠くまで行かないうちに、林の下草に埋もれたクロムめっきのバンパーがちらりと見えた。かいつまんで言うと、それは道路を飛び出して土手を滑り落ちた芥子色のミニクラブマンで、フロントガラスには緑色のサンバイザー、助手席の窓には《ウィンザー・サファリ・パーク》のステッカーが貼ってあったんだよ。運転していた人物は、現場で死亡していることが確認された。初めての車を運転していた、二十一歳の若者だ。死因は木に衝突したことだったそうだよ。［うわあ、なんてこと。話が終わり、ふたりとも深く息をついたのも無理はない。ＥＣ記］

アマンダ　すごい。あなたが虫の知らせを感じて現場に戻らなかったら、その青年はずっと見つからなかったかもしれないわけですよね。感動するお話でした、ドン。

ドン　いや、問題はそこじゃないんだ、アマンダ。さっきも言ったとおり、わたしが車を発見したのは、夫婦が事故を目撃した場所より四百メートルも先だったんだよ。その車は六カ月もの間、下草に埋もれたままだったんだ。中の遺体はすでに白骨化していた。［背筋がぞっとする話。ＥＣ記］事故が起きたとき、目撃者は誰もいなくてね。その若者は友人の家から帰る途中だったんだが、それっきり帰宅しなかったため、捜索願が出ていたよ。両親は、すっかり憔悴していた。息子は殺されてしまったのか、それとも自殺したのか、あるいはただ、家出して行方をくらましてしまったのだろうか、とね。けっして幸せな結末ではなかったが、それでも両親にとっては区切りをつけることができたわけだ。

アマンダ　事故が起きた時期の食いちがいは、どう説明がつくんですか？

ドン　きっとその若者の幽霊が、自分の遺体を発見してもらおうと事故を再現したにちがいないと、冗談を言う同僚もいたな。だが、わたしはただの偶然だと考えた。目撃者は往々にして見まちがいをするものだし、たまたまその近くで、そのころよく見かけたステッカーを貼った、当時の人気色の人気車が数カ月前に事故を起こしていた、というだけのことだとね。だが、わたしはどうしても、その事件のことを忘れられずにいた。それで、退職するちょっと前、当時の記録をあらためて読みなおしてみたんだよ。長年の警察官としての経験から、ほんの数ページの記録でも、じっくり吟味してみれば、あの事故の起きた時期の食いちがいに何かちゃんとした理由が見つかるんじゃないかと思ってね。わたしの考えが正しく、何も不思議なことなど起きていないという証拠が。結果として、あることを発見した。当時は気づいていなかったことを。

アマンダ　それは、どんな？

ドン　わたしと同僚が事故現場に呼び出されたときの、９９９通報の通話記録だよ。電話をかけてきたのは、あのとき事故を目撃していた夫婦じゃなかったんだ。通報は、高速道路のひとつ先の出口を降りたところの公衆電話からだった。携帯電話が世に出まわるのは、まだだいぶ先の話だからな。通報してきた男は、黄色のミニクラブマンが車線を突っ切り、やぶに突っこんだと説明していた。そして、もう一台の車も急ブレーキをかけるはめになり、路肩に車を駐めていたそうだ。そして、事故を起こした運転手を助けようと、ふたりの人間が車から降りてきた、と。通報してきた男も正しいことをしたわけだ。次の出口で高速道路を降り、公衆電話を探して事故を通報したうえで、その場を立ち去ったんだからね。つまり、あの夫婦はけっして見まちがいをしたわけじゃなかったということなんだよ、アマンダ。同じ事故を目撃した人間がもうひとりいたんだからね、実際に事故が起きてから六カ月後に。
アマンダ　うわあ。それって……
ドン　これこそは証拠だよ……論理的な説明をつけようがない出来事も、ときには起きるということのね。もしかしたら、誰もが人生のどこかで一度はこんな体験をするものなのかもしれないな。そして、もしもそんな体験をしてしまったら、とにかく深追いせずに背を向けるのが最善の選択なんだ。［ドンの口調には、何か含みがあるようでしたよ、マンド。とにかく、この後の前菜についてのぎこちない会話は省略。ふたりとも、ホタテと昔ながらのトマトを使った一品を選んだもよう。ここから、話はまたおもしろくなる。ＥＣ記］
アマンダ　仕事仲間がガブリエル・アンジェリスの呪縛にかかってしまったようで、わたし、ちょっと心配しているんです。
ドン　オリヴァー・ミンジーズが？［ドンは一笑に付した。ＥＣ記］なるほど、あいつが急に翼を生やし、大天使を名のりはじめたら、理由はそういうことか。
アマンダ　最近、オリヴァーに会いました？　あの人にも、黄色のミニクラブマンの話を聞かせましたか？
ドン　いや。その必要はないんだ、アマンダ。
アマンダ　どうして？
ドン　あいつは、きみとはちがうからな。［ドンが声をひそめる。ＥＣ記］この件を表沙汰にしたくないと考えている人々に、きみのようにずかずか近づいていったりはしないんだ。だから、あいつに危険はない。このことは、どうか憶えておいてくれ。
［マンド、わたし、けっして出すぎたことを言いたくはないんです。でも、あなたはドンの言葉にちゃんと耳をかたむけるつもりはあるんですか？　この後の会話は、とくに重要な意味はなさそうだったので省略。ＥＣ記］

二〇二一年七月三十一日、わたしと犯罪ノンフィクション作家ミニー・デイヴィスが《ワッツアップ》で交わしたメッセージ

アマンダ・ベイリー　こんにちは、ミニー！　どう、うまくいってる？

ミニー・デイヴィス　こんにちは、美人さん！😘いまは達成感に浸ってるところ。ピッパの感想が返ってきたの――〝題材となる犯罪を堅実に論じながら、風変わりで不気味な視点を加えている。まさに、《エクリプス叢書》の先陣を切るにふさわしい一冊〟だって。やった！

アマンダ・ベイリー　すごいじゃない！　がんばった甲斐があったね。ところで、ひとつお願いがあるんだけど。わたしの代わりに、ある人を探してほしいの。事情があって、この事件に関してはできるだけわたしの名前を出したくないのよ。偽名のＩＤを作ってもいいんだけど、ちゃんと照会できる背景がないと、すぐにバレちゃうから。

ミニー・デイヴィス　わかった。何をしたらいい？

アマンダ・ベイリー　私立の学校に、ほんの一時期だけ在籍してた女子生徒がいてね。その子がどこの学校から転校してきたのか、それをつきとめたいの。

ミニー・デイヴィス　フェイスブック、ツイッター、インスタグラムなんかは探してみた？

アマンダ・ベイリー　何もなかった。ソーシャル・メディアには何の足跡もなし。たぶん、その後で名前を変えたんじゃないかと思う。当時の名前はローリー・ワイルド。

ミニー・デイヴィス　まかしといて、美人さん！😘

二〇二一年七月三十一日、わたしとオリヴァー・ミンジーズが《ワッツアップ》で交わしたメッセージ

アマンダ・ベイリー　はい、エロ動画とか見るのやめて！　どう、うまくいってる？

オリヴァー・ミンジーズ　忙しい。

アマンダ・ベイリー　ちょっと会って話さない？　この事件のこととかいろいろ。

オリヴァー・ミンジーズ　やめとく。

アマンダ・ベイリー　何よ！　そろそろ、わたしの笑顔と温かい応援が恋しいくせに。

オリヴァー・ミンジーズ　👻

二〇二一年七月三十一日、スピリチュアル・カウンセラーのポール・コールからオリヴァー・ミンジーズに宛てたメール

宛先　オリヴァー・ミンジーズ　　送信日　2021年7月31日
件名　お元気ですか？　　送信者　ポール・コール

親愛なるオリヴァー

しばらくお便りがありませんが、お元気でいらっしゃいますか。

以前、夢についてお話ししたことがありましたね。向こう側の世界の記憶と、いまの自分の架け橋になってくれるのが夢なのだと。とはいえ、たとえあなたの夢があまりにとらえどころがなかったとしても、それを平和と癒やしを得るために利用することはできるのです。芸術はわれわれの意識をさらなる高みに運んでくれますよね。あなたは音楽を聴くことで、気分を変えることはできますか？　お気に入りの曲に聴き入ったり、ストリーミング配信のお勧め曲を聴いているうちに、びっくりするほど時間が過ぎてしまったり……きっとあなたの不安を和らげ、心の疲れを回復してくれるはずですよ。

カウンセリングを依頼してくる相談者さんに、わたしはよく、何かを創造してみることをお勧めしています。あなたの地域の大学にも、成人向けの美術講座がありますよね。あるいは物語を書いてみたり、音楽好きなら自分で曲を作ってみるのもいいでしょう。そして最後に、ひとり、あるいはご友人と、外に出てみることは変化を促す何よりの薬となりえます。わたしはよく、誘いがあったら絶対に断らないという縛りを、あえて自分にかけてみることもありますよ！

これまで、わたしが話を聞いてきた多くの人々にとって、落ちこんだ気分にはこうした方法が効果的だったようです。どうか、いつでも遠慮なくご連絡ください。

ポール

二〇二一年七月三十一日、退職したソーシャルワーカーのサブリナ・エマニュエルからビデオ通話で話を聞く。文字起こしはエリー・クーパー。

アマンダ　エリー、これからインタビューするのは、退職したソーシャルワーカーのサブリナ・エマニュエル。ずっと以前から知りあいで、とても素敵な女性なの。例の赤ちゃんの件で、もっと早く話を聞きたかったんだけど、サブリナは海外に引っ越したばかりで忙しくてね。さあ、何か重要なことを憶えててくれてるか、訊いてみましょう。天使たちと関係ない話は、すべて省略しちゃってかまわない。[サブリナのポルトガルへの引っ越しのこと、天気のこと、砂浜のこと、爽やかな夜のこと……その他は省略。ＥＣ記]

アマンダ　あのときはあんなに親切にしてもらって、いつかはちゃんとお礼を言わなきゃと思ってたんです。

サブリナ　お礼だなんて、とんでもない。わたしの担当した子の中で、あなたはいまでもよく思い出すサクセス・ストーリーだもの。

アマンダ　わたしがサクセス・ストーリー？

サブリナ　そうよ！　決まっているじゃないの。

アマンダ　わたしが振ったばかりの素敵な男性は、そうは思ってくれなさそう。

サブリナ　何があったの？　話してごらんなさいよ。

アマンダ　うーん、自分でもよくわからなくて。わたし、不機嫌な男は嫌いなのに、親切な男は信頼できないんです。

サブリナ　いい、それはね、あなたが自分自身を信頼していないってことよ。もしかしたら、自分の人生がうまくいくと信じきれないでいるのかもしれない。でもね、うまくいくのよ。これという男性に会ったら、きっとわかるはず。

アマンダ　サブリナ、わたし、たぶんもうずっと昔にね、そういう人に会ったんです。あなたの言う〝これという男性〟だって感じたんだけど、その人がとった行動のせいで、わたしはもう二度とその人を信頼できなくなってしまった。時間が経ってみると、わたしはそれ以来、もう誰も信頼できなくなってて。いまだに、その人を許す気にはなれないんです。わたしと同じだけ、その人が大切なものを失うまでは。［恨みを忘れ、他人を信頼することを学ぶべきだという、サブリナからあなたへの忠告は省略。マンド、あなたはちょっと動顛しているように聞こえました。いまの話、いったい誰のことなんですか？　あなたはいったん録音を切り、しばらくしてまたスイッチを入れなおした。ＥＣ記］

サブリナ　ええ、天使のことなら憶えているわよ。ホリーが初めて天使のところから逃げてきたとき、わたしの同僚が担当してね。ホリーもあなたとよく似ていた――自分の人生は自分で決める、ほかの誰にも主導権は渡さないという気概のある、若い女性だったから。

アマンダ　正直なところ、この題材はわたしにとって、ときどきあまりにも……［長い沈黙。ＥＣ記］

サブリナ　自分に近すぎる？

アマンダ　自分に近すぎる。まさに、それなんです！　ほら、わたしはご存じのとおりだったから。

サブリナ　そうね、だったら、あなたにも理解できるでしょう。自分の信頼を裏切った大人たちから逃げ出した、ホリーの心の動きが。

アマンダ　ええ、わかります。わたしは幸運だったんですよね。ガブリエルみたいな人に会わずにすんだんだから。ホリーはどうなったんですか？　家族にひきとられたとか？

サブリナ　家族？　まあ、そうね。ガブリエルの毒牙にかかったとき、ホリーは児童保護制度に登録されていたわけではなかったから、そのまま母親のもとへ戻ったの。大学進学の準備も整えてもらえてね。結局のところ、あの子はうまくいったのよ、アマンダ。ソーシャルワーカーめざして勉強をしていると、風の噂で同僚が聞いてね。それからは、仕事の集まりなんかで名前を探したりしてみたけれど、一度も目にしたことはなかったから、たぶん、やっぱり別の道をめざしたんだろうって言っていた。

アマンダ　それで、赤ちゃんは？

サブリナ　同僚は、赤ちゃんのことは何も憶えていないそうよ。

アマンダ　ホリーが赤ちゃんを取りあげられたことを、同僚のかたが聞かされていない可能性はありますか？

サブリナ　それって、ソーシャルワーカーが絶対に知っておくべきことでしょう。ホリーの精神や情緒の状態をつかんでおくためにも、きわめて重要な情報なんだから。

アマンダ　たしかにね。［ここで長い沈黙。EC記］サブリナ、それがいつのことだったかは憶えてますか？　あなたが――同僚のかたが、でしたね――ホリーを担当した時期ですが。

サブリナ　ええ、はっきり憶えているわ。ちょうどその年に、わたしは結婚したから。一九九一年よ。あなたを担当したのは、それから何年かしてのことだった。

アマンダ　《アルパートンの天使》事件が起きたのは、二〇〇三年なんですよ。

［これ以降のおしゃべりは省略。でも、ここまででわたしもいくつか思いついたことがあります。メッセージを送りますね。EC記］

二〇二一年八月一日、エリー・クーパーとわたしが《ワッツアップ》で交わしたメッセージ

エリー・クーパー　ホリーはふたりいたんですね。

アマンダ・ベイリー　おはよう。ちょうど、いま起きたところ。

エリー・クーパー　ガブリエルは九〇年代の初め、ひとりめの女の子と暮らしていた。そして、二〇〇〇年代に入ってしばらくして、ふたりめの女の子と暮らしていた、と。そして、どちらの子も〝ホリー〟と呼ばれていたんです。

エリー・クーパー　最初のホリーは、かなりましな結末を迎えました。ガブリエルの洗脳下にそれほど長くいたわけではなく、子どもを産むこともないまま救出、あるいは脱出できたわけですから。ふたりめのホリーは、それほど幸運ではなかった。出産したうえ、《アルパートンの天使》集団自殺の現場に居あわせたわけですから。わたしたちが探しているのは、こちらのホリーですよね。

アマンダ・ベイリー　よくできました！　おみごと

エリー・クーパー　あなたは知っていたんですか？

アマンダ・ベイリー　日付や時期が合わないのに気づいて、そこから推理したの。ただ、オリヴァーにはまだ気づいてほしくないんだけど

二〇二一年七月三十一日、オリヴァー・ミンジーズからスピリチュアル・カウンセラーのポール・コールに宛てたメール

宛先　ポール・コール　　　送信日　2021年7月31日
件名　聞いてください　　　送信者　オリヴァー・ミンジーズ

たいへんなことが起きてて、それに気づいてるのはおれだけなんです。たいていの人間は理解できないでしょうが、ポール、あなたは別かもしれない。聞いてください。

　変化が起きようとしてるんです。美術、文学、そして音楽は、もう一世紀以上も前からそれを予測してました。文字どおり、天からの使者が音楽家や画家、作家として地上に降り立ち、われわれに警告してきたんです。そして、警告されてた時機が、ついにやってきてしまった。人類を救う唯一の希望はガブリエルだったのに、おれたちはあの男を見捨ててしまったんです。そして、反キリストは逃げた。向こう側の世界とつながることのできる唯一の存在は、いまや塀の中だ。もう、誰も止めることはできない。

　わかりませんか、ポール？　《アルパートンの天使》は正しかったんです。反キリストはいま、この世界にいるんですよ。

オリヴァー

二〇二一年八月一日、犯罪ノンフィクション作家ミニー・デイヴィスとわたしが《ワッツアップ》で交わしたメッセージ

ミニー・デイヴィス　こんにちは、美人さん！　任務完了のお知らせ。ローリー・ワイルドは、ゴードンストウン校からノッティング・ヒル&イーリング高校に転校してきたんだって。

アマンダ・ベイリー　ゴードンストウン校？　名門中の名門じゃないの。

ミニー・デイヴィス　チャールズ皇太子、アンドリュー王子にエドワード王子、米国の石油王の子孫だったバルサザール・ゲティ……貴族と、それだけのお金があって貴族の仲間入りをしたい人が選ぶ学校よね。

アマンダ・ベイリー　ゴードンストウン校を退学した理由と、その時期は？

ミニー・デイヴィス　在学期間は二〇〇一年九月から二〇〇三年五月。退学理由は〝転校〟とあった。まあ、これは〝保護者が学費を払えなくなりました〟の婉曲(えんきょく)表現だと思う。

アマンダ・ベイリー　じゃ、ローリーはスコットランドの超名門パブリック・スクールを退学させられて、夏学期の終わりにロンドンの私立通学制学校へ転校してきたってことね。

ミニー・デイヴィス　親だって、別に一文なしになったわけじゃないでしょうけど。財産が残り二、三百万ポンドになっちゃった、ってところかな。

アマンダ・ベイリー　寄宿生活からトラウマになりそうな家庭環境に戻って、さらに新しい学校になじまなきゃいけなくなった、ってことね。そこで、もう我慢の限界だったんだ。

ミニー・デイヴィス　ねえ、おもしろいこと教えてあげようか？　わたしが見た書類ではね、ローリー・ワイルドの名前はずっと引用符で囲ってあったの、〝ローリー・ワイルド〟って。心当たりの情報源がいくつかあるから、ちょっと探ってみる。成功を祈ってて🤞

二〇二一年八月一日、元受刑者ロス・テイトから思いがけず送られてきたメール

宛先　アマンダ・ベイリー　**送信日**　2021年8月1日
件名　ワンズワース刑務所　**送信者**　ロス・テイト

親愛なるベイリー夫人
デイヴィッド・ポルニースって男から、おたくにメールするよう頼まれていたんですよ。
ただ、そいつからはもう返事が来なくなっていてね。ほかにどうしたらいいかわからないので、とにかく書いてみることにします。

おたくには、おれが刑務所でガブリエル・アンジェリスといっしょだったときのことを書くようにと言われましてね。デイヴィッドが会いにきたとき、おれがその話をしたんですよ。おれがワンズワース刑務所にいたのは、二〇〇二年のことでした。おれは上司にはめられて、資金洗浄で八カ月の刑を食らってしまってね。おれたちホワイトカラーの受刑者は、中では固まってすごしてました。そんなわけで、おれが刑期を勤めていたうち、たっぷり六カ月間は、ガブリエルとかなり親しくつきあっていたんですよ。

あの男に会ったことはあります？　あれは普通の人間じゃない。うまく説明できないんですがね。けっして悪い意味じゃないんだ。あの男の目に、何かがあるんです。あの男と話していると、地球の回転が止まったかのように感じる。おれが何を言いたいのか、心から聞きたいと思っているふうに、耳をかたむけてくれるんですよ。自分のことを、何もかもわかってもらっているような気分になれる。そして、いかにも心のこもった助言をしてくれるんです。

おれはゲイじゃない。塀の中で男しかいない場所にいたって、そんな趣味はなかったんです。だが、それでも、時間の許すかぎりガブリエルのそばにいたいと思っていましたよ。そう感じていたのは、おれだけじゃなかった。それぞれの房の扉が開けられ、交流が許される時間になると、おれたちはみんな自分の房を出て、ガブリエルのところに集まったものです。自分こそが救世主だといわんばかりのあの男の話に、ひたすら聞き入ってね。おれはもともと信心ぶかいほうじゃないんだが、あのときのおれたちは、まさに宗教じみていましたよ。実のところ、他人より少しでもガブリエルに近づこう、そんな競争もあったくらいでね。でも、まあ、それも自然なことですよね？　男たちが集まれば、何かと競争が始まるもんだ、ちがいますか？

だが、あるときを境に、ガブリエルに近づく機会はがくんと減ってしまってね。あの男の房の扉は閉まったままで、外にはめったに出てこなくなりました。後になって、ふたりの新入りがガブリエルのお気に入りになっていたことがわかったんですよ。どちらも《ＰＣワールド》の倉庫からコンピュータ備品を横流しして、自分たちの店で売りさばいていたやつらでね。このふたりに出会ったとたん、ガブリエルにとって、ほかのおれたち全員は用なしになったってわけです。別に責めているわけじゃないが、つまりはそういうことだ、わかりますよね？　三人はえらく親密でしたよ。新入りのふたりは、ドミニク・ジョーンズとアラン・モーガン。アルパートンで死んだふたりの天使です。いま思うと、あのときにすべては始まっていたんでしょうね。

ガブリエルがふたりに何か特別なものを見出して、おれたちみんなを切り捨てたのか、それとも、あのふたりがガブリエルに何か特別なものを見出して、それを独占しようとしたのか。おれにも、ほかの連中にも、それはわからずじまいでした。謎のままです。ガブリエルとふたりの新入りの関係を、デイヴィッドは〝力学が働いた〟と呼んでいましたよ。

おれにはっきり言えるのは、ガブリエルは誰にでも〝きみは天使だ〟と言っていたわけじゃない、相手を選んでいた、ってことです。いま、おたくは声をあげて笑いましたね、ベイリー夫人、塀の中に天使なんかいるはずがない、ってね。どうして特定の人間だけが選ばれたのか、その理由を知りたいと思ったことはありません。デイヴィッドの意見によると、あのふたりはとくに無防備だったから、ということでした。自分が洗脳しやすい人間を、ガブリエルは直感で見抜いていたんだ、と。

おれにわかっているのは、自分は天使だと言ってもらえなかった、ってことだけです。もしもガブリエルがそう言ってくれていたら、おれは信じていたでしょう。あの男の言うことなら、おれは何だって信じたんだから。

もしデイヴィッドから連絡があったら、お願いだ、おれに知らせてもらえませんか？

ロス・テイト

二〇二一年八月一日の朝、オリヴァー・ミンジーズとわたしが《ワッツアップ》で交わしたメッセージ

オリヴァー・ミンジーズ　いいか。たいへんなことが起きてる。

アマンダ・ベイリー　どんな？

オリヴァー・ミンジーズ　《アルパートンの天使》事件だよ。《アルパートンの天使》の謎だ。当時は、誰もわかっちゃいなかった。世間の人間はみな、誰ひとり気づいてないんだ。ああ、わかってる——おれ自身、以前は気づいてなかったんだから。この二、三週間に発見したことで、すべてを説明できるようになったんだ。思っていたより、おれはすでに深く巻きこまれてた。

アマンダ・ベイリー　例のいかれた元兵士さんのこと？

オリヴァー・ミンジーズ　いや、ちがう。あいつは何でもなかった。前に話したさんざんだった調停の後、あいつに電話したんだ。謝ったよ。あっちの対応も感じがよかった。むしろ、愛想がいいくらいだったな。近いうちに飲みにいくことになってる。毎朝おれに電話してたのは、あいつじゃなかったんだ。

アマンダ・ベイリー　やっとちゃんと眠れるようになったんだ。よかったじゃない。

オリヴァー・ミンジーズ　毎朝四時四十四分に電話してくるのは、やつらなんだよ。やつらがおれを監視してる証拠なんだ。

アマンダ・ベイリー　ジョーが言ってたことを忘れちゃだめ。不思議な出来事を強調はしても、異世界と結びつけたりするのは読者にまかせるの👻

二〇二一年八月一日、しばらく後にわたしとオリヴァー・ミンジーズが《ワッツアップ》で交わしたメッセージ

アマンダ・ベイリー　わたし、いま《アルパートンの天使》がポップ・カルチャーに影響を与えた例を探してるところなんだけど。あなたが前に言ってた、イビサ系の曲って何だっけ？

オリヴァー・ミンジーズ　《ウィドモア&シュムージー》の『スターズ』。曲も歌詞も最高なんだ。

アマンダ・ベイリー　ありがと。すぐに探してみる。

アマンダ・ベイリー　月がどこに出てるかなんて、空を見あげるまでわからない。翼がどこに生えてるかなんて、地に落ちて飛ぼうとするまでわからない。

オリヴァー・ミンジーズ　言っただろ、すごくいい歌詞だって。

アマンダ・ベイリー　でも、これだけなのが残念。このリミックスだけで、ここのフレーズ四百回も聞かされちゃった😱

オリヴァー・ミンジーズ　まったく、芸術を解さないペリシテ人はこれだから。いいか、作詞家や音楽家みたいな連中は、向こう側の世界と潜在意識でつながってるんだよ。おれは専門家からその話を聞いて、自分でもいろいろ調べてみたんだ。とにかく、聴いてみるしかない。心を研ぎすませて、ただ聴くんだ。

アマンダ・ベイリー　💡

オリヴァー・ミンジーズ　おれは真剣に言ってるんだ。モーツァルト、ベートーヴェン、ベッリーニはみんな神童だった。ジョン・レノンとポール・マッカートニーだって、後の世代に影響を残す多くの曲を、子どもとさえいえるような年齢で作ったじゃないか。

アマンダ・ベイリー　たしかにね。『エリナー・リグビー』は十代のころの作品だし。人生の終わりの後悔をうたった名作🙆

オリヴァー・ミンジーズ　おれたちは何度もくりかえしこの地上に生まれてくるんだが、いつも年齢を重ねるにつれ、前世とのつながりはじわじわと薄れていっちまうと、本で読んだよ。だから、若いころには人生全体を見とおした洞察力を持っているのに、経験を積むうちにそれを失っちまうってわけだ。若者が雄弁な言葉で後悔を語れるのは、それが理由だよ。

アマンダ・ベイリー　わあ。そんなふうに考えてみたことはなかったな。

オリヴァー・ミンジーズ　それだけじゃない。聞いてくれ。文字どおり、音楽の未来を予言した音楽も存在するんだ。《カン》の『タゴ・マゴ』だよ。一九七一年に生まれた、とんでもないアルバムだ。モネの絵の中に、携帯電話が描かれてるようなな。心が震えるぜ。

オリヴァー・ミンジーズ　でも、本当におもしろい音楽家は誰だか知ってるか？　ヴァンゲリスだよ――この名前自体、〝ひとりの天使〟って意味なんだ。おれはもう、ヴァンゲリスの曲を一日じゅう聴いてた。まさに、地上に遣わされた使者だよ。七〇年代初頭に、《アフロディーテズ・チャイルド》ってバンドを組んでてさ、そのバンドで『四人の騎手』って曲を出してるんだ。とにかく聴いてみてくれ、マンド。まさに、現代をうたった曲なんだよ。これが入ってるのが、一九七二年に出した『６６６』ってアルバムでさ――ほら、ヨハネの黙示録十三章十八節に出てくる数字だろ。反キリストである獣を指すんだ。

アマンダ・ベイリー　その結論に誘導してくれたのは誰？　ガブリエル？

オリヴァー・ミンジーズ　💩おれが出した手紙は、みんな戻ってきちまった。内容が不適切だと判定されたらしい。あの刑務所長はおれを利用しただけだったんだよ、マンド。ガブリエルが罪を告白するか、それとも再審請求をほのめかすか、様子を見たかったんだ。無駄なことを。

アマンダ・ベイリー　だったら、さっきのいろんな情報はどこからもらったの？

オリヴァー・ミンジーズ　言っただろ、専門家に意見を聞いたんだ。

アマンダ・ベイリー　ひょっとして、最初にわたしにメールをよこしたスピリチュアル・カウンセラー？　ポール・コールって人？

オリヴァー・ミンジーズ　あの人はすばらしいよ。そのうち、おれがもらったメールを見せる。おれはけっして、ポールの言うことをむやみに信じこんでるわけじゃない。ひとことひとこと、しっかり吟味したうえでそう思うんだ。音楽だけじゃない。音楽がわれわれの文化を前進させる原動力となる前には、人間に未来を示してくれたのは文学だった。H・G・ウエルズ、ジュール・ヴェルヌ、ジョージ・オーウェル。この三人は、いずれも予言者だったんだ。

アマンダ・ベイリー　あなたの言う未来を予見する芸術家って、みんな男性ばかりね。女性はひとりもいない。水瓶座の時代が来るなんていっても、結局はこんなもんか。

オリヴァー・ミンジーズ　いきなり何の話だ？

アマンダ・ベイリー　水瓶座の時代は、女性のエネルギーに導かれる新時代なんだって。最近、どこかで読んだの。どっちにしろ、あなたの推す〝予言者〟たちは誰ひとり、二〇〇三年にアルパートンの倉庫で破滅させられかけた反キリストが、そこから逃げ出すなんて予言できなかったわけでしょ。

オリヴァー・ミンジーズ　馬鹿なことを言い出さないでくれ。こっちは象徴的な話をしてるんだ。だが、何より示唆に富んだ話を聞かせてやろうか？　いまはもう、誰も予言はしないんだ。音楽も未来を語らない。成長し、変化し、後の世代に影響を残す――そんな形の音楽は死んだ。作家も、芸術家も、いまはもう、誰も未来を予言したりはしない。

二〇二一年八月二日、ノーサラ・フィールズ・パークで謎の女性から話を聞く。文字起こしはエリー・クーパー。

アマンダ　今回のインタビューはどこも省略せず、すべてを文字起こししてね、エリー。いまは朝の五時だけど、これから誰と会うことになるのか、わたし自身も知らないの。［早朝の鳥のさえずり、そしてまばらに車が通る音。ＥＣ記］

謎の女性　アマンダ？

アマンダ　あら。なるほどね。あなただったのか。前にも会いましたよね。

謎の女性　ええ。誰からわたしの番号を聞いた？

アマンダ　ジョナから。修道院へ訪ねていったときに。

謎の女性　ジョナがそこにいるって、どうしてわかったの？

アマンダ　前に使ってたっていう携帯電話の番号をもらって。そこにかけたら、電話に出た人が教えてくれたんです。［謎の女性がため息をつく。ＥＣ記］

アマンダ　修道院でわたしがつまずいたとき、ジョナが手を貸してくれて、そのときあなたの番号が書いてある紙片をわたしの手に握らせてきたんです。それだけ。

謎の女性　つまり、あなたを信頼したってわけね。

アマンダ　あなたが誰なのか、この事件にどうかかわっているのかは何も知りませんけど

――三週間前、あなたはわたしを夜中におびき出しておいて、その間にうちに押し入り、わたしの帰りを待っていましたよね。ついでに言うなら、あれはなかなかみごとなお手並みでした。［うわあ、マンド、気をつけたほうがいいですよ。ＥＣ記］

謎の女性　これはゲームじゃないのよ。あれだけの目に遭ってもあなたが引かないというんなら、こちらとしては、あなたがどれほどの危険を冒しているのか、あらためて自覚してもらわないとならないようね。

アマンダ　地位のある友人たちから、ずっと警告はされてます。重要な情報を握っているかもしれない情報源がもう何人も、突然の死を迎えましたしね。そのうえ、わたしの仕事仲間ときたら〝無謬（むびゅう）の人〟を自認してるくせに、もうすぐ反キリストが世界を滅亡させると、必死にわたしを説得にかかってるありさまだし。［ここで謎の女性、うっかり笑いそうになる。ＥＣ記］

謎の女性　この事件については、説明が難しいことが山ほどあるの。

アマンダ　あなたはどんな役割をはたしているんですか？

謎の女性　具体的なことは言えない。安全確保に目を配る立場ね。

アマンダ　事件の裏を徹底的に調査した犯罪ノンフィクションって、実は存在しないんですよね。その理由がわかりかけてきました。

謎の女性　ご明察。これだけは言っておきましょうか。担当している子どもを守りきれなか

った児童保護制度の失敗についての本を書くつもりなら、どうぞご自由に。カルト教団の持つ支配力、その洗脳から抜け出すのがどれほど困難かについても、調べてもらってかまわない。宗教の謎に焦点を当てるのもおもしろいかもね。超常現象かもしれないあれこれについても。こんな題材だったら、どれを選んでもらってもいいの。［ああ、マンド、これって、どれも問題の核心じゃないって意味ですよね。いったい、この不気味な女性は何者なんですか？　ＥＣ記］

アマンダ　なるほど……［ふたりとも、長いこと黙りこむ。ＥＣ記］

アマンダ　あなたはあの場にいたんですか？　あの倉庫に。《集結》の夜。

謎の女性　どうしてそんなことを訊くの？

アマンダ　直感とでもいうのかな。どうにも説明のつかないことってありますよね。たとえば、本当は裕福な家庭に生まれてパブリック・スクールを出たはずのハーピンダー・シンが、どうして一文なしの移民なんて紹介されることになったのか、とか。

謎の女性　さっきも言ったけれど、具体的なことは何も言えないのよ。

アマンダ　シンは潜入捜査をしてた警察官で、天使たちがいたアパートメントのすぐそばの部屋に暮らしてた。なぜ？　天使たちを見はっていたのかもと考えたけど、天使たちのほうは数日ごとに引っ越しをしてて、シンは《ミドルセックス・ハウス》でもう何週間か暮らしてたわけですよね。あのレストランという場が、シンとクリス・シェンクをつないでたことは知ってます。シンはあそこで働き、シェンクは裏で薬物を売ってた。

謎の女性　［もう立ち去ろうとしていたらしい。ＥＣ記］ごめんなさい、わたしはこれで……

アマンダ　マリ＝クレール！［かなりの長さの沈黙。あなたの言葉に、相手の女性は衝撃を受けたようだ。ＥＣ記］どうして赤ちゃんは連れ去られたんですか？　社会福祉の担当者が到着する前に、ホリーから引き離されてしまうなんて。

謎の女性　あなたのような人に見つからないようにするためよ。［ほとんど聞こえないくらい低い声。ＥＣ記］

アマンダ　あの赤ちゃんの、どこがそんなに特別なんですか？

謎の女性　次はもう警告はなしよ、アマンダ。

［ああ、お願い、マンド、どうか前に言っていた新しい切り口に専念してください。ポップ・カルチャーの話に。きっと、すごくおもしろい本になりますよ。この本、そもそも読者が休日に夢中になって読みふけるためのものなんでしょう？　こんな危険を冒す価値なんてありません。ＥＣ記］

聖書の余白の部分をちぎり取った紙片。そこには急いで書きなぐったような文字で、〝マリ＝クレール〟という名と電話番号が記されている。

二〇二一年八月二日、エリー・クーパーとわたしが《ワッツアップ》で交わしたメッセージ

エリー・クーパー　この謎の女性が、《集結》の現場にいたマリ＝クレールという警察官だったんですか？

アマンダ・ベイリー　もしかしたらね。有色人種の女性で、いまは四十代だった。事件当時は二十代後半だったはず。

エリー・クーパー　アイリーンがいなくなってすぐ、ホリーから赤ちゃんを引き離して連れ去ったのも、この女性？　児童保護センターの夜間責任者だったマギー・キーナンによると、赤ちゃんを連れていったのは黒人の女性と白人の男性だったとのことでしたよね。翌日赤ちゃんを迎えにきたソーシャルワーカーたちは驚いたとか。

アマンダ・ベイリー　こちらも、もしかしたらとしか言えないけどね。マギー・キーナンはマリ＝クレールが白人だったと記憶してたでしょ。もしかしたら、〝マリ＝クレール〟という名を使ってた潜入捜査官が複数いたのかも🤔

エリー・クーパー　赤ちゃんはそれきり失踪したわけじゃないから、誰にせよ、連れ去った人はちゃんと法に則った立場にいたはずです。まちがえて、福祉担当者がソーシャルワーカーを二組派遣しちゃったとか🤷‍♀️

アマンダ・ベイリー　エリー、二〇〇四年にスージー・コーマンという評価の高いテレビ・ディレクターがいてね、この事件を題材としたドキュメンタリーを制作しようとしてたの。その人も警告を受けたんだけど、それでも調査をやめなかったら、自宅で起きた火災により亡くなっちゃったのよ。でも、それから数年の後、やはりこの事件を題材としたテレビドラマのシリーズがふたつ放映されてね。ひとつは児童保護制度の失敗を暴いたもので、もうひとつは悪魔と地獄の炎を描いたファンタジーだった。でも、このふたつのドラマの関係者は、誰も警告を受けてないのよね。

エリー・クーパー　向こうがいまだに探らせまいとしている秘密って、いったい何なんでしょう？

アマンダ・ベイリー　公園で話をしたこの謎の女性はね、わたしのアパートメントの部屋に何の痕跡も残さず侵入してのけたのよ、七月十三日、わたしが《バロット・ボックス》ってパブの裏で待ちぼうけを食わされてたときに。そのとき、赤ちゃんを探すのはやめるよう、はっきり警告されたの。でも、どうしてわたしを――そしてスージー・コーマンを――あの人たちは怖れているのかな？

エリー・クーパー　評価の高いドキュメンタリー制作者。そして、犯罪ノンフィクションで豊富な経験を積んだジャーナリスト。あなたがたのどちらかなら、きっと真相にたどりつけたかもしれないのに。赤ちゃんの捜索を諦めなきゃいけなかったなんて、本当に残念ですよね。

アマンダ・ベイリー　🙄

エリー・クーパー　？

アマンダ・ベイリー　わたしがどういう人間か、あなたは知ってるじゃない。

エリー・クーパー　？？？

アマンダ・ベイリー　赤ちゃんの捜索を諦めたことなんて、これまで一度だってないんだから 

二〇二一年八月四日、オリヴァー・ミンジーズとわたしが《ワッツアップ》で交わしたメッセージ

オリヴァー・ミンジーズ　起きてるか？

アマンダ・ベイリー　いま起きた。

オリヴァー・ミンジーズ　いま、グレイ・グレアムの記録を読んでたんだ。あんたがノートの速記を解読したやつ。

アマンダ・ベイリー　ああ、あれね。あの人、実際に現場に行ってるのよ、ね？　そして、天使たちの遺体を見つけた。当時は公にされなかったことだけど。

オリヴァー・ミンジーズ　あの男がどうしてあんな腕利きの記者だったのか、その理由がわかったよ。いつも真っ先に現場に駆けつけて。

アマンダ・ベイリー　警察に情報源を持ってたってことよね。あの地域のことなら、すべて自分の手のひらみたいに把握してた。

オリヴァー・ミンジーズ　実際に犯罪が起きる前に、グレアムはそれを〝見て〟たんだ。あのノートの中身は、現場に駆けつけて、そこで書きとめたものじゃない。半分だけ眠り、半分だけ目ざめてる状態で、自動筆記したものなんだよ。言ってみれば夢日記だ。向こう側の世界とつながりを持ってたってこと。

アマンダ・ベイリー　うわあ。わたしもあらためて読みなおしてみるけど、そんなすごい技が使えるんだったら、毎年クリスマス・パーティのたびに、わたしたちに自慢してたんじゃないかな。

オリヴァー・ミンジーズ　それはないね！　グレアムは隠しておく必要があったんだ。誰も知らない秘密の切り札だったんだから。

二〇二一年八月四日、犯罪ノンフィクション作家ミニー・デイヴィスとわたしが《ワッツアップ》で交わしたメッセージ

ミニー・デイヴィス　こんにちは、美人さん！　おもしろいことがいくつかわかった。関係あるかどうかは不明。〝ローリー・ワイルド〟がノッティング・ヒル&イーリング高校に転校してくる直前、第七代カーライル侯爵の令嬢がゴードンストウン校を退学してる。令嬢の名はジョージナ・オグルヴィ。母親はレディ・ヘレン・カーライルで、父親はカーライル卿（きょう）フレデリック・オグルヴィ。両親の出会いは薬物依存症の更生施設で、どちらも多種多様な薬物に依存しており、誰が見てもお似合いのカップルだったみたい。父親のほうはエリザベス女王の遠い親戚で、一族の面汚し。

アマンダ・ベイリー　ありがとう、ミニー。あなたって、本当にすごい。一族の面汚しなのは、どんな理由で？

ミニー・デイヴィス　ウィキペディアで調べてみて。カーライル卿はね、すでにだいぶ目減りしていた一族の資産から数百万ポンドを、コカインとヘロインに突っこんだってわけ。二〇〇九年、刑務所を出た翌日に薬物の過剰摂取で死亡。薬物の意図的所持による刑期が明けたばっかりだったのにね。ヘレンのほうも、更生施設と精神科を出たり入ったりしてた。こちらは、昨年に死去。

アマンダ・ベイリー　ジョージナのことも、ウィキに何か書いてある？

ミニー・デイヴィス　ほとんど何も。ひとりっ子、一九八六年生まれとだけ。娘が学費の安い学校へ〝転校〟せざるをえなくなり、夫妻は自分たちの没落を隠すため、娘の名前を変えさせたんでしょうね。

アマンダ・ベイリー　そうなると、天使たちからさらに新しい名前を与えられても、その娘にとっては、もうさほど抵抗はなかったのかもね。わけのわからない生きかたをして、新しい名前を押しつけてくる大人たちには慣れっこだったってわけ。

ミニー・デイヴィス　それは考えてもみなかったけど、たしかにそうね。

アマンダ・ベイリー　つまり、ホリーの産んだ赤ちゃんは貴族の血を引いてるんだ。そうなると、養子に迎えた家庭もそれなりに位が高く、だからこそ赤ちゃんの行先を世間には知られたくないって思惑があったのかもね。秘密の養子縁組っていうのは本当でも、縁組みした先は外国じゃなくて、上流階級の家庭だった。

ミニー・デイヴィス　上流社会にもぐりこんで情報を集められる人、誰か知ってる？　そういう人に頼めば、さらに調査を進められるかもしれないけど、わたしはもう情報源を使いはたしちゃったし、そろそろ『ローズとマイラ』刊行前の宣伝活動を始めないといけないの。

アマンダ・ベイリー　本当にありがとう、ミニー。心から感謝してる。宣伝活動がうまくいきますように。もし、この先わたしに何かできることがあったら、遠慮なく知らせてね

ミニー・デイヴィス ♥

二〇二一年八月六日、《迷宮入り殺人事件クラブ》主宰者のキャシー＝ジューン・ロイドとわたしが交わしたメール

宛先　アマンダ・ベイリー　　　　　　　　　**送信日**　2021年8月6日
件名　《アルパートンの天使》事件の謎　　　**送信者**　キャシー＝ジューン・ロイド

親愛なるアマンダ
《迷宮入り殺人事件クラブ》の素人探偵たちが、またしても胸躍る新事実を探り出してきましたよ！　うちのクラブのひとり――そして、今回の大功労者であるロブ・ジョリー――は、ロンドン北西部じゅうの地方新聞のマイクロフィルムを閲覧しまくり、四週間かけてこれを見つけたんです。わたしがスキャンした画像をご覧になれますか。これは一九九〇年四月三日、《ヒリンドン・タイムズ》紙に掲載された個人広告です。

天使たちが《マスター・ブルーワー》の上空（フライ・オーヴァー）を飛ぶ。
祝祭の箱船に集結せよ。０１－■■■■

これと同じ広告が、以後三週にわたって掲載されています。この広告を依頼した人間は、これを一九九〇年四月の間、ずっと紙面に載せておくために掲載料金を払っているんです。

さて、これは《アルパートンの天使》事件の十三年前で、当時はまだ携帯電話もインターネットも普及していません。誰かに秘密のメッセージを送りたいときには、地元の新聞に暗号を使った広告を載せるんですよ。ご存じのとおり、こうした広告はなかなか依頼主をつきとめることができません。文面を電話で伝え、現金で支払うことも可能だったからです。道ならぬ恋愛をしているカップルが連絡に使ったり、さらにはその時代をよく憶えている当クラブの古参メンバーのトニー・モリスによると、売春婦などが宣伝に使ったりするのに便利だったとか。とはいえ、それだけではなく、いわゆるタレコミ屋と警察官との連絡手段として、よく使われていたこともわかっています。

このメッセージ自体が何を意味していたか、そこは知るよしもないのですが、みなで議論を重ねるうち、それなりに有力な推測も挙がりました。もっとも真実に近いと思われる結論は――〝天使たち〟とは、後にカルト教団《アルパートンの天使》を結成する人々を意味している、というものでした。

《マスター・ブルーワー》というのは会議場やパーティ・ルームを併設したホテルで、現在はヒリンドン・サーカスという地名のついているあたり、M40号線の立体交差上(フライオーヴァー)にあったんです。ここはロンドンの主要高速道路のジャンクションというだけではなく、全国へ広がる長距離バス路線、そしてロンドン地下鉄の乗り換え拠点も近くにあります。

〝祝祭の箱船〟にはみなが頭をひねりましたが、新入会員のひとりであるジュリー・ゴームリーが、〝祝祭〟はクリスマスのヒイラギからホリーを意味し、〝箱船〟は大天使ガブリエルを意味するのかもしれない、と思いついてくれました。

末尾の電話番号は、サウス・ハロー電話局を中心としたロンドンの古い局番ですが、使われていた区域が広く、電話番号の主の居住地を絞ることはできないようです。

おそらく、何かを秘密裏に行う場所として《マスター・ブルーワー》が提示されているのでしょう。迅速にやりとりを行い、ロンドンの外へ、あるいは中へ行方をくらますには、ここはうってつけの場所ですからね。

《アルパートンの天使》が二〇〇三年に何をやっていたにしろ、十三年前の一九九〇年にも、あの集団はどうやら同じことをやっていたように思えます。それはいったい何だったんでしょう？　そして、これだけ長いこと人目につかずに活動を続けてきたのに、どうしてこんなふうに破綻してしまったんでしょうか？

アマンダ、あなたがこれについてどう思うか、ぜひ意見を聞かせてほしくて、わたしたちはみなうずうずしているんですよ。首を長くして、お返事をお待ちしていますね。

キャシー＝ジューン・ロイド

宛先　キャシー＝ジューン・ロイド
件名　Ｒｅ：《アルパートンの天使》事件の謎
送信日　２０２１年８月６日
送信者　アマンダ・ベイリー

親愛なるキャシー＝ジューン

ありがとう。とりわけ、あの新聞広告を見つけてくれたロブ・ジョリーには、本当に感謝しています。あんなに小さいものを見つけ出すのがどんなにたいへんだったか、わたしにも想像がつきますから。

あなたがたの発見は、わたしがここまでつきとめたことと一致しています。わたしが話を聞いた複数の警察官やソーシャルワーカーは、一九九〇年代前半の〝天使〟の活動について言及していたんです。二、三十年が経ってしまった現在では、みなの記憶が二〇〇三年とごっちゃになってしまってはいますが。

さて、一九九〇年というと、アシッド・ハウス・ミュージックが全盛でしたね。ロンドン郊外やその周辺の州で、毎週末に違法なレイヴが行われていたものでした。この地方紙は毎週金曜に発行されていますよね。だとすると、このメッセージは音楽ファンに集合場所を示したものなのかもしれません。この場所に着いて、電話ボックスからこの番号にかけると、レイヴが開催される正確な場所を教えてもらえるんですよ。この広告が毎週掲載されていたとなると――集合場所もずっと同じ場所だったということですよね。あるいは、そういう場を利用した薬物の売人の取引場所だったのかもしれません。

天使たちが《マスター・ブルーワー》の上空を飛ぶ。わたし自身、この地域の出身なので、《マスター・ブルーワー・ホテル》のことは憶えています。ここはひとつの限定された場所ではあるものの、広大な敷地のかなりの部分は高速道路の立体交差や鉄道橋のせいで自由に立ち入りできないんですよ。駐車場はありましたが、大勢の人間が集まれる場所など、ほとんどないといっていいでしょう。駐車場はありましたが、ここに若い音楽ファンが集まったりしたら、すぐに警察を呼ばれ、集合場所も閉鎖されてしまったはずです。

とはいえ、ここはどこかアルパートンのあの倉庫に似ているという思いが、わたしの頭を離れません。ハーピンダー・シンの遺体が発見された、《ミドルセックス・ハウス》にも。人々が通りすぎていく場所。誰もがどこか別の場所をめざしていて、だからこそ、誰にも注目されない理想の場所でもあるんです。

あらためて、どうもありがとう、キャシー＝ジューン、そして《迷宮入り殺人事件クラブ》のみなさん。おかげで、いくつかのことがさらにはっきり見えてきた気がします。

アマンダ・ベイリー

二〇二一年八月六日、オリヴァー・ミンジーズとスピリチュアル・カウンセラーのポール・コールが交わしたメール

宛先　ポール・コール　　送信日　2021年8月6日
件名　〝獣〟のこと　　送信者　オリヴァー・ミンジーズ

そうなんです、おれはどうしても、反キリストのことが引っかかってて。あの赤んぼうがまちがいなく邪悪な存在に育つと、いったいどうしてガブリエルはそんなにも確信してたんでしょうね？　たとえば、誰かがおれにその赤んぼうを渡し、「この子は〝獣〟だ、いつか世界を滅亡させる」と言ったとしたら、おれはその子がけっして外に出ていかないよう、ひたすら努めると思うんですよ、わかりますよね。その子を抑えつけ、何もさせないようにするんです。

でも、おれがそんなことをしてる間に、きっとどこか別のろくでもない親を持った子どもが成長し、喧嘩腰で世の中に出て、そのまま〝獣〟になって世界を滅亡させるんですよ。ガブリエルの予言って、人間の成長の基盤となる要素、たとえばしつけとか、教育機会とか、運とか、性格とか、そういうものをどれくらい考慮してるんだろう？　あなたの意見を聞きたいですね。

それと——もうひとつ考えてみてほしいことが。この世界は、いまや水瓶座の時代に入ろうとしてるんです。世界が、女性の力を重んじる時代。ひょっとしたら、新たな反キリストは女性かもしれませんよね。

宛先　オリヴァー・ミンジーズ　　送信日　２０２１年８月６日
件名　Re：〝獣〟のこと　　送信者　ポール・コール

親愛なるオリヴァー

メールをありがとうございます。どちらも重要な問題提起ですね。

反キリストは自らの力を存分に発揮するため、おそらくは社会のより上層へ惹きよせられていくはずです。そのほうが、より大きな影響力を振るえますからね。そうしなければ、何の力も持てないまま終わってしまうでしょう。反キリストが名声と富に惹きよせられるのは、それが権力を握る近道だからです。しかし、それを抜きにしても、やはり無意識のうちに支配力を求めて高みをめざすのではないかと、わたしは考えています。高みに昇れば昇るほど、障害物を排除する力を手に入れることができますからね。チェスで女王（クイーン）を守り、その進路を開くために、歩兵（ポーン）に道を譲らせるようなものですよ。

ガブリエルがなぜそれほど強く確信していたか、それはわたしにもわかりません。わたしたちが本当に水瓶座の時代を迎えようとしているのか、それについても。どう見ても、この世界はまだ平等にさえ至ってはいませんが！　とはいえ、どうかその調査を続けてください。あなたが書く本のため、実に当を得たおもしろい題材が含まれていると思いますよ。

ポール

二〇二一年八月六日、わたしとマイク・ディーン警部が交わしたテキスト・メッセージ

アマンダ・ベイリー　こんにちは、マイク。六月二十四日にお話をうかがったとき、以前ガブリエルのことで警察署に相談しにきたホリーから、女性警察官が話を聞いたということでしたよね。七月二十七日のメッセージでは、たしか一九九〇年ごろの出来事だったとか。その女性警察官の名前はわかります?

マイク・ディーン　ニッキ・セイル。いまは退職女性警察官の親睦会を主宰しているので、そちらに連絡してみるといいですよ。

ジェス・アデシナ著『あたしの天使日記　3』から破りとった数ページ

六月一日午後二時

アシュリーは赤ちゃんをほしがってる。ほら、こうしてあたしの天使日記に書きこんだからには、これはきっと実現するはず。もう何週間も、アシュリーはさりげなく赤ちゃんのことを言いつづけてた。そして、あたしはずっと話題を変えてばかりいた。

父親は誰にするのかな?　ガブリエル、それともジョゼフ?　もしもアシュリーがガブリエルと赤ちゃんを作ったら、あたしはジョゼフの赤ちゃんを産まなきゃいけないの?　どっちが先に父親になるか、それは男どうしで決めるのかな。あたしたちが毎日、どんなに傷つくぎりぎりの決断を迫られてるか、天使じゃない世界の人たちが知ってたら。そもそも、あたし、このアパートメントでほんとに赤ちゃんなんて迎えたい？　いまのままのあたしたちで、ちょうどぴったりの部屋しかないのに、さらにもうひとり天使が来るなんて。ほっぺがぷっくりふくらんで、目にちっちゃな翼を浮かべた、生まれたばかりの無垢な天使が。

アシュリーはいま、ガブリエルと出かけてる。嫉妬なんかしてない。してるけど、別にいいんだ。めちゃくちゃ嫉妬してるけど。いつかけっこう近いうち、あの娘はきっとあたしの目の前で、陽性の出た妊娠検査薬スティックをちっちゃな運命の魔法の杖みたいに振りまわし、それでめでたしめでたしになるってこと、心のどこかではわかってる。それでも、あたしは平気。平気だったら。

六月六日午後六時

そんなわけで、五日前にあたしが書いた日記、いまあらためて読みかえすと、子どものころに描いたクレヨンの絵が冷蔵庫の下に落ちて、それっきり忘れられてたやつみたいに思える。長い話になるけど。まあ、おちついて聞いて。

あの日、何をしてたのか気を回しちゃうくらい長いことガブリエルと出かけてたアシュリーは、遅くなってから帰ってきた。それで、あたしがドアを開けたわけ。目の前の通路に、アシュリーが立ってて。その腕の中を、あたしはまじまじと見ちゃった——ちっちゃな赤ちゃんが、紺の服に包まれてたの。後になって広げてみたら、その服はアディダスのパーカだったけど。

ちょっと、どういうこと？　ねえ、勘弁してよ。「誰の子？」って、あたしは訊いた。いまふりかえると、そのときはちゃんとした説明がつく話なのかもと思ってたわけ。「わかんない」アシュリーはささやいた。「でも、見てよ！　完璧でしょ」

ねえ、読者のみんな、たしかにすっごく可愛い赤ちゃんではあったんだ。でも、誰の子よ？

図書館の外にいたんだ、ってアシュリーは答えて、その目に浮かんだ翼がちらちら揺らめいたのを、あたしはたしかに見た。その場に立ちつくしたまま、何も言えずにいるあたしの脇を、アシュリーが通りすぎて玄関に入る——この、たった数歩のうちに、あたしは児童誘拐の事後従犯になっちゃったわけ。法律を勉強しはじめてから、まだそんなに長くはないけど、それでもアシュリーが一歩奥へ進むたび、あたしの頭の中の罪状一覧は増えてくばかりだった。犯人隠避。犯罪の幇助（ほうじょ）および教唆……

ガブリエルが階段を駆けあがってくる音がした。そのまま通路をこっちに走ってくると玄関に飛びこみ、勢いよく閉めたドアに背中をもたせかけて、あえぎながら安堵の吐息をつく。あたしは何か言おうとした。でも、ガブリエルはそれを制し、手を振ってキッチンへ行くようあたしたちふたりを促した。

「誰か、ちゃんと説明してくれないの？」と、あたし。アシュリーは口を開いたものの、目はじっと赤ちゃんに釘付けのままだった。「この子、ベビーカーに乗せられて置き去りにされてたの。誰にも必要とされてない子なんだ、ティリー。これで解決じゃないかな」

「解決って、何を？」どこかの誰かの赤ちゃんを勝手に借りてきて解決する問題なんて、何も思いつかない。でも、しょせんあたしはこの地上でやっていこうともがく、ひとりの天使にすぎないってこと。

「普通のやりかたは面倒くさすぎるしね。これが答えなの。ほら、このお嬢ちゃんの顔を見てやって」でも、あたしが見やったのは赤ちゃんじゃなくて、部屋のカーテンをきっちりと閉めてるガブリエルの顔だった。

「壁から離れているんだ、隣の部屋に聞こえたらまずいからな。ティリー、ジョゼフが帰ってきたら、きみとわたしは外に出て、食料や必要な品を買ってこよう。ほんの二、三時間で、このことはすぐに知れわたる。そうなったら、しばらくはここに立てこもり、厳戒態勢が解けるのを待つんだ」

　あたしはもう、そんなに長く黙ってはいられなかった。

「この赤ちゃんを元のところに返さなきゃ、ガブリエル。この赤ちゃん、誰かの子どもなんだから。誰か別の人の」どこかの可哀相なお母さんかお父さんが、ほんの一瞬やむを得ず赤ちゃんから目を離したばっかりに、狼狽え、消耗し、打ちのめされ、ずっと悪夢の中をさまよってる光景が頭に浮かぶ……

アシュリーは傷ついたといわんばかりの視線をあたしに投げ、それからすがりつくような目でガブリエルを見つめた。「返さなくていいでしょ、ね?」

「ああ、いいさ!」と、ガブリエル。どういうこと、これ、集団ヒステリーか何か? 「この子は、ここにいたほうが安全なんだ」この警察のサイレンは、本当に外から聞こえてくるのか、それともぐらぐらするあたしの頭の中で鳴ってるだけなのか、それもわかんない。

そこに、玄関のドアがばたんと閉まる、まぎれもない現実の音が聞こえてきて、何も知らないジョゼフがキッチンに入ってきた。その場で凍りついたように立ちどまり、いつもの不思議な眼力で、あたしたちの様子を瞬時に読みとる。

「その赤んぼうは誰の子なんだ?」

「図書館の外にいたのを、アシュリーが連れてきちゃったの」どうにか、あたしから先に説明する。

「ここに置いてはおけない」ジョゼフがささやいた。「とんでもないことになっちまう。さあ、その子を渡すんだ、アシュリー」

その言いかたに、何かを感じる。その口調に。アシュリーの目。そして、ガブリエルの目。ジョゼフはスマホを取り出し、画面に指を走らせると、それをこっちに差し出した。一瞬、あたしは身動きができなかった。アシュリーはジョゼフに赤ちゃんを渡すんだろうか? それとも、抵抗する?

ジョゼフはあくまで穏やかに、静かにアシュリーの腕の中から赤ちゃんを抱きとる。

渡されたスマホに、あたしは目をやった。６６６。〝獣〟の数字？　ううん、ちがう、ジョゼフが緊急通報の９９９を入力してくれてただけ。逆さまだったスマホの向きを戻して、通話の赤いボタンをタップする。電話がつながるのを待つ間、あたしの翼は固く畳まれ、どんどん小さく縮んでいった。外の世界が、いまこの瞬間にも、どっとあたしたちに襲いかかろうとしてる。

マーク・ダニング著『白い翼』から破りとった一ページ

ガブリエルがセリーヌの手をつかみ、ふたりはマドリードの暑い夜の街路を走った。セリーヌは裸足（はだし）で、蜘蛛の糸で縫いあわせたかのような絹のガウンを裸体にはおっただけだったが、ガブリエルの速さに遅れをとることはない。すらりと長い脚、なめらかな太ももが、軽やかに溝や縁石を飛びこえていく。まるで、雨季を前にしたガゼルが、枯れはてた平原をどこまでも、信じられないほどの距離を駈けぬけていくときのように。

上空からはオレンジ色に輝く死の灰が降りそそいでいたが、ふたりの見えない翼が先を急ぐのを助けてくれる。ガブリエルとセリーヌはふりむき、その光景にほとんど足をとめかけた。炎と立ちのぼるガスが、空高く噴きあがる。まるで赤いダイヤモンドのような美しさだ。この希少な宝石の中で、もっとも希少な色。

セリーヌはすっかり心を奪われ、息をはずませた。サイレンが鳴りひびきはじめる。泣きわめく妖精(バンシー)のように。ガブリエルはそのすぐ後ろに立ち、さりげなく左右に視線を走らせた。あくまでも、普段と変わらない様子に見えなくてはならない。世界の日常の一部分として。ガブリエルはセリーヌを抱きよせた。まるでふたりの恋人が夢のように幸せな夜をすごしている最中こんなことになり、それでも大使館のすさまじい大爆発さえ、ふたりの愛に水を差すことはできなかったかのように見える。誰かがふたりのこうした姿を目にしても、まさか爆発の背後でこの恋人たちが暗躍していたばかりか、任務をまだ半分も終えていないなどとは夢にも思うまい。

瀕死、あるいは怪我を負った人々の周りに救急隊員が集まる。無数の火の粉が渦巻く煙の中、ガブリエルの黒いランボルギーニ・ガヤルドが混乱の中心地へ乗り入れ、ため息をついて停まった。カゲロウのように軽やかにセリーヌが車から飛びおり、トランクを開けようとすると、その背後にガブリエルが立つ。ふたりが翼を大きく広げたのは、トランクの中身が誰からも見えないようにするためだ。死体はもう、ほとんど見分けがつかない。もう修理もできないくらい、手ひどく打ちのめされている。とはいえ、蒸発させて消してしまうには、あまりに人間らしかった。けっして切れない鎖でこの地上に縛りつけられている、男の形をした死体は、こう始末しなくてはならない。

ほっそりした身体ながら、獲物を運ぶアリのように屈強なセリーヌは、トランクから生体ロボットの死体を引っぱり出すと、近くで燃えさかる炎の中へ投げこんだ。その周囲には、すでに見分けがつかないほど焼けただれた死体が折りかさなっている。いま投げこんだ死体も、流砂に沈む小石のように炎に呑みこまれていった。嘘をひとつ重ねるたび、深く沈んでいく真実のように。これで、この死体は仲間のこぶしやブーツに叩きのめされたのではなく、残虐な炎の犠牲者として永遠に刻まれる。これを終えてようやく、ガブリエルとセリーヌはたちまちのうちに姿を消した。

脚本『神聖なるもの』クライヴ・バダム作より破りとった数ページ

屋外。廃屋――夜明け

日が昇り、古びた廃屋を照らしている。生垣ごしに見える、見捨てられ、忘れられた家。私道にワゴン車が駐まっている……二階の窓に、顔がひとつのぞく。

屋内。廃屋の二階、室内――夜明け

ホリーは赤んぼうにミルクをやりながら、こっそりと汚れた窓から外をのぞき、ワゴン車の屋根を見おろしている。ミカエルが車に飛びのる。エンジンのかかる音。

屋外。廃屋――朝

ワゴン車が私道をバックして外へ向かう。道路に出ると、轟音(ごうおん)をあげ、排気ガスを残して走り去る。

屋内。廃屋の二階、室内――朝

ホリーは窓から離れ、ほとんど空になった哺乳瓶を置くと、赤んぼうの身体を起こし、その顔にじっと見入る。赤んぼうも、じっとその視線を受けとめる。ホリーの顔にとろけるような笑みが浮かび、赤んぼうの額にキスをする。

ジョナ「おまえ、そいつに操られてるぞ」

ホリー「さっさとベッドに戻れば？」

ジョナ「おまえこそ、どうして起きてるんだよ？」

ホリーが哺乳瓶を振ってみせる。一瞬の間。ジョナは態度を和らげ、ホリーに近づく。

ホリー「《集結》って何？」

ジョナ「そこで、そいつを引き渡す。あとは、向こうでそいつを破滅させてくれるんだ」

ホリー「ここのこと？　きょう？」

ジョナ「まだ惑星が直列になってないから」

ジョナがきびすを返し、視界から消える。ホリーはしばし赤んぼうを見つめた後、部屋を出ていく……

屋外。廃屋——朝

ひっそりと佇む廃屋、その前の道路を行き交う車。

屋内。廃屋のキッチン——昼間

古びた流しで哺乳瓶をすすぐホリー。疲れた目を割れた窓に向けると、荒れた庭が見える。すすぎ終えた哺乳瓶を振って水を切り、乾燥させておくために、かがみこんで流しの下の棚に注意ぶかく並べてから立ちあがる。

窓からこちらをのぞく、人の顔。

ホリーは恐怖にあえぎ、後ずさりしようとして足を滑らせながらも、床を這って逃げようとする。これまでホリーたちを追ってきた女性、アシュリー（二十六歳、天使めいた容姿）が、窓からこちらをのぞいている。首には、天使の翼をかたどった飾り気のないペンダント。床にうずくまるホリーと、アシュリーの視線が合う。

アシュリー「こんにちは。あなたは誰？」

ホリーはすばやく階段を見やり、また視線を戻す。やがて床から立ちあがり、ゆっくりと窓に近づく。

ホリー「わたしはホリー。何をしにきたの？」

アシュリー「あなたがだいじょうぶかどうか、確認したいの」

ホリーはためらう。とまどったような表情。

アシュリー「あなたの意志に反して、ここに閉じこめられているんじゃないかと思って」

一瞬の間。ホリーはじっとアシュリーの顔を見つめる。

ホリー「わたしたち、その気になればいつでもここを出られるから」

アシュリーは驚きを隠しきれない。

アシュリー「〝わたしたち〟って？」

ホリー「彼氏とわたし」

アシュリーは考えこみながらうなずく。

アシュリー「彼氏の名前は？」

ホリー「ガブリエル」

アシュリーがうなずくが、その表情から内心は読みとれない。画面外、二階から赤んぼうの泣きわめく声。アシュリーの表情が変わる。

アシュリー「ああ、なんてこと」

信じられないという目で、ホリーをじっと見つめるアシュリー。ホリーは必死の表情で階段をふりむく。やがて窓に向きなおると、すでにアシュリーの姿は消えている。キッチンを飛び出すホリー。無人となったキッチンに、ホリーが階段を駈けあがっていく足音が響く。

屋内。廃屋の二階、室内——昼間

ホリーがかごベッドに駈けよる……

屋内。廃屋のキッチン——昼間——しばらく後

赤んぼうを腕に抱き、ホリーが足音を忍ばせて入ってくる。赤んぼうが身じろぎし、小さな声を漏らし、また静かになる。ホリーは赤んぼうを優しく揺すりながら窓の外に目をやり、首を伸ばして四方を見わたす。何も見あたらない。誰もいない。ホリーの視線がふと止まる。キッチンから庭に出るドア。ハンドルをひねる。鍵がかかっている。

屋内。廃屋の玄関脇の部屋――昼間――しばらく後
むき出しの床板にできた日だまりに、赤んぼうを抱いて坐っているホリー。ドアが開く。ジョナだ。だが、その場からしばらく動かない。こちらを探るような表情に、ホリーが気づく。

ホリー「こいつを寝かしつけてたの」
ジョナは窓に歩みより、生垣のほうをうかがう。ホリーはちらりと戸口に目をやると、声をひそめる。

ホリー「こいつを渡したら、みんなは悪魔をこの身体から追い出すわけ？　それとも、赤んぼうごと破滅させるの？」

ジョナ「そんなこと、おれたちが知っても仕方ないさ」
ホリー「気がとがめる？」
ジョナ「人類を救うためだ」

誰にともなく、ホリーが顔をしかめる。

ホリー「わたしたち、ちょっと外に出てみない？　お散歩だけ」
ジョナ「だめだ。やつらにこいつを奪われちまう。ここにいれば、おれたちのエネルギーが、こいつを包みこんで守れるんだ」

ホリーの視線が赤んぼうから離れ、ゆらゆらと窓のほうに向けられる。

屋内。廃屋のキッチン――夕方
夕闇が迫る中、ガブリエルががらんとした棚を探っている。中にあるのは粉ミルクの缶だけ。その様子を、ホリーとジョナが見まもっている。

ガブリエル「食べものがないなら、食べない。単純なことだ」

ガブリエルは足音をたて、居間へ向かう。ジョナがその後を追う。ホリーはキッチンを見まわす。やがて粉ミルクの缶をひとつ手にとり、それをひっくり返しながら考えこむ。

アシュリー（画面外から）「（ささやき声で）ホリー！」

ホリーは飛びあがり、危うく粉ミルクの缶を取り落としかけながらも、もう閉まりかけていたドアを押し、急いで閉める。

アシュリー「しーっ！」

ホリー「あなたは何者なの？」

アシュリー「アシュリーよ。ホリー、あなたにしてもらいたいことがあるの」

真剣な目で、懇願するようにホリーを見つめるアシュリー。

ホリー「だめ。だめだったら。どこかへ行っちゃって」

ホリーはあわてて居間のほうへ目をやると、混乱のあまり両手で耳を覆う。

アシュリー「あなたはいま、怖ろしい――」

ホリーの動揺する様子を見て、アシュリーは口をつぐむ。一瞬の間。やがて、気をとりなおすと、こう語りかける……

アシュリー「わたしもあなたと同じ。天使なの。この地上での目的をはたすため、いまは死すべき身体で生まれてきたのよ。あなたが自分の目的を無事はたせるよう、見まもり、守護するのがわたしの役目。わかる?」

ホリーがうなずく。

アシュリー「よかった。ホリー、あなたたちはみな、怖ろしい危険にさらされているの。みながいっしょにいるかぎり、危険は続く。このままじゃ、あなたは失敗してしまうかもしれない」

ホリーの視線が揺らぐ……

アシュリー「わたしなら、あなたたち全員を助けられる。どうか、赤ちゃんを連れてきて、わたしといっしょに――」

ガブリエル（画面外から）「ホリー？」

ホリーが飛びあがる。アシュリーはさっと身を隠す。ホリーがふりむくと、アシュリーの姿はもうない。戸口に、ガブリエルが姿を現す。

ガブリエル「何をしていた？」

ホリー「食べものを探してたの」

粉ミルクの缶を掲げてみせる。

ホリー「これ、どう？」

ガブリエルが顔をしかめる。

ガブリエル「いや。けっこう。こっちに来るんだ」

ホリーを促し、キッチンから出ていかせる。ホリーがいなくなると、ガブリエルの表情が変わる。キッチンから庭へ出るドアを確認。鍵がかかっている。周囲を最後に見まわすと、明かりを消し、ドアを閉める。きっちりと。

6

アシュリーを探して

二〇二一年八月九日、わたしとキャシー＝ジューン・ロイドが交わしたテキスト・メッセージ

アマンダ・ベイリー　そちらの素敵なジョリー氏、二〇〇三年の《アルパートンの天使》事件についても、何かおもしろい新聞広告を見つけてくれてたりしてません？

キャシー＝ジューン・ロイド　いえ、まだ。でも、いま一週間の休暇を取って、がんばって探しているみたいですよ。

アマンダ・ベイリー　👍ありがとう。あと、ひとつだけ——あなたでも、ほかのメンバーでも、この事件の資料を読んでいて、アシュリーって名前の女性が登場するのを見かけたことは？

キャシー＝ジューン・ロイド　ちょっと待っててね、アマンダ。いまみんなに訊いてみます。

キャシー＝ジューン・ロイド　うちの《ワッツアップ》グループに訊いてみたんですが、《アルパートンの天使》事件関係の資料では、誰もアシュリーは見かけていないみたい。

二〇二一年八月九日、わたしとオリヴァー・ミンジーズが《ワッツアップ》で交わしたメッセージ

アマンダ・ベイリー　おーーーーい！　既読無視されてるお友だちが来ましたよ……あなたをお外に連れ出してあげる。

オリヴァー・ミンジーズ　こっちは忙しいんだよ。

オリヴァー・ミンジーズ　どこへ行くんだ？

アマンダ・ベイリー　高速道路の下を通ってる、古い地下通路。三十年前の記憶を引っぱり出してるところなんだけど、八〇年代には、たしかあそこに目立つアーチと凝った鉄格子の門があったなと思って。叔母の家があの近くにあってね。わたし、いとこたちと、そのトンネルを走りぬけてまた戻ってくる度胸試しみたいな遊びをした憶えがあるのよ。グーグルのストリートビューによると、いまはどっちの出入り口もすっかり雑草に覆われちゃってて。あそこの草むしりをするのは、ふたりがかりの仕事になりそう。

オリヴァー・ミンジーズ　勘弁してくれよ、〝わたしといとこたち〟の話なんてどうでもいいんだ――だいたい、おれに声をかけてくるなんて、何か理由があるんだろうとは思った。草むしり要員かよ。

アマンダ・ベイリー　これ、あなたの本のためなんだからね。いろんな関係者から話を聞いてたら、二〇〇三年の《アルパートンの天使》事件と、一九九〇年代初めに十代の子たちを手なずけて、きみたちは天使だと言ってた男の話が混同されちゃってるのがわかって。

オリヴァー・ミンジーズ　それと、その気味の悪い地下通路と何の関係が？

アマンダ・ベイリー　何か、ぴんときたのよね。第六感っていうのかな。

オリヴァー・ミンジーズ　わかった。行くよ。

二〇二一年八月十日、高速道路のような音が響いている場所でオリヴァー・ミンジーズと会う。文字起こしはエリー・クーパー。

アマンダ　エリー、ここでわたしたちが話すことは、省略せずにすべて文字起こしして。オリヴァーに携帯を見つけられちゃったら、録音をときどき切らなきゃいけないかもしれないけど、音声ファイルがいくつかに分かれていても、全部ひとつのファイルにまとめてね。お願い。［了解。でも、どうして毎回オリヴァーに内緒で録音しなきゃいけないんですか？　EC記］

アマンダ　ここの上、いまはただの荒れた空き地だけど、以前は《マスター・ブルーワー》って三つ星ホテルが建ってたの。いかにも一九六〇年代っぽい建築。ほら、この写真はネットで見つけたんだ。

オリヴァー　これが三つ星っていうのは、ちょっと過大評価だな。

アマンダ　これは長い間、このあたりじゃ有名な建物だったのよ。ここはマスター・ブルーワー環状交差路（ラウンドアバウト）って呼ばれてた。

オリヴァー　いまやホテルもなし、環状交差路もなし。くそっ、ここで車に轢（ひ）かれそうだな。その気味の悪い通路はどこにある？

アマンダ　ついてきて。いまは道路が作りなおされちゃって、昔よく歩いてたところは通れなくなっちゃったの。でも、別の行きかたを知ってるから。

アマンダ　［しばらく無言で歩く。EC記］止まって、止まって。ここ。

オリヴァー　こんなところを走って通りぬけてたって？

アマンダ　《マスター・ブルーワー》が建つ前にすごく古いパブがあって、ここはね、そこへ行くための地下通路だったの。この後ろの住宅街に暮らす人たちが、交通量の多い道路をわざわざ渡らずにパブへ行けるように。でも、ここが駐車場付きのホテルになっちゃって、環状交差路があったところには立体交差が建設され、新しい地下歩道ができたから、このトンネルはもう使われなくなっちゃったってわけ。いとこがわたしをここに連れてきたのは一度だけでね。わたしはまだ六歳だったけど、アーチのセメントの模様をいまでもはっきりと憶えてるの。ほら、いまも見える。

オリヴァー ヒイラギ（ホリー）だ。ヒイラギの葉と実。ヤドリギも。

アマンダ 祝祭のアーチよね。わたしがこの木を押さえてるから、あなたはこの植木ばさみで下枝を切っちゃって。［しばらく、ふたりが邪魔な草を刈る音が続く。ＥＣ記］

オリヴァー もっと下だ。

アマンダ 了解。

オリヴァー ここ、もう何十年も放置されてたみたいだな。いてっ！　このとげにやられた！

オリヴァー ［しばらく沈黙。ＥＣ記］あれは何だ？　マンド。マンド！　マンド!!

アマンダ 動かないで！　だいじょうぶ、わたしがつかまえた。ほら、もういなくなっちゃった。

オリヴァー ふう。あんなのに嚙まれたら、スパイダーマンの二の舞だ。反社会的な超能力が身についていて、友だちがいなくなっちまう。

アマンダ これくらいでいいかな。入れるかどうか、ちょっとやってみる。

オリヴァー それはいいが、おれも行くのか？

アマンダ　［しばらくの後。ＥＣ記］さあ、入ってみよう。
オリヴァー　ちょっと待ってくれ。これを。
アマンダ　何、これ？
オリヴァー　黒曜石だよ。知らない場所で、持ち主を守護してくれるんだ。ポケットに入れとくといい。
アマンダ　……ありがと。
オリヴァー　キツネの臭いがする。
アマンダ　ここも、ああいう場所のひとつなのよ。アルパートンみたいな。車や電車が行き来する音がして、人々が頭の上を通りすぎていく。みんな、どこか別の場所をめざしてるの。
オリヴァー　岐路だな。どこでもない、取るに足らない場所。世界のつなぎ目の弱いところで、何が起きてもおかしくない。
アマンダ　だいじょうぶ、何も生えてない。明かりもないけど、濡れてもいない。壁はまだしっかりしてる、ってことね。ほら、見て。［ふたりとも、しばらく黙りこむ。ＥＣ記］これは、ガブリエルを示す記号。青いペンキ。三十年くらい前ね。
オリヴァー　子どものときにこれを見てて、それを思い出したのか？
アマンダ　ううん、まさか。わたしがここに来たのは、天使たちより前だもの。どうして、ここにこんなものが描いてあるのかな？
オリヴァー　《集結》だよ。十三年後に、あの倉庫でやったように。天使が集まって、自分たちのエネルギーを高めるんだ。ここはきっと、ある種の霊的エネルギーが集まる場所なんだと思う。

アマンダ　オリヴァー、そっちの壁に天使の記号がないかどうか、調べてもらってもいい？ ここまで暗いと、わたし、目がよく見えないから。［足音、つぶやき、何かが動く音。ＥＣ記］

オリヴァー　いや。何もない。普通の落書きさえ見あたらないよ。

アマンダ　天使の記号はひとつだけ。つまり、ガブリエルはひとりでここに来たってこと。ホリーを連れて。でも、何をするつもりだったのかな？　前にも反キリストがいて、それを破滅させるため？

オリヴァー　［ささやき声で。ＥＣ記］生きのこった天使たちは、みんな隠れてる。ジョナは修道院に、ガブリエルは刑務所に、ホリーはどこか知らない場所に。みんな、何かを知ってるんだ。ここがそもそもの始まりの場所だったんだよ、マンド。終末の日の。最初は四人の騎手だよ――戦争、飢饉（ききん）、疫病、死の。やがて、第五の封印が解かれる――宗教の迫害だ。第六の封印は――天候の大変動。そして、最後となる第七の封印……キリストの再臨を前にして、しばしの沈黙のために天使が集まるんだ。［ふたりとも、長いこと沈黙する。ＥＣ記］

アマンダ　だったら、ハッピーエンドね。

オリヴァー　もう誰も未来の予言をしないって、おれが話したのを憶えてるか？　なぜって、もう遅すぎるからだよ。未来なんかない。そういうことなんだ。終末の日が来るんだよ。

［オリヴァーがわけのわからないことをしゃべりちらしてるのに、あなたは何も訊かないんですね、マンド。

なんだか心配になりませんか？　［EC記］

二〇二一年八月十日、エリー・クーパーとわたしが《ワッツアップ》で交わしたメッセージ

エリー・クーパー　最新の文字起こしファイルは、受信ボックスを見てみてくださいね。それにしても、オリヴァーは今回の天使の事件について、ちょっとスピリチュアル系に引きずられすぎていませんか？

アマンダ・ベイリー　😂そうなの、ちょっとね。おかげで、わたしの書きたい内容からは距離を置いてくれそうだけど😜

エリー・クーパー　赤ちゃんを見つけたんですか？😱

アマンダ・ベイリー　あの夜に何があったのか、本当のところを探り出せさえすれば、赤ちゃんにたどりつけるはずなんだけど。ちょっと待ってて、メッセージを送ってみたい人がいるんだけど、それがすんだら、いまどこまで調べあげたかを教えてあげる。

二〇二一年八月十一日、わたしとクライヴ・バダムが交わしたテキスト・メッセージ

アマンダ・ベイリー　こんにちは！　いま、ちょうど『神聖なるもの』をあらためて読みなおしたところ。もう、アシュリーがすごく、すごく、すごく好き。ああ、ほんと、最高のキャラクターよね！　キャスティングを考えるなら、キャリー・マリガンとか、アナ・デ・アルマスとか、クロエ・グレース・モレッツとかはどうかなと思ってるところ。ところで、興味本位で訊きたいんだけど、アシュリーって、現実に存在した人をモデルにしてるの？

クライヴ・バダム　すごいな！　どれも大好きな俳優ばかりだ。それぞれ、ちがった魅力のあるアシュリーを演じてくれると思う。いや、ぼくは物語の進行に必要だったからアシュリーという人物を作りあげただけなんだ、ホリーをガブリエルとジョナから引き離すためにね。時機を待ち、様子をうかがって――バン！　天使たちの世界を、アシュリーが破壊するってわけさ。架空の人物だとまずいかな？　俳優はやっぱり、実在する人物を演じたいと思うものなのか？

アマンダ・ベイリー　ううん、そんなことない。そこは問題にならないからだいじょうぶ。ただ、先方と話をする前に、情報を集めておきたかっただけ。すばらしいと思う。それじゃ、それぞれのエージェントと話をしてみて、また連絡する。

クライヴ・バダム　幸運を祈ってるよ

二〇二一年八月十一日、わたしがエリー・クーパーに宛てたメール

宛先　エリー・クーパー　　送信日　2021年8月11日
件名　ここまでの調査でつきとめたこと　　送信者　アマンダ・ベイリー

文字起こしファイルをありがとう。じゃ、ここまでつきとめたことを話すね。すべて極秘でお願い

一九九〇年、ガブリエルは〝ホリー〟を連れ、何かを計画してた。地元の週刊紙に、一カ月にわたって同じ文面の謎めいた小さな広告を出していたの。その広告は、西ロンドンのM40号線高速道路の下を通る、もう使われなくなった地下通路を示していてね。実際に行ってみると、そこには三十年前に描かれた天使の記号があった。《アルバートンの天使》事件のとき、警察官が倉庫の床に見たのと同じ記号がね。ちなみに、その場所に建てなおされた豪奢(ごうしゃ)なアパートメントの階段の前室にいまも同じ記号が描かれているのを、オリヴァーとわたしが発見しているの。九〇年代初頭の天使たちの活動について、わかっているのは現時点でこれだけ。

さて、わたしたちが探してるホリーは家庭環境に問題があり、さらに児童保護制度から逃

げ出す形で二〇〇三年に天使たちの周辺に姿を現すわけだけど、でも、この子は変わった経歴の持ち主だった。両親は、薬物依存症の貴族。本人はもともとゴードンストウン校に在学してたけど、そこからロンドンに転校させられてね。その夏、まちがいなく混乱を極めていただろう環境から、いきなり姿をくらましたの。その年の十二月初めに出産してたんだとしたら、学期末には妊娠三カ月だったわけで――つまり、家出してガブリエルと暮らしはじめた時期とぴったり符合するわけ。わたしが最初に聞いたとおり、もしもその赤ちゃんが本当に親戚へ養子に出されてたんだとしたら、実は〝闇の養子縁組〟だったなんて作り話を後から聞かされたのは、このホリーことレディ・ジョージナが、こんな卑しい事件にかかわったあげく十七歳で出産したなんてこと、絶対に世に知られたくないとその親戚が思ってるからでしょうね。そうなると、次なる目標はレディ・ジョージナを見つけ出すことと、一九九〇年に〝ホリー〟と呼ばれてた子について、できるだけ詳しく探り出すことかな。

事件に影響を受けた創作については、ここまでで三作品を読んでみたんだけど、そのうち二作にすごく奇妙な偶然の一致が見られるのよね。ジェス・アデシナの『あたしの天使日記』と、『神聖なるもの』――こちらは脚本家志望者が書いた、未制作の脚本ね――に、どちらもアシュリーって名の人物が登場するの。どちらのアシュリーも、ホリーとかかわりを持つ女性で、やがてホリーとガブリエルの間に割って入るかもしれない存在として描かれてるわけ。脚本家のほうは、アシュリーの名も人物像もまったくの想像の産物だ、って言いはってる。逃げ上手のジェス・アデシナにもメッセージを送ってはみたけど、いまだに返事なし。

残りの一作品は故マーク・ダニングの『白い翼』だけど、わたしはいま、亡くなったマークの資料が到着するのを待ってるところ。マークの奥さんが、国際宅配便で送ってくれたそうなの。奥さんはね、マークがわたしにこの資料を渡したいと、お墓から不思議な手段で自分に伝えてきたと思ってるみたい。まあ、わたしとしては、どんなきっかけであれ、有益な資料を見せてもらえるのはありがたいけどね。

ちなみに、この三作品のどれにも、ラファエルという名の天使は登場しません。わたしが何か見落としてるようだったら、エリー、いつでも知らせてね。わたし、もうちょっとで例の赤ちゃんに手が届きそうな気がしてるんだ。オリヴァーのほうは、ひたすら赤ちゃんから遠ざかってるけど。

マンド　x

二〇二一年八月十三日の金曜日😱、ワトフォードの《スターバックス》で、退職した元巡査部長ニッキ・セイルから話を聞く。文字起こしはエリー・クーパー。

[いつものとおり、雑談は省略。ずいぶんお年を召したかたなんですね。もう、話を聞くのにぎりぎりで間に合った、という感じ。EC記]

アマンダ　わたし、ドン・メイクピースとはもう何年も前から知りあいなんです。まあ、今回あなたの名前を教えてくれたのはマイク・ディーンだったんですが。

ニッキ　あなたが連絡してくるかもしれない、話したくなければ断っていいと言われていますよ。ドンは本当にいい人でね、大昔にまちがった決断を下したなんて理由で、いまさら誰も面倒に巻きこまれてほしくないと思っているようよ。わたしも同じ意見だけれど。

アマンダ　わかります。わたしはただ、この事件に興味があるだけで、知ったからってどうこうしようなんて意図はないんですよ。ニッキ――あなたが当時、その女の子から話を聞いた件で、憶えてることを話してもらえますか？

ニッキ　いいですとも。テープは回しているの？

アマンダ　ええ。というか、実際にはテープじゃないんですが。［音声録音技術の進歩について、あなたの短い説明は省略。ＥＣ記］

ニッキ　あれはあなたが電話で言っていたとおり、一九九〇年代初めの出来事でしたよ。あの女の子のことは憶えていますとも。なにしろ、奇妙な話を聞かされたのでね。母親と喧嘩をしたときに、大天使ガブリエルが自分を受け入れてくれたんだ、って。あの男はあの子に、きみは天使だ、われわれの目的はともにこの地上の悪を片づけることだと話してきかせたそうよ。そう、そんなような話でした。

アマンダ　その女の子は、その男の子どもを産んだんですか？

ニッキ　いいえ、わたしの知るかぎりではね。驚いたのは、あの子は男と別れてからも、まだ自分を天使だと信じていたのよ。

アマンダ　当時、その子はいくつでした？

ニッキ　十七歳。でもねえ、いま思うほど幼くはなかったのよ。十八か十九で結婚し、家を出た時代も、そんなに昔のことじゃありませんからね。あの子は自分の意志で、あの男と暮らしはじめたの。

アマンダ　一九九〇年、その子はガブリエルのどんな罪を告発したんですか？

ニッキ　あの男は、いまや反キリストがこの地上に生まれようとしている、そうなったら自分たちがその反キリストを見まもり、邪悪なことをさせないよう防がなくてはならないと説いていたそうでね。それなのに、その反キリストの誕生とやらを待っている間に、男にクレジット・カードを盗むように言われて、女の子は拒否したの。男はもう、それまでの熱意を失いつつあって、女の子にとってはそれもまた、敵の超自然的な力によって道を踏み外しかけている、危険な徴候に思えたみたいね。

アマンダ　その話を聞いて、警察官たちの反応は？

ニッキ　笑って追いかえそうとしましたよ。でもねえ、あの子があまりに危なっかしく思えたのでね、わたしとマイク・ディーンが話を聞いてね。

アマンダ　なるほどね。じゃ、そのときのやりとりの記録は残ってないんですね？

ニッキ　相談の記録はとっていなくてね。当時は、そういうことはすべて統計上の数字として残していただけなのよ。解決できる見こみのない相談には、そもそも介入しませんしね。ただ、あのときは、これがどんな状況なのかわたしにはぴんときたのでね、すぐにマイクから担当を引き継いだの。これは女性にしかわからない問題でしょ。この子がお母さんのもとへ帰れば、何もかもうまくいくはずだ、と思ったの。

アマンダ　続けてください。

ニッキ　色男がよく使う、昔ながらの手口でね。ガブリエルという男は、あの子に自分の恋人だと信じこませていたの。あの子のほしがるものは、服でも、靴でも、バッグでも、ＣＤでも、アクセサリーでも、何でも買ってやって。すばらしく美しい天使の翼のペンダントを、あの子は着けていましたよ。あれも、けっして安ものではなかったわね。あの可哀相な子がすっかりその気になってしまっていたのも無理はないの。幸い、お母さんが避妊薬の注射を打たせていたからよかったようなものの、ひょっとしたら《アルパートンの天使》事件のホリーと同じ運命をたどっていたかもね。ガブリエルはあの子をただ盗みの手先として利用するつもりで、うまく天使の話で丸めこんでいたのよ。ああいう生まれついての詐欺師は、犯罪歴がなくてすべての危険を背負ってくれる、若くて自分の言いなりになる子が必要なだけだったの。でも、あの子はそこまで愚かじゃなかった。それがわかったとたん、ガブリエルはあの子を放り出し、新しい子をねらいにかかったのよ。ただねえ、ガブリエルの影響力が強すぎて、離れてからも、あの子は教えられたままの幻想の世界に生きていた。最近は、そういうのを〝支配による束縛〟というのよね。それから何年も経って《アルパートンの天使》事件が明るみに出たとき、わたしは自分の判断が正しかったことを悟ったのよ。こっちの事件の子は、あのときほど幸運じゃなかった。ガブリエルの子を産むはめになったんですからね。［ここで沈黙。ＥＣ記］

アマンダ　奇妙な手口ですね。

ニッキ　見てのとおりよ。わたしはね、あの子に言ってきかせたの。あの男は詐欺師だ、あなたを利用しようとしているだけ、今回のことはいい教訓になったと思いなさい、と。お母さんのところへ帰って、年相応の男の子とつきあいなさい、とも言ったわね。わざわざ車で家まで送ってあげたのだけれど、これはこれで、いまもはっきり憶えている光景のひとつよ。サリー州のとある広大な地所の門の前で、降ろしてくれと頼まれたから。

アマンダ　上流階級の家庭だったんですか？

ニッキ　とんでもない。お母さんが、地所の管理人をしていたの。地所の片隅に管理人小屋があって、そこで暮らしていたというわけ。あんなところの暮らしを捨てて、ステインズあたりのみじめなアパートメントにもぐりこむなんて、いかにも向こう見ずな十代の子どもよね。［ふたりとも、声を合わせて笑う。でも、マンド、あなたが何を考えていたかはわかります――ガブリエルの手口のひとつは、上流階級につながりのある女の子を標的にすること。諸悪の根源は、やはりお金というわけですね。ＥＣ記］

アマンダ　ニッキ、その女の子の名はホリーでした？

ニッキ　署ではホリーと名のっていたんだけれど、車で送っていったとき、本名はアシュリーだと教えてくれてね。綴りの最後はｙではなく、ｉｇｈで終わるの。

アマンダ　二〇〇三年に《アルバートンの天使》事件が起きたとき、この一九九〇年の事例については報告したんですか？

ニッキ　マイクとも相談したんだけれど、なにしろ、そのときの相談の記録を残していなかったでしょう。ガブリエルが殺人罪で刑務所に入るのは確実だったから、もうこの件は蒸しかえさないことにしたの。あのときの女の子も、当時どこにいたとしても、昔のことを蒸しかえされて、面倒に巻きこまれたりしたら、けっして嬉しくはないでしょうしね。

アマンダ　マイクは最初に話したとき、二〇〇三年のホリーと一九九〇年のホリーをごっちゃにしてましたよ。

ニッキ　まあねえ、わたしたちふたりとも、あれからだいぶ年をとっちゃったから！

アマンダ　ニッキ、二〇〇三年のホリーが、一九九〇年のホリーと同一人物だった可能性はないんですか？

ニッキ　ありえないわね。わたし、あのときお母さんと戸口で話をしているのよ。二〇〇三年の子は、児童保護制度から逃げ出していたんでしょう？　そういえば、ファラー・パレクの話は聞いた？

アマンダ　その名前、初めて聞きました。

ニッキ　二〇〇三年に巡査だった女性で、《アルパートンの天使》事件の女の子から事情を聴取しているの。ドン・メイクピースとは連絡をとっているのよね？　ドンなら知っているはずよ。

アマンダ　きっと、話すのを忘れたんだと思います。ありがとう、ニッキ。

［別れの挨拶部分は省略。アシュリーの件、すごく奇妙な話ですね。マンド、ひょっとして、ドン・メイクピ

ースはどちらのホリーもあなたに見つけてほしくないんじゃないか、そんな気がしませんでした？［ＥＣ記］

二〇二一年八月十四日、エリー・クーパーとわたしが《ワッツアップ》で交わしたメッセージ

エリー・クーパー　真夜中にごめんなさい。ちょっと、思いついたことがあって。ホリーとジョナに〝惑星直列まで赤んぼうを殺すな〟と命じていたのは、そう言っておけば、ふたりが赤ちゃんを殺すことはないとわかっていたからじゃないでしょうか。ガブリエルが企んでいたのは、実は別のことだったんです。

エリー・クーパー　本当は最初のホリーに子どもを産んでほしかった。でも、子どもができなかったから、ガブリエルはあの子につまらない詐欺の片棒をかつがせて、勝手に家に戻るにまかせたんです。女の子たちに、赤ちゃんが反キリストだと教えこんでいたのは、そうしておけば母子の絆が育まれず、赤ちゃんが〝消え〟ても生みの母は気に病まないから。

エリー・クーパー　マンド、ガブリエルが企んでいたのは、実はホリーの赤ちゃんを〝売る〟ことだったんじゃないかと思うんです。ガブリエルの犯罪歴を見ても、やり口は一致しますよね。前科のある詐欺師なんだから。いい金もうけの話があると、ほかの天使たちを引っぱりこみ……

エリー・クーパー　《集結》というのは、すでに代金を支払っている里親に、ガブリエルがその子を渡す期日のことだったのでは

アマンダ・ベイリー　おはよう！　メッセージをありがとう。目の付けどころがいいと思う

二〇二一年八月十六日、グリーンフォード・キーの《スターバックス》で待ちあわせた後、アマンダの車内でファラー・パレク巡査部長から話を聞く。文字起こしはエリー・クーパー。

［いつものように、とくに指示がないかぎりは挨拶を省略。EC記］

アマンダ　二〇〇三年の《アルパートンの天使》事件のとき、ホリーに事情聴取したのはいつで、どんなふうでしたか？

ファラー　倉庫で複数の遺体が見つかった翌日のことでした。その夜は、ホリーは児童保護センターに宿泊して。事情聴取はアルパートン署でやりました。わたしが主導して話を聞いたんですが、なにしろ心に傷を負っている未成年の子が相手ですから、ごく慎重に進めましたよ。適切な成人の立会人も置いて。何もかも、規則どおりに。

アマンダ　そうですよね。
ファラー　前夜に何があったのかを聞き出すのが、何よりもまず重要だったので――
アマンダ　あの夜、遺体は何体あったと聞いてます？
ファラー　［かなりの時間、黙りこむ。意味深。ＥＣ記］四人と聞いています。わたしが思うに、えーと……あれはもう、ずいぶん昔のことですからね。わたしの記憶では、ホリーは当時、依然としてカルトの影響下にありました。自分は人間の身体を借りている、別世界の生命なんだ、みたいなことを言って。変な話でしょう。でも、あの子はすっかり洗脳されて、そう信じこんでいたんです。赤ちゃんのことを、反キリストなんて呼んで。
アマンダ　その時点では、赤ちゃんはどこにいたんですか？
ファラー　もう連れていかれた後でした。［ここで声をひそめる。ＥＣ記］ホリーには戻さなかったと思いますよ。それっきり。社会福祉の担当者が保護したんです。それがいちばんよかったんですよ。
アマンダ　最終的には、養子に出されたということ？
ファラー　わかりません。
アマンダ　赤ちゃんを取りあげられて、ホリーは動揺してました？
ファラー　それでなくともさんざんな目に遭った後ですしね、内心は読みとれませんでした。まあ、わたしには、動揺しているようには見えませんでしたね。［ここで沈黙。横やりが入ったせいで、何を話していたかわからなくなってしまったようだ。ＥＣ記］

アマンダ　ごめんなさい。お話をさえぎっちゃって。前夜どんなことがあったのか、ホリーはなんと言ってましたか?
ファラー　反キリストを破滅させるため、天使たちが集結したんだと言っていました。惑星が直列するときに反キリストを殺すと、それで人類の悪は除かれる。でも、もしも反キリストが惑星直列を生きのびたら、人類が破滅してしまう、とね。
アマンダ　なるほど……それで、計画の何がうまくいかなかったんですか?
ファラー　ホリーが言うには、大天使が使命をはたすのを闇の勢力に妨害されてしまった、失敗した以上、天使たちはみな死なくてはならなかった、ということでした。
アマンダ　天使全員が?
ファラー　ホリーとジョナを除き、天使はみな死んでしまった。ホリーはそう話していたんです。
アマンダ　でも、実際にはガブリエルが逃亡してましたよね。何日か後に逮捕されましたが。そのときは逃亡中だったはず。
ファラー　たぶん、ホリーはガブリエルをかばったんでしょう。警察が捜索しないことを願って。ガブリエルに洗脳されていましたから。あの集団の、全員がそうだったんです。
アマンダ　ええ、たしかに。ガブリエルはカリスマ的な人物だったそうですね。
ファラー　わたしは顔を合わせていないので、なんとも。でも、そのときすでに、ガブリエルはひとり殺していますよね。インド人の青年を――

アマンダ　ハーピンダー・シン。
ファラー　ええ。
アマンダ　ファラー、これまで誰にも見せたことのないものを、あなたに見てほしいんです。ここで。
ファラー　[かなり長い沈黙。EC記] いったい、これは？
アマンダ　天使たちの集団自殺現場です。
ファラー　こんなに凄惨だったんですね。
アマンダ　ええ。これは地元の記者、グレイ・グレアムが撮影したものです。昔気質の事件記者でね。この現場に、最初に踏みこんだんです。この写真が撮影されているとき、ホリーはこの建物の上の階から、深夜勤務でくたびれたふたりの警察官に付き添われ、精神が不安定な女性かもしれないと危ぶまれながら病院へ向かうところでした。これより前の時点でホリーはこの現場を離れ、階段を上り、自分と赤ちゃんのために救急隊を呼んだんです。
ファラー　この写真、初めて見ました。
アマンダ　誰も見たことがないんですよ。先月グレイ・グレアムが亡くなり、遺品の中から見つかったので。取材ノートといっしょにね。[もう、マンドったら、この写真のこと、ずっと黙っていたんですね。EC記] この写真で、ちょっと指摘したいところがあるんです。
ファラー　どうぞ。
アマンダ　この遺体を見てください。これがエレミヤことアラン・モーガン。こっちがミカエルことドミニク・ジョーンズ。どの写真を見ても、ラファエルことクリストファー・シェンクの姿はありません。警察の発表によると、ラファエルの遺体が見つかったのは、地下室から一階へ向かう階段の途中の踊り場だったとか。ただ、その夜、実はラファエルはまったく別の場所にいたという、裏付けのない目撃談も耳に入ってはいるんですが。この腕は、十代の少年ジョナのものです。ジョナは怪我もなく元気なものの、この三人めの遺体にしがみついていますよね。大天使ガブリエルの身体に。

ファラー　本当に？　どうして、これがガブリエルだとわかるんですか？

アマンダ　この写真をスキャンし、拡大してみたんです。ほら、ガブリエル・アンジェリスがピーター・ダフィという名だったころの、この逮捕後の写真と比べてみて。

ファラー　でも、ガブリエルがここで死んだはずはありませんよ。この写真が撮られた後、まちがいなく起きあがり、逃げ出したはずです。［長い沈黙。ファラーはきっと、その写真にしげしげと見入っていたにちがいない。EC記］まあ、どうでもいいですよね。ガブリエルは逮捕され、刑務所に入った。そこが重要なところなんですから。

アマンダ　ええ。ただ、ホリーはここから何時間も経った後、大人の天使はみな死んだとあなたに話した。そして、それを裏づける写真がここにある。何か怖ろしいことが起きた結果、ここはこんな血の海になってしまったわけです。でも、さらにその後、何か別のことが起きた。ホリーさえも、その後のことは知らないんじゃないかと思うんですよ。どうなんですか？［またしても、ファラーが沈黙する。これまでに話した以上のことを知っているからか、それとも、何

も知りたくないと思っているからか。EC記］

ファラー　何かが起きたということに、わたしも同意するかどうか？　それとも、いったい何が起きたのか、わたしが知っているかどうかということですか？

アマンダ　どんなことでも、どうか話して。

ファラー　［ここで、黙って頭を振っているのだろうか？　言葉ではなく、身ぶりで何かをあなたに伝えたのだろう。それを知っているのはあなただけ。EC記］そう、わたしに言えるのはこれだけなんです。

二〇二一年八月十六日、エリー・クーパーとわたしが《ワッツアップ》で交わしたメッセージ

エリー・クーパー　その写真、わたしにも見せてもらえますか？😱

アマンダ・ベイリー　あなたは見たくないと思う。古い倉庫で赤ちゃんが生まれたっていう、軽いふわっとした記事にぴったりの雰囲気の一枚を撮ろうとして、グレイ・グレアムがうっかり踏みこんでしまった現場の写真なの。

エリー・クーパー　その写真、グレアムはどこかに売ったんでしょうか？

アマンダ・ベイリー いいえ。売ったら、かなりのお金になったでしょうけどね。野外パーティや定期市、市民マラソンなんかを撮って、現像したけどボツになった写真の箱を開けたら、中に何も書かれていない封筒に入った、この写真がまぎれこんでたの。

エリー・クーパー さっさと破って捨てればよかったのに。

アマンダ・ベイリー 本当にね。たぶん、それも怖かったんじゃないかな。捨てるのも怖ろしくて、そのままにしてあったんだと思う。

エリー・クーパー お願い、わたしにも見せてもらえませんか？

アマンダ・ベイリー ［?］この画像はすでに削除されています［?］

エリー・クーパー なるほど、そういうことだったんですね。たしかに、ガブリエルはここで死んでいるように見えます。だとすると、シン殺害の容疑で裁判にかけられた人物は誰だったんですか？　いったい、オリヴァーはタインフィールド刑務所で誰に会ったんでしょう？

アマンダ・ベイリー これが誰にせよ、床に倒れてる姿はまさに死体にしか見えないのよね。

逮捕後のピーター・ダフィの写真ともうりふたつだし　ほんと、これは謎。でも……わたしは現実的な人間だから、やっぱりファラーと同じ意見なのよ。写真ではそう見えても、ガブリエルがあそこで死んだはずはないと思ってる。

エリー・クーパー　ジョナはこの遺体にとりすがってますよね。アイリーンの話によると、生きかえってほしいと懸命に願っていたとか。でも、もしもガブリエルが死んだふりをしていただけだったら？　そういう可能性もあると思うんです。ジョナが遺体にとりすがっていたのは、こみあげてくる悲しみに耐えられなかったからじゃなくて――グレイ・グレアムが地下室に下りてきた音を聞きつけて、この〝遺体〟をじっくり調べられたりしないよう、偽装していただけだったのかも……

アマンダ・ベイリー　この本、あなたが書くべきね、エリー 😊

二〇二一年八月十七日の零時すぎ、エリー・クーパーとわたしが《ワッツアップ》で交わしたメッセージ

エリー・クーパー　ちょっと思いついたことがあって、どうしても頭を離れないんです。もしも、ガブリエルが本当に死んでいたら……そして、ジョナがそれを癒やしたんだとした

ら？　つまり、死者を甦らせたってことですけど

アマンダ・ベイリー　

エリー・クーパー　ごめんなさい、忘れてください。深夜の気の迷い、ってやつです。わたし、もう寝ますね。

二〇二一年八月二十日、担当編集者ピッパ・ディーコンとわたしが《ワッツアップ》で交わしたメッセージ

ピッパ・ディーコン　こんにちは！　どう、アマンダ、うまくいってる？

アマンダ・ベイリー　順調よ。どうして？

ピッパ・ディーコン　ううん、別に。ただ、オリヴァーに連絡がつかないって、ジョーから聞いて。あなたが忙しいのはわかってるけど、もしも何か聞いてたら教えてほしいの、ジョーを安心させてあげられるから。

アマンダ・ベイリー　オリヴァーはだいじょうぶ。わたしとちょうど同じくらいの進み具合だって、ジョーに言ってあげて。取材の結果をまとめて、この題材を新たな切り口でとらえた作品を、気持ちよく書きはじめたところ。連絡はよくとりあってるし、何かにつけてわたしもオリヴァーに手を貸してる。この事件のスピリチュアルな面に光を当てた、オリヴァーの本はすばらしいものになりそう。まあ、わたしの本はその上をいくけどね

ピッパ・ディーコン　ありがとう、本当に助かる！

二〇二一年八月二十日、わたしとオリヴァー・ミンジーズが《ワッツアップ》で交わしたメッセージ

アマンダ・ベイリー　ちょっとー！　どうしてる？　あなた、ジョーを避けてるんだって？

オリヴァー・ミンジーズ　別に、避けてたっていいだろ。おれたちはもう、終末の日を迎えるんだから。

アマンダ・ベイリー　オリヴァー、これまで多くのカルトが終末を予言してきたよね。カルトだけじゃない、主流となっている宗教のいくつかもそう。ある意味では、そういう予言が

みなの目を惹きつけてはくれる。でも、別の角度から見ると……終末の日が来ては過ぎていくのって、ちょっとかっこ悪いよね😳

オリヴァー・ミンジーズ　そういうことはわかってる。でも、これはちがうんだ。聞いてくれ。《アルパートンの天使》は反キリストについて正しかったってだけじゃない、おれたちの最後の頼みの綱だったんだよ。おれはいろんな資料を読んだし、専門家たちの話も聞いた。それで、多くを知りすぎちまったんだろう。おれはいま、底知れぬ深淵（しんえん）をのぞきこんでるんだ。自分のことだけを考えてるわけじゃない。人類社会全体を考えてるんだよ。いまや、おれたちを終末の日から救うことができるのは、新たな救世主だけだ。だが、どこを探したって、そんなものはいやしない。

オリヴァー・ミンジーズ　別に、無視してくれてかまわないさ。どっちにしろ、結果は同じなんだから。

アマンダ・ベイリー　考えてるだけ。無視してない。

二〇二一年八月二十一日、わたしとソーシャルワーカーのソニア・ブラウンのやりとり

宛先　ソニア・ブラウン　　送信日　2021年8月21日
件名　ホリーのこと　　送信者　アマンダ・ベイリー

ソニア
ホリーは侯爵の令嬢だった。だから、闇の養子縁組をせざるをえなかった。プライバシーの問題があるしね。ひどい恥辱でもある。富と影響力を握る一族にとって、娘がカルトのリーダーと逃げ、その子どもを産んだという事実は、いろんな意味で手ひどい打撃となるでしょうからね。
もう、わたしはそこまで知ってるんだから、いまホリーがどこにいるか教えてくれても、いまさら大きなちがいはないでしょ。なにしろ、レディ・ジョージナ・オグルヴィは、インターネットのどこにも存在しないのよね。グーグルで検索しても、いつ生まれたという記述があるだけ。両親の不名誉を隠すための最初の偽名、ローリー・ワイルドも、同じくらい影をひそめてる。ひょっとして、いまだに天使としての名〝ホリー〟を使ってるの？　ジョナはそうしてる。ふたりとも、まだ自分が天使だって信じてるのかな？　ソニア、わたしは〝ホリー〟と話す必要があるの。いま、どんな名前を使っていようとも。

アマンダ

ソニア・ブラウン　アマンダ、諦めなさいよ。これは、ずっと上層からつながってる話なの。誰も、あなたのために結束を乱したりしない。

アマンダ・ベイリー　結束を乱す？　何のこと？

ソニア・ブラウン　どうしてホリーと赤ちゃんに焦点を当てようとするの？　ガブリエルでいいのに。

アマンダ・ベイリー　そうね、ガブリエルはもう塀の中にいて、何の問題も起こす気づかいがないからかな🤷‍♀️

ソニア・ブラウン　ガブリエルは収監されたその日から、無実を主張しつづけてる。もしも、シン殺害の有罪判決がひっくり返ったら、終身刑という刑期だって変わるわけでしょう。ここまで勤めてきた刑期だけで、そのほかの罪状には充分すぎるくらいなのよ。

アマンダ・ベイリー　たしかにね。もしも殺人について無罪が確定したら、ガブリエルは釈放されるはず。

ソニア・ブラウン　あの男が出てきたら、誰もが危険にさらされることになる。そのまま何気なく社会に溶けこんで、自分が操り、支配できる相手を探すでしょうよ。ガブリエルがどんな人物かをはっきり知ってる人間でさえ、まったく疑ってない人間と同じくらい、あっさりとつけ入られるんだから——知ってても何の役にも立たない、そこが怖ろしいところよ。

ソニア・ブラウン　たとえあの男を五十年間ずっと刑務所にぶちこんでおいたって、釈放されるやいなや、すぐさま元の生きかたに戻るだけ。そういう生きかたしか知らないんだから。あの男は蜘蛛よ。罠を張りめぐらすことしかできないの。

二〇二一年八月二十三日、エリー・クーパーとわたしが《ワッツアップ》で交わしたメッセージ

エリー・クーパー　マンド、ちょっとこれを読んでみてください。リンクはこちら。

王室の令嬢、成人を迎える

エドワード王子とウェセックス伯爵夫人ソフィーの長子、レディ・ルイーズ・ウィンザーは今年の終わりに成人を迎えることとなった。しばしば女王のお気に入りの孫として名が挙がるレディ・ルイーズは、メディアに追いかけられることもなく成長し、アスコットの私立校に通っている。

エリー・クーパー　《アルパートンの天使》事件の赤ちゃんは、レディ・ルイーズ・マウントバッテン＝ウィンザーだったんです。女王の七人めの孫、王位継承順位は第十六位ですよ😱

エリー・クーパー　あなたがそもそもの最初に聞かされた話は、まさに真実だった。ホリーの赤ちゃんは、親族にひきとられたんです。ウェセックス伯爵家に。ホリーのお父さんは、女王の遠い親戚ですしね。まさか、王室による隠蔽工作だったなんて👁

アマンダ・ベイリー　ありがとう、エリー。本当に、すばらしいお手柄だと思ってる。くれぐれも、このことはわたしとあなただけの秘密にね。いい？

エリー・クーパー　神に誓って😊

二〇二一年八月二十三日の夜遅く、エリー・クーパーからわたしへ《ワッツアップ》のメッセージ

エリー・クーパー　あの現場に駆けつけた警察官たちは、倉庫に描かれていた記号が重要なものだと信じこまされた。そして、その記号が消されたことにより、警察官たちの証言は信頼度が落ちることになりました。ソーシャルワーカーは自分たちの責任だと思いこまされ、地元の教会の人々は、カルトのメンバーの死に自分たちも無関係ではなかったと、いまだに信じています。こうしたことすべてが、あの赤ちゃんが本当は誰だったのかという謎から、みなの注意をそらす役割をはたしていたんですね。

宅配便の配達票

送り主：ジュディ・テラー＝ダニング
備　考：ご不在だったので、青い分別ボックスに荷物を入れておきました。

米国の便箋サイズの紙に、きれいな字で書きこまれた日記。ばらばらな紙をホチキスで留めてある。

二〇〇三年十二月十日、ロンドン
興奮と不安が入り交じる。英国の警察についてはいろいろ聞いているが、まずは先入観を排し、新鮮な気持ちで体験してみなくては。あとはただ、ロンドンのろくでなしや悪党どもが休暇をとろうとしていないことを祈るばかりだ。ボストンでの取材がどうなったか、忘れられるものか。まさにマーク・ダニングの災いとでも呼ぶべき一夜だった。あの警察署で誰も記憶がないくらい平和な夜で、たった二本の電話しかかかってこなかったのだから。一本はまちがい電話、もう一本はキオスクでの万引き。わたしのような人間は、はたして幸運のお守りなのか、それとも不吉な呪い？

次に書く小説の舞台をロンドンとパリに設定するからには、やはりそのふたつの都市を、実際にこの目で見てみなくてはならない。観光客が見てまわるようなお定まりのコースではなく、裏の隠された部分を。だが、そんなことがはたして可能なものだろうか？　ただの絵空事に終わってしまいそうな予感しかない。きっと、悪党どもはすばらしくお行儀のいいところを見せてくれるだけだろう。わたしもまた、とびきりの礼儀正しさでお礼を申しあげますよ、旦那。

取材旅行がどれほど孤独なものか、誰も教えてはくれない。ひとりでいると、思考が同じところをぐるぐる回るばかりだ。ジュディがいっしょに来てくれていたら。だが、あいつもいまは執筆に忙しいし、ハリソンは学校を変わったばかりだし……

ジョナサンから電話があった。地下鉄のアルパートン駅で、夜八時に待っているという。約束の金が手もとにあるのを、あらためて確認する。あの男がわたしをパトロール・カーに乗せ、報酬として五百ポンド（そう、つまり七百ドル）を受けとっているとは誰も思うまい。

連中のパンダカラーの車に、作家が金を払って乗せてもらうのは、英国ではあたりまえのことなのだろうか？　ひとつだけ、向こうが出してきた条件がある。カメラも、録音機器も持ちこまないこと。自分の五感で感じとり理解する、許されるのはそれだけだ。

そこまでは地下鉄で行こう。サウス・ケンジントン駅の切符売場で切符を買い、西へ向かうピカデリー線のレイナーズ・レーン行きに乗って、アルパートン駅で降りる。だが、あの路線は途中で二手に分岐しているし、片一方の最後はぐるりと円を描いているから、はたしてどうなることやら。下手をすると、八時にはまたサウス・ケンジントン駅に戻ってしまっていないともかぎらない。余裕を見て、二時間前にはここを出なくては。

部屋に腰を据え、時計の針がじりじりと六時に近づくのを待つ。外はもう暗い。ロンドンのホテルの電気は割当制なのか知らないが、外どころか部屋の中まで暗いありさまだ。暖房が切れているせいで、寒い。冬だというのに。いまはただ、燃えあがる炎、熱、憤怒、情熱、興奮が必要だ。とにかく、今夜はどうしても何か起きてくれなくては。

新しい紙に同じ筆跡で、しかし、どういうわけか昨日よりうねうねと乱れた字……

二〇〇三年十二月十一日

助かった、離陸した。飛行機の便の変更は簡単だった。母が病気で、間に合ううちに帰国しなければと訴えただけだ。実のところ、間に合ってはいない。母は一九七七年にすでに亡くなっているので。つまるところ、わたしは心を痛め、怯え、後悔している息子をみごとに演じきったということだろう。その結果、乗せてもらえたのがこの飛行機だ。聞いたことのない航空会社で、レイキャビク経由、JFK空港で乗り換えなくてはならないが、まあ、それはいい。

昨夜のことは、死ぬまで忘れることはあるまい——だが、それでも文章にして残しておかなくてはという気持ちに駆られている。誰のために？　わたし自身？　それとも、この夜いったい何があったのか、どうしても知りたいと願う未来の誰かのためだろうか。いったい、わたしはどうしてこうも鈍くさい人間なのだろう？　こんなにも待ち望んだ取材で、それをつくづく思い知らされるはめになるとは。まったく、願いごとは慎重にすべきだな、ええ？

ジョナサン・チャイルズ巡査は駅の外で待っていた。自分のことは、JCと呼んでくれという。電話で話したときの印象より若い。汗をかき、そわそわとおちつきのない人物だ。制服を着てパトロール・カーに乗っていなかったら、本当に警察官かどうか疑ってしまうだろう。わたしを車に乗せると、角を曲がって暗い通りに車を駐め、渡した封筒の中の札を数える。それから封筒を膝の上に落とすと、シートベルトも締めずに何区画か車を走らせた。わたしを後部座席に乗せたまま車を降り、ドアをロックすると、JCは金を手に、とある戸口へ入っていく。そのまま、七分間が過ぎた。あたりは暗く、都市の陰鬱な一角という雰囲気だ。周囲からは、たちまち人影がかき消えた。警察が見回りにきたという情報がすばやく広まったのだろう。

戻ってきたJCは、さっきよりずいぶんおちついていた。ふたたび車を出す。わたしは考えておいた質問をぶつけてみた。この仕事はどれくらい忙しい？　この地区で多い犯罪は？これまでで最悪の通報は？　女王に会ったことはある？

途中で、テール・ランプの切れた車を停めさせる。運転手はすぐに修理すると約束し、今回はそのまま放免された。わたしはJCを手伝い、歩道にはみ出した看板を動かしたりもした。やがて無線が入り、荒々しい口論の声が聞こえるという近所からの通報を受けて、とある小さな家へ向かう。住人の夫婦は、テレビの音量を大きくしすぎただけだと言いはったが、男のほうは顔にあざができていた。車に戻ったJCは、家庭内暴力は最悪だ、なにしろ、こちらは何もできないから、と漏らしたものだ。

十一時ごろ、別のパトロール・カーと出会う。こちらはふたりの男性警察官が乗っていた。JCはタバコを吸いながら、車の外でそのふたりと談笑していた。わたしも仲間に加わりたくて、車を降りようとする。だが、ドアはロックされていた。ふたりの警察官が、フロントガラスごしにちらりとわたしを見る。だが、あれは誰だとは尋ねなかった。ふたりがJCを〝ロンドンで最高値のタクシーを走らせる男〟とからかっていたところをみると、きっと、何もかも承知の上だったのだろう。あちらの車に無線が入り、ふたりは大急ぎで車に乗りこむと、青灯を点け、サイレンを鳴らしながら走り去っていった。

JCはわたしを乗せてガソリンスタンドに寄り、コーヒーと、祖母がよく作ってくれたねじりドーナツのようなものを買ってくれた。口の中に甘味が広がるのを期待して、ひと口かじる。だが、中に入っていたのはぎとぎとした豚肉だった！　期待値を後から下げるはめになったのは、今夜これが初めてではなかったが。

日付が変わるころ、街路で騒ぎが起きているという無線が入り、現場へ向かう。ギャングがふたり、向かいあっている。武器は持たず、お互い外国語でののしりあっていた。ＪＣはため息をつき、疲れた顔で、ふたりがそれぞれ対立するグループに所属していること、しょっちゅう衝突はするものの、たいていはさほどひどくならずに収まると説明してくれる。パトロール・カーが来たのを見て、周辺の数人が姿を消し、ＪＣが車を降りると、さらに多くがその場を去った。それでも、あたりにはいまだ緊張した空気が漂っていた。ＪＣは中央のふたりに歩みより、話しかける。ふたりに加勢しようとするものもなく、残っていた集団も散っていく。いまや、ほんの数人しか残っていない。向かいあっていたふたりも、いくらかおちついた様子に見える。この夜、わたしは初めてＪＣをたいしたものだと思わずにはいられなかった。何を話しているのか、自分の耳で聞きたい。

車のドアが開くかどうか、試してみる。今度は開いた。これも、今夜初めての出来事だ。車を降りる。ＪＣはこちらに背を向けていた。本能的に、つい片手が内ポケットの財布を探り、スリにやられていないか確認してしまう。その瞬間、ギャングの片方と目が合ったが、そいつの反応は想像をはるかに超えていた。恐怖に顔をゆがめ、大声で叫んだのだ。もうひとりも、まったく同じ反応を見せる。そのときやっと、わたしは銃を出そうとしていると誤解されたのだと気づいたが、そのときはもう遅かった。

ＪＣはとっさにふりむいて、車へ戻れとわたしに手を振った。だが、バシッ。いちばん大柄な男が、ＪＣの足を払って地面に倒したのだ。もうひとりがその身体を足で踏みつけ、動けないようにする。わたしに銃を使わせないよう、人質を取ったということか！

対立するふたつのグループは、こうしていきなり同盟を組んでしまった。起きあがろうとしたＪＣはブーツに踏みつけられ、ふたたび地面に叩きつけられる。倒れたままＪＣは無線に「やられた！」と叫び、わたしに向かって車へ戻れとどなった。わたしは両手を上げ、武器は持っていないことを男たちに示す。ありとあらゆる方向から、しだいにサイレンの音が近づいてくる。

わたしたちはみな、その永遠にも思える瞬間の中にいた。かつて対立し、いまは同盟を結んだ男たちはわめき、狼狽え、自分たちが足を踏みこんでしまったこの手詰まりな状態をどう解決するか、途方に暮れているように見えた。パトロール・カーが次々と、けたたましい音をたててこの街路に乗り入れて停まると、男たちはみな両手を上げ、ＪＣから離れる。ＪＣも、すぐさま地面から立ちあがった。身長も体格もさまざまな警察官が、手を貸そうと駆けよる。その中には、さっきＪＣとタバコを吸っていたふたりの姿もあった。

ひとり忘れ去られていたわたしは、そっと車に戻り、自分から中に閉じこもった。ＪＣは無事だ。対立していたふたりも無事で、ゆったりとした足どりでともに遠ざかっていく。誰もが笑い、この一件は落着となったようだ。駆けつけてきたときと同じくらいのすばやさで、パトロール・カーが次々と走り去っていく。JCとわたしは、車内でまたふたりきりになった。バックミラーごしにこちらを見るJCの目つきに、思わずちびりそうになる。やがて、そろそろステーションへ送っていくと告げられた。これは警察署ではなく、地下鉄の駅のことである。

そんなわけで、ここでJCが〝一服しないと死にそう〟な気分にならなければ、わたしの英国パトロール・カー遊覧の旅は、さんざんな目に遭っただけで終わってしまうところだった。地下鉄の駅へ向かう途中、野原の隅の林に面した駐車場の閉鎖されたゲートへ、JCは車を乗りつけた。夜間だから閉鎖されているわけではなく、もう何年も閉鎖されたままのようだったが、JCはパスワードを知っていた。ゲートを開け、ロンドンの夜景を一望できる場所に、ぽつんと車を停める。ここはどこなのかとわたしは尋ねた。ホーセンデン・ヒルという場所らしい。

車の窓から煙を吐き出すJCを見ていると、さっきギャングに人質に取られた一件について、同僚たちには笑い飛ばしてみせたものの、実際にはもっと動揺していたことが伝わってきた。

わたしは詫びた。「心配するな、相棒」という言葉が返ってくる。そのとき、JCの携帯が鳴った。警察の携帯ではなく、もうひとつ、ポケットの奥深くしまいこんであったほうの電話だ。JCはタバコを投げ捨てると、車から飛びおりてドアを勢いよく閉め、わたしに向かって「今度はそこから動くなよ」と叫んだ。それから、かなり歩いて車から遠ざかったところで、ようやく電話に出たので、距離がありすぎてわたしには何も聞こえない。しばらく話した後、戻ってきたJCは顔を曇らせていた。

「思わぬことが起きてね。まだ駅には送っていけない。いまは床に伏せててくれ」

わたしがぽかんとしているのが、はっきりと見てとれたのだろう。JCはぴしゃりと命じた。「マーク！　車の床に伏せて、けっして頭を上げるな」

口ごもりながらも、わたしは尋ねた。「どうして？」

「ある人が、おれにあるものを渡しにくる。もう、いまにも現れるかもな。動くな、身体を起こすな、ただ……床でじっとしてるんだ」

そう告げると、JCは車の窓を閉め、ドアをロックする。わたしは汚い床に伏せるしかなかった。さっき、JCが現金の入った封筒を手に、暗い戸口をくぐっていった光景が頭をよぎる。薬物を売りさばくギャングとよろしくやっている警察官は、けっしてJCが初めてではあるまい。

ほどなくして、別の車が到着した音。エンジンをかけっぱなしにしたまま、低いきっぱりした声で、疑問の余地のない指示を下すのが聞こえる。車の周囲を歩く足音。窓の下をのぞきこめば、わたしの姿が見えるにちがいない――足音の主を呼びもどそうとするかのように、JCが必死に質問をぶつける。トランクが開く。これが約束の品か。どさっという音。何か重いものが、トランクに積みこまれた。押収された麻薬だろうか？　だとすると、成人男性の身体くらいの大きさと重さがあることになるが。

バタン、バタン、バタン、とドアが閉まる音。そのうちひとつはトランクだ。わたしは後部座席に目をやり、この向こうに横たわっているものが死体ではない可能性など、はたして存在するのだろうかと思いはじめていた。

「そのまま動くな」そうささやきながら、JCが運転席にどさりと腰をおろす。「おれがいいと言うまで、身体を起こすんじゃない」

どちらも無言のまま、車が動きはじめた。JCはぴりぴりした様子でハンドルを握っている。わたしは座席の後ろの床に張りついたままだ。

「後ろに何を載せた？」尋ねるくらいはかまうまい。

「連中は、これを片づけたいと思ってる」JCが答える。「おれたちはこれをある場所へ運び、そこで下ろすんだ」わたしはさらに話しかけようとしたが、JCに制止された。

やがて、ついに車がどこかに到着し、停まる。わたしは視線を上げた。あたりは暗いが、周囲には何人かがいるようだ。足音、叫び声、ドアを叩きつける音が聞こえる。何か差し迫っているというよりは、陰鬱な雰囲気だ。さらに大きな車が近くに停まったが、また遠ざかっていく。出口をふさぐなと、誰かが叫んでいるのが聞こえた。

またしても人々が話す声。トランクが開けられる音がした。載せられていたものが下ろされたらしく、沈んでいたサスペンションがわずかに浮く。わたしはいちかばちか身体を起こし、窓から外の様子をうかがった。JCは中のひとりと何やら真剣に話しあっている。全身が灰色に見える男と。こんな混乱状態では、たとえ立ちあがれたとしても、相手の身長も体重も年齢も、何もわからなかっただろう……そのときも、いまもわからないままだ。

　ふたりの人影が何かを運びながらすぐそばを通りかかり、わたしはあわてて頭を下げた。近くで見ると、ふたりは警察の制服姿だ——少なくとも、わたしにはそう見えた。そのふたりの後ろで、トランクが音をたてて閉まる。なるほど、あれが例の荷物か。先ほどの駐車場で、JCが受けとって運んできたもの。どう見ても、人間の身体そっくりの物体。

　車のドアが開かないか、試してみた。ロックされている。だが、運転席のドアなら開くかもしれない。座席の間を這ってすり抜けようとして、ギア・レバーにかばんを引っかけてしまい、おまけに片方の靴が脱げて、床を探りまわるはめになる。それでも、どうにかたどりついた。ガチャ。ドアが開く。わたしはそっと車から抜け出した。自分も灰色の一味のひとりのような顔で、何かすべき仕事があるようなふりをして、ここにいて当然という空気をまとって、ふたりの灰色の男たちと、その間にぶらさがって運ばれていく不格好な荷物の行方を追う。

　戸口から建物の中に入りこむ。ここはどこなのだろう。ひんやりとした空気が広がるがらんとした空間で、血と肉の臭いが漂っている。奥に進むにつれ、謎は深まるばかりだ。警官たちはみな、夜間用の作業灯を身につけている。中に入るとすぐ、大きな声が聞こえてきた。「何も動かしてはいけないはずだ」

「息をしていると思ったんです。あの男が息をしたのを見たんだ」灰色の男のひとりが言う。

「そのときは生きていたかもしれなかったんです。まずは身体を起こして意識を回復させようとし、それから状態をよく見るために、明かりのある場所に運びました」もうひとりがつけくわえる。こちらの〝灰色の男〟は、実は女だった……若い黒人女性だ。なかなか美人の。

「なるほど、それで、息をしていたのか？」ふたりを交互ににらみつけながら、上官がぴしゃりと尋ねる。

「いいえ」

「どこで見つけた？」

「あそこを出て、階段を上がったところの踊り場で」その女性が指さしたのは、いま死体を下ろしたばかりのパトロール・カーとも、それを受けとった駐車場とも、その前にそれがあっただろう場所ともまったく関係のない方向だった。

「本当に申しわけありませんでした。わたしは新入りで、こちらはただの警察補助員なので」軽蔑の目を向けられて、女性はまばたきしながら周囲を見まわし、ひるみ、間の抜けた笑みを浮かべる。だが、この女性と、その脇ですくみあがっている男……このふたりの姿を、わたしはたしかに見ていた。死体を運んできたJCの車の到着を、怖ろしいタカのように待ちかまえていた姿を。そして、その死体を運ぶ姿……けっして、これが最初ではあるまい。ずっといっしょに働いてきたチームなのだ。

上官はため息をつくと、女性のバッジを見つめた。「わかった、マリ＝クレール、これは最初に見つけた場所に戻してこい」ふたりは口の中で詫びをつぶやき、いましがた死体を運びこんできたほうではなく、古い戸口のほうへのろのろと向かった。その後ろ姿を、みながうんざりした目で見おくる。

片隅に潜んでいるわたしには、誰も気づく様子はなかった。あのふたりのことを報告しなくてはと、口々に誓うささやきが聞こえる。あいつらのことを、誰か知っているものは？まったく、ちゃんとした訓練も受けてない若造を送りこんできやがって。そのとき、この建物の床に広がっているものに気づき、わたしの中で何かが起きた。

これがそうなのか。血や内臓を見たときに起きる、原始的な反応。かつて《ニューヨーク・タイムズ》紙の同僚が、腎臓移植の手術を見学したときのことを思い出す。そいつはその分野にかなり興味を持っていて、意欲満々で出かけていった。ところが、外科医が最初に電気メスを入れ、肉の焼ける焦げくさい臭いを嗅いだ瞬間、ばったりと失神してしまったのだ。おかげで、手術チームは患者の手術を中断し、手術室の床に倒れている新聞記者を介抱するはめになったという。何年もの間、そいつはその話をくりかえし語っていたものだ。わたしがどれだけ笑ったことか。なんとまあ、鈍くさい話だろう。ごくあたりまえの手術にすぎないというのに。ずいぶんと繊細すぎる感性の持ち主ではないか。

だが、いまになってようやくわかった。無惨な死体がそこにあるなら、自分にも危険が迫っているということなのだ。野生の獣は、次は自分をねらうかもしれない。床に赤くもつれて広がっているものが死体だと、わたしはようやく理解していた。内臓を切り刻まれ、喉を切り裂かれた三人の死体……脚の感覚を失って、自分の身体が崩れおちていく……そこで記憶が途切れ、どれくらい気を失っていたのかはわからない。

「起きろ、マーク」ＪＣがわたしの頬を叩き、耳にささやいた。「起きやがれ、相棒」

わたしは意識をとりもどし、身体を震わせた。さっきと同じ場所に自分がいるのに気づき、ふたたび気を失いかける。

「しーっ。さあ、立てよ。こっちだ」

腕をつかんでわたしを引きずりおこすと、せき立てるようにして外へ連れ出す。「あんたのせいで、こっちは心臓発作を起こしかけたよ」ようやく建物を出て、駐まっている警察の車の間を抜けながらＪＣはそう漏らすと、タバコに火を点け、わたしにも一本差し出した。

「ここは何なんだ？」わたしはささやいた。

「ベビーフードの古い倉庫だよ」

「あそこにいた連中は誰で、やつらがきみの車のトランクから運び出したものは何だった？」

ＪＣは口の端から煙を吐き出した。「そんなことは知らずにいたほうがいい、マーク。さっき見たことは、すべて忘れるんだ」

「パトロール・カーのトランクに人間の死体が入っていたことを忘れろというのか？　それを運んでいった先には……あんな……」

ＪＣは煙を吐き出しつつ、鼻で笑った。それからこちらに顔を寄せ、こうささやく。「人間だって？　あいつはな、誰もが出会いたいと願うような、すばらしい男を殺したばかりだった。冷酷に。すばらしい男、すばらしい警察官だったやつを。おれの友人で、若いシーク教徒だった。おれたちはいっしょに、ヘンドンの警察学校で訓練を受けたんだ」ＪＣは頭を振った。感情がこみあげ、涙が浮かんでいるのがわかる。「だから、そんな男のために眠れなくなることはないさ。あいつを殺っちまった連中だって、きっと気にしてないだろう」

血液の中にアドレナリンが放出され、手が震え出すのがわかる。遅延性ショックというやつだ。最後に、これだけは……

「今夜こういうことが起きると、きみは知っていたのか?」

「知っていたら、あんたを車に乗せたと思うか?」JCは笑った。「いいか、あんたはあれだけの人間が死んでる現場を見られたんだ。本を書くのにうってつけの材料だろ、ええ?」

「あんなことは書けないよ。書いたら、次に車のトランクに詰められるのはわたしだ」

JCは笑った。「書けるさ。連中は、あんたのことなんか気にしちゃいない」

「誰のことも気にしてはいないようだったな」わたしは建物のほうへあごをしゃくった。

「ああ、あっちの死体か」JCは鼻を鳴らした。「あれは、集団自殺したカルトだよ」

ホテルに戻ったときには、夜中の二時を過ぎていた。急いで荷物を詰め、タクシーでヒースロー空港へ向かう。そして数時間後、こうして機上の人となったわけだ。いまはただ、たまたまわたしの人生と交錯した四人の死者から、できるだけ距離をとっておきたい。

二〇二一年八月二十五日、わたしとオリヴァー・ミンジーズが《ワッツアップ》で交わしたメッセージ

アマンダ・ベイリー　クリストファー・シェンク、あるいはシェンキーについて。ほかの天使たちは、お互いにつながりがあるのよね——刑務所で出会っていたり、仕事が同じだったり。でも、シェンキーだけはちがう。軽犯罪をくりかえしていたとか、薬物の売人だったとか言われているけど、刑務所に送られたことはないの。

オリヴァー・ミンジーズ　ラファエル。ユダヤ教とキリスト教では、癒やしの天使とされてる。イスラム教では復活の天使だ。

アマンダ・ベイリー　《アルパートンの天使》事件を題材にした創作には、まったく登場してこないのよ——シェンキー自身も、ラファエルとしても。

オリヴァー・ミンジーズ　だって、創作だろ。つまり、作り話だ。〝創作〟の意味を知らないのか？

アマンダ・ベイリー　その創作作品は——小説がふたつ、脚本がひとつだけど——事件からさほど時を経ずに生まれてるわけ。創作ではあるけど、歴史的な意味もあるのよ。どの作家も、当時ならではの事件の微妙なニュアンスを、自分たちさえ気づかないまま無意識のうちにすくいあげてる。いまのわたしたちにはわからない何かを。

オリヴァー・ミンジーズ　いいか。ガブリエルは神の言葉を伝える使者。ミカエルは終末の日を支配する戦いの天使。エレミヤは守護の天使で、ラファエルは再生の天使。四隅を固めているんだ。四人の騎手として。４４４だよ。

アマンダ・ベイリー　ねえ、オリヴァー、ちゃんと眠れてる？　毎朝、まだ電話で起こされてるの？

オリヴァー・ミンジーズ　いまとなっては、おれはあの電話を待ってるんだ。あれこそが証拠だからな。おれが正しいと証明してくれるんだ。

アマンダ・ベイリー　うーん、もしもすぐに終末の日が来るんなら、そろそろあなたの秘密のインタビュー相手が誰なのか、教えてくれてもいいんじゃない？

オリヴァー・ミンジーズ　😂教えるもんか、マンド。あんたがそんなに振りまわされてるのを見るのは楽しいな。

二〇二一年八月二十五日、わたしと担当編集者ピッパ・ディーコンが《ワッツアップ》で

交わしたメッセージ

アマンダ・ベイリー　念のために、ひとついいかな——やっぱり、ジョーにオリヴァーの様子を確認してもらったほうがいいかも。いつだっておそろしく合理主義者だったくせに、どうしてこの事件にかぎって神秘的なほうの深淵にずぶずぶはまっていっちゃったのか、わたしにはさっぱりわからないんだけど、でも……🤷‍♀️

ピッパ・ディーコン　ねえ、ミニーから最後に連絡があったのはいつ？

アマンダ・ベイリー　ミニー？　数日前かな。数週間前かも。どうして？

ピッパ・ディーコン　うーん。引用部分の整理をしてる最中に、いきなり返事が来なくなっちゃったのよ。

二〇二一年八月二十五日、わたしから犯罪ノンフィクション作家ミニー・デイヴィスに宛てた《ワッツアップ》のメッセージ

アマンダ・ベイリー　こんにちは、ミニー！　あなた、ピッパを避けてるってほんと？

アマンダ・ベイリー　いくつかメッセージを入れたんだけど……ねえ、だいじょうぶ？

アマンダ・ベイリー　本気で心配になってきちゃった。お願い、至急連絡してよ、ミニー。

二〇二一年八月二十六日、わたしと犯罪ノンフィクション作家クレイグ・ターナーが《ワッツアップ》で交わしたメッセージ

アマンダ・ベイリー　ねえ、この二、三日で、ミニーから何か連絡なかった？

クレイグ・ターナー　いや、まったく音沙汰ないな。あいつの本はもうじき刊行だから、きっと忙しいんだよ。

アマンダ・ベイリー　ミニーが見つからないって、ピッパに言われたの。音信不通になっちゃったって。

クレイグ・ターナー　奇妙だな。とはいえ、ぼくらはミニーをよく知っている。どこかに潜伏していても、いずれはきっと浮かびあがってくるよ。

二〇二一年八月二十七日、わたしと犯罪ノンフィクション作家ミニー・デイヴィスが《ワッツアップ》で交わしたメッセージ

アマンダ・ベイリー　ミニー、お願いだから返事して。クレイグもわたしも、あなたのこと心配してるの。連絡がとれたなんて、ピッパには言わずにおくから。

ミニー・デイヴィス　ああ、マンド、わたし、例の論文を書いたフェミニストの子と、ちょっと面倒なことになっちゃってて。

アマンダ・ベイリー　ああ、そういうことね🙄その子のことで問題が起きるんじゃないかとは思ってた。人間って、そう簡単に自分の書いたものを提供してはくれないものだから。その子とは、書面ではどんな取り決めになってるの？

ミニー・デイヴィス　何も取り決めてなかった。暗黙の了解みたいな感じで。そうしたら、校閲の人がその子の書いた内容にいくつか疑問を付けてきたのね。それで、確認しようと思って問いあわせたら、いきなり返事が来なくなっちゃったの。

アマンダ・ベイリー　それだけ？　刊行前の作業がどれだけ慌ただしいか、普通の人は知らないのよ。その子のことなら、きっとだいじょうぶ。巻末にはちゃんと名前を載せてあげてるんでしょ？

ミニー・デイヴィス　そうなんだけど、でも

アマンダ・ベイリー　ほんの一句とか、一節とかの引用がいくつかあるだけよね。いったい、その子がどんな文句をつけてくる可能性があるの？

アマンダ・ベイリー　もしも、何か法外な要求をされたとしても——そんなこと、心配しなくてだいじょうぶ。引用部分を言葉だけ変えて書きなおし、誰かもっと協力的な人の名前を借りて、感謝しておけばいいんだから。何だったら、協力するよ

ミニー・デイヴィス　わたし、その子の書いたものをまるごと使っちゃったのよ、マンド。そもそもの始めに、「これ、ぜんぶ使ってもいい？」ってその子に訊いたら、「もちろん、女性どうしは助けあうべきですよね」って言ってくれたから。

アマンダ・ベイリー　〝ぜんぶ使う〟って、どういう意味で？　もちろん、少なくとも書き

なおしてはいるわけでしょ?

ミニー・デイヴィス　書きなおすには、あまりにすばらしすぎる出来だったから。斬新で、ひと味ちがってて、わくわくするような読みものだった。わたしじゃとうてい手に入れられないような資料や記録もたくさん見つけててね。分析も的を射てた。雰囲気のある、背筋がぞくぞくするような写真や、美しい挿絵も添えてあって。ただただ完璧だったのよ。

アマンダ・ベイリー　なんてこと。ねえ、とにかくピッパに相談すべきよ。いっそ著者名を変えるとか、そういうことも考えられるしね。共著にするとか? 別に、これで世界の終わりってわけじゃないでしょ。わたしじゃ何とも言えないけど、とにかくピッパに電話してみて。お願い。

ミニー・デイヴィス　問題はそこじゃないの、マンド。その素敵なフェミニストの論文は、実際には女性学や犯罪心理学、メディア学のために書かれたものじゃなかったのよ。

アマンダ・ベイリー　じゃ、何だったの?

ミニー・デイヴィス　社会における実践芸術。こんな学位課程があるなんて、びっくりよね？　その子の摘要によるとね、これは学術論文に見せかけた、まったくの創作作品という試みだったそうなの。事実をでっちあげれば、誰でも信じこませることができる、必要なのは適切な目くらましだけ、ということを証明するための。

ミニー・デイヴィス　マンド、論文に書かれていた、すべての驚きの新事実はすべてでっちあげだったの。資料も捏造。写真も合成。みごとにひとりの専門家をだましおおせたとして、その子の論文は第一級優等と評価されたんだって。

アマンダ・ベイリー　だまされた専門家って誰？

アマンダ・ベイリー　ああ、ごめん。そういうことか。

ミニー・デイヴィス　あの論文に書かれていた事実は、すべて嘘っぱち。もう、最初のページから。ううん、そもそもの一行めからよ！　こんなふうに始まってたの——〝マイラとローズには、どちらもエイビスという名の姉妹がいて、どちらもハーツ・レーンという通りにある学校に通っていた〟。

アマンダ・ベイリー　エイビスとハーツって、どっちもレンタカー会社の名前じゃない。

ミニー・デイヴィス　わたしだって、いまはもう気づいてるけど！

アマンダ・ベイリー　ピッパは気づかなかったの？　ほかの誰も？

ミニー・デイヴィス　聞いてない？　ピッパはこれまでの恋人と別れて、《グリーン・ストリート》のジョー・リー・サンとつきあいはじめたの。もう何週間も、そのことにかまけて仕事は上の空。ほかの人たちは、みんな刊行前の作業に追われてて、ゆっくり検討する暇なんかなかった。そもそも、そんなことに気づくのは、その人たちの仕事じゃないしね。気づかなきゃいけなかったのは、誰でもない、わたし。

アマンダ・ベイリー　ああ、もう。本当にたいへんだったね、ミニー。でも、とにかくピッパに話さないと。ピッパなら、こんなときにどうすべきかを考えてくれるはず。被害を最小限に抑えるために、ね？

ミニー・デイヴィス　わたし、どうしてこんなに間抜けだったんだろう？

二〇二一年八月二十七日、エリー・クーパーとわたしが《ワッツアップ》で交わしたメッ

セージ

エリー・クーパー　王位継承順位第十六位の子の父親が、殺人犯で服役中、自分を大天使ガブリエルと信じてカルト教団を率いていた人物だったとしたら、それは絶対に秘密にしておきたいのも当然ですよね。

エリー・クーパー　ホリーはまちがいなく、どんな形であれふたたび貴族としての生活に戻っていることでしょうね。きっと子爵とでも結婚して、どこかの地方の由緒あるお屋敷で暮らしているのかな。自分の産んだ子が女王の孫として育てられていること、ホリーは知っているんでしょうか？

エリー・クーパー　マンド、だいじょうぶですか？　しばらく音沙汰がないけれど。

アマンダ・ベイリー　ごめんなさい。ちょっと、いろいろありすぎて。エリー、わたしね、制作されなかった映画の脚本を書いた男性と、ずっとやりとりしていたの。新進映画プロデューサーのふりをして。でもね、その人、どうもおかしいのよ。その脚本のヒントをどこから得たか、まともに話そうとしてくれないの。〝自分で作りあげただけ〟とか、〝事件の資料は読んでない〟とか言ってごまかして――〝アシュリー〟なんて名前を使ってる以上、何らかの手段で事件の内幕を知ってるとしか思えないのに。それだけじゃない、ほかにもいろんな情報が交ぜこんであってね。この件をはっきりさせるには、もう手段はひとつしかないと思ってる。

エリー・クーパー　その人に会うんですか？

アマンダ・ベイリー　うまい話を持ちかけて、釣ってみるつもり。まあ、会ってはもらえないと思うけどね。電話で話そうと言われるか、土壇場でキャンセルされるか。だって、その人、正体はまったくの別人のはずだから。

エリー・クーパー　ええっ😳

二〇二一年八月二十七日、わたしとクライヴ・バダムが交わしたテキスト・メッセージ

アマンダ・ベイリー　クライヴ、わたしたち、会うべきだと思う。あなたの脚本で熱が高まりすぎて、ふたりとも転がる火の玉になっちゃう前に、お互いその道のプロならではの冷静さで、映画化に向けてきちんとした段階を踏まなくちゃ🔥

クライヴ・バダム　大歓迎だ。いつ、どこで？

アマンダ・ベイリー　あなたの都合のいい場所で。どこを拠点にしてるって言ってた？

クライヴ・バダム　ストーク・ニューイントン。そこのハイ・ストリートに《カフェZ》っていう、なかなかの小さなコーヒー店があるんだ。

アマンダ・ベイリー　きょうの午後でいい？

クライヴ・バダム　午後二時にしようか？　いや、最高だよ、アマンダ。もう、待ちきれないね！

アマンダ・ベイリー　ええ、わたしも

二〇二一年八月二十七日、わたしとエリー・クーパーが《ワッツアップ》で交わしたメッセージ

アマンダ・ベイリー　さてと、約束の場所に到着。いまのところ、クライヴ氏はまだ到着し

てないし、キャンセルの連絡もない。

エリー・クーパー　今回は、どれくらい連絡が途切れたら通報すべきですか？

アマンダ・ベイリー　一時間くらい経ったら、まずはわたしに電話してみて。でも、たぶんそんなに長く待つはめにはならないと思う。ここには、誰も現れないはずだから。少なくとも、クライヴ・バダム氏は絶対に来ない。でも、じっとわたしを観察してる女性がいるはず。いま、この瞬間も。

エリー・クーパー　女性？　誰ですか？

アマンダ・ベイリー　ホリーよ。

エリー・クーパー　ふたりめのホリー？　《アルパートンの天使》事件のホリーですか？　つまり、レディ・ジョージナ？

アマンダ・ベイリー　ええ。まあ、わたしの勘が当たってればね。そうだといいんだけど。どうか、それがホリーで、わたしと会う気になってくれますように。

アマンダ・ベイリー　ちょっと待って、あれは誰？

エリー・クーパー　じゃ、ホリーが来たんですね？　一時間経ったら、こちらから電話します。

アマンダ・ベイリー　ああ、もう、いやになっちゃう！　来たのはクライヴ・バダムだった。脚本家志望の男。現れるなり、ずーっと『神聖なるもの』の話を始めて止まらないの。ラフ画やらいろんなリストやら持参してきてね。特殊効果のリスト、ロケ地の候補リスト、大道具リスト。撮影スタッフにふるまうべき、栄養バランスのとれた食事のリストなんてものまであった。撮影中、つねにカメラの前や後ろに掲げておきたい、多様性についての宣言も。希望キャスティングのリストについては、もう口に出したくもないくらい。トム・クルーズまで入ってて、しかもそれが主役じゃないんだから！

エリー・クーパー　そんな！　いやだ、マンドったら、おもしろすぎる！ 

アマンダ・ベイリー　わたし、いまトイレに避難してきたところなんだけど、ここには窓もないし、どうにも逃げ出せないの。もう、これ以上〝ジェイ・ホラー〟について話すのは無理。それがどういう人なのか、ぜんぜん知らないんだもの。あの我慢ならないちび男から、いったいどうやって逃げたらいい?

エリー・クーパー　まずはテーブルに戻って。そこへわたしが電話をかけて、事務所でたいへんなことが起きてしまったから、早く帰ってきてくださいって言いますから。わたしの声が聞こえるように、電話をスピーカーに切り替えてくださいね。ちゃんと、涙声で訴えてあげます。

アマンダ・ベイリー　ありがとう、エリー。じゃ、五分後に電話して。わたしの勘、当てにならないにもほどがある。もう二度とそんなものに耳を傾けないつもり、嘘ばっかりなんだから!

エリー・クーパー　あとね、Jホラーっていうのは、日本流のホラー映画のことなんですよ

二〇二一年八月二十七日、ストーク・ニューイントンの《カフェZ》でクライヴ・バダムから話を聞く。文字起こしはエリー・クーパー。

［これはとんでもないですね、マンド！　あなたの気持ちがよくわかりました。例の脚本のあれこれを、どうやってなぜ書いたのかについて以外のすべてのおしゃべりを省略。その余分のおしゃべりがほとんどでしたが。ちなみに、『リング』『呪怨』『仄暗い水の底から』は、ハリウッド版リメイクよりオリジナルのほうがはるかによかったという件では、わたしもクライヴと同意見です。ＥＣ記］

アマンダ　でも、あの名前をあえて選んだ理由は？　アシュリーのことだけど。

クライヴ　いい名前だろう。

アマンダ　ええ、でも、そんなにありふれた名前じゃないでしょ。

クライヴ　気に入らなかったら、いくらでも変えますよ。

アマンダ　あの天使の事件にヒントを得た、別の創作にもね、やっぱり同じ名前の人物が登場するの。綴りまでいっしょ。

クライヴ　なんて作品？

アマンダ　『あたしの天使日記』、著者はジェス・アデシナ。

クライヴ　知らないな。偶然だよ。何だったら、さっさと変更すればいい。別に、そこまでその名前に入れこんでるわけじゃないしね。きみとしては、どんな名前がいい？［このとき、クライヴはどんな様子でした？　この人の言っていること、信じられます？　サントラの音源を作ってくれるミュージシャンの友だちや、編集加工部門で働いていて、友人価格で映像の合成をしてくれる友だちについてのおしゃべりは省略。ＥＣ記］

アマンダ　それはまた、考えてみる。クライヴ、この物語には超自然的な力の存在がほのめかされてるでしょう。でも、あなたの脚本を何度か読んでみたけど、特殊効果というより、もっと――

クライヴ　何の問題もないよ、アマンダ。思いっきり血なまぐさくしてやったっていい。何なら赤んぼうにヘビの舌と角を生やして、炎も効かない設定にして――

アマンダ　あなたの脚本でひとつ、あえて書かなかった場面があるでしょう――

クライヴ　何でも言ってくれ。

アマンダ　ホリーが出産する場面よ。悪魔が、この地上に誕生する。こんなに劇的な瞬間もないと思うんだけど、あなたの脚本には書かれてなくて……

クライヴ　だいじょうぶ。出産場面を追加しよう。きみの言うとおり、最高にぞっとする、劇的な場面だよね。［すみません、ここから先はクライヴがこの映画についての構想をえんえんと語りつづけているだけなので省略。やがてあなたが席を立ってトイレに行き、戻ってきてしばらくしたところで、わたしの電話が勇者のごとく話に割って入り、あなたをこの顔合わせから逃がしてあげたというわけです。EC記］

アマンダ　ふう。ありがとう、エリー。どうにか逃げられました。もう、事務所が火事になったくらいの勢いで、店を出て道を走ってるところ。わたしはあの脚本についてクライヴと話しあってるつもりだったのに、どうも向こうは別の話をしてるような気がして仕方がないのよね。クライヴがあの物語をどう思っているのか話せば話すほど、あの脚本を読みかえせば読みかえすほど、これは本当はホラー映画なんかじゃないのに、と思わずにはいられなくなる。［おもしろいですね。では、本当は何？　EC記］

二〇二一年八月二十七日、わたしとエリー・クーパーが《ワッツアップ》で交わしたメッセージ

アマンダ・ベイリー　芸術家は向こう側の世界と潜在意識でつながってて、自分でそうと知らずにいろんな情報をすくいあげてるんだって、オリヴァーは言うのよね。そうなると、クライヴ・バダムもあの脚本を書いてるとき、たまたま心の波長が向こう側と一致しちゃって、知るはずのない情報を偶然すくいあげてるってこと？　正直、わたしは信じてないんだけど。

エリー・クーパー　クライヴは《アルバートンの天使》事件が報道されてまもなく、あの脚本を書いたわけですよね。だとしたら、その時期に関係資料をたまたま読んでしまって、それがどれほど重要な秘密情報なのか、自分でもわかっていないだけかも。

エリー・クーパー　それに、この事件が起きて、もう十八年も経つわけでしょう。そのときクライヴが読んだ記事が、いまはもう削除されて読めなくなっているだけかもしれませんよ。

アマンダ・ベイリー　本人は、事件の取材なんかほとんどしてない、って言いはってるのよ。自分が悪魔やホラー映画が好きだから、それに沿って物語を作っただけだ、って。でも、ぁの脚本にはそれだけにとどまらない何かを感じる。巧妙な手がかりがいくつもこっそりと忍ばせてあるみたいに。実は、ジェス・アデシナのとがった青春小説にも、同じことを感じるんだけど。どっちの作者も、自分の書いた情報をどこから仕入れたのか、まったく見当がつかなくて頭が痛い。取材じゃなくて感覚に頼ってるのは、わたしのほうなのかな。わたしまで、オリヴァーみたいなこと言いはじめてる。

二〇二一年八月二十八日、退職した救急隊員ジデオフォール・サニからビデオ通話で話を聞く。文字起こしはエリー・クーパー。

アマンダ　エリー、これから《新着の幽霊》ポッドキャスト配信を聞いて、連絡してきてくれた男性から話を聞くところなんだけど、メモをとってはいけないことになってるの。相手は妄想しがちな空想家かもしれないし、おもしろい話を聞かせてくれるかもしれない。自分の人生のふりかえり、ってところかな。いつものように、挨拶は省略して。［了解。あなたが先方の名前を正確に発音できなくて、ジディと呼んでくださいと言われたあたりは省きました。ＥＣ記］

アマンダ　ジディ、《アルパートンの天使》事件当時、あなたは救急隊員だったんですよね。
ジディ　ええ。いまは退職しましたが。
アマンダ　あの事件の現場に立ち会ったそうですが、今回お話を聞くにあたっては、メモをとることも、録音することもやめてほしいと。
ジディ　これは録音しているんですか？
アマンダ　いいえ、いっさい記録していません。［もう、マンドったら！　ＥＣ記］
ジディ　この話はずっと……［しばしの沈黙。感情がこみあげてきたのか、それとも……緊張している？　ＥＣ記］あつかいが難しい問題だと思っていて。
アマンダ　その夜どんなことがあったのか、順を追って話してもらえますか？
ジディ　そうですね……あのときは、アルパートンの運河の近くの建物に出動するよう言われましてね。すでに警察が到着していました。遺体がいくつかあり、負傷した少年がいると聞かされました。
アマンダ　なるほど、事前にそういう説明があるのは普通のことなんですね？
ジディ　ええ。そういう場合は、細かいところに気を配るようになりますからね。後になって、検視官や警察に話を聞かれたときに役立つんですよ。わたしはそう解釈していました。
アマンダ　現場に到着して、何が見えましたか？
ジディ　遺体のひとつに、少年がとりすがっていました。そこから離れなさいと、警察官が説得していましたね。とにかく、われわれは少年の状態を診なければいけなかったので、弱めの鎮静剤を投与しました。遺体から離れたので、全身を調べましたよ。怪我はしておらず、そこに別の警察官が来て……少年は連行されました。
アマンダ　そして、ほかの遺体も見た――
ジディ　本当に、本当にひどい状態でしたよ。［かなり長い沈黙とためらい。EC記］最初に思ったのは、ギャングによる殺人だろうということでした。後になって、あれは集団自殺で、全員がカルトのメンバーだったと聞かされましたが。
アマンダ　現場の様子を、もう少し詳しく教えてもらえますか？　天使たちの死因は？
ジディ　頭部の銃創です。［ちょっと……もしもし？　EC記］
アマンダ　何ですって？
ジディ　それぞれ一発ずつ、頭部を撃たれていたんです。その後、めった切りされてね。喉を切り裂かれ、胸にも傷がありましたよ。内臓がはみ出し、その場に広がっていました。
［そんな、マンド、この人、本気で話しているんですか？　EC記］
アマンダ　天使たちが撃たれていた？　確かなんですか？
ジディ　はい。
アマンダ　その銃創は、はっきりと見えましたか？　天使たち、三人とも？　わたし、現場の写真を見たんですが――
ジディ　射入口はごく小さく、耳の後ろにありました。まるで、処刑されたかのように。わたしはひとりひとりの遺体を検（あらた）め、心拍と呼吸を確認したので、誰よりも近くで見ています。

あの傷は、写真ではわからないでしょうね。

アマンダ　でも、あそこは事件現場だったわけで——

ジディ　ええ。とはいえ、どんな人間にも死亡宣告を受ける尊厳は守られるべきです。とりわけ、家でも病院でもない場所で亡くなる場合は。

アマンダ　それはそうですね。

ジディ　わたしはナイジェリアの小さな村の出でしてね。わたしたちの文化では、死はけっして人生の終わりではない。ただ、伝統のしきたりを守らないと、その死者は先祖のもとへは行けないんです。永遠に辺獄をさまようことになるんですよ。迷信にすぎないことはわかっていても、わたしはいつも、亡くなった人のために心の中で死亡宣告を行ってきました。それが誰であろうとも、どんな死を迎えたとしても。それが、死者への敬意だと思っています。

アマンダ　その夜、あなたは何人の死亡を宣告したんですか？［答えはない。ＥＣ記］ジディ？

ジディ　三人です。そこには、三人の遺体がありました。［意味ありげな沈黙ですね、マンド。この数字に、ジディは何か思うところがあるようだ。ＥＣ記］

アマンダ　ただ、その夜は四人の遺体が見つかったことになっていますよね。［疑問符は付けない、これは疑問文ではないので。ＥＣ記］

ジディ　ご存じなんですね？

アマンダ　ええ、いまとなってはある程度はっきりと見えてきました。この現場があまりに血なまぐさく、集団自殺によって混乱をきたしていたため、これを絶好の機会ととらえた人々がいたんですね。
ジディ　同じ建物の別の場所で、もうひとつ遺体が見つかったことは、後になって読みました。そのときにはもう、わたしは現場を離れていたので、その男性は死亡宣告を受けなかったことになりますね……
アマンダ　ジディ、この事件で、あなたの心に引っかかっていることは？
ジディ　わたしはあの場で三人の死亡宣告をしました。後になって、もうひとりの遺体が見つかった。これで四人ですよね。そして、アパートメントで若い男性の遺体も見つかった。五人です。それなのに、事件を報じる記事には――自殺現場で三人が、アパートメントでひとりが遺体で発見されたとしか書かれていなかった。つまり、四人なんですよ。
アマンダ　四人。そうなると、どこかでひとりの遺体が消えてしまったことになります。
ジディ　あなたには、さぞ突拍子もない話に聞こえるでしょう、ミズ・ベイリー。わたしもこの国に渡ってきて長いのでね、自分でも突拍子もない話だと思いますよ。でも、それからしばらくは、その死亡宣告を受けなかった男性について、わたしは考えずにいられませんでした。ひょっとしたら、その人は先祖のもとへ行けなかったかもしれない、と。だから、戻ってきたのだと。［なんてこと。ここで、しばらくふたりとも黙りこむ。EC記］
アマンダ　黄色のミニクラブマンね。
ジディ　何ですって？

アマンダ　ある人から、黄色いミニクラブマンの話を聞かされたことがあるんです。誰もがきっと、こういうことを一度は経験するんだ、ってね。どうにも説明のつかない出来事を。

［ここで録音を止めましたね、マンド。ああ、すぐにメッセージを送ります。ＥＣ記］

二〇二一年八月二十八日、エリー・クーパーとわたしが《ワッツアップ》で交わしたメッセージ

エリー・クーパー　天使たちは殺されたんですね。いったい、誰に？　そして、遺体の数が合わないのはどういうことなんでしょうか？

エリー・クーパー　この事件に銃器が関係しているなんて話、どこかで出てきたことありましたっけ？

アマンダ・ベイリー　これまで話を聞いた中ではまったく出てこなかったし、読んだ三作の創作にも登場しなかった。マーク・ダニングのスパイ小説にさえね。

エリー・クーパー　ねえ、マンド、オリヴァーにもちゃんと目を配ってあげてます？　わたし、心配なんです。この間、どうしているかメッセージを送ってみたら、〝終末の日〟に印をつけたカレンダーが送られてきたんですよ。

アマンダ・ベイリー　オリヴァーならだいじょうぶ。わたしが目を覚まさせてやるつもり。もうすぐ。こっちの準備ができたらね

二〇二一年八月二十八日に執筆した第一章第四稿

『神聖なるもの』アマンダ・ベイリー

第一章

オリヴァー・ミンジーズはジャーナリストを志望しているつもりだった。歴史の学位を取るべく奮闘し、政治にもそこそこ興味があって、新聞は裏返す前に、まず一面から読む。［〝スポーツ面より先に〟という意味がちゃんと伝わる？］しかし、母親の友人のはからいで新聞社の研修制度に参加してみると、まさかほかの研修生たちが自分より優秀で、頭の回転が速く、貪欲に学んでいようとは。

オリヴァーは自分の劣等感を、悪ふざけでごまかそうとした。現代なら、いじめやいやがらせと見なされるような行為だ。あるとき、オリヴァーは若い女性の同僚に、仕事後の飲み会の場所として、わざとまちがった店を教えた。その女性は、夜にたったひとり、郊外の荒れたパブで無防備に待ちぼうけを食らうこととなったのだ。

害のないつもりの悪ふざけが、とんでもない結果を生む。オリヴァーにだまされたと悟った女性はパブを出るが、誰かに後を尾けられていたのだ。襲われ、所持品だけではなく、つかもうとしていた未来までが奪われてしまう。課題の原稿を失い、負傷して、女性は孤独に混乱するばかりだった。実際に何が起きたのか認めるのを怖れるあまり、研修課程も途中で辞める。何より大きな打撃だったのは、左目の視力が失われてしまったことだった。元の自分には、二度と戻れない。

その若い女性は、オリヴァーやほかの研修生たちのように幸運でもなければ、環境に恵まれてもいなかった。これまで、まともに本を読んだことはなかったし、大学で学んだこともない。そもそも、きちんと機能している家族と暮らしたことさえなかったのだ。自分がどれだけ無防備で傷つきやすいのか、そのとき女性は理解していなかったが、オリヴァーは心のどこかでそれに気づいていた。信頼とはどんなことなのか、そのころ女性はちょうど学びつつあるところだった――それなのに、たった一度の心ない悪ふざけのせいで、オリヴァーはそれをぶち壊しにしてしまった。永遠に。

何年も後になってその女性と再会したとき、オリヴァーはかつての出来事をすっかり忘れていたのか、あえて思い出さないようにしていたのか、それはわからない。だが、女性のほうは忘れていなかったし、ふたりの間に起きた出来事から、オリヴァーが何も学んでいないこともすぐに見てとった。いたずらや詐欺、嘘、ペテンに引っかかる人間を、オリヴァーは〝頭にブタのクソが詰まっている〟間抜けで、目をとめるに値しない存在だと考えているのだ。しかし、《アルパートンの天使》事件を題材にした、息もつけない犯罪ノンフィクションを依頼されてみると、自分の信頼する人間の影響を受け、眩惑(げんわく)され、支配され、最後には裏切られるのがどれほどたやすいことなのか、オリヴァー・ミンジーズは思い知ることとなる。
他人に影響を与えるには、必ずしもカリスマ的な存在である必要はない。ただ、適切なときに適切な言葉を使うことによって、特定のものを相手に示し、ほかのものを隠してやるだけでいいのだ。あとはみな、相手が勝手に思いこんでくれる。

これで決まり！　わたしの新しい切り口！

7

終末の日?

二〇二一年八月三十日、謎の女性から話を聞く。顔を合わせるのは八月二日以来三回めとなる（初回は七月十三日）。現在ではもう、謎の女性が〝マリ＝クレール〟だということは判明している。今回、文字起こしはわたし。少しでも思わぬ危険がありそうなことに、エリーを巻きこみたくはないので。思わぬ危険か。笑っちゃう。

アマンダ　また会ってくれてありがとう。あなたのことは、なんて呼べばいい？

マリ＝クレール　マリ＝クレールで。そう呼びたければね。

アマンダ　それは、あなたのコードネーム？［答えはない。］マーク・ダニングは、『白い翼』にあなたを登場させてるでしょ。人の目に見えない能力を持つ天使で、当局の裏の仕事をこなすセリーヌとして。

マリ＝クレール　わたし、小説は読まないの。

アマンダ　ドン・メイクピースが、高速道路を飛び出してしまった黄色いミニクラブマンの話をしてた。目撃してた夫婦が車を停め、ミニの運転手を助けようとするの。でも、どこを探しても車は見つからない。何日か経って、ドンがもっと範囲を広げて探してみると、下草にからまり、運転手が中で死亡してる車が見つかったのよね。でも、それはほんの数日前の事故じゃなくて、もう六カ月もそこに隠れていた車だったの。運転手は捜索願が出されてた。

マリ＝クレール　ロンドン警視庁の警察官なら、誰でもその話は知っている。そして、たいていの警察官がその話を他人にもして、自分こそがその事故車を見つけたんだと締めくるのよ。

アマンダ　あれは向こう側の世界から送られてきた幻影だったんじゃないかと、ドンは考察してた。死んだ運転手が、自分の遺体を見つけてほしかったんだって。

マリ＝クレール　奇妙な話よね、それがハッピーエンドだと思われているんだから。

アマンダ　でも、本当の結末はそうじゃなかったと、わたしは考えてる。黄色のミニは高速道路を飛び出し、土手を滑り落ちたけど、下の野原の脇を通ってる未舗装路に着地できたんだと思う。運転手は無傷で、ただギアを切り替えてその場を走り去り、もっと先でまた高速道路に戻った。だから、そのときの捜索では車は見つからなかったの。ドンがあらためて捜索したのは、まったく別の場所だったわけでしょ。そこで、黄色いミニクラブマンの残骸を見つけた。その偶然にびっくりして、ドンはその話をみんなにしたんでしょうね。でも、時を経るにつれ、どちらの車も同じ色、同じ車種だったというだけじゃなくて、同じステッカーが貼られ、同じサンバイザーが取り付けてあったことになっちゃった。そして、最後には、その二台は同じ車だったことにされて。誰もが知る神話って、こうして生まれるのよ。

マリ＝クレール　そっちの結末なんて、別に誰も聞きたくないでしょうからね。

アマンダ　クリストファー・シェンクはアルパートンの天使じゃなかった。小物の麻薬売人だったのよね。そして、ハーピンダー・シンが本当は内気なインド人のウェイターなんかじゃなくて、潜入捜査中の刑事であり、いまにも大きな麻薬組織を摘発しようとしてることを知ってしまった。シェンキーはシンを殺す気だったのか、それとも警告だけのつもりだったのか? そんなことは、寄ってたかってシェンキーを蹴り殺した警察官たちにとっては、どうでもよかった。シェンキーの死体は、アルパートンの天使たちの遺体が見つかった現場に捨てられ、シェンキーも天使たちのひとりだったことになってしまったのよ。秘密のカルト教団のメンバー、ラファエルだったことにしてしまえば、なぜシェンキーが死んだのかを追及されずにすむから。

マリ＝クレール　あなたの知らないことは、まだいろいろあるのよ――

アマンダ　あの倉庫の地下で、天使たちが射殺されたことをわたしは知ってる。でも、たしかにあなたの言うとおり、理由までは知らない。シェンキーの死体を隠すためだけじゃないはず。なんとなく、これは誰かにとって、すばらしく都合のいい展開だった気はするのよね、ガブリエルが起きあがって逃げ出すまでは。でも、ガブリエルはどうやってそんなことができたんだろう? 結局、シン殺害の罪を着せられて、刑務所に入れられてしまったけど。どこかの誰かが、ガブリエルは絶対に外に出さないと決めてるんでしょうね。［ここからかなり長い間、マリ＝クレールは沈黙する。］

マリ＝クレール　携帯を渡して。

［わたしの携帯を受けとると、電源を切り、そしてふたたび口を開く。ここから先マリ＝クレールが語った内容について、わたしには何ひとつ証明できない。でも、ガブリエルに何が起きたかを聞かせてもらい、いろいろなことが明らかになった。］

二〇二一年八月三十日、エージェントのニータ・コーリーとわたしが《ワッツアップ》で交わしたメッセージ

ニータ・コーリー　ミニー・デイヴィスのこと、聞いた？　あの人、学生の論文を丸写しして、校閲さんが基本的な事実確認をしたときに発覚したからよかったようなものの、危うくそのまま通っちゃうところだったのよ。論文の内容は、まるごと創作だったんだって。ピッパは激怒してる。

アマンダ・ベイリー　ミニーならではの事件よね。

ニータ・コーリー　疲れたあまりの見落としやちょっとした悪ふざけならどうでもいいの――それくらいなら、誰でもうっかりやってしまうことはあるから。問題なのは、ミニーが他人の書いたものを丸写ししたことよ。ピッパはそこが許せないの。本は発売中止になったし、ミニーもこれでお払い箱。だから、マンディ、あなたも気をつけなさい――ミニーとは、もうつきあわないで。どれだけ距離をとっても、とりすぎということはないからね、わかってくれるといいけれど。

二〇二一年八月三十日、犯罪ノンフィクション作家クレイグ・ターナーとわたしが《ワッツアップ》で交わしたメッセージ

クレイグ・ターナー　聞いたか？

アマンダ・ベイリー　うん。

クレイグ・ターナー　〝ニュースを伝えろ、自分がニュースになるな〟――これ、あいつはわかってなかったのかな？　愚かすぎる。噴飯もののまちがいがいくつもあるのに、どうして気づかなかったのか、ぼくにはわからないよ。

アマンダ・ベイリー　その女の子のこと、信頼してたからよ。

クレイグ・ターナー　おいおい！　たとえば、マイラとローズは十歳ほど離れてるんだが、それぞれが小学校時代に書いたという〝ぞっとするような共通点のある〟作文だよ。半世紀以上前の小学生が、グーグルを持ち出してるんだ、笑っちゃうね！

アマンダ・ベイリー　あなた、もう読んでるの？　さあ、どうだろう——ミニーの怠慢？油断かな？　それでも、とどのつまり（アット・ジ・エンド・オブ・ザ・デイ）は信頼の問題だと思うけど。

クレイグ・ターナー　一日の終わり（アット・ジ・エンド・オブ・ザ・デイ）には、真っ暗になるだけだよ！　誰かがその論文をまるごとネットに上げたんだ。ツイッターは大炎上中🔥

アマンダ・ベイリー　うわあ、可哀相なミニー。だいじょうぶだといいけど。

クレイグ・ターナー　その学生は、今朝ジェレミー・ヴァインの番組に出てたよ。『チキチキマシン』のケンケンみたいな勢いで、今回のことを笑って話してた。ぼくに言えるのは、これがフェミニズムってものなら、ぼくはゲイでよかったってことだけだ。ぼくたちは、お互いを気づかっているからね。

アマンダ・ベイリー　あなたのお友だちのデニスは、無防備なゲイの信頼を得ておいて、片っ端から殺しまくり、解体して茹でたりしてたのに？

クレイグ・ターナー　それはまったく別の話だよ。デニスがああなったのは、あの時代、あの場所ならではの結果なんだ。同性愛嫌悪がなければ、デニス・ニルセンは生まれなかった。

あいつのしたことは極端で、ぼくも容認するつもりはない。でも、そういう流れがあってのことだったんだ。

二〇二一年八月三十日、わたしとオリヴァー・ミンジーズが《ワッツアップ》で交わしたメッセージ

アマンダ・ベイリー　おーい！　どうしてる？　会って、ちょっとおしゃべりしよう。取材メモを見せあったり、それぞれの新しい切り口について話しあったり。

オリヴァー・ミンジーズ　忙しい。

アマンダ・ベイリー　いくつか、誤解をはっきりさせておきたいことがあるんだけど😳

二〇二一年九月一日、犯罪ノンフィクション作家ミニー・デイヴィスから届いた《ワッツアップ》のメッセージ

ミニー・デイヴィス　もう、何もかもがうまくいかなくて、うんこが換気扇にぶつかって、そのうんこまみれの換気扇が、また別の換気扇にぶつかったみたいな騒ぎになってる💩

ミニー・デイヴィス　《エクリプス叢書》の最初を飾るのはクレイグの本だって、ピッパに言われた。《ザ・ホワイト・スワン》で刊行記念パーティを開くんだって。

ミニー・デイヴィス　すごく素敵なパーティになりそう。ゲストにル・ポールを招くんだって。

ミニー・デイヴィス　ねえ、そのパーティ、いっしょに行ってみない？　その前に待ちあわせて、ちょっと飲んだりして。わたし、思ってたんだけど……あなたがいまの天使の本を仕上げたら、次は何かいっしょに書いてみない？　見てほしい企画がいくつかあるんだ。

ミニー・デイヴィス　つまりね、今回の本、前渡しされたお金を返さなきゃいけないんだけど、誰もわたしとかかわろうとしてくれないの。

ミニー・デイヴィス　マンド？

ミニー・デイヴィス　そういうことか。かの大胆不敵なアマンダ・ベイリーも、結局はみんなと同じ、すっかりおじけづいちゃってるんだ。

二〇二一年九月一日、《迷宮入り殺人事件クラブ》メンバーのロブ・ジョリーとわたしが交わしたテキスト・メッセージ

ロブ・ジョリー　こちらは《迷宮入り殺人事件クラブ》のロブ。

アマンダ・ベイリー　こんにちは、ロブ。何か、新しい情報はあります？

ロブ・ジョリー　まず、きみの名前と、なぜわたしを知っているかを聞かせてくれ。

アマンダ・ベイリー　わたしはアマンダ・ベイリー。《アルパートンの天使》事件について、キャシー＝ジューン・ロイドといろいろ話をしてきました。

ロブ・ジョリー　確認させてもらった。用心に越したことはないからね。それはそうと、見つけたよ――二〇〇三年の事件に関連する、新しい呼びかけだ。だが、これは地元の新聞に載ったものじゃない。限られた地域内を対象とした《フリー・ヘラルド》という広告誌でね。イーリングとブレントというごく狭い地域内の住宅に、無料で投函されていたんだ。

アマンダ・ベイリー　写真かスキャンした画像を送ってもらえます？

ロブ・ジョリー　やめておいたほうがいい。わたしは記憶にだけとどめているよ。二〇〇三年の十一月二十八日から四週間にわたって、《フリー・ヘラルド》にこんな個人広告が載っていた――〝アーミントルードのフェンスの中で、天使たちが飛ぶ〟と。

アマンダ・ベイリー　それだけですか？　電話番号もなし？　アナグラムか何か？

ロブ・ジョリー　きみはまだ、ずいぶん若いんだね、アマンダ。アーミントルードというのは、『ザ・マジック・ラウンドアバウト』という昔のアニメに登場した牛（カウ）の名なんだ。フェンスはゲートと言いかえてもいい。つまり、《カウ&ゲート》だ。

アマンダ・ベイリー　天使たちが離乳食メーカー《カウ&ゲート》の倉庫の中を飛ぶ。前回の新聞広告は、誰かを地下通路に誘うものでしたね。そこには、天使の記号が描いてあった。そして、《カウ&ゲート》の倉庫にも、やっぱり天使の記号が描かれてた。誰かに示すために。来るべき場所を。

ロブ・ジョリー　《集結》は、赤んぼうを生贄にするためのものだった。どうやら、当時は多くの人々が自分を天使だと思いこんでいて、携帯電話のない時代、こうして集まっていたんだろう。衝撃的な話だ。

アマンダ・ベイリー　ちがうんです、ロブ。天使はたった三人だけだった。ガブリエル、ミカエル、そしてエレミヤ。でも、ありがとう。これは、すごく重要なパズルのピースでした。

二〇二一年九月二日、知らない番号から届いたテキスト・メッセージ

07██████　会えませんか？　会話を録音したりはしないと信じています。電話をもらえれば、場所を教えます。

二〇二一年九月二日、わたしとエリー・クーパーが《ワッツアップ》で交わしたメッセージ

アマンダ・ベイリー　エリー、わたし、ある人とリッチモンドで会うことになったの。ジョナの古い携帯にかけたとき、電話に出た女性と。わたしがどこにいるのか、いちおう知らせておきたくて。

エリー・クーパー　了解。

二〇二一年九月二日、リッチモンド・パークでの録音。文字起こしはエリー・クーパー。

アマンダ　エリー、いまはリッチモンド・パーク内のカフェで相手を待ってるところ。ジョナの古い携帯を持ってた女性から、ここで待っててと言われたの。ジョナによると、その人は〝古い友人〟なんだって。今度こそ、きっとまちがいないはず。《アルパートンの天使》事件のホリーよ。［到着を待って、しばらくの沈黙。誰かが近づいてくる気配。そこで一瞬の間があったのは、あなたが不意を突かれたから。ＥＣ記］

アマンダ　えっ！　ジェス・アデシナ。あなたが来るとは思わなかった。

ジェス　今度はわたしが驚かせたみたいね。

アマンダ　でも……あの電話に出たのは、あなたじゃなかった。ジョナがいまどこにいるのか教えてくれたのは、別の人だったでしょ。

ジェス　ええ。本人は、そこの林の中で待っているの。あっちのほうが、誰にも聞かれず話せるから。

アマンダ　待ってるのは誰？

ジェス　すぐにわかる。［しばらく無言で歩く。やがて足音が止まる。ＥＣ記］さあ、こちらがアマンダ。アマンダ、ここにいるのが……

ジョージナ　ジョージー・アデシナです。はじめまして。［うわあ、マンド！　レディ・ジョージナだったんですね。すごく穏やかで、上品な話しかた。EC記］

ジェス　お察しかもしれないけれど――わたしたち、結婚したの。

アマンダ　まったく気づいてなかった。でも……わたし……じゃ、あなたたち、高校で出会ったのね。

ジェス　ええ、そうよ。ね？

ジョージナ　そうね……あの事件が起きる直前に。

アマンダ　これって……会ってくださってありがとう。あなたがたに訊きたいことがたくさんあって――

ジェス　その前に、あなたに会った目的を話しておかないと……そうね、ジョージーから聞いて。

ジョージナ　あなたがどんな人生を送ってきたか、わたしは知っている。だから、きっとわかってくれると思うけれど、あなたと同じように、わたしも過去の一部分は切り捨てたの。そうやって、前に進んできた。ジェスとわたしは、子どもをふたり育てていてね。わたしはもう、ホリーじゃない。そのときのわたしは、すでに死んでしまったの。だから、当時のことをあなたに話して、ホリーを生きかえらせることに、わたしは何の興味もないのよ。

アマンダ　その気持ちはわかるけど、でも、ジェスは『あたしの天使日記』で、何年にもわたってあなたの人生を語ってきたわけでしょ――

ジョージナ　あれは、わたしたちふたりがいっしょにしたこと。
ジェス　あの本は、ジョージーがあの体験をふりかえる助けになればと、ふたりで書きはじめたのよね？
ジョージナ　話をしたセラピストはみな、自分の体験を文章にしてみたらと勧めてきたの。それで、何があったかをそのまま書いてみたんだけれど、それは何の役にも立たなかった。むしろ、その記憶が逆に重くのしかかってきたような感じ。それで、今度は物語を変えて、もっと明るくて生き生きした話にしてみたら……
ジェス　第一巻で、ティリーが自分を天使だと気づいたところ……
ジョージナ　あそこを書いたときに悟ったの、この書きかたなら、自分の思うように進められるって。あくまで自分が主導権を握りながら、過去をふりかえることができる。ジェス、あのときのこと、憶えている？　すごく楽になったのよね。
ジェス　心が浄化されてね。
ジョージナ　そうなの。それに、読者もそこに注目してくれた。すごく好きになってくれたのよ。
ジェス　いまでも、みんなに愛されている。あの物語の登場人物たちに、わたしたちもまた会いたいの。うちの娘たちがふたりとも午後まで授業を受けるようになったら、続きを書くのもいいかなって。ねえ？
ジョージナ　ティリー、アシュリー、ジョゼフ、それから……ガブリエルも、それぞれの三十代を生きなきゃいけないものね。

ジェス　わたしたちの読者と同じにね。［ああ、ふたりの言いたいこと、わかる気がします。ふたりとも、あのシリーズを心から愛しているんですね。ＥＣ記］

アマンダ　アシュリーのことだけど。あの登場人物は実在するの？

ジョージナ　わたしがいまこうして生きていられるのは、アシュリーのおかげなの。［いま、ジェスはジョージナを黙らせようとした？　ＥＣ記］『あたしの天使日記』で、アシュリーがティリーのソウルメイトなのには、ちゃんとした理由があるのよ。いまはもう、アシュリーは別の名前で生きているけれど……

ジェス　あなたが結論に飛びつく前にいちおう言っておくけれど、アシュリーはわたしじゃない。

ジョージナ　この名前を使ってもいいって、許可はもらってある。

アマンダ　ラファエル——クリストファー・シェンクは、《アルパートンの天使》事件でどんな役割をはたしていたの？

ジョージナ　さあ、わからない。わたしたちの……家族の一員ではなかった。後になって、新聞で写真を見ただけだから。ひょっとしたら友だちだったのかも、あの人の……

アマンダ　ガブリエルの？　いまになっても、あなたはまだその名を口にしようとするたび言いよどむのね。ガブリエルはあなたとジョナに、赤ちゃんは反キリストだとどうやって信じこませたの？　そんな、とうてい信じられない嘘を。何らかの方法で証明してみせたってこと？　たとえば、手品か何かを使って、これが証拠だと――

ジョージナ　そんなことは何もなかった。そんな嘘をわたしたちがどうして信じこんでしまったのか、あなたが理解できないのだとしたら、それはあなたの弱みを的確に見抜いてくる人に、これまでねらわれたことがなかったからよ。そういう人は、あなたが聞きたい言葉をかけてくれ、それによってあなたを操る。その間もあなたはずっと、自分の意志で動いていると思いこんだままなの。そう、あなたはまだ、そんな人に会ったことがないだけ。

ジェス　いまはまだ、ね。

アマンダ　自分の体験を物語に書きなおすことで、あなたが楽になれたのはわかる。でも、これは実際に起きたことでしょう。その真実の幾分かでも、世に伝える必要があるはずよ。同じような状況に陥ってる人や、これから先、自分を支配してくるような人に引っかかってしまう危険がある人のために――

ジェス　わたしたちは、そうは思わないの。

ジョージナ　わたしに何があったのか、うちの子たちには話さないことにしているから。

アマンダ　本当に？

ジェス　そんなにも重い歴史を背負わせる必要はないもの。

ジョージナ　それに、わたしもそんな話をしたくないの。二度とね。

アマンダ　わかるけど、でも、黙っていれば消え去ってしまうわけじゃないのに――

ジョージナ　ううん、いつかは消えていく。

ジェス　二十万ポンド。この事件の本を書いても、あなたがこれだけのお金を手にすることはないでしょう。でも、ここにある書類にお互い署名したら、わたしはそれだけの額をすぐに振り込む。それで、ゆっくり休暇をとってもいい。好きなものを買ってもいい。ほんの数分でいいから、ちょっと考えてみて。［わあ、マンド。このふたり、本当にこの事件を闇に葬りたいんでしょうね。ずいぶん長い間、あなたは黙りこくっている。これだけのお金があれば、どんなことができるか考えてもみてください！　ＥＣ記］
アマンダ　《アルパートンの天使》事件について、どうして一冊もノンフィクションが書かれてこなかったのか、ずっと不思議に思ってた。ここまでたどりついた人間は、あなたがお金をつかませて、黙らせてたってことなのね。あなたのお父さんとお母さん、言われてるほど一族の財産を使いはたしてはいなかったんだ。
ジョージナ　こんなことをしたくはないけれど、わたしたち、そしてうちの子どもたちのためなの。
アマンダ　赤ちゃんはどうなったの？
ジョージナ　赤ちゃん？
アマンダ　《アルパートンの天使》の手から、あなたが救い出した赤ちゃん。もうすぐ十八歳になるころよね。いま、その子はどこにいるの？
ジョージナ　さあ、どこなのか……連れていかれたから。
アマンダ　あなたの親族が養子にしたと聞いたけど。いまはどこにいる？

ジェス　二十五万ポンド出す。

アマンダ　わたし、ガブリエル・アンジェリスがハーピンダー・シンを殺したとは信じられないの。

ジョージナ　刑務所へ行くべき人が行った、それだけのことよ。

アマンダ　《アルバートンの天使》。結局、あの人たちは何者だったの？　マリ＝クレールって誰？

ジェス　三十万ポンド。これが最後の提案よ。［ここで長い沈黙。何が起きているのか、録音を聞くだけでは見えてこない。ＥＣ記］わかった。まあ、あなたが決めることだから。［あなたが立ち去ろうとしている気配。途方もない額を拒絶してしまうんですね、マンド。ＥＣ記］

アマンダ　そうだ、待って。

ジェス　気が変わった？

アマンダ　あなた、さっき、前にも文章にしてみたことがあるって言ってたでしょ。何があったかをそのまま書いてみたけど、何の役にも立たなかったって。

ジョージナ　短期大学の創作文芸の講座でね。高校のときに使っていた、ローリー・ワイルドの名前で映画の脚本を書いてみたの。書くことによって、あの事件といくらかでも距離をとれないかと思っていたんだけれど、でも、だめだった……脚本は捨ててしまったのよ。わたしたち以外、誰も読んでさえいない。

アマンダ　［その場を立ち去りながら、ひとりつぶやく……ＥＣ記］その講座の講師を除いては。

［録音はここで終わっている。ああ、そうだったんですね、マンド。あの脚本は、クライヴ・バダムが書いたものではなかった。レディ・ジョージナが書いていたんです。『神聖なるもの』が〝《アルパートンの天使》事件にヒントを得た〟物語ではなく、実際に起きたことそのものだったなんて。ＥＣ記］

二〇二一年九月二日、エリー・クーパーとわたしが《ワッツアップ》で交わしたメッセージ

エリー・クーパー　ああ、マンド、あなたがジェスとジョージナに会ったときの録音、いまちょうど文字起こしを終えたところなんです。

アマンダ・ベイリー　クライヴ・バダムは最初にやりとりしたときのメールで、こう言ってたの――コールセンターで働きながら、学生に創作文芸を教えてる、って。あの男、もう何年も前にホリーの書いた脚本を盗んでたのよ。それで賞まで獲って、さらに誰かに制作させようとしてたってわけ。この脚本が何を描いてるのか、まったく理解しないままにね。

エリー・クーパー　マンド、つまりあなたは、《アルパートンの天使》事件が起きた夜に何があったのか、その場にいた人間が書いた記録を手にしているってことですよね。しかも、そんなこと、あなた以外には誰も知らないんです！

アマンダ・ベイリー　といってもね、エリー、あれは事件のほんの一部分にすぎないのよ。あくまでホリーが体験した範囲しか書かれてないの。まだまだ、ほかの部分の事実をつなぎ合わせないと。これまでのところ、やはり現場に居あわせた人たちから得た情報は——現場写真を最初に撮ったグレイ・グレアムによる記録と、あの夜、小悪党の警察官のパトロール・カーに同乗してたマーク・ダニングの日記だけ。

エリー・クーパー　ハーピンダー・シンがどんなふうに殺されたのか、あの脚本に書いてあったんですか？

アマンダ・ベイリー　ええ。でも、《集結》で物語はおしまい。ラファエルは登場しないのよ。あの夜、たしかに惑星も一堂に会してたかもしれないけど——いろんな偽装工作も重なりあってたみたい。脚本の中で、ホリーとジョナは対立してて、距離もあるし、関係も冷ややかなのよ。あのふたりは恋人どうしじゃなかった。赤ちゃんがどこに行ったのかは、ホリーは本当に何も知らないみたいね。ドンはホリーの親族がひきとったと言ってたけど、あれは真実じゃなさそう。

エリー・クーパー　それでも、やっぱりあの赤ちゃんがレディ・ルイーズ・ウィンザーだと考えると、しっくりきますけれどね この新たな進展について、オリヴァーには話すんですか？

アマンダ・ベイリー そんなこと、どうして話さなきゃいけないの？

エリー・クーパー それって、これまでもずっとオリヴァーをだましてきたから？

アマンダ・ベイリー しーっ

脚本『神聖なるもの』ジョージー・アデシナ作より破りとったページの束

屋外。倉庫――夜

暗い闇に黒々とそびえ立つ、巨大な廃屋。かつては工場、そして倉庫だった時代を経て、いまはもうどちらでもない。窓はみなよろい戸で閉ざされ、それぞれの階の出入り口は、踊り場をはさんでジグザグに行き来する古びた鉄骨の非常階段でつながっている。コンクリート敷きの駐車場は、ひび割れを押し広げるように雑草が伸び、いまや訪れる人もない。そこに駐まっている、一台のワゴン車。フロントガラスから、ミカエルとガブリエルが不安げな面持ちで外の様子をうかがっている。

屋内。ワゴン車の中――夜

ホリーとジョナは床にうずくまっている。ホリーは赤んぼうの寝ているかごベッドを揺らし、ジョナの視線をとらえようとするが、ジョナはわかっていながら視線をそらす。ホリーは赤んぼうをあやすふりをして身体を起こし、フロントガラスから外を見やる。必死になって闇に目をこらすものの……

ミカエル「(荒々しいささやき声で) 身体を低くしろ！」

アシュリーの姿はない。ホリーはふたたび床にうずくまる。

ホリー「わたしたち、何を待ってるの？」

ジョナ「しーっ！　ほかの天使たち全員が集まるんだ」

ミカエルとガブリエルは張りつめた様子でもの思いに沈みつつ、意図の読みとれない視線を交わす。

屋外。倉庫――夜

ようやく、動きがある。倉庫の三階の扉が開く。踊り場に、人影が出てくる。エレミヤだ。

屋内。ワゴン車の中――夜

ガブリエルとミカエルがはじかれたように身体を起こし、ささやく……

ガブリエル「いまだ！」

ミカエル「行くぞ！」

ガブリエル「音をたてるな！」

屋外。ワゴン車の外――夜

四人の人影がワゴン車を降り、列をなして足早に倉庫へ向かう。壊れた段を飛びこえ、非常階段を上ると、ひとりずつ三階の扉の奥へ姿を消す。倉庫は暗く静まりかえったまま、何も変わらない。

屋内。倉庫の三階――夜

仕切りのないこの階は、かつては事務所として使われていた。あまりの広さに天使たちはみな、巨体のエレミヤでさえも小さく見える。ホリーは四方に油断なく目を走らせながら、赤んぼうをしっかりと腕に抱き、かごベッドを足で遠くに押しやる。

ガブリエル「何をやっている？」
ホリー「なかなかおとなしくならないから」
ジョナ「放っとけよ。どうせ、そいつはもうじき死ぬんだから。（ガブリエルに向かって）惑星直列は、いつ始まる？」
ガブリエル「もうすぐだ。それまでは、そいつを守っておかなくてはならない。無傷のままに」

　ホリーとジョナがかすかに反発を見せる……

ジョナ「でも、おれたち、そいつを殺すんだよね？」
ホリー「こいつは反キリストなんでしょ？」

　ガブリエルとミカエルが答えるより先に……

エレミヤ（画面外から）「これでどうだ？」

　ペンキのスプレー缶を片手に、エレミヤが少し離れたあたりの床を示す。ガブリエルはホリーとジョナに厳しい表情を見せた後……

ガブリエル「そこで待っていろ」

　エレミヤのもとへ駈けよる。ガブリエルはスプレー缶を受けとり、エレミヤの試し描きを修正するように、床のそこここにペンキを噴きつけると、何か注意事項らし

三階の床に描かれた記号は地下で行われる《集結》のための練習だった

きものを告げる……いったい、何をしているのだろう？　ホリーは不思議そうな目でそれを眺める。

やがて、エレミヤはスプレー缶をふたたび受けとると、小走りに非常口へ向かい、階段を下りて姿を消す。

ミカエル（画面外から）「それを渡すんだ」

エレミヤの後ろ姿を見おくっていたホリーがあわててふりむくと、ミカエルがこちらに手を差しのべ、赤んぼうを受けとろうとしている。

ミカエル「きみの役目は終わった。与えられた目的を充分にはたしたんだ。それを渡せ」

ホリーは怯えた目をがらんとした室内に走らせる。アシュリーの気配はない。救いは来ないのだ。どこからも。

ジョナ「早く渡せよ」

ホリー「わたしのはたすべき目的は、惑星直列までこれを守りぬくことだから。《集結》の場に立ったら渡すつもり」

ミカエルはためらうものの、何も答えない。ガブリエルほど頭の回転が速くはないのだ。ジョナが周囲を見まわす。

ジョナ「（ミカエルに）《集結》の場所は？　ここ？」

ミカエル「下だ。来い」

ミカエルは大股に非常口へ向かう。ジョナはホリーをにらみつけてから、その後を追う。ホリーはかごベッド、そして育児用品の詰まったいくつものレジ袋に目をやる……が、これらはすべて置いていくことにして、赤んぼうだけを腕に抱くと、ほかの仲間からは安全な距離をとり、どこかにアシュリーはいないかと神経をとがらせながら、ジョナたちの後に続く。

屋内。《集結》の場——夜

廃屋となった倉庫の地下室。不気味なロウソクの炎があたりを照らしている。扉は重石（おもし）を置いて閉まらないようにしてあり、出入り口の場所がはっきりとわかる。エレミヤはフードをかぶり、顔を見せずに見張りを続けている。視線が向けられているのは、扉の外。扉からは青いペンキで描かれた奇妙なしるしが、地下室の中央へ向かう道を示すかのように描かれている。その道の行きつく先、床の中央には円形に配置された記号。いまスプレーされたばかりで、つやつやと輝いている。ホリーとジョナがその光景に見入っていると、ガブリエルがふたりの身体に両腕を回す。ホリーは凍りつく。

ジョナ「これはどういう意味？」

ガブリエル「われわれを示す記号だよ。これがガブリエル、ミカエル、そしてエレミヤ。闇の勢力にも、自分たちが誰を相手にするのかわかるようにね」

ジョナ「ほかの天使たちの記号は？」

ミカエル「ほかの天使たちとは？」

ミカエルは室内をあちらこちら歩きまわり、ガブリエルを見やっては、また腕時計に視線を落とす。やがてまた、ミカエルが遠ざかっていこうとしたとき……

ジョナ「おれたちみんなのことだよ。《集結》を成立させるのに必要な、いまこの地上にいる天使たち全員」

ホリー「わたしたちがみんな集まるのは、反キリストを滅ぼすためなんだって、あなたは言ってたでしょ。惑星直列のときに天使たちが集結し、闇の勢力を永遠に抑えこむんだって。そう予言されてるんだって、あなたは言ってた」

ホリーとジョナがガブリエルを見つめる。ミカエルが口の中でつぶやく。

ミカエル「そいつらに話してやれよ」
ガブリエル「われわれは大天使だということを……」
ミカエル「(ガブリエルに) いいかげんにしろ!」
ジョナ「おれたちに何を話すの?」
ホリー「わたしたちが与えられた目的をはたしたら……そこで死ぬんだ、ってこと」

ジョナはガブリエルに駈けより、その身体にしがみつく。

ジョナ「ホリーは寝返ったんだ。こいつはもう、あなたのことを信じてない。おれにも、あなたを疑うよう仕向けてくるんだよ」

ホリーもまっすぐにガブリエルを見つめる。その目は懇願するかのようだ。

ホリー「証明してみせて。あなたが神聖なるものだってことを。そうしてくれたら、わたしはあなたを信じる」

ガブリエルはかぶりを振った。

ジョナ「おれはあなたを信じてる」
ガブリエル「だめだ。自分自身を信じろ」
ホリー「エレミヤは誰を待っているの？」
ガブリエル「ある男がここに来て、荷物を置いていくことになっている。その男が赤んぼうを連れていき、それで目的がはたされるんだ」
エレミヤ（画面外から）「（叫び声）来たぞ！」

エレミヤがみなのところに駆けもどる。ガブリエルがジョナとホリーをつかまえ、ミカエルがホリーの腕から赤んぼうを奪う。ホリーの悲鳴。ガブリエル、エレミヤ、ホリー、ジョナが後ろに下がり、残されたミカエルと赤んぼうの姿は闇に沈む。ガブリエルはホリーの口を手でふさいでいる。

広がる静寂。天井からクリップで吊るした明かりが、ペンキで描かれた記号の円の中心を照らし出している。不気味な、邪悪にも思える光景。足音を響かせ、ダークスーツを着た男が倉庫に入ってくる。その手には、大きなスーツケース。男はペンキで描かれた記号を目にして、一瞬のためらいを見せる。そして、慎重な足どりで記号をたどり、明るく照らされた場所に足を踏み入れる……

ミカエル（画面外から）「止まれ」

男は円の中央でぴたりと止まる。

ミカエル（画面外から）「名を名のれ」
男「ドン・メイクピース。打ち合わせしたとおりのものを持ってきた」
ミカエル（画面外から）「そのスーツケースを床に置き、両手を頭に載せて後ろを向いたら、扉に向かってゆっくりと進め」
ドン「赤んぼうは……」
ミカエル（画面外から）「扉の前で止まったら、ふりかえらずに待つんだ」
ドン「赤んぼうはここにいるのか？」
ミカエル（画面外から）「打ち合わせどおりにすべてが運んだら、赤んぼうを渡す」
ドン「きみたちが約束を守ると、どうしてわかる？」

ミカエル（画面外から）「信用してもらうしかない」

ドンはスーツケースを円の中心に置くと、組みあわせた両手を頭に載せて後ろを向き、扉へ向かって歩く。ミカエルは床に赤んぼうを寝かせると、ひとりでスーツケースに近づく。ひざまずいて留め金を開け、ひとつ息をつくと、蓋を開ける。中を見たミカエルの目が、大きく見ひらかれる。

札束の山。ひとつ手にとったミカエルは、ぱらぱらと中をめくってみる。だが、これは……怖ろしい現実に気づき、その場に凍りつく。最初の二、三枚だけがほんもので、中はすべてただの白紙だ。ふいに赤んぼうが金切り声をあげる。びくりとするドン。ここで呪縛が解ける、なぜならその瞬間……

ドンは赤んぼうを買ったということ？

ゆっくりと、静かに、そして容赦なく——あたりが地獄に変わる。

パフッ。その音に驚いたかのように、身体を起こすミカエル。闇の中で赤んぼうが身をよじり、そちらに目をこらすホリーの身体を、ガブリエルがしっかりと押さえなおす。ガブリエル、ジョナ、そしてエレミヤが息を詰めて見まもるなか、ミカエルはまるでその札束に魅入られたかのように、ゆっくりと息を吐く。だが……やがてミカエルがゆっくりと前に倒れ、スーツケースの中に頭を横たえるようにして動かなくなる。偽の札束に、ゆっくりと広がる血。死んでいる。

赤ちゃんが無事でそこにいることを確認した後、引き金が引かれた

何が起きたのかを悟り、ガブリエル、エレミヤ、ホリー、ジョナは恐怖に身をこわばらせる。みな、必死に闇に目をこらす。だが、何も見えない。一瞬、ガブリエルの指がゆるむ。その機をとらえてホリーは手を振りほどくと、床を這って血だまり

を突っ切り、赤んぼうのもとへ向かう。床から抱きあげ、まっすぐ非常口へ。

エレミヤが駈けよってホリーを止めようとするが、またしてもあの音が——パフッ。エレミヤが床に崩れおちる。死んでいる。血しぶきを浴びるホリー。その場に立ちすくみ、エレミヤを見つめると、もはや生気を失った目が懇願するようにこちらを見かえす。ホリーは赤んぼうを抱きしめ、身をひるがえしてふたたび非常口へ向かうが、そこでまた足が止まる。目の前に、闇の勢力が立ちはだかっている。

黒ずくめの全身。黒いゴーグルをかけているため、目すら見えない。その手には、サイレンサーを取り付けた細長い銃身の黒い銃が握られている。その人物は赤んぼうを見てひるみ、ふたたび闇に身を隠す。

ガブリエルがこちらに近づこうとするが、その身体が光に照らされ……パフッ。ガブリエルも床に崩れおちる。ジョナが悲鳴をあげ、その身体にしがみつく。

ジョナ「この人を殺すことなんか、おまえたちにできるもんか！　ガブリエルは死なない！　神聖なるものなんだから！」

先ほどの闇の勢力がふたたび姿を現し、ホリーを探すが、すでにその姿はない。

ホリーとジョナを殺さないのはなぜ？

屋外。倉庫――夜

影がひとつ――腕に赤んぼうを抱えたホリーだ――鉄骨の非常階段をひたすら駆けのぼり、三階の扉の奥に姿を消す。それと同時に、数人の闇の勢力が建物から飛び出してきて、周囲を見まわし、手分けして必死に駐車場を探す。

屋内。倉庫の三階――夜

ホリーが入ってきて、先ほど置いていったレジ袋のところに走りよる。膝をつき、慎重な手つきで赤んぼうをレジ袋のひとつに入れ、身体を包んで見えないようにする。それが終わると、アシュリーがポケットに入れておいてくれた携帯を震える手で探りあて、おののく指で９９９を押す。

この通報によりニール・ローズとファリード・カーンが呼び出される

屋外。倉庫――夜

ホリーが別の非常口からこっそりと外に出て、非常階段をゆっくりと下り、割れた窓から地下室の見える場所を見つけてのぞきこむまで、画面にかぶせて電話によるやりとりが流れる。

オペレーター（声のみ）「どうしましたか？」
ホリー（声のみ）「赤ちゃんがいるの」
オペレーター（声のみ）「赤ちゃんがいる？　呼吸はしていますか？」
ホリー（声のみ）「ええ」
オペレーター（声のみ）「あなたはひとりだけ？」
ホリー（声のみ）「いいえ。闇の勢力が、赤ちゃんを追ってきている。ほかの天使たちは死んでしまって。いまはもう、わたしと赤ちゃんだけなんです」

オペレーター（声のみ）「場所はどこですか？」
ホリー（声のみ）「《集結》の場」

ホリーが地下室をのぞきこむと、そこには——

屋内。倉庫の地下室——夜

ドン・メイクピースは姿を消し、札束の入ったスーツケースも見あたらない。闇の勢力の一味は不気味に黙りこくったまま、てきぱきと作業している。ミカエルの死体は円の中央に、キリストのように両手を広げて横たわっている。闇の勢力のひとりが死体に馬乗りになり、その手にナイフを握らせ、ミカエル自身の喉をかき切らせる。それから、何の感情もこもらない冷静な正確さで、その胴体に何度となくナイフを振るうと、内臓をつかみ出し、注意ぶかく死体の上に広げる。別のひとりが、エレミヤの死体を暗がりから引きずってくる。エレミヤにもナイフを握らせ、自分の喉をかき切らせると、まるで錯乱した邪悪な殺人鬼のしわざでもあるかのように、その死体を円のすぐ外に並べる。

ガブリエルの死体は、三人の闇の勢力に囲まれている。ガブリエルの胸にはジョナが顔を埋め、人間とは思えないほどの力で死体にしがみついている。闇の勢力はジヨナを引きはがそうとする。ナイフを手にしたひとりが、そのかたわらで次の処理にかかろうと待ちかまえている……

バン！　扉が勢いよく開く。

闇の勢力の一味は驚き、暗がりへ散って身を隠すと、固唾を呑んで様子をうかがっている……そこへ、懐中電灯の光が闇を切り裂く。その後ろから、ひとりの男（五十代、小柄、鋭い目つき）が、首に大きなカメラをぶらさげて姿を現す。手に握られた懐中電灯の光が床を這い、周囲の様子を探る。

グレイ・グレアム登場。

屋外。倉庫――夜

地下室の見える窓を、ホリーがじっとのぞきこんでいる。

屋内。倉庫の地下室——夜

切り刻まれたミカエルとエレミヤの死体が目に入り、男の足が止まる。あえぎ、よろめく男。状況がなかなか呑みこめずにいる。ホリー以外の誰にも見られずに、男はこの凄惨な現場にカメラを向け、震える手で何度かシャッターを切るが、やがて膝から崩れおち、気を失う。暗がりでは、闇の勢力の一味がじっと待ちかまえている。装着した無線のイヤホンからは、ほとんど何の音も聞こえてこない……

屋外。倉庫——夜

何かが外から近づいてくることに、ホリーが気づく……青灯を消したパトロール・カーが、ゆっくりと駐車場に乗り入れる。驚いたホリーは急いで三階に駆けもどると、非常口から中へ入り、震える手で懐中電灯に手を伸ばし、割れた窓に向けて光を放つ。下にいたふたりの警察官はその光に気づき、手近なほうの非常階段からのんびりと三階へ向かう。闇の勢力のひとりが、仲間に向かって〝動くな〟と身ぶりで指示する……

ローズとカーンが到着し、おかげでグレイは殺されずにすむ。“闇の勢力”は警察？なぜか到着した警察官たちから身を隠しているかのようだ。

疲労困憊（こんぱい）したホリーが床に置かれたレジ袋の間に坐りこみ、眠っている赤んぼうの様子を確認すると、そこに警察官たちが現れる。

屋内。倉庫の三階――夜――それから間もなく

ふたりの警察官が割れた窓からタバコの煙を吐き出している間に、ホリーはレジ袋の荷物をかき集める。ふたりは大声で笑い、ホリーのほうをほとんど見ようともしない。やがて、会話が聞こえてくる……

警察官1「これ、何だと思う？　魔女の集会か？」

警察官2「この記号はどういう意味なのか、きみは知ってるのか？　ここに描いてあるやつだ」

自分に質問が向けられたことに気づき、ホリーはかぶりを振る。

警察官1「さあ、きみを病院で診てもらおう」

ホリーはレジ袋を持ちなおし、赤んぼうが見えないようにすると、先に立つ警察官たちの後ろにぴたりとくっつくようにして、非常階段を下りる。三人がパトロール・カーへ向かうのを、地下室の窓から闇の勢力の一味がじっと観察している。カメラを持っていた男は、ホリーとふたりの警察官に気づかないまま、ようやく身体を起こして坐りこむと、眉間の汗を拭い、ポケットに入れた携帯を探る。

カメラを持った男（画面外から）「警察を。警察を頼む……とにかく……すぐ、ここに来てくれ」

グレイ・グレアムも
999に通報していた。
匿名で。

屋内。パトロール・カーの中——夜

深夜の渋滞に引っかかり、明るい道路で停まっては進むのをくりかえす車。ホリーは後部座席に坐り、暗い顔で押し黙っている。赤んぼうはレジ袋に入れたまま、注意ぶかく膝の上に寝かせてある。やがて、車は病院の救急外来に横付けする。そのとき、ふいに無線から声が流れる……

このときジョナサン・チャイルズとマーク・ダニングが路上の喧嘩に巻きこまれている

警察無線（画面外から）「緊急事態発生。４４４が受傷」

警察官たちがはっとして身がまえる。

警察官２「一般人に怪我をさせたら、ジョニーがまずいことになっちまう」

警察官１「（ホリーに向かって）すまないが、おれたちは行かなきゃならない。救急外来の入口はそこだ、わかるね？」

ここで時間が飛ぶ。この脚本から受ける印象より、ホリーが病院にいた時間は長いのだろう。その間にジョナサン・チャイルズは

マーク・ダニングを乗せたパトロール・カーで死体を受けとり、《集結》の場に運んでいる。別個に生まれたふたつの偽装工作が交錯した瞬間。

屋外。病院の救急外来——夜

ホリーがいくつものレジ袋を手に、パトロール・カーを降りる。車はサイレンを鳴らし、青灯を光らせて、タイヤのきしむ音をたてながら急発進する。ホリーは赤んぼうが袋の中で眠っているのを確かめてから、覚悟を固めた様子で救急外来へ入っていく。

屋内。病院の救急外来受付——夜

あわただしく人が行き交う。汚れ、血のこびりついた恰好で髪を振り乱したホリーが、ショックで呆然とした目をして、人ごみを抜け受付カウンターに近づく。受付係（三十代、女性）が顔をあげる。その表情が変化する……ここで物語は、ホリー

が初登場する《場面1》に追いつく。

屋内。救急外来内の小さな仕切り――夜――しばらく後

プラスティックの椅子にホリーがちょこんと坐っている。隣のベッドで楽しげに足を蹴り出している赤んぼうの状態を、看護師（二十代、女性）が診ている。

看護師「ぼうやは元気ね。あなたはどう？　産後健診はちゃんと受けてる？」

ホリーは曖昧に首を振る。

看護師「自分のことも、ちゃんといたわってやらないと。赤ちゃんにとっては、お母さんだけが頼りなんだから。ぼうやの名前は？」

ホリー「すみません、トイレはどこですか？」

シャーッ……カーテンが開けられる。警察官（二十代、女性、黒人）が中をのぞく。明るく、愛想がよく、有能。名前はマリ＝クレールであることが、後にわかる。

マリ＝クレール「こんばんは！　〝ホリーと赤ちゃん〟を迎えにきましたよ、もう出られるようなら」

仕切りの中には看護師しかいない。看護師はにっこりし、マリ＝クレールに封筒を手渡す。

看護師「はい、これがあの娘の紹介状。いまはトイレにいます。ここの廊下を進んで、左側のふたつめのドアよ」

マリ＝クレールの表情が曇る。紹介状をひったくると、マリ＝クレールは廊下を走っていく。

マリ＝クレールは《集結》の場からパトロール・カーを追ってきた。警察官の制服のおかげで

天使たちが殺された現場に例の遺体を運びこむことができたのだろう。

屋内。病院の廊下――夜

赤んぼうをしっかりと抱えたホリーはうつむき、足早に出口を探している。ふいに、目の前に警察官（三十代、女性、白人）が現れる。

アイリーン「あなたがホリーね？　見ーつけた！　わたしはアイリーン」

おしゃべりで気さくなアイリーンは、ホリーをつかまえて歩き出す。

屋外／屋内。駐車場／パトロール・カー――夜

アイリーンは優しい口調で語りかけながら、駐車場のパトロール・カーにホリーを連れていき、中の座席に坐らせる。いかにものんびりとした会話を続けながらも、アイリーンは赤んぼうをあつかうホリーの一挙一動を、油断のない目で見まもっている。

アイリーン「彼氏のジョナも別の場所で待ってるから。これからあなたたちふたりを今夜の宿泊場所に送っていくから、ちょっとは眠りなさいね。赤ちゃんはどんな具合？」

ホリー「だいじょうぶ」

アイリーン「名前は何ていうの?」
ホリー「そんなもの、必要ない」

バックミラーに映るアイリーンの目がすっと細くなり、視線がわずかに揺らぐ。マリ=クレールが駐車場に駈けこんできて、アイリーンのパトロール・カーがちょうど出ようとしているのを見る。

屋外。倉庫の駐車場——夜

ホリーと赤んぼうを後部座席に乗せたパトロール・カーが駐車場に入ってくる。あたりには公務に携わる人々が入り乱れ、警察のロゴの入った車、あるいは覆面車を動かしている。ホリーを乗せたパトロール・カーの後ろから、一台の覆面車が姿を現す。ハンドルを握っているのは、決然とした表情のマリ=クレール。

屋外。倉庫の駐車場——夜

ホリーを乗せたパトロール・カーは、屋根のある駐車場に乗り入れて停まる。カメラが引き、その光景を上から撮影する……

アイリーン(画面外から、無線に向かって)「すみません、女性警察官をひとり応援によこしてもらえますか。見ていてほしいんです、その、いま保護している子がいて……」

マリ＝クレールが自分の車から飛びおり、警察の帽子をかぶると、制服の乱れを直す……

アイリーン（画面外から、無線に向かって）「ああ、ちょうどよかった。近くにいました。こんばんは」

マリ＝クレール「わたしはマリ＝クレール……」

屋外。倉庫の駐車場——夜

ホリーはパトロール・カーを降り、そこでマリ＝クレールと顔を合わせる。その瞬間……

ほんの数時間前に顔を合わせた、闇の勢力の姿がまざまざとよみがえる。この人が天使たちを撃った犯人なのか？　ホリーは赤んぼうを抱きしめて後ずさりし、**悲鳴をあげる。**

アイリーン「ホリー、ホリーったら。あのね、この人はマリ＝クレール。わたしがジョナを迎えにいく間、あなたを見ていてくれるの……」

ホリー「いや！　この人、闇（ダーク）の勢力だもの」

アイリーン「ちょっと！　なんてことを言うの。（マリ＝クレールに）ごめんなさいね」

アイリーンとマリ＝クレールが、目を見交わす。

アイリーン「わたしがいない間、あなたは車の中にいてちょうだい。ちょっと離れた場所から、マリ＝クレールが見ていてくれるから」

その提案にマリ＝クレールがうなずき、アイリーンは急ぎ足で倉庫に入っていく。

アイリーンが地下でジョナをガブリエルの身体から引き離そうとしてたとき、実はこんなことが起きてたなんて。

屋内。パトロール・カーの中——夜——それから間もなく

赤んぼうがホリーの視線をとらえようとする。ホリーはにっこりし、赤んぼうをあやす。車の外では、マリ＝クレールが歩きまわりながら、携帯で誰かと話している。その声は低く、ほとんど聞きとれない。

マリ＝クレール「……車の中に、例の娘といっしょです……ひどいことになってしまって……どこもかしこも、警察官だらけ」

ホリーは赤んぼうを静かにさせ、息を殺して話に聞き入る。

マリ＝クレール「(聞こえるか聞こえないかの声) いまは、あちらの捜査手順どおり進めてもらえばいいでしょう。周囲に誰もいなくなったら、例のものを奪いかえします」

ホリーの目が恐怖に見開かれる。赤んぼうに目をやったそのとき……トン、トン、トン！　窓を叩く音にホリーはびくりとするが、すぐに安堵する。こちらをのぞく、アシュリーの顔。心配そうに、アシュリーがささやく。

アシュリー「ホリー。よくやったね。あなたはだいじょうぶ？」

……マリ＝クレールがあわてて電話を切る。

マリ＝クレール「(アシュリーに向かって) ここにいてはだめ。ワゴン車に戻って……」

アシュリー「この子たちはどうなるの？」

マリ＝クレールはアシュリーを脇へ引っぱっていく。切迫した様子でささやきあうふたり。ぎりぎり聞きとれるのは……

アシュリー「(マリ＝クレールに) お願い。お願いだから！」

マリ＝クレールはアシュリーを見つめ、車の鍵を手渡す。アシュリーはパトロール・カーの運転席に飛びのる。

ホリー「ここでも、わたしたちは守ってくれるエネルギーに包まれているのね。これだけ大勢の人がいるから、やつらは何もできない」

アシュリー「やつらって？」

ホリー「闇の勢力のやつらのこと。その人も、一味のひとりよ。これを奪おうと、アパートメントに押しかけてきた人と同じ」

アシュリー「ホリー――」

ホリー「いまはもう、天使はわたしたちだけになってしまった」

アシュリーはしばし黙りこみ、必死に涙をこらえる。それからホリーに向きなおり、ふたりはじっと見つめあう。

アシュリー「ホリー、わたしは天使じゃないのよ」

ホリーは身体をこわばらせるが、驚いた様子はない。

アシュリー「そして、あなたもね」

ホリーはじっとアシュリーを見つめる。

アシュリー「わたしたちは人間なの。ほかのみんなと同じよ」

ホリーはアシュリーの視線を受けとめたまま、かぶりを振る。

ホリー「そんなはずない。ガブリエルが、そんなまちがいをするはずはないでしょ。(一瞬の間)だって、大天使なんだもの」

アシュリーは深く息をつく。

アシュリー「あの男は大天使なんかじゃない。ガブリエルでさえないのよ。本当の名はピーター・ダフィっていうんだから」

ありとあらゆる疑念が、ホリーの表情をよぎる。

アシュリー「聞いて、ホリー。十三年前、あの男はわたしに、きみは天使の魂を持っていると言った。わたしときみとで、この世界を救うんだ、って。あの男は、わたしをホリーと呼んでいたの。あなたを呼ぶのと同じようにね」

アシュリーは最初のホリーだった。1990年に、ガブリエルといっしょにいた少女。そして、2003年にはガブリエルの動きを追っていた。

ホリーと赤ちゃんを、天使たちから引き離すために。

胸のうちにふくれあがる恐怖を、ホリーは振りはらおうとする。すばやく車のドアハンドルに手を伸ばす。だが、ロックされている。

アシュリー「あの男はじわじわと人の心につけいって、こちらを食いものにする、蜘蛛のようなやつよ。できるのは、罠を張りめぐらすことだけ」

ホリーの目からは、いまにも涙があふれそうだ。何よりも、それを聞くのが怖ろしかったとでもいうように。

アシュリー「自分は特別なんだって、そう思わせてくれるのよね」

ホリーがぴたりと動きを止める。その静止した沈黙こそが、何より雄弁に心のうちを語っている。

アシュリー「わたしもね、あの男の言葉に乗せられて、自分は特別だって思ってた。（一瞬の間）あの男は自分に新しい人生を、家族を作りあげてくれる。だから恋にも落ちるし、この人のためならどんなことだってしようと思ってしまう。（一瞬の間）でも、その子は普通の赤ちゃんよ。あなたの赤ちゃん。あなた自身の一部なの。とっても美しい子じゃない」

ホリーはしっかりとアシュリーの視線をとらえ、かぶりを振る。さっきまでとはちがう目つきで。

ホリー「この子はわたしの赤ちゃんじゃないの」

アシュリーはのけぞり、ふいに不安げな、混乱した表情になる……

トン、トン、トン。窓にマリ＝クレールの顔。

マリ＝クレール「アシュリー。あなたは本当によくやってくれたけれど、これ以上ここにいてもらうわけにはいかないの。もう帰って」

ガチャリ。すべてのドアのロックが解除された瞬間、マリ＝クレールの携帯が鳴る。こちらに背を向け、マリ＝クレールが電話に出る。アシュリーは車を降りると、ホリーの側へ早足で回りこみ、ドアを開けてやる。

アシュリー「車を降りて。一瞬でいいから、わたしをハグして」

ホリーが車を降りる。赤んぼうをはさんでのハグはぎこちないものの、お互いの気持ちが通じあっていることが伝わってくる。

アシュリー「あなたの本当の名前は？」
ホリー「ジョージー」
アシュリー「ジョージー、相手のことをいくら信じているからといって、言われたことをそのまま信じてしまってはだめ。あなたはこの赤ちゃんを救った。もう二度と、自分の人生を誰かに利用されてしまわないようにね。（一瞬の間）とりわけ、ガブリエルには。わかった？」

ホリーが答えようとしたとき――

マリ＝クレール「何よ、どういうこと？　冗談のつもり？（ささやき声で）もちろん、わたしはちゃんと……」

マリ＝クレールの足がふらつき、取り落とした携帯をなかなか拾いあげることができない。どうにか車に乗りこんで後部座席に身を預け、ドアを閉めると、震える両手に顔を埋める。

これが、その瞬間？ 死んだはずのガブリエルが……生きかえったという知らせ？

駐車場の向こう側から、きびきびと歩くアイリーンと打ちひしがれた様子のジョナがこちらに近づいてくる。アシュリーはホリーの耳にささやきかける……

アシュリー「約束して」

来たときと同じくらい密(ひそ)やかに、アシュリーが立ち去る。先を歩くアイリーンとジョナは気づいていないが、その背後でひとりの警察官が倉庫からよろよろと出てきて、たまらず嘔吐(おうと)する。後から姿を現したもうひとりの警察官は、動揺した様子であたりを歩きまわっている。いまだ車の中に坐ったままのマリ＝クレールに、アイリーンはちらりと視線を投げ、ホリーは赤んぼうをあやしながら、アシュリーに言われたことを思いかえしている。

アイリーン「さあ、あなたたち三人を、今夜は安心して泊まれる場所に送りましょう」

ガチャリという音、そして足音。マリ＝クレールが車から飛びおり、急ぎ足で去っていく。アイリーンはホリーを乗せようと、車のドアを開けてやる……

アイリーン「（無線に向かって）住所を確認させてもらえますか……？」

その声が遠くなり、カメラはホリーとジョナに焦点を合わせる。ふたりはどちらも挑みかかるような目でにらみあっている。

ホリー「みんな死んだのね」

ジョナ「そいつがやがて育ち、力を持つようになるんだ。人類が滅亡するのは、おまえのせいだからな。おまえの本性は、結局は愛なんかじゃなかったんだ」

ホリー「わたしの本性は愛よ。人間だもの」

ホリーの目にはいっぱいに涙がたまり、これまで考えもしなかったことを懸命に受け入れようとしていることがうかがえる。

ホリー「あなただってそうよ。ほかのみんなも」

ジョナの固い決意がわずかに揺らぐのがわかる。ジョナもまた、疑念を抱いていたのだろうか？

ジョナ「なぜだ？　なぜ、そいつを助け出す？」

ホリーへにじりより、詰問する。

ホリー「この子を傷つけることが、正しいとは思えなかったから」

ジョナ「闇の勢力のせいで、おまえはあちらに寝返った。おまえが殺さないつもりなら、おれがやる」

無線でやりとりしていたアイリーンが、ちらりとホリーとジョナを見やり、ホリーが気づいていなかったものに目をとめる——ジョナの手に握られているナイフに。

アイリーンは無線機を落とし、すばやく行動に移る……

アイリーン「ちょっと！」

呪縛が解け、ホリーが後ろに飛びのく……アイリーンは力強い足どりで、慎重に近づいていく。

アイリーン「ジョナ。そのナイフを渡しなさい」

ジョナ「おれは天使でいたいんだ」

アイリーン「そのナイフを落として。こちらに蹴りなさい。いますぐ」

ガブリエル（画面外から）「ナイフをその人に渡しなさい、ジョナ」

ジョナはすばやく後ろをふりむく。何もない。そこには誰もおらず、遠くで警察官たちが何ごとかに動揺し、狼狽して右往左往しているだけだ……アイリーンはナイフに飛びかかる。熟練の手際で奪いとったナイフを取り返されないよう、片腕を遠くに伸ばしたまま、もう片手ですばやくジョナの身体を探り、まだ武器を隠していないかどうか確認する。ナイフは音をたて、押収品入れの箱に放りこまれる。

屋内。パトロール・カーの中——夜——それから間もなく

バン。運転席側のドアが勢いよく閉まる。アイリーンがエンジンをかける。赤んぼうを抱いたホリーは、手錠をかけられて後部座席に坐るジョナから、できるだけ離れた場所に腰かけている。

ホリー「ジョナは逮捕されるの？」

アイリーンは後ろをふりむき、厳しい目つきでふたりを見つめる。

アイリーン「あなたたちふたりも、今夜はとにかく眠りたいでしょ？　わたしもなのよ」

ふたりがうなずく。アイリーンはふたたび前を向く。

アイリーン「ふたりとも、これからちゃんとおとなしくするなら、いまのは事件のトラウマのせい、ってことにしておいてあげる。どう、約束できる？（ふたりがうなずく）施設の人にわたしの名を訊かれたら、マリ＝クレールだと伝えておいて」

アイリーンは自分の冗談にくすくす笑う。

ホリー「今夜いったい何があったのか訊かれたら――いまじゃなくて、ずっと未来の話ね――あなたはどんなふうに話すの？」

アイリーンはバックミラーに目をやり、ホリーの視線をとらえる。

アイリーン「そのときに考えようかな」

ホリーは背もたれに身体を預け、車は駐車場を出て、《集結》の場を後にする。

マギー・キーナンの言うとおりアイリーンは自分のついた嘘を忘れてしまっただけのようだ。

二〇二一年九月三日、わたしから退職した元警視正ドン・メイクピースに宛てた《ワッツアップ》のメッセージ

アマンダ・ベイリー　あの事件の赤ちゃんが誰だったのか、わかりました。ごめんなさい。

アマンダ・ベイリー　ごめんなさいと言ったのは、あなたが嘘をつくしかなかったのがわかったからです。でも、どんな秘密も、いつかは明らかにされてしまうものですよね。

二〇二一年九月六日、わたしとオリヴァー・ミンジーズが《ワッツアップ》で交わしたメッセージ

アマンダ・ベイリー　クリストファー・シェンクが誰だったのか、わかった。

オリヴァー・ミンジーズ　ラファエルだろ。

アマンダ・ベイリー　《アルパートンの天使》には、ラファエルなんかいなかったの。『ニンジャ・タートルズ』じゃないんだから。

オリヴァー・ミンジーズ　あんたに何かが見えなかったからって、それが存在しないわけじゃない。ただ、あんたにはそれが見えていない、そういう意味でしかないんだ。

アマンダ・ベイリー　ミニー・デイヴィスのこと、聞いた？　あの人ね、芸術系の学生が書いたフェイク・ニュースに基づく論文を真に受けて、そのまま自分の本にしちゃったの。何かおかしいと校閲さんが嗅ぎつけるまで、ミニーはまったく疑ってなかったのよ。

オリヴァー・ミンジーズ　事実かどうか、自分で確認すりゃよかったのに。

アマンダ・ベイリー　それがね、ミニーは確認したつもりだったの。その学生が提供してきた参考資料のアドレスをクリックしたら、その子の論文に書かれた〝事実〟を裏づけるよう改ざんされたページに飛ばされた、ってわけ。

オリヴァー・ミンジーズ　そもそも、おれはそのミニーって人を知らないんだが。いったい、どうしてそんな話をおれに聞かせる？

アマンダ・ベイリー　実は、告白しなきゃいけないことがあって　わたしね、《アルパートンの天使》事件について発見したことがあるの。いくつかね。実をいうと、かなりたくさんのことを、ここまであなたに知らせずにきたんだ。

オリヴァー・ミンジーズ　それがどうした？　こっちだって独自に調査してるし、自分で見つけた情報源もある。

アマンダ・ベイリー　それはそうよね。ただ、ひとつだけ、かなり核心を突いた事実があるの。

オリヴァー・ミンジーズ　そんなものはいくつもあるね。ホリーの正体がレディ・ジョージナ・オグルヴィで、女王の遠い親戚にあたること。《アルパートンの天使》事件の赤んぼうはエドワード王子とウェセックス伯爵夫人の称号を持つソフィー妃の養子となったこと。いまやレディ・ルイーズ・マウントバッテン＝ウィンザーという名となった赤んぼうはもうすぐ十八歳を迎えるが、世界はいまだその正体を知らずにいるということ。

アマンダ・ベイリー　誰から聞いたの？　あなたは事件の超自然的な側面について書くはずだったじゃない。

オリヴァー・ミンジーズ　それは、もうやめたよ。もっと重要な、すべきことがあるからな。

アマンダ・ベイリー　たとえば、どんな？

オリヴァー・ミンジーズ　反キリストを滅ぼすこと。人類を救うこと。

アマンダ・ベイリー　オリヴァー、ふざけるのはやめて。真面目な話をしてるのに。

オリヴァー・ミンジーズ　おれだってそうさ。《アルパートンの天使》は正しかった。だが、ホリーに裏切られた。あの娘は天使じゃない、赤んぼうの母親だったってだけだ。そして、闇の勢力に誘惑されちまったんだよ。

アマンダ・ベイリー　ホリーはあの赤ちゃんの母親じゃないのよ。オリヴァー、どうしてもあなたに話しておかなくちゃいけないことがいくつかあるの。会って話したい。

オリヴァー・ミンジーズ　もう遅いね。

アマンダ・ベイリー　わかった、じゃ、あなたが知っとくべきことをざっと並べてみるね。

始めます。

アマンダ・ベイリー　ガブリエル、ミカエル、エレミヤはずっと犯罪をくりかえしてばかりの人生だった。三人が出会ったのは刑務所。

アマンダ・ベイリー　ガブリエルが一九九〇年にも何か企んでいたことは、あなたも知ってるよね。家出少女と仲よくなり、いろいろと準備を整えていたものの、早い段階で失敗しちゃった。ひとりめのホリーが警察へ行き、自宅へ戻されたから。そのほかに、どれだけ人知れず失敗をくりかえしてたんでしょうね？　失敗するたびに、あの男の手口はいっそう巧妙になるばかりだった。

アマンダ・ベイリー　ガブリエルには、何か具体的に資金や人脈があるわけじゃない。ただ、周囲の人々を思うように動かし、自分の言葉を信じさせる能力に長けてるのよね。その中でもとりわけ得意にしてたのは、何か弱みを抱えている人々を言葉巧みに誘い、自分たちは天使なんだ、神に与えられた使命があるんだと信じこませること。ついに二〇〇三年、没落貴族の家庭で荒れた日々を送ってたジョージナ・オグルヴィに出会って、ガブリエルは大当たりをつかんだってわけ。

アマンダ・ベイリー　一九九〇年のときとちがって、今度は手もとにジョナもいた――おかげで、雪辱の意味も込め、さらに壮大な計画を練りあげることができた。

アマンダ・ベイリー　年若いカップルが赤んぼうを連れまわしてたって、誰も気にしない。ホリーとジョナは、その目立たなさを生かして、自由に動きまわることができたの。なにしろ、大人たちはみな、前科はあるけどお金はない、って状態だったから。

オリヴァー・ミンジーズ　いいか、アマンダ。あんたは巨大な陰謀をつきとめたつもりだろうが、これらの出来事はみな、何十年も前から予言されてたことなんだ。ホリー、ジョナ、ミカエル、エレミヤ……こいつらはみな、歩兵（ポーン）の駒にすぎない。最終的に反キリストが天辺（てっぺん）まで昇りつめる、そのお膳立てをするための駒だよ。真に巧妙な工作は、超自然的なレベルで行われてるんだ――反キリストが力を握ったら、すぐにそれが使えるように。

アマンダ・ベイリー　具体的な例を挙げてよ。

オリヴァー・ミンジーズ　たとえばグレイ・グレアムだ。事件の夜、どうしてあいつはあんな誰も知らない廃墟にまでたどりついた？　あの男が超能力を持っていたからだろう。グレアムは闇の勢力に誘いこまれて、あの倉庫に乗りこんだんだ。あの男が倉庫に現れたせいで、反キリストは天使たちに滅ぼされるのを免れたんだから。

アマンダ・ベイリー　グレイ・グレアムは、第六感みたいなものは何も持ちあわせてなかった。ただ、いいネタを嗅ぎつける鼻、長年にわたる警察の情報提供者、そして専門的な受信機器を持ってただけ。あの人は、警察無線を傍受してたの。

アマンダ・ベイリー　グレアムの死後、わたしは自宅アパートメントを訪れて、無線機も見たし、取材ノートも見た。取材ノートは、あなただって見たじゃない。無線で聞きとった情報や、犯罪現場での記録が混ぜこぜにメモしてあった――なにしろ、警察官より早く現場に到着することもしょっちゅうだったんだから！

アマンダ・ベイリー　あの夜も、グレアムは無線に聞き入ってた。離乳食メーカーの古い倉庫で、赤ちゃんが生まれたらしいやりとりを聞いて、写真を撮ろうと出かけていったの。翌日には、何か記事を出さなきゃならなかった。ネタは底をついてて、記事になりそうなことだったら何でもよかった。雰囲気のある真夜中の写真に、何か心温まる記事が書ければね。

アマンダ・ベイリー　三階の床に青いペンキで描かれていた記号は、天使たちが交渉相手と待ちあわせる場所の目印をつけるため、まずはエレミヤがあそこで試し描きしてみただけだったの。後になって試し描きはすべて消され、現場を見た警察官のひとりは疑念を抱くし、もうひとりの証言とも食いちがうことになって、この事件の奇妙さに尾ひれがつき、いまだに問題をややこしくする原因のひとつになってるけど。

アマンダ・ベイリー　闇の勢力の一味は、たしかにあのとき倉庫にいた。でもね、あの人たちは実在の人間よ。あの人たちがあそこにいたのは、ガブリエルが最初に〝ホリー〟と呼び、一九九〇年の失敗に終わった計画に協力させようとしていた少女アシュリーが、天使たちの動向を追い、警察に通報したから。ガブリエルのやり口をよく知っていたからこそ、アシュリーは新たな〝ホリー〟をそこから救出したかったのよ。

オリヴァー・ミンジーズ　ホリーなんて、反キリストが地上に生まれてくるための母体にすぎない。

アマンダ・ベイリー　あの赤ちゃんの父親は、誰だったと思う？

オリヴァー・ミンジーズ　ガブリエルかジョナだろ。そんなことはどうでもいい。生物学的に父親を特定したって、そんなものに意味はないんだ。すべては反キリストが人間の形でこの地上に生まれてくるために、積みあげられた礎にすぎないんだから。

アマンダ・ベイリー　あの赤ちゃんの父親は、ドン・メイクピースだったの。事件当時は警視正で、八〇年代にはガブリエルを刑務所に送りこんだ警察官よね。赤ちゃんの母親は、ドンの妻であるジュリア。これは、乳児を誘拐して身代金を要求するという、単純な事件にすぎなかったの。いま、ひとつ取材記録を送るから。

二〇二一年九月五日、《アルパートンの天使》事件の〝赤ちゃん〟だったコナー・メイクピースから話を聞く。文字起こしはアマンダ・ベイリー。

アマンダ　じゃ、昨日まではまったく何も知らなかったのね？
コナー　ええ。父さんが言うには、誰かがこの事件の真相を探りあててしまったので、その人がぼくにぶちまける前に、自分から話しておくしかなかった、って。誰のことなのか、あなたは知ってます？
アマンダ　さあ。
コナー　父さんはもう、おそろしく怒りくるってましたよ。このことをぼくに話すのには、もっと適切な時機を待つつもりだったらしくて。なにしろ、いまはぼくも大学に入学したばかりでしょう？　あんな父さん、これまで見たこともなかったな。
アマンダ　でもね、適切な時機なんてあるのかしらね、こんな……心の傷になりそうな話を聞かされるのに。
コナー　まったくですよ。いや、ぞくぞくする話だとは思いましたけどね。でも、やっぱりショックだったな。
アマンダ　お父さんとお母さんは、どんなことを話してくれた？
コナー　ぼくがまだ生後二カ月くらいだったころ、母さんはぼくを連れて図書館に行ったんです。母さんにはほかに約束があって急いでたんだけど、ぼくがなかなか泣きやまなくて。そうしたら、若い女の子が近づいてきて、母さんがちょっと図書館で本を返してくる間、ここで赤ちゃんを見ていてあげましょうかって、声をかけてくれたそうなんですよ。わたしもよく母親の手伝いをして妹の面倒を見てるから、赤ちゃんのあつかいには慣れてます、って。地元の私立校の制服を着た子で、母さんも教師をしてたから、どこの学校かはすぐにわかったそうです。いかにももっともらしい口ぶりだったし、母さんも知らない人に預けるなんて気が進まないのはやまやまだったけど、なにしろ焦っていたし、どうせすぐ戻ってくるんだから、悪いことなんか起きようがないでしょ？　って思ったんだそうです。笑っちゃいますよね？
アマンダ　そうね。
コナー　父さんによると、その女の子はギャングと暮らしてたんだそうです。父さんがまだ駆け出しの警察官だったころ、その中のひとりを刑務所送りにしたことがあって。だから、もう何カ月も前から、連中は父さんの家族にねらいをつけてたんですよ。おそらくは母さんが家を出たときから、やつらに後を尾けられてたんだろうって、父さんは言ってました。でも、その女の子がきちんとした制服を着て、上品な話しぶりだったから、母さんはこれっぽっちも疑ってなかったんです。でも、図書館から出てきたら、ぼくはどこにもいなかった、って。

アマンダ　ご両親は、さぞかし怖ろしい思いをしたでしょうね。

コナー　ええ、そう言ってました。この話、あなたはもう全部ご存じなんですね？　だから、ぼくにこんなことを訊くんでしょう。

アマンダ　まあ、ところどころはね。

コナー　それから何日かにわたって、誘拐犯から父さんのところに電話があって、身代金の受け渡しについては、地元の新聞か何かを調べなきゃいけなかったそうです。金は払うと、父さんは伝えました。でも、受け渡し場所へ金を持っていくと、ギャングたちはみんな自殺した後で、ぼくは無傷でその女の子といっしょにいたんだとか。その女の子が彼氏といっしょにぼくを助けてくれたんだそうで、だから……たぶん、女の子は罪に問われなかったんだと思いますよ。

アマンダ　それを聞いて、いまあなたはどんな気分？

コナー　まあ、悪い気分じゃないです。わかりますよね。憶えてないんだし。でも、ぞくぞくしますね。

アマンダ　この事件のこと、何かで読んだり、テレビで見たりしたことはある？　世間では

《アルバートンの天使》事件と呼ばれてるでしょ。

コナー　まあね、あるんじゃないかな。でも、父さんが言うには、報じられてることは事実じゃないんだそうです。連中はみんな、ぼくのことを悪魔だと思いこんでた、って言われてますけど、それはギャングが十代の子たちに信じこませてた作り話にすぎなかったみたいですよ。ギャングたちは、単なる金目当ての悪党にすぎなかったんです。

アマンダ　その天使たち、悪党たちと言いかえてもいいけど、ひとりを残して全員が死んだのは知ってる？

コナー　ええ。あれは手ちがいだったって、父さんは言ってました。

アマンダ・ベイリー　ホリーが赤ちゃんを誘拐したの。ホリーとジョナが赤ちゃんの面倒を見てる間、天使たちはドンと連絡をとって、身代金受け渡しの交渉をしてた。でも、ドンの味方となって動く人間がこれだけいるとは、さすがのガブリエルも計算してなかったってことね。

オリヴァー・ミンジーズ　ドンがでっちあげた作り話を好きなだけ信じてりゃいいさ、マンド。すでに反キリストは存在してて、おれには居場所もわかってるんだから。

アマンダ・ベイリー　過去に起きた誘拐事件で、警察が対応を誤って悲惨な結果に終わってしまった例がいくつもあることを、ドンは知ってたわけでしょ。《ニューズ・リミテッド》社の重役夫人だったミュリエル・マッケイもそうだし、十七歳の学生だったレスリー・ホイットルもいる。こんなとき、警察がどんな手順を踏むかを知ってたからこそ、その方法で自分の息子が無事に帰ってくると信じることはできなかった。それで、かつての特殊部隊の伝手に頼ったのよ。

アマンダ・ベイリー　赤ちゃんが誘拐された後、身代金と人質をどこで交換するかは、何週間にもわたって地元の広告誌に載ってた。つまり、人質奪還作戦の下準備をしておく余地はいくらでもあったってこと。

オリヴァー・ミンジーズ　どうやら、忘れてるようだから言っておくよ。おれには毎朝、四時四十四分に電話がかかってきてた。だが、それも昨日までだ。今朝も待ったが、ついにかかってこなかった。これが、おれに対するお告げなんだよ。

アマンダ・ベイリー　ああ、あの電話　あれなら、誰がかけてきてたのか知ってる。わたしも興味をそそられて、もう何週間も前になるけど、発信元だっていう古い電子交換機の番号をたどってみたの。このままずっと、あなたが天使からの電話だって信じてたら笑っちゃ

う、って思ってたんだけど。メールを転送するね。あなたもきっと笑うはず、わたしが保証する。わたしも笑ったもの😂

宛先　アマンダ・ベイリー　　送信日　2021年7月30日
件名　Re：謎の着信の件　　送信者　《バイオクレンズ・ソルーション》社

親愛なるベイリー夫人
二〇二一年七月二十七日付のメールをありがとうございました。当社のお問い合わせ対応チームによる調査結果をお知らせします。お客さまの固定電話の番号に執拗（しつよう）な着信がくりかえされていたのは、当社の廃棄されたポータブル・トイレが原因であることが確認されました。これは九〇年代後半に製造された品で、不具合を検知すると自動的に本社へ電話連絡する電子機器が組み込まれています。簡単にご説明しますと、その製品のひとつが、この数カ月間にわたって一定の間隔でくりかえし、修理技術者の派遣を要請するために電話をかけつづけていたということです。当社のコンピュータ・システムもはるか以前に一新されてはいるのですが、この製品に関しましては、どうやら製造過程で誤った電話番号がプログラムされてしまっていたのでしょう。
　製品を廃棄する際にはあらかじめバッテリー・パックを取り外すよう、当社はつねに努めてまいりました。しかしながら、この製品はバッテリーごと廃棄されてしまったようです。

おそらく、何らかの理由でバッテリーが充電されてしまい、オートダイヤル機能が発動してしまったのだと思われます。落雷が原因で、そういう現象が起きることもあります。いずれにせよ、バッテリーは自然に消耗し、お客さまの番号への発信もいずれ止まるのはまちがいありません。

今回はお客さまへのサービスといたしまして、《バイオクレンズ・ソルーション》社のポータブル・トイレ標準クラスの製品を十パーセント引き、ラグジュアリー・クラスの製品を五パーセント引きで提供させていただきます。

《バイオクレンズ・ソルーション》社

オリヴァー・ミンジーズ　ずっと知ってて、おれに黙ってたのか?

アマンダ・ベイリー　ふふっ😊

オリヴァー・ミンジーズ　どっちにしろ同じさ。これは、おれへのお告げなんだ。

アマンダ・ベイリー　だから、ポータブル・トイレのしわざだったんだってば。

オリヴァー・ミンジーズ　一九九〇年代に製造されたトイレに、おれの電話番号がプログラムされてた。そして、あの赤んぼうがいまや権力を握ろうとするときになって、落雷がバッテリーを再起動させ、おれに電話がかかってきたんだ。そう、このおれにな、マンド。まちがった電話番号をプログラムされてたわけじゃない。まさに正しい電話番号がプログラムされてたんだよ――人類を悪から救うことのできる唯一の存在、人間の姿をした天使の電話番号が。

アマンダ・ベイリー　あなたは天使なんかじゃない。

オリヴァー・ミンジーズ　《アルバートンの天使》たちが使命をはたすのに失敗したときの保険として、おれはこの地上に生まれてきた。そして、天使たちは失敗しちまった。いまとなっては、反キリストを滅ぼすのはおれの使命なんだ。

アマンダ・ベイリー　反キリストなんて、どこにもいないの。あの事件は、ただ警察のお偉いさんの誘拐された赤ちゃんを救出しようと、特殊部隊の経験者たちが秘密作戦を展開し、非武装の犯人たちを法律に則らず殺害して――そこに、クリス・シェンクを拘束中に殺してしまった警察の偽装工作がたまたま重なってしまっただけなのよね。

アマンダ・ベイリー　あの地域のインド料理店に、シンは捜査官として潜入してた。そのシンが何者かに殺されて発見されたんだから、警察側としては、ギャングに正体を見破られ、処刑されてしまったと考えるのも当然よね。最重要容疑者として浮かびあがったのは、あの地域を縄張りとする薬物の売人、裏社会の顔役になりたがっていたクリス・シェンク。あの夜、シェンキーは拘束中に死んでしまった。でも、当該人物を拘束していたと、警察が公に認めることはなかった。

アマンダ・ベイリー　かつて狙撃手として特殊部隊に所属し、事件当時は警察官として働いてたマリ＝クレールは、シェンクの遺体を処理する任務を実行した。それだけじゃない、ドンの信頼する仕事仲間として、コナー・メイクピースを奪還し、誘拐犯たちを殺害する非公式の作戦との連携を図ってもいたのよね。天使たちの動きを追い、逐一報告してたアシュリーのおかげで、ガブリエルが何を計画してるかについても、マリ＝クレールは知ってたってわけ。

アマンダ・ベイリー　一九九〇年代に、アシュリーはガブリエルの毒牙から逃れた。それから何年もの後、ガブリエルが今度は十代の子をふたり抱えこんでることに、アシュリーは気づいたのよ。かつての自分と同じように無防備で、すっかりガブリエルの言葉を信じこんでる少年少女――しかも、さらに怖ろしいことに、赤んぼうまで連れて。アシュリーはホリーと親しくなり、《集結》の場所を聞き出したの。

アマンダ・ベイリー　アシュリーは天使たちが赤ちゃんに危害を加えるにちがいないと確信し、そのことを警察に知らせた。おかげで、その《集結》が行われるとされる場所と、ドンの息子の身代金が受け渡しされる場所が一致することに、マリ＝クレールが気づいたのよね。

アマンダ・ベイリー　床にペンキで描かれた記号、ロウソク、悪魔崇拝めいた天使たちの行動の目撃者。これだけの条件がそろえば、赤ちゃんを救出し、誘拐犯たち、そしてシェンクの死体をうまく片づけるのにまたとない絶好の機会に思えたはず。

アマンダ・ベイリー　でも、何ひとつ計画どおりにはいかなかった。ホリーは赤ちゃんを連れて逃げ出してしまう。そして倉庫の三階から999に通報し、そのやりとりは警察無線を傍受してたグレイ・グレアムにも聞かれてしまったの。おかげで、〝闇の勢力〟――マリ＝クレール、ドン、そしてふたりが信頼できる仲間たち――にとっては、グレイ・グレアムと警察の到着前に、ぎりぎり遺体を損壊して悪魔崇拝の儀式らしく並べるのがやっとだった。そして、警察の公式な初動捜査が行われるのを、闇に身を潜めて見まもるしかなかったのよ。

アマンダ・ベイリー　マリ＝クレールとドンはホリーとジョナを児童保護センターに送りとどける車の後を追い、ふたりの到着後すぐに施設を訪れて、赤ちゃんを迎えにきたと説明した。それで、コナーは無事に両親のもとへ戻れたわけ。でも、この事件がここまで世間の想像力をかきたてるとは、ドンたちも思ってもみなかったでしょうね。まさか、十八年後もいまだにその余波の火消しに回らなきゃいけないなんて。

アマンダ・ベイリー　どちらの作戦にかかわった人間も、真相は隠しておこうとしてた。結果として、作戦はどちらも成功したんだけど、真相をどうにか隠しおおせてるのは、ひとえに誰もが自分の見たことが真実だと思いこんでるおかげよね。そうして話が食いちがうせいで、この事件にまつわる神話めいた噂はいっこうに消えない。

アマンダ・ベイリー　《インフォーマー》紙で研修を受けてたころから、わたしたちはドンのこと、情報源として便利なだけの親切な人だと思ってた。でも、本当は、ドンのほうがわたしたちのこと、ずっと紐（ひも）をつけたままにしてたのよ。ほかの作家やジャーナリスト、もしかしたら度を超して鼻を突っこんできそうな人たちにも、みんな同じようにしてたんでしょうね。そして、ドンとマリ＝クレールのおかげで、少なくともすでに七人があの世行き。

アマンダ・ベイリー　気をつけろって、ドンはわたしに言ってた。でも、気をつける相手って、まさにドンたちのことだったんだ。

オリヴァー・ミンジーズ　あんたやドンのことなんて、どうだっていい。それより重要な問題があるんだ。《集結》の場を訪れたとき、おれはたしかに、ある種の霊的エネルギーの高まりを感じた。天使のエネルギーに近づくたび、同じ感覚が起きるんだ。

アマンダ・ベイリー　オリヴァー、あなた、どうしてわたしがしょっちゅういろんなものを差し入れするのか、不思議に思ったことはない？　飲みものとか、お菓子とか。あれはね、みんなカフェイン入りだったの。あなたがカフェインを摂取するとどうなるか、《インフォーマー》紙でいっしょだったときに見て知ってたから😊《集結》の場でも、コア修道院でも、天使たちが住んでたアパートメントを見にいったときも、いつもあなたにカフェインを摂らせてた。摂取してどれくらいで身体が震えはじめるか、所要時間も正確に知ってる。十八分。

オリヴァー・ミンジーズ　くだらない。使命からおれの目をそらさせるつもりだろう。

アマンダ・ベイリー　あなたのネット記事に、ガブリエルの傷が魔法のように癒えたってコメントがついた、って言ってたでしょ。そのコメントが見つからなかったのは、わたしの作り話だったから。

オリヴァー・ミンジーズ　いったい、どうしてそんな面倒なことをする必要があるんだ？

アマンダ・ベイリー　《インフォーマー》紙で研修を受けてたとき、評定前夜の出来事を憶えてる？　みんなで飲みにいくことになってて。あなたはわたしに、わざと別の場所を教えたよね。

オリヴァー・ミンジーズ　よく憶えてないな。どうだったっけ？

アマンダ・ベイリー　わたしはロンドンの反対側のお店にはるばる出かけていったの。たったひとりで。

オリヴァー・ミンジーズ　それで？　ただの冗談じゃないか。

アマンダ・ベイリー　わたしは十八歳だった。ひどい話よ。わたしが行かされたのは、北ロンドンの団地にあるパブでね。店を出ると、誰かが後を尾けてきて、わたしの頭を殴りつけたの。おかげで、網膜剥離まで起こしちゃった。気がつくと、バッグはもう盗まれててね。

お金もなし、電話もなし、定期もなし。二時間かけて、歩いて家に帰ったの。

オリヴァー・ミンジーズ　もう二十年も前のことじゃないか。いいかげん、忘れろよ。

アマンダ・ベイリー　あなたのせいで、わたしは片目が見えなくなったんだから！

オリヴァー・ミンジーズ　冗談じゃない！　襲ったのはおれじゃないだろ、ええ？

アマンダ・ベイリー　翌日は、それまでに書いた原稿と、この一年の研修で学んだことをまとめた小論文を提出することになってた。そういう文書を全部まとめたディスクも、そのバッグに入れたままだったの。何もかもなくなっちゃった。

オリヴァー・ミンジーズ　あんたは期待の新人だった。小論文の代わりに買いものリストを提出したって、無事に研修課程を修了できただろうに。

アマンダ・ベイリー　わたしは心に傷を負ってたの。目がおかしいことはわかったけど、自分が襲われたなんて認めたくなかった。だから、誰にも言えなかったのよ。通報さえできなかった。自分の感情を隠すことに慣れすぎちゃってて、本当はどう感じてるのかわからなくなって。それで、《インフォーマー》紙に戻るのはやめたの。あの研修も、ちゃんと卒業はせずに終わった。あれだけ必死になって積み重ねた努力も、すべて無駄になったってわけ。

アマンダ・ベイリー　これだけ年月が経っても、自分があの夜わたしに何をしたのか、あなたは全然わかってないんだね。それどころか、話もまともに聞いてない。

オリヴァー・ミンジーズ　聞いてるよ。

アマンダ・ベイリー　聞いてないじゃない。あなた、いま、ポール・コールにメールを送って、不意の死を迎えた場合、魂はどうやって境界を越えるのか説明してほしいと頼んでたでしょ。

オリヴァー・ミンジーズ　どうして、そんなことがわかる?

アマンダ・ベイリー　ポール・コールなんて人、実在しないから。あれはわたし。

オリヴァー・ミンジーズ　ふざけんな。形而上(けいじじょう)科学のことなんて、何も知らないくせに。

アマンダ・ベイリー　グーグルの使いかたさえ知ってれば、どうにでもなるから。これまであなたに送ってあげた理論や忠告は、みんなネットに転がってたやつよ。なかなかおもしろかった——ものによってはね。

アマンダ・ベイリー　この何週間か、わたしはずっとあなたのスピリチュアル・カウンセラーだったってわけ。いろんな情報を提示して、あなたにそれを信じさせて。まちがった方向へあなたを進ませて、そこに置き去りにしてやった。

アマンダ・ベイリー　これ、あなたがわたしにしたのと同じことだから。

オリヴァー・ミンジーズ　おれも、あんたには絶対できないインタビューをしたって言ったよな。ふふん、あれは嘘だ。そんな作り話に、あんたはまんまと引っかかってたわけさ。これでまあ、〝等価交換〟ってところだな。

アマンダ・ベイリー　それを言うなら、〝目には目を〟のほうがいいな

オリヴァー・ミンジーズ　アルパートンのあの倉庫は、死者の甦りの地となった。おれは感じたんだ——カフェインを摂っていようがいまいが、それは変わらない。ポール・コールが

存在しようがしまいが、おれはいずれあの地に立ってた。星の配置に、そう定められてたんだ。

アマンダ・ベイリー　死者の甦りなんて起きてない。ガブリエルは頭を撃たれ、死亡宣告されたけど、ふたたび立ちあがって歩き出した――どうやって？　そう、たしかに弾丸はガブリエルの頭蓋骨にぶつかりはしたけど、貫通はしなかったの。頭蓋骨骨折とひどい脳震盪を起こし、意識を失ってただけ。身体が深いショック状態にあったから、心拍と呼吸もひどく低下して、救急隊員もざっと状態を診ただけでは生命徴候を確認できなかった。

オリヴァー・ミンジーズ　そんなこと、どれくらいの確率で起きうるんだ？　そこまで訊いてきたのか？

アマンダ・ベイリー　訊くまでもなかった。狙撃手の女性が、自分から話してくれたもの。千にひとつの確率だって。

オリヴァー・ミンジーズ　つまりは、そういうことなんだよ。ガブリエルが助かったのは、向こう側の世界からの助けがあったからだ。

アマンダ・ベイリー　でもね、銃に消音器を装着し、何度か続けざまに発射すると、こういうことが起きる確率は高くなっていくんだって。撃つたびに、弾丸の速度が弱まる不具合の発生確率が上がるから。速度が落ちれば、頭蓋骨を貫通する力もそれだけ弱くなる。三人を殺す任務を、たったひとりの狙撃手がこなしてたこと、その三人の中でも最後に撃たれる順番が回ってきたことが、ガブリエルにとっては幸運だったたってわけ。

アマンダ・ベイリー　たしかに大天使ガブリエルでこそなかったかもしれないけど、あのピーター・ダフィって男、いくつもの場面で本当に幸運だったよね。天使たちがみんな死んでしまうと、特殊部隊チームは悪魔崇拝の儀式めいた場面を演出しはじめた。でも、そこでも、ジョナが胸にとりすがって泣いてたおかげで、喉をかき切られて内臓をぶちまけられるのを、ぎりぎりで回避できたんだもの。

オリヴァー・ミンジーズ　刑務所の面会室で、ガブリエルがどういう人間なのか、おれは見た瞬間にわかったよ。目と目が合った、その一瞬でね。あの男は救世主だが、人間によりその力を奪われてしまった。おれこそは最後の天使なんだ、マンド。人類を救うため、この地上に送りこまれてきたんだよ。

アマンダ・ベイリー　ガブリエルは臨死体験と脳震盪で心にも傷を負ったのか、記憶がきれいさっぱり消えてしまったみたいね。それでも、自己愛が肥大した異常者には変わりない。依然として危険な、他人を支配しようとする詐欺師よ。ただ、殺人を犯していないことだけは確かだけど。

オリヴァー・ミンジーズ　どんな理論を掲げようとご自由に。おれの結論は変わらない。おれはこれをやりとげる。

アマンダ・ベイリー　何をやるつもりなの？

オリヴァー・ミンジーズ　おれがポール・コールに書いたメールを見たんだろ？😂🔫

宛先　ポール・コール　　**送信日**　2021年9月6日
件名　終末　　**送信者**　オリヴァー・ミンジーズ

ポール、魂が不意の死を迎えたとき、そのエネルギーはどんなふうに境界を越えるのか、詳しく説明してもらえませんか？　魂が迅速かつ円滑に向こう側へ渡れるよう、何かおれがすべきこと、すべきではないことはありますか？

というのも、おれはついに反キリストを見つけたんです。いま、王位継承順位第十六位にいる人物ですよ。どこにでも行けるし、どんなことでもできる。こいつが頂点に昇りつめたら、とんでもないことが起きるでしょう。でも、おれがいるかぎり、頂点に昇りつめることはない。おれが、ここにいるかぎり。おれはきっと、反キリストを滅ぼしますよ 🔫 おれがやつらに滅ぼされるのはわかっていても。

二〇二一年九月六日、わたしとエリー・クーパーが《ワッツアップ》で交わしたメッセージ

アマンダ・ベイリー　ああ、どうしよう。オリヴァーがポール・コールにね、レディ・ルイーズ・ウィンザーを殺すつもりだって言ってきたの。オリヴァーは、わたしにこそいくらでも平気で嘘をつくけど、自分のスピリチュアル・カウンセラーには本当のことしか言わないはず。いったい、どうしてレディ・ルイーズがあの赤ちゃんだったなんて思いこんじゃったんだろう？

エリー・クーパー　それ、わたしが話したんです。ホリーの赤ちゃんは、エドワード王子とソフィー妃の養子になったって。

アマンダ・ベイリー　🤭 でも、そうじゃなかったのよ、エリー。あの赤ちゃんは、男の子だったの。

エリー・クーパー　男の子？　そんな。どうしよう。

アマンダ・ベイリー　あの子はね、ドン・メイクピースの息子、コナーだったんだ。ガブリエルは天使たちを使い、赤ちゃんを誘拐させたの。言うまでもなく、目当てはお金だったんだけど、復讐の意味もあったのよ――その十何年も前に、ドンがガブリエルを刑務所に入れたから。

エリー・クーパー　うわあ。本当にごめんなさい。オリヴァーにも、そろそろ何か幸運が舞いこんできてもいいのにと思って😳

アマンダ・ベイリー　それを聞いて、オリヴァーはなんて言ってた？

エリー・クーパー　社会のどこに生まれつこうと、反キリストは上層へ惹きよせられていく、とか何とか。頂点にたどりつくために、障害物は排除していくんだって言ってました。

アマンダ・ベイリー　最低。それ、わたしがオリヴァーに言ったことよ。ほかにも、いろんなことを吹きこんじゃった。あいつはね、ふざけてわたしの連絡先を天使セラピストとかいう人に渡したの。そのお返しに、わたしはあいつのメール・アドレスを、スピリチュアル・カウンセラーに渡したっていうわけ。その正体は、実はわたしだったんだけど

アマンダ・ベイリー　グレイ・グレアムは超能力者だとか、天使からの呼びかけが毎朝あるとか信じこませたり。カフェイン入りのお菓子やエナジー・ドリンクを渡して、霊的エネルギーの高い場所に引きずりこまれてると思いこませたり。不審な死を遂げた人はみな、あいつと連絡をとろうとしてたように思わせたり。音楽や芸術作品の話をちらりと出すだけで、あいつは勝手に妄想まみれのウサギ穴に落ちこんでいってね。その勢いっていったら、見てて本当にわくわくしちゃった。あいつがそんなふうにだまされるのが、とにかくおかしくって。

エリー・クーパー　じゃ、ガブリエルが他人にしたとおりのことをすべて、あなたはオリヴァーにやったんですか？　いたずらメールの仕返しで。

アマンダ・ベイリー　それが理由ってわけじゃないのよ。長い話になるんだけど。また、いつか話す。

エリー・クーパー　それで、これはもう終わった話なんですか？　それとも、まだ真実をうちあけていない？

アマンダ・ベイリー　うちあけたんだけど、オリヴァーは信じようとしないの。自分は反キリストを滅ぼす、の一点張りで。レディ・ルイーズって、いまどこにいるの？　警察に通報すべきかな？　ああ、もう。こんなに本気にさせちゃうと知ってたら、絶対にこんなことしなかったのに。

エリー・クーパー　パニックを起こす必要はありませんよ。だって、オリヴァーに何ができるんですか？　レディ・ルイーズはいま、アスコット校にいるわけでしょう。そこへ押しかけていったところで、最悪でもせいぜい騒いで暴れて、警備員にどこかへ引きずっていかれるだけですよ。

アマンダ・ベイリー　それはそう。そうよね。あなたの言うとおりよ。そもそもオリヴァーに、銃なんか入手できるはずはないんだから。ありがとう、エリー。

エリー・クーパー　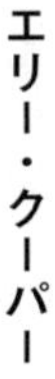

二〇二一年九月六日、わたしとオリヴァー・ミンジーズが《ワッツアップ》で交わしたメッセージ

アマンダ・ベイリー　信じられない、そんなことまでお金でどうにかできちゃうなんて！　いったい、どこから銃を手に入れるの？

オリヴァー・ミンジーズ　例の、いかれた元兵士だよ。運命が、おれたちを引きあわせてくれたんだ。武器を、そして要人警護の仕組みについての知識を、おれがまさに必要としてるときに。おれたちはいま、ちょうどいっしょにいるところだ😂 必要なだけ、じっくりと待つよ。検視審問に備えて、何枚か写真を送っといてやる。

二〇二一年九月六日、わたしとエリー・クーパーが《ワッツアップ》で交わしたメッセージ

アマンダ・ベイリー　エリー、オリヴァーはいま、レディ・ルイーズの学校の屋上にいるの。これがその写真。かつて問題を起こした元兵士といっしょで、その人が銃を持ってるんだって。それを証明する写真はないんだけど、でも😬

エリー・クーパー　中庭を女子学生が横切っているのが見えますね。夏休みが終わって、学校に戻ってきた初日なんでしょうね。

エリー・クーパー　マンドー！　わたし、この学校の図面を調べてみたんです。オリヴァーが隠れている屋上……ここ、《オーチャード棟》って建物なんですって😬

アマンダ・ベイリー　こんな状態になるまで放置すべきじゃなかった。本当に愚かなことをあいつがしでかす前に、何としてでも止めなくちゃ。わたしはいま、車でアスコットへ向かってるところ。あなたには、ちゃんと知らせたからね。いざというときのために。

エリー・クーパー　いざというときって？

アマンダ・ベイリー　あんたは二〇〇一年を生きてるって、前にオリヴァーに言われたのよね。でも、それはまちがってた。わたしはずっと、一九九五年を生きてたの。出発前に、ここまでの調査結果はすべてプリントアウトして、一カ所にまとめておいた。もしも何か問題が起きたり、疑問が生まれたりしたときのためにね。マーク・ダニングも同じことをしてた。

アマンダ・ベイリー　エリー、わたしはこれから例の学校へ向かうけど、その途中であなた宛てにあるものを投函するつもり。どんなことになろうと、二、三日のうちにあなたのもとへ届くはず。ハーピンダー・シンがどうやって、なぜ死んだのか、そのことも書いてある。わたしに何か起きたときのためにね。

エリー・クーパー　どこにも行かないで、アマンダ。わたし、いま警察に通報するところです。あなたより先に現場に向かってくれますよ。きっと、何も起きませんから。

二〇二一年九月六日、しばらく時間が経ってからわたしがアマンダ・ベイリーに送ったメッセージ

エリー・クーパー　だいじょうぶですか、マンド？　あなたからも警察からも、何の連絡もなくて。何も知らせがないということは、あなたも無事なんだと思いたいんですけど、お願い、どうか連絡をください。

エリー・クーパー　どうですか、マンド。もう着きました？　何もかもうまくいってますか？

エリー・クーパー　ふと思ったんです——この事件にとりかかったころ、あなたもオリヴァーも、自分こそが先にあの赤ちゃんにたどりつこうと必死になっていましたよね。それって、ある意味ではいまも変わらないのかも！

当然のことながら、返事はついに戻ってこなかった。

8

二〇二一年九月八日、アマンダ・ベイリーからすべてを引き継ぐ

アマンダの予告どおり手紙が届く。封筒の中には、鍵がひとつ、最後にオリヴァーとやりとりしたメッセージのプリントアウト、そしてこの手書きのメモが入っていた。

エリー
ここにあるのは貸金庫の鍵。住所はラベルにあるとおり。金庫の中には、《アルパートンの天使》事件の取材記録が入ってる。記事の切り抜きやメモ、インタビューの文字起こし、《ワッツアップ》やテキスト・メッセージのやりとりも。そこにあるのが現存する記録のすべてで——電子媒体に残っていたものは、すべて修復できない方式で削除してある。
これは、何か悪いことが起きてしまった場合に備えての予防措置よ。でも、きっと何も起きない。すべてはうまくいくはず。これを見てもらえばわかるけど、ハーピンダー・シン殺害事件については、ガブリエルは無実だったの。
もしも何かわたしの身に起きたら、同封したものをどうするかは、すべてあなたの判断にまかせます。

アマンダ

脚本『神聖なるもの』ジョージー・アデシナ作の第三の抜粋から破りとられていた六ページ分（四三三ページ参照）。ホリーはアパートメントを抜け出してガブリエルの後を尾け、

老人施設で読み聞かせをしている光景を目撃。そして、アパートメントに帰宅する。

屋内。アパートメントの踊り場――昼間

ホリーが玄関ドアの前にたどりつき、ぎょっとして立ちすくむ。ドアが音をたて、ゆらゆらと揺らいでいる。開いたままだ。その奥からは、若い男性の穏やかな優しい声が聞こえてくる。怖ろしい事実を突きつけられ、表情が消えたホリーは、ドアを押しあけ、足音を忍ばせて中に入る。聞こえてくる声をたどり、自分の寝室へ。ドアのわずかな隙間から中をのぞき、声の主を見つける――青年（二十代、アジア系）が赤んぼうを抱き、その耳に何ごとかささやきかけている。赤んぼうもそれに応え、柔らかな声を出す。ホリーは蒼白（そうはく）になり、足早にジョナの部屋へ向かうと、ドアを開けて中に入りこむ。

屋内。アパートメント、ホリーの寝室――昼間――それから間もなく

青年は赤んぼうをあやしながら室内を歩きまわり、心配そうに腕時計に目をやる。

青年（訛（なま）りのないきれいな英語で）「みんな、きみを置き去りにして、どこかに行っちゃったのかな……？」

ふりむいた青年は、驚きのあまり立ちすくむ。戸口にはホリーとジョナが立ちふさがり、両手は背後に隠したまま、恐怖と覚悟の表情を浮かべている。

ジョナ「その赤んぼうを置け」

そう言われ、青年は反射的に赤んぼうをさらに抱きしめる。

青年「きみは何だ、十四歳くらいか？」
ジョナ「(いささか憤然と) 十七歳だよ」
ホリー「それを救い出すつもりなら、あなたには無理。わたしたちが、そうはさせない」
ジョナ「その赤んぼうを置けったら」
青年「この子は、もう四十分も泣きっぱなしだったんだぞ」

青年はしかと赤んぼうを抱きしめる。ホリーとジョナは絶望のまなざしを交わす。

青年「ミルクも飲ませなきゃならないし、おむつも換えないと――」
ホリー「(ジョナに) こいつも敵よ。反キリストを助け出すために送りこまれてきたの」
ジョナ「(青年に) そんなこと、させるもんか」

青年は頭を振り、心を決める。ホリーとジョナが立ちふさがる戸口へ、まるで赤んぼうを連れ去ろうとでもするように近づいていく。青年の決然とした目が、ジョナの同じく決然とした目をとらえる。

青年「道を空けるんだ」

ジョナはすばやい動きで大ぶりなキッチン・ナイフを青年の首に突き立てる。致命傷。ホリーは青年の頭をクリケットのバットで殴りつけ、床に崩れおちる青年の腕から、赤んぼうを奪いとる。首の傷から、どっとあふれ出す血。ジョナは青年に飛びかかり、ナイフをその顔に振りかざす。青年の表情は硬直し、目はすでに生気を失っている。

見えない邪悪な力にとりつかれたかのように、ジョナは青年の胸に、首に、顔にナイフを振りおろす。ホリーは血しぶきを避けようと戸口に身を隠し、恐怖におののきながらも視線をそらすことができないまま、その光景を見つづけている。やがて、ついにジョナはよろよろと後ずさり、呆然と死体を見つめる。そして、視線をホリーへ。ふたりの間に、無言のやりとりが交わされる。やがて、ふたりは赤んぼうを抱え、その部屋からあたふたと逃げ出す。

屋内。アパートメントの廊下——昼間——前場面から続く

廊下に出たホリーとジョナはドアを閉め、赤んぼうの様子を調べる……機嫌はよく、けがもしていない。ふたりは武器を手に身がまえ、静かなドアを見つめる。

屋内。アパートメントの廊下——昼間——かなり後

ホリーとジョナは武器を手に坐りこみ、じっと見張りを務めている。ドアの取っ手には縄跳びの縄が結びつけられ、開かないよう隣の部屋のドアの取っ手に縛りつけてある。玄関の鍵が音をたてる。飛びあがるふたり。玄関ドアが開き、中華料理の持ち帰り袋を提げたガブリエルが帰ってくる。ふたりの姿を見て、楽しげにきらめいていたガブリエルの目の光が消える。

ホリー「赤んぼうを奪おうと、やつらが来たの」

ジョナ「おれたちがやっつけた」

つのる恐怖に、ガブリエルの顔がみるみる暗くなる。

ホリー「反キリストは無事よ」

ドアの取っ手に縛りつけられた縄に、ガブリエルが気づく。手早く解き、室内へ。ホリーとジョナが目を見交わす。ほどなくして、衝撃を受け、蒼白となったガブリエルが廊下に出てくる。

ジョナ「おれたちは眠ってた。そこにあいつが忍びこんできて、赤んぼうを抱きあげたんだ」

ガブリエル「わたしは玄関の鍵をかけていったんだぞ。まちがいない」

一瞬の間。ホリーが身じろぎする。

ホリー「あいつ、きっと姿を消して、壁を通りぬけてきたのよ」

ジョナ「おれたちを見張り、隙をねらってたんだ」

ガブリエル「あれはここの住人じゃないか！」

ガブリエルは深く息をつくと、寝室のドアを閉め、ホリーとジョナを促して居間へ向かう。

屋内。アパートメントの居間――昼間――前場面から続く

赤んぼうはかごベッドで眠っている。ガブリエルはホリーとジョナをソファに坐らせ、自分は歩きまわりながら考えこんでいる。

ガブリエル「誰かを殺せなどとは言っていないはずだ。ああ、一度だってな」

ジョナ「あいつ、また起きあがってくるかも」

ホリー「また、次の敵が送りこまれてくるかもよ」

ふたりの率直で無垢な表情を、ガブリエルはじっと見つめる。

ガブリエル「ちょっと電話をしないと。ここで待っていなさい」

ガブリエルが居間を出ていこうとする……

ジョナ「おれたち、正しいことをしたんだよね？」

ガブリエルの顔に浮かんだ表情から、その心は読みとれない。

二〇二一年九月八日に貸金庫を開けてみると、そこには二〇二一年九月六日付までの、ここまであなたが読んできた文書のすべてが収められていた。そのほかに入っていたのは、アマンダの名刺のみ。一見ごく普通の名刺に見えたものの、裏には二枚の白い羽根がきっちりとテープで留めてあった。一枚の羽根の下には、アマンダの字でこう書いてある――〝七月十三日、パブ《バロット・ボックス》の裏でミスター・ブルーを待っていたときに、これを発見。目の前の小径に落ちて、きらきらと輝いていた〟。

もう一枚の羽根の下には、こうあった――〝タインフィールド刑務所で列に並び、ガブリエルとの面会を待っていたとき、オリヴァーのジャケットの肩に引っかかっていたもの〟。

ここからは二〇二一年九月九日以降、わたしことエリー・クーパーが追加した資料となる。

二〇二一年九月六日に流れたＢＢＣニュース速報

アスコット校で銃撃、一人死亡

学校銃撃事件、二人死亡を確認

学校銃撃事件、犯人は警察が射殺

警察発表——学校銃撃事件はテロとの関連なし

二〇二一年九月七日から十二月九日までのニュース記事見出し

王族御用達の学校で銃撃——死亡の女性は作家アマンダ・ベイリー

学校銃撃事件の犯人、世界から悪を除くつもりだった

学校銃撃犯ミンジーズ――その素顔と天使カルトへの怖ろしき傾倒

殺害された作家の自宅、荒らされる「これは侮辱だ」と警察

殺害されたジャーナリスト、アマンダ・ベイリーの誇り高き遺産――故人をよく知る元警視正ドン・メイクピースが語る

二〇二一年九月九日、わたしとドン・メイクピースが交わしたテキスト・メッセージ

エリー・クーパー　わたし、アマンダ・ベイリーのアパートメントが空き巣に遭った件を調べているんですが、なかなか詳細がわからなくて。もう、容疑者は逮捕されたんですか？

ドン・メイクピース　残念ながら、殺人や凶行が大きく報道されると、それにつけこもうとする人間が後を絶たなくてね。ドンより。

エリー・クーパー　アパートメントに行ってみました。ノートパソコンとハードディスクが盗まれてしまっていて。あと、携帯電話も所持品リストに載っていませんでした。消えてし

まったんです。

ドン・メイクピース　自分の行く手を誰かが阻んでいると見ると、どんな手を使うのも躊躇しない、そのことに罪悪感も羞恥心も抱かない人間も、この世にはたしかにいるのだよ。きみがアマンダを知っていたのなら、あの娘もある意味でそういう人間のひとりだったということに、思いあたるふしもあるのではないかね。ドンより。

エリー・クーパー　わたしはそうは思いません。でも、ノートパソコンとハードディスクの内容が消去されていたのは知っています。アマンダがずっととりくんできた、《アルパートンの天使》事件の調査はどうなってしまったんでしょう？　謎ですよね。

ドン・メイクピース　あの事件全体が、いまだ謎に包まれているからね。わたし自身、あの事件の表と裏をすべて知りつくしているわけではない。ただ、どんなことにも表と裏があることを知っている、というだけだ。ドンより。

エリー・クーパー　そうですね、たとえば、あなたに連絡をとったこの番号も、実は匿名の仲介人ミスター・ブルーと連絡をとるため、ソニアがアマンダに渡したものですよね。この件の後ろにあなたがいたなんて、わたし、まったく気づいていませんでした。でも、そう考えてみれば、この事件の調査を始めるやいなや、アマンダの身が危険にさらされていた理由もわかります。

これを最後に、この番号から返事が戻ってくることはなかった。

宛先　ジュディ・テラー＝ダニング　**送信日**　2021年12月9日
件名　アマンダ・ベイリーのこと　**送信者**　エリー・クーパー

親愛なるミズ・テラー＝ダニング
　こんなことをお知らせするのはつらいのですが、アマンダ・ベイリーは痛ましい形でこの世を去りました。初めてご連絡するのがこのような機会となってしまったことを、ただただ残念に思います。
　とはいえ、あなたが亡きご主人マーク・ダニングの資料をアマンダに送ってくださったことに、あらためて感謝を申しあげます。お送りいただいたのは、ちょうどとりくんでいた作品の背景にかかわる資料であり、アマンダは興味ぶかく読ませていただいたそうです。わたしは現在、アマンダの所持品の整理をしており、この資料もいずれお返しいたします。執筆中だった作品と直接かかわる内容ではなかったようですが、それでも感謝の気持ちに変わりはありません。

エリー・クーパー

宛先　ルイーザ・シンクレア　　送信日　２０２１年12月９日
件名　戦争犯罪の証拠　　送信者　エリー・クーパー

こんにちは、ルイーザ
わたしはいま、アマンダ・ベイリーの調査記録や所持品の整理をしているところなんですが、その中からある特殊部隊の元兵士に関する、注目すべき証言が見つかりました。その男性はほんの二、三年前、いくつかの怖ろしい容疑について無罪と裁定されているのですが、アマンダ・ベイリーとオリヴァー・ミンジーズが交わした会話の録音から、実際には有罪だったばかりか、ほかにも数多くの、もっと非道な戦争犯罪を行っていたらしいことがわかったんです。この情報を公開し、すべての告発を徹底的に調査することは、まちがいなく世間の関心を惹くことでしょう。
関係資料をお送りし、あとはあなたの決断におまかせします。

エリー・クーパー

宛先　クライヴ・バダム　　送信日　２０２１年12月10日

件名　『神聖なるもの』について　　送信者　エリー・クーパー

親愛なるミスター・バダム
先日亡くなったジャーナリスト、アマンダ・ベイリーを通して、あなたの名前で発表され、売りこまれていた脚本『神聖なるもの』を入手しました。わたしはかつてミズ・ベイリーのアシスタントを務めており、現在はその遺志を引き継いで、故人がとりくんでいた調査を完結させるべく励んでいます。

この『神聖なるもの』という作品は、実際はミズ・ローリー・ワイルドという人物が書いたものであると、いくつかの根拠からわたしは考えています。あなたは創作文芸の講座を担当しており、ミズ・ワイルドはかつてそこの学生としてこの脚本を書きました。あなたはその後、自分の名前でこの作品をコンテストに出し、プロデューサーたちに送りつけたのです。

このことを指摘した結果、二〇〇五年に『神聖なるもの』を未制作脚本部門の最優秀賞に選出した映画祭は、過去の受賞者一覧からあなたの名を削除しました。

今後、費用もかかり、恥辱を味わわされることになるであろう法的手続きを避けたいとお考えなら、次の提案にしたがうことをお勧めします。

一、あなたの所持するこの脚本の現物のすべてを、断裁するか、あるいは焼却すること。
二、あなたの所持するこの脚本の電子データの文書ファイルすべてを開き、全文を選択し、

三、空になった文書ファイルすべてを、あなたのハードディスクから削除すること。削除し、保存して閉じること。

さらに、あなたがこれまでさまざまな映画プロダクションに送りつけてきた『神聖なるもの』完全版も、すべて回収し、断裁あるいは焼却したほうがいいでしょう。たとえ冒頭十ページのみの抜粋であっても、同じ手続きをとるべきです。

これらの手順を完了したうえで、わたしにご連絡ください。

エリー・クーパー

宛先　エリー・クーパー
件名　Re：『神聖なるもの』について
送信日　2021年12月13日
送信者　クライヴ・バダム

親愛なるミズ・クーパー

アマンダがちゃんとした映画プロデューサーなんかじゃなかったことは、こっちも知ってますよ。ローリーはただの上品ぶった女子学生で、短大の単位のために講座をとってただけでね。脚本を映画にすることに、本人は何の興味も持ってなかったんだし、いったい何が問題なのかさっぱりわからないが、とにかく指示どおりにしたんで、そっちもこれ以上のよけいな口出しは無用だ。

クライヴ

宛先　エリー・クーパー　送信日　2021年12月13日
件名　Re：防犯カメラの画像　送信者　《ウォータービュー》警備室

親愛なるミス・クーパー
アルパートンの当《ウォータービュー》アパートメントで階段の前室に落書きをした人物の画像は、添付したものがすべてです。この女性の名を教えていただけるようでしたら、その情報は警察が厳正に管理することをお約束します。

《ウォータービュー》警備室

ソニア・ブラウンと話した後に書き、結局は送らなかったメール

宛先　ソニア・ブラウン　送信日　2021年12月14日
件名　アマンダ・ベイリーのこと　送信者　エリー・クーパー

親愛なるソニア
きょうはビデオ通話で話を聞かせてくださってありがとう。アマンダが亡くなったいま、みなさんが故人との素敵な思い出を語ってくださるんですよ。きょうはあなたのお話が聞けてよかった。あなたの美しいペンダントに、つい目が惹きつけられてしまいました。ちょうど飛びたつときのように広げられた、すっきりしたデザインの天使の翼。きょうの話のテーマにもぴったりでしたね！

ビデオでもお話ししましたが、わたしはいま、アマンダの残した資料を整理しているところなんです。とくに、未完成のまま終わってしまった《アルパートンの天使》事件についての資料を。情報の断片をひとつにまとめあげるのは本当にたいへんだったけれど、最後にはすっきりとつじつまが合いました。

ガブリエル・アンジェリスは有罪判決をひっくり返そうと、控訴の手続きに乗り出したそうですね。でも、誰か別の人間がシンを殺したという新たな証拠が出てこないかぎり、成功する見こみはないでしょう。新聞記事を見たら、ガブリエルの〝ファン・クラブ〟の人たちが、刑務所の外でプラカードを掲げている写真が載っていました。全員が女性でしたよ。

帽子、スカーフ、眼鏡で変装していても、あなたがいるのはすぐにわかりました。ガブリエルの支持者の中でも、あんなペンダントを着けているのはあなただけですからね。アマンダもタインフィールド刑務所を訪れ、面会の列に並んでいたとき、それと気づかずにあなたを目にしていたんです。あの日、あなたはオリヴァーの次に、ガブリエルに面会することになっていたんですね。アマンダの情報源だった人々にいろいろ問いあわせて、あなたの存在をたどれるなを調べました。あなたの本名は、アシュリー・ソニア・ブラウン。あなたの存在をたどれなかったのは、ソーシャルワーカーという仕事を始めたときに、ミドル・ネームを使うことにしたからでしょう。

アシュリー、あなたは英雄だった。コナーを救出したんですから。そして、ガブリエルの手からホリーとジョナを助け出した。自身の経験からガブリエルのやり口をよく知っていたからこそ、天使の物語に話を合わせることができたんですよね。けっしてガブリエルを刑務所から出すまいと、あなたは決心している。他人を思うままに支配するガブリエルお得意の手口に、もう誰も罪のない人々に道を誤ってほしくはないから。ガブリエルの話に乗り――いまだ自分も呪縛にかかったままだというふりをして。

かつて《集結》のあった場所に、あなたは天使の記号を落書きした。ガブリエルに命じられたとおりにね。そうして自分の忠誠を証明し、ガブリエルの信頼を得ている。でも、あなたはこの世の何よりもあの男を憎んでいて、あの男の話すことはすべて、ドン・メイクピースに伝えているんです。

ドンは目撃者をみすみす残すことはしない。自分の息子を誘拐した犯人を釈放させるつもりはないし、ドンにとってそもそもガブリエルは、狙撃手の失敗とグレイ・グレアムの思わぬ乱入がなければ、とっくに死んでいた人間なんです。あなたとドンは共謀し、あの夜に本当は何があったのか、ようやくつきとめた真実をアマンダが明かせないようにした。あなたとドンにとって、ガブリエルを死ぬまで刑務所に閉じこめておくためなら、どんな犠牲も惜しくはないから。

あなたがたには、ホリーとジョナも自発的に協力してくれました。あなたとドン、そしてマリ＝クレールも気づいてはいないようですが、ガブリエルがシン殺害の罪を背負ってくれるなら、ホリーとジョナにも既得権益があるんです。お金を出してくれるホリーの存在は、すばらしく便利なことでしょう。ジョナがどう役に立つのかはわかりませんが、あの青年が人里離れた修道院に引きこもっているかぎりは、あなたがたの計画の邪魔になることはありません。

わたしがこれから出そうとする本の話を聞いて、あの夜に本当は何があったのか、それを隠蔽しようとする工作にまんまとわたしが引っかかっていることに、あなたがたが大喜びしているだろう様子は想像がつきます。でも、わたしはアマンダ・ベイリーじゃない。真実を暴くために、自分の人生を賭けるわけにはいかないんです。

あらためて感謝とともに
エリー・クーパー

その代わりに、実際に送ったメール……

宛先　ソニア・ブラウン　　送信日　２０２１年12月14日
件名　アマンダ・ベイリーのこと　　送信者　エリー・クーパー

親愛なるソニア

きょうはビデオ通話で話を聞かせてくださってありがとう。お約束どおり、通話の記録は残していません。アマンダが亡くなったいま、みなさんが故人との素敵な思い出を語ってくださるんですよ。きょうはあなたのお話が聞けてよかった。

お話ししたとおり、わたしは《アルパートンの天使》というカルトが——事件からこれだけの年月が経ち、指導者が刑務所に入ったままの状態であっても——いかに人々を危険に誘いこむ力を秘めているかという切り口で、この本をまとめようと思っています。軸となるのは、オリヴァーとアマンダの物語。真実を追いもとめるふたりが、光をめざして競いあったあげく、お互いを破滅させてしまう。風味を添えるために、超自然的な要素をちらっとほのめかすかもしれません。それでなくとも、運命、偶然、宿命、そういった理解を超えるものは必然的に絡んできますしね。読者はそういう話を読むのが好きなんですよ。誰もが知るこの事件を、斬新で独創的な切り口で新しい読者に紹介できればと思っています。休暇をとって、のんびり浜辺ですごす一日にもってこいの本となりますように！

あらためて感謝とともに、これからのご活躍をお祈りしています。

エリー・クーパー

二〇二一年十二月十七日、コア修道院でエリー・クーパーがジョナ修道士から話を聞く。文字起こしは自分でやり、挨拶も省略した。

エリー　あなたとホリーがハーピンダー・シンを殺したことを、ドンとマリ＝クレールは気がついていないんですね。ふたりは、いまだにシェンキーが犯人だと思っています。［ジョナは無言のまま、ブタに餌をやりつづけている］ドンはアマンダと初めてこの事件の話をしたとき、うっかり真相をぶちまけそうになっているんですよ。シンのことを英雄的と評してね。だって、シンは潜入捜査官として、任務中に死んでしまったわけですから。あわてて訂正はしていましたが。でも、その形容は正しかった。シン自身は事情を知らなかったけれど、虐待が疑われる赤ちゃんを助けようとして生命を落としたんですから。［ジョナは餌やりの手を止め、泥の中を歩いて、柵のこちら側に立つわたしのところに近づいてきた。その目は悲しげだ。低い声で口を開く］

ジョナ　あの人のために、毎日祈っていますよ。ハーピンダーのために。

エリー　クリストファー・シェンクは？　シェンクのためにも祈ります？

ジョナ　その名前は知りませんね。

エリー　シェンクは天使ではなかったけれど、殺人犯でもありませんでした。ガブリエルと同じにね。

［ふたりとも、しばらく黙りこむ］

ジョナ　このことを、誰かに話しましたか？［わたしはかぶりを振った］以前ここに来た、ふたりのジャーナリストが亡くなったと聞きました。

エリー　ただ亡くなったわけじゃないんです。報道によると、オリヴァーがアマンダを撃った。そして、レディ・ルイーズの警護チームのひとりが、オリヴァーを撃ったとか。
ジョナ　痛ましいことですね。ふたりのために祈ります。
エリー　ホリーはアマンダにあなたの居場所を教え、あなたはここに訪ねてきたアマンダに電話番号を渡した。そうやって、アマンダをマリ＝クレールに引きあわせたわけですよね。
ジョナ　ホリーもおれも、アマンダならわかってくれると感じたからだと思います。
エリー　あるいは、マリ＝クレールが問題を解決してくれるとわかっていたからでしょう。二〇〇三年当時、マリ＝クレールは警察官でしたが、かつては特殊部隊の狙撃手だった。だからこそ、極秘の非公式作戦に、ドンはマリ＝クレールを参加させたんです。そして、天使たちを殺させた。作戦に参加した女性はひとりだけだったから、マリ＝クレールはアシュリーと信頼関係を築くことができ、《集結》のことを教えてもらえたんです。
ジョナ　ホリーとおれは、何も聞かされてなくて――
エリー　マリ＝クレールはもうひとつ、警察の別の非公式な作戦にもかかわっていました――仲間の復讐のためにクリストファー・シェンクを殺した、警察官たちの所業の隠蔽工作に。それ以来ずっと、マリ＝クレールはこのふたつの作戦の隠蔽を請け負ってきたんです。アマンダがソニアやドンに話したことは、すべてマリ＝クレールに筒抜けだった。その結果、これまで誰も見出せなかった真実にアマンダが迫りつつあると、マリ＝クレールは判断したんです。ドン、ホリー、あなた、そしてマリ＝クレールが不安になるほど近くにまで。
ジョナ　どういうことなのか、おれには――

エリー　あなたがた四人には、いま語り伝えられている物語をそのままにしておきたい、そしてガブリエルを刑務所に入れたままにしておきたいという、それぞれ異なった理由がありました。だから、四人とも進んで隠蔽工作に加担したんですよね。［ジョナは掃除をやめ、ブタに囲まれて足首まで泥に浸かったまま、初めてわたしの目をまっすぐに見かえした］

ジョナ　アマンダの本を引き継いで書くつもりなんですか？

エリー　引き継ぎはしません。わたしが書くのはアマンダと……オリヴァーのこと。《アルパートンの天使》事件の物語にどれだけ影響力があり、正気だったはずの人間の認識を歪めることができるかについて。

ジョナ　アマンダの死については、どう書くんです？

エリー　まさに、そのことをあなたと話したかったんです。ジョナ、あのときアスコット校に向かったオリヴァーは、かつて特殊部隊にいた元兵士といっしょでした。その男がアマンダを誘い出すようオリヴァーに指示し、ふたりがそろったところで、まとめて殺してしまったんでしょうか？

ジョナ　そんなこと、おれにわかるわけが――

エリー　〝いかれた元兵士〟と呼ばれていたその男は、ドンの友人でした。誰も本名は知らないんです。オリヴァーなんて、その男の自叙伝まで書いていたのにね。冷酷で、金のためなら何でもする人間。その人物像を知る人たちは、みな恐怖を抱いていたそうですよ。ふたりが死んだ現場にいたのは、その男だけだった。アマンダとオリヴァーにいったい何が起きたのか、真実を明かせるのはその元兵士だけなんです。［そのとき、ジョナがわたしに目を向けた。自分自身がいまどこにいるのかをわたしに見せようとするかのように、両手をかすかに動かす。足首まで泥に浸かり、手にシャベルを持ち、楽しげに鼻を鳴らしながら餌を食むブタたちに囲まれた、ジョナの姿。ブタたちはひときわけたたましく鳴き、金切り声をあげているようだ］

ジョナ　おれたちには、わからないままで終わるでしょう。［ふたりとも、しばらく黙りこむ］

エリー　闇の勢力が赤ちゃんを探しているなどと、ガブリエルがあなたとホリーに吹きこみさえしなければ、シンはいまでも生きていたはずですよね。もっとも罪の重い人間は、たしかに塀の中にいる。でも、皮肉なことに、もしもわたしが真実を語ったら、あの男はまた世に出てきてしまうかもしれない。いまだ、あんな危険な人物なのに。ガブリエルは殺人こそ犯していないかもしれないけれど、だからといって、また誰かがあの男の毒牙にかかるようなことは、けっしてあってはならないんです。

［わたしたちが交わした、堅苦しくぎこちない別れの挨拶は省略。泥、わら、糞、鼻を鳴らすブタたちに囲まれる、たったひとりの牢獄にジョナを残し、わたしはその場を去った］

宛先　エリー・クーパー　　**送信日**　2023年1月3日
件名　アマンダ・ベイリーのこと　　**送信者**　キャシー＝ジューン・ロイド

親愛なるエリー

来週あなたの本が出版されるとのこと、心からお祝いを申しあげます。そして、先日あなたも出演した《アルパートンの天使》事件のドキュメンタリー番組は、わたしたち《迷宮入り殺人事件クラブ》一同、たいへん楽しみましたよ。とても配慮のゆきとどいた作りで――ナガ・マンチェッティは司会進行役にぴったりでしたね。わたしたちは残念ながらアマンダに会う機会はありませんでしたが、これまでのお仕事には本当に感銘を受けていましたし、何度か調査のお手伝いをしたこともあったんです。

あのドキュメンタリー番組を見ていて、そういえばアマンダが亡くなって以来、わたしたちは例会のたびにあのかたの話をしていたことを、あらためて思い出しました。アスコット校での事件、どこか奇妙でしたね。報道によると、オリヴァーがアマンダを撃ち、そして警察の狙撃手がオリヴァーを撃ったそうです。でも、じっくり考えてみると、もともと異論も多い事件について、それぞれ独自に取材していたふたりのジャーナリストが射殺され、何があったのかを証言できる中立の目撃者は誰もいないわけですよね。

事件が起きたときはレディ・ルイーズ・ウィンザーが在籍していた学校ですから、警察も、警護チームも、学校の構造は知りつくしていました。幸い、事件当日にレディ・ルイーズは学校にいなかったわけで――それを考えると、どうして武装した警察官たちがあんなにも迅速に現場に到着できたのか、それも不思議なんですよ……

アマンダとオリヴァー、どちらも自分の車でアスコット校へ向かい、とがめられることなく校門を通過しています。オーチャード棟の屋上は、校内で唯一、防犯カメラが設置されていない場所でした。

アマンダという人を、あなたはよく知っていますよね。ひょっとして、アマンダとオリヴァーが探り出した事実が、ふたりの死につながってしまった可能性はありますか？　アマンダの取材記録を、どうにかして読めないものかと思っています。その中にきっと、なぜアマンダが（そして、おそらくはオリヴァーも）あの日あの場所に向かったのか、重要な手がかりが潜んでいるはずだと思うんですよ。もしかしたら、ふたりは何者かに誘い出されたのかも？

何が起きたのかを調べるのに、わたしたちにお手伝いできることがありましたら、どうか知らせてくださいね。さしあたり、いまは《迷宮入り殺人事件クラブ》全員を代表して、心からのお悔やみをお伝えしたいと思います。

キャシー＝ジューン・ロイド

わたしの本が刊行された日、花束とともに手渡された、いかにも華やかな印刷されたカード。

ご著書の出版を、心から
お祝いいたします。
アマンダに捧げる、すばらしい
一冊となったようですね。

ジェスとジョージー・アデシナより

神聖なるもの

エリー・クーパー

アマンダ・ベイリーの元アシスタントが、
事件の内幕を明かす

■

カルト教団《アルバートンの天使》の惨たらしい集団自殺から
18年の後、なぜまたふたりの罪のない生命が奪われたのか。
一部始終を見とどけるしかなかった女性が、真実を語る一冊。

エクリプス叢書

ECLIPSE

一味ちがう犯罪ノンフィクションをあなたに

児童保護制度から自立しようとする
青少年の訓練と就労を支援するため
《エクリプス叢書》は収益の一部を
アマンダ・ベイリー財団に寄付します

第一章

十二歳のアマンダ・ベイリーは、混雑したショッピング・センターで女性警察官に歩みより、自分が家族から虐待を受けていることをうちあけた。公的な保護を受けたいと申請したその瞬間から、自分の面倒は自分で見る生活が始まる。そして、アマンダは怖れを知らない自由な精神を持ち、真実を見つけ出すためならどんな苦難も、どんな犠牲もいとわない人間に育っていった。

十八歳となり、ようやく支えとなってくれる里親の家庭で暮らしていたアマンダは、ずっと切望していた地方新聞社の研修制度に参加を認められた。ほかの志望者全員が自分より少なくとも二歳は上で、安定した家庭環境に育ち、有名大学の学位を持っていることにひるむ様子もなく、面接で試験官に鮮烈な印象を与えることができたのだ。新聞社側としても、毎年ひとりは毛色のちがう研修生を採用する方針だったらしい。

わたしがアマンダと初めて出会ったのは、それから十年後のこととなる。とある地方新聞社で働いていたわたしは人員削減に遭い、犯罪ノンフィクション専門出版社に転職せざるをえなかった。機会さえあれば編集をやりたいと願いながらも、経理を担当させられて早二年。アマンダは粘り強く交渉して、そんなわたしを自分のアシスタントにしてくれた。そして、後にわたしが犯罪心理学の博士課程に進学しようと心を決めたときも、誰よりも力強く背中を押してくれたのだ。

＊＊＊

かつて新聞社の研修制度でさまざまな専門技術を身につけたにもかかわらず、アマンダはけっしてその時期のことを積極的に語ろうとはしなかった。その死後、わたしはようやく理由を知ることになる。歴史学科を卒業し、母親の友人が所有するこの新聞社に採用してもらったオリヴァー・ミンジーズは、周りの研修生についていけずにいた。中でも、上品な英語も身についていない、一般教育修了上級レベルを一科目として取得してさえいない、この若い女性にまったく太刀(たち)打ちできなかったのだ。

オリヴァーはことあるごとにアマンダに絡み、嫌味を言うのを忘れなかった。だが、ある夜、オリヴァーの仕掛けた悪ふざけが、ふたりの運命を変えてしまうこととなる。子どもじみたいたずらのおかげで、アマンダは片目の視力を失ってしまったのだ。他人を信頼できなくなるような経験をさせられては、けっして消えることのない傷が心に残るのも無理はない。それを仕掛けたのは誰か、アマンダはけっして忘れることはなかった。

何年もの後にふたりが再会したとき、突拍子もない作り話を信じこんでしまった、無防備な十代の少年少女に対し、オリヴァーはあからさまに軽蔑を示すだけだった。これだけの年月を経ても、この人は何も学んではこなかったのだと、それを見てアマンダは悟る。無防備とはどういうことなのか、オリヴァーに思い知らせてやろうと心を決めたのはそのときだ。

ただ、この復讐がどれほどの成功を収めてしまうのか、この時点でアマンダに予想がつくはずはなかった。無惨に切り刻まれたアルパートンの天使たちが、廃倉庫で発見されて二十年近くが経ったいま、すでにこれは、自分たちを神聖なる存在だと思いこんでいた人々だけの物語ではなくなっていたのだ。自分がだまされるはずはないと信じていた男、そしてその愚かさを男に教えてやりたいと願いながらも、神話の持つ力を甘く見ていた女の物語。ふたりはどこまでも執拗に真実を追いもとめたものの、時すでに遅く——探しつづけた場所はもはやそこになく、呼びつづけた名は刻々と変化しつづける。ふたりの探索は、やがてふたりを破滅させて終わりを告げた。このふたりの物語こそは、今日まで教訓として世に残る、興味ぶかいカルトが秘めていた力を示している。

それこそが《アルパートンの天使》事件の謎に隠された、ごく単純な真実である。

これは、あなたへの呼びかけです。

あなたがここまで読んできたのは、本来なら冤罪について書かれるべきだった本の取材記録。ガブリエル・アンジェリスはハーピンダー・シンを殺してはおらず、ドミニク・ジョーンズ、アラン・モーガン、クリストファー・シェンクの殺害と遺体損壊にも無関係でした。そんな無実の人間の代わりに、シンを殺害した真犯人ふたりは野に放たれています。あなたはこれらすべての証拠をもとに、司法の過ちを正し、よりいっそう怖ろしい隠蔽工作の数々を白日のもとに引きずり出す手続きに乗り出すこともできるでしょう。でも、もしもその道を選ぶとしたら、心にとめておいてほしいことがあります。

ガブリエルは危険な、自己愛の肥大した異常者で、これまでの人生をずっと、他人を思いどおりに操ろうとしてきました。釈放されれば、また同じ生きかたに戻るだけでしょう。ほかの生きかたを知らない人間なのです。ガブリエルを社会に戻したら、あなたのその行動によって、他人を信頼している無垢な若い世代が、あの男の説得力のある嘘や、無防備な人間を見分ける本能の餌食にされてしまうことになるでしょう。

そして、ガブリエルによって生じる危険より、はるかに怖ろしいことも起きます。これらの記録を世に出すことにより、非武装だった三人の犯罪者の生命、さらには真実に近づきすぎた罪のない人々の多くの生命さえも、権力を持つ人々の手で奪われてしまったという事実までが明らかになるのです。この記録をあらためて読みなおしてみて、かの人々がどこまで手段を選ばず、どれだけ周到に生きのびようとしているのか、わたしは慄然とするほかありませんでした。安全なところなどどこにもない、どこにいようと追っ手は来ます。あなたが、あるいはわたしがその犯罪を暴いてしまったら、わたしたちはまちがいなく危険にさらされることでしょう。

あと六週間で、わたしは男の子と女の子の双子を出産する予定です。だからこそ、そんな危険を背負う道を選ぶつもりはありません。でも、あなたがこの記録を読むのがはるか先の未来だとしたら、あなたはまた別の選択をするかもしれませんね。

そんなわけで、わたしはこの取材記録をまた貸金庫に戻します。次に誰かがこれを手にするとき、この物語に登場する人々がとうの昔に死に絶えていたとしたら、安心して真実を明かすことができます。でも、それより前に見つけてしまったなら、あなたは心を決めなくてはいけません。

ひるまず前に進み、司法の過ちを正すか、すべてをフォルダに、封筒に、ファイルに戻し、その場を立ち去るか。いま、わたしがそうするように。

どちらでも、決めるのはあなた。

エリー・クーパー
犯罪心理学者、作家

悲運にもニュースにとりあげられる側になってしまった
ジル・ダンドー、ミシェル・マクナマラ、そしてライラ・マッキーに捧ぐ

謝辞

この本の着想を得たのは、ミシェル・マクナマラの驚くべき著書『I'll Be Gone in the Dark』（邦訳『黄金州の殺人鬼――凶悪犯を追いつめた執念の捜査録』村井理子訳、亜紀書房、二〇一九年）を読み、HBOが制作した同じタイトルのドキュメンタリー・シリーズを観たときでした。これまでずっと犯罪ノンフィクションを愛読してきた人間として、マクナマラがこの不可解な事件を書こうと取材するうち、どうしても謎を解きたいと執着をつのらせていった過程に衝撃を受けたからです。わたし自身、かつてはジャーナリストであり、バランスをとりながら取材を進めるのがどれだけ難しいかは理解できます。取材対象にのめりこまずにはいられないことも、それでいて心の距離を健全に保たなくてはならないことも。

担当編集者のミランダ・ジュエスほど、絶妙な心の距離を保ってくれる女性はいません。本書『アルパートンの天使たち』の執筆中は、ミランダの妊娠期間としばらく重なっていたにもかかわらず、これまでと変わらず懸命に協力してくれました。また、ミランダの産休中に代わりを務め、同じくらい卓越したセンス、専門家としての判断、独創性を発揮してくれたテレーズ・キーティングにも感謝しています。ふたりは、まさにドリーム・チームでした。

ドリーム・チームといえば、《ヴァイパー》の編集長グレイム・ホール、原稿整理のアリスン・タレット、テキスト・デザイナーのルーシー・ワーボイス、装幀（そうてい）のスティーヴ・パントンは、この物語の内容にぴったりで、さらに魅力をふくらませてくれる本に仕上げてくれました。いっぽう、フローラ・ウィリス、ドリュー・ジェリスン、アリア・マッケラー、クレア・ボーモント、ニーヴ・マリー、リサ・フィンチ、サラ・ワードは、あなたが本書を読んでいる間も、マーケティング、宣伝、販売、広告に励んでいてくれることでしょう。最後に、ナサニエル・マッケンジーとルイーザ・ダニガンは、本書の胸躍るオーディオブックを制作してくれました。全員に、心からの感謝を捧げます。

《シール・ランド・アソシエイツ》のすばらしいエージェント、ガイア・バンクスとルーシー・フォーセットは、まさにロンドンのわたしの守護天使ともいえる存在であり、アシスタントのマディ・ソーンハムとデイヴィッド・テイラーにもお世話になりました。そして、海外の版権のため奔走してくれたアルバ・アーナウ、わたしの米国のエージェントとして大西洋の向こうから目を光らせてくれていた、ニューヨークにある《リーガル・ホフマン＆アソシエイツ》のマーカス・ホフマン、ロサンジェルスにある《ＩＣＭパートナーズ》のウィル・ワトキンスにも。

《サンデー・タイムズ》紙の北部版編集主任、そして『The Hunt for the Silver Killer』の著者でもあるデイヴィッド・コリンズの事件記者時代の仕事ぶりにはすばらしい刺激を受け、その一部分は本書にも生かされています。同じく、二〇〇〇年代前半にロンドン北西部で記者として活躍していたジェイムズ・ブロケットにも、当時の体験をあれこれ聞かせてもらえました。ローラ・フラワーズからも警察に関する有益な情報を得られましたし、弾道学を愛する人々のオンライン・コミュニティでは、火器の故障や弾道学的な失敗の確率など、興味ぶかい逸話をいろいろと提供してもらえました。

本書でとりあげられている、当時のロンドン北西部における児童保護の現場については、キャシー・ブキャナンから詳しい話を聞くことができました。わたしに体験談を話してくれたり、専門家を紹介してくれたりした協力者から、名前を伏せてほしいと希望されることもありました。現在も警察や福祉、児童保護の現場で働いている人々、あるいは個人的な内容やプライバシーにかかわる情報を明かしてくれた人々です。

わたし自身は児童保護制度にかかわった経験がないため、アマンダの過去のそうした背景については注意ぶかく取材を重ね、この時代のこの地域で同じような子ども時代を送った女性たちを探しました。心に傷を残すような部分も、心温まる部分もある当時の経験談、大人になった現在あらためて思うことを聞かせてもらうにつけ、本書でこの主題を正しくあつかうことがどれだけ難しいか、わたしは痛感せざるをえませんでした。自分が手を出していい問題ではないのかもしれないと、幾度となく迷ったのを憶えています。

わたしはこの分野の資料を読むにあたり、実際に英国で児童保護制度を適用された、あるいは里親を務めた経験のある人の体験談に的を絞りました。そうした資料はたくさんありましたが、その大半は言うまでもなく、このうえなく怖ろしい体験について語られたものです。とくに興味ぶかく読んだのは、クリス・ワイルド『Damaged』と『The State of It』、キャシー・グラス『A Terrible Secret』、レム・シセイ『My Name is Why』でした。

児童保護制度のもとで育つ子どもの数だけ、誰も知らない物語が存在します。そのすべてが、こうした有名な著作ほど残酷で衝撃的なわけではありません。それでも、どの物語もみな真実であり、貴重なものなのです。

本書の序盤で紹介したカルトと洗脳についての著作は、どれもお勧めです。アマンダ・モンテルの『Cultish』は、言葉の持つ影響力を学ぶうえで、とりわけ興味ぶかい一冊でした。ダニエル・ピックの『Brainwashed』、アレクサンドラ・スタインの『Terror, Love and Brainwashing』もまた、この分野のすばらしい文献です。

本書では、実際に起きた殺人事件が数多くとりあげられています。被害者を知り、愛していた人々にとっては、ここでその名前を目にしたために、胸の痛みがよみがえってしまうかもしれません。つらい思いをしたかたには、心からお詫びを申しあげます。

わたしの友人たちは、執筆に勤しむわたしが実際に、あるいは精神的に遠くをさまよっていても、変わらずわたしを支えてくれました。シャロン・エクセルビー、キャロル・リヴィングストーン、ウェンディ・マルホール、キース・ベイカー、フェリシティ・コックス、テリーとローズ・ラッセル夫妻、アリスン・ホーン、サマンサ・トムスン、ありがとう。そして最後に、すばらしいアン・サファリーと、辛抱づよく、いつもわたしを支えてくれる素敵な伴侶、ゲイリー・ストリンガーに、心からの感謝を。

訳者あとがき

ジャニス・ハレット作品の邦訳第二弾、『アルパートンの天使たち』をお届けします。

本書の主人公は、犯罪ノンフィクション作家のアマンダ・ベイリー。読者に目新しい題材を楽しんでもらおうと、十八年前、小さなカルト教団の信者たちが遺体となって発見された事件の取材を始めます。生存者に未成年が含まれていたため、詳細が明らかにされないままに終わった、謎の悲劇。長い年月が経ってしまったいま、当時の関係者を探し出すのも困難を極めますが、話を聞いていくうち、次々と意外な証言が飛び出します。やがて、アマンダの身辺にもおかしなことが起きはじめ……

前作『ポピーのためにできること』と同じく、この作品にも地の文はなく、メールやチャット、ニュース記事、取材時の音声ファイルの文字起こしといった文書から構成されています。この手法は、ハレット作品の特徴といえるかもしれません。脚本家としてのキャリアが長かったハレットだからこそ、メールはひとりの長台詞、チャットはふたりの丁々発止のやりとりという感覚で、その人物の語る言葉から多彩な個性を生き生きと描き出すことに長けているのでしょう。

地の文がない、全体を通しての語り手も存在しない物語。周囲の風景さえも、その場にいた誰かの目を通した、あくまで主観的な像が伝えられるだけ。さまざまな登場人物たちの言葉を読みすすめていくうちに気づくのは、それぞれの視点から見た世界に、少しずつずれがあることです。まるで、みなが自分なりに異なる、かすかな歪（ゆが）みのあるガラスを通してものごとを見ているかのように。

ミステリというジャンルの小説を読んでいると、事実とちがうことを語るのは犯人、あるいは何か後ろ暗い隠しごとのある人間だけだと、つい思ってしまいがちです。でも、本来はわたしたち自身をも含め、人間は誰しも胸に抱く世界観、願望、恐怖、過去の体験などから、知らず知らず自分だけの形に歪んだガラスを通して世界を見ているものなのでしょう。その歪みの中に、その人の個性があり、願いがあり、胸躍る瞬間があり、深い悲しみがある。ひとりひとりの登場人物ごとに少しずつ異なる歪んだガラスを、次々とのぞきこみながら物語をひもといていくのは、頭がくらくらするような強烈な体験です。いったい過去に何があったのか、そして、それが現在にどんな波紋を広げるのか。歪んだガラスの向こうに見えるぼやけた世界が、ゆっくりと焦点を結んでいく驚愕（きょうがく）のラストまで、どうか楽しんでいただけますように。

二〇二四年九月

山田　蘭

集英社文庫

アルパートンの天使(てんし)たち

2024年11月25日　第1刷　　定価はカバーに表示してあります。

著　者　ジャニス・ハレット
訳　者　山田(やまだ)　蘭(らん)
編　集　株式会社 集英社クリエイティブ
東京都千代田区神田神保町2-23-1　〒101-0051
電話　03-3239-3811
発行者　樋口尚也
発行所　株式会社 集英社
東京都千代田区一ツ橋2-5-10　〒101-8050
電話　【編集部】03-3230-6095
【読者係】03-3230-6080
【販売部】03-3230-6393（書店専用）
印　刷　中央精版印刷株式会社　株式会社美松堂
製　本　中央精版印刷株式会社

フォーマットデザイン　アリヤマデザインストア　　マークデザイン　居山浩二

ISBN978-4-08-760794-9 C0197